DCHINESISCHES MEER
BRUNEI
SABAH
NATUNA-INSELN
SIBU
KUCHING
KALIMANTAN
ATOR
PONTIANAK
BORNEO
BILLITON
BANDJERMASIN
JAVA-SEE
BOGOR
BANDUNG
TJIREBON
PEKALONGAN
SEMARANG
SURAKARTA
SURABAJA
MADURA
LAWU
KEDIRI
Tengger-Gebirge
PASURUAN
BANJUWANGI
SINGARADJA
AGUNG
LOMBOK
TJILATJAP
BOROBUDUR
JOGJAKARTA
PRAMBANAN
MALANG
BROMO
DENPASAR
BALI

1781

Thomas Ross

# Auf dem Vulkan

Roman

Hoffmann und Campe

1. bis 10. Tausend 1973

Vorsatzblätter von Hilda Körner und Lothar Walter
Gesetzt aus der Borgis Aldus-Antiqua
Gesamtherstellung Thomas F. Salzer KG, Wien
ISBN 3-455-06349-7 · Printed in Austria

Meiner Mutter
und der Heiterkeit ihres Herzens

# Personenverzeichnis

Kresna Dirdjosuparto, Generalmajor, Befehlshaber von *Kostrad*
Rai Agung, seine Frau
Umar Makmur, Generalleutnant, Chef des Geheimdienstes, persönlicher Berater des Präsidenten in politischen Fragen
Adiwono Soetjipto, Generalleutnant, persönlicher Berater des Präsidenten in Finanzfragen
Mochtar Witular, Außenminister
Mohamad Chaliq, Vorsitzender der Muslim-Oppositionspartei Nahdatul Ulama
Amak Latief, Leiter der Muslim-Jugendorganisation *Ansor*
Kyai Hadji Busiri, Rektor der Pesantren Duwak Putih
Herry Pardede, Präsidiumsmitglied der Regierungspartei Golkar
Lee Cheong, Sekretär Makmurs
Jusuf Tosani, Generalmajor, Befehlshaber (Panglima) von Ostjava
Mustapha Abdulrahman, Generalmajor, Panglima von Nordsumatra
General Sidabutar, stellvertretender Oberbefehlshaber der Streitkräfte
Dukun Kromosuwirjo
Sumini und Sri, Agentinnen Makmurs
Darmi, künftige Schwiegertochter des Außenministers
Christian Werner, deutscher Kaufmann
Blanche Werner, seine Frau
Pete van der Groot, Journalist
Calvin Rausher, Professor, Berater des amerikanischen Präsidenten
Jeremias Groll, deutscher Fernsehkorrespondent
Richard Lerchenau, deutscher Botschafter
Philippe du Favre-Blair, EWG-Kommissionsmitglied
Wladimir Orloff, sowjetischer Botschafter
Sergej Malinowsky, Leiter der sowjetischen Delegation
Masao Matsudaira, ehemaliger japanischer Vizefinanzminister, Leiter der japanischen Delegation
Chia Tsi-an, chinesischer Botschafter
Richard Hershing Cradle, amerikanischer Botschafter
Sir Harold Wigham, britischer Botschafter

Begebnisse und Gestalten dieses Romans sind frei erfunden. Sie sind nicht Abbilder der Wirklichkeit bzw. heute oder früher lebender Personen.

*Dies weiß ich, daß es einen Menschen gibt, der Meere der Ewigkeit in einem einzigen Tag und einer einzigen Nacht trinkt und ruft: ist noch mehr da?*

Abu Yazid von Bistam,
islamischer Mystiker des 9. Jahrhunderts

# Erstes Buch

# I

»Angst habe ich gehabt, sage ich Ihnen. Hab' mir geschworen, wenn du hier heil herauskommst, stiftest du der Jungfrau Maria zehn Kerzen.«

Christian Werner unterbrach seine Lektüre und lauschte dem Gespräch zweier Männer, die auf den Badebänken neben ihm lagen.

»Das waren mindestens fünftausend Leute, die sich vor der amerikanischen Botschaft in Manila versammelt hatten. Ich wollte zum Flugplatz fahren, aber die Kerle hatten mir den Wagen eingekeilt. Ich konnte nicht weiter. Was heißt Kerle, Mädchen waren auch darunter. Hübsche Mädchen. Kennen Sie die Filipinas?« Er leckte seine Lippen. Christian Werner nannte ihn in Gedanken den »Mafioso« – ein kräftiger Mann mit einem breiten Brustkasten voller weißer Haare, die sich, ein dicker Girlandenkranz, über Schulter und Nacken aufwärts zogen. Er sah aus wie ein Süditaliener, dessen Eltern nach Amerika ausgewandert waren.

». . . fürs Bett das Beste in ganz Asien«, hörte Christian seine letzten Worte. »Aber jetzt waren das Hyänen, die brüllten ›Schmeißt die Amerikaner ins Meer‹ und ›Hängt den Mörderpräsidenten‹. Dann fingen sie an, Steine zu werfen und Molotowcocktails . . .«

»Solche Demonstrationen haben wir in Beirut jede Woche«, sagte ungerührt der andere, rundlich, klein, kompakt, mit einem Ballonbauch. »Wir haben uns schon daran gewöhnt. Na, hier in Indonesien herrscht wenigstens Ruhe.« Er schenkte ein Glas voll Bier, bis der Schaum überlief. »Der Präsident und die Generale sorgen für Disziplin, klopfen den Studenten gleich kräftig auf die Finger – und Demonstrationen, no, Sir, die gibt's überhaupt nicht.«

»Ich bin nicht so sicher«, sagte der Mafioso, »jetzt kommen bald die Wahlen, da wird's vielleicht ganz munter.«

»Wahlen«, lachte der kleine Libanese, »Sie glauben doch wohl selbst nicht, daß das richtige Wahlen werden. Die Ergebnisse liegen schon jetzt im Schreibtisch des Innenministers. Davon bin ich überzeugt.«

»So einfach ist das nicht«, sagte der Große. »Ich glaube, Sie täuschen sich. Die Generale wollen der Welt vorführen, daß Indonesien eine richtige Demokratie geworden ist. Ich weiß von Freunden«, setzte er leiser hinzu, »von Freunden an hoher Stelle, daß die Generale keineswegs so siegessicher sind, wie Sie offenbar meinen.«

»Sie kennen das Land nicht. Ich komme seit über zehn Jahren regelmäßig her – hab' Soekarno noch erlebt und den Putschversuch der Kommunisten. Ich weiß, was hier gespielt wird – und wie. Sie dürfen mir glauben: die Sache ist geritzt. Wollen Sie mit mir wetten? Eine Kiste Champagner? Krieg' ich billiger, verkauf' ihn nämlich an die Generale und die Minister und wer sich's sonst leisten kann ... Mein Gott, ist das heiß.« Er trocknete sein schweißglänzendes Gesicht. »Zwei Drittel der Sitze im Abgeordnetenhaus für die Regierungspartei, der Rest für die Muslim-Partei, ein Trostpreis für die Nationalisten.«

»Gut, wetten wir. Die Regierung erhält weniger als zwei Drittel, nach meiner Ansicht kann sie froh sein, wenn sie die Hälfte behält. Ich bin auch nicht gerade ein Neuling in Indonesien. War das erste Mal in den fünfziger Jahren hier. Damals war eine Fahrt durch Java sehr ungemütlich: man wußte nie, ob nicht aus irgendeinem Bambusgebüsch ein paar Muslim-Rebellen stürzen und einem die Gurgel abschneiden. Heute fühle ich mich hier so sicher wie in Abrahams Schoß, in Djakarta, in Surabaya, überall.«

»Da stimme ich Ihnen zu. Indonesien war noch nie so stabil und ruhig wie heute. Übrigens, mein Name ist ...«

Christian Werner blätterte in einem kunststoffgebundenen Heft voller Zahlen und Tabellen, dem Bericht der Weisen aus Brüssel über das »Großprojekt Borneo«. Möge der liebe Gott ihnen den Glauben lassen, dachte er. Das Geheimnis der Reise General Kresnas kennen sie nicht. Wo, zum Teufel, ist Blanche? Müssen Frauen immer um Stunden zu spät kommen?

Er stand auf, ging über den kurzgeschorenen Rasen des Schwimmbades im Hotel ›Indonesia‹ und sprang ins lauwarme Wasser. Christian Werner lebte seit zwei Jahren in Djakarta, damit beschäftigt, großen europäischen – in erster Linie deutschen – Firmen interessante Projekte und Investitionen zu vermitteln. Er war Deutscher, besaß ein Haus in Djakarta, ein zweites in München, ein drittes in Genf. Blanche, seine Frau, hatte in ihrer Kindheit als Tochter des deutschen Botschafters ein paar Jahre in Indonesien gelebt und liebte das Land wie kein anderes. Unter Bankiers und Industriellen stand Christian im Ruf eines brillanten Verstandes, eines sechsten Sinnes für gute Geschäfte, eines zähen, zielstrebigen und fintenreichen Verhandlers. Er war hochgewachsen, sah gut aus, besaß viel Charme, provozierte Gesprächspartner gern durch völlig ungewöhnliche, aber meist wohlbegründete Behauptungen, die er nicht aus Überzeugung vorbrachte, sondern um den anderen in seiner bequemen Sicherheit zu erschüttern. Er war ein Mann, der seine Geschäfte wie ein Spiel betrieb – und Spiele wie ein ernstes Geschäft.

Christian lag ausgestreckt auf dem Rücken im Wasser und überlegte, welche Ausrede Blanche diesmal erfinden würde, um ihre Verspätung zu erklären. Unwillkürlich mußte er lächeln. In der Nähe schwamm ein Mädchen, das sein Lächeln auf sich bezog und zurücklächelte. Sie hatte ein zierliches, schmales Gesicht mit den großen schokoladebraunen Augen der Javanerinnen und zog ihre rabenschwarzen Haare wie ein langes Fischernetz hinter sich her.

»Es wird bald regnen.« Er deutete auf den Himmel, an dem sich schwere, düstere Wolken zusammenzogen. »Geben Sie acht, daß Sie nicht naß werden.«

Sie lächelte, und ihr flaches Näschen vibrierte: »Ein merkwürdiges Jahr. Die Sonne scheint so selten.«

Er stieg aus dem Bad und ging zu seinem Stuhl zurück. Während er das Wasser aus seinen Ohren schüttelte, hörte er den Mafioso fragen: »Hat eigentlich der Präsident schon eindeutig erklärt, wen er nächstes Jahr als Nachfolger sehen will?«

»Eindeutig ...?« Der Libanese kicherte. »Wir sind doch in Indonesien! Eindeutig wird er das nie sagen. General Makmur ist der Kronprinz, das steht fest.«

»Sie meinen Makmur, seinen politischen Berater, den Geheimdienstchef?«

»Ja, genau den. Übrigens ist er nur stellvertretender Geheimdienstchef ...«

»Gewiß, gewiß. Aber von dem eigentlichen Chef hört man nie, ich weiß nicht einmal den Namen.«

»Weiß ich auch nicht. Vielleicht gibt's ihn gar nicht.«
»Würde mich nicht überraschen; in Indonesien ist alles möglich.« Der Große drehte mit seinem behaarten Zeigefinger die Eiswürfel in einem Glas Gin Fizz. »Ein Land, in dem jeder, vom Präsidenten angefangen, an Geister glaubt, könnte ja zur Abwechslung auch einmal einen Geist als Chef des Geheimdienstes haben. Übrigens wird nach meinen Informanten, und das sind Leute, die viel zu sagen haben, ein anderer Mann nächstes Jahr Präsident: General Soetjipto, Finanzberater des Präsidenten, Indonesiens Wirtschaftszar.«
Das ist sein offizielles Amt, dachte Christian Werner. In Wirklichkeit ist er etwas ganz anderes. Mein Freund Kresna nennt ihn gern ›den Großen Guru, den geistigen Berater des Präsidenten‹.
»Kann ich mir nicht vorstellen«, sagte der Libanese. »Der Mann ist derart scheu, daß er niemals in der Öffentlichkeit auftritt und zu keinem Empfang geht. Ich kenne fast alle Generale in diesem Land, die was zu sagen haben. Aber Soetjipto habe ich noch nie getroffen.«
»Das ist gekonntes Theater«, sagte leise der Mafioso, »warten Sie ab, bis zum nächsten Jahr. Hab' gerade gestern mit dem amerikanischen Botschafter über ihn gesprochen. Ganz im Vertrauen – wir sind alte Freunde – hat er mir erzählt, über Soetjipto kursierten die eigenartigsten Gerüchte, nicht nur bei den Betjakfahrern, sondern auch unter hohen Offizieren.«
»Was denn?« fragte der Libanese neugierig.
Der Große beugte sich zum Liegestuhl seines Nachbarn und flüsterte ein paar Worte, die Christian nicht verstand. Aber er konnte sie sich ausmalen: »General Soetjipto war einer der wichtigsten Vertrauensmänner der Kommunisten vor dem Putschversuch von 1965. Er ist es geblieben.«
»Makmur und Soetjipto sind Feinde«, sagte der Große, »vielleicht fressen sie sich auf.«
»Aber es gibt keinen lachenden Dritten.«
»Vielleicht doch.«
»Wen denn?«
Der Mafioso sah sehnsüchtig den Kurven einer braunen Schönen nach, die lässig über den Rasen ging. »General Kresna«, sagte er, riß seinen Blick los und schmatzte anerkennend. »General Kresna Dirdjosuparto.«

»Phantastisch, Sie wissen sogar seinen vollen Namen. Den schafft meine Zunge nicht.«
»Der beste Kopf in Indonesien, nach meiner Ansicht. Außerdem ein Redner, daß einem die Spucke wegbleibt.«
»Haben Sie ihn reden gehört?«
»An einem von diesen unzähligen Jahrestagen. Ich sage Ihnen, der Präsident kann jeden Tag seinem Gott, Allah oder wem, danken, daß Kresna so eine Art treuer Sohn von ihm ist. Der hat nämlich das Zeug, die Massen in Bewegung zu bringen. Sie hätten nur unsere Javaner sehen sollen, die hingen an seinem Mund, als flösse daraus Gold.«
»Augenblicklich ist er auf Weltreise. Er war ein Bombenerfolg in Washington und New York. Im National Press Club haben sie ihm sogar applaudiert, stand irgendwo in einer der hiesigen Zeitungen. Und in Harlem sollen sie ihn fast erdrückt haben. Können Sie mir eigentlich sagen, warum der General Kresna, Befehlshaber des Strategischen Einsatzkommandos, die Hauptstädte der Großmächte besucht? Dazu ist doch der Außenminister da.«
»Der ist auch auf Reisen. Fürs Projekt Borneo.«
»Aber meines Wissens hat Kresna nichts mit dem Projekt Borneo zu tun.«
»Vielleicht ein Militärbündnis. Davon wird gemunkelt. Soll zusammenhängen: Projekt Borneo, Waffenlieferungen, Verteidigungsbündnis. So. Mir reicht's.« Er stemmte sich vom Liegestuhl auf die Füße. »Ich muß ins Wasser. Verdammt heiß hier, dabei bin ich von zu Hause schon einiges gewöhnt — ts, ts«, schnalzte er bewundernd, »sehen Sie die Dame, die auf uns zukommt? Herrlich wie Aurora.«
Christian Werner sprang auf und wollte Blanche auf den Mund küssen. Aber sie mußte erst ihre Neuigkeit anbringen und sprudelte los: »Weißt du, wer morgen zu unserer Party kommt?«
»Hundert Leute, wenn ich mich nicht irre. Oder sind's noch mehr?«
»Kresna.« Sie lächelte triumphierend.
»Der ist doch in Peking.«
»Er kommt heute zurück, Rai Agung hat es mir erzählt. Ich habe gerade mit ihr telefoniert.«
»Der General wird morgen sicher anderes zu tun haben, als zu uns zu kommen. Außerdem weißt du ja, er besucht uns nur in kleinem

Kreis, er sagt bei allen großen Diners und Parties ab, nicht nur uns, auch den Botschaftern.«
»Diesmal nicht. Er hat es Rai vor der Abreise versprochen — falls er rechtzeitig zurückkommt. Und jetzt, nach der gewaltigen Publizität, die er im Westen genossen hat, ist er ein Weltstar.« Sie grinste frech: »Unser Preisbulle. Das wird die Party des Jahres. Die anderen werden vor Neid platzen.«

## II

»So voll habe ich den VIP-Wartesaal seit Jahren nicht mehr gesehen«, sagte Pete van der Groot, »nicht mehr seit Soekarnos besten Zeiten.«
»Du übertreibst, wie üblich. Nach den großen Reisen unseres Präsidenten war's hier voller.«
»Sieh da, sieh da. Die Herren Auslandskorrespondenten sind vollzählig erschienen, oder täusche ich mich? Wenn der Herr Präsident von einer Reise zurückkommt, gibt es immer einige, die fehlen. Heute fehlt keiner.« Der Leiter der Presseabteilung des indonesischen Außenministeriums musterte erfreut die über den ganzen Saal verteilten Journalisten.
»Das Flugzeug ist verspätet.«
»Kommt aus Peking.«
»Mit Zwischenlandung in Hanoi.«
»Das wird's sein. In China gibt es keine Verspätung«, lachte van der Groot, »oder die Herren in Peking haben Kresna so ins Herz geschlossen, daß sie ihn bei sich behalten.«
Pete van der Groot trug als einziger in der sonst durchaus protokollgerecht gekleideten Versammlung im VIP-Saal keine Strümpfe. Seine nackten Füße steckten in alten Sandalen, das kurzärmelige Hemd war am Kragen abgeschabt und kam gewiß nicht aus der Wäsche. Überhaupt machte Pete, gedrungen gebaut, mit kräftigen Schultern und muskulösen, blondbehaarten Armen, den Eindruck, als zähle Reinlichkeit nicht zu seinen bevorzugten Tugenden. Er hatte zupackende wache Augen von einem verwaschenen Blau, in denen ein trauriger, nahezu resignierter Humor stand.

»Aha, da kommt jemand, der besonders froh wäre, wenn Kresna von den Chinesen einbehalten würde«, sagte Pete van der Groot, »der Computer seiner Exzellenz, des politischen Beraters aller Berater.«

Ein kurzer, stämmiger, sehr selbstbewußter Mann von Mitte Dreißig war eingetreten und schüttelte allen die Hände. Lee Cheong, persönlicher Referent des Generals Makmur, Vorstandsmitglied der Regierungspartei, hatte es, im Gegensatz zu vielen anderen Chinesen, abgelehnt, den Namen seiner vor drei Generationen eingewanderten Familie mit einem indonesischen zu vertauschen.

»Warum sind General Kresna und der Außenminister nicht zusammen gereist?« fragte Pete den Leiter der Presseabteilung. »Aus protokollarischen Gründen? Sie haben doch zum Teil die gleichen Länder besucht. Oder hat der Minister Angst, der General könnte ihm die Schau stehlen?«

»Meinen Sie, das könnte er?« Der Javaner lächelte zweideutig. »Der Minister hat mit verschiedenen Regierungen über das Borneo-Projekt gesprochen. Schließlich ist er bei den Verhandlungen federführend. Kresna ist als Sonderbeauftragter des Präsidenten gefahren.«

»Und was war der Sonderauftrag?«

Der Beamte hob die Schultern: »Geheim. Ich weiß genau so viel oder wenig wie Sie, Pete – wahrscheinlich noch weniger.«

»Wenig ist immerhin mehr als nichts. Und ich weiß nichts. Die quasioffizielle Erklärung, Kresna habe die Ausbildung der Kadetten in den einzelnen Ländern studiert, glaubt nicht einmal meine alte Babu.«

Der Indonesier zuckte plötzlich zusammen: »Entschuldigen Sie, Pete, ich muß mit Lee Cheong reden. Bis später.«

Ein hoffnungsloser Fall, dachte der Holländer. Den hätten sie lieber zum Empfangschef im Hotel Indonesia machen sollen. Natürlich weiß er weniger als ich über die Hintergründe der Weltreise Kresnas, sehr viel weniger. Ein kluger Schachzug des Präsidenten, den *sunny boy* der Armee, den tollkühnen Helden, den unbestechlichen Gralsritter auszusenden. Der junge General konnte überdies wie kein anderer dem Ausland Indonesiens beste Exportware vorführen: das Lächeln. Jenes weiche, warme, blühende Lächeln, das Steine schmelzen ließ. In einer Zeit, da die Menschen gleichsam mit verbissenem Mund, geballten Fäusten und gehetztem Blick

durch die Welt irrten, wirkte dieses Lächeln der Indonesier wie ein Labsal, entspannt und unbeschwert. Der Präsident hatte allerdings einen Fehler begangen: Rai Agung hätte ihren Mann begleiten sollen. Eine echte balinesische Prinzessin – die Zeitungen in Amerika, in Europa, in Japan wären voll von ihren Fotos gewesen. Wenn schon die kleine, langweilige ehemalige Barzicke Dewi Soekarno, die überdies Japanerin ist, die Illustrierten zu Hymnen über orientalische Schönheit inspirierte – welche Aufregung müßte dann erst Rai in den Redaktionen auslösen!
Pete van der Groot hatte unwillkürlich den Blick starr auf die junge, für eine Balinesin ungewöhnlich hochgewachsene Frau des Generals geheftet. Sie spürte den Blick über die Entfernung des Saales hinweg, lächelte und winkte kurz. Dabei öffneten sich ihre breiten Lippen und zeigten große, ebenmäßige Zähne. Die Frauen standen und saßen bescheiden und zurückgezogen in einem Eck des VIP-Wartesaales, der inzwischen so voll geworden war, daß man sich zwischen den Menschen durchdrängen mußte.
Wie leise es doch ist, trotz der vielen Menschen, dachte Pete. Jetzt lebe ich fast dreißig Jahre hier, aber immer wieder verwundert mich diese Stille in Indonesien. Bei uns würde jetzt der Raum vor Gebrüll, Zurufen und lärmenden Unterhaltungen dröhnen, daß einem die Ohren summten.
Die Menge war mit Uniformen durchsetzt, ein paar Generale, Obersten, Majore, die Militärattachés der von Kresna besuchten Staaten, Zivilisten, die Pete nur zum Teil kannte, in dünnen, hochgeknöpften Beamtenuniformen, einige in dunkelblauen Anzügen mit Krawatte, einige in reichbedruckten Batik-Hemden. Die knöchellangen Kain und die durchsichtigen Kebaya, taillierte Jacken der Frauen, mit ihrem leuchtenden Rot und Grün, Gelb und Braun, den schimmernden, bunten Schärpen über der Brust, gaben dem Gewimmel Farbe und Wärme.
Plötzlich hörte das Gesumme auf, alle wandten sich der gläsernen Wand zu, durch die sie das Düsenflugzeug heranrollen sahen. Ein junger Offizier öffnete die Tür. Er wurde von den vorwärtspreschenden Kameraleuten des Fernsehens und den Fotografen fast ins Glas gedrückt. Im Laufschritt galoppierten etwa zwanzig Mann zum Flugzeug, die schweren Apparate auf den Schultern. Hinter ihnen liefen die Reporter, Indonesier, Amerikaner, Deutsche, Australier, Engländer, Franzosen, Japaner, Chinesen, außer Pete

zwei waschechte Holländer. Pete war seit langem indonesischer Staatsbürger, er schrieb zwar noch für einige holländische Zeitschriften, aber nur mit der linken Hand. Er hatte viele Berufe, Journalismus war nur einer davon.

Von der Aufregung seiner Kollegen ließ er sich nicht anstecken, sondern schlenderte gemächlich zum Flugzeug. Längst hatte er sich abgewöhnt, zu laufen oder auch nur schnell zu gehen. Jede rasche Bewegung trieb einem in dieser Hitze sofort dicke Schweißperlen aus allen Poren.

Einige Soldaten, unter Anleitung eines Majors, versuchten vergeblich Ordnung in die drängende, stoßende Traube von Menschen zu bringen, die sich um die Gangway ballte. Vergeblich. Zwar fügten sich die Indonesier und die indignierten, schief lächelnden Militärattachés, aber keineswegs die fremden Journalisten. Kräftige und laute Flüche schallten in englisch über die hin und her wogenden Köpfe. Die Indonesier amüsierten sich und lachten leise.

Die schwere Tür dort oben schwang langsam auf. Zunächst erschienen die verschreckten Gesichter eines Stewards und einer Stewardeß. Dann trat ein junger Offizier in die Tür, strahlend, beide Arme zum Gruß erhebend: Generalmajor Kresna, Befehlshaber des Strategischen Einsatzkommandos, dem seine Eltern einst nichtsahnend den Namen des Hindu-Gottes gegeben hatten. *»Here comes Krishna«* hatte TIME ihren Artikel über ihn betitelt.

Auf den ersten Blick wirkte Kresna Dirdjosuparto enttäuschend unauffällig und zugleich ungemein sympathisch. Ein rundes, blutjunges Gesicht mit kurzgeschnittenen Haaren. Mittelgroß, athletisch, kompakt, aber nicht breit, die Arme muskulös und kräftig, die Hände durchgearbeitet, lang und fein. Unauffällig wirkte er freilich bloß, solange er einen nicht ansah oder nicht sprach. Seine Augen waren die größten, die Pete je im Leben gesehen hatte – die Pupillen von einem fast schwärzlichen Braun, der Farbe starken Kaffees, strahlend, funkelnd, von hypnotischer, freilich keineswegs unheimlicher Kraft, Augen, die gewinnen und überzeugen wollten, erfüllt von einer geradezu naiven Gläubigkeit. Gläubigkeit woran, fragte sich Pete schon seit langem.

Kresna sprach jetzt ein paar Worte, belanglos, die üblichen Floskeln bei der Ankunft. Auf die Worte kam es bei ihm ohnehin wenig an, es war die Stimme, ein samtweicher dunkler Bariton, der Pete immer wieder überraschte, doppelt überraschte. Denn erstens besaßen die Indonesier durchwegs hohe tenorale Stimmen, fast keiner eine tiefe; vor allem jedoch schien Kresnas Bariton einem ganz anderen, einem großen, mächtigen Leib anzugehören. So gewann man den Eindruck, als dämpfe dieser Mann mit dem Körper eines Leichtgewichtboxers ständig seine Stimme, unter einem Volk, bei dem laut zu sprechen für grob und barbarisch galt, als schalte er den Motor niedrig und sammle solcherart Kraft an, gewaltige Kraft, die eines Tages ausbrechen werde — wie ein Vulkan.

Der Holländer war überzeugt, daß sich hinter diesem netten, liebenswürdigen, hinreißend charmanten und scheinbar so glatt-harmlosen Knabengesicht elementare Leidenschaften verbargen, vielleicht noch schlummerten, ihm selbst kaum bewußt. Immerhin, mehr als ein bloßer Hauch davon war während und nach dem Kommunistenputsch 1965 und 1966 offenbar geworden, als Kresna wie ein besessener Jagdhund durch Java gestürmt war und wesentlich zur völligen Zertrümmerung der damals schier allmächtigen PKI beigetragen hatte.

»Später«, hörte er ihn jetzt die Journalisten abwehren.

»Nur ein paar Worte, General.«

»Wir zuerst, Bapak.«

»Ich bin zu müde, der lange Flug. Haben Sie Mitleid mit mir, meine Herren.«

»Seit wann werden Sie müde, General? Das gibt es bei Ihnen doch nicht.«

Kresna lachte, fuhr mit zwei Fingern von den Augen die Backen abwärts, schnitt die Grimasse eines Ausgezehrten.

»Wir sind extra Ihretwegen aus Tokio gekommen«, log grinsend ein deutscher Fernsehreporter, »noch dazu bei der Hitze. Wenn Sie uns nichts erzählen wollen, müssen Sie uns wenigstens die Fahrtkosten ersetzen, General.«

»Ach, Herr Groll, Sie sind schon wieder da!« Auf deutsch fügte er hinzu: »Du meine Güte!«

Dann drehte er sich um, suchte mit den Augen, fand Rai Agung, schob einige Reporter beiseite und führte seine Frau, den Arm um ihre Schulter gelegt, zum VIP-Wartesaal.

»Vielleicht bilde ich es mir nur ein«, wandte sich Pete an einen riesenhaften, bebrillten Amerikaner, der neben ihm ging, »aber mir kommt vor, der General ist wirklich müde, seine Fröhlichkeit ist nur Theater. Irgend etwas stimmt da nicht.«

»Du hast wieder einmal zuviel getrunken, oder das Wetter färbt auf dich ab. Düster der Himmel, düster dein Gemüt.«
»Ich habe gestern zuviel getrunken, du hast es erraten. Aber wir werden ja bald sehen, ob Kresna gute oder böse Botschaft mitbringt.«
»Zunächst einmal würde ich gern wissen, worüber er überhaupt gesprochen hat. Meine Leute in New York und Washington haben nichts herausbekommen. Natürlich ist er brav zu den Militärakademien gefahren. Aber wenn ich nur gekommen bin, um die Ausbildung der Offiziere in den Vereinigten Staaten zu studieren, empfängt mich nicht der Präsident der USA zweimal. Denn wer ist schon Generalmajor Kresna ... Halt, da scheint's doch so was wie eine Pressekonferenz zu geben.« Er fing zu traben an, Pete van der Groot widerwillig hinter ihm her.
Kresna saß, von einer Mauer von Journalisten umgeben, vor einem kleinen Tisch, eine Reihe fingerdicker Mikrofone vor sich; neben ihm knieten drei Männer und hielten ihm weitere Mikrofone vor den Mund. Kameraleute boxten sich um gute Plätze. Der Amerikaner reckte seine lange Gestalt über die Köpfe, konnte indessen nichts verstehen, da Kresna sehr leise sprach, die Fragen teils in nahezu akzentfreiem Englisch, teils indonesisch beantwortend. Lediglich ab und zu hörte er ein Wort deutlich, meistens war es »no« oder seine indonesischen Entsprechungen – »tidak ... bukan ...«
»Was hatte der göttliche Kresna denn anzubieten?« fragte der Amerikaner, nachdem sich die Pressekonferenz aufgelöst hatte, den immer wohlgelaunten, wohlgenährten deutschen Fernsehreporter, »ich habe ständig ›nein, nein‹ verstanden.«
»Hat er auch nur gesagt«, er lachte, »aber das ›nein‹ sagt er herzzerschmelzend und in allen Tonlagen. Charme hat der Junge ja. So, jetzt aber nichts wie ins Schwimmbad vom ›Indonesia‹ und einen hinter die Binde gegossen. Ich schwitze wie ein Affe, mein ganzes Hemd klebt.«

## III

»Ich will keine Militärpolizei und kein Blaulicht«, sagte Kresna, »schicken Sie die Leute weg, Oberst. Wir fahren zuerst zu mir nach Hause.« Der Oberst, ein großer, breitschultriger Mann mit einem schnurrbärtigen Abenteurergesicht, salutierte und wollte wegtreten.

»Kommen Sie mit uns, Oberst. Ich will mich bloß waschen, gegessen habe ich mehr als genug, die Chinesen mästen einen regelrecht. Und dann gleich ins Kommando.«

Der Stabschef blickte verlegen zu Rai Agung, in der Meinung, sie wolle nach so vielen Wochen der Trennung mit ihrem Mann allein sein. Rai lächelte.

Sie kamen nur langsam vorwärts, die Hauptstraßen Djakartas waren um diese späten Nachmittagsstunden verstopft. Die Hitze knallte auf das rote Blechgehäuse des Mercedes, in dem die Klimaanlage eine kalte, unnatürliche Isolierung von der Außenwelt schuf. Kresna sagte ein paar Minuten lang kein Wort, die eine Hand lag in Rais Schoß, die andere streichelte die schwarzen Haare seiner kleinen Tochter.

»Wann bin ich beim Präsidenten, Oberst?«

»Morgen um zehn Uhr, General.« Der Stabschef auf dem Vordersitz drehte seinen Kopf zurück.

». . . um zehn Uhr«, wiederholte Kresna leise. Plötzlich wirkte er sehr müde. Er schloß die Augen, tat, als schliefe er, die eine Hand sank vom Kopf des Kindes auf sein Knie, die andere erschlaffte zwischen Rais warmen Schenkeln. Am liebsten wäre ihm jetzt gewesen, er brauchte mit niemandem zu reden, auch mit Rai nicht, sondern könne bis morgen um zehn Uhr schweigen. Nach einem Gespräch, bei dem er früher oder später lügen, verbergen, maskieren, nach Fragen, denen er ausweichen mußte, war ihm nicht zumute. Vor Rai jedoch hatte er bisher nie etwas lange verheimlicht. Er hatte sie nie belogen, zumindest nicht in wesentlichen Dingen. Sie würde ihn sanft und taktvoll drängen, über seine Probleme zu reden. Und wenn er schwieg oder ihr auswich, würde sie mißtrauisch werden, vielleicht sogar eifersüchtig. Denn Rai konnte eifersüchtig sein, selten zwar, aber dann heftig. Vor einigen Monaten hatte sie ihm Szenen wegen der rotblonden, langbeinigen Deutschen gemacht, der — ihr Name fiel ihm nicht gleich ein – ja, Blanche Werner. Wäre es doch bloß das, dachte er, eine kleine Liebesgeschichte, von mir aus auch eine große Leidenschaft, mit einer Amerikanerin in New York oder einer Französin in Paris. Wäre es bloß das.

Doch die Reise hatte ihm die Augen geöffnet: brutal und jäh. Weggefahren war er als ein Mann, der stolz auf sein Land war, stolz auf das sogenannte Regime der Generale, das hier und dort korrupt, doch leistungsfähig war. Heim kam er als ein Mann voller Zweifel, Zweifel an dem Regime, dem er diente, Zweifel an seinen Offizierskollegen, schlimmer noch, Zweifel an der Zukunft Indonesiens. Und nicht nur Zweifel waren es, auch tiefe Scham. Die einzige Hoffnung, die ihn in langen Nächten in der Fremde aufrechtgehalten, war der Präsident, der Bapak, ein energischer, bescheidener und unbestechlicher Mann. Er würde nach seinem Bericht unverzüglich die Schuldigen, die Korrupten, die bedenkenlosen Ausbeuter und Verräter entlassen und bestrafen, ohne Rücksicht darauf, daß einige davon zu seinen einflußreichsten Beratern gehörten.

Da waren also die Herren dabei, ihr Vaterland in kleinen und in großen Stücken an den Meistbietenden zu verkaufen. Er hatte nie an die fetten Bankkonten geglaubt, die einige Generale und Minister im Ausland besitzen sollten. Bis sie ihm jetzt in Washington, in Bonn, in Tokio und auch in Peking, ja, vor allem in Peking, Fotokopien von Überweisungen, von Briefen, von geheimen Verträgen vorgelegt hatten, unter denen Kresna die Namen eines Gutteils des indonesischen »Who is Who« fand – leider auch vieler Freunde, von denen er fest überzeugt gewesen war, sie seien sauber, unbestechlich, idealistisch. Wem konnte er noch vertrauen?

Jedes Kind in Java wußte, daß General Makmur korrupt war, aber man übersah das großzügig – eine Art Extragehalt, das der unermüdlich fleißige, gewissenhafte, dem Präsidenten loyal ergebene, sein Volk fanatisch liebende »geheime Premierminister« redlich verdiente. Auf seiner Reise hatte Kresna verläßliche, dokumentierte Informationen erhalten, die ein sehr viel häßlicheres Bild von Makmur malten. Der Mann steckt bis über beide Ohren in Korruption und faulen, geheimen Abmachungen, so tief, daß er nicht mehr unabhängig zu urteilen und handeln vermochte, ein Hampelmann an den Fäden ausländischer Puppenspieler.

Ins Mark wurde Kresna jedoch erst getroffen, als er etwas anderes hörte: sein alter Freund Soetjipto, dieser scheue, feine Philosoph,

Besitzer einer der größten Kris-Sammlungen Javas, Mystiker und Philanthrop, dieser General Soetjipto, so erfuhr er auf seiner Reise, war ein tückischer, geld- und machtlüsterner Ränkeschmied, bedacht nur aufs eigene Interesse. Soetjipto, von dem Rai sagte, er verkörpere das Beste im Mitteljavaner, die fast dekadente Feinfühligkeit und Kultur des Adels. Europäer wirkten ihm gegenüber grob wie Elefanten. Lächerlich ...

»Was hast du denn?«

»Wieso?« Er drückte Rais Hand.

»Du hast wahrscheinlich geträumt. Und dann hast du gelacht, kein richtiges Lachen, eher ein Schluchzen.«

»Ich habe geträumt«, grinste er, »ich säße in Paris auf der Terrasse eines Cafés und sehnte mich nach dir.«

»Lügner«, sie fuhr ihm mit der Hand über den Scheitel und streichelte zart seinen Nacken.

»Soetjipto rief mich an, höchstpersönlich, und lud uns zum Abendessen für heute ein. Er brennt vor Neugier, deinen Reisebericht zu hören, den privaten Teil natürlich, und er muß dir unbedingt seine neuesten Erwerbungen zeigen, uralte Wayang-kulit, die er in irgendeinem Dorf bei einem Puppenspieler entdeckt hat. Falls du zu müde wärst, sollten wir nur zu einem Drink kommen. Die paar Schritte in der Abendluft zu seinem Haus täten dir gewiß gut.«

»Ich bin zu müde, selbst für einen Drink.«

»Soetjiptos Stimme klang so merkwürdig, als sei er nervös oder ungeduldig. Ich weiß nicht, was mit ihm los ist, aber ich spüre das, ich kenne Adiwono zu gut«, sagte Rai und sah Kresna prüfend an. Als er schwieg, fuhr sie fort: »Ich habe dich sehr vermißt, Kresna, du warst lange fort, fünf Wochen. Und vorher habe ich auch nicht viel von dir gehabt, du hast so viel gearbeitet wie noch nie, seit wir verheiratet sind.«

»Das wird sich jetzt ändern«, er küßte sie aufs Ohr, »ich versprech's dir heilig« — in mokierter Feierlichkeit hob er die Hand zum Schwur — »bei Gott Shiva und Gott Kresna. Künftig werde ich nur noch so viel arbeiten, wie unbedingt sein muß.« Er flüsterte in ihre Ohrmuschel, damit der Oberst nicht mithörte: »Und die ganze andere Zeit wollen wir uns lieben.«

Sie lachte: »Dann mußt du dich vor allem erst einmal ausruhen. Damit du später keine Entschuldigungen hast. Denn ich werde dich beim Wort nehmen.«

Sie blieben an einer Verkehrsampel stehen, und zwei Bettler, beide ohne Beine, krochen auf kurzen Stummeln heran und streckten begehrlich ihre Hände aus, an denen die meisten Finger fehlten. Einige Betjaks schoben sich vor den Mercedes und ließen sich von dem herrischen Hupen des Chauffeurs nicht stören. In einem der Dreiräder saß eine Frau mit zwei Kindern, auf dem Schoß ein Huhn, eine schwere Bananentraube, einen notdürftig eingewickelten blutigen Fisch, ein Paket voll Reis, das geplatzt war und unter das sie die Hand hielt, um die rinnenden Körner aufzufangen. Gleich hinter dem Verkehrslicht standen die Autos schon wieder in einer langen Schlange aufgestaut, in jedem freien Raum dazwischen radelten die Betjaks. Vom Kali drang schlammiger Geruch herauf. Im lehmgrauen Wasser planschten splitternackte Kinder, ihre braunen Körper spiegelnd, hier und dort hockte ein Betjakfahrer im Kanal, verrichtete seine Notdurft oder wusch sich.
»Bei uns kann's wenigstens nur besser werden«, sagte Kresna, »in den großen Städten im Westen wird es immer schlechter. Experten haben mir erklärt, daß New York und Tokio in zwanzig Jahren nicht mehr bewohnbar und lebensfähig sind, wenn die Entwicklung so weitergeht.« Er drehte das Fenster herab, von außen schlug ein Hitzeschwall in den Wagen, als habe er die Tür eines Dampfbades geöffnet. Kresna schnupperte und lachte: »Es stinkt ein wenig, aber die Luft ist sauber. In Tokio bekam ich Halsschmerzen von der verschmutzten Luft, meine Augen brannten; einmal haben sie den Kindern sogar schulfrei gegeben, damit sie sich nicht auf dem Schulweg vergiften.«
»Erzähle mir von New York. Das nächste Mal mußt du mich mitnehmen.«
»New York kam mir wie ein Riese vor, der stirbt. Ich habe mich nicht wohl gefühlt.«
Er verschwieg, daß ihn eines Abends ein amerikanischer Freund in einen snobistischen Mitglieder-Club einladen wollte und der Manager, höflich, aber bestimmt, sagte, alle Tische seien leider reserviert. »Gut, dann kommen wir morgen«, hatte der Freund gesagt. »Tut mir leid, aber morgen sind wir auch völlig ausgebucht.« – »Wahrscheinlich übermorgen genauso?« fragte der Freund ironisch. »Sie haben recht, Sir, übermorgen, die ganze Woche.« Kresna packte seinen Freund am Arm und wollte ihn wegziehen. In seinem Innern schwoll Zorn und Haß, Haß auf diesen

weißen Manager in makellosem Smoking, der sich für einen besseren Menschen hielt als den braunen General aus dem armen Indonesien. Aber Streit wäre ihm peinlich gewesen.
Der Freund jedoch schüttelte mit unwilliger Gebärde seinen Arm frei, trat nahe an den Manager heran und verlangte herrisch, das Gesicht gerötet, die Stirnadern geschwollen: »Sie wissen, wer ich bin?« – »Yes, Congressman, es tut mir leid, wir dürfen nicht einmal bei Ihnen eine Ausnahme machen. Glauben Sie mir«, fügte er ängstlich hinzu, »es sind wirklich alle Tische reserviert.« – »Unsinn. Erzählen Sie mir keine Märchen.« Inzwischen hatte sich eine Menge um sie gebildet. Kresna wollte weg, er fand die Szene anwidernd und unwürdig. »Gehen wir«, sagte er leise. »Ein Moment noch«, sagte der Congressman, fingerte seine Brieftasche hervor, zog eine Karte heraus. »Ich habe nicht gewußt, daß dies ein Rassen-Club ist«, zischte er, »ich verzichte darauf, hier weiter Mitglied zu sein«, und zerriß die Karte.
Kresna strich mit der Hand über seine Augen, um die demütigende Erinnerung zu verscheuchen.
Du machst jetzt schon das fünfte Mal diese Bewegung, die du nur machst, wenn dich etwas bedrückt, wollte Rai sagen, aber sie schluckte ihre Worte. Besser war, so tun, als merke sie gar nichts. Er würde schon damit herausrücken, früher oder später. Es hatte keinen Sinn, ihn zu drängen, dann verschloß er sich bloß desto mehr. Eine Erfahrung, die sie bald nach ihrer Hochzeit gemacht hatte, in den späten, gefährlichen Monaten des Jahres 1965.
Damals war Kresna Kommandeur einer Fallschirmjägerbrigade gewesen, die gegen die Kommunisten zuerst in Mitteljava, dann in Ostjava und schließlich in Bali eingesetzt wurde. Er kam selten nach Djakarta, meist nur eine Nacht, in der sie sich heiß, hastig und ungeduldig liebten.
Zu jedem Satz schien er sich aufzuraffen. Glaubte er sich unbeobachtet, strich er immer wieder mit der Hand über Augen und Gesicht. Unerfahren, maßlos verliebt, ängstlich besorgt, fragte sie ihn anfangs, was ihn bedrücke, bat ihn, flehte ihn an, stritt mit ihm. Kresna wurde erst ärgerlich, dann eisig abweisend. Eines Nachts weigerte er sich sogar, ins Bett zu kommen, hockte sich vielmehr auf seine Fersen, umschloß seine Knie, wie ein Bauer in der Desa, starrte ins Leere. Als sie in der Morgendämmerung aufwachte, hockte er noch immer an der gleichen Stelle.

Von jenem Morgen an drang sie nie mehr mit Fragen in ihn. In ausländischen Zeitschriften, in Büchern las sie später, daß Kresna und seine Einheit wahrscheinlich mehr Kommunisten gejagt, gefangen, meist jedoch getötet hatten als jeder andere Offizier der indonesischen Armee. Darüber sprach er nie, bestenfalls in vagen Andeutungen und lachend. Doch war es jenes Lachen, mit dem er Unangenehmes verschleierte.

Ein paar Jahre später kam wieder eine ähnliche Stimmung über Kresna. Diesmal schwieg Rai und wartete, bis er ihr erzählte, um was es ging: das Strategische Einsatzkommando, KOSTRAD, sollte einen neuen Befehlshaber erhalten. Kresna war einer der drei Anwärter. Monatelang zog sich der Kampf um den Posten hin. Hinter jedem Bewerber standen »Paladine des Reiches«, wie Christian Werner sie gern nannte, die kleine Gruppe mächtiger politischer Generale, die mit dem Präsidenten das Land regierte. Der verhielt sich zunächst neutral, obwohl Kresna früher jahrelang, von seiner Leutnants- bis zur Oberstenzeit, unter ihm gedient hatte, und von ihm als Schützling, als Anak buah, behandelt wurde.

Kresna war über die Zurückhaltung des Präsidenten zunehmend enttäuscht, ja verbittert, obwohl er ihn Rai gegenüber mit dem Hinweis entschuldigte, als Oberbefehlshaber dürfe der Präsident nur nach sachlichen Qualitäten und nicht nach persönlicher Gunst entscheiden. Ein besserer Witz, über den zu lachen sich Rai indessen hütete. Kresna hatte einen mächtigen, vielleicht allzu mächtigen Gegner, General Umar Makmur. Daß er schließlich den ersehnten Posten doch erhielt, verdankte er nur teilweise seinem Ruf als der brillanteste junge Offizier der Armee, mindestens so sehr seinem alten Freund Adiwono Soetjipto, mit dem er schon im Guerillakrieg gegen die Holländer viele Gefahren und Abenteuer gemeinsam bestanden hatte.

Der Oberst wird sich wundern, dachte Rai, warum Kresna und ich kaum ein Wort miteinander sprechen, immerhin waren wir fünf Wochen getrennt.

In diesem Augenblick spürte sie Kresnas Arm, der ihre Taille umschloß und sie sanft an sich drückte. »Ich habe schöne Geschenke für dich – oder zumindest teure«, lachte er, »aus jeder Hauptstadt eines.«

Der Wagen hatte sich bis zu dem riesigen, grasbewachsenen Geviert des Merdeka-Platzes im Verkehrsgedränge vorgeschoben. In wenigen Minuten war die Dunkelheit eingefallen. Das Präsidentenpalais mit seinem schwanenweißen, noblen Säulenportikus war hell beleuchtet. Über der Mitte des Merdeka schimmerte in 125 Metern Höhe eine künstliche Goldflamme, Krönung eines obeliskartigen Turmes, den Zyniker »Soekarnos letzte Erektion« nannten, eine der protzigen Erinnerungen an den verstorbenen Diktator.

Die Wagenstauung löste sich auf, die Betjaks verschwanden auf dem Radfahrweg an der Seite. Geräuschlos glitt das Auto in die Djalan Thamrin, die Hauptachse Djakartas, das hier mit einigen zehn-, fünfzehn- und mehrstöckigen, locker aneinandergereihten Gebäuden zu einer Großstadt westlichen Stils herangewachsen war.

Als sie das Villenviertel Kebayoran-baru erreichten, ließ Kresna den Mercedes halten. »Ich möchte mir die Beine etwas vertreten«, sagte er, »und die Luft Djakartas wieder schnuppern. Fahren Sie vor, Oberst, und warten Sie bei uns.«

Er öffnete die Tür, hob seine kleine Tochter vorsichtig aus dem Wagen. Einige Schritte gingen Kresna und Rai wortlos Hand in Hand. »Ich habe viel erlebt«, sagte er schließlich, nach einer Pause, »viel gehört«, erneute Pause, »ungewöhnliche Dinge. Bitte, frage mich nicht, nicht jetzt.«

Die warme, weiche Abendluft lullte sie ein. Hier und dort blinzelte am Straßenrand ein Öllämpchen. Der süße intensive Geruch der Gewürznelken füllte Kresna mit dem Behagen, daheim in Indonesien zu sein. Vor schmalen Bretterbuden und Holzwägelchen, den Gerubaks, saßen Männer auf wackeligen Bänken und wisperten mit den jungen, vollbusigen Verkäuferinnen. In den gedehnten, leisen Singsang der Männer und das gurrende, flirtende Miauen der Frauen tropfte helles Gelächter. Die Straßen lagen im Finstern, aus den Villengärten drangen dünne Lichtstrahlen. Grillen summten, Palmwipfel klapperten, gelegentlich glitt eine unbeleuchtete Betjak vorbei und machte ein metallenes »Kläng, Kläng«, sooft ein Eisenring beim Bremsen an den Radrahmen schlug.

Kresna dachte an die westlichen Städte zurück, die er gerade besucht, an die schreienden Lichtreklamen, den dröhnenden Verkehrslärm, die hetzenden Menschen auf den Straßen, die kalten Neonröhren. Plötzlich fiel die Spannung von ihm. Er tastete nach Rais Herz und spürte sein Klopfen.

# IV

Blanche Werner hatte lange, rassige Beine, wenig Busen und sehr viel Haare, honigfarbene Haare, mal locker bis zu den Hüften fließend, mal in einen dicken Zopf geflochten, mal hoch auf dem Kopf getürmt. Sie hatte als Kind den weichen Gang der Javanerin gelernt und ihn bewahrt, sie amüsierte bisweilen die Marktfrauen, indem sie den vollen, schweren Einkaufskorb auf dem Kopf trug, den Oberkörper kerzengerade, die Hüften schwingend. Christian hatte sie beschimpft, als er sie einmal zufällig so gesehen hatte: das sei einer Njonja, zudem einer ausländischen, höchst unwürdig. Aber Christian war, unbeschadet seines Humors und seiner Ironie, ein großer Snob. Blanche hingegen war verspielt, das ganze Leben war für sie ein Spiel; vielleicht verstand sie sich darum so gut mit den Indonesiern.

Sie flirtete mit jedem Mann, ob alt, ob jung, ob gutaussehend oder häßlich, sie konnte es gar nicht anders. Bevor sie mit einundzwanzig Jahren geheiratet hatte, schlief sie kreuz und quer, manchmal behauptete sie, es seien fünfzig Männer gewesen — »Männer oder Schuljungen?« fragte Christian gern —, manchmal hundert Männer. Christian imponierte ihr, er war »wahnsinnig intelligent«, unerschütterlich selbstsicher, führte ein abwechslungsreiches Leben, hatte einen »schönen Körper« — und nicht zuletzt: er verdiente viel Geld. Wenige Monate nach ihrer Hochzeit fiel sie wieder in ihre alte Gewohnheit, mit einem Mann, den sie bei einer Party traf und der sie physisch reizte, ins Bett zu gehen. »Warum nicht?« Sie dachte sich nichts weiter dabei, Christian war verreist, es war eine harmlose Affäre, die sie jede Stunde abbrechen konnte. Aber Christian machte ihr nach seiner Rückkehr eine furchtbare Szene, und da sie ohnehin einen Hauch von Furcht oder zumindest großen Respekt vor ihm empfand, schwor sie, mit anderen Männern fürderhin zurückhaltend zu sein. »Höchstens ab und zu ein Küßchen«, lachte sie unsicher. »Auch kein Küßchen«, fauchte Christian, und sein Mund, dieser selbstbewußte Mund, war plötzlich eigentümlich verzerrt und zitterte.

Sehr genau nahm Blanche freilich ihren Schwur nur einige Monate. Immerhin war sie seither sehr vorsichtig. Ernst, oder etwas ernster, wurde die Sache erst, als das Ehepaar Werner den General Kresna kennenlernte. Mit dem Instinkt der Frau erkannte sie viel früher als Christian, daß hinter dem unwiderstehlichen Lächeln, dem weichen Charme, diesem glatten Knabengesicht auf dem Athletenkörper eine verhaltene Kraft steckte, die sie nicht genauer zu beschreiben vermochte. Aber Kresna bewahrte ihr gegenüber leider immer Distanz, die sie als Scheu auslegte oder auslegen wollte. Außerdem war Rai Agung stets anwesend, wenn sie einander trafen, und ihren Augen entging nichts.

Jetzt, da sie sich inzwischen angefreundet hatten, verglichen Rai und Blanche zuweilen ihre körperlichen Qualitäten und sagten im Spaß, welche sie miteinander austauschen wollten. Rai Agung glich der Erdgöttin und Blanche einer Nymphe. Beide waren hochgewachsen, sogar auf den Zentimeter gleich groß. Blanche war mager, ganz Bein und Po und Haare, die Prinzessin üppig, nicht dick, sehr schlank in der Taille, aber üppigen Fleisches, vom Scheitel bis zur Sohle. Blanche wirkte immer wie auf dem Sprung, elektrisch, dünnervig, die grünen Augen herausfordernd, Rai Agung hingegen in ihrem bescheidenen, ruhigen Stolz, ihrer unnachahmlich fürstlichen Haltung, ihrem großen, elfenbeinhäutigen Gesicht, dem großen, sinnlichen Mund – alles war an ihr groß; die Balinesin wirkte wie eine »göttliche Kuh«, so beschrieb sie Pete van der Groot mit homerischen Worten.

Blanche und Christian Werner saßen in ihrem Garten und warteten auf ihre Gäste. Auf dem Rasen standen weiße Gartenmöbel, auf der Terrasse ein Dutzend Diener in weißen, hochgeknöpften Livreen. Das Haus lag erhöht mitten in einem Kampong, einem dorfähnlichen javanischen Viertel, von den Blicken Neugieriger durch einen dichten Wall fettblättriger Büsche und Bananenstauden, Fächerpalmen, wolliger zypressenartiger Tjemarabäume und dem feinen Gespinst von Bambus geschützt. Rote Bougainvilleen rieselten herab, goldgelbe Hibiskus steckten ihre langen Samenrüssel aus, Orchideen leuchteten violett.

»Wir haben noch eine gute halbe Stunde«, Christian Werner sah auf die Uhr, »wir können in aller Ruhe einen Drink nehmen. Ich hasse es, wenn man sich bis zur letzten Sekunde hetzen muß.«

»Du bist so taktvoll, mein Schatz. Du wolltest doch sagen: und den ersten Gästen erklären muß, ›entschuldigen Sie bitte meine Frau, sie wird gleich kommen‹. Übrigens schuldest du mir ein Geschenk. Du hast versprochen, du schenkst mir den großen goldenen Garuda, wenn ich rechtzeitig vor einer Party fertig bin.«

»Habe ich das?« Er stellte sich unwissend.
»Hast du«, äffte sie ihm nach, lachte, schob mit dem Zeigefinger ihre Nase hoch.
»Stimmt. Wenn du dreimal hintereinander zurechtkommst. Heute war lediglich das erstemal.«
»Du bist unfair«, schmollte sie, »von dreimal war nie die Rede. Euch Finanzleuten fällt immer wieder etwas ein, wie ihr euch um eure Verpflichtungen herumdrücken könnt.« Sie strich sich das Haar aus dem Gesicht; sie trug die Haare lang herabfließend und würde sie heute abend wieder und wieder, mit einer halbtrotzigen Gebärde, aus dem Gesicht streichen, wischen, schieben, mit einer ungeduldigen Bewegung des Kopfes zurückschleudern, daß gleichsam die Funken stoben. Den Männern gefiel das, es reizte sie.
»Gut, ich schenke dir den alten Holzadler. Eine unbefriedigte Gastgeberin können wir uns heute nicht leisten.« Er stand auf und küßte sie.
»Unzufrieden meinst du«, sie lachte frech.
»Du siehst prachtvoll aus.« Er musterte bewundernd ihren nymphenhaften Körper in einem türkisfarbenen Pyjamakleid. »Ich fürchte allerdings, du wirst heute nicht so sehr auf deine Kosten kommen wie bei unserem letzten Fest.«
»Warum?«
»Ich möchte, daß du dich um alle prominenten Gäste kümmerst.«
»Nicht nur um Kresna.«
»Das habe ich nicht gesagt. Ich meine lediglich alle prominenten Gäste, auch wenn sie dich langweilen. Die lustigen Gäste sind leider meistens nicht prominent.«
»Du scheinst zu vergessen, daß ich die Tochter eines Botschafters bin und die sogenannten gesellschaftlichen Pflichten schon in den Windeln gelernt habe.«
»Ich habe es keineswegs vergessen, obwohl du es einem manchmal schwermachst.«
»Willst du damit andeuten, ich sei eine unaufmerksame Gastgeberin?«
»Das bist du zuweilen. Willst du's vielleicht abstreiten? Wer mußte sich neulich nach Mitternacht darum kümmern, daß die hungrigen Mäuler gestopft wurden? Ich. Denn du saßest irgendwo im Finstern mit Kresna.«
»Erstens war es nicht im Finstern, zweitens waren wir nicht allein.«

»Ja, irgendein stürmischer Italiener war dabei, der eine Javanerin abknutschte.«
»Immerhin. Soll ich etwa aufstehen, wenn Kresna zu unserem Tisch kommt, oder nach einem Chaperon rufen?«
»An ›unseren‹ Tisch. Habt ihr etwa zu zweit den Italiener abgeknutscht?«
»Christian! Was ist heute mit dir los, du bist doch sonst nicht so albern eifersüchtig? Erstens bin ich auf Italiener nie scharf gewesen, Operettentenöre, zweitens saß ich dort mit dem dicken deutschen Fernsehmann aus Tokio, der plötzlich aufstand und verschwand. Wie oft muß ich's dir denn noch erklären?«
»Entschuldige. Wahrscheinlich bin ich etwas nervös.«
»Geschäfte? Geht's heute um einen wichtigen Abschluß? Hat's mit dem Projekt Borneo zu tun?« Sie warf ihre Mähne zurück, stützte das Gesicht in beide Fäuste und sah ihn neugierig an. »Warum heißt das überhaupt Projekt Borneo? Die Insel spielt doch dabei gar keine Rolle – oder?«
Er winkte einen Boy herbei. »Was nimmst du, wieder einen Rum Collins? Satu Rum Collins tidak pakai gula, ohne Zucker, satu Bourbon dengan Soda.«
»Der Name ist rein zufällig«, sagte Christian, »wie eben Projekte Namen bekommen. Ich glaube, er stammt vom Außenminister.«
»Ist er der zuständige Minister? Der hat doch seine Finger in jedem Brei.«
»Aber nur den Finger. Zubereitet und gegessen wird der Brei von anderen. Wie bei allem in Indonesien. Der Mann, der wirklich die Fäden hält, ist General Soetjipto.«
»Ausnahmsweise nicht Makmur?«
»Makmur hat alle Hände voll mit den Wahlen und der Umorganisation von Golkar – der Regierungspartei.«
»Golkar wird schon wieder umorganisiert?«
»Ja. Aber bleiben wir ausnahmsweise beim Thema. Das Großprojekt Borneo beruht auf einer sehr einfachen Idee. Soviel ich weiß, stammt sie ursprünglich von den Japanern, die natürlich das Geschäft für sich machen wollten.«
Indonesien habe eine der längsten Küstenlinien aller Staaten der Erde, Seetransport sei der billigste überhaupt und koste lediglich ein Zehntel des Landtransportes. Der Aufstieg Japans, erklärte er, sei großenteils der klugen Ausnützung der Insellage und seiner

langen Küstenlinien zu verdanken, indem es seine Fabriken am Meer gebaut, das Material billig in Schiffen herangebracht und dann den fertigen Stahl, die Autos, den Kunstdünger, die Maschinen wieder auf dem billigen Wasserweg nach Übersee transportiert habe.

»Mein Frauenverstand schließt daraus messerscharf: da Indonesien längere Küstenlinien hat, sehr viel mehr Inseln, sehr viel mehr Rohstoffe, müßte es auch sehr viel reicher werden als Japan, wenn es seine Fabriken am Meer baut, sich eine große Flotte zulegt und die Häfen.« Nach Anerkennung heischend blickte sie ihn an.

»So ungefähr.« In seinen spöttischen Augen mischten sich Überraschung und Stolz auf Blanche. »Natürlich nicht reicher als Japan. Es ist ein Unsinn, daß die Indonesier seit Jahrhunderten wie Landratten auf ihren Inseln hocken, je weiter im Innern, desto besser – und sich nicht aufs Meer hinaustrauen. Am ärgsten sind die Javaner und die Balinesen mit ihrer Furcht vor der Göttin der Südsee, die sie alle verschlingen möchte. Man kann sich gar nicht vorstellen, daß die Indonesier vor der Ankunft der Holländer noch eine große und unternehmungslustige Seemacht waren.«

»Waren sie das?« fragte Blanche und sah interessiert einem vorbeitanzenden, kolibrigroßen Schmetterling nach.

»Zumindest behaupten es die Historiker. Das Großprojekt Borneo soll nun Indonesien wieder in den alten Stand versetzen: die führende Seenation in Asien zu sein, von Japan einmal abgesehen. Zunächst geht es nur um den Planungsauftrag für, wie es so schön heißt, die ›Entwicklung der maritimen Infrastruktur Indonesiens, und zwar im Rahmen‹ – und zwar im Rahmen ... Du könntest wenigstens zuhören, wenn du mich schon fragst«, sagte er scharf.

»Jawohl, Chef.«

»Warum erzähle ich dir das überhaupt«, sagte er, noch immer gekränkt, »wenn es dich offenkundig langweilt.«

»Aber es langweilt mich nicht, entschuldige, mein Schatz«, sie streckte die Hand aus und kitzelte seine Ohrmuschel.

Christian drehte den Kopf wie ein schnurrender Kater: »Wo war ich denn? ... Ja, bei der Entwicklung der maritimen Infrastruktur im Rahmen und zum Nutzen der gesamten Region, von Sydney bis Tokio.« Das bedeute, erklärte er weiter: den Bau einer Flotte, die in erster Linie für den Verkehr zwischen den Inseln geeignet ist, also Schiffe der Klein- und Mitteltonnage, den Bau neuer und

Ausbau der alten Häfen, Abstimmung mit der Errichtung neuer Fabriken und Ölraffinerien. Später, wenn die Schiffe fleißig hin und her fahren, wenn von Nordsumatra bis West-Irian, von Celebes bis Sumba die Schlote allerorten rauchen, werde die Bevölkerung in Millionenzahl aus den überfüllten Gebieten, also vor allem Java, auf die leeren Inseln umgesiedelt werden.
»Kurzum, das Ei des Kolumbus.« Blanches Gedanken wanderten zwar schon wieder ab, doch bemühte sie sich, Interesse vorzutäuschen.
Natürlich habe die Sache viele Haken, sagte Christian, viele Fachleute hielten das Projekt für völlig unrealistisch, andere befürchteten gigantische Fehlinvestitionen. Das sei nicht entscheidend. Entscheidend sei vielmehr, daß sich alle Großmächte, außer China, alle Industriestaaten, alles, was Rang und Namen habe, für das Projekt interessierten und mit Zähnen und Klauen darum kämpften, daß Djakarta ihnen den Planungsauftrag zuspreche. Es sei wie beim Schach: wer den Planungsauftrag erhalte, habe dem Gegner ein paar Figuren voraus. Schließlich gehe es um viele Milliarden Dollar, die Lieferung von Schiffen in der ersten Phase, den Bau der Werften und Häfen, später die Lieferung von Material, von Ersatzteilen. Personal müsse ausgebildet werden: Marine, Schiffsbauingenieure, Hafeningenieure, fachkundiges Verwaltungspersonal. Doch dahinter stecke noch viel mehr als nur Geld, nämlich die große Politik.
»Die böse Politik.« Blanche leckte die Zitronenfasern aus ihrem Glas Rum Collins und schien davon völlig in Anspruch genommen.
»Unser Botschafter, der ja gelegentlich zum Pathos neigt, nennt das Projekt Borneo die ›Schicksalsfrage der Region‹.«
»Und das will was heißen. Denn er lenkt vom stillen Kämmerlein das Geschick Indonesiens. Kommt er übrigens heute?«
»Ich glaube schon.«
»Und was hat Kresna damit zu tun?« Plötzlich war sie hellwach.
»Wieso Kresna?« fragte er verblüfft.
»Na, ich dachte. Wegen der Reise und so.«
»Mit ›und so‹ hast du völlig recht«, lachte Christian, »aber alles schön der Reihe nach.«
Er bestellte einen neuen Bourbon Soda und stopfte ein paar Erdnüsse in den Mund. Wer den Planungsauftrag erhalte, werde nach

einiger Zeit ebensoviel, ja mehr Kenntnisse über Indonesien besitzen als die Regierung in Djakarta. Wie wenig deren Minister und die hohen Beamten über die Inseln außerhalb Javas wüßten, verblüffte ihn immer von neuem. Jenseits von Java fange für sie die Welt der Halbaffen an. Mit dem Planungsauftrag gehe natürlich die Ausbildung einheimischer Fachleute Hand in Hand. »Du züchtest dir also eine Gruppe heran, die später lieber mit deinem Land als mit anderen zusammenarbeiten wird.«

Wer den Auftrag erhalten werde, sei vorläufig noch offen. »Aber ich kann dir sagen, die Staaten, die sich beworben haben, sind in ihren Mitteln nicht gerade zimperlich. Gewaltige Schmiergelder – das ist noch das harmloseste.«

»Und was hat Kresna damit zu tun?« Sie hatte wieder ihr Gesicht in die Fäuste gestützt und nur deswegen aufmerksam zugehört, weil sie darauf wartete, daß sein Name erneut falle.

»Darüber habe ich bloß Vermutungen.«

»Die willst du mir nicht sagen. Du weißt, ich bin diskret.«

»Stimmt. Dabei ist das eine Tugend, die gar nicht zu dir paßt.«

Sie streckte ihm die Zunge heraus.

»Irgend etwas klappt bei den Verhandlungen nicht mehr. Die Verhandlungen sollten streng geheim sein, in allen Hauptstädten. Vor ein paar Wochen gab es eine Reihe von Indiskretionen. Von welcher Seite, von indonesischer oder fremder? Der Präsident konnte schlecht einen Mann wie den Außenminister oder General Makmur auf Erkundungsreise ausschicken. Beide sind beteiligt und haben vielleicht selbst Dreck am Stecken. Also schickte er Kresna.«

»Und wieso gerade ihn?« Blanche bemühte sich, gleichgültig zu klingen.

»Der ideale Mann: hat nichts mit Projekt Borneo zu tun, gilt als garantiert unbestechlich, ist ein Lieblingsjünger des Präsidenten, war Militärattaché in Washington, war mit diversen Delegationen in Europa, Moskau und Tokio, hat ein gutes Köpfchen und vor allem den gleichen sagenhaften Charme wie weiland Gott Krishna, dessen Namen er ja schließlich trägt.«

»*Here comes Krishna* hat TIME geschrieben.« Blanches Augen funkelten.

»Ich fürchte nur, unser Freund war zu naiv für diese Aufgabe. Ein gutgläubiger Gralsritter. Entweder er hat gar nichts herausbekommen, oder er wurde durch die brutale Wirklichkeit der Welt des

Geldes und der Macht so verstört und erschüttert, daß er aus dem Gleichgewicht geraten ist.« Er grinste plötzlich. »Ich gebe dir Carte blanche, mit ihm zu flirten, ihn zu verführen, natürlich nur bis hier hin« – er deutete mit dem Finger zum Kinn. »Versuche zu ergründen, was er so denkt über seine Reise.«
»Was wärst du ohne deine Mata Hari?«
»Tuan«, sagte ein Diener, »tamu sudah datang.«
Blanche hakte sich bei Christian ein, und sie gingen zum Haus, wo die ersten Gäste in der Halle standen.
»Natürlich die Japaner«, lachte er, »auf die Minute pünktlich.«
»Wie schön, daß Sie endlich unsere bescheidene Hütte beglücken«, begrüßte Christian Werner den zweiten Mann der japanischen Botschaft und seine Frau.
»Es ist eine große Ehre für uns, daß wir zu Ihnen kommen dürfen. Meine Kollegen in Tokio haben mir erzählt, Ihr Haus sei das schönste in ganz Djakarta.« Über das Gesicht des Japaners glitt ein trainiertes Lächeln. »Und das ist noch zu wenig gesagt.«
»Wollen wir in den Garten gehen?« sagte Blanche.
Die Japanerin nickte schüchtern, sie reichte Blanche kaum bis zur Schulter.
»Ein herrlicher Kimono, ich beneide Sie darum.«
»Wenn Sie nach Tokio fahren, können Sie einen kaufen.«
»Dafür muß man so zart und grazil sein wie Sie. Ich sehe im Kimono aus wie ein Pferd. Und mit der Haarfarbe.«
»Sie haben wundervolle Haare, Frau Werner. Herr Matsudaira sagt, so stellt er sich die Loreley vor.« Sie kicherte und hielt ihre Hand vor den Mund.
»Wer ist Herr Matsudaira?«
»Der Leiter unserer Handelsdelegation. Er war früher Vizefinanzminister«, sagte sie vorwurfsvoll.
»Entschuldigen Sie, natürlich. Ich habe viel von ihm gehört. Mein Mann bewundert ihn sehr. Er soll heute abend auch kommen.«
Die winzige Japanerin nickte beeindruckt.
Die Eheleute aus Nippon waren für geraume Weile die einzigen Gäste. Man sprach über das Wetter, über die Hitze, über den chaotischen Verkehr. Die Unterhaltung schleppte sich dahin wie ein müder Esel, der alle paar Schritte stehenbleibt und vorwärts getrieben werden muß.
»Selamat sore«, erscholl eine fröhliche, kräftige Stimme von hinten.

»Herry, welche Überraschung, Sie haben es also doch noch geschafft«, rief Christian Werner.
»Sie sind ein Zauberer, Herry«, Blanche strahlte ihn an, »Sie müssen Siebenmeilenstiefel besitzen. Als ich heute mit Ihrer Sekretärin telefonierte, sagte sie, Herr Pardede führe noch auf irgendwelchen Urwaldflüssen in Borneo, pardon, in Kalimantan.«
»Da war ich auch. Ich glaube, wir kennen uns noch nicht.« Der schwere, massive Mann mit den Armen eines Ringers verbeugte sich in Richtung der Japaner, die sich ihrerseits tief verneigten.
»Entschuldigen Sie, Herr Pardede, Präsidiumsmitglied von Golkar, der Regierungspartei«, sagte Christian Werner, »der meistgereiste Mann in Indonesien.«
»Das ist der Außenminister«, protestierte der Sumatraner.
»Sie werden uns bald in Tokio besuchen, Herr Pardede«, sagte der Japaner, »ich bin sehr geehrt, einen so einflußreichen Mann kennenzulernen.«
»Ich wollte, ich hätte Einfluß. Aber ich bin nur so eine Art Reisevertreter«, er lachte und zeigte alle Zähne. »Ich versuche in ganz Indonesien Golkar zu verkaufen. Auf den Besuch in Tokio freue ich mich wie ein Schuljunge auf die Ferien.«
Herry Pardede platzte vor Energie und Lebenslust. Ein Mann, mit dem es gut war, zu essen, zu saufen, zu feiern, mit dem es jedoch nicht ratsam war, sich zu schlagen. Immer war er guter Laune, und sein Lachen kollerte tief aus dem mächtigen Bauch.
Jetzt trafen die Gäste in großen Schüben ein. Bald standen sie über den ganzen Rasen verstreut, die Gespräche verschmolzen zu einem gleichmäßigen Gesumm, aus dem hell Gelächter und das Klimpern von Gläsern klang. Die Diener in ihren weißen Uniformen glitten mit Tabletts von Gruppe zu Gruppe. Im Gebüsch quakten Frösche. Fackeln warfen flatterndes rotes Licht. Hinter dem Tjemarabaum stieg der Mond hoch, milchig verschwommen.
»Wer ist das Mädchen da drüben?« fragte ein junger amerikanischer Diplomat Christian Werner.
»Die Freundin von Lee Cheong.«
Der Amerikaner pfiff durch die Zähne: »Schade, viel zu hübsch für diesen häßlichen Kerl.«
»Er ist gar nicht so häßlich. Aus dir spricht der Neid.« Christian grinste hinterhältig. »Oder sollte es gar berufliche Verbitterung sein, weil er die Japaner euch vorzieht?«

Der Amerikaner, in den Anblick der zierlichen Javanerin vertieft, schien den Satz nicht zu hören. »Blanche hat mir erzählt, daß General Kresna kommt«, sagte er in Gedanken.
»Vielleicht«, sagte Christian leichthin.
»Der geht doch nie zu Parties, zumindest nicht bei Ausländern.«
»Blanches grüne Augen vollbringen eben Wunder.«
»Und deine Verbindungen. Ich weiß nicht, wie ihr das schafft – in eurem Haus verkehren Indonesier, die man sonst nie bei Gesellschaften sieht. Nicht einmal bei meinem Botschafter.«
»Wie ist denn Cradles Stimmung, seit er aus Washington zurückgekommen ist?«
»Schlechter denn je. Er tut mir leid. Die machen ihm wirklich das Leben sauer.«
»Von wem stammt denn die Schnapsidee, auf den Verteidigungsminister zu setzen?« fragte Christian.
Der Amerikaner hob mißtrauisch fragend seine Augenbrauen.
»Washington glaubt offenbar, besonders schlau zu sein, indem es den Borneo-Auftrag mit Unterstützung des großen Generals angeln will.«
»Woher hast du das denn wieder, Christian?«
»Ich bin ja auch ein wenig an dem Projekt interessiert.«
»Das ist auf dem Mist vom Pentagon gewachsen. Die glauben, weil der General Verteidigungsminister ist und stellvertretender Oberbefehlshaber, sei er der zweite Mann in Indonesien.«
»Dick, du arbeitest zuviel, du siehst müde aus«, sagte in einer anderen Gruppe ein kleiner, quirliger, freundlicher Mann mit russischem Akzent zum amerikanischen Botschafter. »Höchste Zeit, daß wir wieder einmal Tennis spielen.«
»Nur Doppel, und nur, wenn ich einen Partner finde, der stärker ist als du, Wolodja.« Richard Hershing Cradle legte seine blondbehaarte, leberfleckenübersäte Hand auf die Schulter seines sowjetischen Kollegen.
Der hob lachend die Schultern und machte eine Gebärde der Resignation: »Ich bin völlig aus der Übung. Du schlägst mich nach Belieben. Wir haben schon wieder eine Delegation, es ist furchtbar. Genosse Malinowsky braucht weder Schlaf noch Wochenende. Stets im Dienste der Revolution.«
»Ein Sergej Malinowsky hat an der Militärakademie gelehrt, als ich auf Posten in Moskau war. Ist das der gleiche?«

»Malinowsky und Sergej sind beides häufige Namen bei uns.«
Cradle faltete seine Stirn und dachte angestrengt nach, zumindest sah er so aus: »Ja. Ich erinnere mich jetzt, er galt als Kapazität für militärische und strategische Fragen in Südostasien.«
»Da bin ich wirklich überfragt, Dick.« Botschafter Orloff lächelte unschuldig wie ein Kind. »Sieh an, da drüben, Matsudaira-san und Lee Cheong in trautem Tête-à-tête. Was die sich wohl zu sagen haben?«
»Ob Kresna ihre Kreise stören wird«, sagte Cradle. Seine Augen zwinkerten nervös.
»Wir sollten enger zusammenarbeiten, Dick«, sagte der Russe langsam, bedächtig, und seine Stimme klang plötzlich geschäftlich. »Du weißt so manches, ich weiß auch ein wenig. Vielleicht kämen dann unsere beiden Länder hier rascher zum Erfolg.«
»Ich dachte, ihr hättet das Borneo-Projekt schon in der Tasche.«
»Und ich dachte das gleiche von euch«, lachte der Russe. »Wenn wir nicht achtgeben, wachen wir eines Morgens auf und lesen in der Zeitung, daß die Indonesier mit denen da«, er deutete auf Matsudaira, »abgeschlossen haben.«
»Störe ich?« fragte ein zartgebauter, schmaler Mann mit flachem Kinn und flinken Augen.
»Herr Außenminister«, sagten die beiden Botschafter aus einem Munde und drückten herzlich seine Hand.
»Meine Schwiegertochter Darmi«, stellte der Minister das Mädchen vor, das mit ihm gekommen war. »Oder, genauer, meine künftige Schwiegertochter.«
»Gratuliere«, sagte Cradle und sah sie mit unverhüllter Bewunderung an. Sie mochte neunzehn oder zwanzig sein, ihre Schultern waren nackt und wie poliert.
»Sie ist Indonesiens Wasserskichampion«, sagte der Minister stolz.
»Vor zwei Jahren«, lachte das Mädchen, »jetzt bin ich zu alt.«
»Eine reife Frau«, schmunzelte Orloff.
Sie blickte ihm pfeilgerade in die Augen, nicht kokett, sondern wie ein neugieriges, ungeniertes Kind, und strich mit ihren langen, graziösen Fingern über ihre bronzenen, samtenen Oberarme.
»Ist Kresna schon hier?« fragte der Außenminister.
Cradle schüttelte den Kopf. »Ich kann mir nicht vorstellen, daß er kommt. Hab' vorhin mit meinem jungen Mann Grey dagegen gewettet.«

»Ich glaube, du hast die Wette eben verloren, Dick«, sagte der Russe, »dreh dich um und schau zum Eingang.«
Plötzlich waren die Gespräche verebbt, und die Gäste im Garten blickten zur Terrasse, wo Kresna und Rai Agung standen und das Ehepaar Werner begrüßten. Kresna trug einen dunkelblauen, erstklassig geschneiderten Anzug und sah darin noch unauffälliger aus als in Uniform. Wer nicht wußte, wer er war, mußte glauben, die allgemeine Aufmerksamkeit gelte seiner Frau, einer Herrscherin, die ihr Volk besucht. Aber dann lächelte er jemandem auf dem Rasen zu, und dieses Lächeln schien sich über seinen ganzen Körper auszubreiten.
Cradle beobachtete das junge Mädchen an seiner Seite. Sie starrte mit leicht geöffneten Lippen völlig selbstvergessen auf den General. Belustigt stellte er fest, daß sich seine eigenen Mundwinkel gleichfalls auseinanderzogen. Matsudaira und Lee Cheong, die abseits in einer Ecke des Gartens in ihre Unterhaltung vertieft gewesen waren, brachen ab und schlenderten langsam über den Rasen. Cradle versuchte ein Wort zu erhaschen: sie sprachen chinesisch.
Gemächlich ging der Botschafter zwischen den Gruppen dahin, Gesprächsfetzen drangen an sein Ohr, die er unbewußt aufnahm, wie Vogelgezwitscher: »... einen Sonnenbrand, daß ich zwei Tage im Bett lag ... Seegärten, Fische in allen Farben, herrlich zum ... die Fehlinvestition des Jahres, immer regnet es, wenn wir am Wochenende hinauffahren ... ach, ich bin so aufgeregt, ich habe so viel über Kresna gehört und gelesen ... Und dann sagt mir der Präsident ... Geschieden? Die haben doch gerade erst geheiratet ... Ein neuer amerikanischer Botschafter. Cradle soll versagt haben ... Ähm, ähm ...« Er kannte die beiden Männer nicht, die plötzlich verlegen in die andere Richtung sahen. Da wird also schon darüber auf dem Marktplatz geklatscht, dachte er verbittert. Seine gute Stimmung war wie weggeblasen ... »Soll versagt haben.« Sein zerknittertes, sommersprossenübersätes Gesicht schrumpfte wie eine vertrocknete Zitrone. Schicke einen Bericht, ein Telegramm nach dem anderen, lasse Grey sich die Finger wundschreiben, die Herren im State Department lesen das ja nicht einmal. Jetzt schicken sie mir noch diesen Eierkopf aus dem Weißen Haus, diesen Professor Rausher auf den Leib. Seit Monaten sagen ich ihnen: Wir müssen uns um General Soetjipto bemühen, dessen Wort wird bei der Vergabe des Projektes Borneo den Ausschlag geben. Soet-

jipto, sagen die, wer ist das schon, den schleppt der Präsident doch nur mit, weil's ein alter Kamerad von ihm ist. Den brauchen wir nicht, wir haben einen viel Besseren: den Verteidigungsminister, der ist außerdem unbestechlich, dem müssen wir keine Million Dollar Schmiergelder zahlen. Und ich Narr, ich ärgere mir hier in Djakarta ein Magengeschwür an . . . »Soll versagt haben.« Verbittert stürzte er ein Glas Whisky hinunter.

»Herr Botschafter, wie schön, Sie wiederzusehen.« Vor ihm stand Kresna und strahlte ihn an, als ob er sich schon den ganzen Tag darauf gefreut habe. Seine Augen glänzten derart ehrlich überzeugend, daß Cradle nicht umhinkam, zu lächeln und des Generals Freude für bare Münze zu nehmen.

Kresna hakte sich bei ihm unter. »Um einen Tag habe ich Sie in Washington verpaßt. Wir wollten doch zusammen Clam-Chowder essen, in Ihrem Geheimtip-Restaurant, wo es die beste Clam-Chowder in den Staaten gibt. Am liebsten wäre ich den einen Tag noch geblieben.«

»Meine Kollegen wußten wahrscheinlich bessere Adressen.«

»Nein«, er schüttelte seinen Kopf, für einen Augenblick verschwand sein Lächeln, »nein, keine besseren Adressen.« Er sah dem Botschafter prüfend in die Augen, als ginge es um wesentlich mehr als um eine gute Muschelsuppe.

»Sie haben die Herzen der Amerikaner im Sturm erobert«, sagte Cradle. Die Worte schmeckten ihm etwas fade auf den Lippen.

»Die Amerikaner sind höfliche Menschen«, sagte Kresna, und völlig unerwartet fügte er trocken hinzu: »Vielleicht war in dieser Woche gerade Braun an der Reihe im Farbfernsehen.«

Cradle musterte ihn überrascht. Er wollte etwas über den Zwischenfall in dem Nachtklub sagen, sich entschuldigen, verschluckte indessen, was ihm schon auf der Zunge lag.

»Sie sind doch sonst nicht spöttisch, General.«

»Auf einer Reise lernt man dies und das.« Kresna grinste sein bestes Knabengrinsen.

Ich kenne mich bei ihm nicht aus, dachte der Amerikaner, ich bin mir nie ganz sicher, wann er etwas ernst meint und wann nicht. Erstaunlich, wie rasch er umzuschalten vermag. Oft scheint er so naiv, daß man ihn wieder in die Schule schicken möchte. Im nächsten Moment stellt er die kompliziertesten Fragen so einfach und kristallklar dar, daß man sich sagt: der Kerl ist fast genial.

»Haben Sie auf Ihrer Reise alles erreicht, was Sie erreichen wollten, General?«
»Ich sollte nichts erreichen. Sie kennen meinen Auftrag, Herr Botschafter, ich sollte nur meine Augen und Ohren aufsperren.«
»Gut. Also sind Sie zufrieden mit dem, was Sie hörten und sahen?«
»Ich war heute zwei Stunden beim Präsidenten und habe ihm Bericht erstattet. Es wird einiges geschehen in den nächsten Wochen. Es ist Zeit, Richard Cradle.«
Richard Cradle hat er mich noch nie genannt, und der Ton zuletzt war hart, fast drohend.
»Sie meinen, Köpfe müssen rollen?«
»Das habe ich nicht zu entscheiden.«
»Aber Sie haben es heute vorgeschlagen.«
Sie standen beide am entferntesten Teil des Gartens. Es war dunkel, keiner konnte die Miene des anderen deutlich erkennen.
»Wie kommen Sie auf den Gedanken?«
»Ich bin vielleicht ein mittelmäßiger Botschafter, aber ich bilde mir ein, ein ganz guter Psychologe zu sein.«
»Was hat das mit Psychologie zu tun?«
»Kresna«, sagte er leise, »wir haben immer offen miteinander geredet. Sie mit mir. Ich mit Ihnen. Meine Regierung hat mich nicht über alle Bedenken im Detail informiert, die sie neuerdings bei den Verhandlungen über das Projekt Borneo hegt. Ich muß das leider ehrlich eingestehen. Botschafter sind heute zu Briefträgern degradiert. Aber ich weiß, daß sich einige Leute bei uns über die Methoden von« – er zögerte –, »von einigen einflußreichen Herren aus der unmittelbaren Umgebung Ihres Präsidenten beklagt haben. Einen Mann wie Sie muß solche Entdeckung mit Abscheu und Wut . . .«
»Cradle, mir wäre lieb, wenn wir das Gespräch jetzt abbrechen. Was Sie behaupten, stimmt vielleicht. Sie müssen verstehen, daß ich im Augenblick nicht weiter darüber reden darf.« Er sprach schnell und abgehackt. In der verlegenen Stille, die sich zwischen sie schob, schienen die ungesagten Worte zu ticken wie eine Uhr.
Jenseits der Hecke, irgendwo im Kampong, blies ein Tukang seine Eintonflöte, um Käufer zu werben. Kresna schob seinen Arm unter den Cradles und führte ihn schweigend zurück ins Helle.
Blanche eilte den beiden Männern atemlos entgegen, ihre Haare

flogen: »Darmi hat dauernd nach Ihnen gefragt, Herr Botschafter. Sie müssen einen großen Eindruck auf sie gemacht haben.« Sie schnitt ein todernstes Gesicht.

»Wer ist Darmi?«

»Sie kennen nicht einmal den Namen Ihrer neuesten Eroberung, Richard? Sie sollten sich schämen.«

»Ich habe solchen Erfolg bei Frauen« – sein zerknittertes Sommersprossengesicht verzog sich nach allen Seiten –, »daß ich mir unmöglich alle Namen merken kann. Nur Sie, Blanche, widerstehen leider meinem legendären Charme.«

»O nein«, sagte sie schnippisch und wandte schamhaft den Kopf ab, »aber Christian ist die Reinkarnation Othellos.«

Sie lachten. »Blanche«, sagte der Botschafter, »wenn es Sie nicht gäbe, müßten wir Sie erfinden. In Ihrer Gesellschaft bilde ich mir wirklich ein, ich sähe aus wie Marlon Brando und nicht wie ein müder, alter, kleiner Beamter.«

»Auf zu Darmi«, sie hakte sich bei Cradle und Kresna ein und steuerte auf eine laute, fröhliche Gesellschaft zu. Darmi war von einer Gruppe junger Diplomaten umgeben, die dem Amerikaner respektvoll Platz machten.

Blanche ließ Kresnas Arm indessen nicht los, sondern führte ihn weiter. Sie ging jetzt dicht neben ihm, und ihre Hüften streiften ihn zuweilen.

»Ich habe Sie vermißt, Kresna«, sagte sie leise und drückte seinen Arm.

»Ein Bewunderer mehr oder weniger, spielt das eine Rolle?«

»Aber Sie sind der einzige General darunter.« Ihre Zunge wippte zwischen den Lippen.

»Welch ein Glück, daß ich nicht mehr Oberst bin.« Er versuchte ihrem Körper auszuweichen, sie drängte nach. »Rai hat mir erzählt, daß Sie oft zusammen waren und gute Freunde geworden sind. Sie ahnen gar nicht, wie mich das freut, Blanche.«

»Das ist doch nicht ungewöhnlich. Rai ist die bezauberndste Frau, die ich kenne. Und die schönste.«

»Das finde ich auch.«

»Sie haben mir einmal, in einer schwachen Stunde, gesagt, die schönste Frau sei ich.« Sie beobachtete ihn aus schrägen Augenwinkeln.

»Ach, Sie erinnern sich noch daran?«

»Natürlich erinnere ich mich daran. Sie haben mir damals viele zauberhafte Dinge gesagt.«

»Wahrscheinlich war ich etwas betrunken. Dann tu ich das gern. Sonst bin ich zu schüchtern.« Der Mund lächelte, die Augen blieben ernst.

»Warum lügen Sie, Kresna?«

»Ich lüge . . .«

»Ja, Sie lügen. Wir saßen dort drüben an unserem Fischteich. Christian war im Haus, in der Bibliothek, irgendeine Geschäftsbesprechung. Ich weiß noch jedes Wort, das Sie mir sagten. Sie waren nicht betrunken, Kresna, Sie haben an dem ganzen Abend nur ein Glas Wein getrunken. Und was Sie mir damals sagten, das können Sie unmöglich jeder Frau sagen. Nein« – sie warf mit einer trotzigen Bewegung ihres Kopfes die Haarmähne zurück, ihre grünen Pupillen glitzerten im Dunkeln –, »nein, nein.«

»Dann war's der Mond. Ich bin nämlich mondsüchtig, müssen Sie wissen.«

»Wär Neumond, ätsch«, sagte sie spöttisch. »Sie weichen mir immer aus, warum?« Sie stampfte zornig mit dem Fuß.

»Im Flugzeug . . .«, setzte er an und brach ab.

»Im Flugzeug . . .«, stieß sie nach.

»Im Flugzeug über dem Atlantik habe ich ein Gedicht über Sie geschrieben.« Er grinste verlegen.

»Wie schön! Haben Sie es mitgebracht?«

»Nein. Zerrissen.«

»Zerrissen, wie schade. Aber Sie wissen die Worte sicher noch. Sagen Sie's mir, bitte. Seit meiner Schulzeit habe ich nie mehr Gedichte bekommen.« Sie hätte sich auf die Zunge beißen mögen. Sie spürte, daß er gekränkt war. »Bitte, Kresna, sagen Sie's mir.« Sie stellte sich vor ihn. Er spürte ihren Atem in seinem Gesicht. Sie nahm seine Hände.

»Ich möchte Sie gerne küssen, Blanche, aber ich werde Sie nicht küssen.«

»Nein . . .?« Ihre Lippen kamen näher und näher. »Nein?« fragte sie.

Er packte sie an den Schultern und schob sie fort, sehr zart, sehr sanft: »Alle können uns hier sehen, Blanche, alle, auch Rai und Christian. Seien Sie vernünftig.«

»Dann treffen wir uns morgen, übermorgen, wo wir allein sind, wo uns niemand sieht«, flüsterte sie.

»Sie wissen, das ist unmöglich.«
»Unmöglich ist nichts, wenn man den Mut hat.«
»Es dreht sich hier nicht um Mut, Blanche, Sie sind töricht.«
»Sie sind feige, General Kresna«, sagte sie spöttisch, »ja, das sind Sie: feige.« Plötzlich drückte sie ihren Mund auf seinen. »Aber ein bezaubernder Feigling.« Sie lachte und lief fort.
Kresna blieb noch ein paar Sekunden stehen, er spürte den rauchigen Geschmack ihrer Lippen, heißer, weicher Lippen.
Blanche sprach an dem Abend nicht mehr mit ihm allein. Nur gelegentlich, wenn sie sich unbeobachtet glaubte, huschte ihr Blick zu ihm, zärtlich, spöttisch, herausfordernd.
Kresna war der umworbene Star der Gesellschaft. Der japanische Delegationschef Matsudaira schlug ihm vor, an einem der nächsten Tage miteinander Golf zu spielen, wann immer es dem General genehm sei. Der Botschafter habe ihm wahre Wunderdinge von des Generals Schlägen erzählt. Der Botschafter übertreibe, sagte Kresna, eine kleine Partie werde ihm freilich eine große Ehre sein, er werde sich erlauben, Exzellenz Matsudaira übermorgen, um sechs Uhr früh, abholen zu lassen. Oder sei das zu früh? Nein, ausgezeichnet. Keiner der beiden Männer brauchte zu erwähnen, warum sie so erpicht waren, von ihren reichlich angefüllten Arbeitstagen ein paar Stunden für ein Golfspiel zu zweit auszusparen: der Chef einer Handelsdelegation und der Befehlshaber des Strategischen Einsatzkommandos, die sich gerade erst kennengelernt hatten.
»Klappt es mit Kresna?« fragte später Lee Cheong den Japaner. Der nickte kühl und hochmütig.
»Lassen Sie ihn gewinnen, Exzellenz«, sagte trocken Lee Cheong, »der General ist ein schlechter Verlierer.«
Matsudaira nahm seine Schildpattbrille ab und putzte sie sorgfältig. »... und Ihr General?« Seine Mundwinkel zogen sich ironisch herab. Sein Gesicht wirkte ohne Brille nicht, wie oft bei Brillenträgern, nackt und hilflos, sondern genauso eisgekühlt selbstsicher, überlegen und hochmütig wie sonst. Matsudaira hatte ein kluges, gutgeschnittenes Gesicht, und sein phantastischer Hochmut hatte dermaßen Stil, daß er Leuten wie Christian Werner bares Vergnügen bereitete. Seine Anzüge bestellte er in London, seine Hemden in Paris, seine Schuhe in Budapest – bei einem Schuhmacher, der vor dem Krieg Fürsten und Könige beliefert hatte.
Auch in Djakarta geizte Masao Matsudaira mit seinen Verabredun-

gen, verteilte sie wie Gunstbeweise eines Monarchen. Von Kresna mußte er etwas Wichtiges wollen. Ich kann mir denken, was, sagte sich Kresna: die Japaner verhandeln über das Projekt Borneo im geheimen mit Umar Makmur, sie haben ihn in der Tasche, er zappelt in ihrem Netz. Hat sie eine hübsche Stange Geld gekostet. Jetzt möchten sie gern wissen, was ich auf meiner Reise herausbekommen und was ich heute morgen dem Präsidenten berichtet und vorgeschlagen habe.

Er war müde, wollte nach Hause gehen, suchte Rai. Die saß an einem Gartentisch mit dem Außenminister und Herry Pardede. Als er herankam, rief der Sumatraner: »Wir reden gerade von Ihnen, General. Wir brauchen Sie.«

»Und welches süße Gift flößt ihr zwei meiner Frau ein?«

»Sie wollen mir einreden, du seist Wachs in meiner Hand«, sie lächelte.

»Ich habe ihr gesagt, sie sei viel zu gut für dich.« Der Minister schmunzelte, und sein häßliches, kinnflaches Gesicht gewann plötzlich bezwingenden Charme und große Überzeugungskraft. »Du müßtest das Vorrecht, ihr Ehemann zu sein, laufend neu erwerben.«

»Ich habe mir bisher immer eingebildet, ich täte das. Oder liegen etwa Klagen vor?« Er grinste, stellte sich hinter Rai und legte die Hände auf ihre Schultern. »Erfülle ich meine ehelichen Pflichten ungenügend?«

»Es geht hier nicht um eheliche, sondern sozusagen um nationale Pflichten. Du hast die schönste Frau des Landes geheiratet, das fordert mehr von dir, als nur ein guter Offizier zu sein.«

»Gut gesprochen, Herr Minister!« Herry Pardede beugte sich vor und klopfte ihm auf die Schulter. Dann fügte er ernst hinzu: »Bung Kresna, wir möchten, daß Sie beim Wahlkampf mitmachen.«

»Wer ist ›wir‹, und was heißt ›mitmachen‹?«

»Das Präsidium der Regierungspartei. Die Idee kommt direkt vom Präsidenten. Sie und der Außenminister sollen unsere Starredner sein.«

Kresna war so überrascht, daß er zunächst schwieg.

»Starredner«, sagte er schließlich gedehnt, »Starredner für Golkar?«

»Wolltest du etwa eine Wahlkampagne für die Nahdatul Ulama bestreiten? Hat dich Freund Chaliq für die Sache der Muslim gewonnen?« fragte Außenminister Witular spöttisch.

»Ich habe Chaliq lediglich ein paar Minuten in Paris gesehen, wo sich unsere Flugzeuge kreuzten«, sagte Kresna in Gedanken versunken. Dann lachte er: »Ihr macht einen Witz, und ich bin prompt darauf hereingefallen.«

»Wir machen keinen Witz, General.«

Kresnas Gesicht erstarrte in ernster Konzentration. »Ich bin kein Redner, ich habe keinerlei Erfahrung.«

»Du bist der beste Redner in Indonesien«, sagte Rai, »und der leidenschaftlichste. Entschuldigt«, sie sah den Außenminister und Pardede an, »ich meine, einer der drei besten.«

»Sie haben völlig recht, Rai, der beste«, sagte Pardede, »darum brauchen wir Sie, Kresna. Darum wollte der Präsident, daß Sie auf Wahltour gehen. Wir sind in Wirklichkeit nicht so siegessicher, wie wir nach außen tun. Chaliq bastelt an einem Wahlbündnis zwischen den Muslim und den Nationalisten. Das könnte bedrohlich werden. Chaliq will diesmal um jeden Preis Erfolg haben, um jeden. Er wird alle bösen Geister wecken, die in Indonesien schlummern, er wird vor nichts zurückschrecken: Religionskrieg, Fremdenhaß, nieder mit der Militärdiktatur, Kommunistenrache für 1965. Und wenn er vor etwas zurückschreckt, dann wird er die Augen schließen und Latief mit seinen Schlägertruppen freie Hand lassen.«

»Übertreiben Sie nicht, Pardede? Chaliq ist zwar ein ungeheuer ehrgeiziger Politiker, aber ein besonnener, liberaler Mann und ein Patriot.«

»Er übertreibt nicht«, sagte der Außenminister. »Chaliq weiß: diese Wahlen sind wahrscheinlich die letzte Chance für die Muslim-Partei und die letzte für ihn. Wenn sie jetzt verlieren, wird man in ein paar Jahren ihre Wähler an den Händen abzählen können.«

Auf der Heimfahrt erzählte ihm Rai Agung, auch Lee Cheong sei zu ihr gekommen und habe ihr berichtet, General Makmurs sehnlichster Wunsch sei, ihn, Kresna, als Starredner für Golkar zu gewinnen.

»Ich trau' der Sache nicht. Warum wollen mich plötzlich alle für die Politik von Golkar einspannen?« Seine Finger trommelten auf Rais Knie.

# V

General Umar Makmurs Büro war einfach und ohne Geschmack eingerichtet. Mit sicherem Griff hatte er von seinen Reisen nach Bali und Sumatra, Celebes und Borneo, Flores und Ambon die kitschigsten Produkte der sogenannten Volkskunst heimgebracht. Da schmückten jetzt Segelboote aus Muscheln, Zepter aus Gummi, Adler aus Messing, Mädchenbusen aus Holz die Regale längs der Wände, in denen sonst nichts stand. Über Makmurs Kopf schwebte ein javanischer Vulkan bei Sonnenuntergang.

Der Schreibtisch mußte Tonnen wiegen, war aber fast leer. Ein langer Tisch mit harten, unbequemen Holzsesseln verhalf dazu, daß sich Konferenzen nicht in die Länge zogen. Makmur besaß außerdem ein Geheimarchiv, das er in dreißig Jahren zusammengetragen und in dem alles über jeden stand, angefangen beim Präsidenten. Dieses Archiv war in den mit Spezialstahl verstärkten Schreibtisch in seiner Privatvilla eingebaut. Mit dem Inhalt, so hieß es, könne man ganz Indonesien in die Luft sprengen und auch noch in anderen Staaten Schaden anrichten. Eingerahmt war dort zu lesen: »Wissen über Menschen ist Macht über Menschen.«

Umar Makmur trug meist eine dunkle Sonnenbrille, selbst in dämmerigen Nachtlokalen. Sie war indessen sein einziges Attribut, das man gemeinhin, zumindest in heißen Ländern, mit dem Chef des Geheimdienstes in Verbindung bringt. Er lachte gern und oft – eigentlich lachte er nicht richtig, sondern grinste. Die Intelligenz, die er zweifellos in beträchtlichem Maße besaß, hatte er erfolgreich aus seinem Gesicht verbannt, das vielmehr an einen wettergegerbten Fischer erinnerte, der wohl weiß, wo die besten Fischgründe liegen und welcher Wind morgen wehen wird, dem jedoch schon das kleine Einmaleins erhebliche Mühe bereitet. Wer mit Makmur sprach, vor allem unerfahrene Ausländer, hatte vielfach den Eindruck, er denke gerade an etwas ganz anderes oder er denke überhaupt nicht. Richard Cradle besuchte ihn mit einem Senator aus Iowa, der nachher sagte: »Diesen gottverdammten Idioten würde ich nicht einmal meinen Wagen waschen lassen.« Cradle hielt es für hoffnungslos, den Senator aufzuklären, sondern schickte ihn zum Ausgleich in ein teures Bordell. Er freute sich noch heute diebisch bei dem Gedanken, daß Makmur, der bloß so tat, als könne er kaum Englisch, aller Wahrscheinlichkeit nach am folgenden Tag

des Senators Puffgespräche von einem Tonband abhörte. Pete van der Groot, der in Makmurs Geheimtresor ausgiebig porträtiert war und seinerseits über den General eine ganze Menge wußte, nannte ihn »den größten Verstellungskünstler Indonesiens«.
Umar Makmur galt zur Zeit als der zweitmächtigste Mann in Indonesien, nach dem Präsidenten, viele hielten ihn für den mächtigsten. Als politischer Berater des Präsidenten war er quasi Ministerpräsident, ohne daß ein Sitz im Kabinett vonnöten war, er war Chef der Geheimpolizei, wenngleich nicht der nominelle, er war Chef der Regierungspartei, wenngleich nicht der nominelle. Ihm fehlte nur ein Amt zur unbestrittenen Macht: die Präsidentschaft. Dieses Amt wollte er nächstes Jahr, auf ganz legale Weise, erwerben, wenn der Volkskongreß den neuen Präsidenten wählen würde. Der gegenwärtige Präsident wollte nicht nochmals kandidieren, das verbot ihm sein eigener Wille und der Wille seiner Frau. Umar Makmur war des Präsidenten Kronprinz, obschon sich dieser niemals eindeutig über seine Nachfolge ausgesprochen hatte, auch nicht ihm gegenüber. Bis vor wenigen Monaten gab es weit und breit keinen Rivalen, den Makmur zu fürchten brauchte. Dann begann plötzlich Adiwono Soetjipto merkwürdige Äußerungen fallenzulassen und verdächtige Manöver auszuführen. Und jetzt war sich Makmur noch nicht im klaren, ob ein zweiter Rivale aufgetaucht sei, ein Rivale, der vielleicht selbst noch garnichts davon wußte: Kresna Dirdjosuparto.
Umar Makmur saß an seinem tonnenschweren Schreibtisch und dachte über Kresna nach. Auf einen weißen Block zeichnete er Schiffe, künstlerisch nicht wertvoll, aber immerhin als solche zu erkennen. Er drückte auf eine Taste und sagte in die Sprechanlage: »Lee Cheong, bitte kommen Sie gleich zu mir. Ohne die Wahlkampfunterlagen.«
»Ich verstehe.«
Makmur lächelte. Lee Cheong brauchte man nie etwas zu erklären. Sie nannten ihn aus gutem Grund ›Makmurs Computer‹.
»Selamat pagi, Pak Umar.«
»Selamat pagi, Lee. Na, wie war's gestern abend?«
»Die Werners sind geschickte Leute. Schöne Frauen, kluge Männer, gute Getränke, was will man mehr.«
»Ist diese Blanche Werner wirklich eine so reizvolle Frau und leicht zu haben?«

»Sie würde Ihnen sehr gefallen, General. Ihr Typ.«
»Und Ihrer nicht?«
Lee schüttelte den Kopf.
»Sie sind für zierlich und schwarz. Hilft Ihnen seine Hoheit, der Mangkunagara, eigentlich bei der Auswahl Ihrer Freundinnen? Die kleine Shita ist die dritte, oder ist's die vierte, aus Solo, und, wenn ich mich nicht täusche, auch wieder eine Inang in der fürstlichen Tanzgruppe.«
»Ich liebe die alten javanischen Tänze.« Lee machte eine Pause. »Blanche Werner und Kresna haben sich gestern abend geküßt. Nur kurz, immerhin.« Lee Cheong sprach trocken und sachlich, ohne zu lächeln.
»Ich weiß«, grinste Makmur, »und nicht das erste Mal.«
Lee war über das Wissen seines Chefs nicht weiter verwundert, er fragte bloß: »Haben sie schon miteinander geschlafen?«
»Nein. Aber vielleicht tun sie's bald. Wird jedoch Christian Werner und Rai Agung wenig freuen.«
»Sie müssen es ja nicht erfahren. Kresna ist immer sehr diskret.«
»Müssen nicht«, der General grinste, »aber können.«
»Ja, ja, die Liebe«, sagte Lee, als spreche er vom bevorstehenden Wahlkampf, »hat schon manchen Helden zur Strecke gebracht.«
»Ein Skandal um Kresna« — Makmur schüttelte traurig sein Haupt — »wäre nicht schön.«
»Zunächst einmal wird er mit Matsudaira Golf spielen.«
»Haben Sie dem Japaner zugeredet, oder hatte er schon vor Ihrem Gespräch gestern die Absicht?«
»Herr Matsudaira ist ein Mann mit sehr bestimmten Vorstellungen, wie Sie wissen. Er muß überdies aus Tokio Instruktionen erhalten haben, sich mit Kresna in Verbindung zu setzen.«
»Kresna ist ein stürmischer, junger Mann und sehr naiv. Das sind die gefährlichsten Politiker. Die wollen eine saubere, makellose neue Welt bauen, dazu meinen sie, müßten sie die alte vorher einreißen. Ich hoffe, der Präsident bleibt hart und läßt sich nicht durch Kresnas Bericht unsicher machen.«
»Was steht in dem Bericht?«
»Ich weiß es nicht.«
Lee Cheong starrte ihn ungläubig an: »Sie waren doch dabei.«
»Der Präsident hatte Soetjipto und mich eingeladen, bei der Besprechung anwesend zu sein. Richtig. Kresna bestand darauf, den Prä-

sidenten unter vier Augen zu sprechen. Sehr peinlich für den Chef. Aber er willigte ein.«
»Und Sie wissen nicht, was die beiden gesprochen haben?«
»Nein.«
»Nein?«
»Nein«, wiederholte Makmur scharf, »Kresna hat nur mündlich berichtet, nichts schriftlich, der Präsident hat hinterher keine Notizen diktiert. Gestern nachmittag, bei unserer Routinekonferenz, blieb er sehr vage, sagte nur, er wolle an einem der nächsten Tage mit mir und Soetjipto über das Projekt Borneo reden.«
»Und Sie haben keine Ahnung, Pak Umar, was in den zwei Stunden, die Kresna beim Präsidenten war, besprochen wurde?« Lee Cheong war wie vor den Kopf geschlagen.
»Ich sag's Ihnen doch«, seine Stimme wurde ungeduldig, »die beiden waren allein, kein drittes Paar Ohren, kein drittes Paar Augen.«
»Ist das ein Grund?«
»Hüten Sie Ihre Zunge ein wenig, Lee Cheong.«
Vor drei Monaten waren im Präsidentenpalais und im Amtssitz des Präsidenten Abhöranlagen entdeckt worden. Niemand konnte Umar Makmur nachweisen, daß seine Leute sie installiert hatten; schließlich gab es in Indonesien auch andere Geheimdienste. Aber jedermann verdächtigte ihn, offenbar auch der Präsident, der zwar nichts sagte, ihn jedoch eine Zeitlang kühl behandelte. Seither war General Soetjiptos Stern im Steigen, und Makmur vermutete sogar, daß »der kleine Mystiker«, wie er ihn verächtlich nannte, seine Finger dabei im Spiel gehabt hatte.
Er hatte es nicht gern, wenn ihn jemand an die Affäre erinnerte, er sah finster vor sich hin.
Lee Cheong zog es vor, zu schweigen. Er rutschte unwillkürlich in seinem unbequemen Sessel tiefer, wurde kleiner.
Makmur stand auf und ging im Zimmer hin und her, hin und her, die Arme über der Brust fest verschränkt. Lee Cheong biß auf seine Oberlippe, wartete ab.
Nach einigen Minuten setzte sich der General wieder. Er grinste seinen Untergebenen an. Das ist seine Stärke, dachte Lee, er läßt sich nie etwas anmerken, dabei geht es jetzt um seine Karriere, um seinen Kopf vielleicht.
»Was schlagen Sie vor?« fragte Makmur und fing wieder an, seine Schiffchen zu kritzeln.

»Es handelt sich um zwei Probleme. Um den Präsidenten und um Kresna.«
»Richtig.«
»Kresna sind vielleicht die finanziellen Transaktionen zwischen Ihnen und den Japanern gezeigt worden.«
»Wäre möglich.« Makmur nahm einen Blaustift und zeichnete Meereswellen zwischen die Schiffchen.
»Und offenbar ähnliche Aktionen zwischen General Soetjipto und, nennen wir ihn X. Ich kann mir keinen anderen Grund vorstellen, warum sonst Kresna gefordert hätte, daß Sie beide ...« Er suchte nach dem geeignet taktvollen Wort.
Makmur sah hoch, »... hinausgeschmissen werden.«
»Wie ich Kresna einschätze, ist für ihn mit der Entdeckung dieser Transaktion eine Welt zusammengebrochen. Vielleicht nicht so sehr über ...« Lee zögerte.
»... über mich, der ohnehin als korrupt gilt«, diesmal sah Makmur nicht einmal hoch, sondern färbte seine Schiffchen rot.
»So grob wollte ich das nicht ausdrücken. Aber ich meinte eben, Kresna wird weniger überrascht sein, daß Sie – als daß auch Soetjipto, sein alter Freund ...« Er ließ die nächsten Worte ungesprochen.
»Wir sind ja keineswegs die einzigen, falls es stimmt, was Sie über den kleinen Mystiker vermuten.«
»Vielleicht könnten Sie dem Präsidenten vorschlagen, daß es im Interesse des Staates wäre, wenn die Firma ›Kupu‹ an dem Projekt Borneo beteiligt würde. Oder noch besser, Herr Matsudaira soll das vorschlagen.«
»Matsudaira würde so etwas nie tun.«
»Andere japanische Herren.«
»Die Firma ›Kupu‹ sollte in der Tat eingeschaltet werden. Warum haben wir das nicht schon längst angeregt, Lee Cheong?«
»Vielleicht weil die Hohe Frau in den letzten Monaten sich Ihnen gegenüber als ungnädig erwies.«
Makmur zeichnete nun schwarze Rauchkringel, die aus seiner kleinen Flotte stiegen. »So was wollen wir ja gerade nicht«, murmelte er, »wir wollen nur rauchfreies Dieselöl.« Er hob den Kopf, blickte Lee Cheong zufrieden an: »Das werden wir morgen einleiten. Die Japaner müssen sich für ›Kupu‹ interessieren. Dem Präsidenten werde ich vorläufig gar nichts sagen. Ein vorteilhafter

Kontrakt zwischen ›Kupu‹ und den Japanern wird die Hohe Frau gnädig stimmen, und ihr Gatte wird um so eher einsehen, warum wir das Projekt Borneo mit Tokio machen sollten.«

»Und warum die Anschuldigungen der Amerikaner, die Kresna wahrscheinlich brühheiß und übertrieben dem Präsidenten weitergegeben hat, unsinnig sind.«

»Unsinnig ist ein falsches Wort, Lee Cheong. Ich kann die Empörung der Amerikaner durchaus verstehen. Wenn ich mich in ihre Haut versetze, wäre ich auch wütend. Aber wie wollen Sie diesen Cowboys klarmachen, daß unsere kleinen finanziellen Transaktionen nur Beiwerk sind, Schmuck, höfliche Gesten der Aufmerksamkeit von seiten der Japaner mir, Ihnen und einigen anderen Herren gegenüber. Die Amerikaner glauben fest, das weiß ich zuverlässig, mich könne man einfach kaufen. Wie eine Hure. Wer am meisten bietet, mit dem lege ich mich ins Bett. Washington versteht nichts, aber rein gar nichts«, er schnippte verächtlich mit den Fingern, »von der Mentalität der Asiaten. Je gründlicher ich über das Projekt Borneo nachdenke, je länger ich mich damit beschäftige, desto mehr komme ich zu der Überzeugung, daß meine Lösung die einzig richtige ist. Unsere Flotte läßt sich nur in Zusammenarbeit mit den Japanern bauen, Sie sehen es ja schon jetzt bei den Verhandlungen. Die Japaner verstehen, was wir wollen und was wir brauchen. Sie sind beweglich genug, ihre Vorschläge dem anzupassen. Die Amerikaner glauben hingegen, Indonesien läge im Karibischen Meer. Cradle ist ein guter Mann, hat aber in Washington nichts mehr zu bestellen. Jetzt schicken sie vom Weißen Haus den Professor Rausher her. Ein brillanter Bursche. Ist übrigens mit Blanche Werner verwandt. Was machen Sie da für Notizen, Lee Cheong?«

»Ich mache keine Notizen, General, ich doodle«, er hielt das Blatt hoch.

»Sie müssen mir ja nicht alles nachmachen.« Umar Makmur grinste. Notizen durften bei Besprechungen mit ihm nicht geschrieben werden, wenn er es nicht ausdrücklich verlangte.

»Rausher ist mit Blanche Werner verwandt.« Makmur hatte sich angewöhnt, bei Gesprächsunterbrechungen den letzten Satz, der ihm wichtig schien, zu wiederholen. »Er sieht gut aus, ist jung, ist ein Frauenfreund, steht noch nicht fest, ob er mit oder ohne Frau kommt. Hoffe ohne.«

»Sie denken an die beiden Schwestern.«
»Lee Cheong, Sie haben meine Gedanken wieder einmal erraten.« Er sah geradezu verdutzt aus. »Aber Sie sind ein Sexomane, eine Schwester genügt für Rausher. Vielleicht könnten wir die andere mit Herrn Orloff oder Herrn Malinowsky bekannt machen.«
»Die beiden Schwestern besitzen zwei riesige Betten, die lassen sich zusammenschieben.« Jetzt lächelte sogar Lee Cheong, wenngleich mit einer Spur von Hohn. »Indonesien als Brücke zwischen Ost und West. Kennen Sie das Wort des deutschen Dichters Goethe, Pak Umar: ›Prophete rechts, Prophete links, das Weltkind in der Mitten‹?«
Makmur schüttelte den Kopf. »Nein, das muß ich mir merken.« Beide lachten.
»Ich habe Ihre sexuelle Phantasie noch nie so beflügelt erlebt, Lee. Die kleine Shita muß es in sich haben. Doch zurück zu den sogenannten ernsten Dingen. Wir wissen, wen sich die Amerikaner anlachen wollen: den Herrn Verteidigungsminister. Der ist prowestlich, will amerikanische Waffen und Schiffe einkaufen. Wir wissen, wer den Europäern den Vorzug gibt: unser Herr Außenminister und der Präsident der Nationalbank. Der Außenminister war nicht zufällig gestern bei Christian Werner. Doch wir tappen im Dunkeln«, sagte Makmur und lehnte sich in seinem gepolsterten Lederfauteuil, dem einzigen bequemen Sitzgerät im Raum, weit zurück und schrieb mit dem Bleistift imaginäre Buchstaben in die Luft, »mit wem die Sowjets sich angefreundet haben. Wenn die Russen den Planungsauftrag für das Projekt Borneo erhalten, können wir gleich die Kommunistische Partei wieder zulassen. Sie kennen meine Vermutung, Lee Cheong. Ich kann leider nichts unternehmen, solange ich keine Beweise gegen ihn in der Hand habe ...« Sein Mund blieb plötzlich offenstehen, und er sah jetzt in der Tat geistig beschränkt aus. »Das bringt mich auf eine glänzende Idee! Warum ist die uns nicht vorher eingefallen?«
»Kresna«, sagte Lee Cheong.
»Jawohl, Kresna. Unser Freund vom Strategischen Einsatzkommando besitzt die Beweise gegen General Soetjipto. Meinen Sie nicht?«
Lee Cheong nickte: »Wie kommen wir daran?«
»Ich will's mir durch den Kopf gehen lassen. Sie sich auch. Vielleicht fällt uns etwas Vernünftiges ein. Wir brauchen Kresna ohne-

hin für den Wahlkampf. Der Präsident ist in die Idee ganz verliebt, Kresna ist sein Anak buah. Und uns paßt das auch ins Konzept. Wenn Kresna das Zugpferd von Golkar für die Wahlen wird, haben wir ihn unter Kontrolle, er muß Farbe bekennen, er kann nicht gegen den Strom schwimmen. Von Minute zu Minute wächst mir der General näher ans Herz.« Makmur grinste, öffnete eine Schublade, wählte mit großer Sorgfalt zwei Zigarren aus und überreichte die eine Lee Cheong.
Wie eine Ordensverleihung, dachte Lee, der Chef ist sehr zufrieden.

»Djalan Daksa Tiga«, sagte General Makmur zu seinem Fahrer. Statt in den schwarzen Lincoln setzte er sich in einen kleinen, blauen, mit Rostflecken überzogenen Nissan Bluebird. Sie fuhren in eine ruhige, frisch geteerte Straße im Villenviertel Kebayoran, durch die nur ab und zu ein Tukang barfüßig trabte. Über den Schultern der knochendürren, sehnigen Körper schaukelten an Bambusstangen schwere Körbe oder auch Blechkästen, die oft mehr wogen als die Männer. Der eine klopfte in regelmäßigem Abstand auf einen Gong, der zweite schlug zwei Hölzer hell aneinander, ein dritter ließ einen Pfiff los.
Sonst war es völlig still in der Djalan Daksa Tiga. Die Fenster der Häuser waren geschlossen, um die brütende Hitze des frühen Nachmittags abzuwehren. Drinnen schliefen die Menschen, vom Essen ermüdet, von der Sonne erschlafft; sie schliefen nackt, schweißüberströmt, wie mit schweren Hanfsäcken zugedeckt. An einigen Fenstern surrten freilich Klimaanlagen. Selbst den Fliegen schien die Sonne zu glühend, sie summten träge ein paar Sekunden, ließen sich dann wieder nieder.
Makmur stieg an der Ecke aus und ging zum Haus der beiden Schwestern. Nach wenigen Schritten war sein Hemd unter den Armen und an der Brust durchnäßt. Ein Boy öffnete ihm und schrumpfte vor Respekt sofort um mehrere Zentimeter zusammen: »Selamat siang, Pak Djendral. Die Herrschaften schlafen, soll ich sie wecken?«
Makmur winkte ab. »Ich habe Zeit, Jusuf, ich warte hier.«
Er stieß die Tür des Wohnzimmers auf. »Brrr«, es war eiskalt darin. Fröstelnd strich er über seine bloßen Oberarme. Jusuf, der des

Generals Wünsche kannte, stellte die Klimaanlage ab, öffnete die Fenster, durch welche die Hitze hereinschlug wie ein angriffstoller Hund, verschwand geräuschlos und kehrte bald ebenso geräuschlos mit einem beschlagenen Glas Rum Collins zurück. Makmur trank in schnellen Zügen das Glas aus, lehnte sich zurück, schloß die Augen und schlief ein.

Er wachte auf, als er die beiden Schwestern die Treppe herabkommen hörte, obschon sie wie auf Katzenpfoten gingen. Sri und Sumini vereinten den hohen, stolzen, gertenschlanken Wuchs ihres sumatranischen Vaters mit dem feingemeißelten, ovalen Gesichtsschnitt ihrer javanischen Mutter. Der eng um die Hüften geschlungene Kain und die taillierte, enge Spitzenjacke, die Kebaya, betonte ihre schlanken Figuren. Von ihrer Größe abgesehen waren die beiden Schwestern gänzlich verschiedenen Typs. Sri, sanft, lieblich und scheu, heller in der Hautfarbe, war gleichsam eine indonesische Cousine südlich blonder Kroatinnen, ungeachtet der schwarzen, im Rücken geknoteten Haare. Sumini, die Ältere, glich hingegen einer feurigen Spanierin, ihre glühenden Kohleaugen durchstreiften den Raum; wie nach Beute suchend, saugten sie sich dann an Makmur fest, ein sieghaftes Lächeln auf den Lippen.

»Sie besuchen uns jetzt viel zu selten, Umar«, sagte Sumini, »wir dachten schon, Sie hätten uns ganz vergessen.«

»Wenigstens jemand, der mich gern sieht«, grinste Makmur.

»Sind wir bloß jemand?« fragte Sri schnippisch.

Makmur breitete pathetisch seine Arme aus: »Die Krone der Schöpfung Allahs, Shivas und Vishnus.«

»Sie sind ein Gotteslästerer, Umar, ich habe es schon immer gewußt«, sagte Sumini.

»Gotteslästerer, weil ich Sie beide die Krone der Schöpfung nenne?«

»Nein, weil Sie alle Götter durcheinandermischen.« Suminis Lippen kräuselten sich leicht und zeigten einen Schimmer ihrer Zähne. »Sri und ich fahren übrigens nächste Woche nach Indien. Ein Maharadja hat uns eingeladen.«

»Nächste Woche. Für wie lange denn?«

Sie zuckte mit den Achseln: »Solange es uns gefällt.«

»Geben Sie acht, daß der Maharadja Sie nicht in seinen Harem sperrt.«

»Das hoffen wir insgeheim. Nicht wahr, Sri? Wir geben langsam die Hoffnung auf, Ehemänner zu finden. Immer noch besser im Harem, da sind wir wenigstens versorgt, als hier zu vertrocknen.« Sie stützte den Kopf, schräg geneigt, auf ihre prächtigen Finger, und ihre Augen schienen ihn zu versengen. »Wir werden allmählich alte Jungfern.«

»Alt, ja«, grinste Makmur, »Jungfrauen, nein.« Sumini war vierundzwanzig und Sri dreiundzwanzig.

»Wie wollen Sie das wissen, Umar«, mischte sich Sri ein, »Sie haben mit keiner von uns geschlafen. Oder etwa doch, Sumini?« Ihre Schwester schüttelte den Kopf.

»Höchste Zeit, daß wir es nachholen«, sagte der General.

»Das sollte keine Aufforderung sein«, sagte Sri kühl, »nur eine Feststellung. Jusuf, Tee! Wo bleibt denn Jusuf?« Sie stand auf und schritt zur Tür; ihre Gesäßbacken wippten aufreizend unter dem knappen Kain, und Makmur mußte den Wunsch unterdrücken, hinzugreifen.

»Können Sie Ihre Reise nach Indien nicht verschieben?«

»Kaum«, sagte Sumini, »wir haben gerade heute die Flugkarten gekauft und dem Maharadja telegrafiert. Er will ein großes Fest für uns veranstalten.«

»Flugkarte, Telegramm, Fest – das läßt sich alles verschieben.«

»Jetzt ist die beste Saison, hat uns der Maharadja geschrieben. Später fängt die Regenzeit an.«

»Wer im indischen Regen steht, wird klüger.«

»Wir sind klug genug. Mehr Verstand brauchen wir nicht, der macht nur Falten«, sagte Sri.

»Sie möchten gern, daß wir hierbleiben, Umar. Was haben Sie denn auf dem Herzen?« Sumini strich langsam über ihre Oberschenkel, als prüfe sie den Stoff ihrer Kleider.

»Der Tee ist zu süß«, sagte Makmur.

»Eine neue Tasse, Jusuf«, rief Sumini und klatschte in die Hände.

»Sie haben einen Freund an der amerikanischen Botschaft gehabt, Sumini?«

»Der ist schon lange versetzt.«

»Ich weiß, ich weiß.«

»Er wollte mich heiraten. Ein Jahr lang hat er mich mit Briefen und Geschenken überschüttet.«

»Ich weiß, ich weiß.«

»Sie sollten wenigstens so tun, als ließen Sie die Post nicht öffnen.« Sumini sah jetzt richtig zornig aus, und es stand ihr herrlich. »Zumindest nicht unsere.«
Makmur probierte seinen Tee. Man hörte ihn schlürfen.
»Müssen Sie denn Ihren Tee so laut schlürfen«, zischte Sri.
»Ich bin der Sohn eines landlosen Bauern«, grinste der General. Nach einer Weile sagte er: »Sri, Sie haben doch russische Musik gern.«
»Ja, das stimmt.«
»In zwei Wochen kommt das Bolschoi-Ballett.«
»Das versäume ich leider, wir sind dann in Indien. Tut mir sehr leid.«
»Ah, Sie wollen, daß wir ein Gastspiel mit dem Ballett geben«, sagte Sumini und lachte.
»Nicht ganz. Ich habe mir erlaubt, vier Karten für Sie zu besorgen. Sie waren schwer zu bekommen, alle Vorstellungen sind seit Monaten ausverkauft.«
»Sie sind wirklich aufmerksam.« Sri schlug spöttisch die Hände zusammen. »Zwei Karten für uns, eine für Sie, und für wen ist die vierte? Doch nicht für Lee Cheong – den kann ich nicht leiden.«
»Keine Angst, Sri. Ich habe bloß gedacht, daß Sie beide vielleicht bereit wären, zwei prominente Gäste der Regierung zu begleiten und ihren Abend angenehm zu gestalten. Die beiden Herren kommen ohne ihre Frauen. Eigentlich wollte ich meine beiden Nichten mit den Herren ins Konzert, ich meine ins Ballett schicken. Aber die haben leider ausgerechnet Prüfungen um diese Zeit.«
»Welch ein Pech! Aber außer Ihren Nichten und uns beiden kennen Sie gewiß noch andere junge Damen. Warum gerade Sri und mich?«
»Die anderen sprechen nicht so gut englisch wie Sie und sind weniger gewandt. Wenn Sie allerdings Ihre Reise nach Indien nicht aufschieben wollen, muß ich mich eben anderswo umsehen.« Er grinste hinterhältig. »Ich wollte, ich könnte Sie zwingen, hierzubleiben.«
»Wer sind die beiden Herren?« fragte Sri.
»Warum interessiert Sie das, wenn Sie dann gar nicht in Djakarta sind?«
»Vielleicht reisen wir etwas später«, sagte Sumini.
Umar Makmur holte aus seiner Brusttasche ein ledergebundenes

Heft und blätterte nach. Er schien längere Zeit zu suchen. »Der eine heißt Calvin Rausher, aus Washington, der andere Sergej Malinowsky, aus Moskau.«
»Und wer soll bei dem Ballett neben wem sitzen?« fragte Sumini.
»Das überlasse ich selbstverständlich Ihnen. Am besten« – er kratzte sich den Kopf – »sitzt Herr Malinowsky ganz links, er ist schließlich Mitglied des Zentralkomitees, dann Sie, Sri, dann Sumini und ganz rechts der Herr vom Weißen Haus.«
»Ich vertrage keinen Wodka«, kicherte Sri.
»Erzählen Sie uns etwas mehr, Umar«, sagte Sumini.

## VI

»Hier geht's nicht mehr weiter, Bapak. Am besten, wir lassen den Wagen stehen.« Mohamad Chaliq beugte sich aus dem Fenster und fragte einen der halbnackten, mageren Männer, die vor der abgesperrten Brücke auf den Fersen hockten: »Seit wann ist die Brücke denn kaputt?«
»Ist nicht kaputt, Tuan. Wird repariert.«
»Von Reparieren sehe ich nichts. Ihr hockt ja alle herum.«
»Warten auf Material, Tuan.« Die Männer lachten fröhlich.
»Ausgerechnet vor dem Wahlkampf«, murmelte Mohamad Chaliq.
»Sieht fast so aus, als machte die Regierung das absichtlich. Sperrt den Kyai von der Umwelt ab. Der alte Mann kann unmöglich jedesmal zu Fuß gehen, wenn er Wahlreden halten oder predigen will.«
»Wann wird die Brücke fertig sein?« fragte Amak Latief, der am Steuer saß.
»Übermorgen«, sagte der Mann.
»Übermorgen, unmöglich, ihr habt noch gar nicht mit der Arbeit angefangen.«
»Vielleicht dauert's einen Monat.« Der halbnackte Mann lachte und zeigte seine Zahnstummel. »Nach Allahs Willen.«
Chaliq runzelte die Stirn und drückte die Wagentür auf. »Müssen eben zu Fuß gehen. Bis zur Pesantren Duwak Putih sind's mindestens dreißig Minuten.«

Sie zogen ihre Schuhe aus, wateten durch den Bach, trockneten die Füße mit Taschentüchern. Nach wenigen Schritten auf der Straße waren ihre Schuhe mit feinem, gelbem Sand bedeckt. Chaliq tupfte ununterbrochen mit seinem ohnehin feuchten Taschentuch die Schweißbäche ab, die ihm in die Augen rannen und brannten, in die Ohren, den Nacken herab in den Kragen seines Hemdes, das er nach wenigen Minuten hätte auswringen können.
»Auf dem Rückweg fahren wir beim Bupati vorbei. Beschweren uns. Sie hätten mit der Brücke gewiß bis nach dem Wahlkampf warten können«, sagte Chaliq.
»Das wird nichts nützen. Außerdem weiß der Regierungspräsident wahrscheinlich gar nichts davon. Der Kommandant, nicht der Bupati, wird die Weisung gegeben haben, nach Instruktionen von Makmur«, sagte Latief.
Eine Zeitlang trotteten der Führer der stärksten Oppositionspartei Indonesiens und der gefürchtete Leiter ihrer Jugendorganisation wortlos dahin: Hadji Mohamad Chaliq, Vorsitzender der Nahdatul Ulama, der »Partei der Muslim-Lehrer«, und Amak Latief, Chef von ANSOR, »der General Allahs«, wie er im Volk hieß.
»Mittagssport in schöner Umgebung«, lachte Latief. Chaliq murmelte bloß.
Das Land wogte auf und ab wie bewegte See. Die Reishalme standen grün in den Wasserspiegeln der kleinen, lehmumgürteten Felder, Wasser plätscherte in armdicken Strahlen von Terrasse zu Terrasse. Dörfer verbargen sich unter den Fächerkronen der Palmen, im Gelaub von Bambus, Bananen, Orangen und Papayabäumen. Im Hintergrund stieg, blaugrau im Dunst verschwommen, ein großer Vulkan hoch, der, weil er so einsam in der Ebene stand, riesenhaft und unheimlich wirkte wie ein Gespensterschiff. Sonst war nichts unheimlich an diesem Land, es schien in goldgelben Honig getränkt, das Sonnenlicht atmete, blitzte, jauchzte geradezu, und die Reisfelder funkelten in Fruchtbarkeit.
»Man sollte nicht glauben, daß vor ein paar Jahren hier viel Blut geflossen ist«, sagte Latief.
»Nein. Friede und Ruhe seit Ewigkeit. Und seit Jahrtausenden unverändertes Leben«, sagte Chaliq und öffnete ächzend einen weiteren Knopf seines Hemdes. »Gestern hat mich der libysche Botschafter besucht.«
»Gute Nachricht?«

Chaliq nickte: »Eine Million Dollar fürs erste.«
»Wir brauchen mehr.«
»Er hat mehr versprochen.« Chaliq tupfte seine Brust ab. »Nächste Woche, spätestens übernächste.«
»Zehn Millionen Dollar. Ohne die können wir nur so einen dürftigen Wahlkampf führen wie das letzte Mal. Mindestens zehn Millionen Dollar.«
»Die Algerier haben einen Beitrag versprochen, die Ägypter, die Syrier, die Iraker.«
»Und Kuwait, Saudi-Arabien, die schwimmen doch im Ölgeld?«
Mohamad Chaliq schüttelte sein langes Pferdegesicht. Die dicken, lockigen, schwarzen Haare saßen wie eine Perücke über der ungewöhnlich hohen und stark gewölbten Stirn. Seine Augen waren tiefbraun, kraftvoll, groß. Mohamad Chaliq war ein häßlicher Mann, aber von faszinierender, dämonischer Häßlichkeit. Viele Menschen fürchteten ihn, als sei er ein böser Zauberer.
Dabei war Chaliq der modernste und liberalste Politiker seiner Partei, hatte in Amerika studiert, reiste jedes Jahr durch die Welt, las deutsche und französische Philosophen, sammelte Schmetterlinge und korrespondierte darüber mit Forschern in Ost und West.
Sein Begleiter, Amak Latief, hatte dagegen gar nichts Furchterregendes an sich: ein Bulle von Mann, der vor Lebenslust fast aus seinem Hemd platzte, mit einem großen, lachenden Gesicht, einer fröhlichen Stimme, lachenden Augen. Wie Herry Pardede, der gleichfalls fünfunddreißig Jahre zählte, sah er aus wie ein Mann, der gern aß, trank, feierte und sich gelegentlich schlug.
»Gott behüte uns davor, daß Amak Latief jemals wieder Gelegenheit erhält, sich auszutoben«, sagte Umar Makmur von ihm, »1965 hat er Zehntausende von Kommunisten abgeschlachtet. Damals hatte er unseren Segen. Geben Sie ihm heute Macht und Gewehre, und er ist der gefährlichste Mann in Indonesien. Der geborene General, seine ANSOR-Truppen gehen für ihn durchs Feuer, auch durchs Höllenfeuer.«
Amak Latief schien die Hitze nichts auszumachen, er ging gleichmäßigen, weitausholenden Schrittes, winkte gelegentlich ein paar Bauern und Bäuerinnen zu, deren Oberkörper aus den Reisfeldern ragten, die Köpfe von spitzen Strohhüten überdacht, als seien sie Brustbilder.
Endlich kamen sie in ein baumumschattetes, bächleindurchzogenes

Dorf, an dessen Ende die Pesantren, das Muslim-Internat Duwak Putih lag.
Als sie eintraten, wurden sie von aufgeregten Schülern umringt, die ihre Hände zu küssen versuchten. »Salam aleikum, salam aleikum«, scholl es von allen Seiten. Sie wurden zwischen zwei Reihen von Schlafhütten entlanggeführt, vor denen im Kunterbunt Abfälle lagen, verkrustete Töpfe, angerostete Petroleumkocher, angefressene Schalen von Wassermelonen. Wäsche hing zum Trocknen an Bambusstangen und der fette Geruch von Kokosöl in der Luft. Neugierig blickten die Knaben aus den kleinen, überfüllten, schmutzigen Räumen, unterbrachen ihre Gespräche, ihr Studium oder ihr dämmerndes Dösen, um ehrfurchtsvoll die beiden berühmten Muslim-Politiker zu bestaunen. Die kamen nun inmitten einer Flut von Knabenleibern zu dem einfachen, schmalen Steinhaus des Kyai Hadji Busiri, des unbeschränkten Gebieters über zweieinhalbtausend Schüler des Islam.
Der hochwürdige Herr Kyai, der verehrte Lehrer, war aus dem Mittagsschlaf geweckt worden. Sein Gesicht war noch leicht verkniffen, als er auf die kleine Terrasse trat, die Arme ausbreitete und erst Chaliq, dann Latief an seine magere Brust drückte.
»Allah segne euch, meine Freunde.« Über sein ausgedörrtes Gesicht glitt ein Lächeln wie eine Brise über die reglose See. Ein paar einsame Schnurrbarthaare über den fahlen Lippen, ein paar graue Haare, die traurig unter dem spitzen Kinn zitterten, verstärkten den Eindruck eines verhungerten, gerupften Raubvogels. Kyai Hadji Busiri war Vorstandsmitglied der NU seit ihrer Gründung, und Chaliq war als kleiner Junge hier drei Jahre zur Schule gegangen.
»Warum habt ihr nicht gesagt, daß ihr kommt, meine Söhne?« sagte er vorwurfsvoll. »Wir haben gar nichts vorbereitet, gar nichts.« Er knöpfte sein verwaschenes, wasserblaues Hemd halb zu, unter dem er ein Leibchen trug, dem Seife notgetan hätte.
»Weg, weg, Kinder!« Er scheuchte mit herrischer, ungeduldiger Handbewegung die Hunderte von Schülern fort, die sich am Fuß der Terrasse gesammelt hatten und sich völlig still verhielten.
»Wir werden später mit euch reden«, sagte Chaliq.
Sie traten ins Haus und setzten sich auf die zerrissenen Geflechte der Strohsessel. Der Alte streifte die Sandalen ab und zog die Beine auf die Bank.
»Ich habe kein Auto gesehen. Wie seid Ihr gekommen?«

»Zu Fuß«, sagte Chaliq. »Wir mußten das Auto an der Brücke stehenlassen, Kyai.«
»Warum?«
»Die Brücke wird repariert.«
Busiri stülpte seinen Mund vor wie eine zitternde Affenschnauze und lachte heiser: »Fängt das schon an? Das macht der Kommandant absichtlich, damit ich von hier nicht wegkann.«
»Das habe ich mir gedacht, Kyai.«
»Gut, daß ihr gekommen seid, Pak Chaliq und mein Sohn Latief. Wir müssen uns gegen die Regierung zur Wehr setzen. Die Armee arbeitet mit allen Mitteln, um uns einzuschüchtern. Noch bevor der Wahlkampf richtig begonnen hat.«
Chaliq zog ein Notizheft hervor: »Sehen Sie, Bapak, das halbe Heft ist schon voll mit Beschwerden von unseren Freunden. Ich werde sie in der Wahlkommission Punkt für Punkt vorlegen.« Er schlug mit dem Heft in seine Hand.
»Die Wahlkommission«, kicherte Kyai Busiri, »wird plötzlich auf allen Ohren taub sein.«
»Schließlich bin ich der zweite Vorsitzende«, sagte Chaliq pikiert.
Der Kyai schien die Feststellung nicht zu hören. »Wir können uns nur auf unsere eigenen Kräfte verlassen. Bei den letzten Wahlen haben wir den Fehler begangen, uns an alle Regeln, Gesetze und Vorschriften zu halten. Und was ist passiert?« Er zog den breiten grünen Gürtel hoch, Zeichen des Mekkapilgers, der um seine Hüften schlotterte. »Was ist passiert? Wir sind um zehn Millionen Stimmen betrogen worden.«
»Um mehr, Kyai«, sagte Latief. »Bei einer freien, fairen, demokratischen Wahl wären wir die stärkste Partei geworden, nicht Golkar. Und der Präsident hieße Mohamad Chaliq.«
»Insha' Allah, wenn Gott will, wird er nächstes Jahr so heißen. Doch Allah hilft nur den Starken.« Er lächelte und enthüllte eitergelbe Zahnstummel. »Er hilft nicht den Feigen, den Zögernden, den Halbentschlossenen.«
Chaliq sah in regungslos an.
»Mißverstehe mich nicht, mein Sohn, ich meine nicht dich. Ich meine einige unserer Vorstandskollegen.« Er hob den Deckel von einem Einmachglas und stopfte eine mit Teig umhüllte Banane in den Mund. »Du hast nur einen Fehler«, fuhr er fort, an der Banane kauend, »du bist zu gut, zu tolerant, zu anständig.«

»Ich bin nicht gut, ich bin nur ein Realist. Politik ist die Kunst des Möglichen, nicht des Unmöglichen.«
Busiri schien den Einwand wieder nicht zu hören. »Wir müssen mit den gleichen Methoden kämpfen wie unsere Gegner. Entweder werden die kommenden Wahlen zum Abgeordnetenhaus ehrliche Wahlen, dann gewinnen wir, oder die Armee will uns, will das Volk wieder einschüchtern, wie beim letzten Mal, dann werden wir uns wehren. Gleiches mit Gleichem vergelten!« Er kicherte, und seine Augen glitzerten.
Der Alte wird langsam senil, dachte Chaliq, er lebt in seiner eigenen Traumwelt.
»Auch wir können einschüchtern«, sagte Latief fröhlich und griff sich eine volle Hand Krupuk-Keks aus dem Einmachglas. »Pak Kyai hat recht. Wir müssen mit den gleichen Mitteln kämpfen wie Golkar und die Armee.«
»Wie stellt ihr euch das vor?« fragte Chaliq. »Wir haben keine Soldaten, keine Panzerwagen, keine Maschinengewehre. Wir haben keine unbeschränkten Gelder wie Golkar, mit denen wir in jedem Dorf Volksfeste veranstalten und nachher die Bauern zum Essen einladen können. Wir können uns nicht die Dalangs kaufen, damit sie landauf, landab in den Wayang-Spielen für uns Propaganda machen. Wir verfügen nicht über ein Millionenheer von Beamten, die tun müssen, was wir ihnen sagen, hier eine Brücke abbrechen, dort eilig eine neue Straße bauen, hier Versammlungsstätten sperren, dort jemanden verhaften.«
»Mein Schwiegersohn ist gestern verhaftet worden«, sagte der Kyai.
»Kyai Hadji Dofer?« fragte Chaliq entsetzt. »Haben sie die Gründe erklärt?«
»Nein. Sie kamen einfach, zehn Polizisten, und nahmen ihn mit.« Er stocherte in seinen Zähnen. »Vorher haben sie uns täglich besucht. Erst die Beamten, immer einen Rang höher, der Lurah, der Landrat, der Bupati. Dann der Polizeikommandant und schließlich der Oberst.«
»Was haben sie gesagt?«
»Wir müssen hier alle Golkar wählen. Golkar ist Fortschritt, Golkar gehört die Zukunft, NU ist Rückschritt, Vergangenheit.«
»Auch gedroht?«
Der Kyai nahm seinen Fez ab und kratzte sich am kahlen Schädel:

»Nicht direkt. Sie sagten bloß, wenn wir Golkar wählen statt Nahdatul Ulama, würde die Regierung der Pesantren sicher Zuschüsse geben. Und Sie haben uns erzählt, neuerdings seien eine Reihe Kyais und Ulamas verhaftet worden, weil sie das Religionsgesetz verletzt hätten. Mein Schwiegersohn hat gelacht und ihnen im guten Ponorogo-Stil geantwortet: ›Ihr könnt mich einsperren, aber ich wähle NU, wir alle wählen NU‹. Drei Tage später haben sie ihn eingesperrt.« Er kicherte.
Chaliq schrieb in sein Notizbuch. »Die achtundsiebzigste Verhaftung in den letzten beiden Wochen.«
»Sollen wir das einfach hinnehmen, sollen wir uns abschlachten lassen wie Opferschafe?« fragte Latief und tastete seine dicken Schultermuskeln ab. »Erst verhaften sie, in ein paar Wochen werden sie anfangen, unsere Leute umzubringen. Bis die Menschen so vor Furcht zittern, daß sie freiwillig Golkar wählen. Dann braucht die Regierung gar keine Wahlfälschungen mehr zu betreiben.«
»Die Zeit der Mäßigung ist vorbei«, sagte der Kyai. »Diesmal geht es um unsere Existenz.«
Vom Minarett erscholl das Mittagsgebet. Eine junge Stimme sang den Ruf zu Allah, lang gedehnte, sehnsuchtsvolle arabische Silben: »Bismillah ir Rahman in ir Rahim, im Namen Gottes, des Erbarmers, des Barmherzigen . . .«
»Was können wir unternehmen?« fragte Chaliq und rieb nachdenklich sein langes Pferdegesicht. »Sind wir nicht machtlos?«
»Wir besitzen die stärkste Macht: den Glauben an Allah«, sagte der Kyai. »Den müssen wir mobilisieren.«
Das erinnert mich an die höhnische Frage Stalins, dachte Chaliq bitter: Wie viele Divisionen hat der Papst? Laut sagte er: »Die Armee, die Regierung, Golkar arbeitet mit Psychoschock. Ich kenne das aus meiner Zeit im Befreiungskrieg. Haben wir damals auch angewendet. Eine alte Guerillamethode.«
»Genau das.« Latief beugte sich vor. »Psychoschock. Können wir ebenfalls. Genau das.«
»Ich habe nicht gesagt, daß ich dafür bin, ich habe nur laut gedacht.« Chaliqs Stimme klang entschlossen.
»Ich kenne eure modernen Ausdrücke nicht, weiß damit wenig anzufangen«, sagte der Kyai. »Wir wollen den Menschen ins Gewissen reden, sie mahnen, Allah zu gehorchen und seinen Geboten

streng zu folgen. Ich werde den Leuten in der Moschee predigen: Wer von euch die Nahdatul Ulama wählt, kommt in den Himmel.«
»Und wer Golkar wählt, wird in ungeweihter Erde begraben und kommt in die Hölle.«
Der Kyai gluckerte nur leise vor sich hin und nickte mit dem Kopf. »So wie ich, werden die Ulamas, werden die Kyais in ganz Indonesien predigen, in Zehntausenden von Moscheen und Pesantren.«
»Für jene, die nicht verstehen, was die Predigten bedeuten«, lachte Latief fröhlich, als beginne er eine hübsche Anekdote, »können wir noch deutlicher machen, was sie nach den Wahlen erwartet.«
Die beiden anderen blickten ihn fragend an.
»Wir heben in den Wäldern große Gräber aus und stecken in den Boden spitze Bambusstangen.« Er begleitete seinen Plan mit plastischen Handbewegungen. »Eine Reihe neben die andere wie ein Rost. Für die Verräter, die Golkar wählen statt NU. Zur Abwechslung stellen wir auch hier und dort Galgen auf.«
»Das haben die Kommunisten vor dem Putschversuch 1965 auch getan«, sagte Chaliq trocken, »wir machen damit bloß die Armee argwöhnisch.«
»Falls die Armee die Gräber entdeckt«, sagte Latief ungerührt. »Außerdem gibt es viel zu wenig Soldaten, als daß sie die Dörfer laufend kontrollieren können. Wir schaufeln eben die Gräber erst zwei, drei Tage vor der Wahl. Das reicht völlig.«
»Und wenn sie doch entdeckt werden?«
»Aber Pak Chaliq! Rechnen Sie einmal aus. In ganz Java kommt höchstens ein Soldat oder Polizist auf ein Dorf. Sie können unmöglich in den letzten zweiundsiebzig, in den letzten achtundvierzig Stunden die Wälder und die Umgebung aller Dörfer durchsuchen.«
»Brauchen sie nicht. Es genügt, wenn jemand Anzeige erstattet.«
»Dann hat der Denunziant Pech gehabt.« Latief fuhr mit dem Finger quer über seine Gurgel und lachte. »Und der Soldat vielleicht auch.«
Chaliq biß in eine grüne Wassermelone, der Saft tropfte an seinem Kinn herab. »Physische Einschüchterung und Belästigung kann nur dort nützen, wo wir stärker sind oder wenigstens gleichstark.«
»Ansor zählt heute über zwei Millionen Mitglieder, gut ausgebil-

dete Mitglieder, die bereit sind, für ihren Glauben zu sterben.«
Wohlwollend musterte der Kyai Amak Latief, während Chaliqs Gesicht völlig undurchdringlich blieb. Nur seine Augen glänzten: »Wir wollen keinen Bürgerkrieg, wir wollen keinen Djihad.«
»Wer hat das Wort Djihad in den Mund genommen?« fragte Latief. »Wer hat vom Heiligen Krieg gesprochen? Wir nicht« – er sah den Kyai an, der zustimmend nickte – »sondern Umar Makmur, in seiner letzten Rede in Surabaya.«
Mohamad Chaliq stand auf und betrachtete aufmerksam die vergilbte Fotografie eines grimmigen, langbärtigen Ulama, der von der fliegenbevölkerten Wand wie ein strafender Prophet auf die drei Männer herabblickte. »Nächste Woche«, sagte er langsam und betont, »nächste Woche werde ich dem Parteivorstand den Entwurf eines Wahlbündnisses mit den Nationalisten vorlegen. Gestern habe ich die Verhandlungen mit Rusman, dem Vorsitzenden der PNI, abgeschlossen. Wir wollen uns im Wahlkampf auf vier Punkte konzentrieren: Übergabe der Regierung an Zivilisten, Wiederherstellung von Freiheit und Demokratie, Ende des Ausverkaufs unserer Rohstoffe und unserer Wirtschaft an das Ausland, geistige Erneuerung der Nation. Wer Fortschritt will, muß auf zwei Füßen gehen: dem geistigen und dem wirtschaftlichen. Die spirituelle Seite wurde vom Präsidenten und von der Armee in ihrer materialistischen Gier in den letzten Jahren nicht bloß vernachlässigt, sondern vergessen.«
»Ein ausgezeichnetes Programm, Pak Chaliq.« Der Kyai lächelte und sah jetzt aus wie ein lieber, alter, schlechtgenährter Großvater. »Ich werde auf der Vorstandssitzung dafür stimmen.« Er hob den Fliegendeckel von seinem Glas und schlürfte mit Genuß den Tee aus: »Der Glaube ist für die Menschen wichtiger als ein voller Magen. Das hat der Präsident vergessen. Leuten wie Makmur und Witular ist sogar gleichgültig, ob der Magen des Volkes voll ist, ihnen ist nur der eigene wichtig.« Er verzog den Mund empört zu einer zitternden Affenschnauze. »Die Regierungspartei hat keinen Glauben, sie hat keine Ideologie, das ist gefährlich. Wenn wir nicht achtgeben, werden die Kommunisten diesen leeren Raum ausfüllen, ohne daß Makmur und seine Golkar-Genossen es merken.« Seine Stimme fiel in den singenden Predigtton.
»Es geht in den kommenden Wahlen noch um weit mehr als um

die Existenz der Nahdatul Ulama, meine Söhne, ja, um weit mehr; um die Rettung des Glaubens in Indonesien, um die Rettung Indonesiens. Möge Allah mit uns sein.« Er senkte das Haupt und begann zu beten.

## VII

»Du trinkst zuviel, mein Liebling.«
Kresna antwortete nicht, sondern setzte sich mit seinem frisch gefüllten Glas Whisky-Soda auf die Sessellehne neben Rai Agung und küßte sie auf den Nacken, indem er ihre schweren schwarzen Haare beiseite schob.
»Siehst du mich lieber in Zivil oder in Uniform?« fragte er, noch immer den Kopf in ihrer Nackenbeuge, in ihren Haaren verborgen.
»Am liebsten nackt.« Sie lachte, dann drehte sie sich im Sessel halb um und blickte ihm in die Augen, das Lächeln war aus ihrem Gesicht entschwunden. »Was meinst du damit, Kresna?«
Er zuckte mit den Achseln, sagte »nur so« und drehte das Glas in der Hand.
Zwei Wochen waren seit seiner Rückkehr von der Weltreise vergangen, zwei Wochen, in denen er mit der Sonne aufstand, sich eilig wusch, eilig frühstückte, so tat, als sei er zum Reden noch zu verschlafen, allenfalls ein paar Worte murmelte, sie flüchtig küßte, im Landrover fortfuhr – zwei Wochen, in denen er selten mittags zurückkehrte, meist erst abends, um ihr zu sagen, sie müsse sich rasch umziehen, sie seien eingeladen. Vordem hatte er Einladungen, mit seltenen Ausnahmen, immer abgelehnt. Er saß gern zu Hause, las unersättlich Bücher, vor allem politische und historische Bücher, las täglich die »New York Times«, an die er sich in seiner Zeit als Militärattaché in Washington gewöhnt hatte. Oder er erzählte ihr fröhlich seine Probleme und Sorgen, trank allenfalls ein Glas Whisky während des ganzen Abends, brachte zuweilen Freunde mit, Offizierskollegen meist, am häufigsten Soetjipto. Er war immer gut gelaunt, ja, er steckte mit seiner guten Laune, seinem strahlenden Lächeln alle anderen unwiderstehlich an. In der Nacht war er ein zärtlicher, leidenschaftlicher Liebhaber.

Und jetzt: nervös, ungeduldig, gespannt wich er längeren Unterhaltungen mit ihr aus, selbst das Lächeln schien ihm Mühe zu bereiten. Und im Bett gab es peinliche Augenblicke; er versagte.
Zunächst keimte in Rai der Verdacht, Kresna habe eine Affäre mit Blanche Werner. Sie hatte auf der Party undeutlich gesehen, wie sich die beiden küßten. Überdies ließ sich Blanche seit jenem Abend selten sehen oder hören.
Aber Rai war zu klug und zu ausgewogen, um sich der Eifersucht einfach hinzugeben. Sie forschte wohl einige Tage in seinen Kleidern, Taschentüchern, an seinen Hemden nach Lippenstiftspuren und anderen Beweisstücken, stellte Blanche Fangfragen, die diese gleichmütig und spöttisch beantwortete. Dann sagte sie sich eines Morgens: Rai, sei nicht dumm, es ist nicht Blanche, dann wäre er nicht so gehetzt, getrieben, fast apathisch unglücklich, es muß vielmehr mit der Reise zusammenhängen. Schließlich war seine Stimmung schon auf der Fahrt vom Flugplatz ähnlich und verging nur für einige Tage, nachdem ihn der Präsident empfangen hatte.
Sie hörte vage Gerüchte, Kresna sei in Amerika und anderen Staaten gigantischen Bestechungen auf die Spur gekommen. Pete van der Groot sagte ihr eines Abends, als sie, offensichtlich besorgt, ihren still und nachdenklich in der Ecke sitzenden Mann beobachtete: »Das wird sich legen, Rai, Gralsritter haben nicht immer ein leichtes Leben.« Was Gralsritter seien, fragte sie, und Pete erzählte ihr nicht nur von Parsifal und Lohengrin, er schickte ihr auch am nächsten Tag ein Buch.
Heute war der erste Abend, den sie endlich wieder einmal für sich allein hatten. »Mir ist heute nicht nach Menschen zumute, Rai«, sagte er, kaum daß er zur Tür hereingekommen war, küßte sie zärtlich wie aus schlechtem Gewissen, holte eine Kaviardose aus der Tasche: »Vom persischen Botschafter. Die essen wir heute.« Er schwenkte eine Flasche Wodka in der anderen Hand: »Und die ist vom russischen.«
»Sind wir nicht bei Werners eingeladen?«
Er winkte müde. »Wir sagen ab.«
Beim Essen versank er bald wieder ins Brüten und sprach kaum ein Wort. Er trank mehr, als ihm guttat, und schenkte sich jetzt schon das siebte oder achte Glas Whisky ein.
»Dir wird übel. Du verträgst nicht viel Alkohol«, sagte sie, »und ich muß dann in der Nacht aufstehen und deine Stirn halten, wie

nach dem Diner bei Orloff.« Sie zupfte sein Ohr, streichelte seine Wange. Sie ließ ihre Hand, deren lange, gelenkstarke Finger wie ein Ballett tänzelten, auf seinem Schenkel liegen. Die Wärme dieser stolzen, sicheren Hand schien auf ihn auszustrahlen, ihn zu entspannen.

»Bedauerst du jetzt, daß wir nicht bei Werners sind? Professor Rausher ist dort. Wußtest du, daß er ein Verwandter von Blanche ist? Sie haben ihn extra deinetwegen eingeladen – oder umgekehrt. Wir können noch immer hingehen, wenn's auch fürs Essen zu spät ist.«

»Nein«, sagte er leise. Nach einer Pause: »Du hast meine Frage nicht beantwortet, Rai.«

»Welche Frage?«

»Ob du mich lieber in Uniform oder in Zivil siehst.«

»Doch«, sagte sie lächelnd, »nackt habe ich gesagt. Was wolltest du denn hören?«

»In Zivil«, sagte er ernst.

»Willst du zurücktreten?« Ihre Stimme war weich und warm und klang keineswegs überrascht.

Er malte Kringel auf sein beschlagenes Glas, immer wieder Kringel, von oben nach unten, ums ganze Glas. »Es tut mir leid«, sagte er schließlich, »verzeih mir.« Er ließ unausgesprochen, was ihm leid tat.

Für eine Sekunde schoß die Eifersucht in ihr hoch. »Du hast dich sehr verändert, seit du zurückgekommen bist.«

»Wahrscheinlich. Ich weiß es nicht.« Er nickte.

»Eine Zeitlang dachte ich, du hättest etwas mit Blanche.«

»Blanche . . .« Er lachte. »Sie hat mich neulich geküßt, auf ihrer Gesellschaft.«

»Ich hab's gesehen.«

»Wenn ich eine Affäre mit Blanche angefangen hätte, und sie ist dazu jederzeit bereit, ich warne dich«, sagte er wieder lachend, »dann wäre ich jeden Abend mit Blumen oder Geschenken nach Hause gekommen. Und sehr spät«, jetzt grinste er. Allerdings nur kurz, dann sah er sie sehr ernst an: »Ich weiß nicht, was ich tun soll, Rai, zum erstenmal in meinem Leben weiß ich nicht, was ich tun soll. Ich bin Soldat, ich habe mich nie um Politik gekümmert, nie politischen Ehrgeiz besessen wie Makmur und Soetjipto.« Er spie die Namen aus wie bittere Obstkerne.

»Es ist die Reise, Kresna, nicht wahr? Warum hast du den Auftrag des Präsidenten angenommen?« Sie streichelte seinen Oberschenkel gleichmäßig ruhig.
»Ich bin Soldat, ich tue, was mir der Präsident aufträgt. Er hat mir auch keinen regelrechten Befehl gegeben, er hat mich nur gebeten. Du weißt, er schätzt mich. Und damals war ich sehr stolz, daß er mich, seinen Anak buah, ins Vertrauen schloß, für einen so heiklen und schwierigen Auftrag. Nicht einen meiner Kameraden, nicht einen der klugen Professoren, die ihn beraten, sondern mich.«
»Welches war der Auftrag? Oder darfst du ihn mir nicht sagen?«
»Ich will ihn dir sagen. Auch wenn ich damit ein Staatsgeheimnis verrate. Verrate, ha.« Er lachte trocken, bitter. »Bald kennen es alle Menschen in Djakarta. Nur meine Frau nicht.«
Er ging zum Tisch und schenkte sich ein neues Glas ein, viel mehr Whisky als Soda, versank ächzend in einem Lehnstuhl: »Der Auftrag war, zu erkunden, warum die Amerikaner, die Europäer und die Japaner plötzlich die Verhandlungen über das Projekt Borneo abgebrochen haben. Ja, die Russen habe ich ganz vergessen, die Russen auch. Warum diese vier klipp und klar erklärten, sie seien nur unter zwei Bedingungen bereit, die Verhandlungen wieder aufzunehmen. Erstens müßten wir Sonderdelegationen nach Djakarta einladen, die alle Unterlagen an Ort und Stelle überprüfen dürfen. Jede der vier für sich, natürlich. Zweitens müßten wir garantieren, daß künftig die vertraulichen Gespräche und Angebote nicht mehr an einen anderen Staat verraten würden.«
»Alle vier haben das verlangt? Wußten sie voneinander? Das klingt, als hätten sie sich abgestimmt?«
»Das ist eben das Merkwürdige. Natürlich haben sie sich nicht abgestimmt. Jeder von den vieren will das Projekt Borneo für sich allein, darum waren sie so erbost, daß der Inhalt der Geheimverhandlungen, zum Teil wenigstens, nach außen sickerte.«
»Ich bin zu dumm, ich verstehe das nicht«, sagte Rai.
Kresna lächelte sie an: »Ich auch nicht. Hätte ich begriffen, in welchen Sumpf ich gerate, hätte ich wahrscheinlich den Auftrag abgelehnt. Ich habe mir nur gedacht: das wird so eine Art Erkundungspatrouille, nur ist kein Feind da, der aus dem Hinterhalt auf dich schießt.« Er starrte in sein Glas. »Inzwischen habe ich etwas

gelernt: der Feind sitzt diesmal nicht in den Bergen oder in den Wäldern, er sitzt hier.« Eine Art trunkener Wut bemächtigte sich plötzlich seiner, und diese jähe Heftigkeit des Ausbruchs, so gänzlich überraschend, erschreckte Rai.

»Hier, in diesen Häusern, bei unseren werten Nachbarn, hier sitzt der Feind«, brüllte er, fuhr mit der Hand vage durch die Luft und fegte eine Vase vom Tisch. »Laß sie liegen. Ich kaufe dir eine neue.« Seine Zunge wurde schwer. »Kauf dir eine neue. Spielt keine Rolle, wir werden jetzt reich, sehr reich. Wie unser Freund Adiwono, Adiwono Soetjipto, unser Freund«, er lallte. »Der gute, der feine Adiwono. Entschuldige, mir ist schlecht.« Er stürzte zur Tür.

Rai eilte hinter ihm her. Er stand über die Klosettmuschel gebeugt, erbrach, würgte, erbrach, würgte, stöhnte. Rai hielt seine schweißnasse Stirn. Schließlich kam nur noch gelblicher Speichel aus seinem Mund. Er röchelte, würgte immer noch.

Dann richtete er sich auf, lächelte kläglich wie ein beschämtes Kind. Rai säuberte sein Gesicht, massierte Stirn und Schläfen, rieb seine eiskalten Hände, füllte ein Zahnputzglas mit Mundwasser, gab es ihm zum Gurgeln. Er riß sich Hemd und Unterhemd vom Leib und steckte den Kopf ins Wasser. Rai trocknete seine Haare, führte ihn in das Schlafzimmer, wo er auf das Bett fiel, langsam sank sein Oberkörper zurück. Rai hob die Beine nach, zog ihm Schuhe und Hose aus, deckte ihn zu. Er fror jämmerlich, obwohl die Klimaanlage abgestellt war. Sein Atem ging schwer, in heftigen Stößen. Nach ein paar Minuten, während Rai leise auf ihn einsprach, irgendwelche Worte, die ihr gerade in den Sinn kamen, und mit leichten Fingern über seine Stirn strich, schlief Kresna ein. Rai holte sich ein Buch und las in einem Sessel neben dem Bett. Ab und zu erneuerte sie die Kompresse auf seinem Kopf.

Kresna erwachte mitten in der Nacht, er spürte neben sich im Bett den langen, ruhigen Atem Rais. Aber er mußte sich jetzt alles vom Herzen reden. Er knipste das Licht an und weckte Rai mit einem Kuß. Sie war sofort hellwach.

Nur vage erinnerte er sich an seine Übelkeit, an seinen Ausbruch. Ihm war, als hätte er damit die ganze, in den langen Wochen angestaute Erbitterung, Enttäuschung, empörte Wut sich aus dem Leib gespuckt.

Er begann mit dem ärgsten Schock, mit der Enthüllung, die ihm von den Chinesen in Peking gemacht wurde, daß Adiwono Soetjipto, sein ältester und bester Freund, von den Russen 1,4 Millionen Dollar erhalten hatte, überwiesen auf Schweizer Bankkonten, damit er den Planungsauftrag des Projekts Borneo Moskau zuschanze.

Wieso er denn nach Peking gereist sei, das habe doch auf seinem ursprünglichen Reiseplan gar nicht gestanden? fragte Rai.

Die Amerikaner hätten ihm den Tip gegeben. Entrüstet habe er damals ihre Verdächtigungen gegen Soetjipto zurückgewiesen. Der General sei sein bester Freund, sie beide hätten schon im Krieg gegen die Holländer Seite an Seite gekämpft, er wisse gar nicht mehr, wie oft einer dem anderen das Leben gerettet habe. Für Soetjipto lege er die Hand ins Feuer. Er weise die Anschuldigungen als üble Verleumdungen zurück. Basta. Doch dann habe er in New York, in Washington, in Bonn, in Brüssel, in Paris, schließlich auch in Tokio von immer neuen Bestechungsfällen erfahren, immer andere seiner Kameraden, seiner Bekannten, seiner Freunde in Korruption verwickelt gesehen, so daß ihm schließlich selbst bei Soetjipto Zweifel gekommen seien.

Die Affäre Borneo, die war es ja nun geworden, hatte damit angefangen, daß vor etwa vier Monaten der amerikanische Botschafter Cradle den Präsidenten um ein streng vertrauliches Gespräch unter vier Augen bat. Cradle war offensichtlich die Botschaft, die er aus Washington zu überbringen hatte, sehr peinlich, und er erledigte sich der Aufgabe mit allem Feingefühl. Die Amerikaner waren nach wochenlangen Verhandlungen in Washington auf alle wesentlichen Wünsche der indonesischen Delegation eingegangen: Zusammensetzung des Forschungsteams, Verteilung der Aufgaben zwischen amerikanischem und indonesischem Personal, Ausrüstung der Teams, Höhe der Gehälter, Finanzierung und so weiter. Außerdem hatten sie sich über die Formulierung eines Paragraphen geeinigt, der den Amerikanern nach dem für zwölf Monate bemessenen Planungsauftrag Vorrang bei der sich anschließenden Entwicklung der indonesischen Flotte und Häfen sichern sollte; dabei ging es schließlich um mehrere Milliarden Dollar. Der Planungsauftrag war sozusagen die Verlobung, der Aufbau der Flotte die Ehe.

Da kam eines Tages der indonesische Delegationsleiter und sagte, es sei ihm furchtbar unangenehm, aber seine Regierung habe gänzlich neue Wünsche geäußert und sei im übrigen nicht bereit, den Planungsauftrag mit dem eigentlichen Projekt Borneo zu koppeln. Zugleich wurden den Amerikanern Informationen zugesteckt, daß die Russen wesentlich bessere Bedingungen angeboten hätten. Wie sich indessen herausstellte, hatte die indonesische Delegation in Moskau haargenauso operiert wie ihre Kollegen in Washington, mit dem Unterschied freilich, daß den Russen die echten Verhandlungsergebnisse mit Washington zugeschoben wurden.

Diese Verhandlungstaktik der Indonesier war nicht gerade fein, aber durchaus nicht ungewöhnlich. Ungewöhnlich, zumindest in ihrem Umfang, war die nächste Etappe. In Washington, in Moskau, in Brüssel und in Tokio tauchten in kurzen Abständen geheime Emissäre aus Djakarta auf, die durchblicken ließen, diese oder jene Person aus der engsten Umgebung des indonesischen Präsidenten sei bevollmächtigt und in der Lage, Planungsauftrag und Projekt Borneo der betreffenden Regierung sozusagen frei Haus zu liefern. Voraussetzung seien freilich diskrete finanzielle Transaktionen zwischen der Industrie des jeweiligen Staates und den geheimnisvollen Vermittlern in Djakarta. Grob ausgedrückt handelte es sich um nackte Korruption, um Schmiergelder in gigantischer Höhe. Das geschah natürlich nicht, wie in alten Zeiten, da dem Minister einer europäischen Hofkanzlei ein Buch mit zwischen den Blättern gelegten Geldscheinen — »ein schönes Buch, aber wo sind die anderen Bände?« — oder auch nur ein Scheck in die ausgestreckte Hand gedrückt wurde, sondern auf subtile und vielfältige Weise.

»Ich kann dir das ein andermal genau erklären, es spielt in meiner Erzählung — das Wort Erzählung klingt merkwürdig in diesem Zusammenhang, nicht wahr? —, es spielt also in meiner Erzählung jetzt keine wichtige Rolle.« Kresna saß völlig regungslos, im Buddhasitz, auf seinem Bett, Rai steckte an ihrer Zigarette eine neue an.

»Die Liste aller Personen, die darin verwickelt sind, würde dich langweilen«, sagte Kresna. »Kannst du bitte die Klimaanlage wieder anstellen, es wird sehr heiß. Danke schön, auf ›niedrig‹ genügt. Es gibt in Djakarta eine Lobby für jeden unserer vier Verhandlungspartner.«

Rai legte sich auf den Bauch und stützte den Kopf hoch; aus dem Ausschnitt ihres Nachthemdes wölbten sich die festen, großen Kugeln ihrer Brüste. Sie starrte ihn gebannt an.

»Makmur ist der Chef der Japan-Lobby, Außenminister Witular Chef der Europa-Lobby, Soetjipto ...« Er machte eine Pause, nahm Rai die Zigarette fort und rauchte ein paar Züge. »Unser Freund und Nachbar Adiwono«, die Stimme war nicht höhnisch, nur traurig und grenzenlos bitter, »der Chef der Sowjet-Lobby. Ein sehr gut bezahlter Posten. Und die Amerikaner ...«
»Adiwono? Nein!« Rai sagte es, als riefe sie um Hilfe.
»Doch. Ich habe es schwarz auf weiß gesehen.«
»Die Unterlagen sind gefälscht. Das ist doch möglich, Kresna, nicht wahr?« fragte sie flehentlich.
»In diesem Fall nicht«, sagte er traurig.
»Ich koche uns etwas Tee«, sagte Rai tonlos.
Er brütete vor sich hin, während sie lautlos aus dem Zimmer ging und nach wenigen Minuten, wieder gefaßt, aber nachdenklich, mit dem dampfenden, duftenden Tee und zwei roten Tassen zurückkehrte.
»Soetjiptos Verlobungsgeschenk«, sagte er, »Ming-Dynastie, aus Kaiserbesitz. Jede ist mindestens zweitausend Dollar wert.« Er drehte das rotschimmernde durchsichtige Porzellan im Licht. »Trinken wir aus und schmeißen dann die Tassen auf den Fußboden!«
»Das möchte ich nicht«, flüsterte Rai, »denken wir an den früheren Soetjipto.«
»Der ist tot, vielleicht seit vielen Jahren. Vielleicht gab es ihn nie.«
»Doch. Er war gut, aber er war nicht stark. Nur die wenigsten sind stark genug«, sie sprach ruhig und leise, »sich von der Macht nicht verführen zu lassen. Du — du bist einer der wenigen.« Ihr Lächeln blühte langsam auf, und als es ganz gereift war und ihre Augen erreichte, sah sie hinreißend schön aus, als trage sie das Herz im Gesicht.
Kresna schüttelte matt den Kopf: »Das ist es, was mich so erschüttert: wie leicht sich die Menschen, wie leicht sich die Indonesier von der Macht korrumpieren ließen. Als wir noch halbe Kinder waren, haben wir mit selbstgebastelten Gewehren gegen die Holländer um unsere Freiheit gekämpft. Nächtelang haben wir, Soetjipto, ich, ein paar andere Freunde, davon gesprochen, was für ein Indonesien wir schaffen wollten, gerecht, menschlich, großzügig, ohne die Polizeimethoden und Bürokratie der Kommunisten, ohne die Ungleichheit und selbstbetrügerische Heuchelei der Kapi-

talisten. Eine Nation wollten wir aufbauen, in der jeder genug zu essen hatte, keiner praßte, während der andere verhungerte, eine Nation, die stolz und großzügig und nobel war. Knabenträume!« Er trank in langsamen Schlucken den Tee. »Dann ging vieles schief. Aber 1965 hatten wir unsere zweite große Chance. Wir wollten eine Neue Ordnung bauen, ›Order baru‹. Wir wollten die Korruption ausrotten oder wenigstens in vernünftigen Grenzen halten. In armen Ländern wie dem unseren geht es leider nicht ganz ohne Korruption ab, das habe ich längst begriffen, eine Art Verbrauchssteuer, solange wir den Beamten nicht genug Gehälter zahlen können, solange wir die Streitkräfte auf alle mögliche Weise finanzieren müssen, weil das offizielle Budget dafür nicht ausreicht. Gut, das lasse ich alles gelten – mein Liebling, schenke mir bitte noch Tee ein –, das lass' ich gelten. Bei der Affäre Borneo dreht es sich jedoch um viele Millionen Dollar, die sich eine Handvoll Leute in die Tasche stecken möchte oder bereits gesteckt hat. Wir wollten die Korruption mit ›Order baru‹ eindämmen, wir wollten wirtschaftlichen Fortschritt, an dem das ganze Volk gleichmäßig teilhat, wir wollten nicht im Ausland betteln gehen, sondern von gleich zu gleich, als unabhängiger Staat, eine Zusammenarbeit erwirken, bei der jeder gleicherweise profitierte. Ich langweile dich, ich erzähle dir nichts Neues.«
Rai schüttelte den Kopf. Ihre Zigarette war erloschen.
»Ich glaube, damals hatten wir alle nur gute, selbstlose Absichten, zumindest die meisten von uns. Wahrscheinlich auch Soetjipto, da hast du recht. Vielleicht sogar Umar Makmur. Aber was ist aus ihnen geworden?« Er setzte die Tasse auf den Nachttisch und vergrub sein Gesicht in den Händen. »Ich schäme mich, ich schäme mich für Indonesien, für die Regierung, für die Armee.« Er ließ die Hände fallen, sein Gesicht war steinern. »Ich habe mich nie in meinem Leben derart geschämt wie in diesen Wochen während meiner Reise, vor den Japanern, vor den Deutschen, vor den Franzosen, vor den Amerikanern, selbst vor den Russen. Und die Chinesen in Peking, die so selbstgefällig tugendhaft und anspruchslos sind ...« Er winkte müde ab.
»Aber es gibt auch in anderen Ländern Korruption, auch in den reichen Industriestaaten. Ich lese immer wieder davon, du hast es mir zudem selbst erzählt. Wir Indonesier sind nicht die einzigen, wir sind nicht schlimmer als die anderen.«

»Darauf kommt es doch nicht an. Verstehst du mich nicht? Darauf kommt es nicht an. Wir versinken im Sumpf, von Jahr zu Jahr tiefer. Wir standen nach 1965 schon auf dem Trockenen, wir waren sauber, verhältnismäßig sauber. Warum genügt es den Herren nicht, wenn sie ein schönes Haus haben, ein Auto, Klimaanlagen, warum wollen sie immer mehr, immer mehr?« sagte er verzweifelt. »Sind wir Indonesier so schwach, sind wir eine Nation von Schwächlingen?«

Sie blickte ihn still an, ein Hauch von Mitleid in den Augen.

»Wahrscheinlich bin ich genauso ein Schwächling. Bin nur noch nicht reich und korrupt, weil sich bisher keine Gelegenheit ergab.«

Er sprach weiter, Stunde um Stunde. Einmal sagte er: »Wir brauchen gar nicht wieder kolonialisiert werden. All dieses Gerede von Neo-Kolonialismus, von wirtschaftlichem Kolonialismus ist Unsinn. Wir lassen uns einfach kaufen, schlicht und schlankweg kaufen. Wie die jungen Huren.«

Während der ersten Tage nach der Rückkehr sei er doch recht gut gelaunt gewesen, sagte Rai. Ja, das stimme, sagte er, da habe er dem Präsidenten alles berichtet, der ihm aufmerksam und bitterernst zugehört habe. Nur gelegentlich habe er ihn mit kurzen, präzisen Fragen unterbrochen. Es sei an der Zeit, habe der Präsident gesagt, jetzt gründlich reinen Tisch zu machen. So gehe es nicht weiter. Die Ehre der Nation stehe auf dem Spiel und so weiter.

»Ich war zuversichtlich, daß er energisch mit der Korruption und mit den Korrupten aufräumen würde, ohne Rücksicht auf Positionen, alte Freundschaften, alte Verpflichtungen. Ich habe gehofft. Ich habe gewartet. Er ist ein Mann, der langsam vorgeht, vorsichtig, gelegentlich zögert, aber dann kräftig zuschlägt. Doch nichts geschah, gar nichts. Und heute vormittag hat mich Umar Makmur besucht. Um meine Teilnahme am Wahlkampf zu besprechen, sagte er.«

In der Tat hätten sie lange und ausgiebig beraten, wo und wann Kresna auftreten und Reden halten solle. Herry Pardede werde ihn auf den Wahlreisen begleiten und bei den Reden helfen, falls das anfangs notwendig sei. Aber das sei gewiß nicht notwendig, denn Kresna sei, im Gegensatz zu ihm, Makmur, der geborene Redner, der Liebling der Massen. Es werde ein Triumphzug sondergleichen. Makmur habe dann mit seinem üblichen Grinsen die

Zähne gebleckt und erklärt, wenn alles so laufe, wie er es sich vorstelle, werde Kresna sogar von einer Welle der Begeisterung in eine Stellung getragen, in der er nächstes Jahr bloß die Hand ausstrecken brauche, um das Präsidentenpalais zu erobern.
»Hat er das wirklich gesagt? Er will doch selbst Präsident werden?« fragte Rai verwundert.
»Wortwörtlich. Irgendwo baut er mir natürlich einen Hinterhalt, wo er mich umlegen will, aber ich weiß noch nicht, wo. Vielleicht werde der Präsident nochmals kandidieren, trotz seines Versprechens, sagte ich ihm, genau so dreckig grinsend. Da wurde er plötzlich ernst und meinte, das sei unwahrscheinlich.«
Makmur habe nicht weiter erklärt, warum er dessen so sicher sei. Doch wenige Minuten später habe er sich zu ihm gebeugt und geflüstert: »Kennen Sie die Firma ›Kupu‹?« Ja, eine kleine Transportfirma, an der seines Wissens auch die Frau des Präsidenten beteiligt sei, habe er geantwortet. Über das Wort ›kleine Transportfirma‹ habe Makmur fast Lachkrämpfe bekommen.
»Mehr hat er nicht gesagt. Später bekam ich eine streng vertrauliche Information ins Büro, daß ein japanisches Unternehmen dieser Tage Anteile von ›Kupu‹ erworben und Investitionskredite versprochen habe.«
»Ich kenne ›Kupu‹«, sagte Rai, »das ist wirklich eine kleine Transportfirma, mit ein paar uralten Autobussen, die zwischen Surabaya und Malang verkehren. Ich weiß es, weil die Wagen manchmal auch nach Bali vermietet werden. Der Schwiegervater des Präsidenten hat die Firma nach dem Krieg gegründet, ich glaube, es war im Jahre 1950.«
»Diese Firma ist nur ein Deckmantel, das habe ich inzwischen gelernt. Sie ist an allen möglichen großen Unternehmen beteiligt.«
Rai lehnte sich zurück und schloß für eine Weile die Augen.
Als sie ihre Augen wieder aufschlug, sagte Kresna mit wehmütigem Lächeln: »Verstehst du jetzt meine Frage von gestern abend, ob du mich lieber in Uniform oder in Zivil sehen willst?«
Sie nickte und dachte nach, Kresna beobachtete sie gespannt.
»Willst du jetzt aufgeben?« fragte sie schließlich.
»Du hast dich doch beklagt, wie selten du mich siehst. Wenn ich Botschafter in Bonn oder Paris oder Tokio bin, habe ich gewiß mehr Zeit für dich.«
»Du würdest krank vor Unzufriedenheit«, sagte sie, »du wärst wie

ein Tiger in der Gefangenschaft. Ich kenne dich, du willst nicht aufgeben, du willst kämpfen.«

»Ich bin nicht so sicher wie du«, sagte er lahm.

»Aber ich weiß es«, drängte sie weiter, »nie würdest du dir selbst verzeihen, wenn du jetzt aufgibst, nie in deinem Leben. Glaubst du etwa, ich wäre mit einem Mann glücklich, der sich ständig Vorwürfe macht, er habe jämmerlich versagt? Glaubst du, ich wäre mit dir dann noch glücklich?«

Er lächelte unsicher.

»Du mußt kämpfen, Kresna. Zeig ihnen, welch herrlicher Redner du bist, zeige es ihnen.« Sie glitt auf ihn zu. Wie unabsichtlich streifte sie die Ärmel ihres Nachthemdes von den Schultern. »Zeig ihnen, daß du mit deinen Worten die Menschen entflammen kannst. Du mußt kämpfen«, wiederholte sie, und ihre Stimme klang lockend und sinnlich.

Ihr Oberkörper war nun nackt, die Haut schimmerte elfenbeinern. Sie knöpfte seine Pyjamajacke auf und begann mit ihrer Zunge, mit ihren Lippen ihn von den Schulterblättern abwärts zu küssen, die Brust entlang, den Bauch. Er wandte sich, er stöhnte, stöhnte vor Lust. Dann löschte sie das Licht.

# Zweites Buch

# I

»Tiens, tiens, que ton nez est beau.«
Philippe du Favre-Blair griff unwillkürlich an seine schmale, elegante Nase, die genauso schmal, elegant und makellos war wie er selbst.
»Bon jour, mon chou.«
Er sah sich um und mußte lachen. Die anderen drei Männer stimmten ein. Dort saß ein schwarzer Vogel mit gelbem Schnabel auf dem Ast eines Mangobaumes und wiederholte jetzt eitel auf deutsch: »Donnerwetter, wie wunderschön ist deine Nase. Guten Morgen, mein Schatz.«
»Wer hat ihm das beigebracht?« fragte du Favre anerkennend und hielt noch immer lachend seine Nase. »Das ist ganz raffiniert. Greift nicht jeder neue Gast unwillkürlich an seine Nase?«
»Ja, das war wohl die Idee von meiner Frau, die hat's ihn nämlich gelehrt«, sagte Christian Werner. »Sie findet, die üblichen Flüche und unanständigen Wörter von Papageien seien zu kindisch. Irgendwer müsse einmal Abwechslung hineinbringen.«
»Ist denn der Beo ein Papagei? Ich dachte immer, das sei eine Art Dohle oder so ähnlich.«
»Ist auch kein Papagei«, sagte Christian, »Sie haben recht. Meine Frau versteht nichts von Vögeln.«
Pete van der Groot grinste ihn schmutzig an, und Christian sagte trotzig, über sein Erröten verärgert: »Meine Frau kennt nur vier Vogelgattungen: solche, die sprechen, das sind Papageien, solche, die singen, das sind Nachtigallen, solche, die Früchte stehlen, das sind Spatzen, und solche, die andere Tiere töten, das sind Adler.«
Du Favre lachte: »Ich finde das köstlich. Die Chinesen hatten in alten Zeiten ähnliche Kategorien. Da gab es zum Beispiel eine Gattung, die Töpfe zerbrach, und eine andere, die von fern aussah

wie Fliegen. Ich habe schon viel von Ihrer Frau gehört, in Paris, in Bonn, sie muß bezaubernd sein. Ich bin untröstlich, daß ich heute keine Gelegenheit habe, sie kennenzulernen. Was tut denn Madame Werner, wenn sie wegen eines Geschäftsdejeuners sozusagen aus ihrem eigenen Hause geschickt wird? Oder ist die Frage indiskret?«

»Keineswegs. Sie lernt Gamelan.«

»Gamelan, mon cher collègue«, erläuterte Botschafter Lerchenau, »ist eine Form der indonesischen Musik. Ein Orchester, das fast nur aus Schlaginstrumenten besteht, Gongs, Xylophonen, Metallophonen, klingt hell und glockig, die Töne sind . . .«

»Interessant, interessant«, unterbrach du Favre den Redestrom. Der deutsche Botschafter besaß ein schier unerschöpfliches Wissen über Indonesien, aber er hatte leider die Angewohnheit, bei jeder Gelegenheit Vorträge darüber zu halten.

»Ihr Haus ist das reinste Museum, Monsieur Werner, erlauben Sie, daß ich mir Ihre Schätze ansehe?«

»Mit Vergnügen.«

Du Favre ging langsam von Stück zu Stück, betrachtete die aus Büffelleder geschnittenen, goldbunten javanischen Wayang-Puppen, zart wie Brüsseler Spitzen, mit ihren stilisierten, überlangen oder knorpeligen Nasen, bewunderte die Pflanzenmuster auf gehämmerten Silberschüsseln, die hölzerne Adlerfigur des Garuda aus Bali, die messingene Öllampe in Form eines Schiffes aus Borneo, die schwarz-roten Lackteller aus Sumatra. Dazwischen hingen golddurchwirkte Stoffe mit mythologischen Darstellungen, groteske, grellfarbige Theatermasken, kräftige Schwerter in vielen Formen. Lerchenau begleitete ihn, erklärte mit Witz und tiefem Verständnis.

Am besten gefiel dem Franzosen ein Kris mit Elfenbeingriff in Gestalt eines Dämons, der auf einem goldenen Thron hockte. Er streckte schon den Arm aus, um ihn in die Hand zu nehmen, zog ihn dann schnell zurück: »Um Gottes willen, vielleicht ist das ein magischer Dolch, und ich sterbe, wenn ich ihn berühre.« Er lachte. »In diesem Fall würde weder die französische Regierung noch die EWG-Kommission meine Überführung bezahlen. Immerhin, ich wäre der erste EWG-Kommissar, der an einem Zauber zugrunde ginge und nicht am Herzinfarkt.«

»Keine Angst, das ist ein ganz gewöhnlicher Kris«, Christian hob

vorsichtig die ellenlange Waffe hoch, deren daumenbreite, schwarze Klinge sich vielfach schlängelte. »Sehen Sie hier die eingravierten Figuren – Krishna, Ardjuna und noch ein paar Wayang-Helden. Stammt aus fürstlichem Besitz in Solo.«
»Oh, Solo, das ist einer der Orte, die ich unbedingt sehen muß, wie man mir in Brüssel gesagt hat. Vor allem das Theater. Wenn mir nur diese verflixten Verhandlungen Zeit für eine Reise durch Java und Bali lassen.« Er seufzte. »Es geht und geht nicht vorwärts, wir drehen uns immer im Kreise.«
»Vielleicht kann Ihnen doch ein Kris helfen«, sagte Pete van der Groot und tat geheimnisvoll. Du Favre musterte ihn skeptisch und verbarg nur dürftig seine Abneigung. Pete sah nicht nach einem gesellschaftlich gemäßen Umgang für Botschafter und EWG-Kommissionsmitglieder aus. Sein blonder Haarkranz auf dem fleischigen Löwenkopf war wirr und ungepflegt, sein abgewetzter Anzug sah aus, als habe er seit Wochen darin auch geschlafen, die Schuhe waren krumm und abgelaufen.
Pete bemerkte den verschleiert abschätzenden Blick und ergänzte, ungerührt und amüsiert, seine Bemerkung: »Wenn ich mir einen Rat erlauben darf, Herr Commissaire«, du Favres Mundwinkel zuckten verächtlich, »dann kaufen Sie sich ein Buch über Krise, und lernen Sie es auswendig. Es gibt nämlich einen Mann hier in Djakarta, der alle Ihre Probleme beiseite zu räumen vermöchte – und diesen Mann erobern Sie im Sturm, wenn Sie sich nur als Liebhaber und Sammler von Krisen entpuppen.«
Du Favre hatte jetzt alle Arroganz abgelegt und blickte den Holländer – besser, diesen ehemaligen Holländer – mit gespannter Neugier an: »Wer ist der geheimnisvolle Herr?«
»General Soetjipto.«
»General Soetjipto? Der Name sagt mir wenig.«
»In meinem letzten Bericht über das Borneo-Projekt«, sagte Lerchenau schnell, »habe ich ausführlich über den General geschrieben.«
»Ich erinnere mich. Pardon.« Weder erinnerte sich du Favre, noch hatte Lerchenau jemals »ausführlich« über Soetjipto berichtet – jedenfalls nicht im Zusammenhang mit dem Borneo-Projekt.
»General Soetjipto ist einer der Berater des Präsidenten, der wirtschaftliche, wenn ich mich nicht irre«, sagte der EWG-Kommissar.

»Der Berater in Finanzfragen«, korrigierte Christian Werner.

»Soetjipto besitzt eine der größten Kris-Sammlungen der Welt«, berichtete Pete van der Groot, »vererbt von Vater und Großvater. Jeden Freitag säubert der General seine Krise, eine nahezu – was heißt nahezu – heilige Handlung, bei der er sich einschließt und bei der ihn niemand stören darf, immer zu den gleichen Stunden.«

»Und wenn er verreist? Und wenn der Präsident ihn rufen läßt?« fragte du Favre.

»Soetjipto verreist nie länger als sechs Tage«, sagte der Botschafter.

»Der Präsident käme nie auf den Gedanken, ihn an jenen heiligen Freitagsstunden zu rufen«, sagte Pete.

»Beide sind uralte Freunde. Ich kenne übrigens beide Männer seit«, er rechnete nach, »über fünfundzwanzig Jahren. Der Präsident und Soetjipto haben nicht nur im gleichen Regiment gedient und den Großteil ihrer militärischen Karriere zusammen verbracht, sie gehören auch der gleichen mystischen Sekte an. Soetjipto ist sogar im Rang höher.«

»Ich hätte nach drei Tagen wieder abreisen sollen«, du Favre lächelte verwirrt. »Eine alte Erfahrung. Anfangs bildete ich mir noch ein, ich verstünde dieses Land.«

»Darf ich die Herren zum Essen bitten«, sagte Christian.

»Was van der Groot gerade erzählt hat«, murmelte Lerchenau dem Franzosen zu, »klang beiläufig. Nicht weiter ernst zu nehmen. Aber der Kerl weiß mehr als wir alle zusammen. Seine Idee ist gar nicht dumm. Vielleicht können wir mit Hilfe des Generals das Eis brechen. Nur, wie kommen wir an ihn heran? Er nimmt niemals Einladungen an, er geht nie zu Empfängen, er lebt zurückgezogen wie ein Mönch. Wir sehen ihn nicht, wir hören nur gelegentlich über ihn.«

»Was ist seine Funktion beim Projekt Borneo?«

Lerchenau zuckte mit den Schultern: »Mein junger Mann in der Politik schwört, er sei die wahre Macht hinter den Verhandlungen. Außenminister Witular sei nur pro forma federführend, in Wirklichkeit sei es Soetjipto. Aber ich sage ihm seit Wochen: Beweise, mein Freund, Beweise. Gerüchte und Vermutungen kann ich nicht nach Bonn und Brüssel berichten.«

Sie aßen auf einer überdachten Veranda, an deren Wänden Orchideen funkelten, Orchideen in allen Farben und Formen, die aus Baumstücken, aus feuchtem Moos, aus Lianenschlingen quollen. Dazwischen waren Vogelkäfige angebracht, aus denen rotschillernde Papageien und weiße Kakadus neugierig die Besucher anzwinkerten. Zwei weiß livrierte Diener servierten und schenkten den Wein ein.

»Herr van der Groot und ich waren gestern bei Soetjipto«, sagte Christian Werner, der Überraschungseffekte liebte.

Lerchenau und du Favre hielten ihre Suppenlöffel mitten auf dem Wege zum Mund an, die Suppe tropfte aufs Tischtuch, ohne daß sie es bemerkten.

»Allein hätte ich das nie zustandegebracht«, fuhr Christian fort, »aber mein Freund van der Groot kennt den General, wie er schon gesagt hat, seit Ewigkeiten. Er kennt überhaupt jeden Menschen, der in Indonesien etwas zählt. Doch zur Sache. Wir waren über eine Stunde bei ihm. Wie soll ich ihn beschreiben? Ich glaube, Pete, du kannst es besser.«

Der schüttelte bloß den Kopf und trank sein Glas Wein leer.

»Gut, wie du meinst. Wir saßen in einem Zimmer, und plötzlich – plötzlich war er da. Man hört ihn buchstäblich nicht. Wie ein Geist, der mit einem Mal Gestalt annimmt. Na, ich übertreibe.« Christian Werner lachte verlegen. »Aber der Mann geht so lautlos, daß man überhaupt nichts hört. Das hat in der Tat etwas Unheimliches. Von einem hartgesottenen Geschäftsmann klingt so etwas reichlich merkwürdig, ich weiß, meine Herren. Ich versuche nur ehrlich, Ihnen meine Eindrücke zu schildern.«

Du Favre lächelte ein feines und verständnisvolles Lächeln. Lerchenau schlug die Kuppen seiner Finger aneinander.

»Dabei ist der Mann durchaus sympathisch«, sagte Christian, »kaum mittelgroß, schmächtig, unbeschreiblich zuvorkommend, aber nicht in einer trainierten, routinierten Weise, sondern ganz spontan und herzlich. Er unterbricht sofort seinen Satz, wenn er den Eindruck hat, man wolle etwas sagen, das ist fast peinlich. Er spricht so leise, daß ich oft Mühe hatte, ihn zu verstehen.«

»Worüber haben Sie gesprochen?« fragte Lerchenau.

»Wir waren eine gute Stunde bei ihm. Davon haben wir etwa fünfzig Minuten über Geister gesprochen.«

»Über was?« fragte du Favre verdutzt.

»Über Geister. Ich erzählte ihm zu Anfang, ein Tip von Pete, ich hätte vor, in Jogjakarta einen Kris aus dem 18. Jahrhundert zu kaufen, aus dem Besitz irgendeines Hofadeligen. Aber ich schwanke, weil der Preis sehr hoch sei und weil mich jemand gewarnt habe, der Kris habe allen Besitzern Unheil gebracht, Krankheit, Armut, sogar Tod.«

Du Favre stellte das Glas Wein wieder hin, aus dem er gerade trinken wollte: »Stimmt das?«

»Ich weiß es nicht«, sagte Christian, »oder meinen Sie, ob ich tatsächlich gewarnt wurde? Das bin ich in der Tat. Wie dem auch sei, halb im Scherz, halb im Ernst bat ich ihn um sein Gutachten. Er sagte nichts«, Christian schob ein Stück zarten, weißen Fisches in den Mund und zerkaute es langsam, »aber er begann zu erzählen, erst die Geschichte von einem verfluchten Kris, dann Geistergeschichten, dazwischen steuerte ich einige schlechte und Herr van der Groot einige gute bei. Freilich – meist erzählte Soetjipto, und ich muß sagen, es war faszinierend.«

»Glaubt er wirklich an Geister?« fragte du Favre.

»Alle Indonesier glauben an Geister«, sagte Lerchenau.

»Was meinen Sie?« wiederholte du Favre die Frage an Werner.

Christian zuckte mit den Schultern: »Wahrscheinlich.«

»Er glaubt bestimmt daran«, sagte van der Groot mit trägem Lächeln, »ich glaube auch an Geister. Man kann nicht lange Zeit in Indonesien leben, ohne zu fühlen, daß es übersinnliche Wesen um uns gibt. Von mir aus nennen Sie's Aberglauben.«

»Reden Sie mit den Jesuiten, die seit Jahrzehnten in Java leben. Die tun das auch nicht so einfach ab«, sagte der Botschafter. »Haben Sie denn nur über Geister und Magie mit dem General gesprochen, Herr Werner? Sicher nicht.«

»Soetjipto sah schließlich auf die Uhr, tat erschreckt, wir hätten fast die ganze Zeit mit dummen Geschichten verplaudert, obschon er sehr froh war, er habe viel dabei gelernt, doch wir seien sicher nicht deswegen zu ihm gekommen. Der schlaue Fuchs wußte natürlich haargenau, daß wir ihn wegen des Borneo-Projekts aufgesucht hatten. Wir hätten gehört, so sagte ich, daß ihn der Präsident gelegentlich wegen des Projekts Borneo konsultierte. Ihm seien doch alle Entwicklungspläne unterstellt, wenngleich Borneo unmittelbar in das Ressort des Außenministers falle. Der sei augenblicklich leider verreist. Die europäischen Firmen, die ich vertrete, fragten ständig an, warum die Verhandlungen nicht vom Fleck kämen. Ob er nicht – bis Witular zurück sei und so weiter und so weiter ... Der General knetete bloß seine Hände, lächelte scheu und meinte, wir seien an den falschen Mann geraten, er besitze nicht den geringsten Einfluß. Ob er sich einen bescheidenen Rat erlauben dürfe? Wir wären dankbar, sagten wir. Reden Sie mit Malinowsky, sagte er, Herr Malinowsky weiß über das Projekt Borneo besser Bescheid als wir Indonesier selbst.«

»Der pure Hohn«, empörte sich du Favre.

»Warten Sie ab. Ich war kaum zwei Stunden wieder in meinem Büro, da läutete mein Telefon, und die Sekretärin sagt: ›Herr Malinowsky möchte Sie sprechen!‹ Morgen mittag bin ich bei ihm zum Lunch in der russischen Botschaft.«

»Aha, so ist das!« Du Favre ließ die Hände auf den Tisch fallen, daß die Gläser klirrten. »Oh, Pardon!« Er wurde sogar ein wenig rot. »Wenn ich recht verstehe, ist Soetjipto der Mann der Russen. Und die Russen haben ihm erklärt, allein können wir dieses Riesenprojekt nicht schaffen, wir brauchen einen Partner, der kann nur die EWG sein.«

»Ich vermute etwas Ähnliches«, sagte Christian Werner. »Morgen nachmittag werden wir mehr wissen. Das ist der Hauptgrund, warum ich mir erlaubt habe, Sie in meinem Haus zu versammeln. Herr van der Groot hat sich freundlicherweise bereiterklärt, uns einen kurzen politischen Abriß zu geben. Pete, du bist so nett und fängst an. Oder sollen wir bis zum Kaffee warten?«

»Wenn es Ihnen nichts ausmacht, daß ich auch mit vollem Mund rede«, sagte Pete grinsend und säbelte ein kräftiges Stück von seinem Huhn in Rahm ab. »Heute morgen sollte in der Gewerkschaftszeitung *Rakjat Pekerdja, Das Werktätige Volk,* dieser Bericht erscheinen.« Er holte aus seiner Hemdtasche ein zerknittertes Stück Papier hervor, auf dem offenkundig die Zeitungssetzerei einen Artikel abgezogen hatte, bevor er in die Druckerei gehen sollte. »Die heutige Ausgabe von *Rakjat Pekerdja* durfte nicht erscheinen, sie wurde verboten, bevor sie überhaupt gedruckt war. Verboten wegen dieses Berichts. Auf Weisung des Präsidialbüros.«

»Was steht in dem Bericht?« fragte der Botschafter.

»Eine genaue Schilderung der Firma ›Kupu‹ – wem sie gehört, welche Geschäfte sie betreibt, an welchen Unternehmen sie beteiligt ist.«

»Die Hauptteilhaberin an ›Kupu‹«, sagte Lerchenau, indem er sich

an du Favre wandte, »ist die Frau des Präsidenten. ›Kupu‹ heißt Schmetterling und war ursprünglich ein kleines Autobusunternehmen.«
»Neuerdings gibt es einen Partner mit Sperrminorität«, sagte Pete van der Groot gemächlich.
»Sperrminorität gibt's bei ›Kupu‹ nicht. Das ist eine Personalgesellschaft«, konnte sich Christian nicht enthalten zu korrigieren, »aber so genau wird das hier nicht genommen. Spanne uns nicht auf die Folter, Pete, wer ist der Glückliche? Etwa du?«
»Eine japanische Firma, die erstens fünf Millionen Dollar Kapital einbringt und zweitens einen zinsfreien Kredit mit dreißig Jahren Laufzeit in Höhe von gleichfalls fünf Millionen Dollar.«
Christian schüttelte ungläubig den Kopf: »Soviel ich weiß, besitzt ›Kupu‹ nur eine Million Dollar Kapital, davon gehören der Hohen Frau sechzig Prozent. Nach dem kleinen Einmaleins blieben ihr dann nur noch«, er rechnete schnell, »zehn Prozent. Stimmt's?«
Du Favre und Lerchenau nickten.
»Christian«, grunzte van der Groot, »du bist lange genug in Asien. Du solltest wissen, daß das kleine Einmaleins hier nicht immer stimmt. In dem unveröffentlichten Bericht von *Rakjat* steht genau drin, wie man es arrangiert hat, daß die Hohe Frau die Mehrheit behält. Hier, lies ihn selbst, ich verstehe nichts von Finanzdingen.«
Christian Werner las den Artikel und pfiff durch die Zähne: »Raffiniert gemacht. Du hast recht, Pete. Hier steht nämlich noch etwas anderes: daß ›Kupu‹ Anteile an einer Schiffswerft erworben hat sowie an einer Baufirma, die sich auf Hafenanlagen spezialisiert.«
»Darauf wollte ich gerade kommen. Verboten oder nicht, das gibt natürlich . . .« Er brach ab.
Lerchenau hatte sich zurückgelehnt und stöhnte fortgesetzt: »Mein Gott – mein Gott . . .«
Du Favres Gesicht war zu einer Maske erstarrt, nur seine Lippen zuckten nervös. Schließlich sagte er: »Wozu bin ich überhaupt mit unserer EWG-Delegation hergekommen? Die Affäre ist abgeschlossen. Uns bleibt nur noch, Herrn Matsudaira zu gratulieren.« Er sprach leise und gequält: »C'est fini, c'est fini.«
»Das fürchte ich auch«, sagte der deutsche Botschafter. »Der P . . .« – er verschluckte die restlichen Laute, winkte mit dem Handrücken –, »Sie wissen, wen ich meine, muß von dieser Transaktion

gewußt haben. Und das bedeutet, er hat ihr zugestimmt. Und das wiederum bedeutet, die Japaner haben das Projekt Borneo in der Tasche. Zehn Millionen Dollar sind eine Menge Geld, die werden sie nicht in einer undurchsichtigen Firma anlegen, wenn sie keine festen Zusicherungen haben. Nicht die Japaner. Die Amerikaner wären vielleicht naiv genug, aber nicht die Japaner.« Plötzlich erhellte sich sein Gesicht. »Aber wir sitzen hier völlig erschlagen, als ob der Bericht in *Rakjat* unbedingt der Wahrheit entsprechen muß. Kann ja auch alles erstunken und erlogen sein. *Rakjat* ist mir sowieso nicht ganz geheuer.« Sein Gesicht verzog sich geringschätzig, er dehnte hoffnungsvoll seinen breiten Brustkasten. »Ich brauche Ihnen nur zu erzählen, du Favre, daß mir vor ein paar Tagen Herr Orloff, der sowjetische Botschafter, sagte, Sie sollten täglich *Rakjat* lesen, lieber Freund, das ist die einzige objektive und fortschrittliche Zeitung in Indonesien.«

»Eben, das ist's«, sagte Pete van der Groot, »stutzig an dem Bericht macht mich auch, daß er gerade in *Rakjat* erscheinen sollte. Allerdings, wer traut sich sonst, eine solche Enthüllung abzudrukken? Der Bericht ist hochexplosiv.«

»Gibt es ein Dementi aus dem Präsidialamt, irgendeine Stellungnahme?« fragte du Favre.

Pete schüttelte verneinend den Kopf: »Keine, und es wird auch später keine geben. Der Bericht existiert sozusagen nicht.«

»Sie sind doch kaum der einzige Mensch, der ihn in die Hände bekommen hat?« meinte Lerchenau.

»Kaum. Ich hatte noch keine Zeit, zu überprüfen, wieweit der Inhalt der Enthüllungen stimmt; aber daß etwas Wahres daran ist, davon bin ich überzeugt.«

»Ich auch«, nickte Christian Werner.

»Die Frage ist, wer hat *Rakjat* die Informationen zugesteckt?«

»Vielleicht General Soetjipto«, sagte du Favre trocken.

Christian und Lerchenau blickten ihn überrascht an.

»Das ist auch mein Verdacht.« Plötzlich schien die Kluft zwischen dem Franzosen und van der Groot überbrückt. »Darf ich zuerst Ihre Gründe hören, Herr du Favre.«

»Soetjipto ist der Mann der Russen. Das haben Sie und Herr Werner uns vorhin sehr eindrucksvoll dargelegt. An seinem Schreibtisch laufen alle Informationen über die Verhandlungen mit den vier Bewerbern zusammen . . .«

»Auch jene, die man vor ihm verbergen will«, warf Pete ein.
»Précisement, auch jene, die man vor ihm verbergen will, so wie ich mir den Mann nach Ihren Beschreibungen vorstelle. Ein Rivale, ich weiß leider nicht, wer, will das Geschäft mit den Japanern durchdrücken. Er hat den Präsidenten mit Hilfe der Firma ›Kupu‹ schon, sagen wir, für sich gewonnen, oder aber« – er nahm ein Taschentuch aus der Brusttasche und schneuzte sich umständlich und diskret – »der unbekannte Rivale versucht erst, den Präsidenten auf solche Weise auf seine Seite zu bekommen. Wie torpediere ich, wenn ich Soetjipto bin, den Plan meines Rivalen?«
»Indem ich die Hinterhofabmachungen, die Hinterhofgeschäfte mit den Japanern aufdecke und dem Präsidenten, der sich darauf einlassen will, mit einem Skandal drohe«, sagte Pete.
»Voilà«, der Kommissar studierte in bescheidener Zufriedenheit seine taufrisch manikürten Fingernägel, »oder indem ich das ganze Manöver aus blauem Himmel erfinde und damit die Pläne des Rivalen schon im Keim ersticke.«
»Aber warum Soetjipto? Warum der Mann der Russen? Die Amerikaner haben doch kein geringeres Interesse daran, den Japanern den fetten Bissen wegzuschnappen«, sagte Lerchenau skeptisch. »Das einzige, das wir wissen, ist, daß *wir* nichts damit zu tun haben.«
»Die Zeitung *Rakjat* steht der Linken nahe, hat unser Freund van der Groot erklärt.« Du Favre war etwas unsicher geworden. »Die Amerikaner und ihre hiesigen Freunde hätten sich wahrscheinlich einer anderen Zeitung bedient. Oder sie waren ungewöhnlich schlau. Das bezweifle ich.«
»Ich bin auch nicht so sicher wie Herr du Favre und Pete«, sagte Christian mit gerunzelter Stirn. »Außer Umar Makmur kommt praktisch jeder in Frage.«
»Warum Umar Makmur nicht?«
»Er ist der unbekannte Rivale Soetjiptos, von dem Sie vorhin gesprochen haben, Herr du Favre«, sagte der Holländer.
»Makmur hat wahrscheinlich die ganze Sache mit ›Kupu‹ eingefädelt. Er will den Japanern um jeden Preis das Projekt Borneo verschaffen.«
»Warum?« Lerchenau zupfte an seinem Ohr.
»Umar Makmur spekuliert darauf, wie wir alle wissen, nächstes Jahr vom Volkskongreß zum neuen Präsidenten Indonesiens gewählt zu werden. Das kostet Geld, und das Geld haben ihm schon

seit geraumer Weile die Japaner vermittelt, um ein höfliches Wort zu gebrauchen. Eine Hand wäscht die andere.«

»In Paris und Brüssel war man überzeugt, General Makmur hätte diese Wahl praktisch schon in der Tasche und den uneingeschränkten Segen des Präsidenten«, sagte du Favre.

»Pete, jetzt mußt du dein großes Exposé vortragen«, sagte Christian Werner und erhob sich, »meine Herren, gehen wir in den Garten. Oder ist es Ihnen dort zu heiß?«

»Eine blendende Idee.« Lerchenau stemmte seinen schweren Leib aus dem Stuhl, ging dann freilich erstaunlich behende.

»Sie leben seit über zwanzig Jahren hier als holländischer Staatsbürger?« fragte du Favre und trat zu van der Groot. »Das muß oft sehr gefährlich gewesen sein. Oder waren Sie zwischendurch in Holland?«

Petes Gesicht umdüsterte sich: »Nein.« Und er ließ offen, auf welche Frage sich das »Nein« bezog.

»Oh, pardon«, sagte der Franzose verlegen und fügte leise hinzu: »Sie müssen dieses Land sehr lieben.«

Petes Augen wurden schmal, er gab keine Antwort.

Ein merkwürdiger Mensch, dachte du Favre, sehr merkwürdig. Indonesien scheint von merkwürdigen Menschen zu wimmeln.

Ein Diener brachte Getränke. Aus dem unsichtbaren Kampong klang das gleichmäßige Gongen eines wandernden Tukang. Dicke, fleischige, blutrote Blüten dufteten herb und ölig. Eine Tjeruk-Orange kollerte auf den Rasen.

»Um an den letzten Satz von Herrn du Favre anzuschließen«, begann Pete, »bis vor ein paar Monaten, drei oder vier, würde ich sagen, schien es in der Tat beschlossene Sache, daß Makmur dem Präsidenten kommendes Jahr nachfolgt. Seither hat sich die Lage indessen gründlich geändert, und sie ändert sich weiter, geradezu stündlich: Heute läßt sich unmöglich voraussagen, was nächstes Jahr, ja nächsten Monat geschehen wird. Heute gibt es wenigstens drei Kandidaten: Makmur, Soetjipto und Kresna.«

»Sie meinen den jungen General, der so nett lächelt?« fragte du Favre. »Er hat den jungen Französinnen sehr gefallen, als er neulich zu Besuch kam. Was kann er – außer lächeln?«

»Unterschätzen Sie ihn nicht«, sagte Christian. »Schade, daß Sie noch nicht hier waren, als ich meine Party gab. Da hätten Sie ihn kennengelernt.«

»Kresna beherrscht diesen Wahlkampf völlig«, sagte van der Groot.
»Stehen die Amerikaner hinter ihm, wie meinen Sie?« fragte Lerchenau. »Er war immerhin Militärattaché in Washington. Er hat dort viele einflußreiche Freunde. Mein junger Mann in der Politik behauptet freilich, die Amerikaner versuchten General Sidabutar als Kandidaten vorzuschieben. Sidabutar, der Verteidigungsminister«, wandte er sich erklärend an du Favre, »möchte ein prowestliches Verteidigungsbündnis in Südostasien aufbauen, dessen Mitglieder ihre Waffen von den Vereinigten Staaten erhalten. Doch zurück zu Kresna, was meinen Sie, van der Groot?«
»Ich habe ihn auf seiner letzten Wahlreise begleitet. Ich erzähl's Ihnen am besten.«

Kresna, Makmur und Herry Pardede beschlossen in trautem Einvernehmen, Kresnas Wirkung als Wahlredner und Zugpferd für die Regierungspartei zunächst einmal zu erproben — und zwar keinesfalls in Java, wo zwei Drittel der Wähler lebten und Fehler nicht wiedergutzumachen waren, sondern am besten auf einer dünn besiedelten Außeninsel, weit vom Zentrum entfernt, wo Blamagen und rhetorische Schnitzer vom Gros der Bevölkerung unbemerkt bleiben würden und die Nachrichtenübermittlung manchmal funktionierte, ebensooft aber auch nicht, lange Stunden oder Tage währte und notfalls retuschiert werden konnte. Die Wahl fiel auf Borneo. Nur wenige Journalisten durften mitreisen, van der Groot und Jeremias Groll, der deutsche Fernsehreporter aus Tokio, als einzige Nichtindonesier. Ihre Berichte würden sie erst abliefern können, wenn das Militärflugzeug mit Kresna und seiner Reisegruppe wieder in Djakarta gelandet war.
Kresna war während des Flugs nervös und ungewohnt wortkarg. »Ich kenne ihn gar nicht wieder«, sagte Groll und putzte seine Brille. »Wozu ich eigentlich hier mitfliege, weiß ich nicht.« Er stand auf und ging nach vorn: »Na, Herr General, wie fühlen Sie sich denn so vor Ihrer ersten Wahlrede? Ist doch eine schöne Sache, nicht?«
Kresna sprach recht gut deutsch: »Setzen Sie sich zu mir, Herr Groll. Sie waren lange in Bonn, höre ich, ein großer Star. Sie müs-

sen viele Wahlreisen mitgemacht haben und können mir sicher ein paar gute Ratschläge geben, wie man so etwas macht.« Er lächelte und deutete dann auf seinen Bauch: »Mir ist hier, na, wie sagt man?«

»Flau.«

»Ganz richtig, flau.«

»Das Merkwürdige ist«, sagte Jeremias Groll später zu van der Groot, »daß ich ihm glaubte. Er hat nicht Theater gespielt, er war wirklich aufgeregt.«

Wenn Kresna nicht gerade sprach, saß er still in seinem Sitz und brütete vor sich hin. Beim Empfang auf dem Flugplatz in Pontianak, der dem heruntergekommenen Fußballfeld eines verarmten Dorfes glich, setzte Kresna freilich sein ganzes Strahlen aus tiefen, dunklen Augen auf.

Die Hauptstadt Westborneos liegt an der Gabelung von zwei breiten, lehmigen, wasserreichen Flüssen. Ununterbrochen kreuzten Leute in langen, tanzenden Ruderbooten von Ufer zu Ufer, die in den Heckwellen der dazwischenpflügenden Motorboote ständig umzukippen drohten. Schiefe Hütten, Wände und Dächer aus Holz, ragten auf muschelverkrusteten Pfählen aus Brackwasser oder Schlamm und krallten sich wie verzweifelt ans steile Ufer. Aus den Kanälen stank es nach Unrat und Morast. Nur an einigen Hauptstraßen, eine äußerst pompöse Bezeichnung, standen Reihen einstöckiger Steinhäuser, in denen meist Chinesen wohnten, unten die Läden, oben schmutzige Wohnungen.

»Erinnert mich an Köln«, bemerkte Groll, »der Fluß, die teuren Luxusläden. In Köln ging der Stern eines großen deutschen Staatsmannes auf«, er sprach mit feierlich gehobener Stimme, »von Potomac – oder wie das Nest heißt – werden in fernen Zeiten die Bücher künden: hier ging der Stern Kresnas auf.«

»Was erzählen Sie da?« Der General war unhörbar neben sie getreten.

Grolls Augen nahmen einen verträumten Ausdruck an: »Wir reden von der Zukunft, von den Biographien, die dereinst über Sie erscheinen werden. Ganze Bibliotheken!« Er breitete seine rundlichen Arme weit aus.

Kresna lachte. »Wir müssen uns beeilen, sonst kommen wir zu spät. Die Motorboote warten schon.«

»Wieso Motorboote?«

»Wir fahren zum Sultanspalast, dort ist die Wahlversammlung, am anderen Flußufer.«
»Noch immer nervös, Pak General?« Groll zwinkerte ihm zu.
»Noch immer.« Kresna lächelte, doch seine Augen waren ernst, fast traurig.
Vorbei an schaukelnden Haus- und Ruderbooten flitzten sie über das braune, wogende Wasser. In feierlichem Zug wurde Kresna unter einem gelben Seidenschirm und den abgehackten, mohammedanischen Rhythmen eines trommelnden, rasselnden, flötenden Orchesters und harten, gutturalen Gesangs vom Landungssteg zum Palast geleitet. Der Palast war mit den Jahren zu einem ausgedehnten, hochräumigen Holzschuppen herabgesunken, in dessen Balken und Brettern Millionen Holzwürmer nisteten. Sein einst farbenstolzer Anstrich war abgeblättert und verwittert. Vor einer tiefen, breiten Pfeilerhalle standen zwei vergoldete Thronsessel; auf einen setzte sich Kresna, auf den anderen der Sultan, ein feister Mann in einem braunen Batikhemd. Vor der Halle mochten sich zwei-, dreitausend Menschen drängen, mit weit aufgerissenen Augen und Mündern. Ein Mädchen, den Kopf fast ganz in einen roten Tüllschleier verhüllt, sang mit zitternder Stimme, fortlaufend stockend und neuen Mut sammelnd, Suren aus dem Koran.
Groll beobachtete Kresna. Dessen Finger klimperten ununterbrochen auf seinen Schenkeln, die Backenmuskeln traten hart hervor. »Warum ist er denn bloß so nervös?« wisperte Jeremias Groll seinem Nachbarn van der Groot zu. »Das sind doch Halbwilde hier. Die Hälfte der reine Kindergarten. Die andere Hälfte genauso kritische Zuhörer wie meine Katzen.«
Der erste Redner war aus Pontianak und hieß Suleiman. Er hatte riesige, vorstehende gelbe Zähne, das vergrößerte Gebiß einer Bisamratte, und kündigte Kresna mit schwülstigen Worten an. Ihm folgte Herry Pardede, ein mit allen Wassern gewaschener kraftvoller Redner, der mit wenigen kurzen Sätzen die Menge in Stimmung brachte.
Dann stand Kresna auf und schritt zum Mikrofon. Das Gesumm der Menge, für die die Versammlung eine willkommene Abwechslung der eintönigen Tage war, verstummte plötzlich. Er stand dort einige Sekunden und lächelte nur. Die ihn sehen konnten, lächelten zurück.
Zunächst sprach er wie zu einer kleinen Gruppe alter Freunde, ohne

den Ton zu heben. Wer er sei, warum er, ein General, Wahlreden für die Regierungspartei halte, wie glücklich er sei, Pontianak kennenzulernen, in dem sein Vater vor vielen Jahren als junger Ehemann schöne Tage verbracht habe (»eine glatte Lüge«, wisperte Pete), daß er nicht nur gekommen sei, um zu reden, sondern genauso, um zu hören, mit ihnen, seinen neuen Freunden, sich zu unterhalten, ihre Sorgen, ihre Wünsche zu erfahren. In diesem Stil ging es zehn, fünfzehn Minuten dahin, familiär, geplaudert.

Plötzlich wurde seine Stimme kräftiger, härter, die Sätze kürzer, sein Bariton dunkler, fast singend. »Bauen wir auf, meine Brüder und Schwestern, bauen wir unsere Wirtschaft auf, bauen wir unsere indonesische Demokratie.« Er breitete die Arme aus: »Saudara, Saudara, gehen wir Hand in Hand in die bessere Zukunft.«

Zum Schluß rief er, und seine Stimme läutete wie eine bronzene Glocke: »Hoch lebe Golkar.«

»Hidup Golkar«, antwortete die Menge, als sei sie zusammengeschweißt.

»Golkar!« Kresna hob die braunen, muskulösen Oberarme zum Himmel. »Hidup«, schallte es begeistert, wie aus einem Munde, zurück. Das wiederholte sich dreimal.

Unvermittelt drehte er sich um, ging, ohne zurückzublicken, zu dem goldenen Thronsessel und setzte sich wieder. Für einen kurzen Augenblick sah er aus wie berauscht, seine Augen starrten weit in die Ferne. Dann machte er eine kurze Bewegung mit dem Kopf und lächelte sein gewohntes Lächeln.

Pete und Jeremias saßen wie betäubt, dann sagte der Deutsche grinsend: »Ich habe zwar kein Wort verstanden, aber es war schön. Ich wette, die meisten da unten haben auch nur auf seine Stimme gehört. Sahen ja aus wie hypnotisiert, die Leutchen.« Dann fügte er ernst hinzu: »Kresna ist ein ganz gefährlicher Bursche. Merk's dir für später, Pete. Wir haben ja ein paar von der Sorte in Europa genossen. Reden kann der Junge allerdings – der beste Redner, den ich seit Menschengedenken gehört habe.«

»Und so war es bei jeder Versammlung, erst in Borneo, später in Java«, sagte Pete van der Groot. »Die Leute sind wie verrückt mit ihm. Wenn er in einen Ort kommt, erdrücken sie ihn fast, rufen,

kreischen, klatschen, versuchen ihn zu berühren, nur einmal die Haut des Kresna berühren, das bringt Glück, das macht stark, das verhilft zu Reichtum. Was er sagt, ist völlig gleichgültig, sie stehen da und lassen sich von seiner Stimme verzaubern.«
»Hier in Djakarta merken wir nichts davon«, sagte Lerchenau.
Pete schien den Satz nicht zu hören: »Das Erstaunliche ist«, sagte er in Gedanken versunken, »daß Kresna damals im Flugzeug nach meiner Ansicht wirklich ehrlich zu Groll war, wenn er sagte, ihm sei flau im Magen, er sei sehr nervös. Doch seither hat er sich verwandelt, ich kann nicht beschreiben, wie, manchmal ist er der alte, unbeschwerte *sunny boy*, manchmal erkenne ich ihn kaum wieder.« Pete van der Groot leerte sein Glas Cognac in einem Zug. »Und mit der Wandlung Kresnas wird sich auch die Szenerie in Indonesien wandeln. Sie haben recht, Herr Botschafter, hier in Djakarta haben es die Leute noch nicht begriffen. Doch einer, der hat's sicher begriffen: Umar Makmur. Er hat den Wahlredner Kresna erfunden. Ob ihm nicht jetzt vor seinem Frankenstein graut und er überlegt, wie er ihn erledigen kann?«
»Sie meinen, Kresna wird ein zweiter Soekarno? Oder noch schlimmer, wie Herr Groll andeutete?« fragte du Favre.
»Das Wort Frankenstein ist mir einfach so herausgerutscht. Kresna ist kein Ungeheuer, und er wird sich zu keinem entwickeln. Groll sieht da Gespenster. Außerdem ist er indonesische Wahlreden nicht gewöhnt, die müssen eben sehr viel einfacher und demagogischer sein als in Europa. Die meisten Zuhörer sind Bauern, politische Kinder, die Hälfte Analphabeten, lesen niemals Zeitungen, sehen Wayang statt Television. Zu denen muß man anders reden als zu Deutschen oder Franzosen.«
»Offenbar ist Kresna schwach geworden wie alle anderen«, sagte Christian Werner geringschätzig. »Warum hätte er sonst nach seiner Weltreise und den Enthüllungen, die ihm dabei offenbart wurden, den Kampf gegen Schmutz und Schund im Regime so sang- und klanglos aufgegeben? Warum hält er statt dessen jetzt schwungvolle Wahlreden?«
»Du sprichst gar nicht nett von deinem alten Freund Kresna«, sagte Pete spöttisch zu Werner. »Offenbar ist dein Vertrauen in ihn kräftig erschüttert ...«
Verärgert wich Christian den Augen des Holländers aus und wandte sich an du Favre und Lerchenau: »Wir, meine Frau und ich,

sind mit Kresna und seiner Frau gut befreundet; das ist es, worauf Herr van der Groot anspielt. Aber wann kennt man schon Menschen, vor allem so fremde wie die Indonesier?« Er zündete sich umständlich eine Zigarre an. »Ich mag den General, es ist unmöglich, ihn nicht zu mögen. Er macht so einen sauberen, unschuldigen, einen – wie soll ich sagen – naiv gläubigen Eindruck, wie ein großes Kind, dem alles glückt.« Er sah den Rauchkringeln nach, die er in die Luft paffte, und schwenkte den Cognac im Bauchglas. »Wir haben ihn den Gralsritter getauft.« Seine Mundwinkel verzogen sich kaum merklich. Christian spürte undeutlich, daß seine Stimme nicht echt, nicht kühl abwägend klang, und plötzlich, zum erstenmal, wurde ihm bewußt, daß so etwas wie Eifersucht in ihm aufkeimte. Vielleicht war Eifersucht nicht das richtige Wort, vielleicht war es eher eine leise bohrende Furcht, eine Unsicherheit um Blanche. Er mußte länger nachgedacht haben, die Augen der drei Männer waren wartend auf ihn gerichtet. »Vielleicht haben wir uns in Kresna getäuscht«, sagte er, »vielleicht ist er lediglich ein tönerner Gralsritter, der in Scherben zerfällt, wenn ihm jemand kräftig auf die Rüstung klopft. Das ändert freilich nichts daran, daß er ein netter Kerl ist.«
»Für einen Gralsritter hielt ich ihn nie«, erklärte Lerchenau und rührte in seiner Kaffeetasse, »eher für einen großen, sehr sympathischen Boyscout, der den Frauen gefällt, den die Jugend anhimmelt und für den seine Soldaten durchs Feuer gehen. Was Sie ansonst über ihn gesagt haben, Herr Werner, naiv gläubig und so weiter, da möchte ich Ihnen zustimmen. Für einen Gralsritter, für einen Mann, der einen heiligen Auftrag erfüllen möchte, fehlt ihm meines Erachtens das geistige Rüstzeug, die Kraft, die innere Substanz.« Der Botschafter sprach so entschieden, als seien an seinem Urteil auch nicht die kleinsten Korrekturen gestattet. »Warten Sie ab, in ein paar Wochen wird sein donquijotesker Angriff auf die Mühlen, ich meine die Forderung nach totaler Säuberung der Staatsführung, wenn nicht vergessen, so doch diskret ad acta gelegt worden sein. Von allen Beteiligten, einschließlich ihm selbst.«
Pete van der Groot schüttelte energisch den Kopf und wollte etwas sagen, aber Lerchenau ließ ihn nicht zu Wort kommen: »Die Frage ist, ich habe das schon vorhin angedeutet, ob der junge General«, er machte absichtlich eine Pause und suchte mit großer Sorgfalt eine Zigarre unter den vielen Sorten aus, die ihm ein Diener an-

bot, »vor den Wagen der Amerikaner gespannt werden kann oder vielleicht, ja wahrscheinlich, schon gespannt wurde.«
Pete hatte die Arme untergeschlagen, das Kinn auf die Brust gestützt und schien sich gleichsam gegen Werners und Lerchenaus Worte einzugraben.
»Herr van der Groot stimmt Ihnen beiden, Messieurs, offenbar nicht völlig zu«, sagte du Favre und lächelte.
»Sie lassen eine Möglichkeit ganz außer acht, meine Herren«, sagte Pete, ohne sich zu rühren, »nämlich die, daß Kresna sich zuerst als Wahlredner eine Position großer Popularität aufbauen will, von der aus er seine Kampagne für eine Säuberung der Staatsführung weit wirkungsvoller führen kann als in seiner alten Position, in der er nichts weiter ist als ein General ohne eigene Truppen. Ich glaube, daß Sie, Herr Botschafter, und du, Christian, ihn gewaltig unterschätzen.« Er holte sein Cognacglas vom Tisch und balancierte es auf dem Handrücken. »Darf ich Ihnen einen Rat geben, Herr du Favre?«
»Ich wäre Ihnen dankbar.«
»Besuchen Sie Prambanan.«
»Sie meinen den Hindutempel in Mitteljava?« sagte du Favre enttäuscht. »Wenn mir die Verhandlungen Zeit lassen, will ich dort das Ramayana-Ballett sehen.«
»Das sollten Sie tun. Aber ich rede nicht vom Ballett, ich rede von der Wahlversammlung, bei der Kresna reden wird.«
»Wahlversammlung? Im Tempel?«
Pete van der Groot achtete nicht auf die Verblüffung des Franzosen: »Warum denn nicht? Warum müssen Versammlungen immer in Stadien oder auf Hauptplätzen stattfinden? Warum nicht einmal in einem Tempel, in dem, nach Meinung des Volkes, die Götter zu Besuch kommen?«
»Ich muß zugeben, eine raffinierte Idee«, sagte Lerchenau. »Den Burschen von der Regierungspartei fällt immer wieder etwas Neues ein.«
»Sie sollten Kresna wirklich in Prambanan hören, Herr du Favre. Sie können sich dann selbst ein Urteil über ihn bilden. Vielleicht ist es für Sie nicht uninteressant, den nächsten Präsidenten Indonesiens kennenzulernen.«
»Sie glauben wirklich, daß er das wird?« Du Favres Stimme war voller Zweifel.

»Ich halte es zumindest für möglich, durchaus möglich – mehr als das.« Er schüttete sich den Cognac wie Wasser in den Mund. »Kresna hat das Zeug, die beherrschende Figur in ganz Südostasien, ja der Dritten Welt zu werden.«
»Du machst einen Witz, Pete.«
»Das kann wohl nicht Ihr Ernst sein, van der Groot?«
»Geht Ihre Phantasie nicht ein wenig mit Ihnen durch, Monsieur?«
Pete grinste schwerfällig und ließ die drei Männer im Ungewissen, ob er sie bloß provozieren wollte oder wirklich meinte, was er gerade behauptet hatte.
»Der Kampf um die Nachfolge des Präsidenten wird wahrscheinlich schon in diesen Wochen entschieden, bei den Parlamentswahlen. Der Volkskongreß im nächsten Jahr wird nur noch eine Pro-forma-Sache sein.«
Der Volkskongreß, erläuterte van der Groot, setze sich aus dem Parlament und ernannten Vertretern der Regionen und der Streitkräfte zusammen. Die Parlamentswahlen böten sowohl Makmur wie Kresna Gelegenheit, sich eine derart solide Hausmacht aufzubauen, daß einer von ihnen später dem Volkskongreß seinen Willen diktieren könne. Soetjipto seinerseits würde von einem Mißerfolg seiner beiden Rivalen profitieren, wenn auch seine Strategie vorläufig undurchsichtig bleibe.
»Wie immer der Ausgang der Parlamentswahlen in diesem und der Präsidentschaftswahlen im nächsten Jahr sein wird, eines steht fest: eine Wende in Indonesiens Geschichte steht bevor. Sie sehen es auch daran, wie stark sich heute die Großmächte in Indonesien engagieren.«
»Wende scheint mir ein sehr dramatisches Wort«, sagte du Favre.
»Sie meinen, ich übertreibe«, sagte Pete, »aber halten Sie es für gleichgültig, ob Indonesien ein Satellit Japans wird oder eine revolutionäre Volksrepublik nach chinesischem Muster oder ein Vasall der Sowjetunion oder ob es die Schlüsselposition eines proamerikanischen Bündnissystems in Südostasien einnimmt? Viele Europäer mögen glauben, es gehe sie nichts an, was am anderen Ende des Globus passiert. Das wäre kurzsichtig.«
»Davon war nicht die Rede«, sagte du Favre spitz. »Nach Ihrer Ansicht wird also der neue Präsident, wer es auch werden mag, in seiner Außenpolitik einen völlig neuen Kurs steuern?«

»Die Zeit dafür ist reif, Herr du Favre.«
»Da stimme ich Herrn van der Groot bei«, sagte Lerchenau. »Ich sage gern: die Schonzeit Indonesiens ist vorbei.«
General Makmur wolle Partnerschaft mit Japan, sagte Pete, und Soetjipto sei für einen prorussischen Kurs. Kresna sei der große Unbekannte, niemand wisse, welche Außenpolitik er verfolgen werde.
»Bisher habe ich nur von den drei Generalen gesprochen, im Hintergrund gibt es eine vierte Kraft, die dürfen wir . . .«
»Ich will um Gottes willen nicht stören«, klang eine helle Stimme von der Veranda, »ich möchte nur sehen, ob Sie gut versorgt sind.«
Christian war einen Moment lang verstimmt, weil Blanche wieder einmal seine Herrengespräche störte. Aber sein Ärger machte sogleich dem Stolz Platz, als er Blanches Wirkung auf den Franzosen beobachtete, der seinen ganzen Charme mobilisierte und nichts mehr von dem beherrschten, spöttisch-arroganten Beamten an sich hatte. Blanche trug einen langen Rock, der an einer Seite aufgeschlitzt war und ihr nacktes, braungebranntes Bein zeigte. Während sie auf die Männer zuging, blies sie eine Locke aus dem Gesicht, und ihre Augen musterten du Favre mit nachgerade unverschämter Gründlichkeit.
Nach ein paar höflichen Begrüßungsworten lehnte sie sich an Christian und begann, scheinbar unbewußt, sein Haar zu kraulen.
Mit einer halb ungeduldigen, halb scheuen Gebärde nahm er ihre Hand von seinem Nacken, küßte sie oberflächlich: »Kannst du uns bitte allein lassen?«
»Von Women's Liberation hast du wohl noch nie was gehört?« Blanche machte einen Schmollmund. »Wenn's interessant ist, darf ich nie zuhören!« Sie lachte, reichte du Favre die Hand zum Kuß, ungebührlich lange, fand Christian, und sagte, schon einige Schritte auf dem Weg zum Haus entfernt, wobei ihre Augen sprühten: »Übrigens soll ich dich und Pete von Kresna grüßen lassen.«
»Von Kresna?« Christian vergaß den Mund zu schließen.
»Ich war bei Rai Agung, als er gerade aus Surabaya anrief. Er bestand darauf, auch mit mir zu sprechen.« Sie ging über den Rasen, selbst ihr Rücken schien herausfordernd frech.
Pete mußte sich alle Mühe geben, um nicht übers ganze Gesicht zu

grinsen. Dieser Auftritt war wieder typisch Blanche. Er beobachtete amüsiert, wie die Gedanken der drei anderen Männer noch immer an dem bronzehaarigen Mädchen hafteten. Jeder ließ sich ein neues Glas Cognac vollschenken und zündete eine Zigarette an.
»Du sprachst gerade von der vierten Kraft«, sagte Werner.
»Ich meine die Muslim, die Partei von Chaliq und Latief, den sie den ›General Allahs‹ nennen«, sagte van der Groot. »Bisher hat Chaliq diesen wilden Burschen Latief noch im Zaum halten können, ebenso wie die fanatischen Kyais. Aber wie lange?« Chaliq sei ein maßlos ehrgeiziger Mann, der ein Auge auf das Präsidentenamt geworfen habe. Dieser Ehrgeiz und der Radikalismus der strenggläubigen Muslim könne die Atmosphäre des Wahlkampfes bedrohlich anheizen. Es gebe schon jetzt häßliche Zwischenfälle, hier und dort Schlägereien, ein paar geköpfte Polizisten, ein paar gesteinigte Priester, die es freilich überlebt hätten.
All das sei nicht so bedenklich, mit den fanatischen Muslim würde die Armee gewiß fertig, wenn nicht ausländische Mächte hinter ihnen stünden: die arabischen Staaten, ihrerseits Instrumente der Russen und Chinesen. Die Russen betrieben offenkundig ein Doppelspiel, indem sie einerseits die Muslim-Partei und Chaliq unterstützten, andererseits General Soetjipto. Die Kommunisten verhielten sich vorläufig still und seien von Richtungskämpfen gespalten. Es gebe allerdings Geheimberichte, nach denen sich die PKI auf Störmanöver großen Stils vorbereite.
»Nach Ihrem Bericht habe ich den Eindruck, wir sitzen auf einem Vulkan«, sagte du Favre, nahm seine Brille ab und massierte die Nasenflügel.
»Oh, es muß gar nichts passieren«, sagte Pete, »es ist durchaus möglich, daß die Wahlen völlig friedlich verlaufen. Allerdings, mit dem Vulkan haben Sie nicht unrecht. Java ist gespickt mit Vulkanen, die jeden Tag ausbrechen können, genau wie seine sanften, stets lächelnden, fügsamen Menschen.«

# II

»Wollen wir eine Runde Golf spielen – vielleicht schaffen wir noch neun Löcher, bevor es dunkel wird –, oder wollen wir ins Tenggergebirge fahren«, fragte General Tosani, »und heute nacht auf den Bromo steigen?«
»Bromo ist eine ausgezeichnete Idee«, sagte Kresna, »da oben kann ich meinen Kopf ein wenig lüften. Nach all den Wahlreden in stikkigen Versammlungshallen und brütendheißen Stadien wird's mir guttun. Steigen wir auf den Bromo, Jusuf. Vielleicht haben wir Glück und treffen den Dukun.« Er lächelte. »Den Rat eines weisen Mannes könnte ich vielleicht brauchen.«
»Du meinst Pak Kromo?«
»Ja, den meine ich.«
»Vor ein paar Tagen war ein alter Freund von dir hier, der ihn auch besucht hat.«
Kresna öffnete fragend die Augen.
»Adiwono, Adiwono Soetjipto«, sagte General Tosani.
»Der hat doch seinen eigenen Dukun in Wonosobo. Will er den wechseln?«
Jusuf Tosani zuckte mit den Achseln, dann kam ihm ein Gedanke, und er grinste vergnügt: »Wollen wir die kleine Darmi einladen, mit uns zu kommen?«
»Darmi, die Braut von Außenminister Witulars Playboy-Sohn? Was macht die in Surabaya?«
»Wahrscheinlich besucht sie ihre Eltern, die leben hier. Ihr Vater ist Anwalt. Sie wollte mit meiner Frau tratschen, das haben die zwei auch mehr als ausgiebig getan. Das Mädchen ist ein großer Leckerbissen und gewiß nicht spröde. Doch was nützt es mir«, er machte ein betrübtes Gesicht, »sie und meine Frau sind Busenfreundinnen. Aber was ist mit dir? Von dir schwärmt sie übrigens, sie war sogar bei deiner Wahlversammlung im Stadion und hinterher ganz aufgeregt.«
»Du bist immer der gleiche, Jusuf.« Kresna schlug ihm lachend auf die Schulter. »Du hast immer Mädchen parat. Wie wär's mit morgen? Ich muß ohnehin einen Tag länger in Ostjava bleiben.« Unvermittelt wurde er wieder ernst. »Ich möchte einiges mit dir allein bereden, Jusuf, ohne fremde Ohren, weder die schönen Darmis noch die langen unseres Freundes Umar.«

»Wir nehmen den Landrover«, sagte Tosani, »und ich fahre selbst.«
Jusuf Tosani, der Panglima, der Befehlshaber von Ostjava, war ein Jahrgangskollege Kresnas. Sie waren enge Freunde gewesen, hatten einander jedoch in den letzten Jahren kaum gesehen. Tosani war Panglima in Ambon gewesen, hatte die Molukken unter seinem Kommando und war erst vor wenigen Monaten nach Surabaya versetzt worden. Eine bedeutsame Beförderung, denn Ostjava war von allen Provinzen Indonesiens mit vierundzwanzig Millionen Menschen die bevölkerungsreichste. Unter seinem Befehl standen mehr Soldaten als unter denen jedes anderen Panglima. Der Grund lag vor allem darin, daß Ostjava traditionell sowohl Bastion der fanatischen Muslim wie der Kommunisten war, ein Gebiet, das vom Panglima wachsame Augen forderte und eine starke Hand, die notfalls hart zupacken konnte.
Tosani war der rechte Mann dafür, jung, tatendurstig, entschlossen und dabei mit einer Bärenruhe und unerschöpflicher Geduld ausgestattet, die ihn vor unüberlegten Schritten bewahrten. Er war größer und kräftiger gebaut als Kresna, auch sein Gesicht war gröber geschnitten, mit breiten, markierten Backenknochen und einem düsteren Schnurrbart, den er jede Woche, ebenso wie sein Haar, vom Barbier stutzen ließ. Obschon General Tosani in Madura geboren war, der flachen, heißen, kalktrockenen Insel gegenüber Surabaya, Brutstätte der, neben den Atjehs Sumatras, glühendsten Muslim Indonesiens, beschränkte er seine religiösen Pflichten auf ein Mindestmaß und betrachtete sie eher als lästige Zeitunterbrechung. »Wenn Tosani ein guter Muslim ist«, pflegte Latief, gleichfalls Madurese, höhnisch zu sagen, »dann bin ich ein Hindu.«
Tosani und Latief waren nicht gerade Freunde, sie ließen einander nie aus dem Auge, wobei der General, der seinen Gegner keinesfalls unterschätzte, den Vorteil besaß, über einen ausgezeichneten Geheimdienst zu verfügen. Immerhin, auch Latief hatte in der Armee viele Ohren, die für ihn lauschten.
Nach einer guten Stunde Fahrt in ihrem Landrover machten die beiden Generale, die Sarong und bunte Hemden trugen, in einem Dorf halt, wo sie von einer an der Straße kauernden alten Bäuerin Obst kauften: grüne und rote Wassermelonen, die den Durst löschten und die verstaubten Kehlen auswuschen.

Die Sonne stand schräg am Himmel, und ihr weiches, warmes Licht ließ die grünen Reisfelder erglühen. Die Erde trug auf ihrem Antlitz das gleiche sanfte, warme Lächeln wie die Menschen auf den' ihren. Goldsatter Frieden, den kein Lärm, keine stampfenden Maschinen störten. Wie auf Katzenpfoten glitten die Frauen lachend dahin, Männer wateten bis zu den Waden in den überschwemmten Feldern, graue Wasserbüffel trotteten mit gesenkten, trägen Schädeln vorbei, ihre mächtigen Sichelhörner so lang wie die winzigen, nackten Buben, die sie trieben. Kresna blickte träumend aus dem Fenster.
»In der nächsten Desa«, sagte Tosani und wich ruckartig einem plötzlich in die Straßenmitte galoppierenden Büffelkalb aus, »haben sie letzten Sonntag einem Polizisten die Gurgel durchgeschnitten.«
»Wer war's?«
»Ich glaube nicht, daß wir es je herausbekommen. Die ganze Desa schweigt wie ein Grab.«
»Angst? Oder halten sie so zusammen?«
»Beides.«
»Wen hast du im Verdacht?«
»Latiefs Leute. Der vierte Fall in zehn Tagen. Könnten auch die Kommunisten sein, aber ich glaube es nicht.« Er wollte noch etwas hinzufügen, schwieg dann aber.
»Du hast noch eine andere Vermutung. Schieß los. Wir sind schließlich alte Freunde.«
Tosani nahm ein kleines Frotteetuch aus dem Fach, wischte den Schweiß von Gesicht, Nacken und Händen, warf es Kresna zu, der sich gleichfalls abtrocknete. Die Hitze schien noch einmal auszuholen, bevor die Sonne unterging, wie ein Boxer vor dem Gong.
»Ich habe nichts in der Hand, nicht den kleinsten harten Beweis, aber ich spüre so etwas hier.« Er schlug auf sein Herz. »Hab' noch mit niemandem darüber gesprochen. Nicht einmal mit meinem G 2.«
Kresna wartete stumm.
»Irgend etwas wird in Djakarta gespielt, wovon ich nichts weiß«, fuhr Tosani endlich fort, »und wovon ich nichts verstehe. Ich bin zu weit von Djakarta fort, habe zu lange nicht mehr dort gearbeitet, die gelegentlichen kurzen Besuche bei Sidabutar und beim Präsidenten machen mich auch nicht schlauer.«
Einige Wochen vor dem offiziellen Beginn des Wahlkampfes habe

er entdeckt, daß manche seiner lokalen Kommandanten, allzumal in entlegenen Desas in den Bergen, Weisungen von der Zentrale über seinen Kopf hinweg erhalten hatten. Weisungen, die allesamt darauf hinausliefen, die Opposition mundtot zu machen – das hieß: Chaliqs Partei, die hier viel Rückhalt genieße. In einer Reihe von Desas seien die Häuser der lokalen NU-Chefs von Milizleuten oder verkleideten Soldaten kurz und klein geschlagen und sie selbst blutig geprügelt, in anderen Ulamas vor der Moschee ohne weitere Angabe von Gründen durch die Polizei festgenommen, verhört und dann wieder ohne Entschuldigung oder Erklärung freigelassen worden. Die Nahdatul Ulama habe sich wiederholt bei den örtlichen Armeekommandanten beschwert, die versprachen, sie würden der Sache nachgehen, indessen keinen Finger rührten. Tosani ließ seinen G 2, »den besten Nachrichtenmann, den ich je hatte«, nachforschen. Das Ergebnis: hinter allen Aktionen steckten »Anregungen« des Hauptquartiers in Djakarta.
Wütend sei er in die Hauptstadt geflogen, wo ihm der Stabschef und schließlich Sidabutar selbst erklärten: ihnen seien diese Instruktionen an die lokalen Kommandanten ebenso neu wie ihm, dem Panglima. »Du kennst Sidabutar, er kann nicht lügen.« Der General sei vielmehr aufgestanden, die Stirnadern beängstigend geschwollen, die struppigen Haare seiner buschigen Augenbrauen buchstäblich vor Zorn gesträubt, und wie ein Büffel durch das Zimmer gestapft. Er werde die Sache bei der nächsten Sitzung des Nationalen Rates für Sicherheit und Ordnung dem Präsidenten vortragen.
»Bis dahin möge ich Geduld haben. Er werde mich anschließend sogleich wieder nach Djakarta bitten. Seither habe ich nichts von ihm gehört. Wenn ich ihn anrufen wollte, war er angeblich unterwegs oder in einer Konferenz, in der man ihn auf keinen Fall stören durfte. Du kennst ja diese Stubenhocker in seinen Vorzimmern, die machen schon in die Hosen, wenn sie seine Stimme hören. Endlich habe ich ihn vor drei Tagen an den Draht bekommen. Er war kurz angebunden, übel gelaunt und knurrte: ›Geduld ist die erste Soldatenpflicht, Panglima.‹ Das war alles.«
»Wer hinter der Einschüchterungskampagne steckt, ist eine Sache, Jusuf; mir drängt sich ein bestimmter Name auf. Doch vorher sage mir bitte, ob die Polizistenmorde etwas anderes sind als Racheakte der Muslim?«

»Gut. Entweder jene Herren in Djakarta, die hinter meinem Rükken und offenbar sogar Sidabutars Rücken die Armee mißbrauchen, um die Nahdatul Ulama in Ostjava – übrigens auch die Nationalisten in Bali – einzuschüchtern, sind dumm, denn solche groben Methoden werden zurückschlagen wie ein Bumerang. Oder ...«
»Oder ...?«
»Hier wird ein ganz feines Garn gesponnen. Jemand versucht absichtlich, die Muslim zur Rache aufzustacheln, die Leute Chaliqs und die Armee gegeneinanderzuhetzen.« Tosani schaltete die Scheinwerfer ein; sie bogen von der Küstenstraße ab und fuhren in das zunächst nur gemächlich ansteigende Vulkanmassiv. Die Besiedlung wurde dünner.
»Wer sollte Interesse daran haben, Jusuf, außer den Kommunisten ...« Kresna stockte plötzlich. »Oder willst du damit sagen, in der Armee, in der Umgebung des Präsidenten verberge sich ein heimlicher Kommunist?«
Tosani kratzte seine Nackenhaare: »Etwas Ähnliches vermute ich in der Tat.«
»Hast du jemand Bestimmten in Verdacht?«
»Kresna«, sagte der Panglima sehr leise, »hier kann uns kein Mensch hören. Aber ich überlege mir trotzdem, ob ich's dir sagen darf.« Er sprach schneller, als Kresna unterbrechen wollte: »Nicht, daß ich dir nicht blind vertraue, aber einen solchen Verdacht auszusprechen, ist ein schweres Wort.«
»Soetjipto«, sagte Kresna trocken.
Der Panglima schnellte den Kopf herum und starrte Kresna im Dunkeln an. Der mußte ins Steuer greifen, sonst wären sie im Graben gelandet. Zwei Augen glitzerten im Scheinwerferlicht auf, ein Schatten huschte davon: vielleicht ein Wildschwein.
»Soetjipto war Militärattaché in Moskau, er hat zu Soekarnos Zeiten ein paar Monate die russische Generalstabsschule besucht«, sagte Tosani. »Jetzt höre ich, daß er sich dafür einsetzt, das Projekt Borneo an die Sowjets zu vergeben.«
»Macht ihn das zu einem Kommunisten?«
»Nein«, gab Tosani zu, »aber ich wüßte keinen Besseren. Schließlich müssen die Weisungen von jemandem kommen, der im Nationalen Sicherheitsrat sitzt, zumindest von jemandem aus der unmittelbaren Umgebung des Präsidenten. Du weißt, über Soetjipto gab es schon immer merkwürdige Gerüchte. Seine zweideutige

Rolle in den Jahren 1965 und 1966, sein Widerstand gegen Hinrichtungen von Kommunistenführern und Putschisten. Und so weiter.«

»Und so weiter gibt's da nicht, soviel ich weiß.«

»Entschuldige. Ich habe vergessen, daß er einer deiner besten Freunde ist.«

»War«, sagte Kresna fast unhörbar und blickte aus dem Fenster. »Kannst du nicht etwas langsamer fahren? Die Kurven hier sind gefährlich und steil. Bin schon einmal auf dieser Straße verunglückt.«

Er hätte Tosani nicht zu mahnen brauchen. Der Panglima nahm vor Verblüffung den Fuß vom Gaspedal und setzte ihn erst wieder darauf, als der Wagen fast zurückrollte. »Habe ich richtig verstanden. Hast du ›war‹ gesagt? Seid ihr zerstritten? Ihr seid doch unzertrennlich.«

»Du hast mich richtig verstanden, Jusuf. Soetjipto war mein Freund, er ist es seit meiner Rückkehr nicht mehr.« Kresna sah weiter aus dem Fenster in die Finsternis.

Nach einer verlegenen Pause sagte Tosani: »Gerüchte in dieser Richtung habe ich in Surabaya gehört, auch neulich in Djakarta. Aber da war ich mit meinen eigenen Problemen genügend eingedeckt. Und ich wollte und konnte es nicht glauben. Soetjipto soll riesige Bestechungsgelder von den Russen angenommen haben — der bescheidene, noble Soetjipto?«

»Das hat er«, sagte Kresna trocken, hart und fragte plötzlich unvermittelt. »Wollen wir hier im Dorf übernachten oder bis nach Ngadisari fahren?«

»Bis nach Ngadisari. Wir sparen uns damit die Stunde im Auto morgen früh.«

»Dann mach bitte hier bei Dukun Kromo halt. Ich möchte sehen, ob er da ist und bereit, mich zu sprechen.«

Pak Kromo war daheim, er saß mit dem Lurah und besprach Bewässerungspläne. Als die beiden Generale in sein Haus traten, wollte er sie sofort zum Übernachten bewegen. Sie seien keine solchen Frühaufsteher wie der Pak Dukun, sagte Kresna lachend. Eine Stunde mehr Schlaf könnten sie sich in Ngadisari leisten. Doch habe er einen sehnlichen Wunsch und sei deswegen von Surabaya hergefahren.

»Geben Sie mir einen Rat, Bapak. Ich habe ihn nötig.«

Ohne Zögern erwiderte Kromosuwirjo: »Morgen früh, bevor der Tag hell wird, am Krater des Bromo.«
In stockfinsterer Nacht, unter schwarzbewölktem Himmel, fuhren sie weiter. Die Straße war jetzt steil und sehr gewunden. Weit und breit keine Menschenseele. Links stieg der Berg jäh an, rechts der Straße stürzte er in eine tiefe Schlucht. Bisweilen huschten Schatten über die Straße, aufblitzende Augen, die sie Sekunden anstarrten. Aus dem Wald wehte frischer Kieferngeruch.
Eine Zeitlang sprach keiner ein Wort. Dann begann Kresna zu erzählen, von seiner Reise, der eiskalten Enttäuschung, der Erniedrigung, die sie gebracht, den Zweifeln, die in ihm wie böse Geister hochgestiegen seien, in ihm bohrten und brannten. Der kurzen Hoffnung, der Präsident werde mit einem kräftigen Prankenschlag seine Umgebung säubern. Der Trauer, daß ausgerechnet Soetjipto zu den Verrätern gehörte.
»Ich war entschlossen, zurückzutreten.«
»Warum bist du nicht? Es wäre die einzige anständige Lösung gewesen.«
»Der Meinung war ich zuerst. Dann habe ich's mir überlegt.«
»Darf ich wissen, warum?« Tosanis Stimme klang kühl und skeptisch.
»Ich bin müde, Jusuf. Das läßt sich nicht in ein paar Sätzen erklären, und wenn ich mich nicht irre, sind wir gleich in Ngadisari.«
»Stimmt.«
»Morgen früh, während des Rittes auf den Bromo, werde ich dir meine Gründe erklären. Was du mir heute abend erzählt hast, bestärkt meinen Entschluß.«
Tosani schwieg verstimmt. Nach einer Pause, in der er mit verhaltener Ungeduld das Steuer führte, bemerkte er kühl: »Du teilst, trotz deiner geringen Meinung von Soetjipto, nicht meinen Verdacht? Du sprachst vorhin von einem bestimmten Namen. Wer ist das?«
»Ich habe jetzt im Rahmen des Wahlkampfes öfter mit Umar Makmur zu tun. Er ist ebenso gerissen wie bedenkenlos. Nach meiner Ansicht spekuliert er völlig richtig, wenn er glaubt, durch brutale Einschüchterung, durch physische Belästigung einiger örtlicher Muslim-Führer würden die Leute dazu getrieben, aus Angst die Regierungspartei zu wählen. Er bricht der Nahdatul Ulama

das Rückgrat. Es wird keinen *backlash* geben, vielleicht vorher vereinzelte Racheakte, wie offenbar an den Polizisten, aber keine Trotzreaktion bei den Wahlen. Und nur das zählt für Umar Makmur.«

»Du magst mit deiner Theorie in Gebieten recht haben, Kresna, in denen die Bevölkerung nur mit den Lippen mohammedanisch ist. Hier in Ostjava ist das anders. Hier würden sie eher verhungern, eher sich abschlachten lassen, als ihren Glauben preiszugeben, als Allah verraten. Und wenn sie Golkar statt NU wählen, verraten sie Allah, zumindest ihrer Meinung nach. Die Ulamas bestärken sie darin, predigen es jeden Freitag in den Moscheen. Verstehst du, Kresna: die Ostjavaner lassen sich nicht einschüchtern. Sie schlagen zurück, sie kämpfen.«

»Du kennst die Menschen hier sicher besser als ich. Trotzdem bin ich überzeugt, Makmur steckt hinter den Instruktionen an die örtlichen Kommandanten, keinesfalls Soetjipto, keinesfalls eine kommunistische Verschwörung, die ein Verräter aus der Umgebung des Präsidenten leitet.«

»Du weißt in Djakarta sehr viel besser Bescheid als ich. Du kennst Soetjipto seit seiner Jugend. Aber bist du nicht trotz alledem völlig von der ungeheuren Korruption überrascht worden, die du während deiner Weltreise entdecktest?« In Tosanis Stimme schwang ein Hauch von Spott.

»Ja«, sagte Kresna gedehnt.

Sie waren angelangt. Das Dorf war dunkel. In einem Holzverschlag blinzelte Licht, ein kleiner Warung. Die beiden Generale gingen hinein. Eine wackelige Holzbank stand vor einem hohen Tisch, einer Art Theke, hinter die sie sich zwängten. Sie bestellten etwas zu essen. Eine fröhliche, hübsche Frau von etwa dreißig Jahren lächelte sie mit weißen Zähnen an. Während ihre kleine Tochter den Blasebalg bediente, über dem ein fettbäuchiger, kupferner Teekessel kochte, bereitete sie mit flinker Hand die Speisen. Sie nahm Reis, Bambussprossen und brennscharfen Tjabebrei, rieb sie mit einem keulenförmigen Stampfer zu einer weichen Masse, schnitt vom Bananenblatt zwei tellergroße Stücke ab, löffelte den Brei darauf, legte rundherum Zwiebeln und Erdnüsse, schob die Gerichte den beiden Männern zu. Hungrig stopften sie mit den Fingern das Essen in den Mund, bestellten eine zweite Portion und machten der Frau Komplimente. Fragen stellte die hübsche Wirtin nicht,

obgleich sie vor Neugier bersten mußte, denn Kresnas Gesicht hatte sie schon auf Bildern gesehen. Auf den Mund gefallen war sie freilich auch nicht, erwiderte die Neckereien und erotischen Anspielungen der Männer schnell und selbstbewußt. In ihren Augen glänzte Zufriedenheit.
»Ihr Bergleute habt es gut«, sagte Tosani, »ihr wißt nicht, was unten in der Ebene vor sich geht.«
Sie nickte und strahlte Kresna an.

Um drei Uhr morgens wachten Kresna und Tosani auf. Sie rollten die Strohmatten zusammen, auf denen sie geschlafen hatten, tranken aus einer Thermosflasche lauwarmen Tee, aßen ein paar Bissen Reis mit Tjabe, spülten die Zähne, steckten die Köpfe in einen Kübel Wasser und traten ins Freie. Es war eiskalt, sie froren bis in die Knochen und schlangen schlotternd Wolldecken enger um ihre Schultern. Undeutlich hoben sich die Umrisse der Häuser ab, solide Häuser, aus Steinen gefügt.
Eine Gruppe von Schatten näherte sich ihnen und umdrängte sie. »Tuan, mein Pferd«, sagte einer, »mein Pferd, Tuan«, sagte ein zweiter, »mein Hengst ist der beste«, sagte ein dritter, »er stolpert nie, Tuan.« Jeder zwängte sich mit seinem Gaul vor. »Pak Kresna«, rief einer leise und erregt, »das ist doch General Kresna.« – »Schön, daß Ihr uns besucht, Bapak«, riefen sie durcheinander.
Tosani ergriff entschlossen zwei Pferde und hielt sie fest. »Wieviel«, fragte er, »berapa?« – Für euch nur 2 000 Rupien, Pak Djendral.« – »Bist du wahnsinnig, ein Drittel ist mehr als genug.« Der Mann jammerte, nach kurzer Verhandlung einigten sie sich auf die Hälfte. Der Alte ergriff die Zügel des einen Pferdes und wollte es führen. »Wir brauchen dich nicht, Väterchen, wir reiten allein.«
»Aber ihr werdet euch verirren, Tuan, der Nebel oben ist dick wie Ziegenmilch. Ihr werdet euch verirren, und dann sehen wir euch nie wieder. Ihr werdet umkommen, und der Gott vom Bromo wird euch verschlingen.«
Tosani lachte: »Ich reite nicht das erste Mal hinauf, Väterchen. Hier, damit du ruhig warten kannst!« Er warf ihm ein Päckchen Zigaretten zu. »Komm, Kresna, reiten wir«, rief er und drückte

seine nackten Fersen in die Flanken des kleinen Pferdes, das zu traben begann. Nach wenigen Metern ging es wieder Schritt.

Der Weg war steil, ein Hohlweg, an dessen mauerartiger Böschung ihre blassen Schatten abknickten, dahinter hoben sich blauschwarz die Umrisse von Bergen. Am glitzernden Sternenhimmel hing der Mond. Ihre Zähne klapperten vor Kälte. Ab und zu schrie ein Nachtvogel im Wald. Bisweilen warfen Kresna und Tosani einander ein Wort zu, wie einen Ball, der in der Finsternis verschwand. Nach Unterhaltung war keinem zumute.

»Kalt.«

»Ja.«

Schweigen.

»Gut geschlafen?«

»Es ging.«

»Wer ist das dort?«

»Wo?«

Vor ihnen flackerte ein Feuer. Neben einer verlassenen Hütte kauerte ein Mann und wärmte sich an der Flamme, fest in eine Decke gehüllt. Dann und wann zuckte rötlicher Flammenschein über sein Gesicht, sein Schatten flatterte riesenhaft an der Hüttenwand. Er sah nicht auf, als die beiden Männer vorbeiritten.

»Der Dukun?«

»Nein.«

Nach etwa zwanzig Minuten erreichten sie ein kleines, nur einige Meter breites Plateau. Sie lenkten ihre Pferde an den Rand, der jäh in die Tiefe stürzte. Unten ballte sich bis dort, wo der Himmel anfangen mußte, dicker, weißer Nebel zu einer zähen Brühe. In der düsteren Ferne tauchten daraus zwei schwarze Inseln auf, ebenmäßig der Kegel der einen, lang hingezogen der schartige Bergrücken der anderen.

Lange Zeit standen die beiden Generale dort und starrten wortlos in die milchwolkige See, wo die Welt zu enden schien.

»Weiter«, sagte Kresna schließlich und hatte Mühe, sich von dem beklemmenden Bild loszureißen. Sie ritten einen Steilpfad abwärts, ohne zu sehen, wohin die Pferde traten, die bei jedem Tritt vorsichtig festen Halt suchten, manchmal ausrutschten.

Dann versanken, urplötzlich, Roß und Reiter in dem fetten, nassen Nebel, der so dicht und undurchsichtig war, daß Kresna einen Herzschlag lang meinte, die Hölle habe sie verschlungen.

»Kresna, wo bist du?«
»Hier.«
»Bleib dicht hinter mir. Kannst du mich sehen?«
»Undeutlich.«
»Gib acht, daß dir das Pferd nicht durchgeht. Sonst findest du mich nie mehr.«
Mond und Sterne waren verschluckt. Außer der milchigen Suppe, dem feuchten Sand gab es nichts, keine Tiere, keine Pflanzen, kein Leben. Nur die Pferdehufe klopften leise und gleichmäßig, das einzige Geräusch. Fahle, blasse Schemen die beiden Reiter, Gespenster.
Dumpf klang Kresnas Stimme, als er endlich die Stille brach: »Du hast mich gestern gefragt, warum ich nicht zurückgetreten bin. Das wäre die einzige anständige Lösung gewesen, hast du gesagt. Was hätte ich damit erreicht, Jusuf? Nichts.«
Tosani schwieg.
»Hast du mich verstanden, Jusuf?«
»Was?« rief der Schatten vor ihm.
Kresna trieb sein Pferd neben das Tosanis. Er wiederholte seine Sätze. Der Panglima grunzte bloß.
»Nichts hätte ich erreicht, Jusuf. Der Präsident hätte meinen Rücktritt mit Bedauern angenommen. Vielleicht als Trostpflaster mir eine Botschaft zugesprochen, sicher keine wichtige.«
»Mag sein.«
»Gewiß, Jusuf. Eine hübsche Geste. Ende.«
Tosanis Schatten blieb stumm. »Umpf, umpf« klopften die Hufe der Pferde.
»Also habe ich mir überlegt, welche Alternativen es gibt«, sagte Kresna. »Soll ich einen Putsch anzetteln?«
Die Worte hingen in der Luft wie klebrige Beulen.
»Ist die Sache einen Putsch wert, der vielleicht zu Blutvergießen führt, der die Armee spaltet? Nein, tausendmal nein. Und selbst – wenn die Reinheit unserer Neuen Ordnung, die Sauberkeit der Armee und der Regierung einen Putsch rechtfertigte – verstehe mich recht, Jusuf, ich rede bloß von einem Putsch, der den Präsidenten zwingt, Makmur, Soetjipto, die ganze korrupte Bande fallenzulassen – sogar wenn unsere Ehre, unsere Sauberkeit einen solchen Putsch rechtfertigte, bin ich, Kresna, nie in der Lage, ihn erfolgreich durchzuführen. Ich befehlige keine eigenen Truppen wie

du, die ich auf mich einschwören kann. Ich muß Truppen erst anfordern. Wie willst du da einen Putsch unternehmen? – Jusuf wenn du anders denkst, bist du wahnsinnig, bist du unverantwortlich – Jusuf . . .«

»Ich hab' nichts gesagt, Kresna«, kam hohl die Antwort des Schattens, »ich höre dich. Sprich weiter, Kresna.«

»Was sollte ich tun? Kein Rücktritt, kein Putsch. Erklärungen abgeben, die niemand ernst nimmt? Mir sagen lassen, du hast deine Pflicht getan, jetzt kümmere dich gefälligst um dein strategisches Einsatzkommando? Doch da kam der Wunsch der Regierungspartei, ich sollte Wahlreden für sie halten. Erst wollte ich ablehnen. Bin kein Politiker. Soll ich mich für eine Politik einsetzen, die ich mißbillige? Nein, dann bin ich nicht besser als Makmur und Soetjipto. Ich hab's ja gespürt, bei dir, an der Weise, wie du reagiert hast.«

»Ich?«

»Ja, Jusuf. Du wurdest sehr kühl, plötzlich.«

»War unabsichtlich.«

»Nein, mein Freund, ich kenne dich zu gut. Kann's dir nicht übelnehmen. So müssen viele denken, Menschen wie du, meine ich. – Wie lange müssen wir noch durch die Sandsee reiten? Kommt mir vor, als ritten wir schon eine Ewigkeit.«

»Bald sind wir am Vulkan.«

»Das war nicht der eigentliche Grund, warum ich zögerte. Ich hatte Angst, mich im Wahlkampf zu blamieren. Rai Agung, Herry Pardede, Witular behaupteten zwar, ich sei ein hervorragender Redner. Doch ich selbst war voller Zweifel, hielt das bloß für Schmeicheleien. Allerdings – Rai, die sagt mir die Wahrheit, aber sie ist meine Frau, und sie ist stolz auf mich.« Er lachte kurz. Im milchigen Nebel klang das Lachen völlig tonlos. »Ich habe früher ein paar Reden vor Soldaten gehalten, auch vor Studenten. Waren recht erfolgreich. Doch Wahlversammlungen – das ist etwas ganz anderes. – Eines Nachts wache ich auf, eine Stimme ruft mich: ›Kämpfe, Kresna, kämpfe, du kannst mit deinem Wort die Menschen entflammen . . .‹« Er brach ab, wenn es Tosani auch schien, als wolle er noch etwas hinzufügen.

Plötzlich wuchsen vereinzelt Büsche aus dem Sand, und ein schmaler Grat, undeutlich erkennbar, stieg bergan. Langsam verdünnte sich der Nebelbrei, gleichsam von unsichtbarer Hand auseinandergetrieben. Verschleiert schimmerten Mondsichel und Sterne. Mächtiges Rauschen und Zischen füllte die Luft, kam näher und näher. Die Reiter tauchten aus dem Gespensterreich auf, zurück ins bleiche Licht der Nacht. Vor ihnen ragte, schier mit der Hand zu greifen, die Flanke des Vulkans Bromo steil gen Himmel. Über den Kraterrand quoll Dampf in dichten, schweren Ballen. Schwefelgeruch biß in die Schleimhäute.

Die beiden Männer stiegen von den Pferden und banden sie an einen Pflock. Keuchend klommen sie langsam die Wand des Berges empor, ihre Füße sanken tief in den Lavastaub.

»Vor meiner ersten Wahlrede, in Pontianak, war ich so nervös, daß ich Leibschmerzen bekam. Wie ein Anfänger. Du lachst, Jusuf.«

»Ich lache nicht.«

»In dem Augenblick, da ich vor der Menge stand, da ich zu reden begann, war die Nervosität weggeblasen. Die Worte kamen ganz von selbst. Es machte mir Spaß, sehr viel Spaß, ein herrliches Gefühl, mit nichts zu vergleichen.« Er blieb stehen und rang nach Atem. »Schrecklich steil, so steil habe ich den Bromo gar nicht in Erinnerung. – Jetzt strömen die Menschen zu meinen Versammlungen, immer ist es überfüllt, wo ich auch bin – Jusuf« – er blieb wieder stehen, der Atem reichte nur für wenige Schritte –, »Jusuf, heute bin ich eine Macht in Indonesien, ich bin nicht einer unter vielen Generalen, ich bin . . .«

»Was willst du mit deiner Macht anfangen, Kresna?«

»Bleib stehen, warte auf mich«, er kletterte, bis er keuchend neben Tosani stand, und legte ihm beide Hände auf die Schultern, »ich will genau das gleiche tun, was ich am Tag nach meiner Rückkehr getan habe: den Präsidenten nochmals bitten, ihn drängen, Makmur und Soetjipto zu entlassen und alle, die mit den beiden zusammenarbeiten. Ihn bitten, einen Plan öffentlich zu verkünden, wie die Korruption ausgerottet werden soll, ihn drängen, alle unrechtmäßig erworbenen Vermögen, Häuser, Autos, Juwelen zu beschlagnahmen und der staatlichen Kasse zuzuführen. Noch eine Reihe anderer Maßnahmen. Kurzum, die Neue Ordnung wiederherstellen, unser Land säubern.«

»Und was wirst du tun, wenn er wieder nichts unternimmt, wie das letzte Mal?«

»Mit dem Rücktritt drohen. Heute würde mein Rücktritt Aufsehen erregen, die Bevölkerung beunruhigen, den Wahlkampf der Re-

gierungspartei unterhöhlen, vielleicht sogar ihren Sieg ungewiß machen.«
Tosani löste Kresnas Hände von seinen Schultern und kletterte weiter. Nach hundert Schritten hatten sie den Gipfel erreicht. Sie mußten husten, preßten ihre Taschentücher auf Mund und Nase, um sich gegen den beizenden Schwefeldampf zu schützen.
Schmal war der Kraterrand, nicht breiter als ihre ausgestreckten Arme. Vorsichtig setzten sie in der Finsternis Fuß vor Fuß. Die Innenwand des Bromo fiel schroff, fast senkrecht, in bodenlose Tiefe. Eine Zeitlang starrten sie gebannt hinein. Unten, im kochenden Erdinnern, glomm Feuer und rötete den Dampf. Es grollte, donnerte, knatterte, zischte, als würde dort unten eine furchtbare Schlacht geschlagen. Dampfkaskaden strömten ringsum aus Felslöchern.
Als sein Atem wieder gleichmäßig ging, sagte Tosani: »Du darfst jetzt nicht auf halbem Weg stehenbleiben, Kresna, mein Freund. Der Präsident wird sich von dir nicht erpressen lassen.«
»Die Unruhe unter den Wählern, die Unruhe bei Golkar . . .«
»Gib dich doch keinem Selbstbetrug hin. Unruhe, ja, gut, die wird's vielleicht hier und dort geben. Mit der werden sie fertig. Nach ein paar Tagen bist du vergessen. Die Massen lieben schnell und sie vergessen schnell. Du mußt . . .«
»Was muß ich?« Kresna starrte in den Vulkanschlund, aus dem es rot durch die Finsternis glühte.
»Du mußt alle deine Forderungen, die du dem Präsidenten nur privat vortragen willst, in der stillen Kammer, wo euch keiner hört . . .« Er zögerte.
»Sprich weiter«, kam es hastig, unruhig.
»Du mußt sie mit deinen Reden ins Volk hämmern, du mußt dich in aller Öffentlichkeit, vor Zehn-, vor Hunderttausenden dazu bekennen.«
Nach einer langen Pause sagte Kresna, wie zu sich selbst: »Es ist schön, das Feuer da unten. Es zieht einen an, man möchte hineinspringen.« Er wandte den Kopf und blickte Tosani scharf an, sogar in der Dunkelheit sah man, wie seine Augen glühten: »Vielleicht hast du recht, Jusuf, vielleicht hast du recht. Aber wenn ich das tue, Jusuf, dann . . .« Er stockte.
». . . dann?« fragte der Panglima.
Kresna schüttelte den Kopf und sagte nichts.

»Nächstes Jahr wird der neue Präsident gewählt.« Tosani hustete. Der Wind hatte plötzlich gedreht, eine Schwefelwolke hüllte für ein paar Sekunden die beiden Männer gänzlich ein.
Als sich die Wolke verzogen hatte, war Kresnas Gesicht erstarrt. Tosani wiederholte, noch immer hustend, den letzten Satz: »Nächstes Jahr wird der neue Präsident gewählt.« Kresna schien ihn nicht zu hören, er blickte den Schwefeldämpfen nach, die aus dem Vulkan quollen und sich wie Gespenster in die Nacht verzogen.
Der Panglima wiederholte ein drittes Mal seinen Satz, leise und eindringlich. Jetzt erst drehte Kresna den Kopf und lächelte ihn schief an, wie ein Schüler, der vom Lehrer beim Betrachten von Aktphotos ertappt wird.
»Die klugen Leute in Djakarta erzählen mir«, sagte Tosani, »daß es zwei Kandidaten gibt, Makmur und Soetjipto.« Er machte eine Pause, wie um Atem zu holen. »Unter keinem der beiden möchte ich dienen. Hab' die beiden nie geschätzt. Und jetzt, nach dem, was du auf deiner Reise entdeckt hast, und nachdem einer von den beiden über meinen Kopf hinweg meine Leute zu unrechten, undemokratischen Handlungen angestiftet hat, kommt ein Präsident Makmur oder ein Präsident Soetjipto für mich nicht in Frage. Niemals.«
»Wie willst du das verhindern, Jusuf?«
»Darüber denke ich schon eine Weile nach. Ich bin nicht allein, Kresna, ein paar unserer Kameraden denken wie ich.« Sein Kinn schob sich vor, seine Kiefermuskeln spannten sich. »Wir haben noch keine Pläne. Haben nur überlegt, was wir unternehmen können. Ein kleiner Kreis von Gleichgesinnten, auf die du dich verlassen kannst. Offiziere, die ehrlich sind, vor allem gute Patrioten. Ursprünglich waren wir nur fünf Mann, wie die Pendawas, die Heldenbrüder aus der Mahabharata.«
»Wer gehört dazu?«
Tosani nannte die Namen einiger Generale und Obersten.
»Wollt ihr einen eigenen Kandidaten aufstellen?« fragte er, und seine Zungenspitze spielte zwischen den Lippen, wie sie es oft tat, wenn er geistig erregt war.
»Wir haben an General Sidabutar gedacht. Die Wahl ist logisch, findest du nicht? Alle von uns sind Truppenoffiziere, die draußen in den Provinzen dienen, in den Garnisonen. Wir leben mit unseren Soldaten. Wir sind keine Schreibtischmenschen wie diese politi-

schen Generale in Djakarta, wie Makmur und Soetjipto und alle die anderen.«

»Wenn's darauf ankommt, meint ihr, werden die Soldaten euch gehorchen und nicht . . .«

». . . und nicht denen da«, Tosani machte eine verächtliche Geste in die Richtung, wo Djakarta liegen mochte. »Auf unsere Soldaten können wir uns verlassen, das wissen wir, sie sind ja unsere Anak buah.«

»Plant ihr einen Putsch?« fragte Kresna trocken und blickte in den Kraterschlund, in dem es jetzt bedrohlich knatterte, wie eine Salve aus Dutzenden von Maschinengewehren.

Er sah wieder auf und fragte erneut: »Plant ihr einen Putsch?«

»So weit wird es hoffentlich nicht kommen. Im Grunde genügt es, General Sidabutar zu überreden, daß er kandidiert.«

»Erstens will er nicht, zweitens stellt ihr euch das zu einfach vor. Wahrscheinlich weiß Makmur längst von euren Plänen und wird seine Gegenmaßnahmen treffen.«

»Das glaube ich kaum. Wir sind neun Männer, für jeden lege ich die Hand ins Feuer. Da sind keine Schwätzer darunter.« Der Ton des Panglima klang allerdings weniger selbstsicher als seine Worte. Kresna setzte sich an den Kraterrand und ließ seine Beine hinunterbaumeln. »Woher weißt du«, fragte er, »daß ich genauso verläßlich bin wie die anderen acht Männer?«

»Von hier«, Tosani klopfte auf sein Herz, »mein Instinkt, mein Naluri. Du bist einer meiner ältesten Freunde, auch wenn wir uns lange nicht gesehen haben.« Dann glitt ein schlaues Lächeln über sein Gesicht. Doch er sagte nichts.

»Und was denkst du jetzt?« fragte Kresna. Es war merkwürdig, wie ernst das Gesicht des stets Lächelnden blieb.

»Vielleicht bist du der Kandidat, den wir suchen.« Tosanis Gehirn schien schwer und zäh zu arbeiten. »Die Idee ist mir erst heute morgen gekommen, bei unserem Ritt auf den Bromo.« Und zur Bestätigung des neuen Gedankens sagte er, als wolle er die Worte erst ausprobieren, »Präsident Kresna«.

Der Angeredete sprang heftig auf. Sein Ausdruck war in der Finsternis nicht zu erkennen.

Gerade als Tosani nachstoßen wollte, rief Kresna: »Da kommt der Dukun.«

Die Bergwand hinauf klomm leichtfüßig, ohne anzuhalten, ein

Mann. Sie sahen nur, daß er einen Sarong trug und ein Blangkon, ein um den Kopf geschlagenes Tuch.
»Selamat pagi, Djendral, selamat pagi, Panglima.«
»Selamat pagi, Pak Dukun.«
Der Dukun atmete, trotz des steilen Anstieges, kaum schneller als sonst. Er mochte zwei, drei Jahre jünger sein als die beiden Generale, ähnlich kräftig gebaut wie Tosani. Seine Stimme war frisch und selbstsicher. Es war, als habe sich mit seinem Erscheinen die Spannung, die Erregung der beiden Offiziere gelöst. Der Dukun strömte, geradezu körperlich spürbar, Ruhe und Glück aus. Sein Gesicht war breit, fast quadratisch, und die Augen leuchteten selbst jetzt in der Dunkelheit. Hier stand ein Mann, der mit sich und der Umwelt in ungetrübtem Frieden lebte, den keine unerfüllten Wünsche und Begierden vorwärts trieben, den kein Ehrgeiz hetzte, rund in seinem Dasein, ohne Ecken, ohne Risse, ohne Brüche.
Der Dukun lächelte die beiden Männer an. Dann kniete er nieder, den Kopf dem tief unten glimmenden Feuer zugeneigt, und betete. Geräuschlos setzten sich Kresna und Tosani neben ihn und rührten keinen Muskel. So verharrten sie vielleicht fünfzehn, vielleicht dreißig Minuten. Dann richtete sich Dukun Kromosuwirjo auf und lächelte, unbeschwert und fröhlich.
»Sie wollten meinen Rat, Djendral?«
»Ja, Pak Dukun«, sagte Kresna leise.
Der Dukun stand auf, schlang die Decke eng um seine Schultern und ging den Kraterrand entlang, Kresna hinter ihm. Tosani blieb zurück, ohne daß ein Wort notwendig war. Nach etwa hundert Metern hockten sie sich nieder. Der Kraterrand maß hier nicht mehr als zwei Fuß.
»Ihre Augen sind unstet, General, ich sehe selbst in der Dunkelheit, wie sie vor Unruhe flackern. Aber wie kann ich Ihnen helfen? Ich bin ein einfacher Mann, ich verstehe nichts von Politik.«
»Sie sehen den Menschen ins Herz, Pak Dukun. Ich habe viel von Ihnen gehört. Bei dem Ratschlag, den ich von Ihnen suche, geht es um mich, nicht um Politik.«
Kresna hatte gestern lediglich halb im Ernst, halb indessen aus einer Laune heraus seinem Freund Tosani vorgeschlagen, den Dukun Kromo aufzusuchen. Doch jetzt ging es ihm ernstlich um den Rat des Dukun, seine Stimmung war eigentümlich losgelöst, ihm

war, als schwebe er in einer Art Rausch. Er schwieg, und der junge Mann wartete geduldig, die glänzenden Pupillen unentwegt auf ihn gerichtet.

»Ich stehe an einem Kreuzweg, Pak Dukun«, sagte Kresna schließlich. »Ich habe mich in den letzten Monaten in Sachen eingelassen, von denen ich nichts verstand, von denen ich nicht ahnte, wohin sie mich führen werden.«

Kromosuwirjo nickte, er schien zu verstehen, was hinter des Generals vagen Andeutungen steckte.

»Und nun – und nun«, Kresna rang nach Atem, »weiß ich nicht, was ich tun soll. Soll ich den Weg weitergehen? Wenn ich ihn weitergehe, werde ich mir viele Feinde machen – und meine Freunde werde ich verlieren.« Er entwand seine Augen dem steten Blick des Dukun und sah in den Krater. Ein jäher Flammenstoß rötete für Sekunden sein Gesicht. »Bin ich stark genug, Pak Dukun, reichen meine Kräfte bis zum Ziel?«

Er brauchte dem Dukun nicht zu sagen, welches Ziel er meinte. Jedes krasse, gar zu deutliche Wort über seine politischen Ambitionen und Sorgen hätte das feine Band zerschnitten, das sich zwischen den beiden Männern spannte.

Keinen Moment hatte der Priester seinen Blick gelockert; jetzt sagte er ruhig, mit fester, fast strenger Stimme: »Ob du das Ziel erreichst, Bung Kresna, hängt von der Kraft deines Herzens ab, von der Wahrheit und Echtheit deiner Überzeugung. Laß mich nachdenken.«

Nach einer Pause fragte der Dukun: »Bist du bereit für das Zwiegespräch mit Gott, Kresna, bist du rein?«

Kresna nickte ernst.

Der Dukun berührte seine Schulter leicht mit der Hand und deutete über die Nebelbrühe, die die Sandsee füllte, hinweg zum Horizont. Dort bildete sich ein heller, rotgelber Streifen, zunächst nur fingerbreit. Das Glitzern der Sterne verblaßte. Der Himmel graute. Vögel begannen zu zwitschern.

»Meditieren wir«, sagte der Priester, »üben wir Semedi, leeren wir unsere Seele von Gefühlen, von Bildern, bis sie in Gott ist. Leere dein ganzes Herz aus, Kresna.«

Die beiden Männer kreuzten die Beine im Buddhasitz, die Oberkörper kerzengerade, den Blick zur aufgehenden Sonne, die jetzt, eine orangenfarbene Scheibe, rasch hinter den zerklüfteten Umrissen der Berge am Himmelsrand hochrollte. Ihre Strahlen formten, den Händen eines Bildhauers gleich, aus den schwarzen Schatten eine Landschaft. Tot, erloschen hier in der von nassem, fettem Nebel gefüllten Riesenarena der Caldera, würzig duftend, vor Fruchtbarkeit strotzend jenseits der Sandsee, wo die Berge wie eine Küste auf- und abstiegen. Noch schiefergrau, hellten sie sich bald auf, olivfarben zunächst, dann sattgrün in ihren Wäldern und Wiesen.

Die Sonne stand schon viele Handbreit über dem Horizont und wärmte die ausgekühlten Körper, als Dukun Kromo und Kresna ihr Semedi beendeten.

Eine Zeitlang schwiegen sie und blickten ins Land hinaus. Dann begann der Dukun leise zu beten. Kresna hörte, wie er gelegentlich den Allmächtigen anrief: »Sang Hijang Muhogung« und wie er unverständliche Sätze an ihn richtete, die wie Fragen klangen. Gelegentlich hörte er auch seinen eigenen Namen. Endlich wandte der Dukun ihm das Gesicht zu, die Augen ins Unbestimmte, unendlich Ferne blickend, wie in Trance und von so intensiver Kraft, daß sie dem Kraterschlund glichen. Kresna konnte sich dieser Kraft nicht entziehen, wie von selbst neigte sich sein Oberkörper vor. Die Finger des Dukun strichen hauchleicht über seine Stirn, wobei die Lippen sich öffneten und sprachen:

»Dein Atem ist kurz, Kresna, der Weg ist lang.

Wie willst du das Ende des Weges erreichen, wenn der Atem nicht reicht?

Lerne deinen Atem halten, Kresna, dann erst strecke deine Hand aus nach dem großen Ziel.«

Dukun Kromosuwirjo sank, wenige Herzschläge lang, in sich zusammen, atmete schwer, richtete sich dann wieder auf und lächelte.

Der General sann den orakelhaften Worten nach, die er auslegen mochte, wie er es für richtig hielt. Den Dukun durfte er nicht weiter fragen. Er meint offenbar, dachte Kresna, daß ich noch nicht reif bin, meine Hand nach der höchsten Macht, nach dem Amt des Präsidenten auszustrecken, er meint offenbar, daß ich mir erst selbst über meine Pläne klar sein, meine Kräfte sammeln, meine politischen Ideen festigen muß. Und wenn ich das getan habe ...

Plötzlich durchdrang ihn ein heißer, lustvoller Strom: er wollte Präsident Indonesiens werden, ja, er wollte dieses Land zur Größe

führen. Er hatte es sich bisher noch nie offen eingestanden.
Aus dem Vulkankessel, dessen Wände nun im Sonnenlicht die Farbe verrosteten Kupfers annahmen, pafften eitergelbe Schwefelwolken. Mit majestätischer Langsamkeit stiegen sie empor, quollen zu mächtigen Gestalten auf, rissen ihre Nabelschnur zur feuerglühenden Mutter Erde ab, verloren sich schließlich im gläsernen Blau des Himmels.
Über das Gesicht des Generals breitete sich ein stolzes Lächeln aus, ohne daß er sich dessen bewußt war, es schien, als glühte seine Haut. Von dem unsicheren, zaghaften Ausdruck, mit dem er Rai Agung in jener Nacht angeblickt hatte, als sie ihm sagte, »Du mußt kämpfen, Kresna«, war keine Spur mehr darin.

## III

Calvin Rausher drehte leise den Kopf zur Seite und beobachtete aus schrägen Augenwinkeln Sumini, die, den Nacken rückwärts geneigt, in den Sternenhimmel starrte. Ihre nackten Zehen spielten auf dem Liegestuhl, und Rausher hegte sanfte Zweifel, ob sie tatsächlich so in den Anblick der glitzernden Sterne vertieft war, wie es den Anschein hatte. Ihre Lippen waren leicht geöffnet. Das Licht der Petroleumlampe, die zwischen ihnen auf einem niedrigen Tischchen flackerte, war gerade hell genug, daß er die Ebenmäßigkeit ihrer kleinen, feucht schimmernden Zähne bewundern konnte.
Ein paar Schritte von ihnen entfernt kroch das Meerwasser träge den Sandstrand empor, als habe es sich in den Wellen ausgetobt, die sich, schulterhoch auftürmend, donnernd überschlugen. Das Rauschen und Knallen der Brandung war das einzige Geräusch in der einsamen Bucht.
Sumini spürte Calvin Raushers Blick, aber sie rührte sich nicht, ihre Fingernägel klopften leise an das Glas Orangensaft, das sie auf ihrem Bauch balancierte.
Gleich nach seiner Rückkehr aus Washington hatte er sie angerufen. Zwar warnten ihn Freunde, man munkle in Djakarta, Sumini arbeite gelegentlich für den Geheimdienst, doch dieser Verdacht kümmerte ihn nicht. Er war zu erfahren, um vor der jungen

Indonesierin etwas zu sagen oder zu tun, das Umar Makmur besser verborgen bliebe, und er war zu zynisch und abgebrüht, als daß man ihn leicht erpressen konnte. Andererseits fühlte er sich in einem Land erst richtig zu Hause, spürte, wie dessen Leben pulste, wenn er eine Frau fand, die ihm gefiel. »In einer Nacht mit einem guten Weib lerne ich ein Volk besser verstehen als in tagelangen Konferenzen mit den politischen Führern«, behauptete er gern.

Während seines letzten Aufenthaltes in Indonesien, vor einem Monat, war er mit Sumini, die er bei einem Cocktail traf, mehrmals ausgegangen. Am ersten Abend durfte er ihre Wange, am zweiten ihre Gurgel und ihren Mund küssen und am dritten ihre Brüste und ihren straffen Körper streicheln; doch entzog sie sich sehr bald seinen Armen. Freilich ohne das unechte »Nein – bitte – hören Sie auf«, sondern mit einem gurrenden Lachen, das weiteres Vergnügen für das nächste Treffen verhieß. Dazu kam es wegen seiner Abreise nach Washington nicht mehr.

Als er ihr nun, nach seiner Rückkehr, vorgeschlagen hatte, ans Meer zu fahren, da er zufällig einen Nachmittag und Abend frei habe, willigte sie nach einigem Zögern ein. Blanche, die er fragte, wo er ungestört eine Nacht mit einer Dame verbringen könne, bot ihm sofort den Wernerschen Bungalow an der Sundastraße an, drei Autostunden von Djakarta entfernt. Dort gebe es weit und breit keinen Menschen, außer ein paar Fischern, die jedoch landeinwärts wohnten. »Nachts habt ihr den ganzen weiten Sandstrand für euch allein«, sagte sie und blitzte ihn frech an. »Liebe unter Palmen – so was habt ihr in Washington nicht.« Er ziehe das Bett für die Liebe vor, erwiderte er. »Du bist eben ein Kleinbürger ohne Phantasie«, sagte sie und schürzte verächtlich die Lippen, »wo bleibt denn dein ungarisches Blut?«

Rausher, in seinem Liegestuhl faul geräkelt, dachte an Blanches Worte und streckte unwillkürlich die Hand in den Sand. Der Sand war feucht und kühl. Er nahm sein Glas Whisky vom Tisch und trank es halb leer.

»Warum lächelst du?« fragte Sumini.

»Ich genieße die Ruhe und überlege mir gerade, wieviel schöner es ist, hier neben dir zu sitzen als in Djakarta neben irgendeinem General oder Minister.«

Ihre Hand kam herüber und ließ sich auf seiner nieder.

»Du kennst wohl alle Generale?« fragte sie.
»Alle, das wäre reichlich viel«, lachte er. »Ihr habt doch dreihundert davon. Oder vierhundert, wenn ich mich nicht täusche.«
»Ich meine die wichtigen.« Ihre Finger spielten auf seinem nackten Arm.
»Welche sind die wichtigen?«
»Das weißt du besser als ich. Du bist ein Mann.«
»Was hältst du von General Kresna?« fragte er in gleichgültigem, fast spöttischem Ton. Die spielenden Finger auf seiner Haut wurden plötzlich zurückgezogen.
»Kresna«, sagte sie, wandte den Blick von ihm ab und sah in die Brandungswellen.
Rausher tat, als bemerke er nichts. »Alle Welt erzählt mir Wunderdinge von ihm«, sagte er, »die Augen der Frauen fangen zu glänzen an, wenn sein Name fällt, und die Männer beginnen zu streiten.«
»Ich habe keine Meinung über den General«, sagte sie und zuckte mit den Schultern. Aber ihr Gesicht wirkte starr und abwehrend.
»Kennst du ihn?«
»Wer kennt ihn nicht«, sagte Sumini langsam.
»Persönlich, meine ich?«
»Warum interessiert dich das?« Sie sah auf ihre Zehen, als sei dort etwas Wichtiges zu finden.
»Nur so. Aus keinem besonderen Grund. Ich bin einfach neugierig auf Kresna. Hab' ihn noch nie gesehen, will ihn diese Woche sprechen.«
»Vor ein paar Jahren kam ich öfter mit ihm zusammen. Aber da war ich sehr jung und sehr unerfahren«, sie bemühte sich, ihrer Stimme einen beiläufigen, gleichmütigen Klang zu geben. »Seither habe ich kaum mehr als zehn Worte mit ihm gesprochen. Er ist jetzt ein großes Tier.«
»Du hattest eine Affäre mit ihm?« fragte Rausher und bedauerte im nächsten Moment seine Direktheit.
»Ihr Amerikaner seid merkwürdige Menschen«, sagte sie kühl, »ein Indonesier würde eine solche Frage nie stellen. Ihr spürt nicht, worüber ein anderer reden will und worüber nicht. Denkt ihr nur an euch selbst?«
»Entschuldige. Ich habe es nicht so gemeint.«
»Ja«, sagte Sumini. »Ich habe mit ihm geschlafen. Das meinst du

doch? Und ich war furchtbar verliebt in ihn. Kein Wunder.« Sie schien die Sterne im Himmel abzuzählen. »Ich war damals neunzehn, und er war ein berühmter General, ein Volksheld. Für ihn war ich wahrscheinlich nur junge, glatte Haut.« Sie machte eine Pause, verfiel ins Träumen. »Einmal schrieb er mir sogar ein Gedicht, ein schönes, zärtliches Gedicht.«

Sumini sprach leise und wehmütig. Bis dahin kannte er sie nur gleichmäßig fröhlich und von jener stolzen Sicherheit, die ein prachtvoller Körper verleiht. Die Sumini, die jetzt neben Rausher auf dem Liegestuhl saß, den Kopf auf die angezogenen Knie gestützt, glich eher einem schutzbedürftigen kleinen Mädchen. Er stand auf, setzte sich neben sie, legte seinen Arm um ihre Schultern. Sie machte ihm sofort Platz.

»Entschuldige«, sagte er nochmals, »ich wollte nicht indiskret sein.« Eine Zeitlang schwiegen beide und blickten aufs Meer, in dessen Schwärze eine Lichterkette von Fischerbooten schaukelte. Er drehte den Docht der Petroleumlampe herunter, bis nur noch ein winziges Flämmchen glimmte. Über den sanft klappernden Palmenwipfeln war der Mond aufgestiegen.

»Vielleicht wird Kresna nächstes Jahr Präsident«, sagte er.

»Müssen wir von ihm reden?«

»Nein, natürlich nicht.« Er streichelte ihren Rücken. Sie trug keinun Büstenhalter, sie mußte ihn vorhin, als sie aus ihrem Kleid in Pullover und Blue jeans geschlüpft war, ausgezogen haben. Seine Hand tastete nach dem Rand zwischen Pullover und Hose.

Sie rührte sich nicht, als seine Finger auf ihrer nackten Haut emporkrochen. »Bist du eigentlich verheiratet? Komisch, warum habe ich dich nie danach gefragt?«

»Soll ich dir von meiner Frau erzählen?« sagte er und lachte. »Dann mußt du mir aber von Kresna erzählen.«

»Ihr Männer aus dem Westen habt sehr neugierige Hände«, sagte Sumini und zog mit entschlossenem Griff seine Hand aus dem Pullover heraus, wo sie bis zu ihrer linken Brust vorgedrungen war, küßte sie und hielt sie zwischen ihren Knien fest. Immerhin hatte er noch gespürt, wie ihre Brustwarze zu schwellen begann.

»Kennst du westliche Hände außer meinen?« fragte er grinsend, »ich dachte, meine seien die ersten.«

»Du bist zu neugierig, Calvin«, sie lehnte sich an ihn. »Also, du bist verheiratet. Auch Kinder?«

»Zwei. Zwei Mädchen. In Indonesien wäre ich damit wohl eine Art Versager«, sagte er. Suminis Finger glitten massierend seinen Oberschenkel hinauf, kurz vor der Leistengegend machten sie halt.

»Es kann ja auch an der Frau liegen«, sagte sie, hob den Kopf und lächelte ihn an. Aber ihre Augen wichen ihm bald aus.

»Komm, gehen wir baden«, sagte er.

»Du bist verrückt. In der Nacht und bei der Kälte.«

»Hast du etwa Angst, in der Nacht zu baden?«

»Ja«, sagte sie, als könne er eine andere Antwort gar nicht erwarten.

»Im Ernst, du glaubst, in der Nacht tummeln sich Geister im Meer?«

»Natürlich gibt es welche«, ihre Stimme wurde trotzig. »Ihr Weißen kommt euch so klug und überlegen vor, weil ihr nicht an Geister glaubt und uns für dumm und primitiv haltet ...«

»Das habe ich nicht gesagt.«

»Nicht gesagt, aber gedacht. Dabei seid ihr bloß so abgestumpft, daß ihr die Geister nicht mehr wahrnehmt.«

»Jetzt machst du mir schon zum zweitenmal den Vorwurf, ich sei grob und ohne Gefühl.«

Anstatt zu antworten, fing sie wieder an, seinen Oberschenkel zu massieren, mit ruhigen, aufreizenden Bewegungen. Plötzlich stand sie auf: »Gut. Gehen wir baden. Aber ich warne dich, wenn ich erfriere oder mich die Geister holen, mußt du mich retten.«

»Heilig versprochen«, sagte Rausher. Diesmal starrte ihn Sumini aus so weit aufgerissenen, fordernden Augen an, daß er meinte, darin zu ertrinken. Ihre Lippen kamen ihm entgegen, wurden unter seinen Küssen warm und weich. Sie ließ seine Hände eine Weile an ihren Brüsten spielen. Dann drehte sie sich um und ging auf den Bungalow zu.

Als er seine Badehose angezogen hatte, stand sie schon bis zu den Knien im Wasser. Über der Bikinihose lief ihre Gesäßfalte gabelnd in Grübchen aus, wie zwei Finger, die das Friedenszeichen ausführen. Sie rannte vor ihm her in die Brandung. Die Wellen hoben sich zu einem Wall und stürzten dann schäumend um, gleich Teppichen, die zusammengeklappt werden. Eine Welle packte Sumini, sie warf die Arme hoch und jauchzte. Das Wasser umfing die beiden lau und warm.

Plötzlich leuchteten ihre Körper, Hunderte von goldenen Funken sprühten von ihren Armen, von ihren Schultern, von Schenkeln und Füßen und Brust. Mit jeder leisen Bewegung glitzerte und sprühte und funkelte das Wasser, als hätten sie ein Feuerwerk angezündet. Das Meeresleuchten kam so überraschend, daß Sumini aufjubelte und Rausher hingerissen dachte, so müßten sich wohl Götter fühlen, die Licht ausstrahlen können.

Ohne es wahrzunehmen, von selbst getrieben, schwammen sie aufeinander zu, ließen ihre Glieder im Wasser tanzen, wie berauscht, von wortloser Seligkeit. Sie konnten sich nicht satt sehen an den sprühenden Funken, an dem Strahlen ihrer Leiber, sie drängten sich aneinander, Haut an Haut. Keiner wollte sprechen.

Sie waren völlig allein in der runden, schwarzen Bucht, nur dort, wo sie schwimmend tanzten und spielten, leuchtete es hell. Als er ihren Bikini abstreifen wollte, hielt sie seine Hände fest. Eine Zeitlang rangen sie schweigend. Schließlich verlor er die Geduld, schwamm zum Ufer. Die rauschhafte Stimmung war verflogen.

»Warte auf mich«, rief sie.

Er erreichte festen Grund, blieb stehen, drehte sich aber nicht nach ihr um.

»Hilfe, bitte hilf mir. Ein Geist zieht mich hinunter.«

Ihr Lachen klang so merkwürdig, daß er wider Willen den Kopf zurückwandte. Sumini schwenkte das Oberteil ihres Bikinis.

Er hatte ihren Körper unter den Kleidern geahnt, hatte begonnen, ihn zu ertasten, ihn gerade im winzigen Schwimmanzug im Wasser und zuvor schattenhaft von hinten gesehen. Doch jetzt, da sie nackt, nur die Scham knapp bedeckt, vor ihm glitzerte, verschlug es ihm fast den Atem. Und einige Wimpernschläge lang spürte er keine Begierde, sondern fast schmerzhaft den Wunsch, sich dieses Bild so fest einzuprägen, daß er es stets, mit allen Sinnen, neu erleben würde.

Ganz langsam schritt Sumini auf ihn zu, die Tropfen perlten über ihre Haut, die Haare fielen triefend bis zu den Hüften. Dann verhüllte sie ihre Brüste, als erwache sie aus einem Traum, und lief an ihm vorbei ins Haus.

Gemächlich und voll gespannter Erwartung schlenderte er in den Bungalow. Die Tür des Schlafzimmers war verriegelt. Er klopfte.

»Willst du etwas trinken?« Er schenkte sich ein Glas halb voll Whisky, während er sich mit dem Frottiertuch abtrocknete.

»Etwas, das mich wärmt. Aber nur einen winzigen Schluck.«
»Dann ist Wodka das richtige.«
»Ist das sehr stark? Du willst mich sicher betrunken machen.« Sie kam aus dem Zimmer, in einem feuerroten Pyjama, dessen obere Knöpfe offenstanden und die Schlucht zwischen ihren Brüsten zeigte, braun wie Tee. Sie nahm ihm das Frottiertuch aus der Hand und rieb seinen Rücken. Dann spürte er, wie ihre Lippen über seine Schulterblätter glitten. Ihre Zähne packten ein Stück Nackenhaut und bissen ganz sanft hinein. Er rührte sich nicht und genoß ihre Liebkosungen. Von hinten umschlang sie ihn, und ihre Hände krochen über Brust und Bauch.
Schließlich drehte sich Rausher um, und Sumini preßte sich an ihn. Durch die dünne Seide strömte die Wärme ihres Blutes. Doch immer, wenn er begann, die restlichen Knöpfe ihres Pyjamas zu öffnen, schloß sie sie wieder. Er hob sie hoch und trug sie ins Schlafzimmer. Als er sie aufs Bett legte und sich über sie beugte, stemmte sie ihre Fäuste gegen seine Brust, und ihre Augen blickten zornig.
Die nächsten Stunden verbrachte Rausher in jenem eigentümlich unwirklichen Zustand, in dem man nicht weiß, ob man träumt oder wach ist. Abwechselnd lockte sie ihn, reizte ihn, schien nach seiner Umarmung, nach der Verschmelzung ihrer Leiber zu lechzen, dann zog sie sich unvermittelt zurück, wehrte ihn ab, zornig, schamhaft, entschlossen, zögernd, doch immer so, als warte sie nur darauf, daß er ihren Widerstand überrenne.
Sumini blieb ihm rätselhaft. Hatte sie plötzlich vor ihrer eigenen Courage Angst? Dafür schien sie ihrer selbst zu sicher und zu raffiniert und erfahren. Wollte sie ihn bloß bis zur Weißglut reizen? Aber weshalb? Er war ja kein hergelaufener Jüngling, den sie weichbraten konnte. Hatte sie vielleicht ihre Tage, oder stimmte gar etwas mit ihr nicht, war ihre Sinnlichkeit nur vorgetäuscht, um innere Unsicherheit zu verbergen?
Immer wenn er sich von ihr lösen und sie gleichsam zum Teufel schicken wollte, entwickelte sie solche herzklopfende Zärtlichkeit, solche anschmiegende Hilflosigkeit wie ein aus dem Nest gefallenes Vögelchen, daß er sich anfangs in der Tat grob und ungeschlacht vorkam. Schließlich resignierte er und stieg gleichgültig matt in sein eigenes Bett. Was sie ihm zuflüsterte, überhörte er, zog die Decke über den Kopf, versuchte zu schlafen.

Vor dem Bungalow donnerte die Brandung lauter als am Abend, weit draußen mußte es gestürmt und das Meer aufgewühlt haben.
Leise schimpfte er vor sich hin, stand schließlich auf, knipste die Taschenlampe an, ging in den Wohnraum, setzte die Whiskyflasche an den Mund und fühlte, wie die Schlucke heiß und belebend seine Gurgel hinabrannen. Er probierte die Stühle der Reihe nach aus, ob er darin schlafen könne, aber sie waren zu unbequem. Ein paar Stunden Schlaf brauchte er unbedingt für das morgige Gespräch mit Umar Makmur. Er schleppte einen Liegestuhl ins Freie und ließ sich hineinfallen. Der Anblick der heranrollenden Wellen und das gleichmäßige Rauschen und Knallen der Brandung beruhigten ihn. Aber aus dem kalten Sand stieg so viel Feuchtigkeit, daß er nach wenigen Minuten ganz naß war. Dösend schwankte er zurück ins Haus.
Sumini schlief fest, die Decke war auf den Boden gerutscht. Er betrachtete sie aufmerksam. Ihre langen, schweren Wimpern lagen wie Staubgefäße über ihren Augen. Irgend etwas an ihrem Gesicht rührte ihn, er beugte sich über sie und küßte sie sanft und ausgiebig. Ohne die Augen zu öffnen, murmelte sie ein paar Worte, die er nicht verstand, schlang die Arme um seinen Kopf und erwiderte den Kuß. Allmählich taute ihr Mund auf, wurde heißer, ihre Zunge schnellte vor, doch als seine Hand in ihre Pyjamahose glitt, murmelte sie: »Morgen, heute kann ich nicht, morgen.«
Calvin Rausher knirschte mit den Zähnen und fiel ächzend auf sein Bett. Die Leuchtziffern seiner Uhr zeigten halb zwei. In seinen Adern brannten tausend Nadeln. Unruhig wälzte er sich hin und her, sackte für Minuten in einen schweren, von Träumen verwirrten Halbschlaf, wachte manchmal auf oder glaubte wenigstens aufzuwachen und Sumini neben sich zu spüren oder, über ihm stehend, ihren nackten Körper zu sehen oder ihr Gesicht, das sich langsam zu ihm herabbeugte, die Haare auf ihn rieselnd und ihn kitzelnd. Manchmal hörte er sich reden und sie antworten, aber vielleicht war auch das nur Einbildung; manchmal fuhr er hoch, und sein Herz klopfte wild.
Als Sumini später in der Nacht vor seinem Bett stand, den Pyjama abstreifte, einige Sekunden lang so verharrte, sich dann niederbeugte, ihn zunächst zart und vorsichtig, dann immer wilder küßte, die Decke hochhob und neben ihn schlüpfte, war er fürs

erste überzeugt, wieder zu träumen. Aber ihre Lippen, ihre glühende Haut, ihr heißer Leib, der zuckte und verlangte und sich anschmiegte und darbot, wie eine vor Reife platzende Frucht, weckte seine Sinne. Gelegentlich döste er ein, allenfalls Minuten, mehr ließ Sumini nicht zu. Immer, wenn er sie zwischendurch fragte: »Warum hast du mich so lange warten lassen, warum hast du mich gequält?«, machte sie bloß »pssst« und legte den Finger auf seinen Mund. Sie sprachen wenig und überließen sich ganz und gar der Leidenschaft ihrer Körper, als müßten sie die versäumten Stunden nachholen.

In einer der wenigen Pausen, da sie ruhig nebeneinander lagen, erzählte sie ihm, vor ein paar Jahren hätte sie ein Kind erwartet und so lange mit der Abtreibung gewartet, daß es fast zu spät gewesen sei.

»Kresna?« fragte er so leise, als schäme er sich seiner Neugier.

Sie schwieg, ihre Lippen begannen über seinen Bauch zu huschen; dann biß sie ihn, daß er vor Schmerz aufschrie. Während die Dämmerung durchs Fenster hereinbrach, umschlangen sich ihre Leiber zum letzten Mal.

Mit der Sonne mußten auch Sumini und Rausher aufstehen. Noch blieb ihnen vor der Rückfahrt nach Djakarta Zeit, den Strand entlangzulaufen, erfolglos die winzigen, spinnenhaften Krebse zu jagen, die blitzschnell im Wasser verschwanden, genußvoll die frische, sich rasch wärmende Morgenluft einzuatmen. Sie planschten lachend ins Meer, schwammen hinaus, bis sie die Hügel und die daraus hervorsteigende Sonnenscheibe hinter dem Kranz von Kokospalmen sahen, der die Bucht umgürtete. Regelmäßig, wie mit dem Zirkel geschnitten, lag vor ihnen mondsichelförmig der schmale Sandstreifen der Küste. Aus dem Wald der nahen Hügel, dessen fette Laubkuppeln bald grün leuchteten, drang das Gezwitscher der Vögel. Ein klobiger Einbaumsegler trieb mit trapezförmigen Segel geräuschlos an ihnen vorbei. Weit draußen in der See lag dunstig der Krakatau, eine kleine, liebenswürdige Insel, geformt wie die spitzen Strohhüte der Bauern.

Über den braunen Sandsaum trottete eine Herde von Kerbaus, hinter ihnen ein kleines Mädchen mit langer Rute, die sie stolz wie ein Zepter trug.

»Ich mache das Frühstück. Bleib ruhig noch im Wasser«, sagte Sumini, küßte ihn und schwamm ans Ufer.

»Du bist eine Zauberin«, sagte Rausher, als er ein paar Minuten später auf der Holzveranda des Bungalows stand. Während er sich mit einem Frotteetuch abrieb, betrachtete er voll Appetit die Gerichte auf dem Tisch: Telur bebek asin, hartgekochte gesalzene Enteneier in Peanutsauce, Oppor ajam, gewürztes und in Kokosnußmilch gekochtes Huhn, und Nasi goreng, gebratener Reis. Heißhungrig stürzte er sich darauf. Sie balgten sich lachend um jeden Teller, vertilgten dazu Berge von Kerupuk udang, gebackene Fladen aus Mehl und gemahlenen Krabben, tranken kannenweise starken javanischen Tee und stopften ihre Münder mit Papaya und der schlangenhäutigen Salak voll.

Nachdem er seinen Hunger gestillt hatte, spürte Rausher, wie beim Anblick des goldbraunen Körpers – Sumini trug noch immer ihren Bikini – erneut seine Begierde wuchs. Mit einem Seufzer sah er auf die Uhr: es war höchste Zeit, nach Djakarta zurückzufahren. Sumini sah ihn mit hintergründigem Lächeln an.

»Ich treffe heute deinen Freund, General Makmur«, sagte er und beobachtete sie genau.

»Er ist nicht mein Freund«, sagte sie, und der Glanz in ihren Augen erlosch.

## IV

»Wer war das?« fragte Umar Makmur leise und klopfte mit den Knöcheln auf ein Fernschreiben, das vor ihm auf dem Tisch lag. »Wer hat unsere Abmachung mit den Japanern verraten?«

Wenn er doch nur brüllen würde, dachte Lee Cheong. So, wie er jetzt spricht, klingt es wie das Zischen einer Schlange, die man nicht sieht.

»Jemand, der Ihnen schaden will, General. Ihnen oder dem Präsidenten.«

»Wortwörtlich der Artikel, der in *Rakjat Pekerdja* abgedruckt werden sollte und den wir rechtzeitig beschlagnahmt haben. Natürlich ist es jemand« – er begann Lee Cheong höhnisch nachzuäffen –, »der mir schaden will oder dem Präsidenten oder uns beiden.«

»*Rakjat* hat seine Informationen aus der Umgebung General Soetjiptos erhalten, das deutet darauf ...«
»Sie machen sich's zu einfach, Lee Cheong«, fuhr ihm Makmur ungeduldig in die Rede. »Eine Enthüllung in einer hiesigen Zeitung ist eine Sache, die Weitergabe an eine ausländische Zeitschrift eine gänzlich andere. Das ist Verrat. Und Verrat traue ich unserem Freund Soetjipto nicht zu.« Der Art, wie er es sagte, war nicht zu entnehmen, ob er damit Anerkennung oder Geringschätzung ausdrücken wollte. »Oder sollte ich mich täuschen? Wie heißt übrigens diese Zeitschrift, in der dieser Artikel erschienen ist?«
»*Express*«, sagte Lee Cheong, »das größte und gefürchtetste Wochenmagazin in Deutschland, in Hamburg – eine Art TIME.«
»Wer arbeitet hier dafür?«
Lee Cheong nannte einen indonesischen Journalisten.
»Der war es sicher nicht, der will ja nicht Kopf und Kragen riskieren. Aber vielleicht haben sie für die Wahlen einen deutschen Reporter hergeschickt. Sollte ich eigentlich wissen.«
»Nein, das habe ich sofort geprüft. Auch keinen Mann, der *Express* neben anderen Publikationen bedient.«
»Was ist mit Pete van der Groot? Der fischt doch gern in trübem Wasser und mischt sich in Dinge ein, die ihn nichts angehen.« Makmur hatte angefangen zu doodlen, und soweit Lee Cheong das über den breiten Schreibtisch ausmachen konnte, zeichnete er gerade einen langen, feinen Kris.
»Falls van der Groot jemals für *Express* geschrieben hat, so wäre mir das, ich meine, wäre uns das bisher verborgen geblieben.«
»Uns bleibt manches verborgen, Lee Cheong.« Makmur drückte so stark auf, daß die Bleistiftspitze abbrach. »Ich will van der Groot heute sprechen.« Er nahm das Fernschreiben in die Hand, lehnte sich zurück und begann es erneut zu studieren. Sein Mund wurde dabei immer schmaler. »In dem *Rakjat*-Artikel wurde mein Name nicht genannt. Hier komme ich fast in jedem Satz vor. Wenn ich das so lese, werde ich mir selbst unheimlich.« Er grinste, aber es war ein Grinsen bar seines üblichen schmutzigen Charmes, es war eher das Fletschen einer Hyäne.
»Was sagt der Präsident? Schließlich wird auch er erwähnt – und die Ibu als Teilhaberin der Firma ›Kupu‹.«
»Ich habe ihn noch nicht gesprochen. Bin in einer Stunde zum Rapport in die Bina Graha befohlen.«

»Und was sagen unsere japanischen Freunde?«
»Die kochen vor Zorn und werfen mir vor, ich könne keine Geheimnisse bewahren. Nur eine Woche noch, dann wäre das Geschäft perfekt gewesen und der neue Teilhaber von ›Kupu‹ im Handelsregister eingetragen. Jetzt werden die Japaner wahrscheinlich ihr ›Kupu‹-Angebot zurückziehen, und der Präsident wird vielleicht die Amerikaner vorziehen oder gar die Russen. Möglich ist alles.«
Lee Cheong schwieg und verzog keinen Gesichtsmuskel.
»In diesem Schandmagazin« — Makmur sprach leise und vor mühsamer Beherrschung gepreßt — »wird unser Präsident in den Schmutz gezogen und mit ihm Indonesien. Ginge es nur um meinen Namen, das wäre nicht so schlimm« — er schien an seine eigene Lüge zu glauben —, »ich würde zurücktreten und gerne allen Schimpf auf mich nehmen.«
Lee Cheong strengte sich an, ein spöttisches Lächeln zu unterdrücken.
»Aber was ist dieser *Express*?« sagte der General. »Warum lassen wir uns von dem Geschwätz und Geschmier einiger boshafter Journalisten aus der Ruhe bringen? Kläffende Hunde, denen wir Tritte versetzen müssen.« Er schob ruckartig den breiten Lederstuhl zurück, stand auf und ging im Zimmer hin und her.
So reagiert er am besten seine Wut ab, dachte Lee Cheong und wartete ab.
»Lee Cheong, Sie haben doch sonst immer gute Ideen?«
»Was meinen Sie, Pak Djendral?«
»Das fragen Sie noch? Sind Sie heute nicht ausgeschlafen, ist Ihr kluges Hirn eingerostet? Wir müssen so schnell wie möglich herausbekommen, wer das Magazin im Hamburg mit den Unterlagen versorgt hat. Sie stimmen mir ja wohl in der Annahme bei, daß es sich da nicht einfach um den *scoop* eines findigen Reporters handelt, sondern um ein politisches Manöver.« Er setzte sich auf die Schreibtischkante und bohrte seinen Finger in Lees Brust: »Vielleicht von Soetjipto, vielleicht von einem anderen. Zunächst brauchen wir den Übermittler, ich meine den Journalisten, obschon der nur ein Werkzeug war. Haben wir ihn, führt er uns automatisch zum Urheber.«
»Was sind die Motive, Bapak? Will der Täter verhindern, daß die Japaner den Planungsauftrag Borneo erhalten? Oder will er Ihre

Chancen für die Wahl zum Präsidenten stören? Oder will er den Präsidenten, ja mehr, will er unsere Neue Ordnung, unser System durch einen internationalen Skandal erschüttern, Indonesiens Ruf in der Welt untergraben?«
»Sehen Sie, Lee Cheong. Als Täter, wie Sie es so hübsch nennen, kommen außer General Soetjipto noch eine Menge anderer Leute in Frage, hier in Indonesien und im Ausland. Ich habe keine allzu hohe Meinung von der Presse, wie Sie wissen, ihr Einfluß und ihre Wirkung wird maßlos überschätzt. Aber hinter dem *Express*-Artikel mag sehr viel mehr stecken, eine auf lange Sicht geplante Verschwörung. Wir müssen auf der Hut sein.« Er ging zu seinem Stuhl zurück. »Ich muß mich jetzt für das Gespräch mit dem Präsidenten vorbereiten. Bis später. Also bestellen Sie van der Groot her ... Übrigens« – Lee Cheong hatte schon die Hand an der Türklinke –, »falls ich nicht rechtzeitig aus der Bina Graha zurückkomme, unterhalten Sie Professor Rausher, und bitten Sie ihn, meine Verspätung zu entschuldigen.« Er sah, daß seinem Vertrauten eine Frage auf den Lippen schwebte. »Sie wollen wissen, ob mit unserem Liebespärchen alles geklappt hat. Sumini hat mich noch nicht angerufen, obschon die beiden jetzt wieder in Djakarta sein sollten. Vielleicht telefoniert sie gar nicht. Aber ich verlasse mich auf unser schönes Mädchen.« Zum erstenmal grinste er wie gewohnt. »Ich glaube, es macht ihr Spaß.«
»Das glaube ich auch, General.«
»Verschwinden Sie, Sie Lüstling. Ich habe jetzt nicht das körperliche Vergnügen gemeint.«

Makmurs gute Laune währte genauso kurz wie der Sonnenschein, der für einige Sekunden durch die schwere, tintige Wolkendecke brach. Merkwürdig, wie in diesem Jahr selbst in der Trockenzeit der Himmel oft düster verhangen und regenträchtig blieb. Im Volksmund kreisten schon Gerüchte, es sei ein böses Omen, unheilverkündend.
Makmurs Gespräch mit dem Präsidenten war wenig erfreulich und dauerte so lange, daß der Finanz- und der Außenhandelsminister geraume Zeit im Vorzimmer warten mußten. In sein Büro zurückgekehrt, wiederholte der General das Gespräch noch einmal im

Geiste und machte sich Notizen in einem Lederheft, das er in die Brusttasche seines Khakihemdes steckte. Lee Cheong hatte von sich aus Professor Rausher angerufen und ihm mitgeteilt, General Makmur sei noch beim Präsidenten – ob es ihm etwas ausmache, eine Stunde später zu kommen.

Es wäre weder höflich noch ratsam gewesen, einen Herrn aus dem Weißen Haus warten zu lassen. Umar Makmur mußte wieder einmal daran denken, wie unentbehrlich ihm dieser kluge und keine eigene Verantwortung scheuende persönliche Referent geworden war.

Sumini hatte nicht angerufen, doch war er gewiß, daß sie seinen »Empfehlungen«, wie er es zu nennen pflegte, gefolgt war. Im allgemeinen pflegte er sich mit Frauen, die für ihn tätig waren, ob ständig oder gelegentlich, nicht persönlich abzugeben. Sumini und Sri bildeten die Ausnahme. Ihn faszinierte an seinem Beruf – und der Geheimdienst spielte nur eine, wenngleich zentrale Rolle dabei – das Spiel mit den Menschen, die Befähigung, sie wie ein Puppenspieler tanzen zu lassen. Manchmal hatte er den Verdacht, daß die Leidenschaft seines Rivalen Soetjipto für das Wayang-Spiel der gleichen Lust am Manipulieren von Menschen entsprang.

Sumini hatte er nicht eigentlich durch Erpressung als »Mitarbeiterin« gewonnen, noch spielte Geld bei ihr die ausschlaggebende Rolle. Eine Zeitlang hatte er geglaubt, ihr Antrieb sei der Kitzel, mit prominenten Männern, deren Namen man in den Zeitungen las, auszugehen, eventuell zu schlafen. Später meinte er, sie sei Nymphomanin und habe einen unersättlichen sexuellen Heißhunger. Er selbst freilich hatte sie nie geküßt; sie machte auch keinen Hehl aus ihrer körperlichen Abneigung gegen ihn. War es Lust am Abenteuer, Suche nach der Gefahr, der Wunsch, sich aus irgendeinem Grund an Männern zu rächen? Sumini blieb ihm ein Rätsel.

Bei einem neuen »Auftrag« befahl er nicht einfach, was sie zu tun habe, sondern sprach ihn mit ihr durch. Calvin Rausher war ihm als Frauenfreund geschildert worden.

Keinen Moment dachte Makmur daran, den jungen, ehrgeizigen Professor mit Hilfe Suminis auszuhorchen oder zu erpressen, obwohl er das als Nebenresultat nie ausschließen würde. Sein Plan bei Calvin Rausher war sozusagen stubenrein. Er wollte ihn über das junge Mädchen kennenlernen, schlicht und einfach als Mensch und Mann. Er schätzte es außerdem, einen solchen informellen Draht zu einem wichtigen und einflußreichen Besucher der Hauptstadt zu pflegen, ohne daß dieser ahnte, wenn er ihm etwas mitteilen ließ.

Die letzte seiner »Empfehlungen« an die junge Indonesierin ging dahin, sie möge den Professor am Morgen in möglichst erschöpftem Zustand in Djakarta abliefern. Er wollte den Herrn aus Washington ein wenig aushorchen über das, was er plante und was er wußte. Wenn er, Makmur, frisch und ausgeruht einem von einer langen Nacht erschöpften und verwirrten Mann gegenübersaß, war die Aussicht zweifellos größer, daß diesem einiges entschlüpfen würde, das er in ausgeruhterem Zustand gewiß verschwiegen hätte.

Aber Umar Makmur hatte eine Fehlkalkulation begangen, mit der er beim besten Willen nicht hatte rechnen können: der ›Kupu‹-Enthüllung in dem deutschen Nachrichtenmagazin. Fehlkalkulationen unterliefen ihm selten. Auch Rausher hatte gewiß nach der Rückkehr an diesem Morgen von dem Artikel erfahren.

Mit einem sehnsüchtigen Seufzer sah Calvin Rausher auf das frische weiße Bett in seinem Hotelzimmer, auf die weichen, unberührten Kissen. Eine Stunde Schlaf, dachte er – was würde er nicht für eine Stunde Schlaf geben!

Jenes hellhörige, überwache Gefühl des frühen Morgens am Meer, die prickelnde Zufriedenheit seines Körpers war während der Autofahrt nach Djakarta träger Schlaffheit gewichen. Suminis Worte plätscherten an ihm vorbei, schienen aus immer größerer Ferne zu kommen, und gelegentlich, trotz aller Anstrengungen, klappten seine Augenlider zu.

In der Hotelhalle wartete ein Bote der amerikanischen Botschaft mit einem dicken Umschlag. Er warf den Umschlag – gewiß die üblichen Ratschläge und Belehrungen, mit denen Botschaften ihre Wichtigkeit beweisen wollten – in seinem Zimmer achtlos auf den Tisch, bestellte doppelt starken Kaffee und Bloody Mary, schluckte eine Energietablette, bemerkte voll Ärger, daß seine Hand mit dem Glas zitterte, zog sich aus und ließ das lauwarme, spärliche Wasser der Dusche über Kopf und Haut rieseln.

Er sah auf die Uhr. Ihm blieb noch eine knappe Stunde, bis ihn der Wagen zum Büro General Makmurs bringen würde. Er schüttete so viel Pfeffer, Tabasco und Worcestersauce in die Bloody Mary, daß der erste Schluck nach Feuer schmeckte. Sein wie mit Preßluft gefüllter Kopf wurde allmählich klarer. Aber er konnte sich nicht richtig konzentrieren, während er Analysen, Berichte, eine Kurzbiographie Makmurs, Angaben über dessen geschäftliche Verbindungen und Unternehmen und andere Papiere überflog, die man ihm gesandt hatte. Der Nachrichtenspiegel enthielt wenig Neues.
Das Telefon läutete, und eine weibliche Stimme sagte: »Mister Rausher, der Botschafter möchte Sie sprechen.«
»Guten Morgen, Calvin. Bin froh, daß ich Sie erreiche.« In Cradles freundlicher Stimme glaubte er etwas wie Vorwurf zu hören. »Ich habe schon zweimal versucht, Sie anzurufen.«
»Ich bin gerade in mein Zimmer zurückgekommen. Was gibt's denn?«
»Einen skandalösen Artikel über Indonesien in einem deutschen Nachrichtenmagazin. Hängt mit dem Projekt Borneo zusammen. Wir haben heute morgen Auszüge über Telex erhalten. Interessiert Sie vielleicht. Können Sie vor Ihrem Gespräch mit General Makmur bei mir vorbeikommen? Mein Wagen wartet unten auf Sie.«
Cradle grinste über das ganze Gesicht, als er ihn begrüßte.
»Sie sehen müde aus, Calvin.« Die Augen des Botschafters blickten in sanftem Spott. »Sie arbeiten zuviel.«
»Der skandalöse Artikel, Richard, muß Ihnen ja mächtig gefallen. Ich habe Sie schon lange nicht so guter Laune gesehen.«
»Ein Geschenk des Himmels. Ich weiß nicht, wieviel von dem stimmt, was da drinsteht. Aber unseren japanischen Freunden und ihrem Verbündeten Makmur schadet es auf alle Fälle.« Er reichte Rausher den Telexstreifen.
»Japan kauft Indonesiens Präsidenten«, las Rausher. »Im Wettrennen um das sogenannte Projekt Borneo, das Indonesien in Asiens größte seefahrende Nation verwandeln soll, hat das Volk der aufgehenden Sonne alle anderen Konkurrenten überrundet. Die Japaner haben zwar weder das günstigste noch das billigste Angebot gemacht, aber den Schlüssel zum Vertrauen des Präsidenten gefunden: zehn Millionen Dollar. Zehn Millionen Dollar, die einige japanische Unternehmen in die Firma ›Kupu‹ stecken wollen. Die

Mehrheit von ›Kupu‹, zu deutsch ›Schmetterling‹, gehört der Frau des Präsidenten. Bis vor wenigen Jahren besaß ›Kupu‹ lediglich drei uralte Autobusse, die in Ostjava verkehrten. Heute ist es eine Holding, die an mehreren Transportfirmen, einer Schiffahrtslinie, einer Werft, einem Bauunternehmen und einer Reihe von Fabriken maßgeblich beteiligt ist.«
Rausher lehnte sich an die Schreibtischkante und las weiter, ohne aufzublicken. Der Präsident, so schrieb der *Express*, habe seinen Enthusiasmus für das Projekt Borneo erst entdeckt, als man ihm klarmachte, wie viele Millionen ›Kupu‹ dabei verdienen könne. »Das Projekt Borneo wird ihn und seine Frau in wenigen Jahren zu einem der reichsten Ehepaare Asiens machen. Mit Ruhe darf der Präsident seiner Zeit als Pensionär entgegenblicken. Als Kavalier wird er seiner Frau im Management beistehen wollen. Das hohe Amt, das er heute bekleidet, wäre ihm als Berater des größten Unternehmers Indonesiens, nämlich seiner Gemahlin, später nur im Wege.«
Wer aber habe den Japanern und nicht etwa Amerikanern, Europäern oder Russen den Schlüssel zum Herzen des Präsidenten, nämlich der Beteiligung an ›Kupu‹, ausgehändigt? Natürlich General Makmur, Chef der Geheimpolizei, vor dem selbst der Präsident zittere. Makmur wurde abwechselnd die graue Eminenz, der lächelnde Schlächter, der korrupteste Mann eines korrupten Regimes genannt, der so viele Ämter angehäuft habe, daß er im Volksmund »der Sultan« heiße. Jeder müsse nach seiner Pfeife tanzen, neuerdings selbst der Präsident. Wie schlau Makmur sei, könne man daran erkennen, daß niemand über seine zweifellos weitverzweigten geschäftlichen Interessen Bescheid wisse.
»Wenigstens etwas, das *Express* nicht weiß«, sagte Rausher. »Was stimmt denn an diesem Artikel? Soweit ich das beurteilen kann, sind Wahrheit und Märchen raffiniert miteinander vermischt. Wie fast immer bei *Express*.«
»Fragen Sie Makmur«, lächelte Cradle, »der kann Ihnen die beste Antwort geben. Doch Spaß beiseite – die Informationen über ›Kupu‹ sind genau die gleichen wie in dem beschlagnahmten Artikel, der in *Rakjat* erscheinen sollte. Wir haben gestern davon gesprochen, Calvin. Das Rennen um das Projekt Borneo ist unter diesen Umständen für die Japaner keineswegs gelaufen, wenn es auch gestern noch danach aussah. Im Gegenteil, es fängt heute erst richtig an.«

## V

Die Sonne trat zwischen schweren, düsteren Wolken hervor und stach wie ein wütendes Rieseninsekt. Rausher, der noch immer einen schweren Kopf hatte, empfand sie während der wenigen Schritte bis zum Auto doppelt heftig. Leise fiel hinter ihm die Tür zu. Er lehnte seinen Kopf an das Polster des riesigen Cadillac und schloß die Augen. Ein paar Sekunden lang dachte er an den Morgen am Meer, an den weichen, noch etwas feuchten Sand, an Sumini mit ihren lachenden, zärtlichen Augen.

General Makmur empfing ihn strahlender Laune, sein zerknittertes, braunes Gesicht glänzte vor Frische und Unternehmungslust.

»Haben Sie sich gut ausgeruht?« fragte er.

»Wieso ausgeruht?«

»Sie wollten doch an der Sundastraße übernachten« — Makmur grinste —, »haben Sie am Telefon erzählt.«

»Nicht, daß ich wüßte«, sagte Rausher abweisend, »aber ich war in der Tat an der Sundastraße.«

»Waren Sie in Gesellschaft?«

»Das brauche ich Ihnen gewiß nicht zu erzählen, General«, er machte eine Pause, musterte ihn hochmütig und fügte ungewollt scharf hinzu: »Bisher hielt ich die Indonesier immer für besonders diskrete Menschen.« Rausher ärgerte sich sogleich, daß er sich hatte provozieren lassen. Vor allem ärgerte er sich über Sumini, die Makmur offenbar schon angerufen hatte.

Makmur sprach bisher englisch, wenngleich mit Anstrengung und stolpernd. Jetzt sah er Lee Cheong, der bescheiden in der Ecke saß, fragend an. Lee Cheong übersetzte Raushers letzten Satz ins Indonesische. Plötzlich schien der General verlegen wie ein Kind.

»Mein Englisch ist zu schlecht«, sagte er. »Bitte entschuldigen Sie meine Unbeholfenheit, Mr. Rausher. Ich glaube, es ist besser, ich rede indonesisch, und Mr. Lee Cheong übersetzt.«

Geräuschlos kam ein junges Mädchen in Khakiuniform ins Zimmer und stellte, indes ihre Augen Rausher voll scheuer Neugier musterten, drei Tassen Tee und Gläser mit süßem, milchdickem Sirkasaft auf den Tisch.

»Ich bin Ihnen sehr dankbar, daß Sie Zeit finden, mich zu besuchen«, sagte Makmur. »Ich habe sogar die unbescheidene Hoffnung, daß Sie mir ein paar Ratschläge geben werden.«

»Nichts würde mir mehr schmeicheln, General, als Ihnen Ratschläge geben zu dürfen. Aber ich kann mir nicht vorstellen, welche.«

»Wie man einen Wahlkampf erfolgreich führt. Ich habe gelesen, Sie hätten beim letzten Wahlsieg des Präsidenten der Vereinigten Staaten eine entscheidende Rolle gespielt. Sie waren der große Stratege im Hintergrund, Mr. Rausher.«

»Das ist schrecklich übertrieben, wenn es auch in einigen Wochenmagazinen stand. Aber Sie wissen, General, wie wenig wir uns auf solche Blätter verlassen dürfen.«

Makmurs gleichmäßiges Lächeln blieb ungetrübt, auch nachdem Lee Cheong übersetzt hatte. »Rauchen Sie?« Er hielt dem Amerikaner eine Zigarrenkiste entgegen. »Ich will ganz offen mit Ihnen reden. Wir müssen eine bequeme Mehrheit im Abgeordnetenhaus erringen. Wir brauchen sie für verschiedene Gesetze, die wir planen. Außerdem wählen wir nächstes Jahr den neuen Präsidenten. Vor drei, vor zwei Wochen noch war ich sicher, daß wir die notwendigen Stimmen erhalten würden. Neuerdings kommen mir Zweifel.«

»Ich bin sehr überrascht, das von Ihnen zu hören, General.«

Makmur wirkte tief besorgt, das Grinsen erstarb auf seinem Gesicht, er ließ sogar die Zigarre ausgehen. »Die Muslim kämpfen viel energischer als bei den letzten Wahlen, verbissener, schlauer, bedenkenlos in ihren Mitteln. Wo sie sich stark genug fühlen, schüchtern sie die Bevölkerung ein oder versuchen sie zu kaufen. Sie schwimmen plötzlich in Geld.«

»Von den arabischen Staaten?«

»Ja, von den arabischen Staaten. Außerdem von Rußland und China.«

»Können Sie den Zufluß von Geld nicht unterbinden?«

»Wir versuchen es, schauen den hiesigen Botschaften genau auf die Finger. Aber es gibt viele andere Möglichkeiten. Gestern haben wir am Hafen einen Agenten festgenommen, mit 100 000 Dollar auf dem Leib; er hatte einen malaysischen Paß, Kaufmann aus Kuala Lumpur«, sagte er. »Mit viel Geld kann man viele Stimmen ködern, hier bei uns. Das Volk ist arm und ungebildet.« Makmurs Ausdruck wurde immer trauriger.

Will er von uns Geld für den Wahlkampf? fragte sich Rausher. Dann ist seine Drohung mit dem Muslim-Gespenst reichlich durch-

sichtig. Laut sagte er: »Bei uns ist es im Grunde nicht anders. Ohne Geld kann auch der beste Mann keine Wahlen gewinnen.«
»Mißverstehen Sie mich bitte nicht, Mr. Rausher.« Makmur war mit dem Anzünden seiner Zigarre beschäftigt. »Golkar, die Regierungspartei, wird die Vereinigten Staaten nicht anbetteln. Wir haben alles, was wir brauchen, wir führen einen fairen, sauberen Wahlkampf, mit Methoden, die wir in Amerika gelernt haben: Brot und Spiele. Ich wäre nicht beunruhigt, wenn Chaliq das Geld in gleicher Weise ausgeben würde wie wir. Was mich beunruhigt, ist etwas ganz anderes. Wissen Sie, was er damit macht?«
Rausher schüttelte verneinend den Kopf.
»Er bildet eine Privatarmee heran und rüstet sie aus.«
»Sie reden von ANSOR, General? Ist das nicht lediglich eine Gruppe von Halbstarken, die vielleicht ab und zu ein paar Christen verprügeln oder schlimmstenfalls versuchen, eine Kirche anzuzünden? Wollen Sie ernstlich behaupten, diese Knaben könnten Ihnen, der Regierung, der Armee gefährlich werden?«
»Wir haben unterirdische Waffenverstecke entdeckt.«
»Und was haben Sie gefunden? Ein paar alte Flinten, ein verrostetes Maschinengewehr aus dem letzten Weltkrieg.« Raushers Stimme klang skeptisch.
»Mehr«, sagte Makmur trocken. »Viel mehr. Sie glauben mir nicht? Ich kann Sie hinführen. Aber was nützt es« – er seufzte –, »Sie werden mir auch dann noch nicht glauben. Sie meinen wahrscheinlich, wir selbst hätten die Waffenverstecke angelegt?« Plötzlich grinste er und enthüllte seine kräftigen gelben Zähne: »Warum wollten Sie mich sprechen, Mr. Rausher, wenn Sie mir nicht glauben?«
Der Amerikaner hatte einen Moment nicht aufgepaßt und mußte sich die Antwort erst überlegen. Die Unterhaltung gefiel ihm nicht, sie trieb sinn- und ziellos dahin, ohne daß er imstande war, ihr eine Richtung zu geben. Seine Konzentrationsfähigkeit war heute ungewohnt schwach. Er war zwar nicht mit dem Auftrag nach Djakarta gereist, zu verhandeln, sondern die politische Lage zu untersuchen und die Personen zu ermitteln, die beim Projekt Borneo für Washington nützlich sein könnten. Aber er gestand sich ein, daß er auf Umar Makmur gänzlich unzureichend vorbereitet war.
»Wie kommen Sie auf die Idee, daß ich Ihre Worte anzweifeln

könnte, General? Ich muß nur ganz offen sagen, ich bin im höchsten Maße verblüfft über das, was Sie mir berichten. Ich hielt die Muslim-Partei für eine lokal engbegrenzte Erscheinung, für eine politische Kraft, die Sie dulden, aber niemals fürchten.«

»Ohne Unterstützung von außen wären Chaliq, seine Nahdatul Ulama, seine Ansor-Schlägertruppen in der Tat kaum mehr als eine kleine, harmlose Oppositionsgruppe, die wir nicht nur dulden, sondern um der Kritik willen sogar brauchen können. Große Sorgen machen sie uns erst, seit die Unterstützung der beiden kommunistischen Großmächte und der arabischen Länder so massiv geworden ist.«

»Um meine Frage zu wiederholen, Mr. Makmur, wieso können Sie den Zufluß von Geld, Waffen, vielleicht auch Agenten und Propagandamaterial nicht unterbinden? Sie haben hervorragende Streitkräfte, Sie haben den besten Geheimdienst in Südostasien.«

»Wir besitzen bloß eine kleine Flotte mit überalterten Schiffen. Unser Warnsystem mag für die Fiji-Inseln ausreichen, aber nicht für den größten Inselstaat der Erde. Bedenken Sie, die vielen Tausende Kilometer Küsten allein der Hauptinseln. Ein Paradies für Agenten und Spione, die in der Nacht unbeobachtet landen wollen.« Er beugte sich vor und starrte Rausher in die Augen. »Hätten wir zehn Jahre früher mit dem Projekt Borneo angefangen, wären wir jetzt sehr wohl in der Lage, die Nahdatul Ulama und die Kommunisten von so massiver Unterstützung abzuschneiden.«

»Diese Gefahr bestand doch schon früher, sie kann Ihnen kaum neu sein?« sagte Rausher, der sich auf seinem harten, unbequemen Sessel immer unwohler fühlte.

»Wir haben die Gefahr unterschätzt, das gebe ich zu. Wir haben nicht mit einer dermaßen starken Infiltration gerechnet, wie sie in den letzten Wochen eingesetzt hat.« Er hob seine Arme in einer Geste der Beschämung.

»Darf ich wiederholen, General, was Sie gesagt haben, damit wir jedes Mißverständnis ausschließen.« Rausher wartete ab, bis Lee Cheong übersetzt hatte, und rutschte in seinem Sessel in eine halbwegs bequeme Lage. »Die Infiltration an den Küsten Javas und anderer Hauptinseln von feindlichen Elementen hat im Rahmen des Wahlkampfes beunruhigend zugenommen. Diese Elemente bringen Agenten, Waffen, Propagandamaterial und vor allem Geld — wobei es für letzteres auch andere Wege als den Seeweg gibt — für

die Partei des Herrn Chaliq, die Muslim also, und für deren militante Organisation Ansor mit ihrem berüchtigten Führer Latief.«
»Ich bewundere Sie, Mr. Rausher.« Makmur lächelte ohne eine Spur von Ironie. »Sie beschreiben die Lage präzise, genau, sehr viel besser als ich. Sie sind ein großer Kenner dieses Landes.«
Rausher konnte nicht umhin, über diese dick aufgetragene Schmeichelei erfreut zu sein: »Sie halten daher eine Verstärkung der indonesischen Kriegsflotte für dringend notwendig, um Ihre Küsten abzusichern.«
»Meine private und persönliche Ansicht, Mr. Rausher, vergessen Sie das bitte nicht. Ich denke dabei weniger an große Kriegsschiffe als an Flottillen von Schnellbooten. Ebenso wichtig ist der Ausbau und die Modernisierung der Radaranlagen und des Fernmelde- und Kurzwellensystems. Und schließlich müssen wir entlang der gesamten Küstenlinien über entsprechend eingerichtete Häfen und Anlegeplätze verfügen.«
»Bisher war das Ganze ein rein ziviles Projekt.« Der Amerikaner sprach schnell und mit verhaltener Erregung. »Jetzt geben Sie, für mich gänzlich unerwartet« – nun lächelte auch er – »diesem größten und umfangreichsten Entwicklungsprojekt Ihres Landes einen militärischen Akzent. Damit wird der Charakter des Projekts Borneo grundsätzlich geändert.« Wie immer, wenn Rausher von einem Thema besonders gefesselt war, färbte sich sein Akzent kaum merklich magyarisch. »General, sind nicht damit alle Verhandlungen, die wir bisher geführt haben, hinfällig?«
Makmur sah ihn so leeren Gesichts an, als verstehe er kein Wort. Mein Gott, welch ein Schauspieler, bewunderte ihn der Professor heimlich, der Kerl spricht doch fast so gut englisch wie ich. Als Lee Cheong übersetzte, beugte sich Makmur vor, und in seinem verwitterten, auf den ersten Blick nahezu einfältig wirkenden Fischergesicht spiegelten sich die Anstrengungen seines Denkapparates scheinbar offen wider – ein aufgeschlagenes Buch.
»Die Verhandlungen hinfällig? – Keineswegs«, sagte er nach einigem Zögern. »Wir müssen nur Retuschen anbringen. Wir sind, wie Sie wissen, mit allen vier Bewerbern, ich sollte besser sagen, hilfreichen Gönnern«, er grinste, »im Gespräch. Noch ist nichts entschieden. Zum Glück sind Sie hier, Professor.«
»Und außerdem die Herren Malinowsky, du Favre und Matsudaira«, flocht Rausher mit einem Anflug von Spott ein.

»Richtig. Ich möchte nochmals betonen, Professor, daß alles, was ich hier gesagt habe, nur meine private und persönliche Meinung ist. Sie sollten vielleicht nicht allzuviel darauf geben.« Er setzte seine dunkle Sonnenbrille auf. »Aber der Wahlkampf, der Vorstoß der Muslim-Partei, hat neue Tatsachen geschaffen. Das steht fest.«

»Sie haben doch heute morgen mit dem Präsidenten gesprochen, General. Entschuldigen Sie, wenn ich so direkt bin. Da Mr. Lee mir heute am Telefon erzählte, Sie seien beim Präsidenten, schien es mir kein Geheimnis.«

»Vor Ihnen, Mr. Rausher, habe ich keine Geheimnisse. Ich bin über unser Gespräch sehr glücklich. Wir verstehen uns wie Brüder. Ich hoffe, Sie finden diesen Vergleich nicht anmaßend.« Jetzt trug er ein bescheidenes, fast verlegenes Kinderlächeln zur Schau. »Allerdings muß ich Sie enttäuschen. Der Präsident und ich haben das eben erwähnte Problem mit keinem Wort gestreift.« Makmur war das Lügen so in Fleisch und Blut übergegangen, daß er im Augenblick die Erinnerung an die ausführliche und zeitweise sehr erregte Behandlung des Infiltrationsthemas mit dem Staatschef aus seinem Hirn bannen konnte. »Wir haben von der *Express*-Affäre gesprochen. In einem wichtigen deutschen Nachrichtenmagazin ist ein infamer Artikel über Indonesien und den Präsidenten erschienen. Sie haben vielleicht heute morgen davon gehört?«

Rausher nickte bejahend.

»Sehen Sie«, fuhr Makmur fort, »das gehört alles zusammen. Der Artikel soll das neue Indonesien, den Präsidenten, die Regierung, unsere Neue Ordnung diffamieren. Er wurde von feindlichen Elementen inspiriert. Ich brauche Ihnen kaum zu sagen – Sie haben ähnliches in den Vereinigten Staaten erlebt –, daß dieses Machwerk von vorn bis hinten erlogen ist.« Er nahm die Sonnenbrille wieder ab.

»Ich verstehe nicht, was der Artikel in *Express* mit der Unterstützung der Muslim im Wahlkampf zu tun hat, General. Denn das meinen Sie doch? Bitte helfen Sie mir, und entschuldigen Sie meine Begriffsstutzigkeit. Darf ich?« Er beugte sich vor und nahm eine Zigarre aus der Holzkiste.

Makmur reichte ihm Feuer. »Sie müssen mich entschuldigen. Im Reden war ich nie sehr gut. Ich bin Soldat. Mich klar und leicht faßlich auszudrücken fällt mir leider noch immer schwer.« Er ergriff einen Bleistift, zeichnete in groben Strichen eine Karte Asiens, zog Kreise und Pfeile. Dem Amerikaner fiel auf, wie nobel seine Hände waren. »Sehen Sie, Mr. Rausher, die Chinesen setzen auf zwei Pferde: die Muslim und die Kommunisten. Sie haben aus dem Debakel der PKI von 1965 gelernt, sie sagen sich: wenn's nicht mit den Kommunisten gelungen ist, die Macht der Armee zu zerstören, dann gelingt es vielleicht mit den Muslim. Wir müssen das nur schlau und nicht so offenkundig anstellen, nicht direkt, sondern indirekt, über die arabischen Staaten, aber auch über Muslim in Malaysia, auf den Philippinen, in Pakistan. Und die Russen? Die Russen setzen auf drei Pferde: wie die Chinesen auf Muslim und Kommunisten und außerdem«, er paffte gemächlich an seiner Zigarre, »außerdem auf das Projekt Borneo.«

Rausher vergaß jetzt sogar, wie unbequem der Sessel war. Makmurs Darlegung nahm ihn völlig gefangen. Er hörte auf, hin und her zu rutschen.

»Muß ich Ihnen erklären, was die Sowjets machen würden«, sagte Makmur, »wenn wir ihnen das Projekt Borneo anvertrauen? Nein, ein Mann wie Sie versteht die Gefahren; leider nicht alle meine Kollegen in Djakarta. Wenn die Russen den Planungsauftrag erhielten, brauchten sie keine Spionage mehr zu betreiben. Keine Armee von Spionen könnte ihnen das Material liefern, das sie im Rahmen des Planungsauftrages ohnehin bekämen, zumindest wenn wir auf ihre Bedingungen eingingen. Jetzt addieren Sie dazu, welche weitgesteckten persönlichen Kontakte die Sowjets dabei in ganz Indonesien aufbauen könnten; unsere Leute, die sie ausbilden, die sie indoktrinieren, die sich Moskau später verpflichtet fühlen oder wenigstens auf russische Technik, russisches Material eingeschworen sind. Es wäre nackter Selbstmord, Mr. Rausher, den Russen das Projekt Borneo zu übergeben. Es wäre die Aufgabe unserer nationalen Unabhängigkeit. Ein paar gute Aufträge, ja, aber keinesfalls mehr.«

»Und die Chinesen?« warf Rausher ein.

»Die Chinesen sind wirtschaftlich zu schwach, um sich am Projekt Borneo zu beteiligen. Die Russen dagegen sind die gefährlichsten Imperialisten unserer Tage. Viele Leute wollen das nicht wahrhaben – auch viele Leute in Washington nicht, fürchte ich.«

»Ich beginne zu verstehen, General.« Rausher wollte das Gespräch um keinen Preis unterbrechen und unterdrückte seinen dringenden

Wunsch, das Zimmer einen Moment zu verlassen und zu urinieren. »Mit dem Artikel sollen die Japaner aus dem Rennen um das Projekt Borneo geworfen und zugleich die Regierung und der Präsident vor den Wahlen diskreditiert werden.«

»Genauso ist es.« Makmur grinste, als habe ihm der Professor gerade die Adresse einer schönen Dame in New York verraten. »Ein Gutteil der im *Express* enthaltenen verleumderischen Behauptungen, die schon einige Zeit früher hier aufgetaucht waren, wurde Chaliq und seinen Freunden bereits zugespielt.«

Makmur wandte sich wieder seiner Kartenskizze von Asien zu und deutete mit dem Bleistift einmal hierhin und einmal dorthin. »Indiens Sieg über Pakistan 1971 wurde erst nach dem Freundschaftspakt mit Rußland möglich, der die Einmischung Chinas blockierte. Indien wurde von den Sowjets stark gemacht, aber nicht als unabhängiger Staat, sondern als Satellit. Aber Indien ist nur der erste Pfeiler eines Bauwerkes, das China einkreisen, schließlich ganz Asien erfassen und Schritt um Schritt unseren Kontinent in ein zweites Osteuropa verwandeln soll, in einen zweiten sowjetischen Block. Erlauben Sie mir einen Ausflug in die Zukunft, der in Ihren Ohren vielleicht phantastisch klingen mag?«

»Sie sind ein Mann mit Visionen, General. Ich bin fasziniert von dem Bild, das Sie vor mir ausbreiten.«

»Nehmen Sie an, in Djakarta wird eine Regierung etabliert, die Sympathien für Rußland zeigt. Nehmen Sie weiter an, ein Konflikt mit, sagen wir, Malaysia oder den Philippinen bricht aus, wegen Borneo etwa oder wegen der von Muslim bevölkerten Südphilippinen, die sich vom katholischen Manila lösen wollen. Eine kriegsähnliche ›Konfrontasi‹ mit Malaysia hatten wir ja schon unter Soekarno. Die Russen bieten einen Freundschaftspakt, Waffen und Geld an. Selbstverständlich erwarten sie Gegenleistungen, Flottenstützpunkte in Java, Celebes und Sumatra beispielsweise. Indonesien besiegt seinen Feind, ein Teil Malaysias oder der Philippinen wird abgespalten, und ein großindonesischer Staat entsteht, der jedoch letzten Endes ein prosowjetischer Vasall ist. Der Rest von Malaysia oder den Philippinen wird später leichte Beute der Russen. Mr. Rausher, das mag phantastisch klingen, aber wir haben in den letzten Jahrzehnten zuviel Unwahrscheinliches erlebt, als daß wir diese Entwicklung, die ich gerade skizziert habe, aus-

schließen dürfen. Und wenn es dahin kommt, dann, mein Freund, dann können wir den Ozean zwischen Madagaskar und Manila getrost die ›Lenin-See‹ nennen.«
Calvin Rausher benötigte einige Zeit, um diese Rede zu verdauen. Es war weniger der Inhalt, der ihn völlig verblüffte – ähnliche Ideen hatte er schon in Washington diskutiert –, als der Umstand, sie an diesem Ort und aus diesem Mund zu hören. Er sagte darum, auch um Makmur zu schmeicheln: »General, Sie haben mir gänzlich neue Aspekte eröffnet. Ich muß darüber nachdenken. Ich würde mich freuen, wenn wir in den nächsten Tagen noch einmal Gelegenheit fänden, uns darüber zu unterhalten. Ich sehe jetzt auch das Projekt Borneo in einem anderen Licht. Vielleicht wäre es zu den unliebsamen Vorkommnissen und zur Unterbrechung unserer Verhandlungen in New York gar nicht gekommen, wenn wir uns früher so ausführlich unterhalten hätten, wie wir es jetzt tun. Distanz schafft leider leicht Mißverständnisse.« Er sah auf die Uhr. »Aber ich sehe, ich habe Ihre Zeit über Gebühr beansprucht.«
Makmur breitete die Arme aus. »Mit Ihnen kann ich mich nicht lange genug unterhalten.«
»Darf ich Sie noch etwas fragen: Sind Sie wirklich so skeptisch, was den Ausgang der Wahlen betrifft?«
»Vielleicht habe ich absichtlich ein wenig zu schwarz gemalt. Allerdings nur ein wenig. Das ist immer besser.« Der General lächelte leise. »Wir besitzen außerdem eine Geheimwaffe . . .«
»Eine Geheimwaffe?« fragte Rausher.
»Meinen Freund, General Kresna.«
»Seine Wahlreden sollen am besten besucht sein, höre ich.«
»Am besten besucht ist kein Ausdruck. Die Leute werden fast zu Tode gedrückt, was heißt fast, manchmal tatsächlich, um Kresna zu sehen und zu hören; sie himmeln ihn an. Übrigens hat es mich viel Mühe und viele Stunden gekostet, bis ich ihn überzeugen konnte, daß er ein geborener Redner sei und unbedingt im Wahlkampf mitwirken müsse.«
»Er wollte zunächst nicht?«
»Nein. Er sagte, er sei Soldat, von Politik verstehe er nichts. Es mag sehr unbescheiden klingen, aber ohne meine Hartnäckigkeit säße der General heute noch in KOSTRAD – und wir wären um die größte Attraktion des Wahlkampfes ärmer.«

»Ich muß ihn mir einmal anhören.«
»Fahren Sie nächste Woche, falls Sie noch hier sind, nach Prambanan; dort wird er eine große Wahlversammlung auf dem Tempelgelände abhalten. Erster Höhepunkt seines Wahlkampfes.«
»Welches wird der zweite sein?«
»Hier in Djakarta, auf dem Merdeka-Platz. Vielleicht werde ich die Einführungsrede halten. Aber nur ganz kurz. Ich bin ein miserabler Redner« – er grinste – »und bekomme furchtbares Lampenfieber.«
Rausher stand auf. »Wie wäre es übermorgen? Wollen wir uns übermorgen wieder zusammensetzen?«
»Ausgezeichnet. Am besten abends, da bleibt uns mehr Zeit. Rufen Sie mich bitte an. Wie wäre es bei mir zu Hause? Sie würden mir eine große Ehre erweisen.«
»Mit dem größten Vergnügen. Telefonieren wir morgen, General.«
So beschäftigt Rausher in den nächsten Stunden auch war – er fand dennoch Zeit, Sumini anzurufen.

»Schicken Sie van der Groot in zehn Minuten in mein Büro«, sagte Umar Makmur zu Lee Cheong, nachdem er seinen amerikanischen Gast zum Ausgang begleitet hatte. Er ließ Lee keine Zeit, die Fragen zu stellen, die diesem sichtlich auf den Lippen brannten.
Als Pete van der Groot eintrat, saß der General an seinem riesigen Schreibtisch und machte Notizen. Er fuhr fort zu schreiben, sah nicht hoch, bot Pete keinen Sitz an, grüßte nicht.
Der Holländer war mit einem lauten und fröhlichen »Selamat siang, Djendral« ins Zimmer gekommen, wiederholte es, vor dem Schreibtisch angelangt, räusperte sich mehrmals. Makmur schien ihn nicht wahrzunehmen. Pete, mit des Generals Stil bekannt, wartete nur ein kurzes Weilchen, sagte dann, er wolle sich setzen, und tat eben dies. Makmur warf ihm einen eiskalten Blick zu, der einen weniger abgebrühten Mann als Pete vor Angst hätte erstarren lassen.
Schließlich legte Makmur die Feder beiseite, hob den Kopf und starrte ihn durchdringend an. »Ah, Sie sitzen schon, van der Groot.« Er öffnete die Lippen, so daß seine Vorderzähne sichtbar

wurden, ohne die kleinste Andeutung eines Lächelns. Er muß im früheren Leben eine Hyäne gewesen sein, dachte Pete, und sofern die Wiedergeburt überhaupt etwas mit Gerechtigkeit zu tun hat, wird er im nächsten Leben wieder eine — das wäre schon ein Akt der Gnade.

»Haben Sie nicht einen indonesischen Paß, van der Groot?«

»Ich habe nicht nur einen indonesischen Paß, ich bin indonesischer Staatsbürger, General. Seit über zwanzig Jahren.«

»Vielleicht wäre es besser, Sie würden wieder holländischer Staatsbürger.«

»Besser? Für wen?«

Statt einer Antwort: Achselzucken.

»Soll das eine Drohung sein, General?«

»Haben Sie schon einmal erlebt, daß ich drohe, van der Groot? Ich glaube kaum. Aber manchen Menschen gebe ich Empfehlungen.«

»Umar Makmur, wenn Sie mich einschüchtern wollen, sind Sie am falschen Mann. Das wissen Sie. Wie lange kennen wir uns jetzt, ich glaube fünfundzwanzig Jahre — ein Vierteljahrhundert.«

»Noch länger, van der Groot, noch länger. Kommen Sie jetzt nicht mit der alten Geschichte, daß ich Ihnen sehr verpflichtet sei. Ich habe meine Schuld an Sie zurückgezahlt, vielfach.«

»Und jetzt wollen Sie mich abschieben. Sie wissen, daß ich in Holland als Deserteur zum Tode verurteilt worden bin.«

»Man hat Sie gewiß längst begnadigt, oder die Strafe ist verjährt.«

»Darüber wissen Sie besser Bescheid als ich. Wozu dieses Katz-und-Maus-Spiel? Was wollen Sie von mir, Makmur?«

»Nichts.«

»Wollen Sie mich erpressen?«

»Seien Sie etwas vorsichtiger in Ihrer Wortwahl, van der Groot. Sie könnten es bereuen.«

Pete schwieg, Makmur schwieg. Minutenlang. Sie starrten einander ins Gesicht. Pete wischte den Schweiß von der Stirn. Die Klimaanlage funktionierte nicht mehr. Oder der General hatte sie abgestellt. Er tat das gelegentlich. Im Zimmer wurde es allmählich unerträglich heiß, klebrig heiß, dumpf, stickig. Von der Straße klang gedämpft das Läuten der Betjaks und das Hupen der Autos.

Eine einsame Fliege summte herbei, setzte sich auf den Schreib-

tisch. Wie ein lauerndes Raubtier kroch Makmurs Hand leise vor, schnappte die Fliege, packte sie an den schwirrenden Flügeln, indes die Finger der anderen Hand Bein um Bein ausrissen. Schließlich wurden auch die Flügel ausgerissen. Der Leib der Fliege drehte sich wie ein müder Kreisel auf der glatten Schreibtischplatte, zuckte, blieb regungslos liegen. Makmur schnippte die tote Fliege vom Schreibtisch fort, dicht an van der Groots Gesicht vorbei. Der zuckte angewidert zurück.
»*Express*«, sagte der General.
»Was ist damit?«
»Ein deutsches Nachrichtenmagazin.«
»Ich weiß. Und . . .?«
»Sie arbeiten gelegentlich dafür.«
»Nein. Allerdings rufen mich die Redakteure von *Express* meist an, wenn sie nach Djakarta kommen. Gelegentlich gehe ich mit ihnen essen.«
»Sie haben den Deutschen den beschlagnahmten Artikel von *Rakjat* über die angebliche Beteiligung der Japaner an ›Kupu‹ geschickt. Sie haben vor ein paar Tagen einen Probeabzug des Berichtes ins Haus Werner mitgenommen.«
»Das zweite stimmt, das erste nicht«, sagte Pete laut, und in Gedanken zu sich: Also ist es dem Halunken endlich gelungen, einen Spitzel bei Werners einzuschleusen. Ich muß Christian gleich warnen.
»Wie sind Sie in den Besitz des Artikels gekommen, van der Groot?«
»Sie glauben doch nicht im Ernst, daß ich Ihnen das sage? Ein Journalist verrät seine Quellen nicht.«
»Ein Journalist, pah — das ist doch bloß Ihr Deckmantel. Wenn ich nicht so gutmütig wäre, hätte ich Ihnen schon längst den Presseausweis entziehen lassen. Können wir natürlich jederzeit nachholen — dieses Versäumnis.«
»Warum wollen Sie meine Quelle wissen, General?«
Makmurs Augen verengten sich zu schmalen Schlitzen, seine gelben Zähne glänzten, die Oberlippe hochgezogen, die Mundwinkel kalt. Aber er sagte nichts.
Pete öffnete den zweiten Knopf seines Hemdes und tupfte seine schweißnasse Brust ab. Dem General schien die Hitze nichts anzuhaben.

»Was würden Sie ohne Presseausweis tun, van der Groot? Wovon würden Sie leben? Sie hätten plötzlich kein Einkommen mehr. Sie sind Journalist, nicht wahr, nichts weiter? Was machen Sie dann, ganz ohne Geld? Aus wäre es mit den kleinen Mädchen und aus mit dem Saufen. Vielleicht würden Ihre Freunde Sie aushalten, das Ehepaar Werner zum Beispiel. Vielleicht. Aber vielleicht würde die Polizei ein paar Sachen ausgraben, die gar nicht so schön sind, van der Groot, ein paar Sachen, über die die Polizei bisher die Augen zugedrückt hat.«

Pete spürte, wie plötzlich alles Blut aus seinem Schädel strömte, er fühlte leichten Schwindel. Aber er riß sich zusammen, stand auf: »Wenn Sie mich einsperren wollen, wenn Sie mich verhören wollen, oder was Sie unter Verhören verstehen, General, kann ich Sie nicht daran hindern.« Er überlegte einen Augenblick, er wollte sagen, daß er keineswegs ganz wehrlos sei, aber dann hielt er es für klüger zu schweigen. »Erpressen lasse ich mich nicht, das habe ich Ihnen schon erklärt.« Er sah auf seine Hände und ballte sie zur Faust, um das Zittern zu verbergen. Makmur freilich hatte das Zittern längst bemerkt. Makmur beobachtete Menschen mit der gleichen unbeteiligten Aufmerksamkeit, mit der Insektenforscher Käfer beobachten.

»Sie haben den Artikel in *Express* gelesen?«

»Welchen Artikel?«

»In dem das Material von *Rakjat* verwendet wird.«

»Nein, ich habe ihn nicht gelesen.« Pete sprach die Wahrheit. Er hatte ihn, zumindest wörtlich genommen, nicht gelesen, er war ihm vorgelesen worden, heute morgen, von Lerchenau, der ihn aus dem Schlaf geläutet hatte.

»Was haben Sie heute morgen beim deutschen Botschafter gemacht?«

»Aha, das Verhör beginnt?«

Makmur holte die Zigarrenkiste aus einer Schreibtischlade, suchte gemächlich eine Zigarre aus, bohrte nachdenklich mit dem Zündholz ein Loch hinein, hielt plötzlich inne, schob die Kiste dem Holländer entgegen, verzog sein Gesicht zu einem freundlichen, harmlosen Grinsen: »Entschuldigen Sie, Pete, ich habe ganz vergessen, daß Sie leidenschaftlicher Raucher sind.«

Van der Groot war solch jähen Tonwechsel bei dem General gewohnt, doch immer wieder war er davon verblüfft.

»Tut mir leid, Pete, ich bin heute etwas nervös. Wie kommen Sie auf die Idee, daß ich Ihnen drohen oder Sie erpressen wollte? Manchmal lasse ich mich leider gehen. Unter alten Freunden, wie uns, Pete, mag das vorkommen. Nehmen Sie's mir nicht übel.«
Offenbar weiß er über die Autoren des *Rakjat*-Artikels ebensowenig wie ich, dachte Pete.
»Hier, lesen Sie das.« Makmur reichte ihm den Telexstreifen mit dem Artikel. »Ich bin überzeugt, daß Sie ihn schon längst auswendig kennen. Lesen Sie ihn trotzdem noch einmal. Zur Abwechslung auf indonesisch.«
Er ging zum Fenster und öffnete es. Die Hitze schwemmte wie eine Springflut herein und trug gleichsam auf ihren Wogenkämmen den Straßenlärm, in dem sich das Gebimmel der Betjaks mischte.
»Sie haben nichts mit der Sache zu tun«, sagte er, als Pete ihm das Telex zurückgab, und fügte ein wenig rätselhaft hinzu: »Gut, ich will es glauben. Nicht weil ich Ihnen alles glaube, was Sie mir sagen. Ihre Unschuld ist mir in unserem Gespräch klargeworden.«
Er legte eine Pause ein und rieb sein Kinn. »Sie können Ihren Patriotismus beweisen, Pete, indem Sie mir helfen, die Person oder die Personen zu finden, die hinter diesem Artikel stehen.«
Er fing zu doodlen an und sprach nun fast zu sich selbst: »Wir brauchen uns nichts vorzumachen, Pete, wir wissen zuviel voneinander. Ich weiß, daß Sie im Panzerschrank eines Anwalts in Singapore ein paar hübsche Sachen über mich liegen haben« – er grinste –, »die Sie springen lassen würden, wenn Ihnen etwas geschähe. Wir sind alle keine Musterknaben. Politik ohne die sogenannte Korruption ist ein Ammenmärchen, das gibt es nicht, auch nicht in anderen Ländern. Schauen Sie, neulich erzählte mir ein amerikanischer Industrieller – gut, er war betrunken, und ein halbnacktes Mädchen saß auf seinem Schoß –, ›General‹, sagt er, ›General Macmayr‹« – er machte den Amerikaner treffend nach, und Pete mußte lachen –, »›wissen Sie, was die beste Investition meines Lebens war? Sie wissen es nicht, General Macmayr: 100 000 Dollar in den Wahlfonds des heutigen Präsidenten. Ein paar Freunde von mir haben auch geklimpert. Er mußte nur versprechen: Beschränkung der Importe, erhöhte Abschreibung bei der Steuer. Wissen Sie, was Abschreibung ist, Macmayr? Nein, das wissen Sie nicht, macht nichts. Und jetzt? Jetzt kriegen wir unser Geld zurück, zehnfach, was sag' ich, hundertfach.‹«

Van der Groot blieb auf der Hut. Makmurs Launen und Makmurs Taktik – und seine Launen waren Teil seiner Taktik – waren unberechenbar wie das Aprilwetter in Europa.
»Sehen Sie, Pete.« Der General zündete sich behutsam eine neue Zigarre an. »Ich versuche meinem Land treu zu dienen, ich arbeite fünfzehn Stunden am Tag, ich betreibe weniger Aufwand als irgendein politischer Sekretär an irgendeiner Botschaft.«
Plötzlich wurde sein Gesicht hart, die Augen scharf, er zerbrach den Bleistift, mit dem er gezeichnet hatte: »Unter uns stecken Landesverräter. Wer den *Express*-Artikel verschuldet hat, ist ein Landesverräter. Wir müssen ihn, wir müssen seine Mitverschworenen zur Strecke bringen.«
Makmur stand auf, betrachtete eine Zeitlang das kitschige Gemälde des Vulkans bei Sonnenuntergang, setzte sich dann wieder und sagte leise: »Pete, ich will Ihnen helfen. Sie haben ein paar mächtige Feinde in Djakarta, die wollen Sie unschädlich machen. Sie müssen achtgeben, Pete. Aber ich schätze Sie, ich will versuchen, Sie zu schützen.«
Van der Groot wußte nicht, was er von Makmurs Andeutungen halten sollte. Wollte er ihn nur erschrecken, oder gab es tatsächlich mächtige Feinde? Er spürte plötzlich Stiche in der Brust und bezwang den heftigen Wunsch, sich zusammenzukrümmen.
»Ich schätze Sie als guten indonesischen Patrioten«, sagte der General und grinste. »Allerdings muß jeder von uns seinen Patriotismus immer wieder durch Taten und nicht lediglich durch Worte beweisen.«
»Was für Taten erwarten Sie von mir?« fragte Pete heiser.
Umar Makmur beugte sich weit über den riesigen Schreibtisch und begann zu flüstern.
Warum flüstert er, dachte Pete, fürchtet er, jemand könne uns abhören?
Als der General geendet hatte, streckte er seine Hände aus, damit Pete sie zum Einverständnis schüttle.
Pete wischte die Schweißbäche aus seinen Augenwinkeln. Er zögerte.

# VI

Ein zitronengelber Schmetterling, die schwarz geäderten Flügel fast so groß wie Blanches Hände, torkelte durch die Morgenluft. Die Wahl zwischen den blutroten Hibiskusblüten, den cremefarbenen Frangipani und den violetten Bougainvilleen fiel ihm schwer. Blanche saß auf der Terrasse ihres kleinen, in balinesischem Stil gebauten Hotelbungalows und ließ sich von dem neben ihr knienden Boy die dritte Tasse Tee einschenken. Es hatte in der Nacht gegossen, die üppige Vegetation der Schlucht, an deren oberem Hang der Bungalow stand, sah wie frisch gewaschen aus. Die Sonne schien erst Atem zu holen, bevor sie ihre Glut über die Insel blies, und die Frangipani begannen zu duften, während sich der Morgen rasch erwärmte.

Von unten, wo unsichtbar der Fluß rauschte, stieg das Gelächter der jungen Mädchen auf, die Steinquader zum neuen Schulbau trugen. Sie trugen die Steine, zwanzig bis dreißig Kilo schwer, als balancierten sie leere Körbe auf den Köpfen. Blanche hatte es ihnen gestern nachmachen wollen, lediglich mit einem winzigen Felsbrocken, und war nach wenigen Schritten von den glitschigen Steinen ins Wasser gestürzt. Eine Lachsalve der Mädchen war ihr Lohn, Gesprächsstoff wahrscheinlich noch bis in den Abend hinein. Ohne Unterbrechung schwatzten die jungen Balinesinnen; es klang aus der Ferne wie weiches, singendes Miauen.

Dieses schmale, liebliche Tal bei Gedong war für Blanche einer der schönsten Orte auf Erden. Es erinnerte sie an jene mittelalterlichen Tafelbilder, die noch keine Perspektive kannten, sondern, mit gleichsam aufgeklapptem Horizont, eine ganze kleine Welt, reich an Leben und Treiben, vor dem Beschauer ausbreiteten. In der Biegung der Schlucht schöpften zwei Frauen Wasser aus dem Fluß in bauchige Töpfe, auf der Terrasse darüber spielten Kinder im Schulhof, aus den dicken Laubkronen der Waringin-Bäume gegenüber lugten die roten Ziegelmauern und gelben Strohdächer eines Tempels. Von dort hob sich weich und rund, wie der Busen einer Frau, ein mit langem Alang-Gras bewachsener Hügel, aus dem hier und da eine Kokospalme ragte. Ein kleiner Junge erkletterte einen der schlanken Stämme und warf einem Freund die riesigen Nüsse zu. Durch das hohe Gras, nur die Oberkörper sichtbar, schritt – nein: schwebte eine Gruppe von Bäuerinnen, auf den

Köpfen Körbe und Früchte getürmt, die sie zum Markt trugen. Weiter oben, einen anderen Pfad, zog ein Bauer mit zwei Kühen entlang. Auf der Hügelkuppe inmitten der glitzernden Reisfelder thronte der zierliche Bambusaltar der Reisgöttin Sri.

Leise strich der Wind durchs Gras, leise sprachen die Menschen, Vögel zwitscherten in den Bäumen. Blanche seufzte vor Zufriedenheit. Wie ein Kind hatte sie sich auf die Tage in Bali gefreut. Der prunkvollen Verbrennung von Rais Onkel, dem residierenden Prinzen von Gedong, und dem heutigen Nachmittag, der Wahlversammlung Kresnas in Denpasar, sah sie mit gespannter Erwartung entgegen.

Erstens war sie neugierig, wie er als Redner wirkte; man las in den Zeitungen und erzählte sich in Djakarta wahre Wunderdinge. Als gewaltigen Orator, als Verzauberer der Massen, konnte sie ihn sich nicht recht vorstellen. Zweitens hoffte sie, ihn nach der Versammlung endlich einmal wieder zu sprechen, allein, wenn möglich. Denn seit jener Party in ihrem Haus hatte sie ihn nur gelegentlich flüchtig gesehen und ein paar leere, höfliche Worte mit ihm gewechselt.

Gewiß, Rai Agung war auch in Bali, aber sie war hoffentlich mit den Vorbereitungen der Verbrennungsfeierlichkeit, des Pelebon, vollauf beschäftigt. Und Christian? Christian hatte natürlich wieder so viele geschäftliche Verabredungen, daß er erst morgen früh mit dem Flugzeug aus Djakarta kam und am Abend wieder zurückfliegen mußte.

»Ketut«, sagte sie, »ich fahre heute nach Denpasar, um General Kresna zu hören.«

»Oh, Pak Kresna«, strahlte der Boy, »der Djendral ist ein guter und starker Mann. Die Njonja muß ihn berühren, das bringt Glück, dann kriegt sie Kinder.«

»Aber ich will ja gar keine Kinder«, lachte Blanche.

»Beh«, sagte er verblüfft, »die Njonja ist schon zwei Jahre verheiratet und hat noch keine Kinder? Wir haben schon vier und sind auch erst kurz verheiratet.«

»Wie lange denn?«

Ketut kratzte sich am Kopf, dachte angestrengt nach, zuckte schließlich verlegen mit den Schultern: »Weiß es nicht genau, Njonja, vielleicht drei Jahre, vielleicht fünf.«

»Also, wenn ich Kresna berühre, bekomme ich Kinder?« Sie amü-

sierte sich und begann ihre Haare zu einem Zopf zu flechten.
»Made, Ketuts Frau, möchte auch so schöne Haare haben wie die Njonja.« Er sah ihr voller Bewunderung zu.
»Made hat sehr schöne Haare.«
»Ja, aber nicht solche Farbe. Die Farbe von der Njonja ist wie Reisfelder, wenn wir sie ernten.«
»Danke sehr, Ketut, terima kasih. Du bist ja ein Dichter.«
»Ketut malt.«
»Zeig mir einmal deine Bilder. So, jetzt muß ich gehen.«
Blanche schlenderte gemächlich den Hohlweg hinab, in dem nachts die Glühwürmchen so hell leuchteten, daß man das Zifferblatt der Uhr lesen konnte. Frauen, knöchellange Batikröcke eng um die schwingenden Hüften gewickelt, Lasten auf dem Kopf balancierend, und Männer, die lediglich kurze Hosen trugen, mit wippenden Bambusstangen über den Schultern, an deren Ende Reisbüschel hingen, grüßten sie freundlich und grinsten über ihre nußhäutigen Gesichter. Heiter schienen alle Menschen auf Bali, unbeschwert wie Kinder, sanft und verspielt und weich.
Von hier hat Rai Agung ihre stolze Ruhe, ihre innere Harmonie und Ausgeglichenheit, dachte Blanche. Aber braucht Kresna nicht eine Frau mit mehr Ehrgeiz, die ihm auch manchmal widerspricht, die ihn zwingt, voll aus sich herauszugehen? Tut Rai das?
Aufmerksam verfolgte sie Kresnas kometenhaften politischen Aufstieg – und mit heimlichem Stolz. Sie, die sonst Zeitungen in wenigen Sekunden durchblätterte, raffte seit Kresnas Reise nach Borneo alle erreichbaren Blätter zusammen und las jede Zeile, die über ihn berichtete. Christian kommentierte ihr plötzlich erwachtes politisches Interesse mit beißendem Spott.
Die Reden seien doch immer wieder die gleichen, meinte Christian, und offenbar für das Niveau von Zwölfjährigen berechnet. Neue Gedanken kämen nie darin vor, nur immer dieselben abgedroschenen, volkstümlichen Phrasen. Außerdem könne Kresna den größten Blödsinn sagen, die Leute seien begeistert, weil er so charmant lächle und eine so schöne Stimme habe.
Blanche war überzeugt, Christian sei auf Kresna eifersüchtig oder neidisch oder beides. Einmal fand sie in Pete van der Groot einen Bundesgenossen: »Du kannst an Wahlreden in Indonesien, wo die Hälfte Analphabeten sind, nicht die gleichen Maßstäbe wie bei uns legen. Kresna weiß genau, was er tut, er kennt sein Publikum.«

Das wisse er sehr wohl, sagte Christian, er übertreibe nur ein wenig, weil sich Blanche dann jedesmal grün und blau ärgere. »Sieh sie dir doch jetzt an«, sagte er grinsend, »aus ihren Augen sprühen Funken. Kresna, mußt du wissen, ist nämlich ihre heimliche Liebe.« Und ernst fügte er hinzu, im Grunde mache der schier orkanhafte Erfolg des Generals ihm Sorgen. Die Unzufriedenheit im Volk über die enorme Korruption und über Mißwirtschaft wachse, und wenn der Präsident nicht bald energisch etwas unternehme, werde die angestaute Wut eines Tages explodieren. Wäre Kresna ein besonnener, realistischer, verantwortungsbewußter Mann, könnte er in dieser Lage von großem Nutzen, ja vielleicht der Retter sein. Doch fürchte er, Kresna besäße keine dieser Eigenschaften.

»Christian ist ein Schwarzseher, nicht wahr, Pete? Ich weiß gar nicht, was er gegen Kresna hat. Früher waren sie die besten Freunde. Pete, sag doch was.«

Aber Pete van der Groot hatte bloß den Kopf geschüttelt und geschwiegen.

Blanche war, unter diesen Erinnerungen, am Ende des Hohlweges bei den Sawahs angelangt. Sie ging über einen der fußbreiten Pfade zwischen den überschwemmten Reisfeldern und setzte sich neben einen Futterkasten, vor dem ein Stock mit einem angeknüpften Tuch steckte, den die Entenhirten benutzten. Der kleine Hirte war fort. Die Enten quakten und planschten irgendwo zwischen den grünen Halmen. Das nächste Feld lag einen Meter höher, die Erdwand war glatt gestrichen, wie mit Spachteln. In armdicken Strahlen ergoß sich plätschernd das Wasser von Terrasse zu Terrasse, rieselte gluckernd durch sauber umwallte Kanälchen. Die Sonne hatte rasch an Kraft zugenommen, und in ihrem Licht erglühten die Halme. In der Nähe ruhten sich ein paar Bäuerinnen auf dem Weg zum Markt aus, sie schnatterten und lachten um die Wette. Blanche hätte Stunden hier sitzen, träumen, in Ruhe und Sonne baden können.

Sie gab sich einen Ruck und sprang auf. Eine schwankende Brücke führte hoch oben über den Fluß; sie wurde repariert, und man hatte alle Bretter abgerissen, bis auf eines. Blanche war froh, als sie wieder auf festem Boden stand.

»Selamat pagi, Njonja«, grüßte eine junge Frau, die über ihren prallen Brüsten nur ein Tuch trug, das völlig verrutscht war, »apa

kabar, wie geht es?« Sie hatte schneeweiße Zähne, die sie lachend entblößte.
»Kabar baik, mir geht es gut, danke.«
Neben der jungen Balinesin stand eine Gruppe dürftig bekleideter, aber sauberer Kinder, von denen eines eine Henne und eines einen Hahn festhielt. Der Hahn war ein schmächtiges, kleines Tier, die Henne hingegen von gewaltiger Statur und offenkundig ebensolcher Angriffslust. Vielleicht fühlte sie auch ihre Küken bedroht, die vor der Behausung der jungen Frau piepsten, einer Hütte mit Wänden aus Rotanggeflecht und einem Dach aus vertrockneten Palmenblättern.
Plötzlich ließen die Kinder Henne und Hahn los. Mit wild flatternden Flügeln stürzte die Henne auf das winzige Hähnchen nieder, drückte es zu Boden und hackte in seinen Hals. Blut quoll zwischen den Federn vor. Triumphierend setzte sich die Henne daneben, drehte den Kopf hin und her. Das Hähnchen versuchte sich aufzurichten, erst hob es den mageren Hals, dann flatterte es matt mit den Flügeln, stieß dabei ein dünnes, klägliches Krähen aus, mehr einen Seufzer. Unbewegt sah die Henne zu, dann stieß ihr Schnabel erneut vor, wie eine Schlange, hackte wieder in den dünnen Hals, wieder und wieder. Das Hähnchen versuchte sich dem unbarmherzigen Schnabel zu entziehen, zuckte noch ein wenig, war tot.
Die Kinder lachten und klatschten in die Hände. Blanche war fast übel geworden, sie verstand nicht, was an dem Schauspiel so lustig war, sie verstand nicht, warum niemand dem Hähnchen geholfen hatte. Sie sah die junge Frau an, die offensichtlich den gleichen Spaß daran hatte und auf deren süßen, sanften Zügen unverändert das heitere Lächeln lag.
Blanches glückhafte, friedliche Stimmung war verscheucht. Sie mußte daran denken, was ihr Ketut gestern erzählt hatte. Langsam ging sie weiter, hörte nicht das »Dada«, mit dem sich die junge Frau verabschiedete. Ob denn 1966 in seinem Dorf, bei dem großen Massaker in Bali, viele Kommunisten umgebracht worden seien, hatte sie ihn gefragt? Ketut wiegte verlegen sein unschuldiges Knabengesicht und wollte erst nicht sprechen. Es bedurfte geduldigen Zuredens, bis er zu erzählen begann. In seinem Dorf, sagte er, habe es nur wenige Kommunisten gegeben. Mehr als siebzig oder achtzig seien gewiß nicht getötet worden. »Und du, hast

du auch . . .?« fragte Blanche zögernd. Ja, er habe zwei Männern die Köpfe abgeschlagen, mit einem Schwert, sagte er und zeigte mit den Händen, wie er es gemacht hatte. Ein halbes Kind sei er damals noch gewesen. In Gruppen von dreißig und vierzig zogen sie durchs Dorf und drangen in die Häuser der Kommunisten ein. Wenn er nicht mitgemacht hätte, dann hätten ihn die anderen verdächtigt, selbst Kommunist zu sein. Ketut lächelte während seiner Erzählung, Blanche hatte längst gelernt, daß Asiaten auch lächeln, wenn sie Unsicherheit oder Verlegenheit, Betrübliches oder Scham verbergen wollen.

Manche sagten, damals seien in Bali hunderttausend Menschen, Kommunisten und Unerwünschte, abgeschlachtet worden, andere, wie Witular, behaupteten, es seien »bloß« fünfzigtausend gewesen. Kresna war einer jener Offiziere gewesen, die dem Blutbad Einhalt geboten.

»Wenn die Kommunisten 1965 an die Macht gekommen wären, hätten sie noch viel mehr umgebracht, die Massengräber waren für uns schon ausgehoben«, berichtete einer von Rais zahllosen Cousins. »Die Kommunisten hatten säuberliche Listen angelegt, wen sie hinrichten wollten: zweihunderttausend Personen, Frau Werner, bedenken Sie, zweihunderttausend Menschen nur in Bali, die Lehrer, die Hindu-Priester, die Beamten, die Offiziere, uns Adelige, alle.«

Von Kresna hieß es, Blanche las davon auch in Büchern, er sei in Java einer der unbarmherzigsten Kommunistenjäger gewesen. Seine Soldaten hätten gnadenlos erschossen und erschlagen. Außerdem habe er die wilde Muslim-Jugend des Amak Latief zum Morden ermutigt, ja regelrecht damit beauftragt.

Blanche schauderte. Sie kam an einer Gruppe von Männern vorbei, die auf ihren Fersen hockten und ihre Kampfhähne streichelten. »Selamat pagi, Njonja«, grüßten sie fröhlich und lächelten sie an. Ob die auch ein paar Menschen damals die Köpfe abgehackt haben, dachte sie. Warum nicht? Vielleicht tun sie es morgen oder übermorgen wieder.

Eine Erinnerung tauchte auf, die sie bislang mit Erfolg verdrängt hatte. Vor einer Woche war sie in einen besonders armen Kampong Djakartas gefahren, wo die Familie ihrer Köchin wohnte. In dem Gewirr der kleinen Gassen blieb ihr Wagen im Schlamm stekken. Sie ließ ihn stehen und ging das letzte Stück zu Fuß. Die

Hitze lähmte fast den Atem, es stank nach Urin und kaltem Nußöl. Aus den kleinen Holzhütten starrten neugierig Frauen, die über dem Sarong nur schmutzige Büstenhalter trugen, und halbnackte Männer. Überall wimmelte es von Kindern, die Kleinen waren nackt und ihre Bäuche aufgebläht.
Bald war sie von einem Schwarm Kinder umgeben, der ständig anwuchs. Zuerst bettelten sie nur um Geld, Dutzende Hände, die sich ihr entgegenstreckten. Die Bitten wurden drängender, einige begannen sie am Kleid zu zupfen, andere machten freche, offenbar unanständige Witze, die sie nicht verstand. Aus den Hütten riefen Männer und Frauen halb bewundernde, halb höhnische Worte. Die Kinder lachten, die Erwachsenen lachten, es war ein Lachen mit einem bösen, gefährlichen Unterton. Blanche wurde unheimlich zumute. Zudringlich wurden die Hände, manche griffen an ihren Körper, kniffen unverschämt. Sie fing an zu laufen, der Schwarm mit ihr, sie spürte den heißen Atem von allen Seiten. Das Gelächter wurde zum Gejohle. Jetzt liefen auch ein paar junge Männer neben ihr her, die ihren Dienern zu Hause zum Verwechseln ähnlich sahen. Doch während ihre Diener, wenn sie ins Zimmer traten, ihren Rücken krümmten und buchstäblich zusammenschrumpften vor Untertänigkeit, machten die Burschen hier obszöne Gesten und grinsten dreckig. Was sie wollten, was sie meinten, daran bestand kein Zweifel.
Ein Knabe, allenfalls elf Jahre alt, wollte ihren Busen packen. Mit aller Kraft schlug sie auf seine Hand. »Sie schlägt das Kind«, kreischte eine Frau vom Straßenrand. »Sie schlägt«, brüllten sie plötzlich überall. Und plötzlich lachten die Gesichter nicht mehr, sie wurden drohend, die Augen funkelten. »Zeigt's der weißen Frau«, rief schrill ein Mann und ballte die Faust.
In diesem Augenblick kam zum Glück der Mann ihrer Köchin. Er rief ein paar Worte in javanisch, schimpfte fürchterlich, stieß die Kinder und Jünglinge beiseite, nahm Blanche an der Hand und führte sie in sein schäbiges Haus. Der Kinderschwarm, die jungen Burschen blieben zurück.
Blanche, den Tränen nahe, war vor Hitze und Angst in Schweiß gebadet. Später begleitete sie der Mann ihrer Köchin zum Auto zurück. Aus den Hütten trafen sie haßerfüllte Blicke. Niemand sagte ein Wort. Sie hatten die Scheibenwischer gestohlen, den Lack zerkratzt, die Windschutzscheibe mit Kot verschmiert. Als sie ihr

Erlebnis Christian berichtete, meinte er ernst: »Ich sag's dir ja, die Stimmung ist seit einiger Zeit nicht gut.«
Warum verderbe ich mir mit diesen häßlichen Gedanken den schönen Tag, fragte sich Blanche. Sicher war es nur ein unglücklicher Zufall. Vergiß das Ganze.
Sie hatte die Straßenkreuzung von Gedong erreicht. An einer Ecke führte ein großes rotes Ziegelportal, gekrönt von einer riesenhaften, in gelben Sandstein gemeißelten Fratze, in den Puri des verstorbenen Prinzen. Davor war eine hölzerne Pfeilerhalle, in der eine Gruppe ausgelassener Dorfbewohner Tiermasken für den Verbrennungszug schnitzte. Andere bemalten den fast mannshohen Kopf eines Ungeheuers und klebten ihm lange Palmfasern als Haare an. Nebenan wurde der neunstöckige, noch auf dem Boden liegende Verbrennungsturm mit Buntpapier überzogen. Hunde leckten in leeren Kokosnußschalen. Ein kleines Mädchen brachte aus dem Puri ein Tablett voll Schüsseln mit Reis und Tjabe, den winzigen, glühend scharfen Pfefferschoten.

## VII

Der Alun Alun von Denpasar, der Hauptplatz mit der großen Wiese, auf dem sich sonst Ballspieler tummelten, quoll von Menschen über. Aus ganz Bali waren sie gekommen, zu Fuß, auf Rädern und Mopeds, in bedrohlich überfüllten, klapprigen Autobussen. Der Dunst der dampfenden Masse schlug Blanche entgegen. Eine vergnügte, neugierige, aufgeregte Masse, die nun mit der gleichen Spannung Kresna lauschte, mit der sie sonst an einem Tempelfest oder einem Hahnenkampf teilnahm. Es wimmelte von Kindern, sie turnten zwischen den Beinen der Erwachsenen, sie lutschten rosa und violette Eisbeutelchen, die jüngsten hingen in Schlingen von den Schultern ihrer Mütter, einige saugten gierig an deren Brüsten.
Blanche drängte sich durch die Menge; doch nach wenigen Metern gab sie es auf. Sofort war sie in Schweiß gebadet. Fast hätte sie ein Mädchen niedergestoßen, das höchstens sechs Jahre zählte und den kleinen Bruder auf dem Rücken trug. Neben ihr stand eine

Frau, die vor lauter Begeisterung vergaß, ihre Betelnuß zu lutschen, der Priem ließ ihre Unterlippe anschwellen.
»Heil der Jugend«, rief Kresna gerade, »ihr habt gegen die Korruption protestiert, ihr habt gegen die Intimidasi protestiert, dagegen, daß Gegner der Regierung bedroht und eingeschüchtert und verprügelt werden. Ich bin mit euch, der Jugend Balis, der Jugend Indonesiens, ich bin mit euch.«
Er machte eine Pause. Blanche hörte, wie einige Studentinnen neben ihr in zitronengelben Jacken aufseufzten. Der betellutschenden Frau rann roter Saft aus dem offenen Mund. Das kleine Mädchen packte plötzlich Blanches Hand. »Aber genügt es, zu protestieren, meine Freunde?« fragte Kresna. »Nein. Das genügt nicht. Ihr wollt den Aufbau. Wollt ihr, daß der Aufbau unseres Landes aufhört?«
»Nein«, erscholl es aus Zehntausenden von Kehlen, auch die Kleine, auch die Betelfrau schrie.
»Deswegen bin ich Golkar beigetreten. Denn mit Golkar werden wir Indonesien groß und reich machen . . .«
Blanche hörte nicht mehr auf die Worte, sie hörte auf die Stimme, die Stimme, obgleich etwas heiser, umhüllte sie wie eine Liebkosung.
Kresna hatte seine Rede beendet und rief »Hidup«, und die Menge antwortete jauchzend: »Es lebe Golkar!« Irgend jemand schrie: »Hidup Kresna!« Im Nu pflanzte sich der Ruf über den ganzen Platz. »Hidup Kresna«, donnerte es, immer wieder, immer wieder: »Hidup Kresna!«
Die Menge drängte vorwärts, dorthin, wo die Rednertribüne sein mußte. Blanche wurde von der Bewegung gepackt, wie von einer riesigen Woge. Sie bekam Angst, sie stieß verzweifelt um sich und preßte die Arme an den Leib. Das kleine Mädchen mit dem Baby war verschwunden. Vielleicht waren die beiden totgetrampelt worden. Schließlich, sie wußte selbst nicht wie, stand Blanche vor einer rotgeziegelten Tempelmauer am Rand des Alun Alun. Die fetten, nackten Dämonen auf dem Sandsteinrelief über dem Tempeltor schienen zu grinsen. Unter der offenen, strohgedeckten Halle einer Bale saßen halbnackte Kinder und sagten: »Hello.« Sie haßte diesen, den Touristen abgehörten Gruß, der so gar nicht in die braunen Gesichter paßte.
Einen Militärpolizisten mit Bleistiftschnurrbart und dandyhaft

knapp sitzender Uniform, der an einem geschnitzten Holzpfosten lümmelte, fragte sie nach General Kresna. Als er den Namen hörte, richtete er sich stramm auf und nahm eine wichtigtuerische Miene an. Er führte sie quer über den Platz in die Kommandantur und machte ihr rücksichtslos den Weg frei.

Am Eingang stand breit und schwitzend Herry Pardede.

»Hidup Kresna«, rief er und lachte. »Na, wie fanden Sie unsere Versammlung, Blanche?«

»Wundern Sie sich gar nicht, daß ich hier bin?« fragte sie leicht gekränkt. »Ich freue mich, daß ich Sie sehe, Herry.«

»Mich wundert nichts mehr«, sagte er und wirkte plötzlich müde und abgespannt, »seit ich mit Kresna reise ... Doch was führt Sie zu uns?«

»Rai hat uns zur Verbrennung ihres Onkels eingeladen. Christian hat heute noch wichtige Geschäftsbesprechungen, Sie kennen ihn ja. Er kommt morgen früh mit meinem Cousin Calvin Rausher.«

»Aha, mit Rausher«, sagte Herry, und seine Gedanken schienen ganz woanders. Er reichte ihr die Hand und wollte fortgehen: »Dann sehen wir uns also morgen.« Aus dem Haus rief eine energische Stimme: »Pardede, wo bleiben Sie?«

»Kann ich Kresna sprechen?« fragte Blanche schnell und ungewohnt schüchtern. Das emsige Treiben vor der Kommandantur, die mit bedeutsamem Ausdruck hin und her eilenden Männer in Uniform und Zivil, die Militärpolizisten, das aufheulende Starten der Jeeps machte ihr Eindruck.

»Er muß sich ausruhen, außerdem habe ich ihm gesagt, er darf nicht sprechen, er soll seine Stimme schonen.«

»Er klang etwas heiser.«

»Wenn Sie wüßten, welche Ängste wir heute ausgestanden haben. Heute morgen war seine Stimme weg. Er konnte kaum krächzen. Er schont sich ja auch nie, er ist wie besessen. Wenn ich daran denke, daß ich vor einem Monat noch auf ihn eingeredet habe wie auf ein krankes Kind, damit er überhaupt im Wahlkampf mitmacht — und jetzt, jetzt kann er nie genug bekommen.«

»Pardede, bitte kommen Sie endlich«, rief die gleiche, offenkundig befehlsgewohnte Stimme.

Herry packte Blanche beim Arm. »Wenn Sie mir versprechen, daß Sie Kresna nur begrüßen und nicht lange mit ihm reden, werde ich sehen, was sich machen läßt.« Er führte sie ins Haus.

Kresna stand vor einer Emailschüssel und gurgelte. Als er Blanche sah, spuckte er aus und setzte eine leidende Miene auf: »Schmeckt scheußlich.« Er wischte den Mund ab, ging ihr entgegen, strahlte. »Endlich sehe ich Sie wieder.« Er sprach leise, es strengte ihn sichtlich an. In seinen Augen glühte ein Feuer, das sie noch nie bei ihm bemerkt hatte. Er schien erschöpft und zugleich aufgeputscht, als habe er Rauschmittel genommen. Sie mußte sich erst an den neuen Ausdruck gewöhnen und fühlte sich, was bei ihr selten vorkam, ein wenig befangen.

»Ich wollte Ihnen nur guten Tag wünschen und Ihnen sagen, was für ein fabelhafter Redner Sie sind. Ich muß gleich wieder gehen.« Sie plapperte das freilich so wenig überzeugend wie möglich, hielt seine Hand fest und blitzte ihn an.

»Unsinn. Herry hat Ihnen sicher erklärt, ich müßte meine Stimme schonen. Doch morgen halte ich keine Rede, morgen hat Herry Ruhetag befohlen. Wo ist übrigens Ihr Mann?«

»Der nimmt morgen früh das erste Flugzeug aus Djakarta.« Ihre Hand lag noch immer in seiner, weich und warm.

Ein Leutnant stürzte aufgeregt ins Zimmer, riß sich zusammen, nahm Haltung an: »Pak Djendral, das haben wir eben gefunden.« Er reichte Kresna ein paar Broschüren.

Der blätterte sie durch, runzelte die Stirn: »Wo?«

»Gleich hier, neben dem Alun Alun. Bei den Ständen der Straßenverkäuferinnen. Es lag auf ihren Tischen, als sie von der Versammlung zurückkamen.«

»Darf ich sehen?« fragte Blanche.

Kresna gab ihr wortlos ein Heftchen. Die Titelseite zeigte eine Serie von Karikaturen, grob und verschmiert, offenbar in großer Eile hergestellt. Auf der ersten reichte General Makmur einem Japaner mit der rechten Hand einen großen Schlüssel, während er mit der linken ein dickes Bündel Banknoten empfing. Auf der nächsten schloß der Japaner mit dem Schlüssel ein Haus auf, das Indonesien hieß, gebückt unter der Last eines Korbes voller Geldscheine. In dem Haus standen, mit ausgestreckten Armen, der Präsident und seine Frau, diese noch dicker, als sie ohnehin war. Auf der dritten Karikatur tanzten das Ehepaar, der Japaner und Makmur Ringelreihen um einen Berg von Geld, indes weitere Scheine vom Dach herabregneten. Durch das Fenster des Hauses starrte sehnsüchtig eine verhungerte Familie. Das ganze Heft war mit Zeichnungen

dieser Art gefüllt, dazwischen Text. Auch ein Analphabet konnte den Sinn verstehen.
Die letzte Seite zeigte fette Japaner und andere Ausländer in großen Autos und Villen, das Präsidentenpaar und Makmur mit ihnen, die grinsend ein Heer indonesischer Kulis betrachteten, die Pflüge zogen und Ölpumpen bedienten. In dicken, ungelenken Lettern stand darüber: »Saudara, Saudara, gebt acht: unser Indonesien wird verkauft.«
»Was bedeutet das?« fragte Blanche.
Aber Kresna war leise, ohne daß sie es bemerkt hatte, in ein Nebenzimmer gegangen, aus dem sie jetzt erregte Stimmen hörte.
»Was bedeutet das?« fragte sie diesmal den jungen Leutnant.
»Fragen Sie besser General Kresna, Njonja«, sagte er verlegen.
Sie stand einige Minuten verlassen im Zimmer, während geschäftige Offiziere und sandgelb uniformierte Beamte an ihr vorbeieilten. An den Wänden hingen Fotos steif blickender Generale. Es wurde telefoniert, es wurden Befehle erteilt, kurz und barsch. Keiner kümmerte sich um sie, offenbar war sie nur im Wege. Einige Offiziere musterten sie mißtrauisch, andere lächelten sie an.
Schon wollte sie gehen, sich überflüssig fühlend, auch eine Spur verletzt, da hörte sie Kresna neben sich: »Entschuldigen Sie, Blanche. Ich mußte nur noch etwas besprechen – wegen dieses Mistes.« Angewidert wies er auf die Broschüre.
»Ich verstehe nicht, Kresna, was sollen die Zeichnungen bedeuten?«
»Haben Sie nicht von der *Express*-Affäre gehört?«
»Ich bin seit drei Tagen in Bali. Ich kabe keine Zeitungen gelesen und kein Radio gehört.« Sie legte ihre Hand auf Kresnas Arm. »Was für eine Affäre?«
»Das deutsche Nachrichtenmagazin *Express* . . .«
»Vor dem haben bei uns zu Hause alle Angst.«
». . . behauptete in einem Artikel über Indonesien, die Japaner hätten unseren Präsidenten gekauft, damit sie den Auftrag für das Projekt Borneo erhalten. General Makmur soll das Ganze arrangiert haben.«
»Stimmt das?«
»Blanche, Sie sind wirklich naiv.«
»Wieso?« fragte sie.
In seinem Gesicht erstarb das Lächeln: »Der Artikel beschimpft

Indonesien. Es ist eine Schande.« Nicht klar war, was er als Schande empfand.
»Und diese Broschüren? Wer hat die gedruckt? Die Kommunisten? Wann ist der Artikel im *Express* erschienen? Wieso haben die Kommunisten – oder wer es war – so schnell von dem Artikel gewußt, daß sie gleich diese Heftchen zeichnen, drucken und verteilen konnten? Die Redakteure von *Express* sicher nicht.«
»Ich wollte, wir könnten Ihre Fragen beantworten«, sagte eine andere Stimme neben ihr, ein kräftiger Offizier mit düsterem Schnurrbart und breiten, starken Backenknochen.
»General Tosani«, stellte Kresna vor, »ein alter Freund von mir. Wir sind zusammen auf die Militärakademie gegangen. Wenn Sie etwas in Surabaya brauchen, wenden Sie sich nur an ihn. Er ist der Panglima dort.«
»Hoffentlich kommen Sie bald.« Tosani lachte und zeigte große, weiße Zähne. »Und wer sind Sie?« Er betrachtete sie ungeniert und mit Appetit.
»Frau Werner«, sagte Kresna, »eine gute Freundin von Rai und mir. Ihr Mann ist der klügste und bestinformierte Geschäftsmann in Djakarta.«
»Sie sind allein in Bali?« fragte Tosani, in seinen Augenwinkeln bildeten sich listige Fältchen.
»Sie steht unter meinem persönlichen Schutz, Jusuf.« Kresna legte einen Arm um ihre Schultern, und seine Augen tanzten. »Geben Sie acht, Blanche, mein Freund ist ein Tiger.«
Sie lehnte sich kaum merklich an Kresna und fühlte sich wohl unter den vielen anerkennenden, begehrenden Männerblicken: »Sie sollten sich schämen. Anstatt nach den Urhebern der bösen Heftchen zu suchen, vergeuden Sie Ihre Zeit mit einer hilflosen jungen Frau.«
»Wir leben nach dem Wahlspruch: handeln, aber nicht reden«, grinste Tosani.
»General Tosani ist leider noch beschäftigt«, sagte Kresna fröhlich, »und ich muß jetzt nach Gedong. Rai ist schon dort. Darf ich Sie vorher ins Hotel fahren, Blanche?«
»Sie können sich den Umweg ersparen, General, ich wohne auch in Gedong. Aber Sie dürfen mich begleiten.« Sie löste sich mit einem Ruck aus seinem Arm, und ihr Zopf streifte seine Backe. »General Tosani, Sie kommen doch sicher morgen zur Verbren-

nung? Vielleicht haben Sie bis dahin die Leute mit dem Heftchen hopp genommen.« Sie blickte ihm tief in die Augen.
Bald darauf fuhren Blanche und Kresna, der seinen Jeep sehr unaufmerksam lenkte, durch Denpasar in Richtung Gedong. Plötzlich hielt er mit einem Ruck an, sprang aus dem Wagen auf eine Gruppe junger Leute zu, die sich dicht um irgend jemanden scharten. Sie lachten und schwatzten, und einer sprach mit lauter, heiserer Stimme. Als sie den General sahen, stoben sie auseinander, schmale Broschüren eng an ihre Leiber gepreßt.
Kresna hatte seine Uniform mit Sarong und Sporthemd vertauscht, dennoch erkannten sie ihn offensichtlich. Einen konnte er am Arm packen und festhalten. Blanche verstand zwar die Unterhaltung nicht, aber sie beobachtete, mit welcher Intensität er auf den jungen Balinesen einredete, weder drohend noch scharf, jedoch mit einer Kraft, die keinen Widerspruch duldete. Schließlich verbeugte sich der Jüngling tief, wollte dem General das Büchlein in die Arme drücken, der es, den Kopf lebhaft schüttelnd, ablehnte.
»Was war denn los?« fragte sie ihn, als er wieder in den Wagen gestiegen war. »Schon wieder die *Express*-Heftchen?«
Er nickte bejahend. Sein Gesicht war verschlossen, seine Backenmuskeln arbeiteten. Eine Hand hatte er so fest um das Lenkrad gekrampft, daß die Knöchel allmählich blaß wurden, die andere spielte auf dem Armaturenbrett.
Blanche traute sich nicht, ihn in seinen Gedanken zu stören. Wie schön seine Hände sind, sagte sie zu sich, lange, feine, nervöse Finger, gar nicht die Hände eines Soldaten, viel eher die eines Malers.

## VIII

Kresna fuhr viel zu schnell, ohne auf die Schlaglöcher zu achten. Blanche mußte sich festhalten, um nicht vom Sitz zu fliegen. Sie bat ihn, er möge langsamer fahren, aber er schien nichts zu hören. Mehrmals strich er mit der Hand über die Augen, als wolle er schlimme Gedanken verscheuchen. Er nahm auch nicht den Fuß vom Gaspedal, als sie in eine scharfe Kurve kamen, die steil abwärts auf eine Brücke stieß. Die Brücke war kaum breiter als der Jeep und im Augenblick von einem Bauernkarren besetzt, hochbeladen mit langen Bambusstangen, den ein Büffel träge zog.

Blanche schrie auf, allerdings hatte Kresna in dem Moment schon gebremst, so heftig, daß der Jeep ins Schleudern geriet, erst nach links, dann nach rechts ausbrach, sich drehte, mit dem Rücken zur Schlucht stehenblieb, einen Meter vor dem Steilhang. Blanche war leichenblaß, ihr Herz schlug bis zum Hals – und sie kochte vor Wut.

Kresna hingegen wirkte völlig ruhig, als wären sie niemals in Gefahr gewesen. Aber er sah sie mit dem Ausdruck unverhüllten Schuldbewußtseins und verdatterten schlechten Gewissens an, wie ein kleiner Knabe, der etwas Furchtbares begangen hat, ohne es zu ahnen. Er wollte etwas sagen, zuckte jedoch nur hilflos die Achseln.

Blanche verschluckte ihre Worte und ihren Zorn. Sie wurde plötzlich von einer so ungestümen Zärtlichkeit überflutet, daß sie sich vorbeugte und ihn küßte. Sie ertranken in diesem Kuß, sie wußten nicht, wie lange er dauerte, sie nahmen nicht die schnatternden Frauen und Männer wahr, die an ihnen vorbeigingen, nicht die Bauernkarren, nicht den Autobus, nicht die knatternden Mopeds. Erst als, aus scheinbar weiter Ferne, Gelächter zu ihnen drang, erwachten sie aus dem Kuß, lösten langsam ihre Lippen. Blanche strich zart mit dem Zeigefinger über seinen Mund, lehnte sich dann zurück.

Vor ihnen fiel die üppig bewachsene Schlucht fast senkrecht abwärts in einen Fluß, auf dessen einer Seite Frauen und Mädchen, auf dessen anderer Männer und Knaben ihr abendliches Bad vollzogen. Ihre nackten, bernsteinbraunen, nassen Körper glänzten in der untergehenden Sonne. Die Frauen wuschen ihre langen Haare und antworteten lachend und schnippisch auf die anzüglichen Neckereien der Männer, die Kinder tobten und planschten.

Im Augenblick sahen die Badenden neugierig herauf, wunderten sich über den verkehrt stehenden Jeep, winkten und riefen Worte, die aus der Entfernung und über das Rauschen des Wassers hinweg nicht zu verstehen waren. Kresna startete den Wagen wieder und fuhr ihn aus dem Gras. Er sah auf die Uhr: »Wir müssen uns beeilen, Rai wird gewiß schon warten.« Dann versank er wieder in

Schweigen, doch sein Ausdruck war nun entspannt und versonnen.

Blanche fühlte, daß er nicht mehr an die *Express*-Affäre dachte, nicht an seine nächste Rede oder was immer es sein mochte, sondern an sie. In der untergehenden Sonne vergoldete sich das Land, das Auge flog von Hügel zu Hügel. Nach jeder Biegung, so schien ihr, bot sich ein neues Bild dar, wie im Theater. Dörfer waren unter Palmwedeln, dem wie gesponnenen Bambus und kugeligen Laubkronen fast versteckt, auf Anhöhen standen kleine Tempel. Hier reihten sich Reishalme sattgrün in grauen Wasserspiegeln, dort warteten sie bereits als goldgelbes, reifes Kornmeer auf die Ernte. Hinter der nächsten Biegung sprossen seidengrüne Sämlinge, und ein wenig weiter zog ein Bauer, bis in die Waden im schlammigen Wasser, den Pflug durch die quellende Erde.

Die Natur war so heiter, voll des Lächelns, das Licht so zärtlich, die Luft, nun da die Sonne ihre heiße Kraft verloren hatte, so anschmiegsam weich und die Menschen, denen sie begegneten, so unbeschwert und kindhaft fröhlich, daß Blanche am liebsten getanzt hätte. Sie streckte die Hand aus und streichelte Kresnas Nacken.

Er drehte ihr den Kopf zu und lächelte, mehr mit den Augen als mit den Lippen, seine Augen wurden größer und größer. Obwohl er den Blick immer wieder der bevölkerten Straße zuwenden mußte, durchströmte Blanche neben ihm ein seltsam prickelndes Gefühl. In seinen Augen hatte auch schon früher eine fast hypnotische Überzeugungskraft gebrannt, aber naiv unschuldig, als bitte er um Zuneigung und Zustimmung. Jetzt war es keine Bitte mehr, die darin glühte, kein den anderen Für-sich-gewinnen-Wollen, sondern Fordern, Verlangen, Den-Anderen-ganz-Beanspruchen.

Plötzlich grinste er breit, sein Ausdruck wurde weich und zärtlich. Mit dem Handrücken streichelte sie sanft über seine Wange, dann begann sie ihren Zopf zu lösen.

Sie fuhren in ein langgezogenes Dorf, das festlich gerüstet war. An der Einfahrt bogen sich schmale Bambusmaste, von deren Spitzen geflochtene Strohdekorationen hingen. Braune, mürbe Lehmmauern, mit verfaulendem Stroh gedeckt, säumten die Straße. Dahinter blickten die Lehm- oder Flechtwände der Bauernhäuser hervor, mit dicken Dächern aus Stroh oder Palmblättern, und die Schreine für Götter und Ahnen.

Kokos- und Fächerpalmen türmten sich über den geduckten Häu-

sern, Bananenstauden, Mangusten, Papayabäume und Bambus umschlossen sie; rot, gelb und violett glühten Blüten in der Abendsonne, Früchte hingen schwer von den Ästen.
Die ganze Dorfbevölkerung war auf den Beinen, der Jeep kam nur noch langsam vorwärts, schließlich wurden sie von einem Polizisten angehalten. Aus einem Seitenweg schritt gemessen eine Prozession von Frauen und Mädchen, voran die Kleinste, vielleicht zehn Jahre alt. Alle waren gleich angezogen, in gedämpft braunen Kamben und golddurchwirkten, grünen Korsagen, die ihre Schultern nackt ließen. Im Haar steckten Goldflitter und rosa Blüten. Auf den Köpfen trugen sie silberne Schalen.
»Sie bringen Wasser von der Heiligen Quelle«, sagte Kresna.
»Steigen wir aus, ich möchte mir das gern ansehen. Sicher gibt es heute ein Tempelfest.« Blanche sprach zum erstenmal seit dem Kuß; sie hatte fast das Gefühl, als bräche sie einen Bann.
Kresna zögerte.
»Kommen Sie. Nur ein paar Minuten, was spielt das für eine Rolle.« Und bevor er sich's versah, war sie aus dem Jeep gesprungen. Kresna sagte nichts, parkte den Wagen neben dem kleinen Kanal, der sich an der Straße entlang zog, und ging ihr nach.
Blanche wartete ein paar Schritte entfernt, hakte sich bei ihm ein. Ihr Gesicht leuchtete, ihre Augen glitzerten.
»Als kleines Mädchen konnte ich das auch«, sagte sie.
»Konnten Sie was?«
»Die Silberschüssel auf dem Kopf tragen, ohne Wasser auszuschütten.« Sie sah ihm in die Augen, und ihre Zungenspitze spielte zwischen den Lippen. Blanche und Kresna waren fast gleich groß.
»Jetzt würden Sie das Wasser ausschütten?« Er erwiderte den Blick und lächelte. »Vielleicht sollten wir es ausprobieren. Rai kann Sie unterrichten, wenn's nötig ist.«
»Sie dürfen nicht sprechen, hat Herry Pardede befohlen. Sonst verlieren Sie Ihre Stimme, und es ist aus mit Ihren Wahlreden.«
»Kamen Sie zufällig bei der Wahlversammlung vorbei, oder wollten Sie mich hören?«
»Mein Gott, wie seid ihr Männer eitel. Wenn Sie's genau wissen wollen, ich bin extra zu Ihrer Versammlung gefahren.«
»Wirklich?« Er war geschmeichelt. »Und . . .«
»Müssen wir von diesen dummen Wahlen sprechen? Ja, Sie waren großartig. Was wollen Sie noch hören?«

»Ihnen kommen meine Reden vielleicht primitiv vor. Unser Volk ist noch nicht so gebildet wie ihr Europäer. Ich muß sehr einfach reden, damit sie mich verstehen. Aber« – er zwinkerte sie an – »wir wollten uns ja nicht über die Wahlen unterhalten.«
»Doch. Ich habe das eben nur so gesagt.« Sie drückte seinen Arm. »Erzählen Sie mir, Kresna, wie Sie sich auf einer Versammlung fühlen. Ich möchte alles wissen. Bitte. Als ich Sie vorhin in der Kommandantur zuerst sah ...« Sie brach ab.
»Was wollten Sie sagen, Blanche?« beharrte er.
»Nichts.« Sie schien zaghaft. »Sie kamen mir einen Augenblick wie ein anderer Mensch vor.« Sie lachte hell, neigte ihren Kopf auf die Seite, musterte ihn. »Sie hatten so wilde Augen, nein, wild ist nicht der richtige Ausdruck, herrische Augen, entschlossene Augen.«
»Entschlossen, herrisch, wild – ich weiß nicht, was Sie meinen, Blanche.«
Sie war verlegen, schüttelte ihre Mähne. »Ach, ich rede Unsinn. Hier, kaufen Sie mir bitte Saté, Kresna, ich bin hungrig.« Sie waren inzwischen bei der Tempelmauer aus rotem Backstein angelangt. Davor hockten, Schulter an Schulter, Frauen, junge und alte, hübsche und häßliche, die Früchte, Säfte, allerlei Leckerbissen und Kaffee anboten. Kokosnuß wurde gerieben, Reiskuchen gewälzt, Fleischstückchen an kleinen Spießen über Holzkohlenfeuer geröstet. Es roch fett und süß nach Kokosöl, das von den Spießen tropfte, nach den Gewürznelken in der Glut, nach der Kentjurnuß, deren beißende Würze wie eine Fahne über Balis Essen schwebt.
»Haben Sie Saté auch so gern, Kresna? Schildkrötenfleisch ist am besten.« Blanche sah mit wachsendem Appetit, wie die Frau Fleischstückchen mit Erdnußbutter, Soyasauce, Knoblauch und Kokosmilch bestrich, röstete und dann in eine scharfe Sauce aus Chilipfeffer, Zwiebeln und Soya tauchte.
»Tuan, darf ich fragen, aus welchem Land Ihre Frau stammt? Sie ist sehr schön.«
»Aus Europa. Mein Mann hat mich entführt. Aber er hat viele Frauen.« Blanche lachte. »Du hast Saft auf deinem Kinn, Mann, ich wische ihn weg.« Sie nahm ein Taschentuch und tupfte über Kresnas Kinn. Dann gab sie ihm einen Kuß.
Er war geniert: »Bitte – nicht vor all den Leuten.«
»Wieso denn nicht? Wir sind doch schon so lange verheiratet.«

Sie zog ihn fort in den Tempel. Hinter den roten Backsteinmauern reihten sich mehrere Höfe aneinander, in denen, scheinbar regellos verteilt, kleine, offene Pavillons standen, die Bales, mit bauchhohen Steinplattformen, auf denen sich Opfergaben türmten. Holzpfeiler stützten dicke Dächer aus Palmfibern. Vor einer Bale knieten zwei Mädchen und beteten, zwischen den Fingern hielt jedes eine karminrote Hibiskusblüte, die es an die Stirn führte. Daneben, sie gar nicht beachtend, reglos wie eine Statue, stand ein Hindupriester, weißgewandet, still, nur seine Lippen bebten. Ihn störte weder das Kreischen der Kinder, die im Hof herumturnten, noch das geschäftige Treiben der Frauen, die immer neue Opfergaben auf ihren Köpfen herantrugen. Kunstwerke waren diese Opfer, Pagoden aus bunten Reiskuchen, gebratenen Enten, Früchten, gekrönt von raffinierten Geflechten.
»Haben Sie wirklich Angst vor mir gehabt, Blanche, als Sie mich vorhin trafen?« fragte Kresna leise, während er unentwegt den weiß gekleideten Pedanda anstarrte.
»Ein paar Sekunden schon, glaube ich«, sagte sie ebenso leise. »Ich war da draußen auf dem Alun Alun und bin fast zu Tode gedrückt worden, weil die Leute so aufgeregt waren. Und alles wegen eines Mannes, alles Ihretwegen. Mir ist unheimlich, daß Sie die Massen so erregen können.«
Er legte den Arm um ihre Schultern und ging langsam durch den Hof, an der Bale vorbei, vor der der Pedanda stand und die Mädchen noch immer knieten. »Glauben Sie, ich habe mich verändert?« fragte er.
»Wir kennen uns kaum, Kresna. Ich hielt Sie immer schon für einen sehr interessanten Mann. Als ich Sie das erste Mal traf, glaubte ich Sie zu verstehen, und es ärgerte mich, daß ich Sie nie greifen konnte.«
»Greifen, greifen? . . . Meinen Sie damit, daß ich mich nicht in Sie verliebt habe oder nicht mit Ihnen flirten wollte? Oder wie Sie das nennen?«
»Vielleicht wollte ich mehr als einen kleinen Flirt, vielleicht habe ich mich in Sie verliebt, ich meine, bin ich – ich meine, war ich . . .«
Er lachte leise: »Sie, Blanche? Niemals.«
»Wie schlecht Sie mich kennen«, sagte sie. »Überhaupt, warum lassen Sie mich nicht ausreden?«

»Aber – ich sage doch gar nichts.«
»Früher hielt ich Sie für einen Mann wie alle anderen, doch mit mehr Charme und mehr Energie und einer Kraft, die irgendwo in Ihnen schlummerte. Das hat mich gereizt. Darf ich ganz offen sprechen?«
Kresna nickte. Es war dunkel geworden, auf einigen Bales brannten kleine Kokosöllampen, deren Licht nicht bis zu ihren Gesichtern drang. Sie setzten sich auf das Steinpodium einer unbeleuchteten Bale.
»Versprechen Sie mir, daß Sie mit niemandem reden, auch nicht mit Rai Agung, über das, was ich Ihnen jetzt sage.«
Er nickte wieder. Aus dem Nebenhof klang das Rauschen vieler Stimmen und helles Gelächter. Ein paar Leute klöppelten verspielt auf den Metallophonen des Gamelan, wahrscheinlich Kinder.
»Ich habe Rai sehr gern, ich bewundere sie. Aber ich bin überzeugt, daß sie einfach alles akzeptiert, was Sie tun, daß sie Sie grenzenlos anbetet und Sie nie kritisieren und nie antreiben würde. Und da ich Sie für träge hielt, Kresna, glaubte ich, Sie brauchten eine Frau, die Ihren Ehrgeiz weckt, die Sie anstachelt, die Ihre – ich rede schon wieder Unsinn.« Sie hielt ihre Zungenspitze zwischen den Zähnen fest, als wolle sie ihre Rede abbeißen.
»Und diese Frau sind Sie, Blanche?« Sie lauschte auf Spott oder Vorwurf in seiner Stimme, aber er klang nur neugierig und unendlich höflich.
»Ja«, sagte sie, »ich bin eben noch sehr jung. Christian behauptet manchmal, ich sei eine Träumerin.«
»Seltsam. Ich hielt Sie immer für ein bezauberndes, berechnendes, gefühlloses ...«
»Luder ... Sagen Sie's ruhig. Das glauben viele.«
»Nein, ein so häßliches Wort wollte ich nicht benützen.«
»Wir haben uns eben beide getäuscht.«
»Ja, wir haben uns beide getäuscht.«
Die schwarzen Schatten der Palmen, die hinter dem Rücken der Tempelmauer hochragten, begannen sich von dem nächtlichen Himmel abzuheben. Zwischen den langen Fingern ihrer Wedel blinzelte der aufsteigende Mond. Auf der Straße gingen auf lautlosen Sohlen Menschen, sie sprachen leise, ein gleichmäßiges Summen, als wollten sie keine schlafenden Geister wecken.
»Gehen wir spazieren, Blanche.«

»Was wird Rai sagen, wenn sie so lange warten muß?«
Er antwortete nicht.
Im Vorhof des Tempels war eine Bühne aufgerichtet. Der Platz davor füllte sich mit Zuschauern. Unter dem tiefhängenden Dach einer Bale hockten blutjunge Tänzerinnen und wurden im Schein einer grellen Petromaxlampe geschminkt.
Blanche und Kresna traten auf die Straße hinaus. In der Dunkelheit flackerten in langer Kette die Öllämpchen auf den Tischen der Verkäuferinnen. Davor, auf dem Boden hockend oder auf wackeligen Bänken sitzend, wisperten die Schatten der Dorfbewohner, unermüdlich und stets zum Lachen bereit.
In einer Ladenbude, die von schwarzem Reis bis zu japanischer Fettcreme alles feilbot, stand ein junges, vom Gürtel aufwärts nacktes Mädchen, eine Blume im Haar, das Petroleum in eine Kanne schüttete.
»So einen Busen hätte ich gern«, sagte Blanche sachlich und ein wenig neidisch.
Kresna lachte: »Sie können ganz zufrieden sein«, und musterte sie völlig ungeniert.
»Gefiele ich Ihnen dann besser?« fragte sie kokett.
»Wie soll ich das wissen?« Er grinste. »Ich habe Sie noch nie richtig gesehen – ich meine ganz ohne Kleidung.«
»Sie haben es ja auch nie versucht.«
Das Mädchen blickte hoch, sie merkte offenbar, daß über sie gesprochen wurde. Plötzlich sperrte sie den Mund sperrangelweit auf, und ihre Augen drohten aus den Höhlen zu fallen: »Tuan ... Tuan«, stotterte sie und wies auf eine Fotografie, die an der Wand hing.
»Kresna, wie er leibt und lebt«, sagte Blanche.
Die halbnackte Schöne ergriff Kresnas Hände und küßte sie.
»Wie heißt du?«
»Sri, Pak Kresna.«
»Hoffentlich wirst du Golkar wählen. Aber du darfst natürlich noch gar nicht wählen.« Er lächelte sie an.
»Das sollte wahrscheinlich ein väterliches Lächeln sein?« spottete Blanche, als sie weitergingen.
»Das war es doch auch.«
»Bestenfalls semiväterlich.« Das Wort gefiel ihr, und sie lachte.
Hinter der roten Mauer bog das Paar in einen stockdunklen, ver-

lassenen Seitenweg, in dem sie eher fühlen als sehen konnten, wohin sie ihre Füße setzten. Das letzte Haus blieb zurück. Düster reckten sich zu beiden Seiten wuchtige Laubkronen.
Blanche stolperte, und Kresna fing sie auf, hielt sie fest, seine Hände glitten unter ihre Achseln.
»Warum haben Sie mich vorhin im Auto an der Brücke geküßt? Zuerst sahen Sie so wütend aus, Blanche, als wollten Sie mich schlagen.«
Sie lauschte nur seiner Stimme. Die leichte Heiserkeit gab seinem Bariton einen rauchigen Ton, der sie erregte.
»Sie antworten nicht, Blanche«, sagte er behutsam.
»Ich überlege«, sagte sie und begann mit den Fingern ganz leicht über sein Gesicht zu tasten, seine Brauen, seine Stirn, seine Lippen. »Sie wirkten plötzlich so hilfsbedürftig, wie ein kleines Kind, das bei einem dummen Streich ertappt wurde ... Au, au, Sie tun mir weh.« Er hatte mit den Zähnen einen Finger gepackt und biß hinein, ganz leicht. Sie machte keine Anstrengung, den Finger zurückzuziehen.
Im nächsten Augenblick lag ihr Gesicht zwischen seinen Händen, vorsichtig hielt er es, wie ein zerbrechliches Gefäß, und sein Mund glitt zart und weich über ihre Haut. Er küßte ihre Schläfen, den flaumigen Ansatz der Haare, die zuckenden Wimpern, die Ohrmuscheln, die warmen Nasenflügel und schließlich die Lippen, jede für sich, außen erst, dann nach innen dringend, federleicht zunächst. Blanche rührte sich nicht, sie ließ ihren Mund von ihm anwärmen, aufbrechen, wie eine duftende Frucht, wartend in der Hingabe, doch ihre Hände knöpften unterdessen sein Hemd auf und streichelten seine nackte Brust. Er küßte sie nun fester, heftiger, auch mit der Zunge, bis ihr Mund mit gieriger, durstiger Leidenschaft antwortete.
Sie stammelten Worte, Silben, Wortfetzen voller Zärtlichkeit, ein Kauderwelsch aus Indonesisch, Deutsch, Englisch.
»Und jetzt ...?« sagte er irgendwann, schob sie sanft fort und blickte sie an. Seine Lippen, ihre Lippen waren geschwollen, ihre Haut glühte. Blanches Mund war leicht geöffnet, schien im Gesicht zu schwimmen. Statt einer Antwort senkte sie den Kopf, faßte mit beiden Händen in den Nacken, warf ihre Haare nach vorn, daß sie ganz darin eingehüllt war.
Er hob sie hoch und trug sie, bis der Weg in den Sawahs auslief.

»Wohin gehst du, Kresna?«
»Du wirst es sehen.«
»Du küßt so zärtlich. Ich hätte nicht geglaubt, daß du so zärtlich küssen kannst.«
»Wirklich?«
»Damals, in Djakarta, war es ganz anders. Da hatte ich das Gefühl, du denkst dabei überhaupt nicht an mich.«
»Du küßt sehr gern? Nicht wahr?« Er setzte sie nieder.
»Ja«, sagte sie so spontan und überzeugt, daß er in sich hineinlachte.
»Gib acht, Blanche, du rutschst gleich ins Wasser.«
Sie hatte sich auf dem fußbreiten Pfad zwischen den Reisfeldern an ihm vorbeigedrängt und tänzelte dahin. Nun hielt sie an, stützte sich auf Kresna und zog ihre Schuhe aus.
Die Frösche in den Sawahs knarrten wie Osterratschen. Vor ihnen flackerte ein Glühwürmchen, ein zweites tauchte aus den Reishalmen auf. Blanche versuchte vergeblich eines zu fangen.
»Wie hell die leuchten«, rief sie, »ich habe noch nie so helle Glühwürmchen gesehen.« Und dann stand sie schon im Wasser. Lachend planschte sie weiter.
»Ist dir nicht kalt?«
»Ach, mir ist nicht kalt ... Das ist schön — erfrischend ... Mir war ja ganz heiß ... Komm doch ... Au, mich zwickt etwas — gibt es hier Schlangen?«
»Sogar giftige.«
»Du lügst, du willst mir bloß Angst einjagen.«
»Wenn du es besser weißt, bitte.«
Mit zwei, drei Schritten stand sie wieder auf dem Trockenen. Kresna lachte.
»Lach nicht so gemein ... Hör, was ist das? Gamelan?«
»Ja, Gamelan, sie haben die Ouvertüre begonnen.«
Vom Tempel schwebte eine glockige, süße Melodie heran, es hörte sich an, als klopften Elfenfinger auf kupferne Blumen, bald hurtig, bald geruhsam breit. Sehnsüchtig sangen Bambusflöten in das einlullend liebliche Gehämmer.
Blanche lehnte sich mit dem Rücken an seine Brust und lauschte. Bisweilen schob sie den Kopf hin und her, während sein Mund sich in ihr Haar preßte. Dann nahm er sie am Arm und führte sie weiter.

Der Mond war rasch aufgestiegen und goß sein Licht über das träumende Land, spiegelte sich in den Reisfeldern. Vor ihnen hob sich der Schatten eines kleinen Hügels ab, und als sie näher kamen, erkannte Blanche die Umrisse eines Tempelchens. Die Mauer war niedrig und die Ziegeln waren an einigen Stellen ausgebrochen. Auf einem Altar lagen noch frische Blumen und ein zusammengerolltes Stück Bananenblatt mit Reiskörnern. Es gab nur eine einzige Bale, nicht aus Stein, sondern lediglich aus Brettern und Pfählen gezimmert.

Kresna setzte sich auf die Plattform und zog Blanche nach. Eine Kokospalme warf ihren Schatten quer über das Gemäuer, ihre Blätter rasselten bei jedem Luftzug.

Blanches langer, schmaler Nymphenkörper schien mit Elektrizität geladen. Dann spürten die beiden nur noch Haut, drängende, verlangende, durstige Haut.

Er fing an, sie zu entkleiden, nicht hastig, weder gierig noch zaghaft, mit traumwandlerisch sicheren Fingern. Keiner sprach. In dem zerfallenen Dach knisterte es, und eine Eidechse schnalzte: tjitjak, tjitjak. Aus der Ferne klang hell das Gamelan.

Kresna zeigte so viel Feingefühl, Rücksicht, Eingehen auf ihren Körper, wie es Blanche nie zuvor bei einem Mann erlebt hatte.

Für sie war die Nacht grenzenlos, ohne Zeit, nur für sie zwei bestimmt. Was drängte – nichts. Nichts als die Begierde, und die zügelte er, bei sich, bei ihr, wie ein Paar wilder Pferde. Ein Fest zelebrierten sie, ein Fest, in das allmählich Blanches ganzer Leib hineingezogen wurde, ihre ganze Haut, alles, womit sie empfinden und genießen und Genuß geben konnte. Noch – und noch – und noch.

Sie lockten sich, spielten, lachten vor Ergötzen. Das Blut hämmerte schneller und schneller. Drüben, im Tempel, hämmerte das Gamelan im Stakkato. Auf ihren nackten, schwitzenden Körpern tanzte und hüpfte das Mondlicht. Blanche meinte, sie gehe in ihm auf, hingegeben, hingerissen.

Eng umschlungen verschmolzen sie ineinander. Wie auf einer Schaukel – die höher stieg, im gleichen Rhythmus, höher und höher, bis Blanche aufstöhnend seinen Samen empfing.

# IX

»... und lächelnd sprach Krishna, der Herr ...«, sang das kleine Männchen mit hoher, monotoner Stimme.
Aber was Krishna, der Gott, nun sprach, verschluckte der Lehrer, er sah von den Lontar, den Palmblatt-Handschriften, auf, die er hielt, schob seine Brille über die Nase und starrte zum Eingang. Dort stand der General Kresna Dirdjosuparto und begrüßte seine Frau. Er hatte den Sarong um die Hüften gewickelt, trug ein schwarzes Hemd mit hohem Kragen und Goldknöpfen und ein kunstvoll ums Haupt geschlungenes Brokattuch. Der General strahlte seine Frau an, und beide lachten. Ein schönes Paar, dachte der Lehrer, man merkt ihnen an, wie glücklich sie sind.
Rai Agung, in türkisfarbener Kebaya, hatte sich in eine balinesische Königin verwandelt. Die silberne Opferschale, die sie wie eine Krone auf dem Kopf trug, betonte die Wölbung der Stirn, die Zartheit der Nase in dem großflächigen Gesicht, den Stolz auf ihren sinnlich starken Lippen.
Weder der Lehrer noch die beiden anderen Vorleser, der eine mit Mongolenschnurrbart, der andere mit schulterlangen, lockigen Haaren, fast zahnlosem Mund, einem feinen Künstlergesicht – in der Tat war er der beste Holzschnitzer Gedongs –, hatten Kresna je zuvor gesehen. Im Puri des Prinzen zu sitzen, an der Leiche des Djokorde Agung gde Gedong aus den alten Lontar zu lesen, war an sich schon eine große Ehre. Die Aussicht, dabei dem berühmten General zu begegnen, mit ihm vielleicht ein paar Worte zu wechseln, erfüllte die Männer bereits seit Tagen mit Freude und Spannung. Als die Abendstunden verrannen und er nicht kam, die Prinzessin Rai Agung, sonst die Ruhe in Person, immer nervöser wurde, immer geschäftiger tat, verloren sie allmählich die Hoffnung. Wahrscheinlich mußte er wegen des Wahlkampfes in Denpasar bleiben.
Von Politik verstanden die drei Männer wenig. Es war besser, sich aus allem herauszuhalten. Der Lehrer des Nachbardorfes, Ortsvorstand der Nationalistischen Partei, war vorgestern mitten in der Nacht von maskierten Burschen aus seinem Bett gezerrt, auf die Straße gejagt, jämmerlich verprügelt und sein kleines Haus kurz und klein geschlagen worden. Sogar die Bananenstauden im Garten hatten sie abgeknickt und das einzige Schwein fortgeschleppt.

Über dem Eingang stand am nächsten Morgen: »Wir wählen alle Golkar.«
Oben auf dem Heiligen Vulkan, dem Gunug Agung, sollten sie ein paar PNI-Führer verhaftet haben. Furcht war in die Herzen der Bewohner von Gedong gekrochen, und der Holzschnitzer, der viel auf der Insel herumkam, erzählte, daß auch die Bauern in den anderen Dörfern Angst hätten. Er erzählte außerdem, die Leute, die General Kresna reden gehört hätten, seien von ihm begeistert. Der General sei ein guter und unbestechlicher Mann, ein starker und gerechter Mann, der allen helfen wolle. Nach den Wahlen werde ihm der Präsident gewiß einen ganz wichtigen Posten geben, und dann werde sich alles in Indonesien bessern.
Sonst wurde unter den Lontar-Sängern am Vorabend einer Verbrennung stets ausgiebig diskutiert, welche Strophen aus den alten Hinduepen sie vortragen wollten. Diesmal waren sich der Lehrer, der Holzschnitzer und der Schnurrbärtige, ein Bauer und Tänzer, sofort einig: Verse aus dem »Gesang des Erhabenen«, dem Lied Krishnas in der Mahabharata, der »Bhagavad Gita«. Dem General ebenso zu Ehren wie dem toten Prinzen, dessen Nichte er geheiratet hatte.
»Lies weiter«, sagte der Schnitzer. »Es ist nicht fein und höflich, neugierig auf den Herrn zu schauen.«
Der Lehrer holte ein neues Lontarbündel aus dem Kasten, schnürte es auf und legte vorsichtig die langen, schmalen Blätter um, bis er gefunden hatte, was er suchte. Er hob die Stimme stärker als gewohnt, dehnte die Silben länger in dem eigentümlichen Vibrato:

»Heldentum, Kraft, Gewandtheit, Ausdauer,
Im Kampfe Unerschrockenheit.
Freigiebigkeit und Herrschersinn
Beweisen Kriegers Tüchtigkeit.«

Kresna wendete lächelnd den Kopf, nahm Rai Agung am Arm und kam zu dem offenen Pavillon, in dem die Lontarleser neben der in weiße Tücher gewickelten Leiche des Djokorde auf dem Boden hockten.
»Friede sei mit euch, meine Freunde.«
»Friede sei mit Ihnen, Pak Djendral.«
Kresna stieg zu ihnen hinauf und hockte sich neben sie. Der ganze Pavillon war mit weißen Tüchern verhangen und roch durchdringend süßlich nach Verwesung. Auf Tischen waren die Opfer-

gaben aufgebaut: Fleischspieße, kunstvoll geformte farbige Reiskuchen, ein verkohltes Spanferkel, verwelkte Blumen.
»Bitte lest weiter, Saudara, lange Zeit habe ich nicht mehr aus den Lontar gehört.« Er lächelte den drei Männern zu, als seien es alte Freunde. Ihre Befangenheit wich.
Der Lehrer schob seine Brille zurecht, blätterte erneut: ». . . und lächelnd sprach Krishna, der Herr . . .«.
Der General schloß die Augen. Von dem monotonen, nasalen Singsang ging eine hypnotische Wirkung aus. Er hatte sich früher nie viel mit seinem göttlichen Namensgeber beschäftigt, sogar bisweilen über die Namensgleichheit gespottet. Aber vielleicht war sie kein Zufall, dachte er jetzt. Würden sonst die Menschen auf seinen Wahlversammlungen glauben, es bringe ihnen Glück, wenn sie ihn berührten?
Wo war Herry Pardede, wo war Tosani? Er mußte mit ihnen sprechen. Nicht erst morgen früh, wie sie nach dem Meeting in Denpasar ausgemacht hatten, sondern sogleich. Seine Müdigkeit war verflogen, er verdrängte auch den unangenehmen Gedanken an die Lügen, die er erfinden mußte, um Rai zu erklären, weshalb er erst so spät nach Gedong gekommen war. Blanche war zwar an einer dunklen Kreuzung des Ortes, weit vor dem Puri, ausgestiegen und zu Fuß in ihr kleines Hotel gegangen. Doch die Heimlichkeit hatte eigentlich keinen Sinn. Blanche war in Denpasar vor zahlreichen Augen in seinen Jeep geklettert. Er hatte sie zur Mitfahrt aufgefordert, in aller Unschuld, ohne die geringste Absicht. Blanche hatte ihn verführt. Aber das stimmte nicht. Er mußte es sich eingestehen. Sie gefiel ihm, sie gefiel ihm sogar sehr. Ihn hatte die Leidenschaft überrascht, mit der sie einander geküßt und in dem kleinen Tempelchen der Reisgöttin geliebt hatten. Vielleicht war es mehr als körperliche Begierde? Bei ihr gewiß, bei ihm vielleicht.
Kresna unterhielt sich aus Höflichkeit noch ein paar Minuten mit den drei Vorlesern. Der Tänzer wickelte ihm mit großer Sorgfalt einen Betelpriem, den Kresna, seinen Widerwillen verbergend, in den Mund schob und zu kauen begann.
»Entschuldigt, meine Freunde, ich muß euch leider verlassen.« Kresna erhob sich, verharrte eine Weile betend vor der Leiche.
»Seid bedankt – Raresan«, er beugte höflich den Kopf.
»Raresan, Bapak«, grüßten sie ehrerbietig.

Er fand Herry Pardede und General Tosani im Hauptpavillon, der ebenso klein wie die anderen Gebäude des Puri war, nur daß seine Veranda bunte Deckengemälde und holzgeschnitzte Pfeiler aufwies.

Der massive Sumatraner mit seinen muskulösen Ringerarmen und der bärbeißige Haudegen Tosani mit dem wilden Schnurrbart bildeten einen auffallenden Gegensatz zu den feingliedrigen, eleganten, weichen Prinzen, den Söhnen des Toten, mit denen sie Palmwein und Reismost tranken.

»Endlich sind Sie da, Djendral«, sagte einer der Agungs, und über sein liebenswürdiges, hochmütiges Gesicht huschte ein leichtes Lächeln, »wir haben Sie schon am frühen Abend erwartet. Wollen Sie nicht ein Glas Arak und Brum mit uns trinken?« Er trug ein weißes, hochgeschlossenes Hemd, das über den Sarong fiel, und ein weißes, um die Stirn geschlungenes Tuch. Ein Diener rutschte auf den Knien demütig mit einem Tablett heran, auf dem zwei Flaschen und ein Glas standen.

»Danke schön, Agung. Sie nehmen es mir hoffentlich nicht übel, wenn ich Ihnen diese beiden Herren jetzt entführe. Wir müssen leider noch etwas besprechen.« Er seufzte. »Die Wahlen lassen uns keinen Frieden.«

In einem frisch aus Bambus und Palmblättern errichteten Häuschen gegenüber thronte Naga, die grüne Schlange, auf der morgen die Leiche in den Himmel reiten würde. Neben zwei überfüllten Opfertischen schlief eine Gruppe von Mädchen mit angzogenen Knien.

»Eine eigentümliche Gesellschaft, diese Prinzen in Bali«, sagte Kresna zu Herry und Tosani, als sie durch die dunkle, unbeleuchtete Dorfstraße gingen, »sie haben ihre Macht verloren, sie haben ihre Reisfelder eingebüßt, die meisten haben kein Geld mehr, ihre Puris sind nicht Paläste, sondern ein Haufen verkommener Hütten. Aber sie spielen noch immer die großen Herren.«

»Wo warst du eigentlich die ganze Zeit, Bung?« fragte spöttisch Tosani. »Du bist vor mir mit der schönen Blanche aus Denpasar abgefahren, aber ich bin Stunden früher in Gedong eingetroffen. Rai Agung hat sich schon Sorgen gemacht. Ich habe geschwiegen wie ein Grab.«

»Wir fuhren an einem Tempelfest vorbei, das wollte Frau Werner gern sehen. Aber — bin ich dir Rechenschaft schuldig?« sagte Kresna scharf.

»Nein. Natürlich nicht.«
»Sei vorsichtig, Kresna«, sagte Herry.
»Was meinst du damit?«
»Bis vor vier Wochen warst du nur ein hoher Offizier, dessen Privatleben niemanden interessiert. Deinen Posten hättest du mit einer Frauenaffäre kaum riskiert, und davon hattest du ja genug.«
Kresna sagte nichts, sondern wartete, daß Herry weitersprach. Herry hatte ihn seit seiner ersten Wahlversammlung in Borneo begleitet. Auf den Reisen durch Indonesiens Inselwelt, oft unter sehr primitiven Bedingungen, hatten sie in heißen Tagen und langen Nächten über alles und jedes diskutiert. In Flugzeugen, Helikoptern, Autos, Zügen, Schiffen, Booten, manchmal auch auf Fußmärschen durch Dschungel und in entlegene Vulkandörfer. Dabei knüpften sie ein Band echter Freundschaft, gegenseitiger Achtung und nahezu unbegrenzten Vertrauens.
Ganz unmerklich verschoben sich ihre Rollen. Anfänglich war Herry der erfahrene, mit allen politischen Wassern gewaschene Berater und Mentor, der auch die Reden entwarf oder zumindest mithalf. Doch von Versammlung zu Versammlung wurde Kresna sicherer, selbstbewußter in seiner Sprache, routinierter im Umgang mit den Massen. Und er besaß – was Herry, der selbst ein ausgezeichneter Redner war, fehlte – die Gabe, mit seinem Charme, der Ausstrahlung seiner Persönlichkeit, dem warmen, hypnotisierenden Klang seiner Stimme die Menschen mitzureißen. Seine Popularität schwoll in geradezu beängstigender Geschwindigkeit an. Alle waren davon überrascht, nicht zuletzt Kresna selbst. Zunächst spürte Herry so etwas wie Neid, dann wuchs in ihm Bewunderung. Kresna indessen, ohne seine Liebenswürdigkeit, seine entwaffnende Fröhlichkeit, seinen jungenhaften Charme einzubüßen, gewann an Autorität und schuf, wahrscheinlich völlig unbewußt, einen Abstand zu denen, die ihn umgaben. Manchmal wurde er jetzt launenhaft, was er vielleicht früher auch gewesen war, aber nie gezeigt hatte, manchmal hörte er Vorschläge, die ihm nicht paßten, oder Kritik mit offensichtlicher Ungeduld an.
Tosani, der von Herrys Rolle nichts wußte, erwartete eine barsche Antwort und war von Kresnas Schweigen überrascht.
»Heute hast du kein Privatleben mehr«, fuhr Pardede fort, »ob du willst oder nicht. Du bist heute der umjubelte Kresna, den Millionen

lieben. Millionen Augen beobachten dich. Und ein paar sind darunter, die nur darauf warten, daß du einen Fehltritt begehst, den sie an die große Glocke hängen oder mit dem sie dich erpressen können.«

»Du denkst an Umar Makmur?«

»Zum Beispiel.«

Es war so dunkel, daß die drei schreitenden Männer ihre Gesichter nicht sahen. Der Mond war von schwarzen Wolken zugedeckt. In den Lehmhäusern unter Bananenblättern und Kokospalmen schliefen längst die Menschen. Nur die Hunde kläfften, wenn sie vorbeikamen. Leise gurgelte ein Bach.

»Ich glaube kaum, daß unser Freund Makmur«, sagte Kresna sanft, aber bestimmt, »mir einen Strick daraus drehen kann, daß ich mit der Frau eines deutschen Geschäftsmannes ein Tempelfest in Bali besucht habe. Außerdem . . .«

»Ich wollte dich lediglich warnen . . .«

». . . außerdem«, Kresna schien die Unterbrechung nicht zu hören, »war Makmur vor ein paar Tagen bei mir und machte mir ein interessantes Angebot.«

»Adu«, riefen die beiden anderen vor Erstaunen.

»Setzen wir uns da drüben hin«, sagte Kresna.

Er wies auf den schwarzen Schatten eines kleinen Pavillons, der sich zierlich vom Wasserspiegel eines Teiches abhob. Über einem Steinsockel trugen acht schmale Holzpfeiler ein schweres Strohdach. Im Teich wohnte ein Heer von Fröschen, die ein lärmendes, knarrendes, quakendes Konzert vollführten, begleitet vom hellen Zirpen der Grillen.

»Was war das Angebot Makmurs?« fragte Herry.

»Er will von mir die Unterlagen über Soetjiptos Transaktionen mit den Russen, die ich in Peking erhalten habe.«

Tosani pfiff durch die Zähne. Man hörte förmlich die Räder seines Gehirns mahlen, und seine Handgelenke knackten, so kräftig drückte er sie. Dann schien ihm ein prächtiger Gedanke zu kommen, er lachte in sich hinein, ein Lachen freilich, in dem abgrundtiefe Verachtung mitschwang: »Warum nicht? Warum denn nicht? Gib ihm die Unterlagen, Kresna. Laß eine Ratte die andere vernichten.«

»Das habe ich mir auch schon überlegt.«

»Und was bot er dir als Gegenleistung?« fragte Herry, der die Idee keineswegs so lustig fand. Überhaupt wäre ihm lieber gewesen, Tosani säße in seinem Hauptquartier in Surabaya, anstatt mit seinen reichlich einfachen und klotzigen politischen Vorstellungen Kresna, der ohnehin in einem Zustand innerer Erregung war, anzuheizen.

»Den Posten des Vizepräsidenten«, sagte Kresna mit leisem Humor.

»Den was ...?« Herry brachte vor lauter Überraschung seine Kinnlade nicht wieder hoch. »... den was?«

»Du scheinst erstaunt, Herry«, sagte Kresna amüsiert, »dabei ist es die einfachste Angelegenheit der Welt.«

»Aha, ich begreife, ich begreife«, kollerte der Sumatraner aus seinem mächtigen Bauchgewölbe. »Mit deinen Unterlagen will er Soetjipto fertigmachen. Dann sieht er den Weg frei für seine Wahl zum Präsidenten im nächsten Jahr.«

»Und dich, Bung Kresna, will diese Ratte mit dem Vizepräsidenten abspeisen. Für so billig hält er dich und für so dumm. Das ist die größte Unverschämtheit«, tobte Tosani, »das ist die größte Unverschämtheit, die mir, die mir ...«

»Vielleicht nehme ich Makmurs Angebot an«, erklärte Kresna.

Tosani wollte etwas sagen, aber er brachte bloß Silben hervor, es verschlug ihm glattweg die Rede. Erst wollte er aufstehen und aus dem Pavillon stürzen. Dann zündete er sich eine Kretekzigarette an, sein empörtes Gesicht wurde kurz beleuchtet und kontrastierte eigenartig mit dem süßen Gewürznelkenduft des Tabaks.

»Sei ruhig, Jusuf, ich wollte nur sehen, wie du reagierst«, sagte Kresna. Er kannte seinen alten Kameraden kaum noch wieder, den er um seine unerschütterliche Gelassenheit, seine Bärenruhe früher beneidet hatte. Der Ärger über die Art, wie Djakarta mit ihm umging, mußte tief in ihm wühlen. Aber dieses Feuer ist gut, dachte er.

»Du machst dich über mich lustig«, knurrte Tosani, »das ist nicht nett von dir. Also, was hast du nun wirklich vor? Spanne uns nicht auf die Folter.«

»Makmur denkt nicht in seinen Träumen daran, mich zu seinem Vizepräsidenten zu machen«, sagte Kresna jetzt ernst, »er wollte mich nur testen. Hätte ich sein Angebot angenommen, hätte ich mich in der Schlinge gefangen. Ich wäre eine Wayang-Puppe mehr in seinem Dalang-Kasten, eine schön bemalte Wayang-kulit, mit der er vor dem Publikum spielen kann, wenn er sie braucht, und die er wegsteckt, wenn er sie nicht mehr braucht. Aber er ist schlau, der ehrenwerte Djendral, er legt sich nie fest. Er ließ das Angebot ganz beiläufig im Gespräch fallen, als mache er bloß einen Witz, der ihn zu nichts verpflichtet. Doch wehe, ich wäre darauf eingegangen, dann wäre es kein Witz mehr gewesen.«

»Du hast ihm hoffentlich gesagt«, schaltete sich Herry ein, »das Angebot sei eine große Ehre für dich, du wolltest es dir überlegen.«

»Große Ehre«, schnaubte Tosani, »ha!«

Der Spektakel der Frösche hatte zugenommen, ihr Unken schwoll an und ab, mehrere Chöre schienen miteinander zu wetteifern. Wind war aufgekommen, und es klapperte in den Palmenwipfeln wie Gebein.

»Nein, Herry, im Gegenteil.« Bei der Erinnerung lachte Kresna auf. »Ich habe ihn mit todernstem Gesicht gefragt, wie wäre es denn umgekehrt: ich der Präsident und du, Makmur, der Vize? Meine Miene muß ihn verwirrt haben, denn er grinste ein wenig verkrampft und ließ das Thema fallen.«

»Hoho«, lachte Herry, »ich kann ihn mir gut vorstellen.«

»Meine Freunde, ihr redet, als ob Makmur heute noch ein ernsthafter Kandidat für die Präsidentschaft sei«, sagte Tosani, »dabei ist er ein erledigter Mann.«

»Wieso?« fragte Herry.

»Ja, sehen Sie das nicht selbst, Bung Pardede? Nach dem *Express*-Skandal, und nachdem diese gemeinen Broschüren zu Hunderttausenden in den Desas und Kampongs verteilt werden, ist Makmur ein öffentliches Schandmal geworden. Ich habe vorhin mit meinem G 2 in Surabaya gesprochen: Surabaya ist mit den Broschüren überschwemmt – und nicht nur Surabaya, in ganz Ostjava haben wir Heftchen beschlagnahmt. Die meisten haben die Leute natürlich längst nach Hause mitgenommen und blättern sie jetzt durch.«

»General Makmur muß zurücktreten«, sagte Tosani.

»Warum?« fragte Herry.

»Jeder Tag, den er noch im Amt sitzt, ist eine Schande für Indonesien.«

»Der Präsident«, sagte Herry, »wird in der Broschüre noch sehr viel schlechter« – er sucht nach einem abschwächenden Wort – »dargestellt als General Makmur.«

»Das stimmt allerdings«, Tosani kratzte sich verlegen am Kopf und zog so heftig an seiner Kretekzigarette, daß sie wie ein Stopplicht aufglühte.
»Wenn Makmur jetzt entlassen würde oder zurückträte, würden damit alle Anschuldigungen bestätigt, die im *Express* stehen. Wir würden in die Falle gehen, die uns die Russen, die Chinesen, wer immer es sein mag, stellen. Wollen wir uns vom Ausland vorschreiben lassen, Bung Tosani, wer geeignet ist, in Indonesien führende Ämter zu bekleiden, und wer nicht?« Auch in der Finsternis spürten die beiden anderen Männer, wie sich Herry allmählich ereiferte. »Damit ermuntern wir bloß die Einmischung der Großmächte. Nein, sage ich, dreimal nein. Ob Makmur korrupt ist oder nicht, ob wir ihn schätzen oder nicht, die einzige mögliche Haltung ist jetzt, den *Express*-Artikel und das Büchlein einfach zu ignorieren. Es gibt den Artikel gar nicht.«
»Ich bin leider nicht deiner Meinung, Herry.« Kresna sprach langsam und betonte jedes Wort. »Wir wissen, daß der Artikel stimmt. Wir brauchen uns nichts vorzumachen, Herry. In ganz Indonesien werden die Leute lesen, wenn nicht heute, dann morgen oder übermorgen, wieviel unser Präsident, und das heißt unser Land, kostet. Ein billiger Einkauf: zehn Millionen Dollar.« Er stöhnte auf und sprach schneller, bis sich die Worte überstürzten. »Und wer hat das Ganze arrangiert? General Makmur. Seitdem Makmur und Soetjipto die maßgebenden Berater des Präsidenten sind, breitet sich die Korruption wie eine Seuche aus. Nun ist auch unser Bapak, nun ist der Präsident angesteckt worden.« Er holte tief Atem. »Ich bin unter ihm aufgewachsen, ich bin sein Schützling, sein Anak buah. Es ist wie die Pest, meine Brüder, wie die Pest. Wir werden alle schwarze Beulen tragen. Ich habe sie gesehen, oben auf dem Berg Merapi: die Pestkranken. Wir werden verfaulen, sage ich euch, wenn wir nichts unternehmen. Verfaulen werden wir.«
Vom Fluß herauf dröhnten Trommeln, gleichmäßig und dumpf.
»Was ist das?« fragte Herry.
»Totentrommeln«, sagte Kresna. »Mitternacht. Die Söhne des toten Djokorde holen heiliges Wasser.«
Die Männer schwiegen und lauschten den dumpfen Trommeln.
»Was können wir unternehmen?« fragte Herry schließlich, beeindruckt von der Leidenschaft, die Kresna gepackt hatte.

»Ich werde in einer Rede«, sagte der General, mehr zu sich selbst als zu den beiden anderen, »die Entlassung von Makmur und Soetjipto verlangen.« Er machte eine Pause. »Um der Ehre der indonesischen Nation willen.«
»Sie mit Namen nennen?« fragte Herry entsetzt.
»Nein, nicht mit Namen. Aber deutlich genug. Niemand soll mich mißverstehen.« Man sah, wie sein Schatten sich aufrichtete. »Glaube mir bitte, Henry, ich weiß, was ich damit auslöse, ich weiß, was ich damit riskiere, ich weiß es.«
»Masja Allah«, seufzte Tosani maßlos zufrieden. »Gott will es so.« In spontaner Begeisterung fügte er hinzu: »Wir werden zu dir stehen, Mas. Auf uns wirst du dich verlassen können.«
»Wer sind ›wir‹?« fragte Herry skeptisch.
Er erhielt keine Antwort.
»Wann willst du deine Forderung verkünden? Auf welcher Versammlung?« fragte Herry.
»In Prambanan. In drei Tagen.«
»Warum gerade dann?«
»Es ist ein gutes Datum. Ich habe mich ein wenig mit Mystik beschäftigt. Ein gutes Datum.« Er sagte es so entschieden, daß jeder Zweifel ausgeschlossen schien.
Herry war verwundert. Zum erstenmal hörte er von Kresna, daß er sich mit Mystik beschäftige.
»Warum ist der Tag nach übermorgen ein guter Tag?« fragte Tosani.
»So steht es im Balinesischen Kalender.«
»Im Balinesischen Kalender?« sagte Tosani ungläubig. »Aber das ist ein Hindu-Kalender. Seit wann bist du Hindu?«
»Prambanan ist ein Hindu-Tempel.« Fast pathetisch fügte Kresna hinzu: »Glaubt mir, Brüder, das ist ein guter Tag.« Er schlug auf sein Herz: »Und hier drin, mein Naluri, sagt es mir auch.«
»Du erklärst, du hast dir die Folgen genau überlegt.« Herry hatte sich von seiner Überraschung erholt. »Wenn die beiden wichtigsten Mitarbeiter des Präsidenten, die beiden mächtigsten Männer nach ihm, noch während der Wahlen weggejagt werden, mit Schimpf und Schande weggejagt werden, dann« – Herry legte eine Pause ein, um dem Folgenden mehr Gewicht zu verleihen – »dann verlieren wir die Wahlen.«
»Im Gegenteil, nur dann können wir sie gewinnen«, sagte Kresna

voll Feuer, »weil wir demonstrieren, daß wir keine Rücksicht auf Stellung und Würde nehmen, wenn es darum geht, Korupsi auszumerzen. Wir dürfen mit reinem Gewissen vor das Volk treten und sagen: Seht, uns ist die Moral wichtiger als die Macht. Wir säubern unsere Reihen von Unwürdigen, selbst wenn uns das den Wahlsieg kosten sollte.« Er beugte sich vor und legte seine Hand auf Herrys Arm: »Glaubst du, es wird mir leichtfallen? O nein. Soetjipto war mein Freund, mein bester Freund. Wir haben Schulter an Schulter gegen die Holländer gekämpft, er hat mir das Leben gerettet, mehrfach, ich ihm auch. Ohne Soetjipto wäre ich heute nicht Befehlshaber des Strategischen Einsatzkommandos. Jetzt muß ich ihn opfern. – Nein, es wird mir nicht leichtfallen.«
»Wenn die beiden Männer nicht gehen«, sagte Tosani leise, er vermied das Wort Generale, »dann wird die Nahdatul Ulama das Volk noch stärker gegen uns aufhetzen, als sie es schon tut. Das Volk muß hinter uns stehen, Bung Pardede, sonst wird es gefährlich. Die Entwicklung ist nicht schön. Wir müssen handeln, schnell handeln, sonst wird ein Unglück geschehen.«
»›Wollt ihr einen Präsidenten‹, wird Muhammad Chaliq den Massen zurufen, ›den die Japaner für zehn Millionen Dollar kaufen können?‹« sagte Kresna, »›Wollt ihr ein Regime‹, wird er rufen, ›dessen Führer Millionen in ihre Taschen stecken, während ihr euch niemals satt essen dürft? Wollt ihr von Männern geführt werden‹, wird er rufen, ›die unser Indonesien ans Ausland verkaufen?‹«
»Und ihr glaubt, Brüder, ihr beide glaubt, daß mit der Entlassung von Makmur und Soetjipto alle Wolken an unserem Himmel verschwinden? Zwei Namen gestrichen, und alle Probleme sind gelöst? Wie mit einem magischen Spruch? Seid ihr denn so naiv? Meint ihr, die Welt sei schwarz und weiß? Seid ihr so naiv?« Die letzten Worte Herrys klangen wie ein Verzweiflungsruf.
»Nein«, sagte Kresna, »so naiv bin ich nicht.« Er stand auf, ging zum Rand des Pavillons, hockte sich auf seine Fersen, gleich den Bauern am Wegesrand, und blickte ins Wasser.
Die Frösche waren verstummt. Die Wolken hatten sich verzogen. Der Himmel war wie mit alten Spinnweben verschleiert. Milchig verschwamm darin die Mondscheibe und warf fahles Licht. Von jenseits des Teiches starrten gespenstisch blasse Umrisse: eine Tempelmauer mit barockem Torturm, gefiederte Palmenkronen, die

mächtige Kuppel eines Waringinbaumes. Als habe Durga, die Totengöttin, ihren kalten Atem darübergehaucht und die Körper leergesaugt.
»Es wird nur der Anfang sein«, sprach Kresna, »nur der Anfang.«

# X

Mit Mühe fand Christian Werner eine Lücke auf dem Parkplatz vor dem Tempelgelände. Schon weit vor Prambanan war die Straße von Djogjakarta so voller Menschen gewesen, einem Gewirr von Fahrzeugen jedweder Art und Tausenden von Fußgängern, daß die Werners nur im Eseltrott vorwärts kamen. Im Ort selbst wurde das Gedränge beängstigend.
»Mein Gott, ist es schwül«, sagte Blanche, als sie ausstieg, »man kann vor Hitze kaum atmen, findest du nicht?«
»Hoffentlich kommt kein Guß.« Christian sah prüfend in den abendlichen Himmel. »Da drüben ballt es sich ganz schön zusammen. Ich weiß gar nicht, was mit dem Wetter dieses Jahr los ist. Jetzt ist Trockenzeit, und es regnet dennoch fast jeden Tag.«
»Male bitte nicht den Teufel an die Wand. Ich habe nichts drunter an. Wenn mein Anzug naß wird, kann ich ebensogut nackt hier sitzen. – Aber sieh, da hinten steht Herry Pardede.«
»Paßt ausgezeichnet, jetzt machen wir ihn endlich mit Rausher bekannt. Wo ist Calvin überhaupt? Calvin? Wo steckt der Kerl? In dem Gewimmel hier verlieren wir uns doch sofort.«
Christian blickte sich nach Blanches Cousin um. Ganz Mitteljava schien hier versammelt, von allen Seiten wälzten die Menschenmassen heran, drängten sich, stießen, lachten, begrüßten sich aufgeregt. »Selamat«, erscholl es von allen Seiten oder in javanisch »Kelonowun, kelonowun.«
Die Frauen hatten zur Feier des Tages ihre feinsten buntesten Spitzenkebayas angezogen und den Kain besonders eng um ihre Hüften gewickelt; ihre Augen und Lippen glänzten. Unermüdlich huschten die Blicke der Männer über die Menge, auf der Suche nach Bekannten. Am Rand des Platzes standen die Händlerinnen in ihren Buden; die Bänke davor waren dicht besetzt.

»Ha, ich sehe ihn«, rief Blanche. »Typisch Calvin: er flirtet mit einer hübschen Händlerin. Halte du Herry fest, während ich ihn hole« – schon lief sie fort.
»Selamat sore, Herry Pardede«, grüßte Christian, »wir haben uns seit Wochen nicht mehr gesehen.«
»Oh, wie nett, Sie hier zu treffen, Christian, selamat sore. Sind Sie allein, ohne Blanche?«
»Nein, sie ist da drüben, sie kommt gleich, sie sucht nur ihren Cousin, den wir mitgebracht haben. Calvin Rausher, Sie kennen ihn vielleicht.«
»Nein, leider noch nicht. Seit der Wahlkampf begonnen hat, bin ich nie mehr in Djakarta, allenfalls ein paar Stunden. Ich habe Kresna auf allen Wahlreisen begleitet. Erholsam ist das nicht, glauben Sie mir.«
»Und heute lassen Sie den General allein?«
»Er braucht mich nicht mehr«, Herry lachte. »Ich spiele eine ähnliche Rolle wie der Manager eines großen Künstlers.«
Blanche kam mit Rausher, Arm in Arm.
Neugierig fragte der Sumatraner den jungen Professor, wieso er Zeit finden könne, nach Prambanan zu fahren, nur um eine Wahlversammlung zu erleben?
»Ein Tip von General Makmur.«
»Von Makmur?« fragte Herry verblüfft.
»Er nannte Kresna seine ›Geheimwaffe‹, die größte Attraktion von Golkar. Er empfahl mir, nach Prambanan zu fliegen, das werde einer der Höhepunkte des Wahlkampfes sein. So etwas könnte ich nirgendwo sonst in der Welt erleben.«
»Das hat er alles gesagt?« fragte Herry nachgerade fassungslos. »Seine Geheimwaffe hat er Kresna genannt?«
»Lassen Sie mich an den genauen Wortlaut denken.« Rausher sprach unbeteiligt, sachlich und präzis. »›Wir besitzen außerdem eine Geheimwaffe‹, so sagte er wörtlich, ›meinen Freund Kresna.‹«
»Sie haben General Makmur öfter gesprochen, Mr. Rausher?«
»Zweimal, Mr. Pardede, in seinem Büro und einen, nein zwei Abende später in seinem Haus. Das scheint Sie sehr zu interessieren.«
»Verzeihen Sie bitte meine Neugier.« Herry grinste. »Darf ich noch etwas fragen?«
Rausher zuckte ein wenig gelangweilt mit den Achseln.

»Sprachen Sie ihn nach dem *Express*-Skandal?«
»Ja, am Morgen nach dem Erscheinen des Artikels«, sagte Rausher so kühl und abweisend, daß offenkundig war, er betrachte das Thema als erschöpft. »General Makmur sprach wirklich sehr nett von General Kresna. Entschuldigen Sie mich für einen Moment.« Er hatte Botschafter Cradle in der Nähe entdeckt.
Cradle, von seiner ausgedörrten und künstlich erblondeten Frau begleitet, sah die Gruppe und kam mit breitem Lächeln herbei.
Rausher nahm den Botschafter beim Arm: »Ich möchte Sie gern ein paar Minuten sprechen. Kannst du mir bitte meine Karte geben, Christian? Wir treffen uns auf der Tribüne.« Er verbeugte sich: »Mr. Pardede, es war mir ein Vergnügen. Vielleicht können wir uns nach der Versammlung alle zusammensetzen. Mit dem General. Ich möchte ihn sehr gerne kennenlernen.«
»Das wird schwer sein, fürchte ich«, sagte Herry, »warten Sie die Rede ab, dann werden Sie wissen, warum.« Rausher war ihm nicht sympathisch.
Cradle und Rausher zwängten sich durch die Menge und gingen an der Tempelmauer entlang. Über der Mauer sahen sie den dunklen Schatten des zentralen Turmes, des Shiva-Turmes, noch unbeleuchtet. Gegenüber der Tempelfront war ein Freilufttheater gebaut worden, das sich an den Vorplatz, auf dem sie gestanden hatten, anschloß. Die beiden Männer schritten auf einem Sandweg an ein paar Bauernhäusern vorbei und kamen aufs freie Feld. An der anderen Seite des Tempelgeländes war ein Fluß. Hier war es still, der Lärm der Menge drang nur noch wie Rauschen ins Ohr. Glühwürmchen schwirrten über die Reishalme und das Erdnußkraut. Frösche quakten, Zikaden zirpten ihren metallenen Sang.
Rausher sagte zum Botschafter, er spüre, es knistere in der Atmosphäre. Er wisse noch nicht genau, was, aber ihm sei klar, daß Makmur, der Vielgeschäftige, und Soetjipto, der Stille, nicht mehr lange zusehen würden, wie Kresna zum triumphierenden Volksliebling heranwachse.
Cradle stimmte ihm, sich Luft zufächelnd, mehr oder minder bei. Die Frage sei, welche Haltung Washington einnehmen solle, schließlich brauche man seine Verbindungsleute, vor allem, da jetzt die Borneo-Verhandlungen in einer Sackgasse steckten. Aber wen? Sidabutar habe sich als Niete erwiesen, er, Cradle, habe das State Department schon immer gewarnt und immer wieder in sei-

nen Berichten empfohlen, die Beziehungen zu Soetjipto zu pflegen. Vergeblich.

»Vielleicht ist Soetjipto heute schon überholt«, sagte Rausher, »vielleicht sollten wir es mit Kresna versuchen. Deswegen bin ich ja hergekommen, um den rechten Mann für uns zu finden. Hören wir uns jetzt einmal an, was Kresna zu sagen hat. Wenn er überhaupt etwas zu sagen hat.«

Als die beiden Amerikaner zum Eingang ins Tempelgelände gelangten, herrschte ein solches Gedränge, daß sie ein paar Militärpolizisten bitten mußten, ihnen den Weg freizukämpfen und sie zur Ehrentribüne zu geleiten. Innerhalb der Mauern gab es keinen Mangel an Uniformen: martialisch aussehende Soldaten in knappem Khaki, Gewehre in den Fäusten, zivile Miliz, Studentenbrigaden, Golkar-Gewerkschaftler in grauem Gewand, Golkar-Frauen in grünen Kebayas und braunen Batikröcken, Golkar-Jugend in roten Jacken.

Aus den Lautsprechern klang Gamelanmusik, keine liebliche, sondern kräftige, mit vielen Gongs und Trommeln, Glocken und Becken.

Noch immer lag der Tempelturm Shivas im Dunkeln, sein mächtiger Schatten sah wie ein riesenhafter, dicker Blütenkolben aus. Nur die niedrigeren Tempel zu beiden Seiten, Vishnu und Brahma geweiht, waren angestrahlt. Der Tempel Vishnus stand vor dem großen Schatten eines Waringinbaums. Rundherum lagen kleine Votivtempelchen und die Trümmer von Friesen und Gesimsen.

Jeremias Groll versuchte, neben dem Shivaturm eine Fernsehkamera aufzustellen, wurde aber von Soldaten rücksichtslos fortgestoßen. Als er zu fluchen begann, grinsten die Soldaten nur. Pete van der Groot kam ihm zu Hilfe, holte einen Offizier herbei, und in wenigen Minuten stand die Kamera des Deutschen dort, wo er sie haben wollte. Freilich hatte Groll nicht mit den anderen Fernsehteams gerechnet, einem knappen Dutzend aus Japan, Australien, Europa und Amerika. Die standen brav hinter einer Barriere, wohin sie gewiesen worden waren, und erhoben nun ein großes Protestgebrüll.

»Seid doch mal ruhig, Freunde«, brummte Groll halblaut vor sich hin, »gönnt mir doch mal ein schönes Plätzchen. Ihr macht die Genossen mit euerm Geschrei bloß rebellisch.«

Doch was er befürchtet hatte, geschah. Der Offizier wurde nervös, zuckte verlegen mit den Achseln und schickte auch Groll hinter die Barriere.

Auf der Ehrentribüne war inzwischen Botschafter Lerchenau damit beschäftigt, dem EWG-Kommissar du Favre die Geschichte und Bedeutung der Tempelanlage zu erklären. Sie heiße Lara Jonggrang, sei wahrscheinlich im 9. Jahrhundert als Reichstempel von einem hinduistischen Herrschergeschlecht errichtet worden, das die Sailendra-Dynastie abgelöst habe, die den buddhistischen Tempelberg von Borobudur baute, der gleichfalls in der Nähe liege. Der deutsche Botschafter, der nun einmal das Dozieren nicht lassen konnte, erging sich in ausführlichen Vermutungen, warum im 10. Jahrhundert das mächtige Reich in Mitteljava plötzlich wie vom Erdboden vertilgt worden sei.
»Bis heute ein historisches Rätsel, vielleicht war's ein Vulkanausbruch. Übrigens wird Sie interessieren: der Vishnu-Tempel, da vor dem Waringinbaum, ist rundum mit Reliefs überzogen, welche die Jugend Krishnas schildern.« Er blies den Rauch seiner Zigarre genießerisch in die Luft.
»General Kresnas Idee, hier die Wahlrede zu halten, wäre perfekt«, schaltete sich Sergej Malinowsky mit schwerem russischen Akzent ins Gespräch, »wenn dieser Tempel Krishna statt Shiva geweiht wäre – seinem Namensvetter, meine ich. In Ostjava habe ich eine ganze Reihe von Krishna-Tempeln gesehen.« Malinowsky, der Leiter der sowjetischen Delegation für die Borneo-Verhandlungen, war ein mittelgroßer Mann um die Sechzig, mit einer dicken Hornbrille, unter der kluge, kühle Augen saßen. Er strich über sein breites Kinn: »Merkwürdig, was Namen in Indonesien für große Rollen spielen, vor allem hier in Java. Erinnern Sie sich: Soekarno hieß nach dem Mahabharata-Helden Karno« – er tupfte seine Stirn ab –, »und wer sorgt für den Tod von Karno? Freund Kresna.«
Eine Reihe tiefer saß neben Cradle und Rausher der japanische Delegationschef Matsudaira, der jetzt den Kopf umdrehte: »Was sich wohl die Eltern des Generals dabei gedacht haben, als sie ...« Seine weiteren Worte erstickten im Lärm, der vom Eingang wie eine große Woge heranrollte.
»Kresna ... Kresna ... Kresna ... Kresna ...« Man sah nur eine Traube von Köpfen, Hände, die gestikulierten, in der Mitte Kresna, fast erdrückt, wenn ihn die Militärpolizei nicht abgeschirmt hätte. Er winkte, beide Arme hoch erhoben, nach links und rechts und strahlte übers ganze Gesicht.
Schließlich gelang es den Soldaten, die begeisterten Leute zurück-

zudrängen. Plötzlich erglomm der Shiva-Turm in rotgoldenem Scheinwerferlicht, während ringsum die anderen Lichtquellen erloschen. Einsam reckte sich der steinerne Blütenkolben gegen den schwarzen Nachthimmel, sich von Galerie zu Galerie verjüngend, voll bienenkorbförmiger Steingewächse, in einer Spitze auslaufend.

»Mon dieu, ist das schön«, flüsterte du Favre. Aus Zehntausenden von Mündern hob sich ein Ausruf der Bewunderung wie ein einziger Seufzer.

Die Begleitung Kresnas blieb stehen, bis auf Außenminister Witular. Federnden Schrittes sprang Kresna die Stufen empor, Witular konnte ihm kaum folgen.

Sie stiegen höher und höher, dann war nur noch der Außenminister zu sehen. Er begann zu reden, Worte der Einführung, einfach und schmucklos. Witular galt bis vor ein paar Wochen als der beste Redner im Lande neben Mohamad Chaliq. Aber die Menge war nicht gekommen, um ihn zu hören, nach dem ersten Satz schon wurde sie unruhig. Hier und da ertönten sogar Pfiffe.

Plötzlich ging das Licht aus, Witular schien geendet zu haben, ohne daß man darauf achtete. Der Tempelturm, das ganze Gelände war in Finsternis gehüllt. Hier und dort schrien ein paar Babys. Die Pause dauerte nur ein paar Sekunden, sie wirkte beklemmend. Dann strahlten die Scheinwerfer wieder auf, diesmal zwei allein, deren Lichterbündel sich dort trafen, wo jetzt Kresna Dirdjosuparto stand. Es sah aus, als schwebe er vor dem Gemäuer.

Still war es, so still, daß sie sogar auf der Ehrentribüne das Zirpen der Grillen vernehmen konnten. Blanche meinte, Christian müsse das Klopfen ihres Herzens hören.

»Saudara, Saudara, Bapak Menteri, Bapak Gubernur, Panglima, Exzellenzen«, grüßte Kresna. Er trug das übliche kurzärmelige Uniformhemd, stand gerade, fast in Habtachtstellung, die Hände an den Schenkeln. Er hatte die Stimme nicht erhoben, sprach locker, beiläufig, wie zu einer Tischrunde von Freunden. Sein Gesicht — Christian, Malinowsky und viele andere beobachteten ihn durch Ferngläser — war völlig gelöst.

»Er hat das übliche Protokoll bei der Anrede umgedreht«, flüsterte Pete van der Groot den Werners zu, »das sagt er gewiß mit Absicht. Wir können uns auf etwas gefaßt machen.«

Kresna unterdessen plauderte, erzählte Erlebnisse seiner Wahlreise, lustige Begebenheiten, erzählte von seiner Liebe für Mitteljava, »die Wiege Indonesiens«. Er streifte kurz seinen Einsatz in diesem Gebiet beim Kampf gegen die Kommunisten 1965, freilich schilderte er es, als hätten sie damals Räuber und Gendarm gespielt. »Da hinten, in dem Bambuswäldchen« – er zeigte mit der Hand über den Fluß –, »wäre ich einmal fast erschossen worden, die Kugel eines Kommunisten streifte meine Haut«, er fuhr mit dem Finger an seinen Hals und grinste. Weil ihm das Thema jedoch schon zu ernst schien, flocht er sogleich wieder eine Anekdote ein, über einen Gouverneur, der ihm gestanden habe, er arbeite seit dem Wahlkampf so viel, daß er nachts neben seiner jungen Frau sofort einschlafe. Seine Frau hasse jetzt Wahlen, habe der Gouverneur gesagt.

Die Menge lachte. Richtig behaglich fühlte sie sich. Kresna nahm sie nun sozusagen mit auf seine Weltreise, schilderte Konferenzen in Washington und Paris, in Moskau, Tokio und Peking, beschrieb die Großen der Weltpolitik in einer Weise, als säßen seine Zuhörer mit ihnen am gleichen Tisch. Spannend war das, was der General Kresna erzählte, spannender als ein gutes Wayang-Spiel, spannender als ein Film. Sie hielten die Münder offen und lauschten. Natürlich war es auch seine Stimme, die sie einfing, dieser samtene, kraftvolle, dunkle Bariton.

»In Denpasar war er noch ganz heiser«, sagte Blanche, eher zu sich selbst als zu Christian, »jetzt könnte ich in seiner Stimme baden.«

Schritt um Schritt, die Zuhörer wurden dessen gar nicht so recht gewahr, wurde Kresnas Rede kritischer, aggressiver, ohne daß er seinen Ton um eine Viertelnote änderte.

Die meisten hier in Prambanan wüßten ja, um was es sich bei dem Großprojekt Borneo handle. Aber für diejenigen, die es nicht wüßten, wolle er es jetzt ganz kurz erklären. Das tat er in wenigen Sätzen, sachlich, bildhaft, auch der einfältigste Tani begriff, daß Indonesien mit Hilfe des Projektes ein großer Industriestaat und eine mächtige seefahrende Nation werden sollte. »Wie einst, bevor die Holländer vor vielen Jahrhunderten zu uns kamen.« Er mied das Wort Kolonialisten, er mied überhaupt jedes abfällige Wort über die Holländer und die Weißen.

Groll, zum erstenmal bei einer Rede Kresnas seit Pontianak, sagte anerkennend zu seinem Tontechniker: »Der Junge hat gelernt.

Enorm. Ich war doch damals in dem Nest in Borneo, wie heißt es noch? Na, ist ja gleich. Da hat der Junge nur Stroh gedroschen, aber Stroh, das man anzünden kann. Da ist schon wieder ein kleiner Soekarno in der Mache, habe ich mir gesagt, oder gar ein kleiner Hitler. Aber jetzt, das ist doch alles vernünftig. Keine Spur von Demagogie.« Groll, der kritische, abgebrühte Groll, war offenkundig beeindruckt.

Als er wieder den Hörknopf ins Ohr steckte, um der Simultanübersetzung zu folgen, verzog sich sein Gesicht vor Verblüffung.

»Ich habe bisher geschwiegen«, sagte Kresna gerade, trocken, sachlich, die Stimme freilich eine Spur härter. Die Verhandlungen mit den vier Mächten über das Projekt Borneo seien sehr schwierig und verlangten größte Diskretion. Leider hätten nicht alle Beteiligten diese Diskretion geübt. Die Verhandlungen wurden unterbrochen. Warum sei er vom Präsidenten auf die Weltreise geschickt worden? Um herauszufinden, weshalb die vier Mächte, vor allem die Amerikaner, sich plötzlich weigerten, weiter mit den indonesischen Delegationen zu verhandeln.

»Was kommt denn jetzt?« sagte Rausher und beugte sich vor.

Er sei als einfacher Offizier von Djakarta abgeflogen, fuhr Kresna fort, ahnungslos in Fragen der Politik und Wirtschaft, der den zuständigen Herren, den Herren an den verantwortlichen Posten, blind vertraut habe. Kümmere dich nicht darum, Kresna, habe er sich stets gesagt, die verstehen das alles viel besser als du. Der ehrenvolle Auftrag des Präsidenten habe ihn jedoch gezwungen, seinen Kopf mitten hineinzustecken.

»Ich wußte nicht, wie mit den großen Industriestaaten verhandelt wird. Ich kannte die Verfahren nicht, die dabei angewendet werden. Ich kannte sie ebensowenig wie ihr, meine Brüder und Schwestern, sie kennt.« Noch immer war seine Stimme unverändert trokken und sachlich, geradezu aufreizend. Beiläufig sagte er weiter: »Ich will euch jetzt ein wenig erzählen, wie wir mit den großen Mächten verhandelt haben und sie mit uns. Ich will euch ein wenig erzählen, soweit es meine Geheimhaltungspflicht erlaubt.«

Malinowskys Gesicht, über das Schweißbäche strömten, wurde undurchdringlich, Lerchenau befeuchtete seine trockenen Lippen, irgend jemand von den Ehrengästen stöhnte auf. Doch niemand lachte, niemandem war jetzt nach Lachen zumute. Tausende von Gesichtern starrten Kresna an, mit aufgerissenen Augen.

Wer den Forschungsauftrag für Borneo erhalte, werde sehr viel Geld verdienen. Doch gehe es um viel mehr als nur um Geld, nämlich um politischen und wirtschaftlichen Einfluß auf Indonesien. Manche mächtigen Herren in den Hauptstädten der Welt glaubten, mit Hilfe des Projekts Borneo Indonesien kontrollieren zu können.

»Jetzt kommt sicher die Wendung mit den ›gewissen Kreisen‹, das kennen wir ja«, sagte Groll und putzte seine Brille.

In einigen Staaten, er dürfe sie leider nicht nennen, gebe es gewisse Kreise, die verlangten von Indonesien als Preis für ihre Hilfe beim Projekt Borneo — bei dem sie außerdem Hunderte Millionen, ja Milliarden Dollar verdienen würden — Flottenstützpunkte, Anlegehäfen für ihre U-Boote, Monopol in der Waffenbelieferung. Manche verlangten, daß Indonesien in ein Verteidigungsbündnis eintrete, andere, daß es einen Freundschafts- und gegenseitigen Hilfsvertrag abschließe. Kurzum, jeder knüpfe Bedingungen an das Projekt Borneo, kein Staat sei bereit, Kredite ohne Hintergedanken zu geben. Kredite seien keineswegs Geschenke, Kredite kosteten Geld, man müsse jede Rupie zurückzahlen.

Er wolle nochmals betonen, daß nicht die gesamten Regierungen in den Vereinigten Staaten, der Sowjetunion, in Japan und Westeuropa Indonesien mit Hilfe des Projekts Borneo in ihren Einflußbereich zwingen wollten, aber bestimmte Mitglieder dieser Regierungen und gewisse mächtige Finanzkreise, die dahinterstünden.

»Ihr werdet fragen, Brüder und Schwestern, wieso denn diese großen, ehrenwerten Mächte mit uns verhandeln, als seien wir käufliche Huren. Ja, käufliche Huren, sage ich, so verhandeln sie mit uns.« Und plötzlich hämmerte er, daß viele die Köpfe duckten: »Wollt ihr wissen, warum?«

»Ja«, brüllten sie, »ja, ja, ja.«

»Gut, daß es so dunkel ist«, flüsterte Pete, »sie können uns nicht sehen. Und wir sie nicht. Das ist vielleicht noch besser.« Er brauchte lange, bis er seine Gauloise angezündet hatte.

Blanche rieselte eine Gänsehaut über den Rücken.

»Als ich noch ein Kind war«, sagte Kresna, nun wieder nahezu im Plauderton, nur etwas lauter, »setzte mich mein Großvater oft auf seinen Schoß und erzählte mir von uralten Zeiten, wie es einst in Java gewesen sei: von goldenen Palästen, von großen Königen, von Feldherren und Helden. Der Sultan hatte hundert Frauen, erzählte Großvater. Woher, fragte ich? Die Bauern kamen zu ihm und verkauften ihm ihre Töchter, antwortete er, dann gingen sie in den Warung und vertranken das Geld. ›Du mußt dem Vater Vorwürfe machen, der seine Tochter verkaufte‹, sagte Großvater, ›und nicht dem Sultan.‹ Seht ihr, meine Freunde, so ist es mit Indonesien und den großen Mächten. Indonesien ist die schöne Tochter, und die großen Mächte sind der Sultan. Aber wer ist der Vater, fragt ihr mich, der seine Tochter verkaufen will, wer ist der schändliche Vater?«

Er verstummte, er zögerte, er schien mit sich zu ringen. Im Tempelgelände, auf den überfüllten Plätzen und Wiesen rundum war es sehr still. Blanche wagte nicht zu atmen, Christian und Lerchenau hatten ihre Gesichter mit den Händen zugedeckt, und Petes Mund war zu einem fratzenhaften Grinsen verzogen. Kresna sagte noch immer nichts, er stand dort oben, wie ein vom Himmel gesandter Held, über der dunklen Menge unzähliger Menschenleiber.

»Der schändliche Vater sitzt in Djakarta«, rief Kresna, ließ die Worte weithin schallen, und dann, zum erstenmal in seiner Rede, schwoll seine Stimme zur vollen Kraft an, »doch es ist nicht nur ein Vater, es sind viele Väter. Denn es gibt Männer in hohen Positionen, Männer, deren Namen ihr im Rundfunk hören, in den Zeitungen lesen könnt, die sich vom Ausland dafür bezahlen lassen, bezahlen lassen mit mehreren Millionen Dollar, damit der Auftrag an einen bestimmten Staat geht. Für das Geld, das diese Herren eingesteckt und das sie sicher auf Bankkonten im Ausland liegen haben, für diese Millionen könntet ihr, Saudara, Saudara, die ihr hier versammelt seid, ihr alle euch neue Häuser bauen, zwei fette Kerbaus kaufen, Fahrräder kaufen, eure Kinder in die Schule und sogar auf die Universität nach Jogjakarta schicken. Das alles könntet ihr euch leisten für das Bestechungsgeld, das ein paar schamlose Männer in der Hauptstadt in ihre Taschen gesteckt haben.«

Der Tontechniker klopfte Groll, der zusammengesackt war, auf den Rücken: »Was sagst du jetzt, Jeremias?«

»Da vergeht einem das Lachen, Kleiner«, murmelte Groll. »Wo der Junge nur die Riesenstimme herholt? Ist doch gar nicht so groß, schätze Leichtgewicht.«

Gute Freunde von ihm seien unter den Männern, von denen er

hier spreche, sagte Kresna, doch nun seien sie seine Freunde nicht mehr. Plötzlich, als habe er schwer mit sich gekämpft, rief er: »Wollt ihr die Namen wissen?« Wie ein Peitschenschlag traf es die Zuhörer.

Du Favre hatte eine Zigarette angezündet, steckte sie verkehrt in den Mund und fluchte vor Schmerzen.

»O nein, o nein ... Er darf's nicht«, murmelte Pete, und Blanche wunderte sich, wie stark seine Hände zitterten – sie konnten kaum die Gauloise halten.

Unerträglich schwül war es geworden. Überall tupften Ehrengäste mit Taschentüchern über ihre schweißnasse Haut. Die Kleider klebten am Körper. Es roch sauer und ranzig nach Schweiß.

Die Menge schien zu dampfen. Und aus ihrem Rachen dröhnte der Ruf, wie das Röhren einer Bestie: »Nama, nama, nenn die Namen, Bung Kresna.« Das »nama, nama, nama« sprengte schier das Trommelfell.

»Das ist nicht bestellt«, brüllte Rausher, der als einziger ruhig wirkte, Cradle zu, »das ist spontan, verdammt spontan.«

Jetzt machte Kresna eine weite, herrische Geste und gebot Schweigen. Das Gebrüll »Nama, nama, nama ...« verebbte.

Er wartete, wie ein Dirigent vor dem Einsatz, bis es völlig still war, wartete, bis niemand mehr sich zu räuspern wagte.

Piano, leise, als flüsterte er in die Ohren: »Habt Geduld, Brüder und Schwestern, habt Geduld. Wenn sie noch eine Spur von Ehre im Leib haben, diese schändlichen Männer, werden sie freiwillig zurücktreten, werden sie ihre Ämter abgeben, werden sie das Geld zurückerstatten. Lassen wir ihnen die Gelegenheit zur Buße, lassen wir ihnen die Gelegenheit zur Rechtfertigung.« Und weiterhin flüsterte er, doch jetzt mit einer Stimme, die vor Traurigkeit schwankte: »Hoffen wir, daß sie einsehen, wie sehr sie Unrecht getan, wie sehr sie nicht nur sich selbst, sondern die ganze Regierung, unser geliebtes Indonesien mit Schande befleckt haben. Hoffen wir auf ihre Einsicht. Darum vergebt mir, Saudara, Saudara, wenn ich die Namen nicht nennen will. Nicht jetzt. Es sind Freunde darunter. Wir warten und hoffen.« Er brach jäh ab.

Die Menge stöhnte vor Enttäuschung wie ein wundes Tier, auf der Ehrentribüne indessen atmete man so erleichtert auf, daß Pete gerade anfing: »Man hört förmlich, wie vielen hier ein Stein ...«, als er zusammenzuckte.

Wie Paukenschläge, wie das Fortissimo nach dem zarten Piano, donnerte Kresna los: »Aber wehe, wenn diese Männer an ihren Posten kleben, wehe, wenn diese Männer glauben, die Langmut des Volkes sei unerschöpflich. Dann – fort mit ihnen.«
»Fort mit ihnen«, brauste die Antwort der Menge, steigerte sich zum Orkan. Kresna ließ ihn austoben.
Bestechung in der Affäre Borneo, denn eine Affäre sei es leider geworden, bilde nur das letzte Glied einer Kette von Übeltaten, sagte er, nun wieder im normalen Ton. Denn wohin flössen die Ersparnisse der Tanis in den Dörfern und der Arbeiter in den Städten – »eure Ersparnisse, meine Freunde« – , für die sie auf neue Kleider, auf Leuchtöl für die Abende, auf Holz zum Ausbessern ihrer brüchigen Hütten verzichteten? Ja, wohin? Und wohin flösse ein Gutteil jener gewaltigen Summen, die das Ausland jährlich an Krediten in Djakartas Kassen zahle? Ja, wohin flösse ein Gutteil davon? Nicht in den Bau neuer Straßen und Industrien, nicht in den Bau von Bewässerungsanlagen und Kunstdüngerfabriken. Gewiß, mancher Fortschritt sei erzielt, vieles sei in den letzten Jahren aufgebaut, vieles besser geworden. Aber der Fortschritt könne viel schneller sein, viel mehr könnte geleistet werden. »Ihr alle, auch der Ärmste unter euch, auch der Schwächste unter euch, könntet ein gutes, ein schönes, ein sicheres Leben führen, wenn nicht Indonesien dauernd von fünf Dieben beraubt würde.« Er hob die geballte Faust, machte eine Pause. »Wer sind die fünf Diebe?«
»Wer sind die fünf Diebe, Bung Kresna?« brüllte die Menge.
»Die fünf Diebe, die sich am Schweiß des Volkes mästen«, rief Kresna, »sie heißen korrupte Regierungsmitglieder, korrupte Offiziere, korrupte Beamte, korrupte Abgeordnete, korrupte Geschäftsleute. Sie sitzen in unserem Fell wie die Läuse im Schafspelz.« Er war jetzt, nicht vor Anstrengung, sondern vor Erregung heiser geworden. Seine Arme hielt er angewinkelt, die Fäuste geballt. Und die Menge knurrte, knurrte bedrohlich.
»Ich kenne ihn nicht wieder«, sagte Pete, »da oben auf dem Shiva-Turm steht nicht Kresna, da steht ein anderer Mann, einer, der sich berufen fühlt.«
»Der geborene Volksführer«, sagte du Favre, »für unsereinen etwas unheimlich. Aber vielleicht ist das gerade der Mann, den Indonesien heute braucht.«

Lerchenau hielt die kalte Zigarre zwischen den Fingern und sah todunglücklich aus. Matsudairas Gesicht war gefroren.
Das Erstaunliche war, daß Kresna nun seine Stimme und seine Arme senkte und nahezu beiläufig, als handle es sich um die alltäglichste Sache der Welt, erklärte: »Wir müssen die fünf Diebe vertilgen, so wie wir Läuse vertilgen.«
Man müsse die Korruption in Indonesien ausmerzen, sagte er in kühlem, sachlichem Ton. »Korupsi ist wie eine Seuche, wie die Pest.« An Korruption könne ein Volk zugrunde gehen. Mit Worten, mit Erklärungen, mit neuen und immer wieder neuen Kommissionen sei es nicht getan. Die Korrupten müßten bestraft werden, ohne Rücksicht auf Rang und Stellung, sie müßten entlassen und ihr unrechtmäßig erworbenes Vermögen beschlagnahmt werden. Wer Verbrecher sei, donnerte er mit Kommandostimme, müsse ins Gefängnis, gleichgültig, ob er Lurah, ob er Bupati, ob er Minister oder General sei oder ein Sonderamt bekleide.
»Verlangt er, daß Makmur und Soetjipto ins Gefängnis gehen?« flüsterte Malinowsky.
Kresna machte eine Pause und sah in den düster bewölkten Himmel. Hier regne es ja genug, sagte er, manchen Bauern vielleicht zuviel. In Ostjava hingegen sei es anders. Vor ein paar Tagen sei er nach Blitar Selatan gefahren, in die dürren Kalkberge. Dort warteten die Dörfer seit einem Jahr auf Regen. In Blitar Selatan hungerten die Menschen, sie seien dem Hungertod nahe. Lebensmitteltransporte seien hingeschickt worden, doch auf rätselhafte Weise erreichten viele dieser Transporte nie ihr Ziel. Einige brave Beamte und Offiziere arbeiteten sich kaputt, um den Verhungernden zu helfen, andere indessen säßen faul in ihren Büros, fett gewordene Ratten, und verdienten Vermögen an gestohlenen Transporten.
»Er übertreibt maßlos, so schlimm soll's gar nicht sein«, sagte Christian.
»Er übertreibt nicht«, widersprach Blanche. »Mir hat ein Jesuit, der unten war, erzählt, wie's ist, in allen Details. Wie die Leute vor Schwäche nicht mehr aufstehn können, wie einigen schon der Darm hinten herauskommt, wie sie jämmerlich sterben. Mir ist ganz schlecht geworden.«
Kresna schilderte andere Beispiele von Mißwirtschaft, von Fahrlässigkeit, von Faulheit, von Bestechung, von Unterschlagung, von

dunklen Geschäften. Seine Schilderung wirkte um so aufreizender, weil er sie sachlich, trocken, ohne Dramatisierung vorbrachte, freilich voll Mitgefühl und mühsam zurückgedrängter Empörung.
»Das stimmt leider«, flüsterte Cradle Rausher zu, »alle seine Beispiele stimmen leider genau. Er untertreibt eher noch.«
»Indonesiens Volk ist geduldig«, sprach Kresna, »aber es ist nicht dumm.« Mit leichter Resignation fügte er hinzu: »Es ist vielleicht zu geduldig.« Er zog ein Taschentuch heraus und trocknete sich das Gesicht.
»Daß er die Hitze aushält«, wunderte sich Blanche, »mir kleben schon ohne Scheinwerfer die Kleider am Körper.«
»Du mußt hier sitzen bleiben, armes Mädchen«, sagte Christian, »du kommst hier nie heraus.«
»Ich will gar nicht weggehen«, sagte sie, »ich will die ganze Rede hören.«
»Wirklich? Du bist ungewöhnlich aufmerksam, ich kenne dich kaum wieder«, sagte Christian spöttisch. »Was die paar Tage in Bali nicht alles aus dir gemacht haben.«
Sie schnitt ihm eine Grimasse.
»Psst«, zischte Pete; einige Ehrengäste drehten sich verärgert um.
»Unser Volk ist vielleicht zu geduldig«, wiederholte Kresna nachdenklich, als stehe er dort oben auf dem Tempelturm, von den Fingern der Scheinwerfer aus der Finsternis gehoben, völlig allein. »Rakjat Indonesia, das indonesische Volk, kann warten und schweigen, jahrelang, viele Jahre lang.« Leise, gleichsam für sich, fügte er hinzu: »Wie unsere Vulkane, wie der Gunung Merapi da hinten.« Er deutete in die Nacht. »Die Kräfte wachsen, stauen sich im Inneren, können nicht ins Freie, gewaltige, unheimliche Kräfte ...« Dann riß er sich zusammen und schmetterte hinaus: »Doch eines Tages, Saudara, Saudara, eines Tages — wumm — und das Ganze geht in die Luft.«
Die Unruhe der Menge wuchs.
»Das verstehen alle hier«, sagte Lerchenau, »der Merapi ist vor zwei Jahren wieder ausgebrochen.« Er griff unter sein aufgeknöpftes Hemd und massierte sein Herz.
Kresna begann über den *Express*-Skandal zu sprechen. Es gebe da eine Broschüre, die werde dieser Tage vom Feind zu Hunderttausenden in den Desas und Kampongs Indonesiens verteilt. Eine

böse Broschüre sei das, voll schändlicher Zeichnungen und schändlicher Worte, abgeschrieben aus einer deutschen Wochenzeitung.

In der dichtgeballten, im Halbdunkel schemenhaft sichtbaren Masse der Zuhörer begann es zu zischen. Viele hatten offenbar das Heftchen schon gesehen, andere fragten nun ihre Nachbarn nach dessen Inhalt.

»Ich kriege Angst«, sagte Blanche und ergriff Christians Hand.

»Es ist so unheimlich, weil du die Gesichter nicht erkennst«, sagte Christian und streichelte sie, »es ist wie in der Nacht, wenn Raubtiere um das Haus schleichen. Du spürst sie nur.«

Kresnas Stimme troff von Hohn, und der Ausdruck seines Gesichtes, du Favre beobachtete es fasziniert durchs Fernglas, war von grausamer Schadenfreude.

Mitten im Satz brach Kresna ab, die Stimme schien ihm zu versagen. Ein paar Augenblicke lang verhüllte er sein Antlitz in beiden Händen. Als er die Hände sinken ließ, war sein Gesicht völlig verändert, wie im Rausch. Seine Worte kamen sehr langsam, zögernd, offenbar mußte er den verlorenen Faden seiner Rede erst wiederfinden. Er könne nicht weiter über die Broschüre und den *Express*-Skandal sprechen, nein, das gehe über sein Vermögen. Dies freilich wolle er sagen, der Skandal und die schändliche Broschüre des Feindes – »wen, zum Teufel, meint er mit Feind?« fragte Groll – sollte allen eine Mahnung sein, allen ohne Ausnahme, daß Sauberkeit, Reinheit, Unbestechlichkeit die obersten Gebote seien. Die Regierenden müßten dem Volke dienen, nicht herrschen, sie müßten geben, nicht nehmen, sie müßten opfern, nicht profitieren. »Laßt uns eine klare Grenze ziehen«, rief er, »zwischen den Freunden und den Feinden, den Sinis und den Sanas, jenen, die hier, und jenen, die dort stehen, zwischen Pendawas und Kurawas.«

»Das sind die mythologischen Ausdrücke«, erklärte Lerchenau dem Franzosen, »die im Wayang benutzt werden und auch im Befreiungskrieg benutzt wurden.«

»Meint er damit, auch der Präsident solle zurücktreten?« flüsterte du Favre. »Er und seine Frau sind schließlich neben Makmur die Hauptfiguren in den Broschüren.«

»Das ist eben sein Trick«, sagte Pete, »und es ist so typisch javanisch, alles andeuten, in Anspielungen, aber nichts genau aussprechen.«

»Und die Leute verstehen das?« fragte du Favre zweifelnd.
»Die lernen schon als kleine Kinder alle Wayang-Figuren. Unser christlicher Mythos ist tot, ihr Mythos lebt«, sagte Pete.
»Wenn wir rein sind, wie die Pendawas«, sprach Kresna, »dann können wir arm sein und dennoch mit den reichen, mächtigen Industriestaaten Amerika, Rußland, Japan und Europa auf gleicher Ebene reden. Sie werden uns achten, sie werden nicht wagen, uns zu kaufen.« Nur von einer Position des Stolzes und der Unabhängigkeit aus dürfe Indonesien über das Projekt Borneo verhandeln.
»Wenn es nach diesem General geht«, sagte Matsudaira, »packen wir besser morgen unsere Koffer, alle, die wir hier sitzen, und kehren nicht vor ein paar Monaten zurück. Aber zum Glück geht es nicht nach ihm.«
Kresna redete inzwischen vom Glauben. Das Projekt Borneo verspreche materiellen Fortschritt und wirtschaftliches Wachstum. Das sei gut, das sei notwendig, doch materieller Fortschritt sei nicht alles für Indonesien.
»Oh, meine Brüder und Schwestern, wir wollen nicht, wie die Völker des Westens, von materiellen Dingen allein leben. Wir sind ein Volk, das die Ideen, die Visionen, die großen Träume ebenso braucht wie Nahrung und Getränk. Wir wollen nicht nur unseren Magen füllen, wir wollen unsere Seele füllen. Wir sind ein östliches Volk, und als östliches Volk sind wir gläubig.«
Rausher empörte sich: »Das ist doch lächerlich. Erst erzählt er uns von der Hungersnot, und jetzt will er den armen Leuten aufschwatzen, Träume seien genauso wichtig wie ein satter Magen.«
»Du begreifst die Indonesier nicht«, sagte Blanche, »die leben in einer anderen Welt als wir. Für die sind Glauben und Träume genauso ein Bedürfnis wie Essen und Trinken.«
»Bah«, schnaubte Rausher, den Blick auf ein paar Sitzreihen entfernt fixiert. Er lächelte und winkte. Aber Sumini sah ihn nicht, Sumini sah nur den Redner. Neben ihr saß zusammengesunken Lee Cheong, der emsig Notizen schrieb.
Im Land gehe jetzt wieder die alte Legende vom Gerechten Prinzen, vom Ratu Adil, um, der Indonesien ins Reich der Gerechtigkeit geleiten werde. Kresna beherrschte kaum seine Erregung.
»Eine alte javanische Prophezeiung, aus dem 12. Jahrhundert«, erklärte Lerchenau, »die seither von Fall zu Fall immer wieder auftaucht, in Zeiten der Not oder in Zeiten der Unruhe.«

»Ich habe nur darauf gewartet, daß er mit dem Ratu Adil kommt«, sagte Pete, »der König, dem die Prophezeiungen zugeschrieben werden, betrachtete sich nämlich als Inkarnation Krishnas.«
Aber warum sie denn auf den Ratu Adil warteten, fragte Kresna? Er könnte jedem eine sehr einfache Antwort geben, wo der Ratu Adil sei.
Über dem Himmel zuckte ein Blitz, dann ein zweiter, dann folgte tiefes, langes Donnergrollen.
»Dort steht unser Ratu Adil«, schrie eine weibliche Stimme aus der Menge, ein schriller, heller Ruf. Er wurde aufgenommen, klang von hier, klang von dort, schwoll an, bis ein gewaltiger Chor aus dem Dunklen dem einsamen Mann im Lichte zubrüllte: »Dort steht unser Ratu Adil . . . Dort steht unser Ratu Adil . . . Dort steht unser Ratu Adil . . .«
Kresna schien völlig überrascht; eine Weile verharrte er regungslos. Dann versuchte er die Menge zu beruhigen, es gelang ihm nicht. Unwillkürlich zogen die meisten Leute auf der Ehrentribüne die Köpfe ein, als blase ein Sturmwind über sie weg.
Schließlich hob Kresna beide Hände hoch, ausgestreckt, wie ein segnender Priester. Und ließ sie fallen, ganz langsam, als wolle er den Lärm erdrücken. Das Brüllen und Rufen erstarb. Als die Hände neben seine Schenkel gesunken waren, hörte man nur noch das Quaken der Frösche in den Sawahs.
»Nein«, flüsterte er, »ihr habt mich nicht verstanden, nein, ich bin ein einfacher Soldat, ich bin nicht der Ratu Adil.« Golkar, die Regierungspartei, sei der Ratu Adil. Golkar wolle und werde ein Indonesien bauen, das gerecht und menschlich sei, in dem das ganze Volk gleichmäßig am wirtschaftlichen Fortschritt teilnehme. Ein Indonesien ohne die Polizeimethoden und erstarrte Bürokratie der kommunistischen Staaten, ohne die Ungleichheit und selbstbetrügerische Heuchelei der kapitalistischen Welt.
»Steht das im Programm von Golkar?« fragte Rausher. »Ich habe es nicht gelesen.«
»Ich auch nicht«, sagte Cradle.
»Wir wollen eine Nation bauen, in der jeder genug zu essen hat. Ein Indonesien wollen wir bauen, das stolz und großzügig ist.« Kresnas Stimme wurde jetzt feierlich, sie schwang wie eine große Glocke durch die Nacht im Tempel: »Du Bruder, du Schwester, komm mit uns.« Seine Hand deutete in die Menge, beschrieb

dann einen weiten Bogen über sie. »Ihr alle, Brüder und Schwestern, kommt mit uns. Laßt uns Arm in Arm in die Zukunft gehen. Sie ruft uns, die Zukunft, hört ihr, wie sie uns ruft« — sein Arm wies jetzt gen Himmel — »die gute Zukunft, die schöne Zukunft, die stolze Zukunft. Hört ihr sie? Komm, ruft die Zukunft, komm, mein Volk Indonesiens.«

Erschöpft hielt er einen Augenblick inne. »Und nun, Saudara, Saudara«, orgelte er, »sei Allahs, des Allmächtigen, Segen mit uns, denn unser Weg ist gut.«

Kresna hatte kaum das letzte Wort gerufen, als der Wolkenbruch begann. Es fielen nicht zuerst einige warnende Tropfen, sondern der Himmel öffnete jäh alle Schleusen, ein Guß von so urtümlicher Heftigkeit, wie ihn nur die Tropen kennen.

Das Licht erlosch, die Kabel, die elektrischen Anschlüsse ersoffen in der Flut.

In Finsternis lag der Tempel des Shiva von Prambanan. Die aufgeregten Schreie der Menschen erstickten unter dem prasselnden Sturzbach.

»Um Gottes willen, bleib hier«, brüllte Christian und packte Blanche, »sei vernünftig, bleib hier. Wenn du in den Menschentrubel da unten gerätst, wirst du zu Tode gequetscht.«

»Ist das ein gutes Omen oder ein schlechtes?« klang von irgendwoher Pete van der Groots Stimme.

# Drittes Buch

# I

»Wir müssen gehen, Pak.« Geräuschlos war der Sekretär in den dämmerigen Salon der Residenz Außenminister Witulars eingetreten. »Die Pressekonferenz von Golkar beginnt in einer halben Stunde.«

»Ja, ja. Ein paar Minuten noch.« Witular strich liebevoll über die Sung-Vase, die er in den Händen hielt, als könne sie ihm frische Kraft und Zuversicht verleihen. Die mondweiße Glasur schimmerte wie geschmolzenes Wachs, geädert von hauchzartem Craquelée. Zwei Drachen flogen unter Wolken, ihre Umrisse zart eingeritzt.

Witular schloß die Augen und genoß die Kühle des Porzellans. Außer dem Ventilator an der Decke bewegte sich nichts im Salon, außer dem Summen seiner Flügel gab es kein Geräusch. Witular klangen noch die Schreie der Menschen in den Ohren: Schreie der Wut, Schreie des Schmerzes, Schreie der Todesfurcht. Hunderte waren gestern abend in Prambanan verletzt worden, einige Dutzend schwer. Sieben, acht oder neun Menschen waren zertrampelt worden. Als der Tropenguß nach Kresnas letzten Worten mit plötzlicher Wut losgebrochen und der Ausfall des Lichtes die Versammlung in schwarze Finsternis gestürzt hatte, waren die Tausende nicht mehr zu halten gewesen. Ähnlich muß es sein, dachte der Minister, wenn man sich inmitten einer Herde wilder Tiere findet, die sich in panischer Angst vor dem Steppenbrand retten will.

Witular, Kresna, der Gouverneur und der Panglima von Mitteljava, sie alle versuchten, Ordnung in das tobende Chaos zu bringen. Aber was konnten sie tun, da sie kaum weiter als zwei, drei Meter sahen, das Licht erlosch, die Lautsprecheranlagen im Regen ersoffen? Viele mochten tatsächlich glauben, das Ende der Welt sei nahe, die Sintflut werde sie fortschwemmen.

Unendlich fern dünkte Witular das Grauen dieser Nacht, als er jetzt in seinem stillen, nach Jasmin duftenden Salon saß, ringsum die Vasen, Schalen und Teller seiner Porzellansammlung.
Bei Sonnenaufgang war er in ein Militärflugzeug gestiegen, mit dem ihn der Präsident wegen einer »dringenden Konferenz« aus Jogjakarta abholen ließ. Kresna war zurückgeblieben: er müsse sich um die Opfer kümmern, sagte er, überdies sei er bereits seit Wochen von den Studenten der Gadjah Mada zu einem Forum eingeladen worden.
Der Präsident, Makmur und Soetjipto schienen über die Atempause recht froh. Witular wurde von ihnen als Ersatzsprecher bei der Pressekonferenz von Golkar bestimmt, deren Star eigentlich Kresna hätte sein sollen. Solche Aufgaben fielen dem Außenminister immer wieder zu, der zwar nicht die kleinste Hausmacht besaß, nicht einmal in seiner eigenen Behörde, aber als der klügste und erfahrenste Diplomat des Landes galt und für heikle Angelegenheiten oft herangezogen wurde.
Während des Fluges in die Hauptstadt hatte Witular sich überlegt, ob er vielleicht wegen einer Beratung über Kresna in aller Eile zurückgerufen wurde. Heute vormittag indes war im Präsidentenpalais über vieles, nur nicht über den jungen General gesprochen worden. Das besagte freilich wenig. Vielleicht hatten der Präsident, Makmur und Soetjipto schon über ihn entschieden. Witular bezweifelte es. Als er und General Sidabutar, der Oberbefehlshaber der Streitkräfte, in den Privatsalon des Präsidenten traten, mußten die drei mächtigsten Männer des Landes schon lange beisammen gewesen sein. Witular glaubte ihre Nervosität und Spannung untereinander zu spüren, obwohl sie lächelten und einen gelösten Eindruck zu machen suchten. Makmur imitierte gerade vortrefflich den chinesischen Botschafter, der ihn am frühen Morgen besucht hatte und an einem kleinen Sprachfehler litt.
Der Präsident war blaß, erschöpft von einer Gallenkolik und gegen den Willen der Ärzte aufgestanden. Er behandelte Makmur mit einer kühlen Distanz, die Witular seit der Entdeckung der Abhöranlagen in der Istana Merdeka vor ein paar Monaten nicht mehr bei ihm beobachtet hatte.
»Sie brauchen niemals Sorge um Ihren Lebensunterhalt zu haben, Mas«, sagte er, nachdem Makmur seine Imitation des Chinesen beendet hatte, und fügte mit einem müden, zweideutigen Lächeln

hinzu: »Vielleicht sollten Sie zum Film gehen, mit Ihrer schauspielerischen Begabung.«

Man wußte bei solchen Bemerkungen des Bapak nie, wieviel Körnchen Ernst darin steckten. Makmur grinste säuerlich und wippte mit den Füßen, das einzige untrügliche Zeichen bei ihm, daß er nervös war. Außerdem behielt er während des ganzen Vormittags seine dunkle Brille auf.

Witular hätte jetzt ungern in seiner Haut gesteckt, zuviel war dem bis vor wenigen Wochen noch schier allmächtigen Mann mißlungen. Die ›Kupu‹-Affäre war geplatzt und hatte nicht nur ihn, sondern auch den Präsidenten vor der Öffentlichkeit schwer kompromittiert. Der Präsident war kein Mann, der so etwas vergaß. Die Japaner waren wütend über die Ungeschicklichkeit und mangelnde Diskretion Makmurs, den sie bislang in seinen politischen Ambitionen finanziell und anderweitig unterstützt hatten. Würden sie es auch in Zukunft tun? Matsudaira hatte sich gestern in Prambanan außerordentlich kritisch über den »geheimen Premier« geäußert.

Bedrohlicher als die ›Kupu‹-Affäre, bedrohlicher als die Verstimmung der Japaner und des Präsidenten war für Makmur allerdings plötzlich Kresna geworden.

Aber Makmur ließ sich nicht anmerken, in welch übler Lage er sich fühlen mußte. Der Außenminister gewann vielmehr im Laufe der Konferenz den Eindruck, daß sich der Geheimdienstchef schon einen Plan und eine Taktik zurechtgelegt hatte. Ganz im Gegensatz zum Präsidenten, der offenkundig Schmerzen litt, zu schwanken und zu zögern schien und entweder nicht gewillt oder nicht imstande war, sich zu entscheiden. Und Soetjipto? Der schwieg die meiste Zeit, wie es bei Konferenzen seine Gewohnheit war. Er wirkte lieber im stillen, aus dem Hintergrund, und die beiden Hauptquellen seines Einflusses waren dafür besonders geeignet: die Kontrolle der Einnahmen des staatlichen Ölkonzerns und seine eigentümliche Verbindung mit dem Präsidenten über die mystische Sekte, der sie beide angehörten.

Der staatliche Ölkonzern, der Soetjipto unterstand, finanzierte zum Teil das Präsidialamt, die Streitkräfte und Golkar. Diese Methode hatte den Vorteil, daß der Geldfluß im Budget nicht erschien und niemandem, außer Soetjipto und den Empfängern, in genauem Umfang bekannt war.

Nachdem Makmur über den Wahlkampf und die Erfolgsaussichten von Golkar berichtet hatte, wobei er Kresnas Versammlungen lediglich statistisch verbuchte, warf Soetjipto leise und scheu ein, zu seinem unendlichen Bedauern seien unerwartete Schwierigkeiten bei der Subventionierung der Golkar-Kampagne eingetreten. Einige Kunden des Ölkonzerns zahlten nicht oder nur säumig, die Kasse sei daher augenblicklich ziemlich leer. In kurzer Zeit werde diese finanzielle Ebbe überwunden sein, doch könne es eventuell drei bis vier Wochen dauern.

»Dann sind die Wahlen vorbei«, sagte Makmur und wippte noch heftiger mit den Füßen.

Soetjiptos Gesicht schrumpfte vor Kummer: »Ich weiß, wir müssen einen Ausweg finden, ich weiß. Hab ein wenig Geduld, Umar.«

Soetjiptos verschleierte Drohung, den Geldhahn für Golkars – und das hieß Makmurs – Wahlfeldzug abzudrehen, wurde bald darauf von diesem pariert.

Der Präsident begann von den Borneo-Verhandlungen zu sprechen und wollte gerade Witular das Wort erteilen, damit er über seine jüngsten Unterredungen mit den vier Sonderbotschaftern berichte, als Makmur seinen verschabten Aktenkoffer auf die Knie stellte, einen Ordner hervorholte und darum bat, vorher den Fall *Express* darlegen zu dürfen. Die Untersuchungen des Nachrichtendienstes seien abgeschlossen und würden sich zwangsläufig in den Verhandlungen des Projektes Borneo, vor allem mit Rußland – dabei suchte er vergeblich Soetjiptos Augen –, sehr maßgeblich auswirken.

Makmur mit einem Aktenkoffer und gar einem Ordner war ein ungewohnter Anblick, denn seine Verachtung für Geschriebenes, außer dem, was er in seine kleinen Notizbücher kritzelte oder in seinem berüchtigten Geheimarchiv bewahrte, war längst Legende. Ebenso wie sein Computergedächtnis. Witular war überzeugt, daß der General nur so tat, als müsse er gelegentlich in dem Ordner etwas suchen, um seinen Bericht in die Länge zu ziehen und die Spannung zu erhöhen.

»Djendral«, meinte schließlich der Präsident ungeduldig, »muß denn Ihr Bericht genauso lange dauern wie die Ermittlungen des Nachrichtendienstes?«

Makmur lächelte verlegen und voll Reue, schilderte jedoch mit nachgerade genüßlicher Ausführlichkeit die wochenlangen Verhandlungen zwischen ›Kupu‹ und japanischen Firmen über Be-

teiligungen, Kredite und künftige Projekte, als müßten Soetjipto, Witular und Sidabutar erst darüber aufgeklärt werden, wer hinter ›Kupu‹ stehe – nämlich die Frau des Präsidenten. Dem braven Haudegen Sidabutar waren manche Informationen in der Tat neu. Er sah den mit undurchdringlichem Gesicht vor sich hin starrenden Präsidenten an, als erhoffe er von diesem ein Zauberwort, das die ganze Affäre als Spuk und Verleumdung verjage.
Vor drei Wochen erfuhr der sowjetische Geheimdienst, der KGB, mit Hilfe eines indonesischen Agenten in der japanischen Botschaft von den ›Kupu‹-Verhandlungen. Der hiesige KGB-Chef, Leiter des AEROFLOT-Büros in Djakarta, leitete das Material, aus anderen Quellen ergänzt, über einen scheinbar unverdächtigen Zwischenmann, einen arabischen Kaufmann, an einen der leitenden Redakteure der Gewerkschaftszeitung *Rakjat,* namens Rustam. *Rakjat* und Rustam genossen bei den Sowjets dank ihrer sozialistischen Ansichten und ihrer Kritikfreude an der Regierung besonderes Ansehen. Vertrauensleute Makmurs in der Zeitung verständigten indessen den Nachrichtendienst rechtzeitig, so daß das Erscheinen des landesverräterischen Artikels noch verhindert werden konnte. Als der Coup mit *Rakjat* mißlungen war, zögerte der KGB keine Sekunde und schickte das Material über Umwege, welche die Urheber vernebeln sollten, an das deutsche Nachrichtenmagazin *Express,* bekannt für seine gehässige Haltung gegenüber dem Regime Indonesiens.
»Und zur gleichen Zeit ließen die Russen Hunderttausende von Broschüren drucken?« fragte Witular.
»Nicht die Russen, sondern die Chinesen«, sagte Makmur, holte eine Zigarre aus der Brusttasche seines Uniformhemdes und befeuchtete umständlich und fast zärtlich die Mundspitze. »Der von mir erwähnte arabische Kaufmann ist Doppelagent. Von ihm erhielten die Chinesen das gesamte sowjetische ›Kupu‹-Material.«
Die Chinesen hatten schon seit Monaten geplant, Indonesien in der zweiten Hälfte des Wahlkampfes mit regierungsfeindlicher Propaganda zu überschwemmen. In Kanton war dafür ein Stab indonesischer Flüchtlinge zusammengestellt worden. Druckereien in China, Hongkong, Singapore, Malaysia, Vietnam sowie einige geheime Druckereien in Sumatra, Borneo und Java standen bereit. Peking organisierte und finanzierte die Herstellung der Pamphlete und ihren Transport nach Indonesien.

Als die Chinesen in den Besitz des ›Kupu‹-Materials gelangten, schalteten sie sofort ihre ganze Maschinerie um, warfen altes Material beiseite und waren imstande, innerhalb weniger Tage Hunderttausende von Broschüren zu produzieren, die auf Frachtschiffen, Fischerbooten, Prahus, zum Teil sogar mit Flugzeugen ins Land geschmuggelt wurden.
Zwischen dem *Express*-Artikel und den Broschüren bestand also keinerlei Zusammenhang. Natürlich hatten Chinesen und Russen ihre Aktionen niemals abgestimmt.
Außerdem sorgten die Chinesen dafür, daß Amak Latief das Material erhielt. Latief fuhr sogleich zu Mohamad Chaliq, der gerade eine Wahlreise durch Sulawesi unternahm. Der Vorsitzende der Nahdatul Ulama machte jedoch von den Informationen keinen Gebrauch – vielleicht, weil er ihnen nicht traute, vielleicht aus Furcht vor der Polizei. Er begnügte sich in seinen Wahlreden mit Andeutungen. Latief muß ihm diese Zurückhaltung offenbar sehr übelgenommen haben, wie sich denn überhaupt die Nachrichten über ernste Zerwürfnisse zwischen den beiden NU-Führern neuerdings verdichteten.
Makmur schmückte seinen Bericht mit vielen, oft nebensächlichen Details aus. Das war sonst nicht seine Art, vielmehr schätzte er sachliche Kürze und Präzision. Als habe er es heute darauf angelegt, dachte der Außenminister, den ohnehin müden und kranken Präsidenten noch weiter zu reizen.
Schließlich holte Makmur eine dünne, schmutzige Broschüre aus seinem Aktenkoffer, fächerte damit in der Luft und sagte: »Unsere Freunde in Peking haben immer neue Überraschungen parat. Das ist die letzte.«
»So weit kann ich nicht sehen, Umar«, sagte der Präsident scharf, »haben Sie die Güte und lesen Sie vor. Und beschränken Sie bitte Ihren Sinn für dramatische Effekte.«
»Besser, Sie lesen es selbst, Bapak.«
Der Präsident blätterte die Broschüre durch, seine Mundwinkel zuckten angewidert, und er reichte sie stumm Soetjipto.
Der warf nur einen Blick darauf, lächelte leise, sagte nur: »Ein solches Büchlein steht seit gestern in meiner Bibliothek«, und gab es dem Minister. Makmur saß mit gekreuzten Armen, die Zigarre zwischen den Lippen und paffte gleichmäßig Rauchwolken.
In der Broschüre waren Dokumente abgedruckt, die beweisen soll-

ten, daß Soetjipto große Beträge von den Sowjets empfangen hatte, damit er ihnen das Projekt Borneo zuschanze. Die Gelder sollten außerdem seinen Kampf um das Präsidentenamt im nächsten Jahr erleichtern. Am übelsten war ein Artikel, der behauptete, Soetjipto werde schon seit vielen Jahren von Moskau bezahlt. Zwar sei er kein Kommunist, aber enger Vertrauensmann des prosowjetischen Flügels innerhalb der PKI gewesen. Daher seine zwielichtige Rolle im mißlungenen Putsch der PKI von 1965, als er die Armee im Stich lassen wollte. Das Pamphlet, seinen Ursprung sorgfältig verbergend und für Analphabeten mit schönen Zeichnungen versehen, schloß mit dem Versprechen: »Allah wird diesen Verräter Indonesiens bestrafen.«
Witular überlegte, was an den Anschuldigungen stimmte und was Propaganda und Fälschung war. Sidabutar, der die Broschüre wie eine stinkende Frucht hielt, schien ähnliche Gedanken zu hegen.
Unvermittelt fragte Makmur in die Stille und blickte dabei den Präsidenten an: »Bapak, können wir weiter mit den Sowjets über das Projekt Borneo verhandeln? Wie lange wollen wir ihr heimliches Doppelspiel dulden? Wir müssen etwas unternehmen. Sonst glauben die Russen, wir seien schon zu schwach, uns gegen ihre Einmischung in die Wahlen und ihre massive Unterstützung der Opposition zu wehren.«
»Umar hat völlig recht«, knurrte Sidabutar grimmig. »Wir müssen die Gespräche mit den Russen abbrechen und einige ihrer Spione ausweisen.« Dabei schlug er mit der Faust krachend auf die Stuhllehne. Endlich sah er wieder Gelegenheit, seinen Lieblingsplan vorzubringen: Bildung eines Verteidigungsbündnisses mit den befreundeten südostasiatischen Staaten, Koppelung des Borneo-Projektes mit amerikanischen Waffenlieferungen. Die massive Infiltration, gerade der letzten Wochen, zeige, daß Indonesien – gegen die Feinde von außen und innen – eine schlagkräftige, modern ausgerüstete Streitkraft brauche. In den letzten Jahren seien die Streitkräfte wegen des Aufbaus der Wirtschaft vernachlässigt worden. Jetzt räche sich das, indem es Russen und Chinesen zu Einmischung und Spionage geradezu einlade.
»So einfach sind die Dinge nicht«, sagte Soetjipto.
»Doch, so einfach sind sie.«
»Wir wußten auch vorher, daß die Russen Spionage treiben. Wir kennen die meisten Agenten – manchmal entdecken wir freilich

neue«, sagte Soetjipto und lächelte Makmur wie um Verzeihung bittend an. »Wir wußten auch vorher, daß die Russen uns aus dem Sattel heben und ein gefügiges Régime in Djakarta an die Macht bringen wollen.« Man dürfe sich nicht aus momentaner Empörung zu unüberlegten Aktionen hinreißen lassen. Man solle die Einflußmöglichkeiten der Russen nicht überschätzen.

Soetjipto sprach so leise, daß die anderen regungslos sitzen mußten, um ihn zu verstehen. Er entwickelte seine Theorie des »neutralen Gleichgewichtes«. Gute Beziehungen zur Sowjetunion brauche Indonesien aus zwei Gründen. Einmal, um die Chinesen abzuwehren: China sei nah, Rußland sei weit. Es gebe zwar eine große chinesische, doch keine russische Kolonie im Land. Die Kommunisten würden von Pro-Peking-Leuten geführt. Von wem erhalte die NU hauptsächlich Geld, Waffen und Propagandamaterial? Wer schmuggle Hunderttausende von Hetzpamphleten ins Land? Die Chinesen. Mit einem Wort, die größte Gefahr, die Indonesien bedrohe, die es an seinem Lebensnerv bedrohe, sei China. Der zweite Grund sei, daß ein scharfer antikommunistischer Kurs im Innern durch eine wahrhaft neutrale, vom kapitalistischen Westen unabhängige Außenpolitik ausgeglichen werden müsse. Ja, nur dann könne man ihn sich überhaupt erlauben.

»Wenn wir das Projekt Borneo mit seinen enormen Auswirkungen an eine westliche Macht vergeben, werden unsere Gegner allen schlummernden Haß im Volk gegen Fremde, gegen Christen und gegen den reichen Westen anheizen. Sie werden auf uns zeigen und sagen: ›Die Generale verkaufen Indonesiens Unabhängigkeit an die Imperialisten.‹«

Sidabutars wie Soetjiptos Argumente hätten viel für sich, schmeichelte Makmur. Was sie sagten, bestärke indessen die Notwendigkeit einer Partnerschaft mit Japan. Denn Japan sei erstens neutral, sei zweitens die einzige asiatische Nation unter den vier Bewerbern, und habe drittens nicht den Ehrgeiz, eine eigene Einflußsphäre aufzubauen.

»Was du da behauptest, Mas, glaubst du selbst nicht«, sagte Sidabutar. »Die Japaner unterwandern überall die Wirtschaft. Wenn sie die Wirtschaft in einem Land kontrollieren, kontrollieren sie auch die Politik. Sie haben aus dem Weltkrieg gelernt, sie machen's nicht mehr mit Soldaten. Was meinen Sie, Witular?«

Der Außenminister stimmte zu. Ein Land in Asien nach dem anderen werden eine Art japanischer Kolonie, ohne es zu merken. Die Japaner, frei von Ideologie und Missionarstum, arbeiteten nur mit weniger durchsichtigen Methoden als Amerikaner, Russen oder Chinesen. »Sie sind die Raffiniertesten von allen.« Damit wolle er freilich keineswegs gegen eine japanische Beteiligung am Projekt Borneo sprechen.

Schweigend hörte der Präsident zu, saß tief in seinem Fauteuil versunken, die Augen rot, tupfte gelegentlich mit dem Taschentuch über sein Gesicht. Die Diskussion zog sich hin, wurde erregter, jeder beharrte auf seinem Standpunkt. Der Präsident schwieg. Als typischer Javaner huldigte er dem javanischen Prinzip von ›musjawarah‹ und ›mufakat‹, gründlicher, schier endloser Aussprache, bis zu einem Kompromiß, der alle befriedigte. Nur ungern entschloß er sich, anderen eine persönliche Entscheidung aufzuzwingen. Witular hatte außerdem den Eindruck, daß er nicht so aufmerksam zuhörte wie üblich. Vielleicht dachte er an Kresna.

Am meisten schien Makmur über den zaudernden, zögernden Präsidenten enttäuscht. Er hatte wohl gehofft, mit seinem *Express*-Dossier die Russen und damit indirekt seinen Rivalen Soetjipto endgültig aus dem Rennen zu werfen. Kaum merkbar lenkte er auf ein anderes Thema über, die innere Sicherheitslage.

Sein Bericht klang sehr beunruhigend. Von Tag zu Tag werde die Nahdatul Ulama stärker. Plötzlich schwimme sie in Geld, überschwemme die Dörfer mit Geschenken, von Transistorradios und Petroleumlampen bis zu Fahrrädern, veranstalte die prächtigsten Umzüge, Feste und Gelage, versuche die Lurahs zu kaufen. Schwankende und Schwache würden notfalls mit Terror und Drohungen ins Lager der NU getrieben. Latiefs Ansor-Truppen paradierten in neuen Uniformen durch die Straßen, heizten bei Wahlversammlungen die Stimmung bis zur Siedeglut. Täglich komme es zu blutigen Zusammenstößen mit Regierungsanhängern. An manchen Orten trauten sich die Polizisten nicht mehr auf Wahlversammlungen der Opposition, aus Furcht, niedergeprügelt zu werden.

In einigen schwer zugänglichen Dschungel- und Gebirgsgegenden Javas, Sumatras und Borneos seien Guerilleros aufgetaucht, ausgerüstet mit modernen Waffen. Vermutlich Kommunisten.

Geld und Waffen, Funkgeräte und anderes Material, Propagandahefte und ausgebildete Agenten würden fortlaufend nach Indonesien eingeschmuggelt.

Je länger Witular zuhörte, desto fester war er überzeugt, daß Makmur absichtlich die Lage dramatisierte und die Stärke der Opposition übertrieb. Welches Spiel spielte der Geheimdienstchef? Wollte er eine Psychose schaffen, in welcher der Präsident den Notstand verhängte? Im Notstand würde er vielleicht Vollmachten erhalten, die ihm erlaubten, nicht bloß die Opposition zu unterdrücken, sondern auch den Gegner in den eigenen Reihen: Kresna. Kresna müßte Loyalitätserklärungen abgeben, statt Brandreden zu halten — oder er riskierte Verhaftung.

Der Außenminister wartete darauf, daß Makmur den Notstand wenigstens als Möglichkeit erwähnte. Er tat es nicht, er äußerte jedoch, scheinbar beiläufig, eine Drohung, die gegen niemanden Bestimmten und doch wieder gegen jedermann gerichtet sein mochte. Auch gegen Kresna, auch gegen Soetjipto oder Witular, ja sogar gegen den Präsidenten. Makmur sprach davon, daß Russen oder Chinesen hierzulande nichts ausrichten könnten, wenn sie keine Indonesier fänden, die bereit seien, gegen die Regierung zu arbeiten. »Manche Leute behaupten, ich hätte zu Hause ein Geheimarchiv«, sagte er und grinste, »mit dem ich ganz Indonesien in die Luft sprengen könne. Das stimmt natürlich nicht. Aber jeder Mensch macht irgendwann Fehler, wir alle. Jeder Mensch hat schwache Seiten, jeder von uns. Und im Laufe der Zeit haben wir in unserem Dienst von vielen Personen so ein paar Fehlerchen und schwache Seiten gesammelt. Von kleinen und von großen Leuten.« Er beugte sich vor und drückte langsam seine Zigarre aus: »Solche Informationen sind gelegentlich wirksamer, um jemanden kleinzumachen, als andere Mittel.«

Witular erinnerte sich nicht, daß Makmur jemals zuvor so deutlich gewesen wäre. Eine peinliche Pause entstand. Keiner sprach. Der Präsident hatte den Kopf zurückgelehnt und die Augen geschlossen, nur seine spielenden Finger zeigten, daß er nicht schlief. Bisweilen zuckten Wellen mühsam beherrschten Schmerzes über sein Gesicht. Plötzlich stand er auf, mußte sich aber für einen Augenblick der Schwäche am Stuhl festhalten.

»Sie sollten sich hinlegen und ausruhen, Bapak«, sagte Makmur besorgt.

»Das meinen manche«, sagte der Präsident trocken, geradezu unfreundlich.

Als sich Witular schon verabschiedet hatte, rief ihn der Präsident

nochmals zurück, legte ihm die Hand auf die Schulter und sagte mit besonderer Wärme: »Ich möchte nicht, daß Sie jetzt auf der Pressekonferenz zu Kresnas Rede Stellung nehmen, weder zustimmend noch«, er lächelte wehmütig, »ablehnend. Mir fiele das schwer, mein Freund, aber Sie, Mochtar, Sie können unbeteiligt klingen. Auf Sie darf ich mich immer verlassen.«
Dieses wehmütige Lächeln wollte dem Außenminister nicht aus dem Kopfe gehen. War es Resignation? Fühlte sich der Präsident von seinem bevorzugten Anak buah verraten? Fürchtete er um Indonesiens Zukunft? Oder fand er vielleicht gar, Kresna sei auf dem rechten Weg und er auf dem falschen?

## II

»Bitte, bitte ... Nein, o nein — adu ... Laßt mich los — adu ... Ich hab' doch nichts verbrochen«, flehte die Stimme, »nein, Tuan Leutnant — bitte, bitte ... Nichts hab' ich gemacht, gar nichts — au — adu ... Ich schwöre, Tuan Leutnant — nichts ... O nein — ohh ...« Die Worte wurden von Schluchzen erwürgt.
Eine ständig anschwellende Gruppe von Studenten drängte sich um einen jungen Mann, der offenbar gerade verhaftet wurde. Ihre Gesichter waren verbissen, die Augen funkelten, sie stießen und schoben und preßten, jeder wollte sehen, was geschah. Halblaute Beschimpfungen wurden ausgestoßen: gegen die Armee, gegen General Makmur, gegen den Ortskommandanten von Jogjakarta.
»Freilassen — ihr habt kein Recht, ihn zu verhaften«, zischte ein bebrillter Bursche mit Bleistiftschnurrbart. »Habt ihr einen Haftbefehl, Leutnant?«
»Sei still, Mas, sonst nehmen sie dich auch gleich mit.«
»Ach, laß mich. Wo ist der Haftbefehl, Leutnant? Wir wollen den Haftbefehl sehen, Leutnant.« Seine Stimme überschlug sich vor Empörung.
»Ja, den Haftbefehl — zeigen, zeigen!« griffen andere den Ruf auf.
Die Menschentraube vor dem Eingangsportal der Gadjah Mada-Universität wuchs immer weiter, von allen Seiten liefen die Studenten über die große Wiese des Alun Alun heran.

Plötzlich zuckten die dicht aneinandergedrängten Leiber, als habe jemand mit der Peitsche auf sie eingedroschen. Blitzschnell pflanzte sich die Bewegung aus der Mitte der Ansammlung, wo der Unsichtbare weiterhin flehte und schluchzte, nach außen fort. Die einen wollten weg, so rasch wie möglich, die anderen schoben dagegen. Eine Gasse öffnete sich. Rücksichtslos schlugen ein paar grimmig blickende Militärpolizisten mit Knüppeln auf Arme und Schultern, auf Knochen und Fleisch. Wut- und Schmerzgebrüll antwortete ihnen. Ein blutjunger Leutnant, seine Unsicherheit hinter martialischem Gehabe verbergend, führte einen leichenblassen Studenten von etwa zwanzig Jahren in Handschellen ab. Aus dessen aufgerissenen Augen starrte nackte Furcht, er konnte kaum gehen, sondern stolperte vorwärts, von dem Offizier wie ein Hund gezogen.

»Schämt euch, Saudara, Saudara«, brüllte eine kraftvolle Stimme, »wollt ihr euch alles gefallen lassen? Unseren Kameraden abführen lassen, als wäre er ein gemeiner Verbrecher? Habt ihr keinen Mut? Seid ihr Tempe, Schwächlinge . . .?«

Der Leutnant gab leise einen Befehl. Die Militärpolizisten stießen wie Pflüge in die Ansammlung, um den aufsässigen Studenten zu packen. Aber plötzlich trafen sie auf Widerstand. Einige Studenten faßten Mut, hakten sich unter, bildeten eine Mauer von Leibern. Der Leutnant fluchte, griff nach seiner Pistole. Die vor ihm Stehenden wichen erschrocken zurück.

»Gebt den Weg frei«, knirschte der Leutnant, »oder . . .«

»Oder was?« rief jemand. »Willst du schießen?«

»Nicht herauslassen — gut so, gut so«, meldete sich wieder die kräftige Stimme, »ayoh, seien wir Männer. Befreien wir unseren Kameraden — ayoh, vorwärts!«

»Macht keinen Unsinn, Saudara«, sagte der Leutnant, »ich tue nur meine Pflicht.« Er bemühte sich jetzt, ruhig und beherrscht zu wirken. Schweißbäche liefen ihm über Stirn und Backen. Seine Mundwinkel waren verzerrt. Die rechte Hand, um die Pistole gekrallt, fuchtelte in der Luft.

Ein Mädchen, ein hübsches Mädchen mit langen Wimpern und einem winzigen Katzennäschen, wollte nach seinem Arm greifen. Zumindest faßte der Leutnant es so auf. Ohne Warnung, ohne ein Wort, knallte er den Pistolenknauf ins Gesicht der Studentin. Sie öffnete den Mund, wollte etwas sagen, sackte zusammen. Auf ihrer

Stirn war eine Wunde aufgeplatzt. Dick und dunkel quoll das Blut ins Gras. Dort lag sie, ein kleines Häufchen, die weiße Bluse zerknittert, beschmutzt, rot gefleckt.
Einige schrien vor Schrecken auf, anderen entrang sich ein böses, bellendes Wutgebrüll: »... totgeschlagen – tot – dieser Mörder – rächen – rächt sie ...«
Um den Leutnant und die Militärpolizisten, fünf, sechs, mehr waren es nicht, schloß sich ein Kreis von haßdunstenden Körpern. Enger und enger. Gefletschte Zähne, heißer Atem, hocherhobene, geballte Fäuste, in einigen glitzerten Messer.
In diesem Augenblick erschollen schrille Sirenen. Drei Jeeps rasten auf der Straße heran, die den Alun Alun einfaßte. Menschen spritzten zur Seite, Menschen, die aus sicherer Entfernung den Auflauf vor der Universitätsmauer beobachteten.
»Kresna«, rief ein Student, »da kommt Kresna.«
Mit quietschenden Bremsen hielten die Jeeps, der General sprang heraus, ganz von selbst öffnete ihm die Menge eine Gasse. Öffnete ihm eine Gasse bis zu dem Mädchen, das regungslos im Gras lag. Die Blutlache um ihren Kopf wurde immer größer. Neben ihr stand der blutjunge Leutnant und starrte sie wie gelähmt an. Die drohenden Arme und Fäuste sanken herab, hier und dort blitzte noch eine Messerklinge in der Sonnenglut.
»Was ist hier los, Leutnant?« fragte Kresna. Als dieser nur die Lippen bewegte, aber kein Wort herausbekam, wiederholte er ungeduldig: »Was ist hier los?«
Die Studenten sahen stumm auf den General, als sei er ein Wunder. Kresna bückte sich und drehte sehr vorsichtig den Kopf des Mädchens, dessen Augen geschlossen waren, nach oben. Dann kniete er neben ihr nieder und suchte ihren Puls.
Niemand sprach. Den Atem hielten sie an.
Unerträglich lang schien Kresna nach dem Puls zu fühlen. Endlich sagte er ruhig: »Ihr Herz schlägt – schwach, aber gleichmäßig. Sofort einen Krankenwagen – nein, meinen Jeep, das geht schneller.« Er nahm sein Taschentuch und tupfte das Blut in ihrem Gesicht ab, winkte den Militärpolizisten, die das Mädchen hochhoben: »Nicht so grob ... Ihr müßt achtgeben ... Nein, nicht so – haltet ihren Kopf hoch.« Er stand auf, das blutgetränkte Taschentuch in den Händen, beaufsichtigte, wie die Studentin in den Wagen gelegt wurde, gab dem Chauffeur genaue Anweisungen.

Dann drehte er sich um: »So, Leutnant, nun berichten Sie mir, was hier geschehen ist.«
Der Leutnant begann zu erklären, so leise, daß Kresna ihn kaum hören konnte. »Was ist mit dem?« Er deutete auf den jungen Burschen, der festgenommen worden war.
Oberst Soemitro habe die Verhaftung befohlen, sagte der Leutnant, wegen aufrührerischer Reden und weil in seinem Haus ein ganzes Lager chinesischer Broschüren gefunden worden sei.
»Das stimmt nicht, Pak Djendral«, protestierte der Student, »ich bin völlig unschuldig.«
»Und die aufrührerischen Reden? Wie heißt du übrigens?«
»Mein Name ist Hardjanto, Pak Djendral. Ich habe niemals aufrührerische Reden gehalten. Ich habe nur gestern nacht vor meinen Kollegen aus Ihrer großen Rede in Prambanan zitiert.«
»Ja, Pak Kresna, meine Freunde und ich sind die ganze Nacht aufgeblieben. Ihre Rede hat uns begeistert.« Der Bebrillte mit dem Bleistiftschnurrbart hatte sich herangeschoben.
Von allen Seiten tönte Zustimmung.
»Wissen Sie Hardjantos Adresse, Leutnant?«
»Ja, die haben wir, Pak Djendral.«
»Dann lassen Sie ihn jetzt frei.«
Der Leutnant zögerte: »Aber — Oberst Soemitro . . .«
»Ich werde später mit dem Obersten sprechen«, sagte Kresna kurz, keinen Widerspruch duldend.
»Der Leutnant hat unsere Kollegin ermordet«, riefen einige.
»Sie ist nicht tot«, sagte der General scharf.
»Sie wird sterben.«
»Sie wird nicht sterben. Inshallah, wenn Gott es will. Wir werden alle für unsere Schwester beten«, sagte Kresna und lächelte beruhigend.
Als ihn die Studenten lächeln sahen, entspannten sich ihre Gesichter, der Haß erlosch in ihren Augen. Das erregte, knurrende, böse Wispern und Murmeln erstarb.
»Sie fahren jetzt zum Kommandanten und erstatten ihm Meldung«, sagte Kresna zum Leutnant. »Erklären Sie ihm, daß ich vorläufig die Freilassung von Hardjanto verfügt habe. Ich werde später vorbeikommen. Sie warten dort.«
Der Leutnant ging zu seinem Jeep. Wütendes Zischen schlug über ihm zusammen wie Ruten. Doch keiner rührte ihn an.

»Junge, das hätte aber gewaltig ins Auge gehen können«, sagte Jeremias Groll zu Pete van der Groot. »Die hätten den Leutnant glatt gelyncht. Ein paar von den Studenten wären dabei auch draufgegangen.« Er schüttelte den Kopf: »Wenn Kresna nur ein paar Minuten später gekommen wäre . . .«

». . . hätte es hier ein Blutbad gegeben«, ergänzte Pete. Er hatte dem Deutschen den Kraton, den Palast des Sultans, gezeigt, der zum Teil als Universität diente, als sie zufällig die Festnahme Hardjantos erlebten.

Die schmutzigweiße Mauer des Kraton faßte den Alun Alun von drei Seiten ein, die vierte öffnete sich zum Zentrum von Jogjakarta. Von dort strömten die Menschen herbei, als stehe eine Versammlung bevor. Die Nachricht über den Zwischenfall und Kresnas Erscheinen mußte sich wie ein Lauffeuer verbreitet haben. Der Alun Alun, die weite Wiese, von ebenso vielen Waringinbäumen umreiht, wie des Propheten Lebensjahre zählten, schien seine ländliche Verschlafenheit abzulegen. Kinder waren auf das »heilige Lehrerpaar, Kyai und Nyai«, geklettert, zwei kastenförmig gestutzte Waringinbäume in der Platzmitte, die vor Alter gebrechlich und eingeschrumpft schienen.

Zur maßlosen Enttäuschung der herbeigeeilten Adabeis hielt Kresna keine kleine Ansprache, sondern verschwand, freundlich winkend, mit den Studenten hinter der Kratonmauer. Gruppen neugieriger Frauen und Männer versammelten sich, redend und gestikulierend, an der Stelle, wo das Mädchen niedergeschlagen worden war, und starrten auf die Blutflecken im Gras. Soldaten mit umgehängten Gewehren forderten sie auf, weiterzugehen.

»Überall sehe ich seit gestern plötzlich Soldaten«, sagte Groll, »oder bilde ich mir nur ein, daß es mehr sind?«

»Wahrscheinlich befürchtet man Unruhen nach Kresnas Rede in Prambanan«, meinte Pete. »Die Leute sind nervös und ängstlich. Ich habe mich heute morgen mit ein paar Betjakfahrern unterhalten, die kennen die Stimmung am besten – wie bei uns zu Hause die Friseure. Wenn ich sie fragte, wovor die Leute denn Furcht hätten, zuckten sie nur mit den Schultern und sagten: ›Es liegt was in der Luft, Tuan.‹« Er betrachtete seine nackten, staubbedeckten Zehen in den Sandalen: »Komm, laß uns bei Kresnas Diskussion mit den Studenten zuhören.«

Etwa zweihundert Führer von Jogjas Studentenbewegung saßen mit

dem jungen General in einer offenen, von schlanken Pfeilern gestützten Halle. Im Hof glühte ein riesiger Hibiskusstrauch voll rosa Blüten.
»Das sind keine freien Wahlen, das ist Faschismus«, sagte gerade ein olivhäutiger Student mit einer tiefen, warmen Stimme. »Wenn einer von uns den Mund aufmacht und wagt, Golkar oder die Regierung zu kritisieren, wird er gleich festgenommen und verhört. Wenn Sie nicht im letzten Moment gekommen wären, Pak Djendral, dann würden sie jetzt unseren Bruder Hardjanto schlagen und treten. Und warum? Weil er heute nacht bei einer kleinen Zusammenkunft erklärt hat, wir alle sollten Ihre Rede, Bapak, auswendig lernen.«
»Tut mir einen Gefallen, meine Freunde, nennt mich nicht Bapak oder Pak Djendral. Das klingt so furchtbar steif. Nennt mich Bung Kresna ... Stimmt das wirklich mit Hardjanto? Hat er nichts anderes gesagt?«
»Nein, Pak – ah, Bung Kresna. Glauben Sie uns bitte.«
»Ihre Rede hat uns wieder Hoffnung gegeben, Bapak. Sie war wie ein Licht, das uns in der Finsternis leuchtet«, sagte pathetisch ein schmächtiger, glutäugiger Bursche. Leidenschaftlich fügte er hinzu: »Warum wollen Sie nicht Präsident werden? Ja! Wir würden Sie alle wählen, Pak Kresna.«
»Ja – ja ... Wir werden Sie wählen«, erscholl es rundum, »für Sie riskieren wir auch unser Leben.«
Der General winkte mit einem Ausdruck ab, der nicht erkennen ließ, ob er gespieltes oder echtes Entsetzen spiegelte: »Ich will mit euch über die Parlamentswahlen reden, die sind in drei Wochen, und nicht über die Präsidentenwahlen.« Als sie protestierten, ihr Verlangen wiederholten, hob er die Arme, die Handflächen nach außen, die Geste des Unschuldsengels: »Nein – ihr überschätzt mich ... Es schmeichelt und ehrt mich, aber ihr macht mich verlegen.« Dabei lächelte er so selbstbewußt und siegessicher, daß er seine Worte Lügen strafte.
Die Burschen und Mädchen redeten wirr durcheinander, ihre Nerven vibrierten noch von dem Zusammenstoß mit der Militärpolizei, das blutige Gesicht der schwerverletzten Kollegin hing in ihren Gedanken. Zunächst sprachen sie nur zögernd und ängstlich. Aber Kresnas gelassener, ruhiger Ton, seine Stimme, seine Augen, sein ansteckendes Lächeln flößten ihnen allmählich Sicherheit und Ver-

trauen ein. Sie fingen an, ihm ihre Herzen auszuschütten, als sei er ihr älterer Bruder, der sie gegen alle Gefahren schützen werde.
»Nachts klopfen sie an unsere Türen, holen uns ab, verhören uns. Verhören uns Stunde um Stunde, ohne Pause, bis man vor Erschöpfung umfällt«, sagte der Bebrillte mit dem Bleistiftschnurrbart.
»Sie schlagen ganz gemein«, sagte ein anderer.
»Sie drohen unseren Eltern und Geschwistern«, sagte ein dritter.
»Polizei oder Armee?« fragte Kresna.
»Mal diese, mal jene, Bapak.«
»Hardjanto ist nicht der einzige, den sie seit gestern abend festgenommen haben«, sagte der Student mit der tiefen Stimme, »ein Dutzend wenigstens ...«
»Mehr, Mas, viel mehr, mindestens dreißig.«
»Übertreibt ihr da nicht? Die meisten sind außerdem wieder freigelassen worden, nicht wahr?«
»Wir übertreiben nicht, Bung Kresna. Stimmt schon, viele durften wieder nach Hause gehen. Aber erst nachdem sie furchtbar geschlagen wurden und schwören mußten ...« Der Kleine mit den Glutaugen verstummte.
»Was schwören mußten?« fragte ihn Kresna ermunternd.
»Keine Propaganda für Ihre Rede zu machen.«
»Das haben die Soldaten tatsächlich von euch verlangt?« fragte Kresna ungläubig. Er wurde plötzlich sehr ernst, seine Zungenspitze glitt zwischen den Lippen vor, seine Hände umklammerten die Knie. Er wiederholte: »Ihr sollt meine Rede verschweigen? Das haben die Soldaten verlangt? Meine Rede verschweigen – mit welcher Begründung?«
»Nicht die Soldaten – die Polizisten. Gründe haben sie nicht genannt. Sie haben nur gesagt, man wünscht in Djakarta, daß wir Studenten die Rede nicht wörtlich nehmen. Sonst könne es zu Mißverständnissen kommen. In der Bevölkerung. Weil wir ja die Elite seien. Wir sollten lieber an unser Studium denken als an Politik.«
Kresna runzelte die Stirn und dachte nach. »Wirkt ihr beim Wahlkampf mit?« fragte er unvermittelt, »für Golkar oder für die NU oder für die PNI?«
»Wir arbeiten für Golkar«, sagten einige lahm.
»Seid ihr einverstanden mit dem Wahlkampf der Regierung?«
Keiner antwortete.

»Redet, wie euch der Schnabel gewachsen ist«, sagte der General aufmunternd. »Ich will Kritik hören, will hören, was euch mißfällt. Deswegen bin ich ja hier.«

»Wir trauen uns nicht, Bapak«, sagte nach langer Pause ein mittelgroßer, dicklicher Jüngling. »Vielleicht sitzen hier auch ein paar Spitzel. Die ganze Gadjah Mada ist voll von seinen Spitzeln.«

»Von wessen Spitzeln? Wen meint ihr?«

Schweigen.

Kresna stand auf. »Hier sind keine Spitzel. Wenn einer von euch, meine Schwestern und Brüder, wenn ein einziger von euch heute oder morgen oder wann auch immer festgenommen und verhört wird, weil er hier offen mit mir sprach, dann werde ich dafür sorgen, daß ihm kein Finger gekrümmt wird. Das verspreche ich euch, dafür bürge ich.«

Von »ihm« redeten sie immer wieder, ihre Stimmen wurden dann unwillkürlich leise, »er« schien seinen düsteren Schatten wie ein Gespenst über ganz Indonesien zu werfen. Vor einem Jahr hatten die Studenten mühsam ein gewisses Maß an Selbstverwaltung erkämpft. Was war daraus geworden? Eine Posse. Denn »er« hatte überall seine Augen und Ohren. Der Glutäugige erklärte, er sei Mitglied der PNI, wie seine ganze Familie. Täglich fürchtete er seine Verhaftung. Seit Beginn des Wahlkampfes, meinte der Student mit der tiefen Stimme, hätten sich Bespitzelung, Verhaftungen, Verhöre, Drohungen vervielfacht. »Er« versuche die Studenten gegeneinander aufzuhetzen, »er« streue Gerüchte, die die Atmosphäre vergifteten.

Niemand wagte »seinen« Namen – den Namen Umar Makmurs – auszusprechen. Kresna drängte sie nicht. Er verstand. Aufmerksam hörte er zu, sagte bisweilen ermunternde Worte, schrieb gelegentlich in ein Notizbuch.

»Können Wahlen frei sein«, fragte schließlich ein Mädchen mit runden Pausbacken, »wenn das Volk Furcht hat?«

»Wichtiger als neue Fabriken und neue Straßen ist die Freiheit von Furcht«, sagte der Bleistiftschnurrbart.

»Unser Golkar-Zeichen, der Waringinbaum als symbolischer Beratungsplatz, ist eine Lüge«, sagte der Student mit der tiefen Stimme. »Das Volk darf ja nicht im Schatten des Waringin sitzen, um über das Geschick Indonesiens mitzureden. Unter dem Waringin sitzen nur ein paar . . .« Er brach ab.

»Sitzen nur ein paar Generale, wolltest du sagen, Bung.« Kresna lachte.
»Wir müssen die Korruption vernichten«, rief aufgeregt der Glutäugige, »wir müssen wahrhafte Demokratie einführen. Das ist doch alles sehr viel wichtiger, Saudara, sehr viel wichtiger als der Fünfjahresplan. Sie haben es gestern gesagt, Bung Kresna: Wir wollen nicht nur unseren Magen füllen, wir wollen unsere Seelen füllen.« Er sprang auf, als hätten ihn seine eigenen Worte hochgerissen. »Das haben Sie gestern gesagt, Bapak: Wir brauchen Ideen und Visionen, nicht bloß Nahrung und Kleidung. Wir sind ein gläubiges Volk.«
Viele klatschten: »Bravo, Anwar, bravo.«
Kresna stützte das Kinn in beide Fäuste und beugte sich vor. Das Klatschen und Rufen hörte auf.
»Du hast recht, Bung Anwar«, sagte er. »Der Fortschritt ist nicht einbeinig. Der wahre Fortschritt eines Volkes ist nur möglich, wenn es auf zwei Beinen geht: auf dem geistigen und auf dem wirtschaftlichen. Wir Indonesier haben das leider eine Zeitlang vergessen. Wir haben nur an die Wirtschaft gedacht. Wir haben uns an Zahlen berauscht: so viel mehr Erdöl, so viel mehr Reis, so viel mehr Industrieproduktion. Wir haben versucht, aus dem Wachstum unserer Wirtschaft eine Religion zu machen. Jetzt büßen wir dafür.«
Er hielt einen Moment inne. Aus dem Hof hörte man in der plötzlichen Stille das liebliche Trällern und die auf- und abgleitenden, jubelnden Koloraturen einer Perkutut, der schmalen, grauen Singtaube.
Als der General wieder anfing, war sein Ausdruck verträumt. Indonesien sei zwar arm, sagte er, doch habe es die einzigartige Chance, eine Gesellschaft zu entwickeln, die in der Geschichte ihresgleichen suche und den anderen Völkern der Erde zum Vorbild dienen könne. Das Beispiel der reichen Industriestaaten solle als Warnung dienen. Dort lebten die Menschen zwar in Überfluß, aber zugleich in Überdruß, statt humaner würden sie inhumaner, die Verbrechen und widerlichsten Perversionen nähmen ständig zu. Niemand sei mehr sicher vor seinem Nächsten. Anfänglich, als er das erste Mal in die reichen Staaten gereist sei, habe er sich über die vielen düsteren, unfreundlichen, gelangweilten Gesichter gewundert. Jetzt wundere er sich nicht mehr. Vielmehr habe er Mit-

leid mit den Menschen in Europa, in Nordamerika, in Japan. »Sie atmen giftige Luft, sie baden in dreckigen Flüssen und Meeren, sie ersticken in überfüllten Städten, ihre Ohren schmerzen vor Lärm, sie hetzen sich gegenseitig, bis sie krank sind, krank an Leib und Seele. Und wenn sie Trost suchen in der Not, dann hört sie kein Gott.«

Er habe in letzter Zeit viel nachgedacht, sagte Kresna, wie Indonesien diesen Weg vermeiden könne. Seine Ideen seien noch unfertig, und er bitte sie, seine jungen Schwestern und Brüder, ihm bei der Formulierung zu helfen. Das Wachstum der Industrie dürfe niemals auf Kosten des Herzens und der Natur gehen. Der materielle Fortschritt dürfe dem geistigen und moralischen nicht davonlaufen.

»Für die reichen Industrievölker ist es vielleicht schon zu spät. Aber nicht für uns. Wir stehen sozusagen erst am Punkt Null. Und wir haben eine Stärke, welche die weißen Völker eingebüßt haben: unsere Gläubigkeit. Mit unserem Glauben werden wir der großen Versuchung widerstehen, der Versuchung des Materialismus, der Versuchung des maßlosen, unkontrollierten Wachstums der Wirtschaft. Er zerstört die Natur, wie er die Seele zerstört.«

Kresna hatte sich immer mehr in Feuer gesprochen. Die Studenten hingen an seinen Lippen, die Gesichter der Mädchen waren verklärt.

Indonesiens Natur sei unberührt und frisch, sagte er, die Luft rein, das Meer ringsum durchsichtig wie Glas. »Jeder von uns kann abends dem Rauschen der Palmenwipfel und dem Zirpen der Zikaden lauschen, und in der friedlichen Stille darf er sein Gebet zum Himmel schicken, und Gott wird es hören. Unser Land mag eines Tages das Paradies auf Erden sein. Masja Allah, wie Gott will.«

Eine leichte Brise strich durch die Pfeilerhalle, kühlte die schwitzenden Körper, wehte den Duft der Blüten im Hofe heran.

Aus der Versammlung der Studenten erhob sich ein schlankes Mädchen in weißer Bluse und schwarzem Rock. Eine Kaskade von schwarzen Haaren bedeckte ihr schmales, hochmütiges Gesicht fast bis zu den Mundwinkeln. Während sie sprach, anfangs stockend, strich sie die Haare immer wieder nervös zur Seite. Sie redete vom Wayang-Ethos, von der großen Schlacht Bratajuda zwischen Pendawas und Kurawas. Ihre Worte stolperten durcheinander. Der General sah sie an, ohne die Augen von ihr zu lösen. Allmählich wurde sie sicherer, warf den Kopf in den Nacken, stand hochaufgerichtet.

Die Moral, die wir suchten, die wir brauchten, um eine neue, gerechte Welt zu bauen, so sagte sie etwa, die fänden wir in der Bhagavad Gita, im Gesang Hare Kresnas, des Herrn. Die Gita sei heute genauso gültig wie vor dreitausend Jahren.

Ihre Stimme fing zu zittern an: »Pak Kresna, es ist kein Zufall, daß du den gleichen Namen trägst — du wirst — du wirst . . .«, ihre Stimme versagte.

»Ich werde was?« fragte Kresna in die Totenstille, beugte den Oberkörper weit vor und starrte sie gebannt an, ein erfrorenes Lächeln auf den Lippen.

Das Mädchen flüsterte leise: »Du wirst uns die neue Gita singen, Pak Kresna.«

Alle schwiegen — schwiegen lange Zeit. Kresna schien sich schließlich einen Ruck zu geben, stand auf, ohne weiter etwas zu sagen, nickte und rief mit heiserer Stimme den Abschiedsgruß: »Selamat tinggal, Schwestern und Brüder, ich danke euch.«

Von einer drängenden und schiebenden Studentenschar umringt, gelangte Kresna langsam zum Ausgang des Kratons.

Plötzlich hörte van der Groot, wie jemand sagte: »Bapak, Sie müssen achtgeben. Die wollen Sie umbringen.«

Kresna blieb stehen, wandte sich dem Warner zu: »Von wem hast du das gehört, mein Freund?«

»Zwei Männer. Heute morgen im Basar. Sie waren allein hinter einer Hütte. Dachten, daß sie niemand hört.«

»Was haben die zwei Männer genau gesagt? Wie sahen sie aus?« Der General musterte ihn aufmerksam.

Der Dicke fing an zu zittern: »Ich kann mich nicht mehr erinnern, es ging alles so schnell, und ich war so erschrocken. Einer sagte, ›diesen Kresna‹ und machte die Geste des Tötens.«

»Sie haben wahrscheinlich nur einen dummen Witz gemacht, und du hast sie ernst genommen.« Der General lachte, es klang ein wenig verkrampft.

Beim Ausgang nahm er Pete auf die Seite: »Van der Groot, wollen Sie mir einen großen Gefallen tun?«

»Mit Vergnügen, General.«

»Können Sie meine Frau abholen und mit ihr ins Spital fahren? Sie ist bei meinem Onkel. Ich muß leider noch zu einer dringenden

Verabredung. Komme später nach. Sie möchte auf mich warten. Leisten Sie ihr Gesellschaft, Pete, bitte.«
»Sie brauchen mich nicht bitten, Rai Agung Gesellschaft zu leisten. Nichts tue ich lieber«, sagte van der Groot und grinste. »Aber warum ins Spital?«
»Rai soll sich um die Studentin kümmern, die dieser Leutnant niedergeschlagen hat.« In seinen letzten Worten klang Verachtung. Traurig fügte er hinzu: »Es steht schlecht um das Mädchen, fürchte ich, sehr schlecht.«
»Sie ist doch nicht in Lebensgefahr?« fragte Pete entsetzt.
Kresna nickte und murmelte: »Wenn sie stirbt, ist bei den Studenten die Hölle los.«

## III

»Die sehen wie Russen aus«, sagte Jeremias Groll.
Pete und er bahnten sich einen Weg durch das Menschengewühl der Malioboro, der Lebensader von Jogjakarta. Ihnen entgegen kamen ein paar schwergebaute blonde Männer, deren gerötete Gesichter vom Nußbraun der Javaner abstachen.
»Sind es wahrscheinlich auch.«
»Was machen die hier?«
»Agrarindustrie-Ausstellung«, grunzte Pete.
»Ich erinnere mich. Ist die aber nicht von der Regierung gerade geschlossen worden? Hab' irgend etwas von Spionage läuten hören.«
»Spionage ist ein unfreundliches Wort. Kontakte, mein Freund, Kontakte. Sie haben nicht nur fleißig Propaganda gemacht: Filme, Vorträge, Diskussionen über die Segnungen des Sowjetparadieses. Sie haben ganz heimlich außerdem Leute der Opposition getroffen, von der NU, der PNI, ehemalige Kommunisten und auch einige Studentenführer. Bis es Makmur zu bunt wurde.«
»Glaubst du, Pete, daß die Russen auch hinter der *Express*-Affäre und den Broschüren stecken?«
Pete zuckte mit den Achseln.
»Die Leutchen starren uns an, als seien wir dem Zoo entsprun-

gen«, sprang Groll vom Thema ab, »als hätten sie noch nie weiße Männer gesehen. Oder sind's unsere Knorpelnasen?«

»Es ist nicht unsere Hautfarbe und sind nicht unsere ungestalten Nasen«, lachte Pete, »es ist unser Tempo, daß sie so verwundert. Hier geht man hübsch langsam, immer graziös, nicht ins Schwitzen kommen. Jogja-Tempo.«

»Sehr vernünftig«, sagte Groll, »machen wir's ihnen nach.«

»Ich darf Rai Agung nicht warten lassen.«

Die Malioboro, aus unerfindlichen Gründen nach dem Herzog von Marlborough getauft, gehörte den Fußgängern, Fahrrädern und Betjaks. Gelegentlich fuhr langsam, unter wildem Gehupe, ein uraltes Auto vorbei. Barfüßige Frauen trugen ihre Babys in Schlingen um die Hüften und gaben ihnen bisweilen die Brust. Junge Burschen ließen stolz ihre Transistorradios vor schwarzäugigen Schönen baumeln. Ein Kind in Fetzen stupste Groll und forderte: »Rupie, Tuan, Rupie.« Der Gehsteig war mit ausgespucktem Betelpriem wie mit Blut bespritzt. Hier und dort stolzierten gemessen Militärpolizisten und zivile Ordner mit »Kota«-Armbinden. In den niedrigen Häusern zu beiden Seiten reihten sich die kleinen Läden, die Tokos, Schulter an Schulter. Einige größere hatten Lautsprecher über dem Eingang montiert, aus denen hier Gamelanmusik, dort westliche Schlager erschollen.

»Du hast meine Frage nach *Express* nicht beantwortet, Pete.«

»Ich weiß es nicht, Jeremias. Ich weiß nur, daß die Sowjets in letzter Zeit auffallend geschäftig sind. Sie drängen nicht nur die Regierung beim Projekt Borneo, sie unterstützen zugleich die Feinde der Regierung sehr viel stärker als zuvor.«

»Ihr übliches Doppelspiel.«

»Ja, aber sie wittern Morgenluft. Nach dem neuesten Gerücht — und es ist wohl nicht nur ein Gerücht — sind sie an die Japaner mit dem Vorschlag herangetreten, das Projekt Borneo gemeinsam zu machen.«

»Das klingt sehr unwahrscheinlich.«

»Keineswegs, Jeremias. Was wollen sie? Die Einkreisung der Chinesen von allen Seiten. Den Amis trauen sie nicht, die könnten sich mit den Chinesen verbünden. Und die Amis sind eine Militärmacht, die Japaner dagegen nicht. Japanisches Geld und russische Kriegsschiffe in Indonesien, das wäre so nach sowjetischem Geschmack. Aber vielleicht haben sie seit gestern neue Ideen.«

»Du meinst, wegen Kresnas Rede in Prambanan? Glaubst du denn, er würde als Präsident einen prorussischen Kurs verfolgen?«
»Mag sein, daß sie ihn für weichen Ton halten, den sie kneten können. Weißt du, daß Malinowsky inzwischen schon mit Kresna gesprochen hat?«
»Nein.« Groll blieb vor Überraschung stehen. »Das geht aber schnell. Wo steht denn der Junge außenpolitisch? Aus der Rede bin ich nicht klug geworden.«
»Schwer zu sagen. Er möchte sich nach meiner Ansicht alle Wege offenhalten. Falls er überhaupt schon klare Vorstellungen hat. Doch ich sage dir, Jeremias, nimm ihn nicht zu leicht. Kresna kann allen anderen über den Kopf wachsen.«

Blanche holte einen zerknitterten Bogen Papier aus der Tasche, setzte sich ans Gitter eines der Stupas, welche die Buddhastatuen auf den obersten Terrassen des Borobudurtempels umschlossen, und fing zu lesen an. Es war ein Gedicht, das ihr Kresna gestern geschickt hatte; sie las es jetzt mindestens das zwanzigste Mal. Christian war in sicherer Entfernung, er fotografierte mit Lerchenau Reliefszenen aus Buddhas Lebensgeschichte auf der untersten Galerie.
Von der Spitze des steinernen Tempelhügels sah sie über die Ebene Mitteljavas bis zu den wolkenumhängten Vulkanen im Norden. Benachbart im Süden lagen die kahlen Kalkwände, wo einst des Sultans Vorfahr, Prinz Diponegoro, Held zahlloser Legenden, gegen die Holländer gekämpft hatte. Welch ein seltsamer Held: geplagt von Zweifeln an sich selbst, zögernd, ewig schwankend und dann wieder an seine göttliche Berufung glaubend. Ein typischer Javaner.
Was Blanche jetzt in den Händen hielt, war eigentlich kein Gedicht, sondern eine Legende. Darüber stand in Kresnas steiler Handschrift: »An Blanche.«
Als Gott das Weib schaffen wollte, begann die Legende, fand er, daß alles solide Material erschöpft war. In seiner Verlegenheit, nachdem er gründlich nachgedacht, tat er folgendes: Er nahm die Rundlichkeit des Mondes und das Zittern des Grases und die Schlankheit des Schilfes und die Blicke des Rehs und die Heiterkeit der Sonnenstrahlen und das Weinen der Wolken und die Unbe-

ständigkeit der Winde und die Eitelkeit der Pfauen und die Weichheit der Papageienbrust und die Süße des Honigs und die Grausamkeit des Tigers und die Glut des Feuers und die Kälte des Schnees und das Geschnatter der Eichelhäher und das Gurren der Taube und die Heuchelei des Kranichs. Und indem er alles vermischte, schuf er die Frau und gab sie dem Mann.

Nach einer Woche kam der Mann zu Gott und sagte, dieses Geschöpf mache sein Leben ganz elend. Sie schwatze ohne Unterlaß und quäle ihn und verlange ununterbrochen seine Beachtung. »Daher bringe ich sie zurück, Herr, ich kann nicht mit ihr leben.«

Nach einer weiteren Woche kam der Mann wieder und sagte, er fühle sich ohne das Weib so einsam. Er erinnere sich, wie sie getanzt und gesungen und mit ihm gespielt und ihn liebkost habe. »Ihr Gelächter war Musik, und sie war so schön anzusehen und weich anzugreifen. Bitte gib sie mir zurück.«

»Gut«, sagte Gott und tat es.

Doch schon nach drei Tagen kam der Mann wieder und klagte, er wolle das Geschöpf loswerden, sie bringe ihm mehr Kummer als Freude. Aber Gott gebot ihm: »Aus meinen Augen! Sieh, wie du mit ihr fertig wirst« und drehte sich um. Da sagte der Mann: »Was soll ich tun, Herr? Mit ihr kann ich nicht leben, doch ohne sie auch nicht.«

Kresna hatte sehr sorgfältig geschrieben, aber nicht unterzeichnet. Manchmal meinte Blanche, er habe sie nur unterhalten wollen, ein Blumenstrauß von Worten, dann wiederum bezog sie jedes Wort auf sich.

Seit jenem Liebesabend in Bali hatten sie einander nur noch flüchtig gesprochen, hier und dort. Eigentlich nur noch während der Verbrennung, dem Pelebon, des Djokorde in Gedong. Sie und Kresna waren neben dem Festzug gegangen, der den hohen Leichenturm begleitete. Rai schritt, als Nichte des toten Fürsten, im Zug mit, eine silberne Schale mit Opfergaben auf dem Haupt, die größte und schönste aller Frauen.

Das Gamelan hämmerte und gongte in einem harten, blechigen, ins Blut gehenden Rhythmus. Darüber rollte, wie Brandungswogen, das fröhliche, aufgeregte Geschrei der Menschen. Die halbnackten Träger des neunstöckigen, von Tierskulpturen geschmückten Turmes schienen völlig außer Rand und Band. Einmal fiel Blanche in den Straßengraben, als sie vor der wilden Bande aus Furcht, niedergetrampelt zu werden, zurückwich. Ihr Sturz steigerte die allgemeine Fröhlichkeit ins Ungemessene.

Während alle liefen und stolperten und die Menge der Mitgehenden immer mehr anwuchs, lachende, aufgeregte, schreiende Menschen, und ein zweites Gamelan das erste noch an Rhythmus und Kraft zu überbieten suchte, währenddessen hielten sich Kresna und Blanche an den Händen und flüsterten einander hastig Zärtlichkeiten zu.

»Können wir uns heute später treffen?« fragte sie, als der Zug auf der Totenwiese der Fürsten angelangt war, wo ein hölzerner Stier für die Verbrennug der Leiche aufgerichtet stand.

»Heute nicht mehr.« Er schüttelte bedauernd den Kopf.

»Ich muß dich sehen, heute, morgen. Allein. Will nicht warten.«

»Vielleicht in Prambanan, nach der Wahlversammlung.«

»Da sind wir gewiß allein«, sie lachte spöttisch, »mit zehntausend anderen.«

»Wir müssen achtgeben, Blanche«, sagte er und lächelte. »Auch wenn wir uns nicht sehen, denke ich immer an dich.«

»Was nützen mir deine Gedanken«, sagte sie wie ein trotziges Kind. »Ich will dich, deine Augen, deine Stimme, deine Haut.«

»Was sagst du?« brüllte er. Plötzlich knatterte es wie Maschinengewehrsalven. Der Turm war ins Feuer geworfen worden, die Bambuspfähle platzten mit Getöse.

Tatsächlich war sie ihm in Prambanan nie näher als hundert Schritte. Welch ein alptraumhaftes Ende hatte dieser Abend genommen! Sie oben auf der Tribüne, an Christian geklammert, ringsum Finsternis, Sturzbäche auf ihre Haut klatschend, die Füße nach Sekunden bis zu den Waden im Wasser, die Schreie der Unsichtbaren, das Toben und Stampfen der Menge. Nachher: die Verletzten, Blutende, Verrenkte, eine wimmernde Mutter, die ein zerquetschtes Kind in den Armen trug.

Stunden später fanden sich allmählich die Ehrengäste im Hotel ein. Cradles Frau hatte völlig die Nerven verloren und weinte fortwährend. Irgendwann – keiner konnte schlafen gehen – kam Herry Pardede ins Hotel.

»Herry«, stürzte Blanche auf ihn zu. »Was ist mit Kresna? Was ist mit ihm? Um Gottes willen, ihm ist doch nichts geschehen?«

Nachher schämte sie sich ihrer Unbeherrschtheit.

Blanche schüttelte sich in der Erinnerung wie ein Hund, der aus dem Wasser kommt. Sie blickte über die Palmenkronen und spiegelnden Reisfelder in die dunstige Ferne zu der orangenen Sonnenscheibe, die dem Horizont zurollte. Das Gespenst des gestrigen Abends verblich. Diese Landschaft ist wie die Menschen Javas, dachte sie: still und lächelnd, weich und sanft. Doch plötzlich kann sie Amok laufen.

Sie hörte Christian und Lerchenau die Stufen heraufkommen. Der Botschafter schloß gerade eine Diskussion, wie gewohnt, mit dem Brustton der Unfehlbarkeit: »Der Präsident muß schnell handeln, Werner. Er muß Kresna kräftig auf die Finger klopfen und vor aller Welt zeigen, wer hier Chef ist. Vor aller Welt, sage ich – auch vor uns. Wenn er's nicht ohne Zögern tut, dann, das versichere ich Ihnen, dann lohnt es sich nicht mehr, mit ihm, mit diesem Regime über das Projekt Borneo zu verhandeln. Dann müssen wir, fürchte ich, abwarten, bis sich wieder eine handlungsfähige Autorität in Djakarta etabliert.«

Pete pumpte die Lunge voll, als er auf die Straße trat. Der bleiche Geruch des Spitals, diese Mischung aus Chloroform, Desinfektionsmitteln und Leibschüsseln machte ihn selbst fast krank. Für einige Sekunden schloß er vor dem gleißenden Licht der Sonne die Augen. Den ranzigen Gestank des Kokosöls, den süßlich-scharfen der Gewürze, der aus den Warungs und von den Tischen der Straßenverkäufer strömte, genoß er geradezu. Hier war Leben, Licht, Fröhlichkeit.

Das Schnattern und Schwatzen und Lachen der Menschen schien ihm unwirklich. Unwirklich nach der gedämpften Stille im Krankenzimmer, dem Dämmern, dem Flüstern der Umstehenden, dem Auf-den-Zehenspitzen-Gehen.

Miriam, die Studentin, kämpfte mit dem Tod. Ihre verblaßten Lippen hatte sie leicht geöffnet, so daß man eine Spur der Zähne sah. Völlig starr lag sie, kein Atemhauch schien ihr mehr zu entfliehen. Gelegentlich zitterten ihre Augenlider wie die Flügel einer schlafenden Libelle. Ihr Gesicht war so friedlich, so süß und traurig, daß ihm fast Tränen gekommen waren.

Geistesabwesend, als blicke er noch auf Miriams Gesicht, ging er durch die Straßen, rempelte bisweilen Leute an, ohne sich zu ent-

schuldigen, dachte an Kresnas Worte: »Wenn sie stirbt, ist die Hölle los.«
Kein Zweifel, die so lange angestaute Verzweiflung, Empörung, Wut der Studenten würde explodieren. Und was viel gefährlicher war: andere Kräfte – Muslim, Nationalisten, Kommunisten – würden die Studenten aufputschen, aufhetzen, ausnützen. Vielleicht sogar Makmur. Sein gefährlichster Gegner hieß jetzt Kresna, und er war imstande, Miriams Tod gegen ihn auszunutzen.
Wie würde Kresna auf den Tod der Studentin reagieren? Wen mochte er nach der Universität getroffen haben? Er hatte Rai und ihn weit über zwei Stunden warten lassen. Kam schließlich, ohne ein Wort der Erklärung. Rai ließ sich zwar, während Pete mit ihr am Krankenbett saß, ihre Unruhe nicht anmerken. Aber ihre Augen und Gedanken schweiften fort, manchmal mußte er seine Fragen zwei-, dreimal wiederholen. Doch welch eine Frau! Wie sie die Situation Miriams sofort erfaßt hatte, ausführlich mit dem Chirurgen und dem Chefarzt sprach, eine Extraschwester bestellte. Immer freundlich, gelassen und in ihrer Sicherheit ansteckend.
Petes Augen wurden jetzt, lang vor seinem Hirn, von einem hochgewachsenen Mädchen gefesselt, das ein paar Schritte vor ihm ging. Sie trug einen zimtfarbenen Kain und eine ziegelrote Kebaya. Unter dem hautengen Stoff spürte man, wie die Muskeln ihrer Gesäßbacken vibrierten und spielten. Aus den weichrunden, gleichmäßig schwingenden Hüften wuchs eine schmale Taille und ein stolzer, straffer Rücken. Ihr blauschwarzes Haar war auf dem Kopf zu einer Krone getürmt, und ihr langer Nacken, wie aus Kupfer, drehte sich weder links noch rechts, als sei es selbstverständlich, daß ihr jeder auswich.
Er mußte sie unbedingt von vorn sehen. Aber sie trat gerade in einen Toko. Dieser Toko war mit einem krausen Gemisch von Waren vollgestopft: Trümmer von Tempelreliefs, Schlangen, Wayang-Puppen, ausgestopfte Schildkröten, schaudererregende Masken. Ein Mann, dessen Hawaiihemd unter den Achseln große, dunkle Schweißflecken zeigte, verhandelte mit dem Ladenbesitzer.
»Sieh da«, murmelte Pete, »Calvin Rausher und Sumini.«

»Was täte ich ohne dich, Herry ... Ich war sehr froh, daß du noch ins Spital gekommen bist. Selamat, mein Freund.«
Pardede verabschiedete sich, und Kresna ging mit Rai Arm in Arm in das Haus seines Onkels, wo sie während der Tage in Jogja wohnten. Der Onkel hatte einst ein kleines Vermögen besessen, das er teils im Spiel, teils mit Frauen verloren hatte.
Es war ein hufeisenförmiges Haus mit einer weiten Terrasse aus zierlichen Schnitzsäulen. Nun bröckelte der Putz von den schmutzigen Wänden. Im Garten wucherten in ungezähmtem Wettkampf gelbe Hibisken, fleischigrote Helikonien, purpurne Orchideen, ein paar Tjeruk-Orangenbäume, auch grünstämmiger Bambus, an dem sich kein Dieb vorbeitraute. An zwei langen Masten hingen hoch oben Käfige, in denen ein Perkututpärchen trällerte und sang. Des Onkels letzter Reichtum.
Nur das Zimmer, in dem Rai und Kresna schliefen, rühmte sich eines Ventilators an der Decke, ein müdes Ding, das oft streikte.
Kresna trat vor den Spiegel und musterte sein Gesicht. Vor einigen Wochen hatte er angefangen, sein kurz geschorenes Haar wachsen zu lassen. Sein Gesicht hatte etwas von seiner glatten Jungenhaftigkeit verloren. Unter den Augen lagen Ringe, und die Falten auf seiner Stirn waren tiefer, die Wangen magerer geworden. Er lächelte sich selbst im Spiegel an und stellte befriedigt fest, daß sein Lächeln unverändert frisch und jung geblieben war. Rai beobachtete ihn amüsiert. Für einen Moment schien er ihre Gegenwart vergessen zu haben. Dann drehte er sich um, grinste etwas schief, zwinkerte sie an, hob die Schultern, gleichsam für seine Eitelkeit um Nachsicht bittend.
Rai Agung hatte sich auf das breite Bett gesetzt, den Moskitoschleier weggeschoben und ihre Schuhe fortgeschleudert. Sie trug ein einfaches, chrysanthemengelbes Kleid, hochgeschlossen wie die meisten ihrer Kleider. Eine Vorliebe, die Blanche jedesmal zu der Äußerung provozierte, wenn man ein so prachtvolles Dekolleté habe, dürfe man es den Männern nicht vorenthalten.
»Du hast mir noch nicht erzählt, wie das Unglück mit der kleinen Miriam passiert ist«, sagte Rai.
Kresna schilderte sehr sachlich, ohne sich als Retter herauszuputzen, den Zwischenfall vor dem Kraton.
Rai streckte die Hand nach ihm aus. Er setzte sich neben sie, glitt dann herab und legte den Kopf in ihren Schoß.

»Ich fürchte, sie wird sterben«, sagte er.
»Doktor Murtopo war sehr pessimistisch. Sie hat Blutungen im Gehirn, ein Hämatom. Er will ein Loch in die Schädeldecke bohren, um den Druck im Gehirn zu lindern.«
»Der Leutnant ist nicht älter als Miriam«, sagte er resigniert. »Der Kerl muß völlig die Nerven verloren haben.«
»Ich habe den Eindruck«, sie fuhr mit ihren langen Fingern durch seine dichten Haare, »du fühlst dich für sie verantwortlich.«
»Mag sein«, er spürte die Wärme ihrer Schenkel. »Du hast wahrscheinlich recht. Aber wieso fühle ich so?« Er fing seine Worte langsam und bedächtig ein, wie Spinnweben. »Glaubst du, ich tue nur so, als sei ich um das Mädchen besorgt, weil das einen guten Eindruck macht?«
Sie erwiderte seinen Blick, ohne etwas zu sagen, und strich wieder durch seine Haare. Was sie dachte, war ihm nicht klar, und er wußte, es hatte keinen Sinn, Rai zu drängen.
»Ist es ein Zufall, daß ich gerade in diesem bestimmten Augenblick auf den Alun Alun kam? Zwei Minuten früher, und der Leutnant hätte nicht die Pistole auf Miriams Kopf geschmettert. Sie säße jetzt irgendwo im Schatten und küßte ihren Freund. Wäre ich bloß zwei Minuten später gekommen – die Studenten hätten den Leutnant gelyncht, und die Soldaten hätten geschossen. Ein Blutbad. Ahnst du, was ein Blutbad in diesen Tagen, da die Stimmung in Indonesien immer gespannter wird, auslösen würde, ahnst du das?«
Er nahm ihr Gesicht zwischen beide Hände und starrte sie an, mit einer heftigen Intensität, die sie fast erschreckte. »Wie kann es nur ein Zufall sein, Rai, daß ich das Blutbad verhindern konnte und daß ich damit die furchtbare Wirkung abwenden durfte, die unsere Nation geschüttelt hätte. Allahamdulillah, Gott sei Dank. Das war kein Zufall.« Er schüttelte den Kopf. »Aber Miriam. Für sie kam ich zu spät. Ich habe dieses Mädchen nie vorher gesehen. Plötzlich kreuzen sich unsere Wege. Ob sie leben darf oder sterben muß, das wird sich auf mein Schicksal auswirken. Ich fühle es hier.« Er klopfte mit der Hand auf seine Brust. »Hier, mein Naluri.«
»Ob die kleine Miriam überlebt oder nicht – du kannst nichts daran ändern. Du bist nicht schuld, wenn sie stirbt.« Rai flüsterte unwillkürlich, obschon sie sich bemühte, gelassen zu sprechen. »Und wenn sie, Gott möge ihr helfen, gerettet wird, dann hast du ebensowenig dazu beigetragen.«

»Du verstehst mich nicht, du willst mich nicht verstehen.« Er stand auf, ging unruhig im Zimmer hin und her, sprach gehetzt, blieb dann wieder mitten im Satz hängen, als lausche er der Stimme eines unsichtbaren Souffleurs: »Miriam ist ein Zeichen, ein Wink Gottes. Ich weiß nicht, was Gott mir sagen will. Es geschieht so viel mit mir, das nicht bloßer Zufall sein kann — nein, Rai, nein. Gestern in Prambanan, der furchtbare Regen. Wann ist er losgebrochen? Nach dem letzten Wort meiner Rede. Keine Sekunde früher, keine Sekunde später. War das Zufall? Solche Zufälle gibt es nicht. Und warum fiel der Strom sofort aus? Warum die Panik, die Toten, die Verletzten? In meiner Rede hatten wir uns alle zu einer großen Familie verbunden. Und dann — das! Warum Blut gestern? Warum Blut heute?« Er wischte sich mit der Hand über die schweißbedeckten Augen. »In Sumatra, in Borneo, in Bali, wohin ich komme, in diesem Wahlkampf: seltsame, merkwürdige Zwischenfälle. Du magst darin Zufall sehen. Ich nicht.«
»Was siehst du darin, Kresna? Was glaubst du?« Rai fing an, ihr Kleid aufzuknöpfen. Es war drückend heiß im Zimmer, durch den Fensterladen drang weder Licht noch Luft. Müde drehte sich der Ventilator an der Decke.
Er wollte weiterreden, setzte mehrmals an, schluckte immer wieder seine Worte. Rai erhob sich, dabei glitt ihr Kleid die Beine herab; sie stellte sich hinter ihn und legte ihre Arme um seine Brust: »Was siehst du darin, Kresna?« flüsterte sie in sein Ohr.
»Gestern, in Prambanan, was riefen mir die Leute zu? ›Du bist der Ratu Adil‹, Zehntausende riefen das. Du hast es gehört. Heute, in der Gadjah Mada, stand eine Studentin auf und sagte: ›Pak, es ist kein Zufall, daß du Kresna heißt‹.«
»Und weiter . . .?«
»Sie sagte: ›Du wirst die neue Bhagavad Gita singen, die Gita unserer Zeit‹.«
»Und du glaubst daran?«
Er schnellte herum. Erst jetzt, da er sie ansah, wurde sie sich bewußt, daß sie fast nackt war. Seine Begierde flammte kurz auf, wurde aber sogleich von dem anderen Feuer gefressen, das in ihm glühte.
»Ich bin kein Narr«, sagte er, »ich bilde mir nicht ein, ein Halbgott zu sein oder der Ratu Adil, der Gerechte Prinz, der Indonesien erlösen wird.« Seine Stimme war ungewohnt heiser. »Aber ich

glaube, daß wir manchmal, wenn alles so zusammentrifft« – er machte eine vage Armbewegung –, »weit über uns hinauswachsen. Und ich weiß, daß sich zu manchen Zeiten Menschen finden, denen das Volk vertraut, die es liebt. Und wer solcher Gnade teilhaftig wird, Rai, der wird übermenschlich stark.«
Sie hatten sich wieder beide aufs Bett gesetzt. Kresna war inzwischen auch fast unbekleidet, er hatte Khakihemd und Hose abgestreift.
»Du hast nicht zu Ende gesprochen«, sagte Rai und lehnte sich schwer an ihn, ihr Fleisch war warm. Allmählich sanken beide zurück. Ihre Hände begannen zu spielen, zu liebkosen. Doch sie sprachen weiter, als seien diese Hände, diese sich umschlingenden Körper Wesen für sich. Ihre Lippen verschmolzen, lösten sich dann wieder, ohne daß er darum seine Sätze abgebrochen hätte, unbeschadet der gelegentlich langen, sehr langen Pausen.
»Hinter dieser Kette von scheinbaren Zufällen muß ein Sinn stecken. Den suche ich zu ergründen. Ich glaube an ihn, ich weiß nicht, was er will. Vielleicht sind es Gottes Fingerzeige? Doch – vielleicht bin ich vermessen, daran zu denken.«
»Frage den Dukun auf dem Bromo, er ist ein weiser Mann.«
»Pak Kromo würde mich nur anlächeln und schweigen.«
»Welchen Ratschlag hat dir der Dukun damals gegeben? Du hast es mir nie erzählt«, sagte Rai und küßte seine Brustwarzen.
»Es wäre nicht recht gewesen, darüber zu reden.« Er überlegte, ob er den orakelhaften Spruch Pak Kromos verraten dürfe. »Wir saßen am Rande des Kraters, und die Sonne ging auf, da sagte er: ›Dein Atem ist kurz, Kresna, der Weg ist lang. Wie willst du das Ende des Weges erreichen, wenn dein Atem nicht reicht? Lerne deinen Atem halten, Kresna, dann erst strecke deine Hand aus, nach dem großen Ziel‹.«
»Das verstehe ich nicht.«
»Es ist ganz einfach, Rai. Der Atem, damit meint er die Seele, damit meint er den Geist. Ich muß alle Kraft in einem Punkt sammeln, muß alle Falschheit und allen Trug von mir stoßen wie Gift. Dann erst kann ich meinen Atem halten für den langen Weg, dann erst darf ich die Hand ausstrecken nach ...«
»... nach der Macht, Kresna.« Ihr großer, weicher Mund war überall, ihre Lippen nahmen von ihm Besitz. »Nicht wahr? Das große Ziel – das ist die Macht?«

»Die Macht, was ist das?« sagte er. »Nur etwas Äußeres. Das Werk ist wichtig, das Werk tun, ohne nach dem Lohn zu fragen. Wenn Gott einen Mann wählt, dem Volk zu helfen, so muß sich dieser Mann zuerst reinigen von Selbstsucht und Gier, dann werden seine Gedanken klar wie Wasser, und sein Wille wird stark wie das Feuer im Vulkan. Danach strebe ich.« Er streichelte ihre Haare und ihre warmen Flanken.

»Liest du darum so viele Bücher der Mystiker, lernst die Bhagavad Gita auswendig, sitzt stundenlang in der Nacht und meditierst?«

»Ich meditiere viel, und ich bete viel, denn ich muß ein besserer Mensch werden.«

Sie drehte sich um, den Hinterkopf auf seinem Bauch, und dachte nach: »Vielleicht hast du recht, Kresna. Vielleicht ist alles, was mit dir geschehen ist, kein Zufall. Vielleicht reden nur die Schwachen vom Zufall, weil sie sich wie ruderlose Boote von den Wogen treiben lassen. Für die Starken aber ist der Zufall ein Ansporn« – ihre Augenlider senkten sich – »manchmal auch eine Warnung. Der Starke gibt sich nicht dem Zufall preis wie ruderlose Boote den Wogen.«

»Du bist viel klüger als ich.« Er lächelte und lehnte sich zurück, seine beiden Hände umschlossen ihre Brüste.

Eine Zeitlang hing jeder den eigenen Gedanken nach.

»Was haben der Präsident und Makmur zu deiner Rede gesagt?« fragte Rai unvermittelt.

»Das werde ich morgen wissen, wenn ich beim Präsidenten bin. Oder auch nicht. Aus Djakarta höre ich, er hülle sich in völliges Schweigen. Wie ich meinen Bapak kenne, wartet er zunächst einmal ab.« Seine Stimme wurde weich, fast zärtlich. »Ich will meinem Bapak helfen, er ist mein Lehrer, er ist mein Meister. Ich liebe ihn. Ich will ihn überzeugen, daß er sich von Makmur und Soetjipto und seiner selbstsüchtigen, korrupten Umgebung trennen und wieder so werden muß, wie er einst war.« Er machte eine Pause und fügte dann heftig hinzu: »Es muß mir gelingen. Es muß – es muß.«

»Und Makmur?« fragte Rai.

»Makmur – Makmur sagt nichts und wird nichts sagen. Makmur handelt. Im Dunkeln, wie immer. Der wartet auch nicht.« Er verzog höhnisch die Mundwinkel. »Der hat schon die ersten Schritte unternommen.« Er erzählte ihr von den Klagen und Ängsten der

Studenten in Jogja, von den Verhören, den Verhaftungen, dem Verbot, über seine Rede zu diskutieren.

»Wird er sich damit begnügen?«

»Nein«, lachte Kresna, »er wird sich nicht damit begnügen. Außerdem überlege ich mir die ganze Zeit, was Soetjipto gegen mich unternehmen wird. Bei Makmur läßt sich's ausrechnen, nicht bei meinem alten Freund Soetjipto, nicht bei dem ›kleinen Mystiker‹.«

»Was können sie denn gegen dich tun?« Rai schmiegte sich eng an ihn, ihr Körper glühte, zugleich überzog sie eine leichte Gänsehaut, die Kresna ungemein erregte.

»Eine ganze Menge könnten sie tun«, sagte er. »Sie werden's versuchen. Mir, zum Beispiel, unter irgendeinem Vorwand ein Disziplinarverfahren anhängen, meinen Wahlkampf abbrechen, mir Redeverbot erteilen. Oder meine Wahlversammlungen durch bezahlte Rowdys und *Agents provocateurs* stören. Zwischenfälle provozieren, die mir angelastet werden. Vielleicht werden sie auch versuchen, mich zu kaufen. Gewiß werden sie einen Feldzug von Verleumdungen unternehmen.« Wohlweislich verschwieg er etwas, das ihm in der Tat Sorgen machte: ein öffentlicher Skandal um Blanche und ihn.

Während seiner Worte hatte Rai ihr Knie zwischen seine Schenkel geschoben und rieb damit sein aufrechtes Glied. »Traust du Makmur zu, daß er dich umbringen lassen will?«

»Nein«, stöhnte er vor aufwallender Erregung.

»Aber – aber ... Er ist – ein Mann ohne – Gewissen«, auch sie fing zu keuchen an.

Sie umschlangen sich, er packte ihre Gesäßbacken, drang in sie ein, spürte ihre Hitze. »Er wird's – er wird's nicht – wird's nicht ...« Sein Atem ging immer heftiger, er stieß die Worte aus wie leidenschaftliche Liebkosungen. » ... wird's nicht wagen.«

»Bleib bei mir«, keuchte sie, »bleib bei mir, Kresna«, stöhnte sie, » ... bei mir«, schrie sie auf in höchster Lust.

Später lagen sie nebeneinander, in Schweiß gebadet, die Herzen wild klopfend. Rais Lippen glitten über seine Schulter. Sie fragte ihn, was die Vertreter der Großmächte über seine Rede in Prambanan dächten.

»Ihre Fühler haben sie bereits ausgestreckt. Malinowsky hat mich sogar schon aufgesucht.«

»Und – was sagte er?«

»Sei mir nicht böse, darüber will ich jetzt nicht sprechen.«
»Hast du den Russen getroffen, bevor du ins Spital kamst? Warst du deswegen so spät?«
»Nein, nicht den Russen.«
»Darf ich wissen, wen?« plötzlich war sie mißtrauisch.
Er versuchte sich einer Antwort zu entziehen, indem er sie küßte. Aber sie entzog ihm bald ihren Mund und fragte ein wenig atemlos: »War es Blanche Werner?«
»Wie kommst du ausgerechnet auf sie?«
»Weil du eine Affäre mit ihr angefangen hast.« Sie bemühte sich um einen sachlichen Ton.
»Unsinn.« Er wollte sie streicheln. Sie schob seine Hand fort.
»Rai, bitte sei nicht kindisch. Warum denn eifersüchtig?«
»Also stimmt es.«
»Was soll stimmen?«
»Du hast mit ihr geschlafen. In Bali. Ich habe euch beobachtet, beim Pelebon in Gedong. Ihr gingt Hand in Hand, habt die Köpfe dauernd zusammengesteckt und getuschelt und gelacht. Man sah euch an, daß ihr ein Liebespaar seid. Schämst du dich nicht?«
»Du bildest dir das alles ein«, sagte er lahm.
»Blanche ist Hals über Kopf in dich verliebt. Eine Frau spürt das, mein Freund. Und selbst wenn du nicht in sie verliebt bist, fühlst du dich ungeheuer geschmeichelt. Bist du deshalb nach der Wahlversammlung so spät in der Nacht aus Denpasar gekommen? Natürlich. Du hast mit ihr geschlafen.«
»Willst du mir eine Szene machen?« sagte Kresna, der langsam wütend wurde und zugleich über Rais jähen Stimmungsumbruch bestürzt war.
»Blanche soll sich hüten«, sagte Rai.

## IV

Der Speisesalon Außenminister Witulars war lang und schloß gegen den Garten zu in einer halbrunden Nische, deren beide Seiten offen auf eine Terrasse führten. In der Nische stand eine riesige, blauweiße Ming-Vase, die in diesem Augenblick vom japanischen Sonderbotschafter Matsudaira und seinem russischen Kollegen Malinowsky bewundert wurde. Den anderen Gästen blieb das Tête-à-tête nicht verborgen, und sie mutmaßten, was die beiden wohl erörterten.

Mochtar Witular hatte das Abschiedsdiner für den scheidenden britischen Botschafter Sir Harold Wigham benutzt, um alle Gesprächspartner bei den Borneo-Verhandlungen zusammenzubringen. Ein solcher, scheinbar gesellschaftlicher Abend war sehr viel besser geeignet als steife, offizielle Konferenzen, um delikate diplomatische Fragen zu besprechen, die Pläne der anderen Seite zu erkunden, eigene Wünsche ganz beiläufig an den Mann zu bringen. Und in einem delikaten Stadium waren die Verhandlungen über das Projekt Borneo wahrhaftig angelangt.

Der Präsident hatte vor wenigen Tagen, durch Witulars Mund, den Vertretern der Sowjetunion, Japans, der Vereinigten Staaten und des Gemeinsamen Marktes mitgeteilt, daß Indonesien in den »Entwicklungsplan der maritimen Infrastruktur« auch den Schutz seiner Küsten durch entsprechende technische Anlagen und Flotteneinheiten einschließen wolle. Damit hatte dieses zuvor rein zivile Milliardenprojekt auch militärischen Charakter erhalten. Alle vier Sonderbotschafter – Malinowsky, Matsudaira, Rausher und du Favre – hatten ihrerseits, wie nach Absprache, die Indonesier wissen lassen, daß sie auf eine baldige Entscheidung drängten. Sie seien das Schneckentempo der Verhandlungen satt, die sich nun über mehr als ein halbes Jahr hinzögen. Sie seien es satt, von Djakarta gegeneinander ausgespielt und an der Nase herumgeführt zu werden.

Natürlich hatten die Chinesen von diesen Demarchen erfahren. Der chinesische Botschafter Chia Tsi-an besuchte Makmur und pikanterweise auch General Soetjipto – ungerührt ob der Tatsache, daß Peking diesen in Dokumenten und Broschüren als Lakaien der Sowjets beschimpfte –, um sozusagen das Rückgrat der Indonesier gegen die »unverschämte Überheblichkeit der kapitalistischen und sozialistischen Imperialisten« zu stärken.

»Glauben Sie, daß die beiden Herren über die Vase oder über etwas anderes reden?« Botschafter Chia, dessen Zunge gelegentlich lispelnd anschlug, war neben Witular getreten und deutete in die Richtung, wo Malinowsky und Matsudaira standen. »Dieser Russe weiß so viel über chinesisches Porzellan wie Ihr Papagei.« Die

Haare seines eisgrauen Schnurrbartes zitterten vor Verachtung. Chia Tsi-ans Haupt wirkte wie eine aus Granit geschlagene Kugel, das mächtige Schädelgewölbe war völlig kahl und glatt, von der Nase zogen sich zwei tiefe Gräben zwischen dem Mund und den bleiern hängenden Backen zu Kinn und Hals herab. Nur selten hoben sich die schweren Lider von den schmalen, schrägen Augen, denen allerdings nichts zu entgehen schien, Sehschlitzen von Panzerwagen gleich.

Gestern war er bei Witular im Außenministerium gewesen und hatte von der Gefahr gesprochen, die Indonesien durch die sowjetischen Pläne drohe. Mit Hilfe des Projektes Borneo wolle Rußland das indonesische Transportwesen kontrollieren, ebenso wie die See, die das Inselreich umschließe, und die Verbindungswege von einer Insel zur anderen. Es wolle Ankerrechte, Versorgungs- und Reparaturhäfen für seine Kriegs- und Handelsschiffe und seine berüchtigten Fischereiflotten, die nichts anderes als schwimmende Spionagezentren seien. Was Chia nicht aussprach, was indessen aus seiner Darlegung klar hervorging, war Pekings tiefe Besorgnis, Rußland strebe die Einverleibung Indonesiens in seinen Einflußbereich an, weil es damit praktisch alle Wasserwege abschneiden könnte, die von Europa, dem Mittleren Osten, Südasien und Australien nach China führen: die Malacca-Straße, die Sunda-Straße, die Lombok-Straße östlich von Bali, ja alle Straßen bis hinüber nach Guinea. Chia hatte das nicht so deutlich gesagt, er hatte lediglich erklärt: »Wenn sich die Russen in Djakarta durchsetzen, könnten sie den Japanern, die ihre meisten Rohstoffe durch diese Straßen herantransportieren, die Gurgel zudrücken, bis ihnen die Luft ausgeht. Das wissen die Japaner, und darum sind sie plötzlich daran interessiert, das Projekt Borneo nicht allein zu machen, sondern auf das sowjetische Angebot zur Zusammenarbeit einzugehen.«

Malinowsky und Matsudaira standen noch immer beisammen, kehrten der Vase indessen den Rücken.

»Vielleicht habe ich in der Vase ein Abhörgerät«, sagte der Außenminister und lächelte, »dann werde ich bald wissen, ob Sie, Herr Chia Tsi-an, mit ihren gestrigen Andeutungen recht hatten.«

»Sie lieben Ihr Porzellan viel zu sehr für solchen Mißbrauch«, sagte der Chinese und drehte gleichmütig die Finger auf seinem Bäuchlein. Man mochte das als Anerkennung oder als abschätzige Meinung auslegen. Er schien im Stehen einzuschlafen, doch unver-

mittelt hörte Witular die Frage, die er schon beim gestrigen Gespräch erwartet hatte: »Was denken Sie, Herr Minister, und Ihre Regierung von der Rede General Kresnas in Prambanan? Ich meine vor allem die Passagen über Ihre Borneo-Verhandlungen mit den vier Mächten. Verzeihen Sie meine ungeschlachte Direktheit und Taktlosigkeit.«
»Aber, ich bitte Sie, Herr Botschafter. Warum sollte diese Frage taktlos sein?« Er nahm seine goldene Zigarettenspitze aus dem Mund, klopfte die Asche auf den Teppich und tat, als müsse er überlegen. »Wir haben einen Wahlkampf, Herr Botschafter, einen harten und fairen Wahlkampf. Sie kennen ja so etwas in Ihrem großen Lande nicht. Bei solchen Wahlkämpfen werden zuweilen, in der Hitze des Gefechtes, Erklärungen abgegeben, die man nicht auf die Goldwaage legen darf.« Witular hielt sich ziemlich genau an die Worte, die ihm der Präsident auf die Frage, wie er denn gegenüber Ausländern zur Prambanan-Rede Stellung nehmen solle, »anempfohlen« hatte.
»Der General genießt das volle Vertrauen des Präsidenten?« sagte Chia mit leichtem Lispeln, und seine buschigen, weißen Augenbrauen hoben sich verwundert. »Soviel ich weiß, ist er sein hochgeschätzter Anak buah.«
»Gewiß, gewiß. Entschuldigen Sie mich, Exzellenz. Mein Sekretär macht mir ein Zeichen.« Er lachte in nachgerade sonniger Unschuld und eilte behende davon.
Rausher, Cradle, du Favre und Lerchenau hatten sich im Garten gefunden. Nach wenigen Minuten gesellte sich Harold Wigham zu ihnen. Für einen britischen Botschafter auf wichtigem Posten war er jung, Ende Vierzig, groß, schlank, dichte, graumelierte, über der Stirn gelockte Haare, das Gesicht vom Wassersport tief gebräunt, der Körper sportlich elastisch, kurzum ein sogenannter schöner Mann. Ein Umstand, den er durch viel Selbstironie zu übertünchen, wenngleich keineswegs ganz auszuradieren suchte. Man sprach in eingeweihten Kreisen davon, daß Wigham der Nachfolger du Favres in der Hohen Kommission werden solle, was eine leichte Spannung zwischen beiden Männern schuf.
»Harold, wir haben Sie in Prambanan vermißt«, sagte Lerchenau. »Anstatt in azurenen Gewässern nach seltenen Fischen zu tauchen, hätten Sie lieber den Göttern Vishnu und Krishna Opfer bringen müssen.«

»Ich weiß«, sagte Wigham, sah auf den kleineren Lerchenau herab und seufzte, »ich habe die Geburt von Indonesiens neuem Volksführer versäumt. Ich wollte übrigens, es wären Fische gewesen, die mich abhielten, nach Jogja zu fliegen – es war leider eine von diesen furchtbaren Industriedelegationen. Die meinen ja immer, wir seien nur für sie da.«
»Was halten sie von der Idee, daß wir in Mochtars Wigwam gehen?« schlug Richard Cradle vor. »Da können wir ungestört plaudern. Und es gibt einiges zum Plaudern.«
Cradle hatte einen prachtvollen Waringin, der in der Ecke des Gartens stand, ›Mochtars Wigwam‹ getauft, weil dieser gewaltige Baum mit seinem dicken, lichtundurchlässigen Blättergewebe und dem Gitterwerk von Luftwurzeln wie ein Zelt von der Außenwelt abschloß. Ein Waringin, zumal dieses Ausmaßes, in einem privaten Garten war höchst ungewöhnlich, aber der Außenminister war nicht nur ein reicher, sondern auch ein ungewöhnlicher Mann.
Unter dem Laub- und Wurzeldom war es noch heißer, und alle fünf Herren zogen ihre dunklen Jacken aus.
»Ich war heute beim chinesischen Botschafter«, sagte Calvin Rausher, »er rief mich im Hotel an und bat mich zu kommen.«
»Wenn ich mich nicht täusche, wollte er Sie vor der sowjetischen Einkreisungstheorie warnen, in der Indonesien den Schlußstein bilden soll«, sagte der deutsche Botschafter.
»Woher wissen Sie das?« fragte Rausher verblüfft
»Weil Chia damit in Djakarta hausieren geht.« Das Wort ›hausieren‹ stimmte zwar nicht, der Chinese hatte bisher nur mit Witular darüber gesprochen, von dessen Sekretär Lerchenau es wußte, aber der Deutsche konnte den intellektuellen Hochmut des Amerikaners nicht leiden.
»Herr Chia warnte mich«, sagte Rausher, »wir müssen achtgeben, daß uns Moskau nicht plötzlich unseren engsten Verbündeten in Asien, nämlich Japan, wegschnappt. Die Japaner, meint er, seien so geldgierig, daß sie gewiß Moskaus Angebot, das Projekt Borneo gemeinsam durchzuführen, annehmen würden. Er sprach von einer Verschwörung zwischen beiden Ländern.«
»Halten Sie Chias Informationen für verläßlich und seine Vorstellungen für realistisch oder für Propaganda?« fragte du Favre.
»Unsere Botschaft besitzt ähnliche Informationen«, warf Cradle ein.

Er studierte gerade eingehend den dicken, an einen Bündelpfeiler erinnernden Stamm des Waringin. Er trug sich immer häufiger mit dem Gedanken, den Dienst zu quittieren, genug der Demütigungen und Frustrationen, und sich seinem Lieblingshobby zu widmen, der Botanik und Gartenpflege. » . . . besitzt ähnliche Informationen«, wiederholte er. »Zwischen Tokio und Moskau kocht etwas, daran besteht kein Zweifel.«

»Vielleicht gibt es eine Antwort auf diese – wie zitierten Sie Herrn Chia? –, auf diese Verschwörung« – in du Favres Stimme schwang liebenswürdiger Spott –, »und die Antwort heißt: Amerika und der Gemeinsame Markt müssen sich bei Borneo zusammentun, anstatt einander laufend das Bein zu stellen.«

»Der Ansicht bin ich seit langem«, sagte Wigham. Er musterte den Franzosen nonchalant, die Hände tief in den Taschen vergraben. Wigham bezweifelte, daß du Favre es mit solcher Partnerschaft wirklich ernst meinte. Die Franzosen sahen im Projekt Borneo eine Gelegenheit, fette Aufträge für ihre Rüstungs- und Werftindustrie zu ergattern, die sie keineswegs mit der amerikanischen teilen wollten. Und wer einmal die Streitkräfte eines Staates und seine Marine ausrüstete, besaß über die Lieferung von Ersatzgütern – die man notfalls auch aufhalten konnte – ein kräftiges Mittel, mit dem man politischen und ökonomischen Einfluß ausübt. Den Rüstungshappen wollte Paris keinem seiner europäischen Partner gönnen. Wigham wußte von geheimen Konferenzen du Favres mit Mitarbeitern des Wirtschaftszaren Soetjipto, die in keinem Bericht an die anderen europäischen Botschaften und die Hohe Kommission vorkamen.

»Wir sollten zumindest prüfen«, Richard Cradle lehnte sich an den Waringinstamm, sein Gesicht glich mehr denn je einer ausgetrockneten Zitrone, »ob die Vereinigten Staaten und der Gemeinsame Markt Partner beim Borneo-Projekt werden könnten. Wir haben diese Frage bisher nie ernsthaft untersucht. Auf alle Fälle scheint es mir, in Anbetracht der Entwicklung hier, unerläßlich, daß sich Washington und Brüssel besser abstimmen; damit meine ich auch uns hier in Djakarta.« Er blinzelte du Favre an.

Calvin Rausher schwieg. Es blieb unklar, ob er die Ansicht des Botschafters unterstützte. Rausher ging in Indonesien durchaus seine eigenen Wege und unterrichtete den Botschafter nur, soweit er es für notwendig erachtete.

»Das Problem einer Zusammenarbeit, wie ich es sehe«, sagte du Favre trocken, »besteht in erster Linie darin, daß wir Europäer uns ausschließlich auf das wirtschaftliche Projekt konzentrieren, auf die zivile Seite. Selbst der Ausbau des indonesischen Küstenschutzes und der Küstenflottillen ist letzten Endes eine ökonomische und zivile Aufgabe. Washington hingegen möchte, daß ihm die Regierung in Djakarta Stützpunkte und Nutzungsrechte für seine Kriegsmarine gibt. Damit wollen wir Europäer nichts zu tun haben.«
»Paris will nur die U-Boote verkaufen«, sagte Rausher höhnisch.
Lerchenau lag schon die ganze Zeit etwas auf der Zunge, das er nun loswerden wollte: »Ein Kontrakt über Borneo verlangt zwei Seiten. Sind die Indonesier augenblicklich überhaupt noch handlungsfähig? Ich beginne in den letzten Tagen daran zu zweifeln. Jetzt fordert Kresna, neben all den anderen Problemen, das Triumvirat offen heraus.«
»Sie überschätzen Kresna und seine Rede, Mr. Lerchenau«, sagte Rausher. »Sie überschätzen vor allem die Auswirkung. Ein Feuerwerk, nicht mehr. Dieser junge General ist kein ernsthafter Rivale für Makmur.« Rausher sagte keineswegs, was er dachte, im Gegenteil, aber er wollte die anderen über seine Ansichten im unklaren lassen und sie zum Widerspruch provozieren. Er hatte Kresna inzwischen gesprochen, vertraulich und im Geheimen, dabei war sein Urteil, zuvor durchaus geringschätzig, nahezu um 180 Grad gewendet worden. Nicht daß er den jungen General plötzlich für einen überragenden politischen Kopf hielt, aber er war von der Leidenschaft und dem Feuer beeindruckt, das in dem Indonesier brannte, von seiner ungewöhnlichen Gabe, andere Menschen in seinen Bann zu schlagen. Nach Raushers Meinung waren Kresnas Ideen über Außen- und Innenpolitik, über Wirtschafts- und Gesellschaftspolitik, über Reform und Revolution kunterbunt gemischt wie Spielzeuge in einem unaufgeräumten Kinderzimmer. Aber der Mann besaß unzweifelhaft das Zeug zu einem magnetischen Volksführer, zu einem Verzauberer der Massen. Es galt nun, ihn richtig und diskret zu beeinflussen und zu lenken, ohne daß er es merkte und ohne daß es die anderen Mächte merkten oder erfaßten.
Rausher bewahrte darum seine Pläne mit Kresna streng in seinem Busen, »in pectore«, wie er das in päpstlicher Sprache zu nennen pflegte. Auch gegenüber Richard Hershing Cradle, denn das State

Department und dessen Leute waren für ihn ungelenke Dinosaurier, schwatzhafte dazu, die kein Geheimnis zu wahren wußten.
»Ich bin der einzige Neuling in dieser erlauchten Gruppe, Sie alle kennen Indonesien wie Ihre Westentasche.« Du Favre sagte das mit so routiniertem Charme, als sei er tatsächlich dieser Ansicht. »Was ich mich seit Prambanan frage, ist dies: Braucht ein so religiöses, ein so glaubenssüchtiges Volk wie unsere Freunde hier nicht von Zeit zu Zeit einen Heros, einen Staatschef, der sein Herz anspricht und nicht die Ratio? Der Herr Präsident ist ein hervorragender Mann — der *Express*-Skandal, mon dieu, das ist ein Malheur, das kann jedem passieren, auch uns, machen wir uns da nichts vor —, aber, was ich sagen will, der Präsident ist nüchtern, trocken, ein farbloser Redner, er inspiriert niemanden, er langweilt die Leute. Und Langeweile, meine Herren, ist der Tod des Politikers.«
»Sie meinen also, Kresna sei der rechte Präsident für Indonesien?« fragte Wigham und schien ungemein fasziniert. »Stimmt's?«
»Sagen wir lieber, ich will nicht ausschließen, daß die Indonesier den General bald für den Mann halten, der ihre Geschicke lenken soll.«
»Das ist aber ein gewundener Diplomatensatz, Phil.« Der amerikanische Botschafter grinste. »Ich glaube, wir werden zum Essen gerufen. Was ist denn Ihre Meinung, Harold?« Er hakte sich bei dem Briten unter, während sie über die Wiese gingen.
»Ich bin ein fischblütiger Engländer. Mir sind Männer mit dem sogenannten Charisma immer unheimlich. Ich glaube nicht daran.«
»Warum ist eigentlich Soetjipto heute nicht dabei?« Lerchenau schloß sich an. »Mir wurde gestern gesagt, ausnahmsweise werde der kleine Mystiker einem Diner beiwohnen. Auf persönliche Weisung des Präsidenten. Witular soll mit uns, sozusagen zwischen zwei Gängen, über Borneo reden, und Soetjipto muß ihm auf die Finger sehen.« Er reckte den Hals hin und her. »Aber er scheint nicht da zu sein.«
Die Tische längs beider Wände waren mit indonesischen Speisen überladen, dahinter Diener in hochgeschlossener, weißer Livree; jeder setzte oder stellte sich, wohin er wollte. Dank dieser informellen Weise konnte der Außenminister seine Gesprächspartner nach Bedarf aussuchen und wieder wechseln, ohne an einen festen

Platz gebunden zu sein. Witular war ein derart behender und aufmerksamer Gastgeber, daß jeder den Eindruck hatte, er kümmere sich ganz besonders um ihn.
»Seien Sie vorsichtig, Exzellenz«, sagte er zu Malinowsky, der gerade dabei war, ein dick mit rotem Sambal beschmiertes Stück geschmortes Rindfleisch zu schlucken. Zu spät. Der Russe schnappte nach Luft, als habe er Feuer verschlungen. Und von Feuer unterschied sich dieser rote Brei aus spanischen Pfefferschoten, Zwiebeln und geriebenen Krabben in der Tat wenig.
»Essen Sie das hier, das lindert«, sagte Witular lachend und wies auf einen Teller mit in Kokosmilch gekochten, stark gewürzten Hühnern. Fügsam gehorchte Malinowsky, rieb aber noch verzweifelt seine brennenden Lippen.
»Man muß achtgeben, Exzellenz, bei uns in Indonesien. Vieles sieht so sanft und harmlos aus . . .«
». . . und man kann sich dabei verdammt den Mund verbrennen«, setzte der Russe fort. »Das lerne ich auch langsam wieder. Ich habe es ganz vergessen, ich war so lange nicht mehr in dieser Gegend. Wissen Sie, Herr Minister, ich habe mich in Ihr schönes Land verliebt wie in eine schöne Frau.« Er lud seinen Teller voll, während er sprach, mit Telur asin, hartgekochten, gesalzenen Enteneiern in Erdnußsauce, mit Sate, mit Nasi goreng, gebratenem Reis, mit Gado Gado, gebrühtem Gemüse in Erdnußsauce, stülpte darüber Kerupuk udang, mit gemahlenen Krabben vermischte, gebackene Mehlfladen. Mühsam balancierte er den überladenen Teller durch die Menge, fürsorglich von Witular geleitet, der ihn in eine stille Ecke führte.
Malinowsky erzählte von seiner Vorliebe für alte javanische Hindutempel, die jene in Indien überträfen, von dem starken ästhetischen Erlebnis neulich abends in Prambanan – über Kresnas Rede verlor er kein Wort –, allmählich lenkte er auf die Landwirtschaftsausstellung in Jogja über, die auf Grund einer Weisung aus der Hauptstadt über Nacht geschlossen werden mußte. Er bedauere das sehr. Wer denn dafür verantwortlich zeichne?
»Vielleicht General Soetjipto«, sagte Witular boshaft.
Das sei doch wohl eher Sache der Polizei, meinte Malinowsky und blickte ihn scharf durch seine dicke Hornbrille an. Übrigens: ihm sei gesagt worden, die Generale Makmur und Soetjipto würden heute zu Wighams Abschiedsdiner kommen.

Da sei er leider falsch informiert, sagte der Minister, die beiden obersten Berater des Präsidenten kämen niemals zu diplomatischen Veranstaltungen. Er stellte sein Whiskyglas auf den Tisch und roch genießerisch an einer Lilie, die aus einer elfenbeinweißen Vase ragte.
»General Soetjipto sieht sich lieber eine Wayang-Vorführung an. Stimmt es, daß er selbst spielt, Herr Minister?«

»Noch ein Glas, Tuan?« fragte der bucklige Wirt im Warung.
Der Unbekannte nickte. Beflissen stellte der Wirt ein neues Glas Tee mit Eiswürfeln auf den Tisch. Ein blauer Kunststoffdeckel sollte die Fliegen vom gezuckerten Tee abhalten. Auf dem Tisch lag eine verschabte, schmutzige Decke, überkrustet mit Resten unerfindlicher Speisen, gesprenkelt mit Fliegendreck. Voll Widerwillen setzte der Gast das verschmierte, stumpffarbige Glas an die Lippen, das der Wirt bestenfalls einmal am Tag abspülte. Schwer hing der Geruch von Kokosfett in der winzigen, dumpfen Bretterbude. Außer dem Wirt, dem Gast, den Fliegen, einem räudigen, knochendürren Köter, einer schwanzlosen Katze voller kahler Stellen im zerrupften Fell, gab es keine Lebewesen darin. Doch, den Toke, der gelegentlich, im Strohdach verborgen, sein »to-ke, to-ke« knarrte.
Muß ein feiner Herr sein, dachte der Wirt, obwohl er nur Sarong, altes Hemd und Sandalen an den nackten Füßen trägt. Er hat das Gesicht eines feinen Herrn. Und die Sprache, auch wenn er nur ein paar Worte sagt. Und die Hände, die sicher nie eine Hacke im Reisfeld gehalten haben. Was macht er bloß hier in unserem kleinen Dorf? Noch dazu jetzt in der Nacht? Sonst kommt nie einer von den Stadtleuten. Haben ja nichts zu bieten, denen von Djakarta. Haben ja kaum genug zum Fressen für unsereins. Süßkartoffeln heute, Süßkartoffeln morgen. Was will er wohl, der fremde Tuan? Kam von irgendwo, muß zu Fuß gegangen sein. Hab' kein Auto gehört.
Jetzt steht er auf. »80 Rupien, Tuan. Zuviel, Tuan? O nein! Das Eis, Tuan, das kostet hier viel, sie bringen's aus der Stadt. Danke, Tuan, vielen Dank, Tuan. Frieden sei Ihrer Nacht, Selamat malam, Tuan.«
Der Wirt sah dem Unbekannten nach, wie er langsam die staubige,

unbeleuchtete Dorfstraße entlangschritt, bis ihn die Dunkelheit verschlang. Merkwürdig, er ging nicht zurück in Richtung Djakarta, sondern zum Friedhof. Vor zwei Stunden war die Sonne untergegangen, jetzt schlief das Dorf. Nur hier und dort glomm noch ein Öllämpchen aus den offenen Türen der Flechthäuser, hier und dort saßen Schatten und schwatzten leise. Ein anderer Schatten glitt lautlos über den Sandweg, ein Bauer; über seinen Schultern wippte eine Bambusstange, die von zwei Körben tief herabgezogen wurde. Bald war der Unbekannte allein. Ihn begann zu frösteln, obwohl die sonnengebackene Erde nun die Hitze ausströmte, die sie den Tag über aufgesogen hatte.
Der Himmel war verschleiert, die runde Mondscheibe verschwamm milchig und warf kaltes fahles Licht. Statt mit glitzerndem Gold verhüllte sie die Bäume mit blassem, gespenstischem Silber. Ohne stehenzubleiben, schritt der Mann den schmalen steinharten Lehmpfad zum Friedhof empor. Sein Schritt war geräuschlos, als gehe er auf nackten Sohlen in tiefem Sand. Er löste den Sarong von den Hüften und schlang ihn um die Schultern. Auf einer niedrigen Anhöhe lag der Friedhof, ringsum abgeerntete Reisfelder, trocken, stoppelig. Die fröhlich quakenden Frösche waren verreckt. Im Bambusgebüsch in der Ferne krächzte ein Vogel. Jahrhundertealt mußte der Friedhof sein, überwuchert, verwildert, verkommen, kreuz und quer lagen die Grabsteine, oder sie waren tief in die Erde gesunken. Uralt die Frangipani auf dem Friedhof. Längst hatten sie ihre Blätter verloren und sahen nackt, mit hell gebleichten Ästen, wie Skelette aus. Skelette mit Blüten, die, weiß und dick, süßen, betäubenden Duft ausströmten. Der Mann suchte unter den schiefen, den schrägen, den gefallenen, den überwucherten Grabsteinen, bis er einen gefunden hatte, vor dem er stehenblieb; er war größer als die anderen, reicher ausgestattet.
Der Mann kniete nieder und fing zu beten an. Er hatte diese Mondnacht, diese Stunde, dieses Grab sorgfältig gewählt. Er hatte viele Abende in seiner großen Villa in Kebajoran im Koran geblättert, bis er schließlich auf die Sure gestoßen war, die ihm richtig und wirksam schien. Er hatte auch seinen Dukun um Rat gefragt, ihm von seinen Träumen erzählt, doch immer nur in vagen Andeutungen, die den alten Priester im ungewissen ließen. Von dem Ehrgeiz, der in ihm fraß wie eine Krankheit, unaustilgbar, maßlos, hatte er dem Dukun kein Wort berichtet. Weder ihm noch einem anderen

Menschen. Er genoß die Macht, sie berauschte ihn wie eine heimliche Geliebte, von Jahr zu Jahr stärker. Anfangs hatte er sich dagegen gewehrt, wie gegen eine gefährliche Versuchung. Weder Frauen noch Alkohol berauschten ihn. Manche seiner Gegner behaupteten, er sei impotent, eine Behauptung, mit der die Javaner flink bei der Hand waren, falls sie jemanden nicht leiden konnten. Er wußte von dem Gerücht, wußte, wer es ausstreuen ließ: Makmur, sein Erzrivale. Aber steckte Makmur auch hinter den Heftchen, die in jeder Desa heimlich von Hand zu Hand gingen und ihn als bezahlten Agenten der Sowjets beschrieben? Nein, Makmur war daran ausnahmsweise unschuldig. Und Kresna, sein alter Freund Kresna, sein Kamerad und Vertrauter seit den Tagen des Freiheitskrieges – sollte Kresna der direkte oder indirekte Verfasser, der Urheber der teuflischen Broschüren sein? Er sträubte sich gegen den Gedanken, er spürte, wie es ihn an der Kehle würgte.

Er betete, daß Gott ihm nächstes Jahr den Weg frei machte zum höchsten Ziel: der Istana Merdeka in Djakarta. Denn er werde seinem Lande, seinem Indonesien, besser dienen können als jeder andere. Besser als Makmur, der glaubenslose Materialist, besser als Kresna, der dabei war, ihn, seinen besten Freund, schmählich zu verraten.

Makmur ist gefährlich, o Herr, sagte er zu Gott, Kresna ist unreif, ein Kind, ein naiver Narr. Sie sind des Präsidentenamtes nicht würdig. Laß meine Pläne reifen, o Herr! Verzeih mir, wenn ich Unrechtes tun muß! Doch der Zweck heiligt die Mittel, o Herr, Du hast es mir selbst gesagt, oben auf dem Berg.

Er betete das gleiche wieder und wieder, inbrünstig, betete, daß Gott seine Pläne segnen, daß er das Unrecht verzeihen möge, das er zu tun gezwungen sei. »Denn der Zweck ist gut, o Herr!«

In die blassen Schatten, welche die Geäste der Tempelbäume und die Grabsteine ins verdorrte Gras des Friedhofes malten, verschmolz der Schatten des betenden Mannes. Er fröstelte trotz der stickig warmen Nachtluft und wickelte sich immer enger in seinen Sarong. Es war totenstill; sogar die Grillen hatten aufgehört zu zirpen, als werde gleich ein Ungewitter losbrechen. Fahl schien der Mond. Stunde um Stunde betete der Mann – bis der Morgen dämmerte. Dann schlief er kniend ein.

»Die Sowjetunion möchte ihre Beziehungen zu Indonesien enger gestalten«, sagte Malinowsky und stopfte sich eine in Kokosmilch gedünstete Banane in den Mund.
»Ich bin sehr glücklich, das zu hören«, sagte der Außenminister, der damit beschäftigt war, die krokodilhäutige Schale einer Salak vom honigsüßen Fleisch zu lösen.
Malinowsky, den Mund noch voll, machte eine Geste in Richtung Garten. Offenbar wollte er ungestört reden. Langsam gingen die beiden Männer über die Terrasse auf den Rasen.
»Was wollen denn die anderen Mächte hier in Ihrem wunderschönen Land?« sagte Malinowsky und wischte sich mit einem riesenhaften Taschentuch den Schweiß von Stirn, Augendeckeln und Nacken. Es war schwül und stickig, der Himmel hatte sich schlierig überzogen, und der Mond leuchtete fahl und kalt. »Nehmen wir die Chinesen. Die wünschen eine Volksrepublik Indonesien. Die Japaner? Die wollen die Zulieferfirma Indonesien, die ihnen billige Rohstoffe liefert und die Produktion mit der meisten Umweltverschmutzung abnimmt. Und die Amerikaner, die möchten Ihre billigen Arbeitskräfte ausbeuten, Ihnen schrottreife Autos verkaufen, Indonesien zu einem großen Flottenstützpunkt ausbauen. Bevor Sie sich's versehen, werden Sie eine Filiale von General Motors und Standard Oil. Südamerika sollte Ihnen . . .«
»Und die Sowjetunion?« unterbrach ihn Witular.
»Ich habe heute ein Telegramm aus Moskau erhalten.« Die Stimme des Russen senkte sich. »Wir denken an einen Freundschafts- und Beistandspakt, Herr Minister. Keiner unserer beiden Staaten soll einem Bündnis beitreten, das gegen den anderen gerichtet ist. Keiner erlauben, daß sein Land für Aktivitäten benutzt wird, die dem anderen militärisch schaden können. Wir wollen keine Basen, wie Washington, allenfalls Ankerrechte. Aber wir wollen Indonesien beim Ausbau der Häfen mit Fachleuten und Krediten gern unterstützen.«
Dann kennt ihr unsere Hafenanlagen wie eure Westentasche, dachte Witular, dann braucht ihr gar keine Spione mehr.
»Wir wollen Indonesien Düsenflugzeuge liefern«, fuhr Malinowsky fort, »zivile oder militärische. So viel Sie brauchen. Wir würden außerdem Hunderte von Stipendien an unseren besten Hochschulen bereitstellen.«
Ein Kellner mit einem Tablett Gläsern näherte sich. Witular wollte

ihn wegwinken, aber der Russe, mit einer Hand das Gesicht abtrocknend, griff durstig nach einem großen Glas Whisky, das er in einem Zug halbleer trank.
In der anderen Ecke des Gartens erklärte Lerchenau: ». . . die Armee ist unzufrieden. Die Rivalität innerhalb der Generalität wächst. Ich weiß aus höchst vertraulicher Quelle, daß die Auseinandersetzungen zwischen den Teilstreitkräften neuerdings wieder zunehmen.«
»General Makmur ist bei der Armee unpopulär. Einige lokale Befehlshaber sollen sich bei Sidabutar beschwert haben, daß Makmur über ihre Köpfe hinweg, ohne sie zu unterrichten . . .«
»Ich weiß, ich weiß, Dick. Gerüchte. Davon halte ich wenig. Bin der Sache nachgegangen. Aber meine Freunde in der Armee bestreiten so etwas energisch.«
»Keine Gerüchte, Richard«, sagte Cradle und trank sein Glas Whisky aus. Cradles Zunge ging schon etwas schwer. Er trank neuerdings mehr als gewohnt, er vergaß dann wenigstens zeitweise seinen Ärger über Washington und seine Frustration.
»Findest du es nicht sehr leichtsinnig von Rausher«, wich Lerchenau plötzlich vom Thema ab, als er den jungen Professor im Gespräch mit einem Mitarbeiter Soetjiptos erblickte, »daß er sich mit Makmurs Mata Hari eingelassen hat? Sah die beiden in Jogjakarta eng umschlungen durch die Malioboro schlendern.«
»Ach – Sumini. Sag, mein Freund« – Cradle legte seine Hände auf des Deutschen Schultern und zwinkerte –, »würdest du nicht auch gern mit ihr . . .?«
Lerchenau wich leicht angewidert einen Schritt zurück: »Ich bin zwar kein Kostverächter. Aber in unserem Beruf sollte man doch vorsichtiger sein.«
Ein Gamelanorchester hatte sich auf die Terrasse gehockt und begann zu spielen. Seine Metallophone und Gongs übertönten glockig das Sägen der Zikaden in den Bäumen. Drei Tänzerinnen schwebten nacktfüßig herein, ihre Arme flatterten, ihre Hüften wogten. Einige Gäste unterbrachen ihre Unterhaltung und sahen zu.
». . . fortschreitende Erosion des Machtapparates in Djakarta«, sagte irgendwo Philippe du Favre. »Ermüdungserscheinungen eines Regimes, das lange und unkontrolliert an der Macht ist.«
Unter dem Waringin stand Witular mit Matsudaira, der den Russen abgelöst hatte.

»Arbeitsteilung zwischen allen Ländern der Region«, sagte der Japaner, »das ist das Konzept meiner Regierung. Sie stimmen im Prinzip mit uns überein, Herr Minister. Arbeitsintensive, einfache Industrie bei Ihnen, hochtechnologische und kapitalintensive Wissenschaftsindustrie bei uns. Unter diesen Gesichtspunkten müssen wir auch das Projekt Borneo betrachten.«
Die schmutzige, billige Arbeit für uns, dachte Witular, die feine Arbeit mit viel Gewinn für euch.
Matsudaira, der als einer der wenigen Gäste unter der schwülen Hitze nicht zu leiden schien, hatte sein Gespräch mit einem kurz zuvor eingetroffenen Angebot aus Tokio eingeleitet. Die Japaner wollten zu äußerst günstigen Bedingungen Schnellbootmotoren und Radaranlagen für den Küstenschutz liefern, außerdem Helikopter und Lastwagen für die Polizei. Er verschwieg freilich ein anderes, streng vertrauliches, nur für Makmur bestimmtes Angebot: der japanische Geheimdienst wollte dem indonesischen bei der Einrichtung einer Computeranlage helfen, mit Rat und Tat und Geld.
Witular sah auf die Uhr und entschuldigte sich, ging dann mit kleinen, schnellen Schritten auf die Terrasse zu. Amüsiert stellte er fest, wie laut seine Gäste geworden waren, wie leicht sie in Lachen ausbrachen. Der Alkohol tat offenkundig seine Wirkung, besonders in einer so schweren, stickigen Luft wie heute. Witular trank nur Orangensaft. Er wies das Gamelan an, einen Tusch zu spielen. Wie Eidechsen flitzten die Finger der Musiker über die Instrumente. Als die Gongs verklungen waren, senkte sich Stille über den Garten. Nur Cradles Stimme tönte einsam: ». . . ein verteufelter Kerl, dieser Kresna.«
Allmählich sammelten sich alle Gäste um die Terrasse, wo die kleine Gestalt des Außenministers allein stand.
Nach ein paar freundlichen Floskeln über Harold Wigham, der bald einen wichtigen Posten in der EWG einnehmen werde, sagte Witular: »Sie alle, die mir heute durch Ihr Kommen die Ehre erwiesen haben, sind mit den Verhandlungen über das Projekt Borneo wohl vertraut. Erlauben Sie mir, daß ich mich der Mythologie bediene, um die Gefühle von uns Indonesiern deutlich zu machen; der griechischen, nicht der indonesischen Mythologie. Ich meine das Urteil des Paris.«
»Oh, oh«, erscholl es.
Witular schmunzelte: »Denken Sie sich, meine Herren, vier statt

der drei Göttinnen, unter denen wir wählen sollen, dann haben Sie unsere Lage. Bekanntlich versprach jede Göttin dem Paris ein kleines Geschenk, falls er ihr den goldenen Apfel reiche.«
»Heutzutage heißt das Korruption«, murmelte Wigham.
»Hera versprach die Herrschaft über Asien und Europa, Athene den Sieg über die Griechen, Aphrodite die schönste Frau der Welt. Paris konnte sich lange Zeit nicht entschließen – so wie wir.«
Gelächter und Gekicher.
»Sie, meine Herren, und Ihre Regierungen, sind zum Glück geduldiger als jene launischen Damen. Dafür möchte ich Ihnen hier danken. Sie zeigen großes Verständnis für die Sorgfalt, mit der wir unter den Angeboten wählen, denn das Projekt Borneo ist eine Schicksalsfrage für Indonesien.«
Witular tupfte mit seinem Taschentuch über Mund und Kinn und fuhr dann fort: »Unser künftiger Partner oder« – die nächsten Worte betonte er sehr deutlich –, »oder unsere künftigen Partner, warum sollen es nicht zwei sein?«
»Hört, hört«, riefen einige Stimmen.
»Unser künftiger Partner soll selbstlos sein. Unter selbstlos verstehe ich eine Partnerschaft, die beiden Seiten gleicherweise zum Vorteil gereicht, die keine anderen Interessen im Auge hat als jene, die im Projekt Borneo genannt werden: Aufbau der maritimen Infrastruktur Indonesiens« – er machte eine kleine, theatralische Pause – »einschließlich des Schutzes unserer Küsten gegen Infiltration. Eine Invasion brauchen wir nicht ernstlich zu fürchten, wohl aber Infiltration. Um ehrlich zu sein, in den letzten Wochen, ausgerechnet während unseres Wahlkampfes oder, besser, genau deswegen, hat die Infiltration von außen bedrohlich zugenommen.«
»Der Leiter von Aeroflot wird wegen der *Express*-Affäre ausgewiesen«, sagte Lerchenau leise.
Witular machte wieder eine Pause, lächelte liebenswürdig, als erzähle er gerade Witze, und seine Augen flogen über seine Gäste. »Das Projekt Borneo ist ausschließlich ein wirtschaftliches Unternehmen. Wir brauchen einen Partner, der nur dieses Ziel und kein anderes im Auge hat.«
»Damit scheiden alle außer uns Europäern aus«, flüsterte du Favre skeptisch.
»Wir sind wie Aphrodite«, bemerkte Wigham trocken, »wir bieten nur Liebe.«

»Auch keine Geschäftchen à la ›Kupu‹«, sagte Rausher gerade so laut, daß Matsudaira es hören mußte, »das war ja wohl ein versuchter Raub der Helena.«
»Paris traf bekanntlich eine schlechte Wahl«, fuhr der Minister fort. »Das Ergebnis war Krieg und die Zerstörung seiner Heimat. – Trinken Sie bitte mit mir darauf, meine Herren, daß wir Indonesier ein klügeres Urteil als Paris treffen. Ein Urteil, mit dem alle einverstanden sind, das niemanden kränkt, das für ganz Südostasien Wohlstand und Frieden sichert und eine selbständige Entwicklung unseres Landes garantiert, ohne Einmischung von außen.«
Gläser klangen. Für Sekunden herrschte fast verlegene Stille. Jeder der von Witular angesprochenen Gäste gab seiner Paris-Fabel eine andere Auslegung.
»Ich kenne solche Reden«, sagte du Favre. »Hübsche Prinzipien, an die sich die Regierungen dann doch nicht halten.«
»Da bin ich nicht so sicher«, sagte Lerchenau. »Die Russen haben die Unterstützung der Opposition zu weit getrieben. Und seit die ›Kupu‹-Affäre geplatzt ist, in aller Öffentlichkeit, ist der Präsident auf die Japaner ... Was ist denn da los?«
Vom Speisesalon her hörte man hastiges, erregtes Reden. Was gesagt wurde, war nicht zu verstehen. Es wurde lauter. Ein junger Offizier in Uniform, kein Gast, kam auf die Terrasse und ging eilig auf Witular zu. Offenbar überbrachte er eine wichtige Meldung. Witulars Gesicht wurde mit einem Schlag sehr ernst, er drehte sich um und ging mit dem Offizier ins Haus. Die Gespräche auf der Terrasse verstummten, die Gäste drängten hinter dem Außenminister her.
»Irgendwas muß passiert sein«, sagte Lerchenau zu du Favre. »Sehen wir nach.«
Um Witular hatte sich eine Menschentraube gebildet. Wie stets sprach der Außenminister leise: »... mißglückt«, hörte ihn Lerchenau noch sagen.
»Was ist mißglückt, Herr Minister?« rief der Botschafter über die Köpfe der anderen.
»Ein Attentat auf General Kresna.«
»Ein Attentat auf General Kresna?« fragte der Deutsche entsetzt. »Ist er verletzt?«
»Hat man die Täter erwischt?« fragte Rausher.
»Wann ist es denn geschehen?« fragte Malinowsky.

»Kein Grund zur Aufregung«, sagte Witular und lächelte gottergeben. »Irgendwelche Narren haben in Blitar Selatan auf den General geschossen, als er von einer abendlichen Wahlversammlung in sein Nachtquartier fuhr. Drei Schüsse. Alle sind danebengegangen, einer hat freilich den Kühler seines Landrovers getroffen. Niemand wurde verletzt. Die Täter, wahrscheinlich waren es zwei, sind geflohen und werden gesucht.«
»Wer waren denn die Täter?« fragte Rausher. »Ich meine – die Narren?« verbesserte er sich ironisch. »Gegen wen richtet sich der Verdacht als Urheber des Attentates?«
»Ich weiß nur, was ich Ihnen eben berichtet habe«, sagte der Minister mit einem Hauch von Ungeduld.
»Wann war das Attentat?«
»Vor etwa zwei Stunden. Nicht wahr, Leutnant?«
Der Leutnant nickte.
»Wo ist Blitar Selatan?« fragte du Favre seinen Nachbarn.
»Im südlichen Ostjava«, erwiderte Wigham. »Fast jedes Jahr gibt es dort Dürre, und zur Zeit herrscht eine üble Hungersnot.«
»Aha, ich erinnere mich. Kresna sprach davon in seiner Rede in Prambanan.«
Malinowsky und Matsudaira standen allein. »Wer hat denn Interesse daran, General Kresna zu ermorden?« fragte Matsudaira. »Er ist doch der populärste Mann in Indonesien.«
»Vielleicht gerade deswegen«, sagte Malinowsky und putzte seine Brille. Er hatte jetzt den eigentümlichen nackt-hilflosen Blick mancher Brillenträger. »Vielleicht war's ein Rivale.« Offensichtlich dachte er an Makmur, zumindest wollte er den Eindruck erwecken.
»Das wäre eine Möglichkeit«, sagte Matsudaira in betont makellosem Oxford-Englisch. »Eine andere wäre« – sein von ständig hochmütigem Lächeln schief gewordener Mund verzog sich noch schiefer –, »eine andere Möglichkeit wäre, daß die eine oder andere Macht daran interessiert wäre, durch Kresnas Ermordung Unruhe zu schaffen. Denn Unruhe würde es zweifellos geben, erhebliche Unruhe.«
»Welche Mächte meinen Sie, Exzellenz?« fragte Malinowsky, setzte seine Brille wieder auf und blickte zum chinesischen Botschafter hinüber, dessen Finger zärtlich über die große blau-weiße Ming-Vase glitten. Chia Tsi-an schien völlig ungerührt von der Aufregung im Salon.

# V

»Ja, und das Schwein vom alten Wadi ist weg. Ist ihm weggelaufen, auf den Hügel beim Dorf, wo der Arju ist – die alten Steine, weißt du. Wir nennen das die ›weinende Frau‹ – manchmal, in der Trockenzeit, wenn wir schon Monate auf Regen warten, läuft oben beim Arju Wasser von den Steinen. Und weißt du, Arju frißt Schweine. Hat schon« – die Frau zählte eifrig an den Fingern – »fünfzehn, dreizehn, sechzehn, ja, so viel Schweine hat der schon gefressen. In einem Jahr. Also, da ist gestern das Schwein vom ...«

Tono unterbrach ungeduldig den Redeschwall seiner Schwester: »Geschieht ihm recht, dem Christen. Wozu hat so einer ein Schwein.«

Es wurde langsam hell, das Sonnenlicht zwängte sich durch die Ritzen des mit Brettern verschlossenen Fensters von Tonos Schlafzimmer. Tonos Haus bestand nur aus diesem Zimmer, das sich tagsüber in Wohnraum und Küche verwandelte. Im Augenblick schliefen neun Personen darin, auf dem Boden ausgestreckt, so daß kein Plätzchen unbenutzt blieb. Tono, seine sechs Kinder, seine Frau und Mina, die Schwester, die gestern abend, das Gesicht von Tränen überströmt, plötzlich vor der Tür des winzigen Lehm- und Bretterhauses gestanden hatte.

Mina brauchte dringend Hilfe. Mina lebte mit ihrem Mann, zwei Autobusstunden von Surabaya entfernt, in einem kleinen Dorf. Ihr Mann besaß ein paar hundert Quadratmeter Felder, auf denen er Reis und Tapioka anbaute, und verdingte sich außerdem bei einem größeren Bauern, um die zehn unersättlichen Mäuler seiner Familie halbwegs zu stopfen. Dieser Mann hatte plötzlich begonnen, Blut zu spucken; alles, was er aß, spie er wieder aus. Weit und breit kein Arzt. Mina war, durch die Gluthitze, ins übernächste Dorf gewandert, um den Dukun zu bitten. Aber der Dukun wollte Geld, zuviel Geld für Mina. Dann war sie müden Fußes in ein anderes Dorf gepilgert, zu einer klugen, heilkundigen Frau. Die Frau war verreist. Also setzte sich Mina in den Autobus und fuhr nach Surabaya. Ihr Bruder lebte in der großen Stadt, ihr Bruder kannte gewiß viele Leute, ihr Bruder konnte ihr sicher helfen.

Mochte Allah Erbarmen haben: Minas Vorstellungen hatten mit der Wirklichkeit nichts, aber auch gar nichts zu tun. Tono war vor

drei Jahren nach Surabaya gekommen, Freunde besaß er ebensowenig wie Geld. Ja, doch: neulich hatte ihn ein Funktionär von ANSOR besucht. Was er erzählte, von einer großen Bruderschaft, in der jeder dem anderen beistand, keiner den anderen hungern ließ und alle, Arm in Arm, für ein gerechtes, Allah treu ergebenes Indonesien kämpfen wollten — »natürlich ohne Gewalt, sondern friedlich« —, was dieser Funktionär von ANSOR erzählte, hatte Tono sehr gefallen. Da er, unbeschadet seiner sechs Kinder, kaum dreißig Jahre zählte, war er noch jung genug, der Muslim-Jugendorganisation beizutreten.
Tono hatte Beistand, Allah mochte es bezeugen, bitter notwendig. Seit vielen Monaten war er ohne Arbeit. Überall hatte er es versucht; in den Fabriken: aber die Fabriken entließen Leute, statt neue einzustellen — auf den Baustellen: aber dort wurde nicht mehr gebaut, das Geld war den Auftraggebern ausgegangen — als Betjakfahrer schließlich: aber der chinesische Betjakunternehmer verlangte fünftausend Rupien als Sicherheit für das Dreirad. Woher sollte Tono eine solche Riesensumme nehmen? Also lebte Tonos Familie davon, daß er gelegentlich ein paar Stunden als Hilfsarbeiter eingesetzt wurde und seine Frau bei einem amerikanischen Diplomaten die Wäsche wusch und, wenn diese reichen Herrschaften Gäste einluden, in der Küche assistieren durfte. Sie aßen Tapiokamehl mit ein paar Pfefferschoten, ab und zu einen getrockneten Fisch und manchmal auch gar nichts.
Trotz alledem war Tono seit gestern abend entschlossen, seinem schwerkranken Schwager zu helfen. Er wußte zwar nicht wie, aber irgendwie wollte er es schon schaffen.
Tono gähnte, hörte nicht weiter auf den ununterbrochenen Redestrom von Mina, sondern erhob sich, dehnte seinen mageren Brustkasten und griff nach seinem wertvollsten Besitztum, einem Transistorradio, das zwar nur noch krächzte, aber, vorausgesetzt, daß alle schwiegen, zu verstehen war.
Eine schmelzende Frauenstimme ließ die letzten Worte eines Liebesliedes aus der Kehle träufeln. Dann meldete sich der Nachrichtensprecher: »Gestern abend wurde im südlichen Ostjava, in Blitar Selatan, ein Attentat auf General Kresna begangen.« Plötzlich waren die anderen Personen im Zimmer hellwach, die bisher geschlafen oder zumindest so getan hatten. Sie wickelten sich aus ihren Sarongs und richteten sich auf. »Das Attentat ist mißlungen«,

sprach der Ansager weiter, in einem scheinbar völlig unbeteiligten, gefühllosen Ton. »Die Täter konnten entkommen. Oberst Wowor, Kommandant . . .«

Niemand hörte mehr zu, alle redeten durcheinander. Tono war vor zwei Wochen – oder wann war's? – mit seiner gesamten Familie, den Säugling hielt die Frau in einer Schulterschlinge und reichte ihm bisweilen die Brust, zu Kresnas großer Wahlversammlung in Surabaya gegangen. Seither waren sie überzeugt, Kresna werde bald Präsident und werde Indonesien zu Ruhm und Reichtum führen. Dann werde jedermann Arbeit, reichlich Essen und ein schönes Haus haben.

Noch während Tonos Familie aufgeregt durcheinanderschnatterte, klopfte jemand an die Tür. Tono öffnete einen winzigen Spalt. »Mas«, sagte eine Männerstimme von draußen, »wir wollen heute eine große Kundgebung für Kresna veranstalten. Wir holen dich in zwei Stunden ab.«

»Wer ist ›wir‹?«

»ANSOR, Mas, und viele andere Organisationen. Kommst du?«

»Ja. Tono kommt«, erwiderte er eifrig.

»Gut, in zwei Stunden, Mas.« Aus der Stimme des Mannes klang heraus, daß er eine andere Antwort kaum hingenommen hätte.

»Du kannst nicht zur Versammlung gehen. Du willst Mina allein lassen, Bruder«, jammerte die Schwester. »Du kannst nicht hingehen. Minas Mann verblutet, Allahu Akbar, verblutet.«

»Das ist was viel Wichtigeres, die Versammlung. Wir müssen jetzt zusammenstehen, das ganze Volk« – Tono hatte diese Worte in irgendeiner Propagandaschrift der NU gelesen – »ist wichtiger als die Familie.« Er legte seinen Arm beruhigend auf Minas vom Schluchzen geschüttelte Schultern. »Wird schon nicht verbluten. Ich versprech' dir, wenn die Kundgebung aus ist, fahren wir ins Dorf. Bei Allah.« Er richtet sich hoch, streckte seine Hühnerbrust heraus: »Auch wir kleinen Leute müssen dem Ruf von Pflicht folgen. Wenn Kresna tot ist . . .«

»Kresna ist nicht tot. Hast du ja gehört.«

»Sie werden's wieder versuchen«, sagte Tono ungerührt, »und das nächste Mal werden sie ihn erwischen. Aber wir werden ihn schützen.«

Er lief schnell zum Kanal und wusch sich, um für die Kundgebung sauber zu sein.

Zwei Stunden später wurde Tono von einer Gruppe junger Männer abgeholt. Es war eine fröhliche, lachende Gesellschaft, sie machten allesamt den Eindruck, als gingen sie zu einem schönen Slametan statt zu einer politischen Kundgebung. Der Anführer war Anfang Zwanzig und trug eine glänzende Kunststoffhose, die ihm so eng ansaß, als sei sie aufgegossen.
Tonos Haus lag im Hafenviertel, nahe dem Meer und nahe dem Quartier der Araber. Der kräftige, frische Salzwassergeruch der See verlor sich bald in den engen Gassen der Kota, der »City«, im Gestank aus Fischen, faulendem Obst, Urin und den Ausdünstungen niemals gelüfteter, zweistöckiger dunkler Häuser. Nur mühsam zwängte sich die Gruppe durch die quirlende Menge. Gelegentlich wichen sie, mit Stierkämpferbewegungen, klapprigen Autos aus, die, trotz oder vielleicht gerade wegen des Gewühls, rücksichtslos schnell fuhren. Die abgefressenen Glieder aussätziger Bettler streckten sich ihnen gierig entgegen, einige krochen auf kurzen Stummeln, die einstmals Schenkel gewesen waren. Katzen mit räudigem Fell und kläffende Hunde, die lederbezogenen Skeletten glichen, stritten sich auf Abfallhaufen um jeden Bissen. Ambulante Verkäufer priesen singend ihre Waren, Autos hupten, Betjaks klingelten wie besessen. Über die schmalen Gassen hinweg warfen sich die Hausbewohner Fetzen von Informationen zu.
Mit einem Gefühl des Neides, dessen er sich gar nicht bewußt war, starrte Tono in die tunnelartigen Lagerräume und Läden der Kaufleute. Ihm schien es ganz natürlich, daß die Besitzer, fast ohne Ausnahme, arabische oder chinesische Gesichtszüge aufwiesen, während die Kulis, die Fässer, Kisten, Stoffballen und Säcke herbeischleppten, allesamt Indonesier waren. Wie Eulen saßen die Besitzer in ihren düsteren Kontoren, rührten sich nicht, als seien sie Wachsfiguren, indessen dicke Fliegen über ihre schweißbedeckten Gesichter krabbelten. Andere schwatzten träge mit Kunden und schienen jede Anstrengung zu meiden, von der Hitze ausgelaugt, gleichgültig gemacht. Der Eindruck täuschte freilich – der eine und andere von ihnen hatte es vom Straßenverkäufer, der die Waren an Bambusstangen über der Schulter trug, zum Dollarmillionär gebracht.
Tono hatte keine Ahnung, was bei der Kundgebung geschehen würde. Er wußte bloß, daß sie alle ihre Sympathie für Kresna erklären wollten. Gewiß würde es auch Reden geben, und Reden be-

deuteten in seinem eintönigen Leben eine willkommene Abwechslung. Vielleicht wußte der Jüngling in den engen Glanzhosen, ein Medizinstudent, mehr über die Versammlung, aber er sagte nichts. Man unterhielt sich über alles mögliche, über die fürchterlich angestiegenen Preise von Reis und Gemüse, den Mangel an Ziegenfleisch, die Hungersnot in Blitar Selatan – »Pak Kresna ist dorthin gefahren, um den armen Leuten zu helfen. Die Regierung hat uns vergessen« –, über die Klagen der Frauen, die sich darüber beschwerten, daß sie sich jetzt sogar um Fische stundenlang anstellen mußten. Böse und gehässig war die Stimmung in Tonos Gruppe allerdings keineswegs. Im Gegenteil: fröhlich und munter, wie auf einem gemeinsamen Ausflug.
Im japanischen Konsulat sei schon wieder jemand gestorben, erzählte Tono.
»Der frühere Konsul hätte auf die Warnung der Leute hören und den heiligen Baum nicht fällen lassen sollen«, sagte der Medizinstudent.
»Drei Japaner sind seither gestorben«, sagte ein dritter, »die Frau des ersten Konsuls, dann sein Nachfolger, dann der Sekretär des neuen Konsuls.«
»Weil sie Geister im Baum gestört haben, die Japaner«, sagte Tono.
»Der neue Konsul hat Angst bekommen«, sagte der Medizinstudent, »er ist ausgezogen. Läßt das Haus abreißen.«
»Die Nachbarn hören in der Nacht hämmern und sägen in dem Haus. Haben sich beim Konsul beschwert.«
»Woher weißt du das, Jusuf?«
»Vom Diener beim Konsul. Der Konsul hat gesagt, tut ihm leid, nachts wird nicht gearbeitet. Bilden sich die Nachbarn bloß ein. Hab' das Hämmern und Sägen selbst gehört, neulich in der Nacht. Dabei war kein Mensch im Haus, kein Mensch.«
»Hast keine Angst gehabt?«
»Viel Angst.« Jusuf grinste und zeigte seine gelben Zähne.
Vor dem Gouverneurspalast stand eine Mauer von Soldaten, die niemanden durchließ. Offenbar hatten die Veranstalter der Kundgebung damit gerechnet und auf einem Lieferwagen einen Lautsprecher montiert. Dieser Lautsprecher wiederholte immer die gleichen Sätze: »Saudara, Saudara – Pak Gubernur will nicht zu uns sprechen. Marschiert weiter, Freunde. Wir versammeln uns alle auf der großen Wiese vor dem Stadion.«

Also marschierten sie weiter, zum Stadion. Auch Tonos Gruppe, angeführt vom Medizinstudenten in der Glanzhose. Ein nicht abreißender, breiter, schwatzender Lindwurm von Menschen. Hier und dort einige empörte Stimmen, die auf den Gouverneur schimpften. Aber der Ärger legte sich bald. Überall flatterte Gelächter hoch. Das gleichmäßige Scharren von tausend und abertausend Füßen mischte sich mit dem Singsang der leisen Stimmen.
Jusuf, der ein guter Erzähler war, unterhielt seine neuen Freunde mit Geschichten von Kantjil, dem Lieblingsgeschöpf der javanischen Volkssage. Jusuf hatte die Gabe, die Taten des schlauen Zwerghirsches zu aktualisieren, dem es immer wieder gelang, auch in der scheinbar hoffnungslosesten Lage seine großen und mächtigen Feinde zu überlisten und zu besiegen. Jusufs Zuhörer merkten kaum, wie Kantjil allmählich ein Held ihrer Tage wurde, ein Verteidiger des kleinen Mannes gegen die Regierung, gegen die Armee, gegen die Polizei. Selbstverständlich nannte Jusuf keine Namen, die mochte sich jeder selbst denken. Außerdem war es riskant, Makmur oder Soetjipto oder den Präsidenten mit Namen zu erwähnen. In der Menge wimmelte es von Polizeispitzeln.
Schließlich erzählte er von einem überlisteten Feinde Kantjils, der unverkennbar die Züge eines reichen chinesischen Kaufmannes trug.
Plötzlich fragte einer der Begleiter: »Die Babas waren's, die auf Pak Kresna geschossen haben, meint ihr nicht?«
»Unsinn«, sagte ein anderer, »keine Chinesen. Waren Leute von ihm, na, ihr wißt schon, wen ich meine . . .«
»Es ist nah bei unserer Desa«, sagte ein knochenmagerer junger Mann, der nichts als eine zerrissene kurze Hose und einen Fetzen von Hemd trug, »wo sie auf Pak Kresna geschossen haben.« Seine Arme und Beine mochte man leicht mit zwei Fingern umschließen, und es schien ein Wunder, daß er richtig gehen konnte. Erst vor wenigen Tagen war der Mann aus dem verdorrten, vertrockneten Gebiet von Blitar Selatan nach Surabaya geflohen. Hier bettelte er sich und seiner Familie täglich ein paar Bissen zusammen, dort unten wären sie kläglich verhungert. Außerdem gab es in Surabaya genug Wasser, schmutziges zwar, um den Durst zu löschen und darin zu baden.
»Bist du geflohen«, fragte der Medizinstudent, »wegen der Hungersnot? Wer kümmert sich nun um dein Haus und die Felder?«

Der Mann zuckte ergeben mit den Schultern und lächelte schwach: »Wächst nichts mehr da unten, Mas. Wovon soll ich leben?«

»Aber ich habe gelesen, daß der Gouverneur Lastwagenkolonnen mit Lebensmitteln in die Notgebiete geschickt hat«, sagte der Student.

»Hab' nie Wagen gesehen«, sagte der Mann, ohne Vorwurf. Der Student starrte ihn an, aber der Mann wich seinem Blick scheu aus.

»Vielleicht haben sie die Lebensmittel verkauft«, sagte der Student empört, »bevor sie überhaupt in die Desas gekommen sind. Man sollte sie erschießen.«

»Hängen«, sagte Jusuf, »öffentlich hängen.«

»Unsere eigenen Leute sind noch schlimmer als die Babas«, sagte ein anderer. »Ob da unten in Blitar Selatan einige tausend Kinder, Frauen, Männer verhungern, ist ihnen gleichgültig.«

»Aus unserer Desa sind sie schon vor Monaten fort, die Babas«, sagte der Bettler, »alle Läden leer.«

»Typisch Baba. Wittern Unheil wie die Ratten«, sagte Jusuf.

»Aber auf Pak Kresna haben sie nicht geschossen, Mas.«

Von lustigen Kantjil-Abenteuern war jetzt keine Rede mehr.

Die große und durchwegs wohlbestallte chinesische Kolonie in Surabaya war stets eine Quelle des Neides und jedesmal das erste Objekt, auf das sich der Haß des Stadtvolkes richtete.

Je näher sie dem Stadion kamen, desto flirrender wurde die Erregung der marschierenden Menschen, desto seltener hörte man Lachen. In die Stimmen schlich ein leiser Ton der Erbitterung. Die Wiese vor dem Stadion, von sauberen, kleinen weißgekalkten Gartenhäusern umgeben, hatte sich bereits zur Hälfte gefüllt.

»Wer wird denn reden?« fragte Jusuf.

»Wirst es schon hören, Mas«, sagte ungnädig der Student, dem freilich selbst nur befohlen worden war, die Gruppe zur Kundgebung zu bringen. Über das Rednerprogramm wußte er so wenig wie die anderen.

Am Rand der Wiese standen Soldaten mit umgehängten Maschinenpistolen. Ein Hauptmann ging von einem zum anderen und musterte sie genau. Der Hauptmann, klein, fett, mit einem gemütlich freundlichen Gesicht, war schlechter Laune. Er hatte für heute vormittag mit der jungen Frau eines abwesenden Kameraden ein Rendezvous vereinbart. Nun mußte er wegen »dieser verdammten

Kundgebung, der Teufel soll Amak Latief und die ganzen Staatsfeinde von ANSOR holen«, auf sein Liebesabenteuer verzichten. In Gedanken an den Körper der Frau leckte er sich die Lippen.
»Gafft hier nicht herum«, fuhr er den Medizinstudenten an, »stellt euch da drüben auf, wie die anderen.«
Der Student, der genaugenommen keiner war, sondern sich nur als solcher ausgab, durchbohrte ihn mit seinen Augen und würdigte ihn nicht einer Antwort. Gemessenen Schrittes schlenderte er mit seinem Trüpplein über die Wiese. Vor einer am Boden hockenden, ambulanten Händlerin blieb er stehen, kaufte eine Handvoll fliegenüberkrusteter Sardinen, die sie behende in ein Stück Bananenblatt wickelte, von einer zweiten Reiskuchen, von einer dritten krabbelnde Zwergkrebse. Die Hälfte gab er dem Bettler aus Blitar Selatan, die andere verschlang er selbst gierig.
Auf dem Podium begann der erste Redner zu sprechen, ein Vertreter der Nationalisten. ANSOR hatte sich mit vielen Organisationen und Parteien zusammengetan, um Leute für die Kundgebung zu mobilisieren. Ein Redner nach dem anderen pries Kresna — zitierte seine Forderung von Prambanan nach Säuberung der Staatsspitze von korrupten Persönlichkeiten — schob das mißglückte Attentat, je nach Sinnesrichtung, einmal ominösen »Männern in mächtigen Positionen«, ein andermal ausländischen Verschwörern und Geheimdiensten in die Schuhe. Es wurde schnell sehr heiß, manche spannten Schirme auf, um ihre Köpfe gegen die Sonnenglut zu schützen. Jetzt sprach ein Präsidiumsmitglied von ANSOR, Mitte Dreißig, Fez, dünner Schnurrbart. Den weichen, traurigen Ausdruck seines schmalen Gesichtes suchte er durch heftige Gestik und heiser brüllende Stimme wettzumachen.
Gerade strebte er dem emotionellen Höhepunkt seiner Rede zu, als ein Lautsprecher, er mußte im Stadion untergebracht sein, zu kläffen begann. Die Worte waren kaum zu verstehen, aber der störende Lärm wurde immer lauter. Die Menge hörte bald nicht mehr dem Mann auf dem Podium zu, sondern der bellenden Stimme aus dem Lautsprecher. Vergeblich versuchte der Redner die Aufmerksamkeit der Leute weiter zu fesseln, aber sie waren wie Kinder. Hier und dort erscholl der Ruf: »Geheimdienst — sind Agenten vom Geheimdienst — stören die Kundgebung . . .« Unvermittelt brach der Redner ab, drohte mit erhobener Faust in Richtung Stadion, brüllte ins Mikrofon: »Der Geheimdienst. Hört ihr

die Agenten? Sie wollen die Kundgebung stören. Müssen wir uns das gefallen lassen? Saudara, Saudara. Nein, sage ich! Protestieren wir! Stopfen wir ihnen den Mund!«
»Komm, verschwinden wir«, sagte Tono zu Jusuf. »Hier wird's gefährlich.«
»Feigling«, zischte Jusuf und spuckte aus.
Die Menge knurrte, Fäuste flogen hoch, Verwünschungen wurden ausgestoßen. Die Menge hatte sich, wie auf Befehl, vom Podium weg und zum Stadion gewandt. Jetzt schob sie sich vor. Langsam, drohend, heißen Atems.
Der Hauptmann überlegte krampfhaft, was er tun solle. Wenn die Menge in Richtung des Lautsprechers losbrach, konnte er sie mit seinen knapp hundert Mann unmöglich aufhalten.
Die Lippen des Hauptmanns bewegten sich, er fluchte unhörbar vor sich hin. Auf die Kundgebung, auf ANSOR, auf seinen Oberst, der ihm diese Scheißaufgabe übertragen hatte. Vor allem auf den Lautsprecher. Diese Idioten vom Geheimdienst, was sich die wohl dachten, mit dem Lautsprecher die Versammlung stören? Er, seine Soldaten, sie mußten ausbaden, was Makmurs Leute so fein im Hintergrund inszenierten.
Doch ebenso plötzlich, wie er begonnen hatte, verstummte der Lautsprecher. Erstaunlich schnell verebbte die Erregung der Menge, wie Tropfen, die zischend auf heißem Stein verdampfen. Nur hier und dort wurde noch gewispert. Der Redner setzte seine unterbrochene Ansprache fort.
Als die Kundgebung endete, stand die Sonne am Zenit. Viele Tausende Stimmen hatten ihre Zustimmung zu einer Sympathieerklärung für General Kresna gebrüllt. »Kresnas Feinde sind unsere Feinde«, hieß es darin, »ohne Rücksicht auf Partei, Religion, Herkunft.«
Viele hatten sich wohl mehr erwartet, enttäuscht, unentschlossen, was sie tun sollten, ließen sie sich in der Masse dahintreiben. An einer Straßenkreuzung staute sich die fortwälzende Menge. Tono hatte seine Gruppe verloren, er fühlte sich einsam und verlassen. Sein unbedeckter Kopf war von der Sonne ausgeglüht, dumpf, schwer.
Er zuckte zusammen. Eine Stimme, mühsam beherrscht, rief aus einem Lautsprecher: »Nicht stehenbleiben, weitergehen, ihr dürft nicht stehenbleiben. Weitergehen.« Pause. Dann, die Stimme hasti-

ger, nervös: »Wenn ihr stehenbleibt, riskiert ihr euer Leben.« Erneut Pause: »Ich wiederhole, geht weiter, geordnet, ruhig. Dann kann nichts passieren.« Erneute Pause. »Wir sind gewarnt worden. Zeitbomben. In fünfzehn Minuten explodieren sie.« Pause, die Stimme noch nervöser, flehend: »Saudara, Saudara, wir sind gewarnt worden. In fünfzehn Minuten werden Zeitbomben explodieren. Bleibt ruhig, geht, um Allahs willen, geht weiter.« Jetzt schrie die Stimme.

Zunächst verstanden die Menschen gar nicht, worum es sich drehte. Einige lachten sogar. Sie hielten die Warnung für einen Scherz.

Dann brach Panik aus. Urplötzlich, von einer Sekunde zur anderen. Tono stand noch da, den Mund offen, fassungslos, versuchte zu begreifen. Im nächsten Augenblick wurde er fortgerissen, wie von einem Mahlstrom gepackt. In Todesangst versuchte er vorwärts zu drängen, schlug wild um sich, kämpfte dagegen, von der stoßenden, tretenden, schiebenden Masse niedergewalzt zu werden. Er stolperte, wäre fast gestürzt. Seine Füße traten auf einen weichen, regungslosen Körper — eine Frau. Er blickte nicht hin. Er wurde weitergerissen, immer weiter, getrieben nur von einem Gedanken: fort, nicht fallen, fort um Allahs willen, nicht fallen, fort . . . — fort! Seine Ellbogen, seine Knie stießen rücksichtslos in Leiber — und rücksichtslos wurde er gestoßen.

Allmählich lockerte sich die fliehende Menschenmasse. Gerüchte pflanzten sich von Mund zu Mund. Die Zeitbombe war von den gleichen Leuten angebracht worden, die auf Kresna geschossen hatten. Todesfurcht verwandelte sich rasch in blindwütigen Zorn.

Vor Tono lag ein Kanal, träge floß das grauschwarze Wasser, stank nach Kot und Abfall. Eine Gruppe johlender Burschen hatte einen roten Ford Mustang mit Diplomatennummer eingekeilt und ließ ihn nicht losfahren. Ein junger Mann, mit blondem Haar und Sommersprossen, hatte das Fenster einen Spalt geöffnet und versuchte die Anführer — es waren Jusuf und der Medizinstudent — zu überreden, den Weg frei zu machen. Schweißperlen standen auf seiner Stirn, die Mundwinkel zuckten.

Jemand gröhlte: »Schlagt dem weißen Hund den Schädel ein.« Münder preßten sich an die Fensterscheiben, Augen funkelten voll Haß und Zerstörungslust.

»Seine Leute haben die Bombe gelegt.«

». . . haben auf Kresna geschossen«, rief eine andere Stimme.

Jusuf schlug das Wagenfenster ein. Glassplitter trafen Ohr und Hals des Amerikaners – Tono war überzeugt, daß es ein Amerikaner war. Plötzlich überkam ihn die Wut, mit solch jäher Gewalt, als werde er in einen Sog gerissen. Das Blut hämmerte in seinem Kopf. Er griff einen Holzknüppel, der irgendwie in seine Hände geraten war, und schlug auf Arme und Finger des jungen Diplomaten, der sich verzweifelt ans Steuer klammerte. Stöhnend ließ er los, wurde herausgezerrt.

Vier, fünf Männer, Tono spürte ihren Atem, packten den Amerikaner, schlugen ihm ins Gesicht. Blut rann ihm aus Mund und Nase. Sie schleuderten ihn vorwärts, rissen ihn an den Haaren wieder hoch, wenn er fiel, trieben ihn hin und her, traten ihn mit nackten Füßen in den Bauch, in die Brust, auf den Kopf, in den Hodensack. Vorwärts taumelte er, rückwärts, ein Ball, mit dem die Menge spielte. Johlen und Lachen. Kinder und Frauen spuckten in sein Gesicht, in dem sich Blut, Speichel und Schweiß zu staubiger Schmiere vermischten. Tono begleitete seine Schläge und Tritte, das Gesicht zu einer grinsenden Fratze verzerrt, mit ununterbrochenem Geblabber: ». . . du Christenhund – Frauenschänder – Säufer – Christenhund – behandelst Tonos Weib wie ein Ding . . .«

Der Amerikaner brach zusammen, wand sich wimmernd auf dem Boden, spürte die Fußtritte kaum mehr, zuckte nur noch wie ein geköpftes Huhn. Hände packten ihn schließlich, hoben ihn hoch, warfen ihn wie einen Sack in den stinkenden Kanal. Dort trieb er langsam dahin. Weiter abwärts badeten splitternackt ein paar Betjakfahrer, die verwundert zugesehen hatten. Sie fischten den Körper heraus.

Der rote Ford Mustang brannte lichterloh.

In der Ferne knallten Schüsse.

Tono und seine Gruppe, angeführt von Jusuf und dem Medizinstudenten, zogen weiter durch den Kampong. Durch lange Gassen, die sauer und ranzig rochen. Zwischen winzigen Häusern, die sich schmutzig und ärmlich duckten. Sie trafen auf ein vornehmes Viertel, mit blühenden Gärten, weißen Villen, hohen, frisch gestrichenen Gittern. Sonst, zu dieser Stunde, waren die Straßen voll. Jetzt ließ sich kein Mensch blicken. In der Ferne sahen sie Soldaten und olivgrüne Militärfahrzeuge. Rauch stieg hoch. Dort mußte das amerikanische Konsulat liegen.

Jusuf schlug plötzlich eine neue Richtung ein. Sie kamen am

deutschen Kulturinstitut vorbei. Auch dort waren andere vor ihnen gewesen. Zerschlagene Fensterscheiben, Trümmer von Tischen, Stühlen, Regalen auf der Straße. Ein Scheiterhaufen mit Büchern und Akten knisterte, Flammen züngelten über Papier.

»Gehen wir ins Chinesenviertel«, sagte der Medizinstudent. Sirenen heulten. Feuerlöschwagen rasten vorbei. Ein Trupp Soldaten marschierte die breite Straße entlang, Gewehre im Anschlag. Lastwagen dröhnten über den Asphalt.

»Schnell«, zischte Jusuf. Mit traumwandlerischer Sicherheit geleitete er den Trupp durch winzige, gewundene Gassen, viele für ein Auto unbefahrbar. An den Türen standen hier und dort Männer, Frauen, Kinder, starrten sie an.

»Kommt mit, Saudara«, rief Tono und winkte ihnen zu. Noch nie in seinem Leben hatte er sich so stark gefühlt wie in diesem Augenblick. Der Medizinstudent hielt kleine Vorträge, während sie durch die Kampongs zogen, sprach von der Macht des Volkes, von der Notwendigkeit, Indonesien vor Weißen, Gelben und Christen zu retten. »Inshallah, wenn Gott will, werden wir bald frei sein. Heute sind wir nicht frei. Laßt euch nicht täuschen von den bösen Dämonen in Djakarta.«

Sie näherten sich dem Chinesenviertel. Mit jedem Schritt stank es stärker nach Feuer und Brand. Ein paar Rauchwolken quirlten über den geduckten Häusern in die Höhe.

Und dann spürte Tono noch einen anderen Geruch in der Nase: den Gestank verbrannten Menschenfleisches.

»Allahu Akbar, o Großer Gott.« Traurig und leidenschaftlich schallte der Gesang des Vorbeters aus dem Lautsprecher des Langgar. »Bismillah ir Rahman in ir Rahim« – in wilder Inbrunst, die arabischen Silben gedehnt.

»Allam Dulillah hirabbil alamin Ar Rahman ir Rahim.«

Aus der Tiefe stieg der Ton in die Höhe, streckte sich, schwoll an, schwoll ab, mal langsam, mal rasch, verlor sich. Gleich einsamen Schreien aus der Wüstennacht. In der Nähe erklang eine zweite, eine dritte, eine vierte Stimme; als wollten die Gebetshäuser um die Gunst des Herrn wettstreiten.

Amak Latief wurde aus dem Schlaf gerissen, setzte sich, mit gekreuzten Beinen, im Bett auf und betete den Subuh. Draußen war es noch dunkel, die Hähne fingen zu krähen an. Bis zum Morgenlicht verging über eine Stunde, und eine Stunde lang betete Latief mit einer Konzentration, die an Verbissenheit grenzte. Im Nebenhaus wusch sich jemand, er hörte das Wasser auf den Boden platschen. Im Langgar schlugen sie den Gong: kurz, kurz.

Er sprang aus dem Bett, lief über den winzigen Hof in die Badekammer, goß sich einige Kübel abgestandenen, gelblichen Wassers über den Körper, rasierte sich hastig, streifte Hose und Hemd über, trank im Stehen eine brühheiße Tasse Kaffee, während eine verschlafene Magd die Betjak holte.

Mittags war er in Kedungdung mit Mohamad Chaliq verabredet. Der ANSOR-Chef und der Vorsitzende der Nahdatul Ulama waren für zwei Tage nach Madura gereist, der Insel gegenüber Surabaya, flach und schmal wie ein Bügelbrett. In allen wichtigen Städten und Ortschaften hielten sie Wahlreden. Eigentlich sei es pure Zeitverschwendung, protestierte Chaliq anfänglich: alle Einwohner der von der Sonne gebratenen, vertrockneten Insel würden ohnehin NU wählen – nur nicht die Handvoll chinesischer Christen.

Das stimme zwar, erwiderte Latief, aber sie beide müßten sich trotzdem auf der Insel zeigen. Die Maduresen, in ihrem unerschütterlichen Glaubenseifer, sagte er, bildeten das Rückgrat von Partei und ANSOR. Man könne es sich außerdem nicht leisten, die einflußreichen Ulamas und Kyais vor den Kopf zu stoßen, indem man ihre Pesantren nicht besuche und den Ehrwürdigen Herren nicht seine Ehrerbietung erweise. In der Tat spielten neben dem ANSOR-Chef noch eine ganze Reihe anderer Maduresen eine führende Rolle in der indonesischen Muslim-Bewegung, eine Rolle, die in keinem Verhältnis zur Größe der armen Insel stand.

Amak Latief verband die Wahlreise mit einem Privatvergnügen. Nach der Versammlung in Kedungdung wollten er und Chaliq den Stierrennen beiwohnen. Stierrennen ist die große Leidenschaft der Maduresen, wie Fußball für Europäer und Baseball für Amerikaner.

Am späten Vormittag saß der bullige ANSOR-Chef mit einem seiner Assistenten in einem betagten Chevrolet, der über die hitzeflimmernde Landstraße nach Kedungdung holperte, eine riesige Staubwolke nachschleppend. Die Fenster des Autos waren ausgebrochen, die Türen mit Bindfäden zugehalten, Federn stachen durch

die abgewetzte Polsterung, der Kühler dampfte. Im Wageninnern schien es zu kochen, die beiden Männer fächerten sich krampfhaft Luft zu.
»Letzte Nachrichten aus Surabaya?« fragte Amak Latief. In der Hitze spart man Worte.
»Über vierzig Tote, darunter ein amerikanischer Diplomat«, antwortete der Assistent.
»Wieviel sind bei der Panik zertrampelt worden, die nach der Kundgebung ausbrach, Karim? Wieviel später in den Häusern verbrannt worden?«
»Weiß nicht. Eine ganze Menge, Pak Amak. Frauen und Kinder.«
Karim wollte etwas hinzufügen, aber Latief wandte den Kopf ab und blickte aus dem Fenster. Seine rechte Faust schlug in gleichmäßigem Takt auf den muskulösen Oberschenkel. Wenn er das tat, war es ratsam, ihn nicht zu stören. Das hatte Karim gelernt.
Ringsum rostbraune, hartgebackene Erde, vor Trockenheit aufgeplatzt, hier und da ein Busch oder Baum. Im ausgedörrten Flußbett klafften armdicke Spalten. Mädchen mit roten, irdenen Krügen warteten vor einem Ziehbrunnen, bis sie an die Reihe kamen. Zierliche, schlankbeinige weiße Kühe rupften auf den Feldern die spärlichen Büschel Stroh aus oder zogen mächtige Holzpflüge, die von halbnackten Bauern in die Erde gestemmt wurden. Kolonnen von Frauen, volle Körbe auf den Köpfen, schleppten sich die Straße entlang zum Markt, müde, stumm, verschwitzt, in abgetragenen Sarongs.
»Hat Jusuf sich gemeldet?« fragte Latief.
»Kann er nicht, Chef.«
»Was heißt: kann er nicht?« knurrte Latief.
»Sie haben ihn verhaftet.«
»Tosanis Leute oder Makmurs?«
»Tosanis. Sie verhören ihn. Wir durften ihn nicht besuchen.« Karim sprach jetzt schnell und unruhig. »Sie werden ihn foltern.«
»Tosani«, sagte Latief. Es klang wie ein Fluch. Er fing wieder an, auf seinen Schenkeln zu trommeln.
Die Versammlung in Kedungdung wurde der Mittagshitze wegen im Gemeindesaal abgehalten. Alle Fensterläden waren geschlossen. Nackte Glühlampen gaben ein dämmriges Licht. Gestopft voll war der Saal. Kein Hauch frischer Luft. Heiß wie ein Backofen.

Chaliq und Latief waren getrennt gereist, sie trafen sich zum ersten Mal, seit sie gestern morgen gemeinsam auf der Fähre von Surabaya nach Madura übergesetzt hatten.
Dem NU-Vorsitzenden strömte der Schweiß in Bächen über das lange Pferdegesicht, als er den Gemeindesaal nach der Kundgebung verließ. Drei Taschentücher hatte er mitgebracht, sie waren alle durchgeweicht. Also wischte er sich den Schweiß mit dem Handrücken von der Stirn, daß es spritzte. Jemand brachte ihm einen Sonnenschirm. Schweigend, vor sich hin brütend, Fragen nur einsilbig beantwortend, ging er durch die Ortschaft, bis zu der großen, umzäunten Wiese, auf der die Bauern von Kedungdung die Stiere um die Wette rennen ließen. Den Weg säumten Händler, alte Weiber in Fetzen, roten Betelpriem im Mund, Männer in Sarong und schwarzer Jacke über nackter Brust. Einige schützten sich vor der Sonne, indem sie aus Batik kleine Zelte über ihren Köpfen errichteten.
Mohamad Chaliq, dessen Hobby Schmetterlinge, aber keineswegs Stiere waren – und Schmetterlinge gab es hier nirgendwo –, überlegte sich, warum er Amak Latief nicht allein hatte nach Madura reisen lassen. Ja, warum: Weil ihm der radikale, militante Kurs des Ansor-Chefs in den letzten Wochen immer größere Sorgen machte. Unter den Maduresen gab es eine Reihe von Kyais, auch Vorstandsmitglieder der NU, die Latiefs radikale Ansichten teilten. Einige leiteten in Java, Sumatra oder Borneo große Pesantren mit Tausenden von Schülern, kamen jedoch regelmäßig nach Madura, vor allem, wenn sich Latief angesagt hatte. Eine solche Ansammlung radikaler Muslim-Führer um »den General Allahs«, Amak Latief, durfte er auf keinen Fall unbeobachtet lassen.
Latief stand bereits auf der provisorischen Ehrentribüne und sprach mit Kyai Hadji Azis, einem kleinen, traurig blickenden Mann, der mit seinem eingezogenen Nacken aussah, als habe er einen Buckel. Azis war Vorstandsmitglied der NU.
»Salam aleikum, Kyai«, grüßte Chaliq und umarmte ihn.
Der kleine Mann erzählte gerade, er habe gestern mit Mühe und Not die Steinigung eines katholischen Priesters verhindert. Mit ein paar Schürfwunden sei der Priester noch glimpflich davongekommen. Allerdings habe er den Propheten beleidigt, indem er behauptete, der Prophet achte die Frauen nicht. Chaliq erkundigte sich eingehend nach dem Zwischenfall. Dann bat er Amak Latief,

mit ihm zum Startplatz des Stierrennens zu gehen. Er brauche fachkundigen Rat, auf wen er wetten solle.
Kaum waren sie einige Schritte entfernt, holte Chaliq wortlos einen Zettel aus seiner Tasche und reichte ihn dem Ansor-Chef. Dem schien die Hitze nichts auszumachen, im Gegenteil, er platzte vor Vitalität, schlug hier und dort einem ihn ehrfürchtig grüßenden Mann ermutigend auf die Schultern, zeigte dabei lachend seine großen, kräftigen Zähne. Währenddessen studierte er sorgfältig den Zettel.
Es war eine Meldung der staatlichen Nachrichtenagentur *Antara*. »Steckt Ansor dahinter?« lautete die lakonische Überschrift. Weiter hieß es, der verantwortliche Offizier bei der gestrigen Sympathiekundgebung für General Kresna in Surabaya habe erklärt, weder er noch die Polizei hätten eine Zeitbombe entdeckt oder vorher eine Warnung erhalten. Nach seiner Ansicht hätten Agenten einen Lautsprecher in die Masse geschmuggelt und mit der Warnung absichtlich Panik ausgelöst. Der Lautsprecher sei nach Ausbruch der Panik ebenso spurlos verschwunden, wie er aufgetaucht sei. Die vom Präsidenten eingesetzte Untersuchungskommission, in welcher die Geheimpolizei, der Militärbezirk Brawidjaja (Ostjava) und die Staatsanwaltschaft vertreten seien, verhöre eine Reihe von Personen wegen Verdachtes der Aufruhrstiftung. Auffallend sei, daß die meisten der Jugendorganisation der Nahdatul Ulama, Ansor, angehörten. Ansor-Vorsitzender Amak Latief gelte innerhalb der NU-Leitung als Befürworter einer radikalen Auseinandersetzung mit der Regierung. Hat Ansor den Aufruhr geplant, fragte *Antara*, der gestern mindestens vierzig Menschen das Leben kostete und Dutzende von Häusern in Asche zurückließ?
»Sie kümmern sich doch nicht etwa darum, Pak Chaliq, was diese von Makmur bezahlten Schmierfinken der *Antara* schreiben? Wenn in Surabaya eine Leiche aus dem Wasser gefischt wird, wenn eine explodierende Granate Kinder tötet, wenn einem Chinesen das Dach überm Kopf angezündet wird, immer sind wir schuld«, sagte Latief und betrachtete die dicken Muskelstränge an seinen nackten Armen.
»Amak, das geht nun zu weit, viel zu weit. Auf diese Weise gewinnen wir keine Wahlen.«
»Sie glauben doch nicht, daß ich das geplant habe. Ein paar blutige Schädel, ein paar verschreckte Diplomaten — Russen oder Ameri-

kaner –, ein paar fetten chinesischen Kaufleuten das Fürchten lehren – mehr wollten wir nicht.« Amak Latief tat, als sei er ernstlich über die blutige Ernte des Aufruhrs bestürzt.
»Der Lautsprecher, der die Leute mit der Zeitbombe wahnsinnig machte, das war Ihre Idee?«
»Ja, das war meine Idee.«
Chaliq schüttelte bloß den Kopf und stöhnte. Amak war seine Entdeckung, sein Schützling, er hatte ihn politisch ausgebildet, seine Karriere gefördert, seine Wahl zum Ansor-Chef arrangiert. Bis zum Beginn des Wahlkampfes hatte er ihn noch zügeln können. Nun schien er seiner Kontrolle gänzlich entglitten. Zwar behandelte ihn der Jüngere noch immer mit Respekt, aber neulich, in Makassar, waren sie das erste Mal zusammengestoßen. Latief besuchte ihn mit Unterlagen über den *Express*-Skandal. »Enthüllen Sie die Käuflichkeit des Regimes«, forderte er damals, »zögern Sie nicht.« Chaliq lehnte ab.
»Ich bewundere Sie, Bapak«, sagte Latief jetzt, »Sie sind der klügste Kopf im Land. Sie wären der beste Präsident, den sich Indonesien wünschen kann. Aber mit Ihren legalen Methoden allein werden wir's nie schaffen. Vielleicht ist es unbescheiden: aber von Massenagitation verstehe ich mehr. Wir müssen die Massen für uns mobilisieren. Und das ist mein Geschäft. Darüber waren wir uns von Anfang an einig, Kyai.«
Chaliq erinnerte sich nicht, daß ihn Amak je zuvor mit diesem respektvollen Titel angeredet hatte. Die Anrede klang freilich mehr nach einem besänftigenden Ausgleich für die Entschiedenheit und das ungeheure Selbstbewußtsein, mit dem der Jüngere sprach.
»Wir haben die Gelegenheit versäumt, das Volk mit dem ›Kupu‹-Skandal zu mobilisieren«, sagte Latief. »Wir wären heute dem Wahlsieg ein gutes Stück näher, wenn einer von uns«, er meinte natürlich Chaliq, »auf unseren Versammlungen damals sofort die Säuberung der Regierung, die Bestrafung der Schuldigen gefordert hätte. Wir besaßen das Material. Kresna hätte in Prambanan nur unsere Forderungen wiederholen können. Jetzt sind wir es, die ihn wiederholen.«
»Und ich säße wahrscheinlich hinter Schloß und Riegel, wäre ich Ihrem Rat gefolgt.«
»Niemals. Selbst Makmur hätte das nicht gewagt.«
»Vielleicht wird man Sie jetzt verhaften, Amak.«

»Damit rechne ich jederzeit. Meine Leute sind darauf vorbereitet, sie wissen genau, was dann zu tun ist.«
»Und zwar?«
»Ich will Ihr Gewissen nicht belasten, Bapak«, sagte er, nicht ohne leisen Spott.
»Wir dürfen nicht an zwei verschiedenen Strängen ziehen«, sagte Chaliq, und seine dunklen Augen glühten gefährlich auf, »unser Freund Makmur wartet nur darauf.«
»Ich bin Ihr Schüler, Bapak. Deswegen bin ich traurig, daß wir neuerdings nicht immer der gleichen Meinung sind.« Als wolle er sich selbst etwas einreden, fügte er hinzu: »Zum Glück dreht es sich dabei nur um die Methode, um unsere Strategie, nicht um unser großes Ziel. Alhamdulillah, Gott sei Dank.«
Doch Chaliq war sich keineswegs mehr so sicher, daß sie noch immer das gleiche »große Ziel« teilten. Latiefs zunehmende Radikalität beschränkte sich nicht allein auf seine Vorliebe für militante Kampfmethoden und Mobilisierung, ja vielerorts Aufwiegelung der Massen, mit immer rücksichtsloseren Mitteln. Latief erhielt auch gelegentlich nächtlich heimlichen Besuch. Offenbar glaubte er, daß Chaliq nichts davon wisse.
Die Besucher waren zwei Mitglieder der alten arabischen Kolonie in Indonesien, die zuweilen in den Mittleren Osten reisten und sich dort mit Vertretern revolutionärer Muslim-Organisationen und erfahrenen Fachleuten des Volksbefreiungskrieges trafen. Davon hatte selbst Makmur keine Ahnung, der die beiden Kaufleute für verläßliche Mitarbeiter des Geheimdienstes hielt und großzügig mit Pässen und Devisen versorgte.
Vom Langgar hallte der Ruf des Nachmittagsgebets. Sehnsüchtig stiegen die langgedehnten arabischen Silben zum glühenden Himmel empor. Ein Lastwagen rumpelte in einer großen Staubwolke heran, beladen mit Zuschauern.
Chaliq mißfielen Latiefs neue Kontakte. Ihm mißfielen auch andere Maßnahmen des ANSOR-Chefs, von denen er freilich, obzwar nur vage, unterrichtet wurde: einige »Offiziere« der Jugendorganisation, die von palästinensischen Freiheitskämpfern ausgebildet waren, übernahmen wichtige Posten. In den Wäldern ließ Latief große Lager vom Ausland heimlich erworbener Waffen vergraben. Latief mußte über eigene Geldquellen verfügen, außer den von Chaliq für ANSOR abgezweigten Wahlbeiträgen der arabischen Staaten.

»Einigkeit und Geschlossenheit ist für uns heiliges Gebot, das haben Sie mich gelehrt, Kyai«, sagte Amak Latief. »Mit allen Mitteln versucht Makmur, unsere Bewegung zu spalten und einen gegen den anderen aufzuhetzen. Er glaubt offenbar, mit Bestechung oder Erpressung oder Terror könnte er uns der Reihe nach kleinkriegen und damit die Nahdatul Ulama kaputtmachen.«

»Unverschämt«, sagte Chaliq, lüpfte seinen Fez und wischte mit seinem nassen Tuch über den verschwitzten Kopf und das dicke, lockige Haar, das daraufsaß wie eine Perücke.

»Weil ein paar von Makmur gemietete Kyais«, erstaunlich, wieviel Spott und Verachtung Latief in die beiden letzten Worte legen konnte, »weil ein paar Miet-Kyais auf Golkar-Versammlungen reden, meint er, es ließen sich auch ehrenwerte Männer kaufen. Dabei sind diese gemieteten Kyais eine Bande von Schwächlingen, ohne Einfluß und ohne eigene Schulen, die durch ein Versehen den Titel erworben haben, den sie nie tragen dürften. Die Starken widerstehen der Versuchung. Verräter müssen wir leider bestrafen« — das Lachen rollte fröhlich aus Latiefs Bauch —, »eine Lektion für andere Schwächlinge.«

In der Tat war kaum ein Kyai oder lokaler NU-Prominenter abtrünnig geworden, seitdem einige »Verräter« mit abgeschnittenen Köpfen oder gekreuzigt aufgefunden worden waren. Mohamad Chaliq tat in Djakarta gegenüber lästigen Fragen so, als wisse er von diesen Strafmethoden nichts, oder wies sie empört als Verleumdung der NU zurück.

»Sie haben völlig recht, Amak, wir müssen energisch allen Spaltungsversuchen widerstehen. Doch wollen wir uns dazu des Wortes und nicht des Schwertes bedienen. Sie unterschätzen, so scheint mir, die Kraft der Überredung. Sie unterschätzen die Charakterstärke, die ein fester Glaube an Allah verleiht. Sie müssen sich hüten, mein Freund, Gewalt und Rache als Selbstzweck zu betrachten. Einige Ihrer Aktionen in letzter Zeit . . .«

»Aber Pak Chaliq, nur weil gestern ein paar unserer Leute Amok gelaufen sind, zu meinem tiefen Bedauern« — Latief hob die Hände, der Ausdruck eines entsetzten Schülers, der mißverstanden wird —, »dürfen Sie mich nicht für einen Bewunderer der Gewalt halten. Leider habe ich in den letzten Wochen eines gelernt: Gewalt kann man nur mit Gewalt bekämpfen. Umar Makmur, der Präsident, Golkar zwingen uns dazu. Warum versorgen wir uns heimlich mit

Waffen? Doch nicht, weil wir unsere Gegner liquidieren wollen. Ein furchtbarer Gedanke« – allerdings hatte er vor kurzer Zeit in einer nächtlichen Sitzung genau davon gesprochen –, »aber wir wollen nicht wehrlos dastehen. Sonst werden wir nach den Wahlen – vielleicht schon vorher – abgeschlachtet wie Vieh.« Er schwieg über die großen Gruben, die seine Leute hier und dort in den Wäldern ausgeschaufelt und mit nagelspitzen Bambusrosten ausgelegt hatten. Diese Gruben sollten am Tag der Vergeltung, nach einem Wahlsieg der NU, mit lebenden Opfern »gefüllt« werden. Latief verspürte keine Lust, darüber zu reden.

Ehrfurchtsvoll machte die Menge den beiden Männern Platz. Zähe, kleine Bauern mit kräftigen Backenknochen, dunkelbrauner Haut und Augen, die sich in der prallen Sonnenglut verengt hatten, dicke Mütter mit wogenden Brüsten und Bäuchen, daneben ihre gerade erblühenden Töchter, die scheue, schwarze Blicke herüberschossen und kokett kleine Schirmchen hielten. Gelegentlich wagte sich ein Bekannter Latiefs vor, küßte Chaliq und ihm die Hand, legte dann seine gefalteten Hände ans Herz. Andere beugten bloß ehrerbietig ihr Haupt.

»Kresna hat alle alten Pläne und Voraussagen über den Wahlkampf umgeworfen«, sagte Latief. »Die Partei sollte beschließen, welche Haltung wir ihm gegenüber einnehmen wollen.«

»Sie, für Ihre Person, scheinen diesen Beschluß schon gefaßt zu haben«, sagte Chaliq ironisch. »Ich denke beispielsweise an die gestrigen Ereignisse in Surabaya.«

»Ich weiß, was Sie davon halten, Bapak. Manche unserer Leute sind leider noch zu unerfahren, sie wissen nicht, wie man Demonstranten unter Kontrolle behält.«

»Demonstranten nennen Sie das«, sagte Chaliq hart. »Machen wir zwei uns doch nichts vor. Mob war es, übelster Mob, Leute, die die Gelegenheit ausgenützt haben, sich auszutoben, zu plündern, zu morden. Wir sollten nicht mit solchem Gesindel gemeinsame Sache machen und unsere Hände beschmutzen.«

»Geplündert wurde nicht, außer in zwei, drei Fällen. Erlauben Sie mir, daß ich Ihnen widerspreche. Es war das Volk von Surabaya, das demonstriert hat. Es war der Zornausbruch des armen, hungernden, arbeitslosen, verbitterten Volkes. Für mich ist das kein Mob.« Latief schob seine kräftigen Kinnbacken vor und starrte geradeaus.

»Wir sollten solche Veranstaltungen künftig vermeiden, Amak. Wir machen uns sonst noch weniger beliebt als Makmur. Und Kresna, für den die Versammlung abgehalten wurde, hat den gestrigen Aufruhr scharf verurteilt und erklärt, auf solche Sympathiekundgebungen lege er keinen Wert.«
»Ich hab's gelesen, das war zu erwarten. Doch nach« – er zögerte, blinzelte auf die hitzeflirrende Wiese, über die gerade zwei Stierpaare fegten, von wildem Geschrei der Zuschauer angefeuert –, »nach drei oder vier Dementis wird man ihm nicht mehr glauben.«
»Was meinen Sie damit, Amak? Ich verstehe Sie nicht.«
»Es wird nicht der letzte Zwischenfall mit Kresna gewesen sein, vielleicht nicht einmal das letzte Attentat, ganz gewiß nicht die letzte Gelegenheit, in seinem Namen die Massen auf die Straße zu bringen. Ich meine, von uns mobilisierte Massen.«
»Ich sehe nicht, wie er uns nützen soll, wenn wir blutige Demonstrationen organisieren.«
»Bapak, das ist ganz einfach. Indem wir Kresna unterstützen, indem es in seinem Namen zu Exzessen kommt, ob er dafür verantwortlich scheint oder nicht, sorgen wir für Spaltung im Regierungslager. Und diese Spaltung hat schon begonnen. Unsere Informanten in den Streitkräften berichten, daß sich unter den jüngeren Offizieren Gruppen für Kresna bilden, daß viele, wenn nicht die meisten Offiziere, zumindest vom Oberst abwärts, mit ihm sympathisieren. Indem wir Kresna unterstützen, zwingen wir ihn, sich zu bekennen: für das korrupte Regime oder für die hungernden Massen. Wir isolieren die Regierung noch weiter vom Volk, vom Volk und von den Streitkräften.«
»Mit Aktionen wie gestern erreichen Sie nur das Gegenteil dessen, was Sie wollen: die Offiziere werden sich hinter die Regierung stellen. Das Volk will Ruhe und Ordnung. Ein Aufruhr, in dem Menschen gelyncht und Besitz zerstört wird, erschreckt die Menschen nur.«
»Die brutale Art, mit der General Tosani die Demonstranten zusammenknüppeln, ein paar erschießen ließ und sofort Ausgangssperre verhängte, hat in Surabaya viel böses Blut gemacht.«
»Tosani ist ein Dummkopf.«
»Adu, das ist er«, rief Latief lachend, pumpte den Brustkasten voll und blickte über die Menge. »Da hinten, am Startplatz, sehe ich

Kyai Azis. Wir sollten zu ihm hingehen.« Versöhnlich und einschmeichelnd sagte er: »Bapak, ich bin dankbar für Ihre Kritik. Ansor muß in Zukunft vorsichtiger agieren. Sie haben recht. Wie stets. Wir bleiben im Hintergrund. Kresna hat viele Halbgläubige und Unentschlossene aufgerüttelt, Menschen, die wir bisher vergeblich anzusprechen versucht haben. Aber das ist nur der Anfang einer Bewegung. Zunächst muß einmal die Lage schlechter werden, der Zorn im Volk größer, bevor es besser wird. Wir sind es dann, die Versöhnung bieten, nur wir können die Wunden heilen, denn wir zeigen dem Volk das Wichtigste: den Glauben an Gott.« Er war in Leidenschaft geraten. »Der Zorn des Volkes wird die bösen Dämonen in Djakarta hinwegfegen. Inshallah. Wir müssen das Volk in Zorn bringen. Kresna ist ein Geschenk des Himmels für unser Ziel.«

»Das ist nicht unser Ziel, Amak«, sagte Chaliq kühl. »Das ist Ihr Ziel. Sie wollen Demonstrationen, Sie wollen Gewalt, Sie wollen Exzesse, die das Volk in immer größeren Massen auf die Straße bringen. Mit anderen Worten: Sie wollen eine revolutionäre Situation schaffen, in der die Regierung nicht mehr imstande ist, zu regieren, und die Regierten nicht mehr gewillt sind, sich regieren zu lassen. Kresna soll dafür als Vehikel dienen. Ein gefährlicher Plan, Amak, ein sehr gefährlicher Plan.« Er war über die radikalen Vorstellungen des Ansor-Chefs, der ihm nun gänzlich entwachsen schien, bestürzt.

Der Sekretaris daerah, der Bezirkssekretär, in khakifarbener Beamtenuniform, der noch gerade mit gewohnter Arroganz einige Bauern abgekanzelt hatte, eilte herbei und schrumpfte vor Respekt zusammen: Rücken krumm, Schultern hängend, Arme baumelnd, Knie eingeknickt.

Bei Amak Latief stand er in Gunst, weil er über die ganze Insel seine Fäden gespannt hatte und ihn mit hervorragenden »Rekruten« für Ansor versorgte. Maduresen bildeten den ehernen Kern der Jugendorganisation, für Allah und »seinen General« waren sie bereit, jede Tat zu begehen und ihr Leben zu opfern.

»Geben Sie acht, Kyai«, rief der Sekretaris plötzlich. Eines der Stierpaare hätte Chaliq fast niedergestoßen, als es mit einem überraschenden Ruck die vier Männer abschüttelte, welche die damhirschgroßen, rassigen Biester an den daumenlangen Hörnern zurückhielten. Vor Temperament und Aufregung zitterten die silbergrauen, muskelbepackten Zebus. Ihre schlanken Läufe stampften ungeduldig ins Gras. Für Rennstiere opferten der Besitzer und seine Familie alles, fütterten sie mit Eiern, Milch, Reis und anderen teuren Dingen, die sie sich selbst kaum jemals gönnten.

»Das sind meine Stiere«, sagte der Sekretaris stolz und deutete auf ein Paar, deren Augen besonders gefährlich blitzten. Sie waren vor einem buntbemalten, kunstvoll geschnitzten Holzschlitten gespannt, auf den sich später der Fahrer stellte, ein Bein um den Griff geschlungen. Zwischen den Stierschädeln ragte eine gezopfte Stange mit grünem Wimpel.

»Die Farbe des Propheten«, sagte Kyai Azis anerkennend.

»Sehr gut«, sagte Chaliq, »Ihr Paar wird sicher gewinnen, Mas, ich will darauf wetten.«

»So wie wir die Wahlen gewinnen werden«, sagte der Sekretaris und kicherte. »Masja Allah.«

»Wie beurteilen Sie General Kresna?« fragte der Sekretaris in arabisch, damit die Bauern nicht verstünden, die mit offenen Mündern ringsum die großen, berühmten Männer anblickten. »Wird er wagen, die Namen von Makmur und Soetjipto zu nennen?«

Die Frage war an Chaliq gerichtet, aber Azis antwortete: »Auch nur ein General, wie die anderen an der Macht. Kein frommer Muslim. Wir dürfen ihm nicht trauen. Einmal spricht er von Allah, im nächsten Satz von Shiva und Vishnu. Er achtet die Gesetze und Regeln des Propheten nur, wenn es ihm paßt.«

Der Kyai nahm den weißen Fez ab und kratzte sich den kahlen Kopf, dann holte er ein verschmutztes Heftchen aus seiner weißen Jacke, eine der *Express*-Broschüren. Im leisen Verschwörerton flüsterte er, während er mit den Fingern auf das Büchlein klopfte: »Von solchen Leuten wird Indonesien regiert. Unser Indonesien wird von ihnen geschändet – entehrt«, sein gebeugter Körper schien noch mehr in sich zusammenzusinken. »Böse Geister in Djakarta! – Möge seine Seele in der Hölle rösten.« Er meinte wohl Makmur. »Keinem der Generale dürfen wir mehr trauen, sie haben uns alle betrogen – keinem. Ungläubige, verlorene Menschen. Wir wissen, eines Tages wird nicht nur Indonesien, eines Tages wird die ganze Welt islamisch sein. Doch wie lange wird es dauern?«

Nur der Sekretaris hörte ihm noch zu. Chaliq beobachtete den Beginn des Finales, während Latief zur Freude der Zuschauer an der Startlinie stand, mit einer roten Fahne. Latief senkte die Fahne, die Stiere rasten vorwärts. Die beiden Lenker, auf den Holzschlitten festgeklammert, schlugen unentwegt auf die Rücken der Tiere und feuerten sie mit heiserem Gebrüll an. Das Publikum schrie sich heiser: »Ayoh – vorwärts – ayoh.« Das Paar mit dem grünen Wimpel lag vorn, vergrößerte den Abstand.

Selbst Chaliq wurde von der Begeisterung angesteckt und schrie unentwegt: »Hidjau, grün, hidjau.« Irgendwo, auf dem Grund seines Bewußtseins, glaubte er, ein Sieg des grünen Paares werde den Wahlsieg der Muslim ankündigen.

Amak Latief riß die Arme hoch und sprang in die Luft. Plötzlich, vielleicht wegen eines Fehlers des Lenkers, verließen die »Grünen« den schnurgeraden Kurs, zogen nach rechts, unaufhaltsam nach rechts, dort, wo gänzlich ungeschützt das Publikum stand und nun kreischend auseinanderstob. Das andere Paar holte auf – lag in gleicher Höhe – gewann Vorsprung. Latief stieß einen Schrei der Verzweiflung aus.

Die Lenker brüllten und peitschten, als seien sie vom Teufel besessen. Irgendwie gelang es dem Lenker der »Grünen«, seine Stiere wieder auf den richtigen Kurs zu bringen. Doch er war mindestens zwei Längen im Rückstand. Von wilder Wut gepackt, stoben die Biester vorwärts, ihre Läufe schienen über den Boden zu fliegen.

»Sie schaffen es – sie schaffen es!« Chaliqs geübte Rednerstimme war rauh geworden. »Ja – noch schneller, ihr Grünen, noch schneller, schneller – – sie haben gewonnen«, jubelte er, klatschte frenetisch in die Hände, spürte nicht einmal den Schweiß, der ihm über Gesicht, Rücken, Bauch strömte.

»Die Farbe des Propheten gewinnt«, sagte Kyai Hadji Azis feierlich.

## VI

Zur gleichen Stunde, in der ein Attentat auf General Kresna mißglückte, starb die Studentin Miriam in einem Krankenhaus in Jogjakarta. Sie war aus der Bewußtlosigkeit nicht mehr erwacht.

Als Kresna von Miriams Tod hörte, unterbrach er den Wahlkampf, stieg in seinen Landrover und raste in lebensgefährlichem Tempo über die steinigen, staubigen, von Schlaglöchern zerfetzten Straßen

Südjavas nach Jogja. Er nahm nur seine Ordonnanz mit, die während der ganzen Fahrt auf dem Nebensitz schlief.
Herry Pardede wollte ihn zurückhalten. Er dürfe die Leute nicht enttäuschen, sagte er, die zu den nächsten Wahlversammlungen kämen. »Du wirst für mich sprechen, Herry«, sagte Kresna. »Es geht nur um zwei Wahlversammlungen am Nachmittag. Bis abends bin ich wieder zurück.«
Ja, meinte Herry nachdenklich, dann sei er vielleicht wieder zurück, hundemüde, er mute sich ohnehin viel zuviel zu. Kresna schien ihm gar nicht zu zuhören, zuckte nur mit den Achseln. Ob ihm ein Attentat nicht genüge, fragte Herry bitter? Die Urheber des Attentats, wer immer sie seien, würden es wieder versuchen. Es sei Wahnsinn, geradezu eine Herausforderung des Schicksals und seiner Feinde, allein, schutzlos durchs Land zu fahren. Darauf lächelte Kresna nur: »Wir sind alle in Gottes Hand. Solange Er seine Hand über mich hält, wird mir nichts passieren.« Ohne weiter ein Wort zu sagen, kletterte er in den Landrover. Als der Wagen wie ein wilder Bock lospreschte, steckte er den Kopf heraus und rief: »Bis zum Abend, Herry.«
Kresna war froh, daß die Ordonnanz neben ihm schlief. Er hatte keine Lust zu reden. Immer wieder gingen ihm Rai Agungs Worte durch den Sinn: »Ob die süße, kleine Miriam überlebt oder nicht — du vermagst nichts daran zu ändern. Du bist nicht schuld, wenn sie stirbt.« Und er hatte erwidert: »Du verstehst mich nicht. Miriam ist ein Zeichen, ein Wink Gottes. Doch ich weiß nicht, was Gott mir sagen will.« Seine Hände steuerten automatisch, seine Augen nahmen automatisch die auf ihn zurasende Oberfläche der Straße wahr, die Fußgänger, die Radfahrer, die Büffelkarren, gelegentlich ein Auto. In seinem Bewußtsein hämmerte ununterbrochen die Frage: »Warum ist sie gestorben? In der gleichen Stunde, in der die Kugeln der Attentäter mich verfehlten. Was bedeutet das, o Gott, was bedeutet das?«
Merkwürdig. Das Attentat, vorgestern nacht, hatte ihn nicht mehr berührt als ein kleines Manöver. Fast hatte er das Gefühl, es ginge ihn persönlich gar nicht an. Erst die Nachricht von Miriams Tod ließ ihn darüber nachdenken. Zufall konnte das nicht sein — die Gleichzeitigkeit bis auf die Stunde. Er hatte Rai gesagt, ob Miriam leben dürfe oder sterben müsse, werde sich auf sein Schicksal auswirken. Davon war er nun felsenfest überzeugt.

Als er von ihrem Tod hörte – heute morgen, mit eineinhalb Tagen Verspätung –, war ihm, als riefe eine innere Stimme: Du mußt die Leiche sehen, du mußt zum Begräbnis fahren. Da gab es überhaupt keine Sekunde der Überlegung. Vielleicht kam er zu spät. Er verfluchte Makmur.

Der Geheimdienstchef, aus Furcht vor Demonstrationen, hatte befohlen, den Tod der Studentin geheimzuhalten. Miriams Familie und den Ärzten und Schwestern des Krankenhauses war strengstes Stillschweigen »anempfohlen« worden. Unmißverständlich – unter Drohungen, was es für unangenehme Folgen für sie hätte, wenn sie sich nicht daran hielten. Trotzdem wagte der Primar, Kresnas Freund, ihm heimlich einen Boten mit der Nachricht zu schicken.

Kresna mußte eine gute Stunde in Jogja herumfahren und viele verschüchterte Leute fragen, bis er endlich herausbekam, daß Miriams Familie unter den wachsamen Augen von Geheimpolizisten allein auf dem Weg zum Friedhof war. Einem kleinen, versteckten, weit abseits gelegenen Friedhof.

Vor dem Zimmer, in dem Miriam gelegen hatte, mußte währenddessen eine Krankenschwester stehen und so tun, als liege das junge Mädchen noch hinter der Tür. »Keine Besuche erlaubt. Sie ist operiert worden«, flüsterte sie und führte den Zeigefinger an die Lippen.

Um das aufgeschaufelte Grab standen fünf Menschen. Der Vater, die Mutter, zwei jüngere Brüder und der Priester. Miriams Familie waren Katholiken. Der Priester war ein Holländer, ein Riese von Gestalt, mit Armen wie Dreschflegel und einem buschigen Kranz feuerroter Haare, die wie ein Heiligenschein seine Glatze umsäumten. Im Hintergrund standen die Detektive. Sie versuchten, so diskret wie möglich zu sein. Miriams Eltern und Geschwister weinten, die Köpfe tief gebeugt, weinten lautlos. Kresna merkte es nur am Zucken der Schultern und Rücken.

Kresna hielt sich im Hintergrund. Die Detektive wollten ihm erst den Weg versperren: als sie ihn erkannten, sein eiskaltes, von hilflosem Zorn versteinertes Gesicht sahen, traten sie zurück, verlegen, erstaunt, gepeinigt von der Furcht, falsch zu machen, was immer sie täten.

Der riesige Priester sprach ein kurzes Gebet, das Kresna nicht verstand. Der grobe Holzsarg verschwand in der Grube. Die Mutter machte einige Schritte, blickte hinein. Einen Moment fürchtete

Kresna, sie wolle sich nachstürzen. Offenbar fürchtete das auch der Geistliche; mit zwei mächtigen Schritten war er bei der Frau, die jetzt ihr krampfhaftes Schluchzen nicht mehr unterdrücken konnte, und hielt sie fest. Beruhigend sprach er auf sie ein. Jetzt hallte das Schluchzen der ganzen Familie durch den kleinen, verwilderten Friedhof. Von der starken Hand des Priesters geleitet, warf die Mutter drei Handvoll Erde ins Grab. Als der jüngere Bruder, das Antlitz tränenüberströmt, den dritten Brocken Erde warf, stand Kresna plötzlich neben ihm.

Sie starrten ihn an, als sei er ein Geist, auch der Priester. Kresna blickte auf den Sarg, er rührte sich nicht. Er stand nur da und sah auf den Sarg. Merkwürdig: Miriams Familie hörte auf zu schluchzen. Schließlich nahm er drei Handvoll Erde, warf sie ins Grab. Er umarmte die Mutter, den Vater, die Brüder der Toten, wobei er ihre Gesichter ganz zart zwischen beide Hände nahm. Er sprach kein Wort. Dann drehte er sich um und ging davon.

»Sein Gesicht war so traurig, so unendlich traurig«, erzählte der Priester später, »daß die Vögel aufhörten zu singen.«

Blanche Werner ahnte nicht, daß der Mann, mit dem sich ihre Gedanken so intensiv beschäftigten, kaum zwei Autostunden von ihr entfernt am Grab einer Studentin stand. Blanche atmete in tiefen Zügen die nach Kiefernnadeln duftende Bergluft der kleinen Schlucht ein, die sie hinaufstieg. Sie ging langsam, trotzdem klebte ihre Wäsche am Körper. Es war feucht, das Moos an den Felswänden troff von Wasser. Tief unten rauschte ein Bach.

Vor ihr schritt Sumini, weich und lautlos, ein dicker schwarzer Zopf pendelte über ihrem Rücken.

Ein eigentümliches Mädchen, diese Sumini. Blanche wurde nicht recht aus ihr schlau. Sie kannte sie kaum, sah sie gelegentlich auf Cocktails und Diplomatenparties, bewunderte ihre stolze Schönheit. Aber mehr als Grußworte hatten sie bislang nie gewechselt. Heute morgen trafen sie sich zufällig im Hotel in Solo, und Sumini schlug Blanche vor, mit ihr in ein Dorf am Fuß des Vulkans Lawu zu fahren, wo ein berühmter, alter Dukun, der als großer Magier gelte, eine Opferzeremonie vollziehen werde. Welcher Art die Zeremonie war, sagte sie nicht. Blanche stimmte mit Freuden zu.

Die beiden jungen Frauen fuhren in einem großen Chevrolet mit Chauffeur. Blanche wollte die Indonesierin nicht in Verlegenheit bringen und fragen, woher sie den Wagen habe. Wahrscheinlich eine Gefälligkeit von Makmur. Sie sprachen wenig während der Fahrt. Vor ihnen zog sich die Straße durch die Ebene von Solo wie eine glitzernde Schlange, der Asphalt war von der Hitze weich geschmolzen und flimmerte. Graue Kerbaus trotteten gemächlich dahin.

Plötzlich sagte Sumini leise: »Sie müssen vorsichtig sein, Frau Werner.«

»Bitte nennen Sie mich Blanche – warum soll ich vorsichtig sein, Sumini?«

»Kresna«, sagte Sumini, so leise, daß der Chauffeur es unmöglich hören konnte.

Blanche wurde rot bis in die Haarwurzeln, sie hoffte nur, ihre Nachbarin bemerkte es nicht. »Ich weiß nicht, was Sie meinen«, versuchte sie gleichmütig zu sagen.

Hatte Sumini ihre Gedanken erraten? Am Nachmittag vor dem Attentat war sie mit dem General endlich wieder ein paar Stunden beisammen gewesen, leidenschaftliche, zärtliche Stunden, in einer Hütte im Wald. Kresna war fröhlich und gelöst, nicht nur sein Mund, sein ganzer Körper schien zu lachen. Alle Nervosität, alle Furcht, entdeckt zu werden, fiel von ihr ab, und seine unbekümmerte Laune steckte sie an. Kresna vermochte in wunderbarer Weise alles um sich zu vergessen, alle Sorgen abzustreifen, die ihn sonst bewegten.

Unwillkürlich lächelte Blanche, und in der Erinnerung streichelten ihre Finger über sein Gesicht, die kräftigen Backenmuskeln, durch die Haare, die er endlich wachsen ließ. Er besaß eine Eigenart, seinen Nacken wie ein witterndes Tier plötzlich zu straffen, die sie besonders liebte. Vor Zärtlichkeit erschauerte sie. Sie spürte plötzlich, daß Sumini sie aufmerksam anblickte. »Ich weiß nicht, was Sie meinen«, wiederholte sie.

»Seien Sie vorsichtig mit Kresna!«

»Wie kommen Sie darauf«, sie tat empört und blies eine Haarlocke aus der Stirn. »Ich kenne ihn kaum.« Dann verbesserte sie sich: »Ich meine, manchmal sind er und Rai Agung unsere Gäste.«

»Aber Sie sehen ihn auch allein«, sagte Sumini und lächelte.

»Woher wissen« – sie biß sich auf die Zunge –, »ich meine, wieso glauben Sie, daß ich den General allein treffe? Das erzählen wahrscheinlich irgendwelche Tratschtanten in Djakarta.« Sie fing an, sich zu ärgern.
Sumini schüttelte den Kopf, jetzt plötzlich ernst: »Keine Tratschtanten, Blanche« – und dann eindringlich, weich: »Bitte, Blanche, geben Sie acht. Sie riskieren viel – sehr viel mehr, als Sie ahnen.« Ihre Augen wurden trüb. »Und er – er riskiert auch viel.«
Blanche schwieg. Sie brauchte nicht weiter zu fragen, ihr war plötzlich klar, wovon die Indonesierin sprach. Sie sah aus dem Fenster, um ihre Verlegenheit zu verbergen, nicht nur Verlegenheit, auch Furcht, die in ihrer Kehle hochkroch. Sie wußte von Pete, daß Sumini gelegentlich für Makmur arbeitete. Wie sie diesen Makmur haßte, diesen schleimigen, geilen, stets grinsenden Teufel. Sie spürte, wie ihre Augen naß wurden, teils aus Wut, teils aus einem Kummer, den sie nicht näher definieren konnte.
Weich und still lag das Land in der sengenden Nachmittagssonne. Hier und dort standen großblättrige Bäume, gleich Männern mit weit ausgebreiteten Armen, astlos bis zum Gipfel. Andere trugen keine Blätter, sondern nur feuerrote Blüten wie Flammen.
Den Rest der Fahrt verbrachten die beiden jungen Frauen mit ihren eigenen Gedanken. Blanche wußte freilich nicht, daß ihre Nachbarin an den gleichen Mann dachte wie sie.
Blanche überlegte, während sie schwer atmend die Bergschlucht emporstieg, ob Sumini sie eingeladen hatte, um sie zu warnen, oder ob es einen anderen Grund gab. Sie kamen auf eine Hochebene. Vor ihnen lag der Vulkan Lawu, der Kraterrand zernagt, der oberste Kegelteil aus olivgrauem Lavafels, darunter ein dichter Pelz tropischen Urwaldes, aus dem gelegentlich das Kreischen der Vögel und Schreien der Affen klang. Nach der Hochebene zu ging er in einen lockeren Nadelwald über.
Der Ort war klein, mit soliden Häusern aus Holz und Bambus, die auf festen Mauern aus grob behauenem Lavastein standen. Man sah den Häusern an, daß dieses Hochtal seine Bewohner ausreichend nährte. Überall gurgelten Bäche und kleine Kanäle. Die Felder strotzten vor Fruchtbarkeit: Mais, Zwiebeln, Weizen, Nüsse. In den kleinen Vorgärten wuchsen Orangen und große Kürbisse, hier und dort auch Äpfel.
Überall wimmelte es von Kindern, die Babys in Schlingen von den

Schultern ihrer kaum volksschulreifen Schwestern hängend. Eine Straße gab es in dem Ort nicht, nur einen steil bergan steigenden Weg, mit Kopfsteinen gepflastert, an dessen beiden Seiten Bäche flossen, in denen mehrere Entenfamilien plätscherten und quakten.

»Wo ist Pak Dukun?« fragte Sumini ein kleines Mädchen. Das Kind deutete auf ein kleines, kapellenartiges Gebäude, das sich wie hilfesuchend an einen riesenhaften Waringin klammerte. Unter dem Laub senkten sich zahllose, dickstämmige Luftwurzeln und vermittelten den Eindruck einer pfeilerreichen Kathedrale. Im Schatten des Waringin waren die beiden Frauen von der stechenden, brennenden Sonne geschützt.

Die Tür des kleinen Gebäudes, des Punden, war angelehnt. Sumini und Blanche stiegen Stufen hinauf und spähten hinein. Sie sahen die Rücken von drei Männern, hörten gemurmeltes Gebet, rochen Weihrauch. Im Gebet kamen immer wieder die Namen Raden Gatutkacha und Sunan Lawu vor, des Heldenprinzen aus der Mahabharata und eines legendären javanischen Königs, die offenbar unter dem Vulkankrater in einem Felsenpalast namens Pringodani lebten. Der Dukun bat um den Segen dieser Halbgötter.

Auf Zehenspitzen schlichen die beiden Frauen wieder zurück und warteten, umringt von einer ständig wachsenden Schar von Kindern, die kicherten und sich anstupsten. Allmählich gesellten sich auch ein paar Frauen dazu, die Haut schlaff und faltig, den Mund voll verfaulter Zahnstummel und -lücken, die Lippen vom Betelkauen rot und geschwollen. Sie begannen zu fragen, woher sie stammten, warum sie den Ort besuchten? Vom Dukun sprachen sie mit Stolz und Ehrfurcht.

Als der alte Mann und seine Begleiter heraustraten, scheuchte er das Volk mit herrischer Gebärde fort. Er machte den Eindruck eines zähen, schlauen, gebieterischen Mannes von selbstverständlicher Autorität. Unter einer hellgrauen, fleckigen Popelinejacke trug er ein schmutziges Unterhemd. Auch der Sarong war lange nicht gewaschen. Auf dem hageren Kopf lag die Haut knapp über den Knochen, an den Schläfen schien sie ein Loch zu überdecken. Doch seine schokoladebraunen Augen waren lebhaft und flink.

Mit großer Höflichkeit begrüßte er die beiden Frauen und zögerte keinen Augenblick, als Sumini ihn bat, dem Schafopfer beiwohnen zu dürfen. Den beiden Begleitern war die Einladung des Dukun

offenbar gar nicht recht, sie wisperten etwas in sein Ohr. Mit einer ungeduldigen Handbewegung wies er ihren Einwand ab.
»Wer sind wohl die zwei Männer?« flüsterte Blanche.
»Sie haben früher hohe Posten in der Nationalistischen Partei bekleidet«, flüsterte Sumini. »Für wen sie jetzt arbeiten, weiß ich nicht.«
Ob sie wohl im Auftrag Makmurs hier ist, ging es Blanche durch den Kopf, um die beiden zu beobachten?
Die Gruppe ging abwärts, bog in einen kleinen Seitenweg. Der Dukun sprach kein Wort, er schien sich zu konzentrieren. Sein Schritt war gemessen, bedächtig, würdevoll.
In einem aus großen Steinquadern gefügten Haus, das sicher einem Würdenträger gehörte, saßen schon mindestens fünfzig, sechzig Personen, die sie erwarteten. Alle hatten auf dem Boden des Pendopo, der von blaubemalten Holzpfeilern gestützten Vorhalle, Platz genommen, schwatzten, schlürften Tee aus bedeckten Gläsern, knabberten Gebäck. Keiner rührte sich. Vielleicht wegen der Hitze. Die Männer rauchten Kretekzigaretten in Maisblättern, deren süßer Gewürznelkenduft sich mit dem Zwiebelgeruch aus der Küche mischte. Als der Dukun mühsam zum Pendopo hochstieg, standen alle auf und verneigten sich. Seine beiden Begleiter wurden fröhlich begrüßt, offenbar alte Bekannte des Dorfes, und die beiden Frauen neugierig gemustert.
Nachdem der Dukun genußvoll eine Maisblattzigarette geraucht hatte, sagte er: »Gut, fangen wir an.«
Im Hof war ein Schaf angebunden. Vier junge Burschen packten es, hielten es hoch und fesselten seine Hinterläufe. Das Schaf zappelte. Die Leute waren vom Pendopo herabgestiegen und sahen zu, sie bewahrten einen Abstand der Achtung.
In der Ecke des Hofes stand ein als Altar hergerichteter Holztisch, darauf ein erdgefüllter Teller, in dem dicke Weihrauchstäbchen steckten. Um den Teller lagen cremefarbene, stark duftende Blüten.
»Was geschieht jetzt? Warum haben sie dem armen Schaf die Beine gefesselt?« wisperte Blanche.
»Warten Sie ab, Sie werden es gleich erleben«, flüsterte Sumini.
Der Dukun wandte sich zur Mauer und betete kurz. Das Schaf zappelte verzweifelt, die Burschen, die es hielten, entblößten grinsend ihre weißen Zähne. Blanche blickte zum Lawu; um den Gipfel hatte sich eine purpurne Wolke geschlungen.

Dem Dukun wurde ein breites Messer gereicht. Sorgfältig prüfend glitt sein Zeigefinger über die scharfe Schneide. Kopfabwärts hing das Schaf über einem Eimer, die Augen erstarrt vor Angst. Die Hand des Dukun tastete durchs Fell der Gurgel, bis er die Stelle fand, die er suchte. Mit zwei Fingern drückte er die Wolle auseinander, setzte das Messer an. Ein rascher tiefer Schnitt durch Fleisch, Sehnen, Muskeln, Speiseröhre. Der halbe Hals war aufgetrennt, der Kopf baumelte. Blut schoß heraus, sprudelte in dunklem, dickem Strahl in den Eimer. Das Schaf, die Augen offen, zuckte. Rot klaffte die Wunde, zwei Fäuste hätte man hineinstecken können. Das Schaf lebte noch, es röchelte nicht, es gurgelte nur leise. Zwei Knaben drückten auf den geblähten Leib. Es stank nach Magengasen. Langsam rann das Blut aus, bis es nur noch tropfte.

Blanche wollte wegsehen. Sie konnte nicht. Ihr Magen drehte sich, ihr wurde übel. Mit aller Kraft hielt sie den Brechreiz zurück.

Pak Dukun wischte das bluttriefende Messer am Innenteil seines Sarong ab. Dann bedeutete er mit einer Kopfbewegung seinen beiden Begleitern, sich neben ihn an den Altar zu stellen. Der Eimer mit dem Schafblut wurde ihm nachgebracht.

Einer der Begleiter hielt einen in Tücher eingeschlagenen Gegenstand in der Hand, den er jetzt enthüllte: eine rote Holzmaske, die eine hohe Krone aus vergoldetem Leder trug.

»Die Maske König Brawidjajas«, flüsterte Sumini, »der Vater des Königs, der oben auf dem Lawu wohnen soll.« Blanche wunderte sich erneut, wie gut die junge Indonesierin über alles unterrichtet war, was hier vorging.

Feierlich fing der Dukun mit fester Greisenstimme, die bisweilen, wenn er ein Wort besonders betonen wollte, wie Bellen klang, zu intonieren an: »Mag Raden Gatutkacha, der im Pringodani wohnt, unter der Herrschaft von Sunan Lawu, des Sohnes Sunan Brawidjajas, den Wunsch unserer Freunde erfüllen.«

Er faltete die Hände, betete lautlos, zündete die Weihrauchkerzen an. Seine Stimme fiel, als er wieder sprach, in leisen und monotonen Singsang:

»Wir erwarten einen neuen Botschafter Gottes, den Nachfolger Moses, Jesu Christi und Mohammeds, der alle bösen Begierden aus den Herzen der Menschen treiben wird. Der Bote heißt Ratu Adil. Wir alle erwarten ihn. Der Ratu Adil weilt schon unter uns, aber er hat sich uns noch nicht kundgetan.«

Die nächsten Worte murmelte der Dukun so leise, daß Blanche, obwohl sie zwei Schritte näher trat, bis Sumini sie am Ärmel zupfte, nicht verstehen konnte.
Dann nahm er die Maske in die Hand und tauchte sie in das Schafblut, hielt sie über die Weihrauchkerzen, trocknete sie ab und rief, während sein Kopf wie der eines Raubvogels in Richtung des Vulkans vorstieß:
»Sunan Lawu – Sunan Lawu ... Diese Deines Vaters Maske soll der Ratu Adil tragen ... Du hast es mir im Traum verkündet, Sunan Lawu, hast es mir verkündet ... Wenn der Erwählte diese Maske hält, wird kein Feind ihm Schaden zufügen können ... Wenn ein Betrüger sie hält, wird er sterben.«
Die Stimme des Dukun verklang, er sackte in sich zusammen, schien umzufallen. Als ihn die beiden Begleiter erschreckt stützen wollten, machte er sich energisch frei und richtete sich wieder auf.
»Sunan Lawu, Herr, der im Pringodani wohnt, Herr, der auch Raden Gugur heißt, Sohn des Sunan Brawidjaja, erlaube mir, diese beiden Männer zu weihen«, er drückte ihre Köpfe über den Rauch, rieb dreimal ihre Stirn mit dem Rauch, »damit sie den Ratu Adil finden und ihm diese Maske überbringen, die Du gesegnet hast.«

## VII

»Unsinn, kompletter Unsinn. Sie wollen mir doch nicht etwa einreden, der General habe zwei Wahlversammlungen abgesagt, wäre ein paar Stunden nach Jogja gefahren und wieder zurück, noch dazu mutterseelenallein – die Ordonnanz zählt nicht –, nur um am Begräbnis dieser Studentin teilzunehmen. Halten Sie mich für so naiv?«
Der Oberst, der vor Makmur stand, schrumpfte noch mehr zusammen: »Aber so war es, Pak Djendral«, stotterte er, »so war es.«
»Haben Sie ihn nie aus den Augen gelassen, keine Minute?«
»Ich schwöre es, keine Minute.«
»Sie lügen«, sagte Makmur sanft und grinste. Der Oberst zuckte

zusammen. »Sie lügen. Sind Ihre Leute etwa immer hinter Kresna hergefahren, auf dem Weg nach Jogja und zurück?«
»Nein«, sagte der Oberst, als schäme er sich, überhaupt zu existieren. »Aber wir wissen, wann er abfuhr, wir wissen, wann er ankam, wir haben in verschiedenen Orten auf dem Weg kontrolliert, wann er durchkam. Er ist wahnsinnig schnell gefahren. Er konnte unmöglich irgendwo eine geheime Verabredung haben. Das wäre uns aufgefallen.«
»Das wäre euch aufgefallen«, höhnte Makmur, sagte dann überraschend milde: »Gut, es mag stimmen, was Sie berichten.«
Der Oberst blühte förmlich auf.
Doch Makmur beugte sich über seinen riesigen Schreibtisch, klopfte mit den Knöcheln aufs Holz und sagte, wobei er seine gelben Zähne fletschte, ohne die Spur eines Lächelns: »Das wäre euch aufgefallen, wenn er irgendwo gehalten und eine geheime Verabredung gehabt hätte. Das wäre euch aufgefallen. Aber er wäre euch durch die Finger gerutscht. Ihr wüßtet bis zur Stunde nicht, wen er getroffen hat, wann, wo, geschweige denn, zu welchem Zweck.« Er holte eine Zigarre aus seiner Hemdtasche, bohrte eine Mundöffnung, zündete sie umständlich an. Dann, als fiele es ihm jetzt erst ein, forderte er seinen Untergebenen auf, Platz zu nehmen, und bot ihm die Kiste »Sumatranos« an. Der Oberst wählte eine Zigarre; seine Finger zitterten so sehr, daß das Zündholz erlosch. Grinsend hielt ihm Makmur sein Feuerzeug unter die Nase. »Vielleicht sollten wir Sie versetzen. Wie wäre zum Beispiel ein Posten in Surabaya, als G 2 meines Freundes Tosani? Aber nein, das geht ja nicht, Tosani hat kein Vertrauen zu unserem Geheimdienst. Er würde Sie ablehnen, Oberst. Ich werde es mir überlegen, vielleicht fällt mir etwas Besseres ein.« Vergnügt sah er den Rauchkringeln nach, die er in die Luft blies. »Sie werden mir zustimmen, Oberst. Sie sind überanstrengt. Den Schutz des Generals Kresna sollten wir wohl jemand anderem anvertrauen.« Er verbeugte sich höflich: »Terima kasih, Oberst, danke schön.«
Nachdem der Oberst lautlos gegangen war, wählte Makmur eine Telefonnummer. »Nona Sri ada?« fragte er in die Muschel. Er wartete.
»Sie haben mich aus dem Bad geholt, General. Was gibt es denn so Dringendes?« sagte Sri mit ihrer herausfordernden Stimme.
»Wann kommt Ihre edle Schwester Sumini vom Lawu zurück?«

»Wenn sie Lust hat, zurückzukommen. Sumini lebt nicht nach einem festen Fahrplan. Das sollten Sie inzwischen gelernt haben, General.«
»Ich habe Sehnsucht nach ihr«, sagte Makmur, »bitte sagen Sie ihr, sobald sie zurück ist, möchte sie sich bei mir melden. Darf ich mich auf Sie verlassen, schöne Sri?«
»Ich werd's ihr ausrichten«, kicherte sie. »Aber sie hat gewiß keine Sehnsucht nach Ihnen.«
»Warum müssen Sie Salz in meine Wunde reiben?« Makmur amüsierte sich köstlich und schickte grinsend einen Kuß durch den Draht. Am anderen Ende wurde das Telefon abrupt aufgelegt.
Aus einem Umschlag, den ihm der Oberst gebracht hatte, zog er einige Fotografien. Sein Gesicht war plötzlich völlig verändert, weder der grinsende Faun noch der drohende Inquisitor. Wer ihn jetzt gesehen hätte, der hätte ihn für einen Schauspieler gehalten, der ein neues Textbuch studiert, mit totaler Konzentration.
Es waren Fotos, die seine Agenten unauffällig auf dem Friedhof in Jogjakarta geknipst hatten. Er nahm eine Lupe und betrachtete Kresnas Antlitz in allen Einzelheiten. Makmur hielt viel von Fotografien der Personen, die ihm wichtig schienen, er ließ sie bei allen nur möglichen Gelegenheiten machen. Die Betroffenen wußten davon meistens nichts. Aus Fotografien lernte Makmur oft mehr als aus Berichten. Physiognomik hatte ihn schon als Kind fasziniert, später hatte er alle Bücher, die er darüber auftreiben konnte, mit Heißhunger verschlungen. Jeder Fachmann, der nach Südostasien kam, sei es auch nach Hongkong oder Singapore, wurde von ihm eingeladen.
Inzwischen besaß er Berge von Fotos, nicht etwa kompromittierende — das überließ er Lee Cheong, dem heimlichen Lüstling —, sondern Fotos von Gesichtern, Gesichtern in allen Lebenslagen.
Minutenlang saß Makmur über den Fotos. Die Bilder, die Kresna zeigten, als er den Friedhof verließ, interessierten ihn am meisten. Auf dem ersten war sein Ausdruck von tiefer, grenzenloser Traurigkeit, im nächsten strafften und spannten sich seine Gesichtsmuskeln, sein Körper schien gewachsen. Makmur zerbrach sich den Kopf, bei wem er einen ähnlichen Ausdruck schon einmal gesehen hatte. So intensiv er nachdachte, es fiel ihm nicht ein.
Allmählich wurde ihm klar, daß Kresna tatsächlich die Fahrt zu Miriams Begräbnis nicht als Täuschungsmanöver unternommen

hatte, sondern nur und ausschließlich, um an ihrem Grab zu stehen. Hatte er wohl gemeint, das Begräbnis werde eine große Protestveranstaltung werden, bei der er durch seine Anwesenheit neue Popularität gewinnen könne? Vielleicht. Aber Makmur war sich dessen gar nicht so sicher. Er begriff Kresnas Fahrt einfach nicht, das mußte er sich eingestehen. Und derartige Ungewißheit, derartige Unfähigkeit, die Reaktionen, Motive, Handlungen eines Menschen abzuschätzen und vorauszuberechnen, machten ihn unsicher. Selbst Soetjipto, den »kleinen Mystiker«, glaubte er wie ein offenes Buch lesen zu können, ganz zu schweigen vom Präsidenten, dem kranken Präsidenten. Kresna begann ihm unheimlich zu werden.

Makmur drückte auf einen Knopf unter dem Schreibtisch. Bald darauf kam Lee Cheong geräuschlos durch die Tür. Lee Cheong hatte in letzter Zeit abgenommen, sein Bäuchlein war fast verschwunden, sein rundes Gesicht war schmaler geworden.

»Wenn Sie so weitermachen«, sagte Makmur zur Begrüßung, »werden Sie noch durchs Zimmer fliegen. Sind Sie krank, Lee? Sind Sie überarbeitet – wollen Sie ein paar Tage ausspannen? Oder nimmt Sie eine neue Freundin so sehr in Anspruch?«

»Weder noch, Bapak. Ich halte Diät. Gut fürs Herz. Außerdem kommt man besser bei den Damen an.«

Makmur glaubte ihm kein Wort. Sein getreuer Assistent hatte offenbar Sorgen. Aber er wollte warten, bis Lee von selbst auspackte. Freilich nicht mehr lange. Mitarbeiter mit Sorgen waren weniger verläßlich.

Auf dem Schreibtisch lagen noch die Fotos von Kresna. Lee schielte neugierig herüber. Wortlos schob Makmur ihm die Bilder zu.

»Ich begreife nicht, warum er dort hingefahren ist«, sagte Lee Cheong.

»Glauben Sie, ich verstehe das?« sagte der General mit einem Anflug von Ärger.

»Seit Prambanan sind fünf Tage vergangen«, sagte Lee, »und Kresna hatte eigentlich nichts Neues mehr in seinen Reden erklärt oder gefordert. Glauben Sie mir, Chef, diese ganzen Drohungen, das war alles nur ein Feuerwerk.«

»Ich bin nicht Ihrer Meinung, Lee. Ich glaube, Kresna wartet nur auf den rechten Zeitpunkt, bis er die nächste Bombe platzen lassen will. Unser Freund hat sich verwandelt, er hält sich allmählich wirklich für den Ratu Adil. Gläubige Menschen kann man nicht kontrollieren, die gehen ihren eigenen Weg, unbeirrbar, bis eines Tages ...« Er brach ab.

»Die Männer aus Buru sind in Java eingetroffen«, sagte Lee.

»Gut«, sagte Makmur, »das wollte ich wissen. Deswegen habe ich Sie hergebeten.«

Das »Projekt Buru« war eine Idee Lee Cheongs, die Makmurs begeisterte Zustimmung gefunden hatte. Schon einige Zeit vor Kresnas Rede in Prambanan hatte Makmur seinem Vertrauten erklärt, er strebe die Ausrufung des Notstandes an. Die Wahlen würde man nicht absagen, aber den Wahlkampf zu einer zahmen Show fürs westliche Ausland reduzieren. Das Problem war, wie man in kurzer Zeit die Atmosphäre so anheizen konnte, daß dem Präsidenten, diesem ewigen Zögerer, der Notstand als Rettung des Vaterlandes, der Order baru, der Neuen Ordnung, und nicht zuletzt seines eigenen Regimes erschien.

Makmur und Lee arbeiteten einen Plan aus, der zu einer rapiden Verschlechterung des innenpolitischen Klimas, zu wachsender Unsicherheit, zu Terror und Gegenterror führen mußte.

Dabei spielten die Kommunisten eine wichtige Rolle. Auf der wilden Insel Buru im östlichen Indonesien, nahe Ambon, lebten seit Jahren Gefangene, angeblich alle Mitglieder der PKI, die der Teilnahme an dem Putschversuch im Herbst 1965 beschuldigt waren. Darunter gab es gänzlich harmlose Intellektuelle, die von dem Putschversuch erst aus der Zeitung erfahren, doch unglücklicherweise irgendeiner kommunistischen Frontorganisation angehört hatten. Aber es gab auch geeichte, beinharte, erfahrene und in China geschulte Kader. Unter diesen ließ Makmur einige besonders rücksichtslose Kämpfer aussuchen und ihnen zur Flucht verhelfen. Sie waren nicht etwa bestochen worden, sie hatten vielmehr keine Ahnung, daß ausgerechnet der Geheimdienstchef den *deus ex machina* spielte. Die Fluchthilfe, von Lee Cheong persönlich organisiert, wurde über eine lange Kette von Zwischenmännern ins Werk gesetzt. Ein Glied dieser Kette kannte nur das nächste, nicht das übernächste.

Nachts fuhren die Flüchtlinge in einem selbstgezimmerten Floß einen krokodilverseuchten Dschungelfluß entlang, gelangten aufs Meer und bestiegen dort eine Prahu, die sie nach Ambon brachte. In Ambon erhielten sie gefälschte Ausweise und Flugzeugbilletts nach Java, wo sie von einem Mitglied des Politbüros der PKI *Malam*, der Kommunistischen Partei »der Nacht«, empfangen wurden. Dieses Mitglied war von Makmurs Spezialisten vor geraumer Weile »umgedreht« worden, mit anderen Worten, es arbeitete für den Geheimdienst.

Dem Geheimdienstchef sagte die Idee, Gefangene von der vier Flugstunden entfernten Dschungelinsel für seine Pläne einzuspannen, ohne daß diese es wußten, aus einer Reihe von Gründen zu. Sie waren ausgebildete Terroristen, erfahren in Mord, der Benutzung von Explosivstoffen und Sabotage. Unter leitenden Genossen der PKI *Malam* erfreuten sie sich großen Vertrauens und hohen Ansehens. Vor allem: Makmur hielt die Kommunisten für sehr viel weniger gefährlich als die radikalen Muslim. Die Kommunisten waren von jenem blutigen Aderlaß der Jahre 1965 und 1966 und einigen späteren Kampagnen noch immer geschwächt, sie waren gespalten, sie waren vom Geheimdienst stark unterwandert. Kurzum, sie ließen sich, zumindest nach Makmurs Ansicht, kontrollieren. Im Gegensatz zur Nahdatul Ulama und insbesondere Latiefs Ansor, in der sich in wachsendem Maße auch revolutionäre sozialistische Elemente sammelten.

Sollten die drei Männer aus Buru schließlich gefangen werden, konnten selbst die grausamsten Folterungen — etwa von Tosanis Leuten — ihnen kein anderes Geständnis entlocken, als daß sie im Auftrag ihrer Partei handelten. Um sicherzugehen, daß die Geflüchteten nicht über Gebühr lang gesucht wurden, sorgte Makmur dafür, daß bald drei von Krokodilen arg verstümmelte Leichen am Flußufer in Buru gefunden wurden, welche die Markierungen der Gefangenen trugen.

Umar Makmur holte sein Notizheft aus der Hemdtasche, blätterte herum und sagte: »Kresna wird übermorgen in Medan reden.« Er blätterte weiter und rief erstaunt: »Adu, die Zeit läuft schnell. Bis zur großen Schlußversammlung auf dem Merdekaplatz ist es nur noch eine Woche.« Er lehnte sich zurück und grinste: »Wir haben vorgesehen, daß ich dort mit einer kleinen Rede Kresna einführe. Wollen wir uns an dieses Programm halten?«

»Ich meine schon«, sagte Lee Cheong und lächelte verschlagen, »warum auch nicht, Pak Djendral? Wir müssen nur sicher sein, daß Kresna keine ähnliche Rede hält wie in Prambanan.«

»In der Tat«, sagte Makmur, und sein Grinsen erfror, »dessen müssen wir sicher sein. Weitere Fehler können wir uns nicht mehr leisten. Wir haben eine Woche Zeit, um eine Legende zu zerstören, die in fünf Wochen gewachsen ist. Das sollte uns doch gelingen. Ich habe meine eigene Fähigkeit, Menschen richtig zu beurteilen, leider überschätzt.«

»Männer wie Kresna sind selten«, sagte Lee, »ich meine Männer, die mit Vierzig plötzlich zu glauben anfangen, sie seien zu Höherem berufen. Die sind unberechenbar.«

»In anderen Ländern ist es vielleicht nicht so gefährlich, wenn ein solcher Mann auftaucht. In anderen Ländern, Lee, vor allem im Westen, sind die Leute skeptischer. Aber wir Indonesier, wir stecken voller Aberglauben, wir sind naiv, unsere Welt ist mit Göttern und Geistern angefüllt.« Makmur sprach leise, wie zu sich selbst, den Scheitel an die Rückenlehne des Sessels gelegt. »Solange die Köpfe unserer Leute voller Aberglauben und Geister, voller böser Dämonen und gerechter Prinzen und all diesem Schmutz der Magie stecken, besteht immer die Gefahr, daß politische Vernunft von Gefühlen weggeschwemmt wird. So lange können wir kein geordnetes und stabiles Staatswesen aufbauen. So lange wird jemand, der das besitzt, was die Soziologen Charisma nennen, und der im übrigen ein politischer Säugling ist wie unser Freund Kresna, das indonesische Volk verführen können.«

»Sie überschätzen die westlichen Völker, Djendral«, sagte Lee Cheong, »Typen wie Kresna kommen überall gut an. Die große Masse der Menschen will nun einmal lieber verzaubert als überzeugt werden, will lieber Gefühle als logische Argumente hören. Völker sind wie Frauen, Pak Umar, sie warten darauf, verführt zu werden. Und Völker fallen wie Frauen auf den Mythos herein, den ein Mann umgibt. Denken Sie nur an die Rolle der Kennedys in Amerika; ohne den Mythos läßt sie sich kaum erklären.«

»Genau das müssen wir verhindern, Lee: daß Kresna zum Mythos wächst. Ein politischer Mythos wäre das letzte, was wir heute in Indonesien brauchen.«

»Sind Sie dessen so sicher?« fragte Lee Cheong.

»Ich meine einen Mythos von der Art Kresnas«, er stand auf und trat ans Fenster. »Unsere Gegner verdächtigen uns natürlich des Attentates von vorgestern. Aber was soll man machen? Ich gewöhne mich langsam daran, als Teufel zu erscheinen. Man muß als Politiker auch das geduldig ertragen können.«

Lee Cheong war über die philosophische Stimmung seines Chefs nicht mehr verwundert. Er hatte solche »Anfälle«, wie er sie spöttisch bei sich nannte, in den letzten Tagen öfter erlebt.
»Wenn mir der Volkskongreß nächstes Jahr sein Vertrauen schenken sollte«, sagte Umar Makmur, noch immer aus dem Fenster blickend, »werde ich als Präsident Gelegenheit haben, meinen Indonesiern zu beweisen, daß ich kein Teufel bin. Inshallah, wenn Gott so will.«
Lee Cheong mußte sich Mühe geben, nicht zu lächeln. Vielleicht war sich Makmur gar nicht bewußt, daß er neuerdings gelegentlich ungewohnt bescheiden auftrat. In letzter Zeit ging er sogar öfters in die Moschee. Tat er das nur, um fromme Muslim-Wähler zu beeindrucken und die Behauptungen Latiefs und Chaliqs, er sei ein Gottloser, ein Ungläubiger, zu widerlegen?
Selbst Lee Cheong vermochte diese Frage nicht eindeutig zu beantworten. Ihm war indessen klar, daß Makmur den Machtkampf nur gewinnen konnte, wenn er sich selbst treu blieb. Die Zerstörung der »Legende Kresna« in sieben Tagen, bis zur großen, von dem jungen General offenkundig als Apotheose gedachten Schlußversammlung in Djakarta, war nur möglich, wenn alles klappte wie bei einer schwierigen Operation. Gewiß, einfacher wäre es, Kresna durch Attentäter aus dem Weg zu räumen.
»Attentate sind die Akte politischer Idioten oder Verzweifelter«, sagte Umar Makmur, als Lee einmal diese Möglichkeit erwähnte. »Sie werden von Menschen begangen oder veranlaßt, die keinen anderen Ausweg wissen. Erstens bin ich kein Mörder, zweitens geht es lediglich darum, Kresna wieder auf natürliche Größe schrumpfen zu lassen. Sie werden sehen, Lee, er wird mir eines Tages noch dafür dankbar sein.« Das Grinsen ließ freilich den Chinesen bezweifeln, ob er sich nicht lustig mache. Zumal die Ermordung Kresnas so ziemlich das einzige war, wovor Makmur in seinen Plänen bis zum Wahltag zurückschreckte. Andere Opfer dieser Pläne, die unausweichlich waren, zählten für den Geheimdienstchef nicht. Zwischenfälle bei Kresnas nächsten Wahlreden, vor allem in Medan und Makassar, ließen sich zwar leicht provozieren. Aber ließen sie sich auch leicht im Rahmen halten und kontrollieren? Und wieviel größer war das Risiko noch bei dem, was Makmur euphemistisch »die Schaffung einer Notstandsatmosphäre« nannte?

Umar Makmur liebte nun einmal das Risiko, so wie er das Spielen liebte. Die Idee, Kresna als Zugpferd für Golkar einzusetzen, war zum Gutteil seiner Spielleidenschaft entsprungen. Als Chinese konnte Lee Cheong diese Leidenschaft sehr gut verstehen; aber dieses Mal, so befürchtete er, wagte sein Chef einen zu hohen Einsatz.
Als habe er die Gedanken seines Assistenten erraten, sagte der General: »Politik ist ein gefährliches Spiel, Lee Cheong. Wer nichts riskiert, wird nichts gewinnen. Oder meinen Sie, ich sollte mich aus der Politik zurückziehen?« Gleichmütig beugte er sich vor und schlürfte geräuschvoll ein Glas kalten Tee.

»Pak Kresna hat eine weiße Freundin«, sagte die Frau im Gerobak, »und von seiner indonesischen Frau will er sich scheiden lassen, hab' ich gehört.«
»Das stimmt nicht«, sagte der Mann und stellte sein Glas Kaffee so plötzlich hin, daß es überschwappte. »Ist eine gemeine Lüge. Wo hast du das her, von Pak Kresna und der weißen Freundin?« Er stützte sich auf den Verkaufswagen und starrte der Frau ins Gesicht.
»Von Pak Endang.«
»Bukan main, du meine Güte! Pak Endang weiß so was immer. Warum will Pak Kresna sich scheiden lassen?«
»Weil ihm weiße Frauen jetzt besser gefallen.«
»Glaube ich nicht. Ist nicht wahr«, sagte der Mann. »Ist eine gemeine Lüge.« Er war so empört, daß er aufstand und im Dunkeln der nächtlichen Straße verschwand, ohne seinen Kaffee zu zahlen. Er hörte auch nicht, was die Frau ihm nachrief.

Rai Agung zögerte, ob sie den Brief öffnen sollte. Sie ahnte, was darin stand. Die gleiche ihr unbekannte Schrift, wie auf dem Brief, den sie gestern erhalten hatte. Mit einer energischen Bewegung zerriß sie den Brief in viele kleine Schnitzel und ging damit zu einem großen Aschenbecher, in dem sie alles verbrennen wollte. Doch dann, unter einem unwiderstehlichen Zwang, setzte sie sich

an den Tisch und begann mühsam die Fetzen wieder zusammenzusetzen. Es dauerte lange Zeit, und sie kam sich dabei selbst lächerlich vor.
Schließlich las sie: »Wollen Sie Ihren Mann mit einer anderen Frau teilen? Schämen Sie sich nicht dieser Erniedrigung? Glauben Sie, daß Ihr Mann die braunen Frauen satt hat und Sie, eine Prinzessin von Bali, mit einer mannstollen Weißen tauschen will?« Der Brief war natürlich anonym, unterschrieben von »einer wohlmeinenden Freundin, einer stolzen Indonesierin«. Die Buchstaben verschwammen vor ihren Augen. Im Augenblick spürte sie nur Wut und eine an Übelkeit grenzende Abscheu über die Niedertracht Makmurs. Denn daß Makmur diesen Brief veranlaßt hatte, daran zweifelte sie keine Sekunde. Und Kresna? Sie wischte die Tränen fort und stützte ihren Kopf in die Hände. In ihr stritten sich die widersprechendsten Gefühle, Eifersucht und Furcht um ihn, verletzter Stolz und die Gewißheit, daß er ihrer bedürfe.

»Warum holen Sie eigentlich Ihre Stripperinnen immer aus Australien?« fragte Christian Werner und sah gelangweilt zu, wie sich eine vollbusige, blonde Dame auf der Bühne des Nachtklubs unter Schlangenbewegungen nach den Klängen eines im falschen Rhythmus gespielten Rumbas im Kreise drehte. »Hat ihr Chef neuerdings eine Schwäche für Australierinnen?«
Ein anderer als Christian Werner hätte sich diese Frage an Lee Cheong kaum erlaubt. Lee lächelte etwas säuerlich und bekümmert: »Der General« – er wollte sagen, Umar Makmurs erotischer Appetit sei in den letzten Wochen schwächer geworden, aber dann schien es ihm ratsam, diesen Umstand nicht kundzutun –, »der General ist ein Kosmopolit«, sagte er statt dessen. Dann fügte er hinzu: »Wie General Kresna.«
Christian biß sich auf die Lippen und war froh, daß das »Eldorado« – dessen anonymer Eigentümer Makmur hieß – so dunkel war, daß Lee nicht sehen konnte, wie sein Gesicht rot anlief. Er wußte, worauf der Chinese anspielte: auf Kresna und Blanche. Der Verdacht nagte immer stärker in ihm, daß die beiden ein Verhältnis miteinander hatten. Aber er wollte nicht ausgerechnet von Lee Cheong erfahren, ob sein Verdacht zutraf.

»Was haben Sie gesagt, Herr Werner?«
Christian schreckte hoch: »Nichts — kein Wort.«
»Mein Chef und General Kresna haben manches gemein«, bohrte Lee weiter, »nicht nur den Geschmack für weiße Frauen.«
»Ich wußte nicht, daß General Kresna australische Stripteasetänzerinnen schätzt«, sagte Christian ein wenig albern und mit belegter Stimme. Er tat, als müsse er husten.
»Das ist ein heikles Thema. Lassen wir es besser. Pardon.«
»Warum soll das ein heikles Thema sein?« lachte Christian, es klang eher wie ein Meckern. »Sie brauchen sich auch nicht zu entschuldigen. Ich habe ja angefangen.« Er zündete sich eine Zigarette an und war stolz, daß seine Hände nicht zitterten. »Erzählen Sie mir doch etwas mehr von den Weiberaffären meines guten Freundes Kresna. Ich weiß davon wenig. Ich höre immer, er soll unwiderstehlich sein. Blanche, meine Frau, schwärmt von ihm...« Christian schwatzte immer weiter, er schien gar nicht mehr enden zu können. Ununterbrochen purzelten die Worte über seine Zunge. In der Dunkelheit des Nachtlokals fühlte er sich geborgen, als habe er eine Tarnkappe übergestülpt.
Lee, der sich vorher an der nackten Blondine, die inzwischen ihre Brüste von Tisch zu Tisch reichte, gar nicht hatte satt sehen können, starrte ihn nun, die Arme verschränkt, fasziniert an. Sein Gesichtsausdruck war freilich kaum zu erkennen. Er schwieg, schwieg beharrlich, während Christian aus Verlegenheit immer weitersprach, in kräftigen Zügen sein Glas Bourbon leerte und sogleich ein neues einschenken ließ. Er wurde betrunken. Er fühlte, daß er aufhören müßte zu reden, er konnte indessen nicht aufhören. Lee saß ihm gegenüber wie eine Eule und rührte sich nicht.
Gerade weil Christian Werner ein so unerschütterliches Selbstbewußtsein besaß und alles, was ihn anging und interessierte, zu kontrollieren glaubte, beruflich wie privat, traf ihn die Lage, in der er sich jetzt fand, besonders hart. Blanches unersättliche Flirtsucht amüsierte ihn meist, ihr Erfolg bei Männern machte ihn sogar stolz. Ihre gelegentlichen kleinen Affären, die sie wie ein ungezogenes Kind ängstlich vor ihm zu verbergen suchte, ärgerten ihn zwar, aber bislang schienen ihm diese Affären ungefährlich, und er war ihrer immer sicher gewesen. Jetzt war er es nicht mehr. Blanches Beziehungen zu Kresna waren gefährlich. Anderen ihrer Freunde hatte er sich immer unendlich überlegen gefühlt, bei keinem kam

er jemals auf den Gedanken, sie vermöchten seine Frau ernsthaft und für längere Zeit zu fesseln. Unbesorgt ließ er ihr ein wenig Spielfreiheit.

Kresna hingegen fürchtete er als Rivalen, er fürchtete ihn in einem geradezu animalischen Sinn, körperlich und seelisch, als Liebhaber, als Mann, als Persönlichkeit, die der seinen so unendlich fremd war. Er, Christian, war gewiß intelligenter, weltgewandter, sah besser aus, war erheblich größer, war physisch stärker – hier kamen ihm allerdings Zweifel –, konnte in souveräner Weise wirtschaftliche Probleme lösen und mit den gerissensten internationalen Geschäftsleuten verhandeln. Wer von ihnen würde bei einem großen Empfang in New York oder Paris die bessere Figur machen? Doch sicher er und nicht der in der internationalen Gesellschaft so unerfahrene javanische General. Aber das stimmte nicht – Kresna, man las ja in TIME und anderorts, hatte die sogenannte *high society* auf seiner Weltreise gleichsam im Sturm erobert.

In Gesellschaft sprach er gern mit gewisser arroganter Ironie von Kresna, nannte ihn naiv, den tönernen Gralsritter, einen netten, charmanten Burschen, den der Zufall hochgetragen und mit einem legendären Schleier umhüllt habe. Niemand, den man wirklich ernst nehmen müsse. Vielleicht glaubte er anfangs tatsächlich, was er über ihn sagte. Aber von Woche zu Woche, von Tag zu Tag, zweifelte er mehr an seinem Urteil, das er freilich krampfhaft aufrechtzuhalten suchte, mindestens so sehr vor sich selbst als vor seiner Umgebung.

Plötzlich ertappte er sich dabei, daß er Kresna mit anderen Augen betrachtete als alle anderen Menschen, denen er jemals begegnet war, ob Politiker, Wirtschaftskapitäne oder berühmte Künstler, ob Asiaten oder Abendländer. Als sei dem jungen General eine Gabe zugewachsen oder habe sich in ihm in den letzten Wochen offenbart, die anderen Menschen fehlte. Vielleicht war es eben das, Charisma. Wie immer dem sei, es war diese Qualität Kresnas, die er nicht zu definieren wußte, die offenkundig Blanche am meisten fesselte, um nicht zu sagen bezauberte. Es war diese merkwürdige Ausstrahlung, die neuerdings von dem General ausging, die Christian am tiefsten beunruhigte.

Blanche war seit Bali launenhaft, gereizt, nervös, wie er sie nie zuvor erlebt hatte. Manchmal saß sie, die sonst keine Minute tatenlos blieb, völlig unbeweglich im Stuhl, stundenlang, brütete vor sich hin. Wenn er sie mit leisem Spott anredete, in jenem Ton, der bei ihnen bisweilen gebräuchlich war, fauchte sie ihn wie eine Wildkatze an. Im nächsten Moment schämte sie sich dessen, zeigte es aber nicht.

Christian war so in seine Gedanken vertieft gewesen, daß er nicht einmal bemerkt hatte, daß Lee Cheong aufgestanden war. Er konnte sich auch nicht erinnern, wann er aufgehört hatte zu reden. Sein Kopf schwamm in Alkohol, er fühlte sich plötzlich leicht und schwebend. »Was machst du, wenn dich deine Frau mit einem Mann betrügt, der ein Charisma besitzt?« fragte er sich und kicherte vor sich hin. »Ich werde Blanche, wenn sie morgen aus Solo zurückkommt, einfach fragen, wie ein Mann mit Charisma sich als Beschäler macht.« Das Wort Beschäler, nun da es ihm herausgerutscht war, wenngleich nur in Gedanken, erschreckte ihn in seiner nackten Grobheit. Er spürte, wie ihm plötzlich Tränen über die Wangen rannen.

Christian gab sich einen Ruck: »Ich bin völlig besoffen, ich lasse mich gehen.« Er straffte seinen Rücken: »So darf ich mich nicht gehenlassen.«

»Sie haben einen ganz schön kräftigen Zug. Die Flasche Bourbon ist fast leer, Herr Werner.« Plötzlich saß Lee wieder neben ihm. »Entschuldigen Sie bitte, daß ich Sie allein gelassen habe.«

Leider konnte sich Christian nicht erinnern, was er dem Chinesen alles erzählt hatte. Er war nicht nur regelrecht besoffen, er war auch derart übermüdet, daß ihm manchmal war, als gehöre seine eigene Stimme einer fremden, unbeteiligten Person.

»Ihre Ansichten über General Kresna waren sehr interessant«, sagte Lee Cheong.

»Was fanden Sie denn dabei so interessant?« fragte Christian vorsichtig.

»Ganz allgemein«, sagte Lee vage.

Christian sah auf die Uhr. Seit dem Striptease der Australierin war eine gute Stunde verstrichen, eine Stunde, von der ihm der größte Teil völlig entglitten war. So besoffen und übermüdet konnte er gar nicht sein. Ihn beschlich der Verdacht, der Chinese habe ihm heimlich Rauschgifttabletten ins Glas geschüttet.

Der Abend hatte mit einer sachlichen Geschäftsbesprechung in einem chinesischen Gartenrestaurant im Hafen, in Tanjung Priok, begonnen.

Aus dem Gespräch entnahm Christian, daß Makmur erwog, das Projekt Borneo jetzt nicht allein den Japanern, sondern einem japanisch-europäischen Konsortium zu übergeben. Es war das zweite Mal, daß ihn die Indonesier als Vermittler einsetzen wollten. Das erste Mal war, als Soetjipto eine Zusammenkunft mit Malinowsky anregte, in der Absicht, die EWG und die Sowjetunion zu koppeln. Die Vorstellungen der Russen für eine solche Zusammenarbeit waren indessen so einseitig, daß du Favre, als Christian sie ihm überbrachte, nur den Kopf schüttelte. Im Grunde lief das Angebot Malinowskys darauf hinaus, die EWG lediglich als Feigenblatt der russischen Ambitionen auf Indonesien zu benutzen. Im Augenblick verhandelten Sowjets und Japaner über eine Zusammenarbeit beim Projekt Borneo, aber offenbar war den Japanern dabei nicht ganz geheuer.
Lee Cheong betonte natürlich immer wieder während der Unterhaltung in Tanjung Priok, er spreche ausschließlich als Privatperson. Zugleich war er bemüht, von Christian zu erfahren, wie dieser die Aussichten einer japanisch-europäischen Zusammenarbeit einschätze.
Vergeblich versuchte Christian dem Chinesen ein paar Worte über Kresna zu entlocken. Unter anderem erzählte ihm Christian, um ihn aus der Reserve zu locken, indonesische Bankfreunde hätten ihm erzählt, die Amerikaner drohten, alle neuen Kredite zu verweigern, falls Kresna an die Macht käme. Lees einziger Kommentar war: »Interessant, sehr interessant.« Dabei war Christian überzeugt, daß Makmur dieses Gerücht ausstreuen ließ. Denn nach seinen Informationen, unter anderem einem Gespräch mit Rausher, hielten sich die Amerikaner im Fall Kresna bisher völlig zurück. Nichts lag ihnen ferner, als sich mit einer ungeschlachten Maßnahme wie einer Kreditsperre einzumischen.
Erst im zweiten Teil des Abends, im »Eldorado«, fing Lee Cheong an, sich über Kresna zu äußern. Allerdings zu einem Zeitpunkt, da Christians ansonst so schneller und scharfer Verstand schon weitgehend lahmgelegt war. Während Christian vor sich hin döste, amtierte der Chinese als eine Art Jago und träufelte dem gehörnten Ehemann das Gift der Eifersucht ein. Lee Cheong entwarf von Kresna das Bild eines javanischen Don Juan, dem im Laufe der letzten Jahre eine weiße Frau nach der anderen verfallen war. Einige zitierte er beim Namen, darunter die Frau eines Botschaf-

ters, der daraufhin eilends versetzt worden war; andere deutete er an, so daß man unschwer erraten mochte, wer sie waren.
»Mir selbst«, seufzte Lee Cheong, »hat Kresna auch schon ein paar Freundinnen ausgespannt. Aber ich bin fett und häßlich, da kann man's verstehen.« Seine Lippen kräuselten sich: »Sie haben es besser, Sie sehen gut aus.«
Die Worte rauschten an Christians betrunkenem Kopf vorbei, wie ein gleichmäßiger Landregen. Dennoch saugte er sie im Unterbewußtsein auf wie vertrocknete Erde. Manchmal kochte hilfloser Zorn in ihm hoch. Das erste Mal in seinem Leben fühlte sich Christian Werner einer Lage nicht gewachsen und hilflos.
Blanche und ihre Liebe hatte er stets als selbstverständlich hingenommen. Jetzt fürchtete er, sie zu verlieren. Irgendwo kreuzte in seinem wirren, träumenden Denken auch die Hoffnung auf, Kresna könner erschossen werden.

## VIII

Voll Neid sah Calvin Rausher aus dem dumpfen Wagen auf die Kinder, die nackt in dem kleinen Fluß neben der Straße badeten. Am liebsten hätte er sich wie die Kerbaus ins lehmige Wasser gelegt, aus dem nur noch die Nüstern der Büffel herausragten. Trotz der Morgenstunde brannte die Sonne schon so stark, daß Schenkel und Hemd am Kunstleder des Sitzes klebten und er seine Hand schnell vom Fensterrahmen zurückzog, weil das Metall wie in der Schmiede glühte. Calvin trug Shorts, seine Fahrt war ebenso informell wie vertraulich. Allerdings bezweifelte er, daß Umar Makmur nichts davon erfuhr. Vielleicht wurde er schon in dieser Stunde benachrichtigt, vielleicht von Sumini. Zwar hatte er ihr nicht gesagt, wohin er fahren wolle, als er sie nach dem Frühstück im Hotel in Jogjakarta verließ. Doch Sumini wußte erstaunlich viel — erstaunlich war vielleicht nicht der richtige Ausdruck für eine junge Frau, die gelegentlich für den Chef des Geheimdienstes Sonderaufgaben ausführte.
Je länger Rausher die Indonesierin kannte, um so stärker war er von ihr gefangen. Rausher hatte im Laufe seiner Karriere mit vie-

len Agentinnen von Nachrichtendiensten zu tun gehabt und mit einigen von ihnen – niemals um Erpressung besorgt – auch geschlafen. Durchwegs handelten diese Frauen aus Ehrgeiz oder um des Gelderwerbes willen oder weil sie vom Geheimdienst unter Druck gesetzt wurden. Manche taten es auch vornehmlich aus Patriotismus oder ideologischen Motiven. Bei Sumini traf keiner dieser Beweggründe zu, wenigstens nicht ausschlaggebend. Sumini blieb ihm schleierhaft. Er hatte viel über sie nachgedacht, weit mehr, als seine Arbeit eigentlich erlaubte. Sie verachtete Umar Makmur – oder war es geradezu physischer Abscheu? Trotzdem berichtete sie ihm offenbar regelmäßig und pflichttreu. Politik interessierte sie herzlich wenig, ihre Vorstellungen darüber waren naiv, und von den beiden Marx zog sie Groucho dem Karl vor.

In einer der wenigen, desto frischeren, unerwartet neuen Nächte mit Sumini, in denen draußen die Palmenwipfel klapperten, die Zikaden sangen, die Geister in der klaren Stille wisperten – in einer solchen Nacht kam Rausher der Gedanke, Sumini werde von einem kleinen Dämon getrieben. Gleichmäßig atmend schlief sie neben ihm, ihre schwarze Mähne wirr übers Kopfkissen verteilt, nackt, wegen der Hitze ohne Decke. Der Mond warf durch die wehenden Vorhänge des offenen Fensters Kringel, die über ihr Gesicht tanzten. Ihre langen dicken Wimpern, so lang und dicht, daß er sie anfänglich nicht für echt hielt, begannen leise zu zittern. Plötzlich bewegte sie die Lippen und flüsterte. Er verstand nicht, was sie sagte, aber es klang ihm fremd, nicht wie Bahasa Indonesia. Vielleicht war es javanisch, vielleicht Atjeh-sumatranisch, die Heimatsprache ihres Vaters. Er wollte aufstehen und sein kleines Bandgerät holen – irgendein Experte in den Vereinigten Staaten konnte ihm sicher später sagen, in welcher Sprache und was sie redete –, doch dann schämte er sich und blieb liegen.

»Du hast heute nacht im Traum gesprochen«, sagte er am nächsten Morgen.

»Was denn?«

»Ich verstehe nicht Indonesisch.«

»Was heißt, du verstehst nichts? Du sprichst schon recht gut. Du hast schließlich eine gute Lehrerin.« Sie lächelte ihn schelmisch an, aber das Schelmische stimmte nicht recht, darunter flackerte Unruhe.

»Ich glaube, es war nicht Indonesisch«, sagte er.

»Manchmal rede ich im Traum altjavanisch. Weißt du: wie unsere Leute vor Hunderten von Jahren gesprochen haben.« Sie lachte, doch ihre Augen blieben dabei ernst. »Ich bin eine Hexe, bin Rangda, ich habe schon oft gelebt. Hast du das nicht gewußt?« Sie streichelte ihm über das Gesicht und gab ihm einen Kuß.

»Ein Hexenkuß«, sagte er und atmete tief, »Rangda Sumini.«

Auch als Geliebte entsprach Sumini nicht dem Bild, das er sich bislang aus eigenen sexuellen Erfahrungen und den Berichten von Freunden über Indonesierinnen oder malayischstämmige Frauen überhaupt gemacht hatte, von ihrer lebhaften Anschmiegsamkeit und ihrem stillen Temperament. Sumini besaß diese Eigenschaften, aber sie war darüber hinaus bisweilen von einer ungezügelten, kaum zu bändigenden Wildheit. Ob dies Temperament, die herausfordernde, aufreizende Schamlosigkeit das Blut ihres Vaters war, konnte er nicht beurteilen; er bezweifelte es.

Rausher war das Musterbeispiel eines *»male chauvinist pig«*, um in der Sprache seiner Heimat zu reden. Er konnte ohne Frauen nicht leben, aber er betrachtete sie etwa wie ein Lieblingsspielzeug oder eine Flasche Whisky, die man nach Gebrauch wegstellt.

Während er jetzt über die schmale, staubbedeckte Landstraße fuhr, dachte er ununterbrochen an Sumini, statt sich auf sein Gespräch mit Kresna vorzubereiten, den er in einem »gottverlassenen« Dorf nahe dem Vulkan Merapi treffen wollte. Rausher war ein Mann, dem Romantik oder gar Sentimentalität gänzlich fremd war, der seinen Gefühlen einen genauen Platz in seinem Leben zugeteilt hatte, aus dem sie nicht herausdurften. Doch merkwürdig – in den zwei Wochen, die er nun in Indonesien arbeitete, war ihm das Land allmählich wie Alkohol ins Blut gestiegen. Eine Art Süchtigkeit schien sich seiner zu bemächtigen: das goldene Licht auf den grünen Reisfeldern, der süße Geruch der Gewürznelken in den Dörfern, das unschuldsvolle Lächeln der Menschen, ihre leise singenden Stimmen, der weiche Gang und die samtene Haut der Frauen. Und das Magische und Mystische, das noch in der Natur und im Volk lebte.

Überall, wo es Wasser gab, schien die vulkanische Erde vor Fruchtbarkeit überzuquellen. Der kleine Fluß neben der Straße war von Büschen, Sträuchern, den langfingrigen Lontarpalmen regelrecht ummauert. In allen Schattierungen leuchtete das Grün, und dazwischen funkelten violette und rote Blüten. In den Wassertafeln der Reisfelder standen die Bäuerinnen mit spitzen Strohhüten und schnatterten und lachten. Calvin Rausher hätte jetzt viel dafür gegeben, wenn Sumini neben ihm säße, wenn er mit ihren Fingern spielen könnte, mit ihren Haaren, ihre Haut neben sich fühlen, ihr Gewisper, ihre Zunge. Er lehnte den Kopf zurück und versank in Halbträume.

Er wachte erst wieder auf, als der Chauffeur hupend in ein Dorf fuhr. Von allen Seiten winkten und riefen die Kinder dem großen Wagen zu. Die Desa lag an einem Hügel, auf dem die Straße noch einige hundert Meter steil und kurvenreich emporkletterte. Schließlich war der Sand so tief, waren die Steine so groß, daß der Wagen streikte. Schwitzend, ein Taschentuch als Schutz auf dem Kopf, ging Calvin zu Fuß weiter, bis er ein völlig allein stehendes, am Waldrand halb verborgenes Blockhaus vor sich sah, zu dessen beiden Seiten zwei riesige Waringin wie Leibwächter standen.

Kresna, der auf der Terrasse gesessen hatte, kam ihm entgegen. Er trug einen Sarong in matten Farben und Sandalen an den nackten Füßen. Bevor Calvin noch das Gesicht ausmachen konnte, sah er die von einem breiten Lächeln enthüllten, weißen Zähne.

»Selamat pagi, Tuan Rausher. Apa kabar, wie geht's?«

»Terima kasih, Pak Kresna, kabar baik.«

»Ihr Indonesisch ist ja schon ausgezeichnet. Warten Sie, in vier Wochen sprechen Sie es wie ein Einheimischer.«

»Sie überschätzen mich, General. Außerdem muß ich heute leider noch nach Singapore und Washington fliegen.«

»Ich weiß«, sagte Kresna. »Ich hoffe, Sie werden mir verzeihen, daß ich Sie zu so unmenschlich früher Zeit aus dem Bett gelockt habe. Doch sonst hätten wir uns nicht mehr treffen können. Mittags muß ich nach Medan fliegen, das ließ sich nicht verschieben.«

»Ich bin es, der sich bei Ihnen entschuldigen muß, General, weil ich so gedrängt habe, Sie vor meiner Abreise nochmals zu sehen. Ich kann mir denken, wie stark Sie durch den Wahlkampf beansprucht sind. Hab's ja auch erlebt, wenn auch nur als ein Berater meines Präsidenten.«

»Aber wir sehen Sie bald wieder, hoffe ich«, sagte Kresna.

»In einer knappen Woche. Ihre Wahlrede in Djakarta möchte ich mir unbedingt anhören.«

»Das schmeichelt mir. Wissen Sie, wie sehr mich das freut?«

Kresna lachte so jungenhaft offen, als freue er sich wirklich. Selbst der abgebrühte, zynische Rausher nahm seine Worte für bare Münze. Vielleicht freut er sich tatsächlich, sagte sich Rausher, irgendwo ist er ja ein Kind. Offenbar ist das eine seiner Gaben, nämlich die Fähigkeit, höfliche Floskeln und Gemeinplätze klingen zu lassen, als seien sie frisch und kämen wahrhaft vom Herzen.
Sie setzten sich auf die Terrasse, von welcher der Blick über die Lontardächer der Desa und das hellgraue Band der Straße in die weichrollende Ebene glitt, auf der die Sawahs wie auf einem Schachbrett verteilt lagen. Hier und dort hoben sich schmale Palmenhaine. Von der Hitze flimmerte das Land und verschwamm gegen den Horizont zu im Dunst. Rausher war schon lange genug in Indonesien, um nicht zu fragen, wem das Haus gehöre und wo sich der Hausherr befinde. Ein barfüßiger Diener brachte Kaffee und eine Schüssel Früchte, aus der Calvin eine Mango nahm.
»Ich dachte, es sei noch keine Saison«, sagte er.
»Mein Geheimnis«, sagte Kresna und grinste stolz. »Erlauben Sie.« Er ergriff den Teller des Amerikaners, schnitt die Frucht in der Mitte durch und schälte den Kern heraus.
»Meine Lieblingsfrucht, die beste der Welt«, sagte Rausher und löffelte das orangene Fleisch in den Mund, jeden Bissen langsam und genußvoll auf der Zunge zergehen lassend. Es schmeckte nach Pfirsich, Honig und Mandeln, süß und doch kräftig. »Ach«, seufzte er, »mir graut vor dem Rückflug, vor dem stickigen, schwülen Klima in Washington, von dem man im Grunde gar nichts merkt, weil man sich immer in einer unnatürlichen Atmosphäre bewegt. Vom Haus mit Klimaanlage ins Auto mit Klimaanlage, dann ins Büro mit Klimaanlage, in andere Büros mit Klimaanlagen, ins Restaurant mit Klimaanlage. Natürlich bin ich ständig erkältet, mein Hals kratzt – darf ich noch?« Er ergriff eine neue Mango. »Jetzt versuch ich's selbst. Mein Gott, schmeckt das gut – man dürfte eigentlich gar nicht reden, wenn man etwas so Köstliches ißt ... Wissen Sie, General, als ich eben hier zu Ihnen fuhr und so vor mich hin träumte, da habe ich mir gedacht, wie schön wäre es, jetzt einfach die Politik an den Nagel zu hängen, alles vergessen, sich hier ein kleines Haus kaufen – und leben, nur leben.« Er sah in die Ebene.
»Machen Sie's, Mr. Rausher. Aber was würde Ihre Frau dazu sagen?«

»Ich werde Muslim«, grinste Rausher, »und leiste mir mehrere Frauen.« Er wollte sich eine Tasse Kaffee einschenken, aber Kresna nahm ihm die Kanne aus der Hand. »Sind wir nicht Narren, General, wir könnten so ein schönes und leichtes Leben haben. Statt dessen stürzen wir uns in die Politik, in das schmutzigste, gefährlichste, undankbarste Geschäft, das es auf der Welt gibt. Laufen wie gehetzte Hunde mit heraushängender Zunge einem Ziel nach, das wir nie erreichen.« Er trank ein paar Schlucke Kaffee. »Haben Sie einmal ein Windhundrennen gesehen? Hoffentlich nehmen Sie mir den Vergleich nicht übel, aber so ähnlich sind wir: vor uns läuft der Hase, von einer unsichtbaren Kraft gezogen — und wir immer nach, immer nach. Wir erwischen ihn nie, auch nicht, wenn wir als erster durchs Ziel gehen.«

Kresna sah ihn an, mit einem stillen Lächeln.

»Vielleicht ist es die Macht, die uns reizt«, sagte Rausher. »Macht ist der größte Genuß, den ein Mann kennt, größer noch als die Liebe. Irgendein Franzose, ich glaube Malraux, hat einmal behauptet: ›Nichts entfaltet einen Mann mehr als die Ausübung von Macht.‹« Er blickte Kresna gerade in die Augen: »Was meinen Sie, General, ist Macht für uns Männer ein schönerer Besitz als eine Frau? Der schönste Besitz?«

Kresna bewahrte sein stilles, versonnenes Lächeln, in dem auch nicht der leiseste Hauch von Ironie zu finden war. Er erwiderte den Blick Raushers, ohne ein Wort zu sagen, bis dieser seine Augen abwandte.

»Was ist Macht?« fragte Kresna schließlich. »Ich habe in den letzten Wochen viel darüber nachgedacht. Und je länger ich nachdenke, desto weniger weiß ich, was Macht ist.« Er deutete mit der Hand auf das Dorf unter ihnen. »Hat der Lurah dieser Desa Macht, weil er den Bauern sagen kann, was sie anbauen sollen und wer heute vom Kanal Wasser beziehen darf und wer morgen? Hat der alte Dukun da drüben Macht« — er zeigte unbestimmt in Richtung des Vulkans —, »weil sich keiner in der Umgebung traut, ohne seine Zustimmung zu heiraten, einem Kind den Namen zu geben, ein Feld zu verkaufen, einen Kerbau zu schlachten — oder zu wählen? Hat ein General Macht, weil ihm seine Soldaten gehorchen müssen? Hat der Bupati Macht, weil er ein paar hunderttausend Leute verwaltet? Oder hat nur der Präsident Macht, weil er das Land regiert? Und was bliebe von der Macht des Präsidenten, wenn die Großmächte beschließen würden, Indonesien in vier Teile zu teilen? Das kleine, arme, ausgeblutete Nordvietnam hat den Vereinigten Staaten widerstanden, der größten und reichsten Macht der Welt. Ist es also genauso mächtig?« Er saß bewegungslos, die Arme auf den Schenkeln, und blickte Rausher ins Gesicht. »Verzeihen Sie mir, Professor, daß ich so einfältig daherrede. Sie sind Politologe, Sie werden über meine Einfalt im Innern lächeln. Sie wissen sicher präzise, wissenschaftliche Definitionen der Macht, ich habe selbst welche gelesen . . .«

»Ja, ich kenne eine ganze Menge Definitionen, General«, sagte Rausher nachdenklich, »aber keine einzige, die zutrifft. Alles nur Schall und Rauch.«

»Über Menschen und Dinge verfügen, ist das Macht? Die Entwicklung lenken, eines Dorfes, einer Armee, eines Staates, ist das Macht?« Kresna machte eine Pause und halbierte eine Mango. Er führte einen Löffel an den Mund, legte ihn dann wieder auf den Teller. »Ich frage mich manchmal, Mr. Rausher, ob die wahre Macht nicht vom Herzen stammt statt vom Verstand. Macht, die nur im Verstand wurzelt, kann auf die Dauer den Menschen nichts Gutes bringen.« Er schwieg und aß mit sichtlichem Behagen die Frucht, trank eine Tasse Kaffee, schenkte sich eine zweite ein und lächelte dann verschmitzt. »Aber Sie haben sicher nicht den langen Weg gemacht, Professor, um mit einem einfachen General wie mir über Macht zu reden.«

»Vielleicht werde ich eines Tages an dieses Gespräch zurückdenken«, sagte Rausher zweideutig. Völlig unvermittelt, wie ein Schuß aus dem Hinterhalt, kam die Frage: »Halten Sie sich für einen Mann, General, der die Macht nicht liebt und niemals lieben wird? Ich, für meine Person, liebe nichts mehr als Macht, mehr noch als die Frauen. Und ich habe Frauen verdammt gern.«

»Die Frage werde ich nicht beantworten, nicht weil ich es nicht will, sondern weil ich es nicht kann – nicht ehrlich. Und Sie sind ein viel zu kluger Mann, als daß Sie nicht merkten, wenn ich Ihnen etwas vorzumachen suchte.« Er lächelte ihn entwaffnend an.

Rausher fiel auf, daß nirgendwo ein Soldat zu sehen war. Vielleicht hatte Kresna seine ganze Begleitung fortgeschickt oder ihr verboten, auf die Terrasse zu kommen.

»Sie werden heute noch in Medan reden, General?«

»Ja.«

»Sie sehen aus, als wäre dieser Wahlkampf für Sie ein Kinderspiel. Strengt Sie das überhaupt nicht an? Immerhin, Sie müssen doch jetzt wenigstens – warten Sie einmal – über fünf Wochen ununterbrochen auf Tour sein.«
»Ich habe ein paar Kilo abgenommen. Aber das schadet nie. Man gewöhnt sich erstaunlich schnell an die neue Routine. Und es macht mir Spaß.«
Diese Behauptung nahm Rausher ihm nicht uneingeschränkt ab. Das Gesicht des Generals hatte etwas von seiner jungenhaften Unbekümmertheit verloren, es war nicht nur magerer geworden, sondern auch gesammelter. Rausher kam der gänzlich unpassende Vergleich an eine Frau, die eine schwere Geburt hinter sich hatte, bei der sie beinahe das Leben verlor.
Der Amerikaner zögerte und klopfte mit den Fingern nervös auf der Rohrlehne des Rotangstuhles: »Darf ich Ihnen eine ebenso undiplomatische wie taktlose Frage stellen, General? Ich weiß, daß Sie Offenheit schätzen.«
»Bitte.« Ein neugieriger, doch keineswegs nervöser Blick.
»Sie haben in Ihrer Rede in Prambanan damit gedroht, Sie würden die Namen hochgestellter, wie Sie sagten, korrupter Persönlichkeiten nennen, falls diese nicht freiwillig zurückträten und das unrechtmäßig erworbene Vermögen zurückgäben. Das war vor einer Woche. Ich weiß natürlich nicht, wen Sie meinten«, er begann mit seinem Feuerzeug zu spielen, »obwohl sich natürlich jeder von uns seine Gedanken macht. Aber ich habe seither weder von einem einzigen Rücktritt gelesen noch davon gehört.« Rausher beobachtete den General jetzt aufmerksam. Dessen Gesicht blieb völlig glatt, fromm wie ein Unschuldslamm. »Wollen Sie Ihre Drohung wahr machen? Oder haben Sie sich's überlegt?«
Kresna schien von der Frage nicht überrascht zu sein. »Es sind sieben Tage seit Prambanan«, sagte er, »und keiner von denen, die ich meine, ist zurückgetreten. Sie wollen wissen, ob ich es mir überlegt habe. Oder ob man mir vielleicht angeraten hat – Sie verstehen, was ich unter ›anraten‹ meine –, meine Forderung nach Säuberung der Staatsführung von korrupten Personen fallenzulassen.« Er machte eine Pause, stand auf und ging ein paar Schritte hin und her. Rausher wartete gespannt und dachte sich, daß in der gleichen Situation die Schritte eines amerikanischen Generals schwer aufs Holz stießen. Den Schritt Kresnas hörte er nicht.

»Selbst wenn ich nun die Namen nicht mehr nennen wollte – weil ich es mir anders überlegt habe oder man mir gedroht hätte und ich es mit der Angst bekäme – selbst dann, mein Freund, müßte ich die Namen nennen. Weil ich es dem Volk versprochen habe, weil es das Volk von mir erwartet. Was für ein Schwächling, welch jämmerlicher Kerl wäre ich, wenn ich mich jetzt aus Feigheit in eine Ecke verkröche wie ein Hund, der den Schwanz einzieht. Ich werde die Namen nennen, wenn in den nächsten Tagen nichts geschieht, ich werde die Namen nennen. Ich bin es dem Volk schuldig, ich bin es mir schuldig.«
Er schlang den einen Arm um einen Bambuspfeiler und sah in die hitzeflimmernde Ebene hinaus. Es war, als habe er im Augenblick Raushers Anwesenheit vergessen.
Der Amerikaner wartete, ob Kresna weitersprechen werde, doch der schwieg. Minuten zogen sich hin, und der General stand noch immer regungslos, als sei er erstarrt, den Arm um den Bambuspfeiler gelegt. Rausher hatte seine Frage absichtlich so direkt gestellt; ihn interessierte vor allem, wie Kresna darauf reagieren würde. In seinen Vorlesungen in Harvard legte er großes Gewicht auf die psychologische Seite der Politik, sowohl der Völker – er nannte es Ethnopsychologie – wie der handelnden Persönlichkeiten, die das Geschehen in einem Land bestimmten, des »Chors und der tragenden Rollen«, wie er zu sagen pflegte. Psychologie wurde nach seiner Ansicht in der außenpolitischen Planung der Regierungen sträflich vernachlässigt. Wenn es nach ihm ginge, hätte man im State Department längst eine Abteilung für »politische und Völkerpsychologie« eingerichtet.
Ein Mann wie Kresna, der offensichtlich gänzlich anders dachte, reagierte, von anderen Motiven getrieben wurde als die »tragenden Rollen« im Westen, faszinierte ihn.
Schließlich hielt Rausher das Schweigen nicht mehr aus und sagte: »Merkwürdig, General, wir haben noch kein Wort über das Attentat gesprochen. Jeden anderen Menschen hätte ich längst gefragt, wen er verdächtige und ob er ein neues Attentat befürchte.«
»Sie haben recht, Calvin Rausher, es lohnt nicht, darüber zu reden. Ob wir leben oder nicht, liegt in Gottes Hand. Wenn uns bestimmt ist, zu leben, wird uns kein Mensch in dieser Welt – und seien es die raffiniertesten Mörder mit den raffiniertesten Waffen – den Atem nehmen können.«

»Fühlen Sie sich so sicher, Pak Kresna? Haben Sie niemals seit dem Attentat Furcht verspürt? Sollten Sie nicht ständig von Leibwächtern begleitet sein? Bei uns in den Vereinigten Staaten wird jeder Präsidentschaftskandidat von FBI-Leuten begleitet. Darauf hat er ein Anrecht, das bezahlt der Staat.«
Kresna lachte: »Sie stellen viele Fragen auf einmal, Herr Professor. Manche so schön verpackt, daß kein Fragezeichen dahintersteht.«
»Was meinen Sie?« Rausher lachte jetzt auch. Er tat, als verstünde er nicht.
»Erstens bin ich kein Präsidentschaftskandidat. Darf ich Sie daran erinnern, daß wir in zwei Wochen unser Parlament wählen, nicht den Präsidenten.« Das Lachen blieb in Kresnas Augenwinkeln. »Ich bin nur einer von vielen Rednern für unsere Regierungspartei. Zweitens wird das indonesische Pendant zum FBI von einem Kollegen geleitet« – Rausher fiel auf, daß er »Kollege« und nicht »Kamerad« sagte –, »der Ambitionen hat, nächstes Jahr selbst die Nachfolge des Präsidenten anzutreten.«
Den unausgesprochenen nächsten Satz darf ich mir selbst ergänzen, dachte Rausher bei sich: ›Soll ich, Kresna, mir ausgerechnet Leibwächter von meinem Rivalen Umar Makmur stellen lassen, dem vielleicht nur daran liegt, daß ich umkomme?‹
»Wen halten Sie für den geeignetsten Mann in Indonesien, nächster Präsident zu werden?« fragte Rausher.
»Sie meinen die Generale Makmur und Soetjipto?«
»Warum nur die beiden? Vielleicht gibt es auch andere gute Kandidaten.«
»Zum Beispiel mich, das wollten Sie doch sagen, nicht wahr?« Er zwinkerte Rausher zu.
»Haben Sie schon daran gedacht?« Calvin erwartete wiederum keine klare, zumindest ehrliche Antwort. Vielmehr war er gespannt, in welcher Weise der General der Frage ausweichen würde.
»Sie sind Professor für politische Wissenschaften an einer der angesehensten Universitäten der Erde. Sie sind ein weltberühmter Mann. Sie sind einflußreicher Berater des amerikanischen Präsidenten; Sie waren im letzten Wahlkampf einer seiner Wahlstrategen, soviel ich weiß, der wichtigste. Sie können besser als jeder andere beurteilen, welche Fähigkeiten und Eigenschaften der Lenker eines Staates haben sollte, um seinem Volk gut zu dienen. Mei-

nen Sie denn, ich besitze diese Eigenschaften?« Sein ganzes Gesicht verzog sich in geradezu kindhafter Neugier.
»Eine dieser Eigenschaften haben Sie gerade bewiesen, Kresna, nämlich einer heiklen Frage durch eine Gegenfrage auszuweichen.«
Rausher überlegte sich, was an den Augen des Generals so ungewöhnlich war: nicht nur ihre Größe und Intensität, die war ihm schon beim erstenmal aufgefallen, sondern jetzt außerdem die Ruhe, der Frieden, die sie ausströmten, wie jemand, der mit sich und der Welt im reinen war. Mehrmals, von allen Winkeln her, versuchte Calvin seinen Gesprächspartner über seine politischen Pläne und Ambitionen festzulegen, ob er unter Umständen selbst kandidieren oder einen anderen Kadidaten, zum Beispiel General Sidabutar, unterstützen wolle. Aber der General hatte eine Art, verblümte und vielfach um die Ecke herum gestellte Fragen aller Maskierung zu entkleiden und dann unbeantwortet in der Luft stehenzulassen. Allmählich wurde der Amerikaner nervös. Washington wollte von ihm Zitate, Fakten, Erklärungen, nicht Gefühle, Eindrücke, vage Ahnungen. Was, gottverdammt, sollte er von dieser Unterhaltung und des Generals Intentionen im Weißen Haus berichten?
Offenbar war auf seinem Gesicht die Unzufriedenheit zu lesen, denn der General sagte: »Ihnen tut wahrscheinlich leid, daß Sie diesen weiten Weg zu mir auf den Merapi gemacht und so viele wertvolle Stunden verschwendet haben? Ich bedaure sehr, aber ich kann Ihre Fragen nicht beantworten. Ich fürchte, ich langweile Sie.«
Rausher protestierte entsetzt. Auch wenn der General seine Fragen nicht immer direkt beantwortet habe, sei hochinteressant, was er sage. Im übrigen müsse er sich entschuldigen, wenn er vielleicht grob und taktlos erscheine und manchmal gar zu persönlich werde. Das sei leider seine Art und zum Teil damit zu erklären, daß er meistens mit amerikanischen und gelegentlich europäischen oder südamerikanischen Politikern zu tun habe. »Wir reden laut, Pak Kresna; Sie hierzulande reden leise. Wir machen uns immer größer, als wir sind. Sie hingegen, vor allem die Javaner, versuchen sich selbst gleichsam zu eliminieren. Wir im Westen sprechen miteinander, wie« – er überlegte –, »mir fällt kein besserer Vergleich ein, wir sprechen wie die Gorillas im Urwald: wir klopfen auf unsere Brust und brüllen«, beide Männer lachten, »Sie hier

hingegen sprechen wie feine Insekten, nicht nur durch Laute, sondern auch durch die Fühler, mit dem ganzen Körper.« Er schüttelte unwillig den Kopf: »Ein Biologe würde wahrscheinlich die Hände über dem Kopf zusammenschlagen, wenn er vernähme, was ich da rede. Aber Sie verstehen mich hoffentlich?«
»Ich verstehe Sie«, sagte Kresna, der mit wachsender Sympathie zuhörte.
Und er fing an zu reden, vor allem über die Notwendigkeit, dem indonesischen Volk Stolz und Selbstvertrauen wiederzugeben, Selbstvertrauen und Zuversicht. Beides schwinde dahin. Es sei nicht gut, wenn die Leute aufhörten, an sich selbst zu glauben, wenn sie nach außen blickten, um Hilfe und Rat und um Kraft. Gerade das aber geschehe, zumal in den letzten Monaten. Jeder Indonesier müsse aus vollem Herzen sagen können: »Wir sind jemand, wir zählen in der Welt, wir werden geachtet.« Leider gehe gerade diese Überzeugung immer mehr verloren. Damit entstehe ein Vakuum, in das fremde Mächte eindringen könnten. Das Eingreifen fremder Mächte und fremder Ideologien – er ließ offen, welche er damit meinte – werde geradezu herausgefordert. Wie in der Ehe einer schönen jungen Frau mit einem impotenten Mann. So erkläre sich die wachsende ausländische Infiltration der letzten Zeit, die wachsende Anfälligkeit der Bevölkerung für radikale Ideen, für Säbelraßler, für Aufhetzer. »Wir Indonesier sind friedlich, wir lieben die Gewalt nicht, wir bewundern sie auch nicht wie beispielsweise die Japaner und die Deutschen. Wir wollen keiner Fliege etwas zuleide tun.«
»In Surabaya, vor ein paar Tagen, hat man davon nichts bemerkt«, unterbrach ihn Rausher.
»Hinter diesem Aufruhr steckten Agitatoren, die es darauf anlegten, die protestierende Menge in Raserei zu bringen. Ich leugne nicht, daß auch mein Volk manchmal in Blutrausch geraten kann. Der Begriff Amoklauf stammt nicht umsonst aus Indonesien. Aber was ich sagen will: die Leute wären nicht so leicht aufzuhetzen gewesen, wenn sie zufrieden wären, wenn sie Zuversicht besäßen, Zuversicht und Selbstbewußtsein. Stolze und selbstbewußte Menschen lassen sich nicht aufhetzen. Auch nicht von den raffiniertesten Agitatoren.«
Täglich komme er mit Jugendgruppen zusammen, sagte Kresna, in erster Linie Studenten und Oberschülern. Die meisten, ungeachtet

ihres Bildungsgrades, sehnten sich nach etwas, an das sie glauben könnten, das ihrem Leben Sinn und Ziel gäbe. »Viele meiner Landsleute halten unsere Jugend für träge und bequem, nur an Sex und Autos und gutem Leben interessiert. Das stimmt nicht. Wer das sagt, macht sich's zu leicht. Einige Männer in verantwortlicher Position glauben, wenn die Jugend uns offen kritisiert, wenn sie protestiert, sei das Rebellion, die dem Staat schade und notfalls mit brutaler Gewalt unterdrückt werden müsse. Wir sollten lieber versuchen, unserer Jugend Aufgaben zu bieten, große Ziele, große Ideen, für die es sich lohnt, alle Kräfte einzusetzen. Ich bin überzeugt, daß unsere Jugend begeistert mitmachen würde, mit Feuer und Flamme. Wir müssen sie mitreißen, wir müssen ihre Kritik an uns zu Herzen nehmen, anstatt nervös jede Kritik und jeden Protest im Keim zu ersticken.«

Rausher schielte heimlich auf seine Uhr.

»Mein Gott«, sagte Kresna, »ich halte Ihnen hier einen Vortrag und vergeude Ihre wertvolle Zeit. Sie haben sicher etwas anderes von mir erwartet.« Er lächelte: »Ich fürchte, ich habe mir das Redenhalten schon so angewöhnt, daß ich es gar nicht mehr lassen kann. Auch mit einem so viel klügeren und erfahreneren Mann, wie Sie es sind – außerdem bin ich ein furchtbar unaufmerksamer Gastgeber. Haben Sie Durst? Es ist sehr heiß geworden. Wollen Sie ein Glas Kokosmilch?« Er klatschte in die Hände, sofort kam, unhörbar, der Diener.

»Dua Air Kelapa«, bestellte Kresna, dann wandte er sich wieder an Rausher: »Ich möchte Ihnen jetzt gern ein paar Fragen stellen. Ich hoffe, Sie haben noch etwas Zeit?«

»Ich bitte Sie, General, mit Vergnügen. Ich sah nur eben auf die Uhr, weil ich meinte, Sie müßten fort. Mir scheint, ich habe Ihre Geduld schon über Gebühr beansprucht.«

Sie sprachen jetzt mit vertauschten Rollen, Kresna fragte und Rausher antwortete. Mit einem Mal hatte der General alles verschwommen Unbestimmte abgestreift. Seine Fragen waren kurz, präzise und für einen Mann mit so geringer außenpolitischer Erfahrung überraschend sachkundig. Wahrscheinlich hatte er sich sorgfältig darauf vorbereitet.

Nach einer guten Stunde stellte Rausher mit leichtem Unbehagen fest, daß er Kresna zwar eine ganze Menge über die amerikanischen und seine persönlichen außenpolitischen Vorstellungen und Ideen erzählt hatte, der General indessen sich auf gar nichts festgelegt hatte. Sogar Kresnas Fragen waren so formuliert, daß sie kein Pro und Kontra, keine Stellungnahme, keinen Kommentar durchblikken ließen. Als der Amerikaner dessen gewahr wurde, war es zu spät.

Mit einer Gebärde unermeßlichen Bedauerns erhob sich Kresna und bedankte sich. Er wolle ihm gerne etwas zeigen, sagte er, falls Rausher noch zwei Minuten Zeit habe. Er führte ihn ins Schlafzimmer, wo auf einem Tisch das Foto des letzten Präsidenten der Vereinigten Staaten stand, zu dessen Amtsperiode Kresna Militärattaché in Washington gewesen war.

Quer über das Bild hatte der Präsident geschrieben: »Oberst Kresna Dirdjosuparto, unser aller Freund.« Rausher erklärte, eine solche Widmung sei höchst selten, und der General strahlte vor Stolz übers ganze Gesicht.

Beim Hinausgehen erspähte er durch den Spalt einer wohl aus Nachlässigkeit nicht ganz geschlossenen Tür auf einer Truhe einen blitzenden Gegenstand. Genau konnte er nicht erkennen, was es war, ihm schien, ein Kris, ein sehr edler Kris, aus Gold und Edelsteinen.

Warum hat Kresna in diesem Haus übernachtet, überlegte Rausher während der Rückfahrt. Es liegt weit vom Flugplatz und auch weit von dem Ort, in dem er gestern abend seine letzte Wahlrede hielt. Wo war der mysteriöse Besitzer? Wo war die Begleitung des Generals?

Der Fahrer drehte sich um, sagte: »Pak Kresna – Tapa.« Sein Gesicht glänzte vor gläubiger Ehrfurcht, als spreche er von einem Wunder.

»Apa«, fragte Rausher, »was?«

»Tapa«, wiederholte der Chauffeur und schloß für einen Moment andächtig seine Augen.

Ich muß Sumini fragen, was ›Tapa‹ heißt, dachte Rausher und schrieb das Wort auf.

Sie flogen über einer dicken Wolkendecke, die auf der einen Seite von der untergehenden Sonne purpurviolett gefärbt wurde, während die andere schon in Dunkelheit getaucht war. Calvin Rausher hielt auf den Knien einen Block gelben Papiers und arbeitete an seinem Bericht für den Präsidenten. Einfach war das nicht, weil der Präsident grundsätzlich kein Schriftstück las, das länger als eine Seite war. Mehr als eine Seite ist Geschwätz, pflegte er zu sagen.

Rausher, der von den intellektuellen Fähigkeiten seines Chefs keine überwältigende Meinung hatte, fand gelegentlich, das Eine-Seite-Prinzip habe seine Vorteile. Im Augenblick freilich fluchte er still vor sich hin.

Er hatte sich angewöhnt, in einem ersten Entwurf, ohne Rücksicht auf die Länge, alle Punkte anzuführen, die ihm wichtig schienen, und diesen Entwurf schrittweise zu kürzen. Damit war er seit Stunden beschäftigt.

»Regierung in Djakarta zunehmend handlungsunfähig«, schrieb er, »Präsident krank (Galle und Leber, genaue Diagnose nicht bekannt). Die zwei engsten Mitarbeiter, seine Hauptstützen, in Machtkampf verbissen. Prestige und Autorität schwer angeschlagen. Opposition gewinnt ständig an Einfluß im Volk, von Russen und Chinesen materiell unterstützt. Guerillagruppen in Java und Sumatra, vorläufig klein, könnten bei weiterem Autoritätszerfall rasch bedrohlich werden. Am gefährlichsten für Regime wachsende Unzufriedenheit in Streitkräften, bisher Basis seiner Macht. Große Unbekannte in Rechnung: General Kresna Dirdjosuparto, hat in Rede regierendes Triumvirat herausgefordert. Machtkampf spitzt sich zu.«

Bis dahin war es verhältnismäßig einfach. Nun begann der schwierigste Teil: ein Psychogramm Kresnas, sein meteorhafter Aufstieg zum Liebling des Volkes, die an Massenhysterie grenzende Begeisterung, die sein Erscheinen jedesmal auslöste, seine Rolle als Ratu Adil, als neuer Messias (›wenn der Präsident das liest, schüttelt er bloß den Kopf‹), seine innen- und außenpolitischen Anschauungen.

Calvin Rausher war entsetzt, wie vage sich der Bericht las, ja ärger: wie vage er sein mußte. Zumindest vage in den Augen westlicher Rationalität. Er zerriß den Entwurf, schrieb einen neuen, den siebten oder achten, er hatte aufgehört zu zählen. Diesmal schloß er mit der Bemerkung, er habe den General in einem einsamen Haus angetroffen, in dem er wahrscheinlich ›Tapa‹ geübt habe.

Vor Calvin tauchte wieder das Bild Suminis auf, als er sie nach seiner Rückkehr vom Merapi gefragt hatte, was ›Tapa‹ bedeute.

Sie wisse davon, sagte sie, so gut wie nichts. Auf sein Drängen erklärte sie widerstrebend, ›Tapa‹ sei eine mystische Übung. Welche mystische Übung, fragte er. Eine Art Meditation, sagte sie, aber von solcher Intensität, daß nur Heilige und Könige in alten Zeiten dazu imstande waren. Wer ›Tapa‹ übe, so heiße es, könne sich die Menschen unterwerfen, alle Menschen, wenn er wolle — und sogar die Geister.

Sumini tat bei ihrer Erklärung, als mache sie sich darüber lustig. Doch als er sie, ganz beiläufig, zum erstenmal gefragt hatte, behielt sie wie vom Schlag getroffen die Gabel mit der aufgespießten Papaya im Mund und sah ihn fassungslos an. Natürlich sagte er nicht, daß er Kresna besucht und daß dieser vielleicht ›Tapa‹ geübt habe. Gleichwohl wußte sie, wen er meinte.

Als er nun auf den dicht beschriebenen Bogen gelben Papiers sah, blickte ihm Suminis fassungsloses Gesicht mit der aufgegabelten Papaya entgegen.

Wer in Washington versteht, dachte Rausher grimmig, daß ein General und Volksverführer ›Tapa‹ machen will? Vielleicht ist er kein Volksverführer? Er strich die letzten Sätze durch und bestellte einen doppelten Whisky.

## IX

Die Mango, die Kresna beim Besuch Calvin Raushers aß, war die erste Speise, die er seit dem Sonnenuntergang des gestrigen Tages anrührte. Kresna hatte gefastet, er fastete neuerdings zweimal in der Woche. Zwar war es keine übermäßige Willensprobe, nur von Sonnenuntergang bis ein paar Stunden nach Sonnenaufgang, doch eine unerläßliche Voraussetzung für seine mystischen Übungen.

Sein Interesse an Mystik war neu, zunächst geboren aus Neugier und einer Art sportlichen Ehrgeizes: »Training meiner geistigen Muskeln.« Auch trieb ihn eine innere Unruhe, die er vor seiner Weltreise nie gekannt hatte und die nach seiner Rückkehr noch gewachsen war, zu dem Gedanken, »es einmal mit der Mystik zu versuchen«. Ob nun die rapide Entwicklung seines politischen Ehrgeizes — eines Ehrgeizes, für den er auch vor sich selbst immer neue Bezeichnungen fand –, ob dieser enorme Ehrgeiz nun seinen Hang zur Mystik förderte oder umgekehrt, war nicht mehr festzustellen.

Kresna besaß an sich ein recht gesundes Maß an Selbstkritik, und obwohl er sich nach wie vor darum bemühte, diese Fähigkeit zu bewahren, schien sie zu schrumpfen. Besser vielleicht: sie nickte bisweilen ein, wie ein ermüdeter Wachtposten.

Tatsache war, daß er, seit er sich mit Mystik ernsthaft beschäftigte und yogi-artige Übungen vollführte, sich immer stärker fühlte, ausgeglichener, unverwundbarer – vielleicht nicht so sehr im körperlichen als im geistigen Sinne.

Er führte das auf regelmäßiges Semedi zurück. Von Mal zu Mal gelang es ihm vollkommener, alle Bande mit der Welt der Sinne und der Einbildung zu lösen, seinen Geist von begrifflichem und zerstreuendem Denken ganz zu entleeren, jedes Verlangen auszulöschen. Bis er schließlich in einen Zustand geriet, in dem er nichts mehr wahrnahm und nichts fühlte. Eine selige Leere, frei von Begierden und Wünschen, frei vom »Kleinen Ich«. Schwebend auf einer Wolke in der Unendlichkeit – ohne Anfang, ohne Ziel.

Er fing seine Lehre bei einem Guru in Djakarta an, der ihm die Grundbegriffe beibrachte: Atemübungen und Atemkontrolle, Semedi = Meditieren und Ngesti = Sammlung aller physischen und psychischen Kräfte auf einen Punkt, wobei man stundenlang auf den gleichen Fleck starrte und der Geist sich gleichsam leerte – alle Gedanken, woran auch immer, versanken ins Nichts. Anfänglich brachte er es nur auf dreißig bis vierzig Minuten, doch von Mal zu Mal währte es länger. Schließlich war er imstande, fast eine ganze Nacht lang regungslos im Semedi zu verharren.

Der Guru in Djakarta war ein weltberühmter Mann mit einer großen Schülerschaft. Viele, die andächtig zu seinen Füßen saßen, kamen aus Amerika und Europa, darunter ein Filmstar, zwei erfolgreiche Schriftsteller und eine Gruppe millionenschwerer Musiker. Als prominentester Schüler wurde demnächst ein von Ehrgeiz gepeitschter, vergeblich nach dem Bundeskanzleramt haschender deutscher Exminister erwartet.

Zuerst war Kresna von dem Guru tief beeindruckt, von der Harmonie und dem Blumenreichtum seiner Worte, von der Schönheit seines verklärten Gesichtes. Er traf ihn stets allein, in einem völlig leeren Zimmer. Immer hielt der Guru eine Blume in der Hand und lächelte, als sei er gerade vom Himmel herabgestiegen. Kresna fand auch nichts dabei, daß er für jede Sitzung eine Menge zahlen mußte. Wurde doch das Geld der Verbesserung menschlicher Seelen zugeführt.

Nach der vierten oder fünften Sitzung begann der Guru sozusagen abzubröckeln, bis ihm Kresna weder die Heiligkeit noch die grenzenlose Güte, noch die Harmonie seiner Ausdrucksweise mehr glaubte. Den Blumenreichtum seiner Sprache fand er ebenso affektiert wie die Blume, die jener stets zwischen den Fingern drehte, und das strahlende Glänzen seiner Augen. Kurzum, er hielt ihn für einen fuchsschlauen Heuchler, einen, wenngleich sehr begabten religiösen Schausteller, wie sie zu Tausenden durch Indiens Dörfer und Städte zogen.

Aus einem Grund, den er selbst nicht zu erklären wußte, hielt er sein erwachendes Interesse für Mystik, seine Übungen in Semedi und Ngesti vor Rai Agung lange Zeit geheim. Mag sein, daß er sich schämte, denn bis dahin hatte er die Religion nie sehr ernst genommen; mag sein, daß er sich nicht im klaren war, ob es sich dabei bloß um eine vorübergehende Laune handelte. Der Wahlkampf und die fast ständige Trennung von seiner Frau erleichterten ihm das Verschweigen – bis vor einigen Tagen, als er im Hause seines Onkels in Jogjakarta mit ihr darüber sprach.

Zweimal in der Woche, von Sonnenuntergang bis Sonnenaufgang, aß Kresna nichts, trank keinen Tropfen, nicht einmal Wasser, enthielt sich des Geschlechtsverkehrs und schlief allenfalls zwei Stunden. Die letzte Nacht war er ganz ohne Schlaf ausgekommen und fühlte sich trotzdem völlig frisch.

Auf seinen Wahlreisen schleppte er einen ganzen Koffer mit Büchern über Mystik und von Mystikern mit, javanische, sumatranische, indische, persische und arabische Literatur. Allmählich konnte er nicht mehr sagen, was in seinem angesammelten Wissen buddhistisch, hinduistisch oder islamisch war. Da der javanische Mystizismus ohnehin ein Gemisch aus allen drei Glaubensrichtungen ist, schien ihm diese religiöse Verquickung durchaus natürlich.

Während des kurzen Semedi mit Dukun Kromo auf dem Krater des Bromo erfüllte ihn auf einmal die feste, unerschütterliche Gewißheit, daß er die Kraft und die Fähigkeit besitze, an der Spitze seines Volkes zu stehen. Nicht sofort. Nicht morgen. Später – nach gründlicher Vorbereitung.

Diese Vorbereitung betrieb er mit jener Planmäßigkeit und Disziplin, die er als Soldat gelernt hatte. Er schrieb seine Reden, studierte sie ein, einschließlich der Pausen, des Versprechens, der Bewegungen, des Ausdrucks. Was nicht hieß, daß er sich nicht zuweilen von seinem eigenen Wortstrom fortreißen ließ. Aber hielt es damit wie einst Chruschtschow mit seiner Betrunkenheit – er verlor nie gänzlich die Kontrolle. Auch studierte er große Redner und Demagogen, von Demosthenes und Cicero über Goebbels, Hitler und Soekarno bis zu Churchill und de Gaulle. Alle seine Reden ließ er auf Band nehmen und prüfte sie gemeinsam mit Herry Pardede, seinem *alter ego*, streng, unerbittlich und sorgfältig.
Um sich mit Innen- und Außenpolitik besser vertraut zu machen, hatte er einen Sekretär angestellt, der ihm täglich, in wenigen Seiten, die wichtigsten Ereignisse vorlegte, auch Auszüge aus Zeitungskommentaren und -analysen. Ein eifriger Leser war er schon immer gewesen, mit Vorliebe für historische und politische Werke.
Wichtiger noch war ihm indessen die Mystik geworden, das Meditieren, Sich-ganz-versenken-Können. Er merkte, wie rasch seine Konzentrationsfähigkeit zunahm und seine Willensstärke wuchs und die innere Harmonie.
Dukun Kromo hatte ihm geraten, vor einer Nacht des Semedi und Ngesti stets die Bhagavad Gita zu lesen. Deren sechsten Gesang wußte er nun auswendig.
»Rumpf, Haupt und Hals trägt er aufrecht – ganz fest und völlig unbewegt – zur Nase hin lenkt er den Blick – und hält ihn fest dort unentwegt.« So saß er die ganze Nacht: »Zu seiner Seele Reinigung – er still sich in sein Selbst versenkt.«
Dukun Kromo, den er mehrmals von Herry Pardede persönlich hatte abholen lassen, erzählte ihm auch vom ›Tapa‹, einer in tiefer Trance gipfelnden, ins Übermenschliche gesteigerten Form des Semedi und der Enthaltsamkeit, deren fast nur Gestalten der javanischen Legende fähig gewesen waren, die sich auf die Spitze eines Berges oder tief in den Wald zurückzogen; ›Tapa‹, berichtete der Dukun weiter, verleihe ungeheure magische und spirituelle Kraft, vermöge deren jedes Ziel in dieser Welt erreicht werden könne, das man anstrebe.
Nun bildete sich Kresna keineswegs ein, daß er für ›Tapa‹ reif sei, weder geistig noch körperlich. Immerhin entschloß er sich, vom Tode Miriams in unerklärlicher Weise aufgewühlt, vor dem

Abflug nach Sumatra, der letzten Etappe seines Wahlkampfes, eine Nacht in einem Haus zu verbringen, das »auf einem Berg im Wald« lag. Es war das Wochenendhaus eines reichen, eigenbrötlerischen Freundes aus Solo und im Augenblick unbewohnt. Den Bedingungen des ›Tapa‹ entsprach es zwar nicht genau, aber ungefähr.
Die Nacht verbrachte er völlig allein, den Diener hatte er vor Einbruch der Dämmerung in die Desa geschickt, wo auch seine kleine militärische Begleitung einquartiert wurde. Zwar protestierte sein Adjutant heftig, wies auf die Gefahr eines erneuten Attentates hin. Kresna beharrte auf seiner Weisung.
Dann saß er auf der Terrasse und beobachtete, in langsamen Zügen Tee trinkend, wie die Sonnenscheibe, erst orangen, dann rot erglühend, dem Horizont entgegenrollte. Das vom Dunkeln ins Helle schattierende Grün der Reisfelder, Pappeln, Bambusgebüsche leuchtete noch einmal auf, kein gläsernes, hartes, sondern ein weiches, zärtlich streichelndes Licht. Im Hintergrund verschwammen die Hügel in bläulichem Dunst. Nirgendwo störte der Lärm von Maschinen oder Fahrzeugen. Von diesem Dreiklang: der Ruhe, des Lichtes und des Friedens, strömte köstliches Glücksgefühl in die Seele.
Kresna war selbst von der Gelassenheit überrascht, mit der er die Probleme, die er zu lösen hatte, nochmals schnell in seinem Kopf vorüberziehen ließ. Im Dunkeln stellte Makmur seine Fallen gegen ihn, davon war er überzeugt, doch wußte er nicht, wann oder wo diese Fallen zuklappen sollten. Vergeblich hatte er zu erfahren versucht, was der Geheimdienstchef vorhabe. Gerade die Stille seit Prambanan schien ihm verdächtig, denn daß der General sich widerstandslos geschlagen geben würde, hielt er für ausgeschlossen. Alle Informanten, die er, die Tosani, die Pardede im Geheimdienst besaßen, versagten diesmal.
Herry hatte lediglich erfahren, daß verschiedene Gerüchte, die Kresnas Ruf im Volk untergraben und seine Stellung schwächen sollten, von Umar Makmur planmäßig ausgestreut wurden. Etwa die Behauptung, die Amerikaner drohten mit Kreditsperre, falls sich Kresna durchsetze.
Tief besorgt erzählte ihm Herry, die Leute sprächen in den Kampongs darüber, daß er eine weiße Geliebte habe – »ich habe dich von Anfang an vor Blanche Werner gewarnt« – und daß er sich von seiner indonesischen Frau scheiden lassen und die weiße Ge-

liebte heiraten wolle. Er fühle sich zu fein für eine indonesische Frau, hieß es, und wolle den internationalen Playboy spielen. »Das Gerücht kann dich umbringen«, sagte Herry.
Kresna war sich endlich der Gefahr bewußt geworden, die ein öffentlicher Skandal bringen konnte. Er gestand sich ein, daß er leichtfertig gehandelt hatte. Ein Mann wie Makmur konnte sich den Ruf einer Vorliebe für weiße Frauen leisten. Aber nicht er, Kresna, dessen ganzer Erfolg im Wahlkampf und beim Volk darauf beruhte, als Bewahrer indonesischen Nationalstolzes, als Vorkämpfer echter Unabhängigkeit nach außen und Sauberkeit im Innern, als Ratu Adil, der Gerechte Prinz, aufzutreten.
Ihm war klar, was er zu tun hatte: die Affäre mit Blanche abbrechen, Rai Agung in einem Brief alles erklären — so viel zu erklären gab es da eigentlich gar nicht — und sie bitten, ihn während der restlichen Tage des Wahlkampfes zu begleiten. Rai mochte seinen Brief gerade zu dieser Stunde lesen. Sie konnte das nächste Flugzeug nach Medan nehmen und ihn dort treffen. Aber würde sie kommen, würde sie ihm so ohne weiteres verzeihen?
Gegen andere Manöver Umar Makmurs, und deren gab es sicher sehr viele handfestere und bedrohlichere — wenn er ihn auch nicht für den Anstifter des Attentats hielt —, blieb ihm nichts anderes übrig, als auf der Hut zu sein.
Von Soetjipto fürchtete er vorläufig nichts, Soetjipto war in politischen Intrigen dem Geheimdienstchef unterlegen und darin unerfahren.
Der große Unbekannte blieb der Präsident, sein Bapak buah, sein »Fruchtväterchen«. Der war zwar krank, müde, ein notorischer Zögerer, hatte durch den *Express*-Skandal gewaltig an Prestige verloren, in Indonesien wie im Ausland. Aber der Präsident, den er nicht mehr gleichermaßen achten konnte wie früher, obwohl er ihn nach wie vor liebte, war jederzeit imstande, mit der Pranke zuzuschlagen, gleich einem verwundeten Tiger, der um sein Leben kämpft.
Zwei Tage nach Prambanan hatte ihn der Präsident in die Istana Merdeka befohlen. Es war ein langes, schmerzhaftes Gespräch — streng unter vier Augen —, in dem der Bapak, von der Krankheit gezeichnet, Schweißperlen auf der Stirn trotz der Klimaanlage, nie ein Zeichen des Zornes oder auch nur des Ärgers zeigte. Traurig sprach der Präsident, als sei er bitter enttäuscht über seinen

Lieblingssohn. Er machte ihm keine Vorwürfe, er stellte ihm kein Ultimatum, er drohte ihm nicht mit Strafe, Versetzung oder Abberufung als Botschafter in weite Ferne. Er behandelte vielmehr die Prambanan-Rede und vor allem die darin vorgetragenen Forderungen als eine Art Jugendstreich. Ein Streich, den er zu vergessen bereit sei, falls — ja falls. Hier stellte der Präsident nun die einzige, freilich sehr entschieden geäußerte Bedingung während der ganzen Unterhaltung, die sich über den Vormittag hinzog: Kresna dürfe seine Angriffe gegen die Regierung, gegen Makmur und Soetjipto — und seien sie noch so verhüllt — niemals wiederholen, geschweige denn, wie er angedroht habe, deren und anderer enger Mitarbeiter Namen in einer Rede nennen. Er sei der Präsident, sagte er mit leiser, müder Stimme, die Augen geschlossen, die Gesichtsmuskeln gelegentlich in Schmerzanfällen verkrampfend, er sei der Präsident, und niemand habe ihm etwas vorzuschreiben oder das Recht zu erklären, wer »gesäubert« werden müsse.

Merkwürdig war allein, daß der Bapak ihm weder ein Versprechen abverlangte noch sagte, was er mit Kresna zu tun gedachte, falls sich dieser nicht an das Gebot hielt.

Nach seiner Rede in Prambanan hatte sich Kresna überlegt, ob er nicht zu eilig und zu weit vorgeprescht war. Er mußte seine Stellung noch weiter ausbauen, bis er auf einer solchen Welle der Volksbegeisterung schwamm, daß ihm niemand widerstehen konnte. Den Ausschlag gab natürlich die Armee. In der genoß er seit jeher viel größeres Ansehen als Makmur oder Soetjipto. Täglich empfing er neue Sympathieerklärungen lokaler Befehlshaber aus allen Teilen Indonesiens, die über das Regime in Djakarta aus den verschiedensten Gründen murrten. Tosani und die Gruppe hoher Offiziere um ihn, die »Pendawas«, spannten eifrig und heimlich ihr Netz. Aber die Lage war noch nicht so, daß sich die Armee hinter ihn stellen würde, falls ihn der Präsident plötzlich aufs tote Gleis schöbe. An eine offene Auseinandersetzung mit dem Präsidenten dachte Kresna auch nicht. Doch würde sich der Präsident dem Wunsch des Volkes und der Armee nach »Säuberung und Neuordnung der Staatsführung« — ein wundervoll vager Begriff, formuliert von Pardede — nicht mehr verschließen können, wenn der Druck das notwendige Maß erreicht hätte.

Kresna war entschlossen, seine Forderungen von Prambanan zu

wiederholen und »die Namen zu nennen«, aber er wollte noch »ein paar Tage warten, bis die Situation dafür reif ist«. Über den Zeitpunkt war er sich vorläufig selbst nicht im klaren, er verließ sich auf seinen Instinkt. Natürlich bedeutete das ein gewisses Dilemma, das Volk erwartete von ihm, daß er seine Drohungen wahr machte. Er durfte nicht den Eindruck der Unglaubwürdigkeit erwecken, nicht den Eindruck, als habe er Angst bekommen.

Kresna lächelte vor sich hin und flüsterte: »Es dauert nicht mehr lange – sechs Tage bis zur Schlußversammlung auf dem Merdeka-Platz.«

Die Sonne war untergegangen, die Dämmerung war kurz. Beim Eintritt der Dunkelheit beendete Kresna seine strategischen Erwägungen. Schlagartig, als klappe er ein Buch zu. Dann ließ er sich, im Lotussitz, auf den Boden der Terrasse nieder.

In dieser Stellung verharrte er die ganze Nacht. Zu Anfang betete er, wie Dukun Kromo es ihn gelehrt, zunächst ein paar Strophen der Bhagavad Gita und dann eine Hymne Sankaras, stets mit dem Refrain endend: »Verehre Govinda [Krishna], verehre Govinda, verehre Govinda.« Allmählich fielen Gedanken, Begehren, Kummer von ihm ab, und er spürte seinen Körper nicht mehr. Vergangenheit und Gegenwart verschmolzen. Sein Bewußtsein weitete sich aus: in einer Art Trunkenheit schien er dünne Trennwände zu durchstoßen, die sein waches, sein Tagesbewußtsein von anderen, höheren Bewußtseinsformen abschlossen.

Ein Gefühl dermaßen intensiver Wonne erfüllt ihn, unbeschreiblich, nicht in Worte zu kleiden, wie es sein Körper in gesegneten Momenten empfand, wenn er mit einer geliebten Frau ganz verschmolz und eins wurde. »Wer solcherweise immerdar – sich standhaft der Versenkung weiht – erreicht das Glück der Einswerdung – das ihn von jeder Schuld befreit.«

Die aufgehende Sonne schien ihm direkt ins Gesicht. Im Wald flöteten und zwitscherten die Vögel. Das Dorf schlief noch. Kresna löste sich aus dem Lotussitz, ging in ein verdunkeltes Zimmer, nahm aus einem ledernen, innen mit Samt beschlagenen Etui einen Kris. Es war nur die Scheide. Doch welch erlesene Arbeit: über dem Körper aus massivem Gold lag ein haarfeines Reliefnetz,

gleichfalls aus Gold, das Pflanzen und Figuren darstellte. Eingefügt funkelten Rubine und Smaragde.
Es war ein Kunstwerk von unschätzbarem Wert, ein Geschenk seines Onkels aus Jogjakarta. Um diesen Kris rankte sich eine lange Historie. Im 18. Jahrhundert hatte ihn der Sultan von Solo, damals noch Hauptstadt des javanischen Reiches, anfertigen lassen. Der Kris war ein Pusaka, er besaß magische Kraft, die dem Sultan wohl zustatten kam. Später, während des Diponegoro-Krieges mit den Holländern im 19. Jahrhundert, wurde die Klinge des heiligen Kris gestohlen und nie mehr gefunden. Ein Ahne von Kresnas Onkel, ein mit großer Zauberkraft ausgestatteter Dukun und Guru, erhielt vom damaligen Sultan die Scheide des goldenen Kris mit dem Auftrag, sie zu bewahren. Eines Tages werde die Klinge auftauchen, doch erst, wenn Indonesien wieder ein wahrhaft freies, stolzes Land sei, geführt von einem gerechten Herrscher, dem Ratu Adil. Derjenige, in dessen Händen sich Klinge und Scheide endlich zusammenfänden wie Mann und Frau, werde der Ratu Adil sein.
Natürlich kannte jeder eingeweihte Mensch in Indonesien die Legende von diesem Kris. Einmal erschien Soetjipto heimlich beim Onkel, mit einer wunderbaren, goldenen Klinge. Er komme, so behauptete er, im Auftrag des Präsidenten, um zu sehen, ob die Klinge in die Scheide passe. Verwechslung konnte es in der Tat nicht geben, denn der Kris war in der Form einer siebenfach gebogenen Schlange geschmiedet, nicht länger als eine Elle und einen Zeigefinger breit. Soetjipto probierte es gleich an Ort und Stelle aus. Zart und liebevoll, wie er mit Krisen umzugehen wußte. Aber die Scheide schien plötzlich zugeschmolzen, die Klinge ließ sich nicht einmal einen Zentimeter hineinschieben. Merkwürdigerweise wurde Soetjipto wenige Minuten später ohnmächtig. Er mußte eilig ins Spital gebracht werden, wo er rätselhafte, von schwerem Brechreiz begleitete Anfälle von Sehstörungen erlitt.
Als Kresna vorgestern den Friedhof, auf dem Miriam bestattet lag, verlassen hatte, fuhr er, warum, wußte er nicht zu sagen, bei seinem Onkel vorbei. Ihm erzählte er, daß Miriam in der gleichen Stunde gestorben sei, in der die Kugeln der Attentäter ihn verfehlten. Er glaubte nicht, daß dies Zufall sei. Der Onkel schwieg, stand auf, kam mit der Scheide des Kris zurück, drückte ihm das Kunstwerk wortlos in die Hand.
Lange stand Kresna nun in dem verdunkelten Zimmer und starrte

auf das goldene Geschmeide. Dann legte er es wieder in das Etui und schritt zurück auf die Terrasse. Er überlegte, ob er einen kleinen Spaziergang im Wald machen solle. Körperliche Bewegung tat ihm not, er hatte das Gefühl, daß seine Muskeln in der Hetzjagd des Wahlkampfes allmählich verrosteten.

Gerade wollte er aufstehen, als er auf der Straße vom Dorf eine alte Frau heraufkommen sah. Wahrscheinlich ging sie in den Wald, um Holz für ihre Küche zu stehlen, dachte er. Um diese Zeit schliefen die Polizisten noch. Wenn sie mich sieht, wird sie gewiß erschrecken. Vielleicht sollte ich ganz leise ins Haus schleichen. Was bleibt dem armen Weiblein anderes übrig, als Holz zu stehlen, sie hat kaum Geld, welches zu kaufen.

Aber die Alte kam unbeirrt die Straße hinauf, allerdings mußte sie oft Pausen machen, um Atem zu schöpfen. Sie bog auch nicht in den Wald ab. Kresna verspürte leichten Ärger – die Alte, so schien es, wollte in sein Haus. Bestellt war sie nicht. Sie würde ihn nur stören, mit ihrem Geplapper lästig fallen, ihn aufhalten.

»Selamat pagi, Tuan«, grüßte die Alte, als sie nur noch ein paar Schritt von der Terrasse entfernt war.

»Selamat pagi, Ibu – guten Morgen, Mütterchen.«

Das Mütterchen zog die Gummischuhe aus und rutschte kniend auf der Terrasse heran. In den Händen hielt sie ein längliches, in schmutzige Fetzen gehülltes Paket. Sie sprach sehr leise, lispelte außerdem und sprach das derbe Javanisch der Bauern.

Sie solle ihm dieses Paket bringen, sagte sie.

Von wem, fragte er?

Das wisse sie nicht, sagte sie. Ein Mann, den sie nicht kenne, habe es ihr gestern abend übergeben.

Wie der Mann aussehe, fragte er?

Daran könne sie sich nicht erinnern, sagte die Alte.

Kresna wollte das Paket öffnen.

Nein, sagte sie, hier dürfe er das nicht, nur dort, in diesem »dunklen Zimmer«, sagte sie und deutete auf den Raum, in dem er die Krisscheide bewahrt hatte.

Er tat, wie sie ihn hieß. Er nahm das Paket schmutziger Fetzen und ging ins Zimmer. Als er den Gegenstand auswickelte, Tuch um Tuch, begann er plötzlich am ganzen Körper zu zittern. Das Blut stieg ihm in den Kopf, Schwindel befiel ihn, er stützte sich auf den Tisch.

Schließlich löste er den letzten Fetzen. Darin lag eine goldene Krisklinge, siebenfach gebogen, der Griff mit einem feinen Netzwerk aus gesponnenen goldenen Pflanzen und Figuren überzogen. In der Mitte funkelte ein großer Rubin. Er öffnete das Etui mit der Scheide und nahm sie heraus. Wie eine Schlange in ihr Loch, so schlüpfte die Klinge in die Scheide.

Kresna hielt den Kris in beiden Händen und wagte kaum zu atmen. Er stand sehr lange so. Selbst in dem dunklen Zimmer schien der Kris zu leuchten. Minuten flossen dahin, vielleicht auch eine halbe Stunde. Dann, mit einem jähen Ruck, löste sich Kresna aus der Starre und stürzte auf die Terrasse.

Die Alte war verschwunden.

In dem tiefen, weichen Sand vor der Terrasse suchte er nach den Spuren ihrer Füße. Er sah keine Spuren. Keine Spuren — außer seinen eigenen.

## X

Der Beo war tot. Blanche hielt den starren Vogelkörper in den Händen und gab sich Mühe, nicht zu weinen. Wegen eines Vogels weint man nicht, Christian würde sie auslachen. Christian war ein Tierfreund, aber Sentimentalität mit Tieren war ihm zuwider. Blanche kämpfte mit den Tränen. Nicht nur aus Kummer um den toten Beo, dem sie mit so großer Mühe das Sprechen, kleine Witze und Lieder beigebracht hatte, sondern auch, weil ihr unheimlich zumute war.

Der Beo war vergiftet worden. Von ihrem Headboy, vermutete sie, oder einem der beiden anderen Boys, die von einer Stunde zur anderen ihr Haus verlassen hatten. Als sie aus Solo zurückkam, gab ihr die Köchin ein fettiges Briefchen, in dem der Headboy in ungelenken Buchstaben geschrieben hatte: »Im Haus sind böse Geister. Bringen Unglück. Mögen nicht im Haus bleiben.« Die Köchin war es auch, die ihr das mit dem Beo und dem Gift erzählte; sie hatte es heimlich beobachtet.

Blanche kannte Indonesien zu gut, um solche Vorgänge und Zeichen leichtzunehmen. Der Vogel war vergiftet worden, weil die

Boys wußten, wie gern sie ihn mochte. Sie überlegte, ob sie irgendwann einmal, unabsichtlich, einen der Boys gekränkt hatte. Javaner sind empfindlich wie Mimosen und gelegentlich durch Bemerkungen oder Handlungen verletzt, beleidigt oder erbittert, die einem Europäer gänzlich harmlos, ja wohlmeinend erscheinen würden. Im Vergleich zu Javanern besitzen Europäer nicht nur eine dicke, sondern nachgerade eine Drachenhaut. Blanche fiel indessen, trotz intensiven Nachdenkens, nichts ein, was ihre Diener, die bis dahin für sie durchs Feuer gegangen wären, ihr hätten übelnehmen können.

Blanche war überzeugt, je länger sie nachdachte, daß ihre Diener im Kampong, wo ihre Familien lebten, aufgehetzt wurden. Einige ihrer westlichen Freundinnen klagten schon seit einiger Zeit darüber, daß ihre Boys unverschämt würden, gewisse Arbeiten ablehnten, absichtlich Sachen beschädigten, ohne Entschuldigung aus dem Hause blieben und freche Antworten gäben, wenn man sie fragte, wo sie gewesen seien. Bis heute hatte Blanche auf diese Klagen nicht geachtet; Gespräche über das Personal hingen ihr zum Hals heraus.

Sie spürte, daß etwas in der Luft lag: nichts, das sich schwarz auf weiß beweisen ließ. Unmerklich begannen sich die Leute zu verändern, sie mußten Unheil ahnen, sie fürchteten sich, sie lächelten zwar, wie stets, aber sie mußten vor irgend etwas Angst haben. Der Betjakfahrer, der seit langem ihr Freund war und plötzlich sich nicht mehr mit ihr unterhalten wollte, sondern bloß einsilbige Antworten gab. Der Tukang Antik, der sonst mindestens zweimal in der Woche mit einem Sack voll chinesischen Porzellans vorbeikam und neuerdings ihr Haus mied. Anzeichen von Fremdenfeindlichkeit hier und dort. Unfreundliche Blicke in Geschäften, wo sie zuvor wie eine Prinzessin bedient worden war.

Auch ihre Köchin war verstockt. Den Brief der verschwundenen Boys hatte sie ihr ohne ein Wort gereicht und dabei weggeblickt. Der einzige zusammenhängende Satz, den die Köchin sagte, betraf die Vergiftung des Beo. Vage deutete sie überdies an, der Vogel sei tatsächlich von einem bösen Geist besessen gewesen.

Blanche überflog den politischen Teil der Zeitung, von Berichten über Kresna abgesehen, meist mit raschem Blick. Doch in letzter Zeit blieb dieser Blick immer öfter an meist unauffällig plazierten, kurzen Berichten hängen, bei denen ihr die Gänsehaut über den

Rücken lief. Überfälle auf entlegene Dörfer, Kidnapping, Lynchjustiz von Guerillos, wachsender Religionshaß, Wahlversammlungen, die in Mord und Totschlag ausarteten. Indonesien war plötzlich nicht mehr sicher. Schaudernd las sie von der Ermordung des amerikanischen Vizekonsuls in Surabaya.

Blanche wollte jetzt gar nicht daran denken. Sie wollte auch nicht daran denken, wie, ja ob sie überhaupt Ersatz für die drei Diener finden konnte. Christian schleppte fortwährend Gäste ins Haus und erwartete von ihr, daß sie jederzeit ein gutes Essen auf den Tisch brachte. Für heute abend hatte er ein halbes Dutzend Bankiers angekündigt. Sollte er doch mit seinen gottverdammten Bankiers ins Restaurant gehen. Schließlich durfte er nicht von ihr verlangen, daß ihr drei neue Diener aus der flachen Hand wüchsen.

Kresna hatte für Rai Agung gewiß mehr Verständnis. Warum ließ sie nicht alles stehen und liegen und flog nach Sumatra? Zu Kresna? Aber dem wäre das vielleicht gar nicht willkommen. Warum hörte sie nichts von ihm? Kein Wort, keine Zeile, keine Botschaft. Seit vier Tagen nichts. Dabei hatte er ihr heilig versprochen, ihr täglich eine zärtliche Botschaft zu schicken. Plötzlich durchzuckte Blanche ein siedeheißer Schrecken: sie mußte an die ominöse Warnung Suminis auf dem Lawu denken. Wußten die Diener von ihrer Affäre mit dem General? Hatten sie deswegen den armen Beo vergiftet? Waren sie deswegen verschwunden? Pete van der Groot deutete neulich an, einer ihrer Boys sei ein Spitzel Makmurs. Um Gottes willen! Wenn der Geheimdienst von ihr und Kresna erfahren hatte, dann wußten es auch Christian und Rai. Welche Schweinereien würde sich Makmur ausdenken, um sie und Kresna in den Schmutz zu ziehen! Ihre Ehe könnte kaputtgehen, und Christian würde . . .

»Guten Tag, Blanche.«

Sie fuhr hoch, als habe sie eine Hornisse gestochen.

Vor ihr stand Jeremias Groll: »Entschuldigen Sie, Blanche, daß ich so hereinplatze . . . Sie haben mich nicht gehört — kein Diener zum Anmelden . . .«

»Jeremias, was ist mit Ihnen passiert?« Sie schrie fast. »Wie sehen Sie aus!«

»Eine lange Geschichte«, sagte Groll und sackte in einen Sessel. »Haben Sie einen Whisky? Ich brauche erst einen Whisky, einen doppelten, einen dreifachen — dann erzähl' ich Ihnen alles.« Er wischte mit dem Taschentuch über sein Gesicht. Das Taschentuch war blutgetränkt und zerrissen. Ein Glas der Brille war zerbrochen, auf der rechten Wange klaffte eine Rißquetschwunde, das Blut schon verkrustet. Sein rechter Arm hing herab, leblos, als sei er ausgekugelt. Groll trug keine Hose, sondern einen Sarong oder was einstmals ein Sarong gewesen sein mochte. Blanche hätte gelacht, so komisch sah der rundliche Journalist darin aus, wäre ihr nicht bei seinem Anblick alles andere als zum Lachen zumute gewesen.

Sie mußte ihn wie gebannt angestarrt haben, denn Groll versuchte mühsam zu lächeln. Dabei bemerkte sie, daß es in seinem Gebiß zwei große Lücken gab. Das Lächeln war schief und tat ihm weh.

»Pardon, Jeremias. Ich hole sofort den Whisky.« Sie eilte über den Rasen des Gartens ins Haus und kam nach ein paar Sekunden mit Flasche, zwei Gläsern und einem Eiskübel wieder. »Ich kann auch einen vertragen – Jeremias, um Gottes willen, was ist mit Ihnen passiert?«

In langen, gierigen Zügen trank er sein Glas aus und schenkte sich von neuem ein. »Haben Sie Jod und Pflaster?« fragte er und öffnete sein blutverschmiertes Hemd. Auf seinem dicken, weißen Bauch war ein Kreuz eingeritzt, in der Breite eines Hufeisens.

Erschrocken sah Blanche die Wunde an und saugte dabei ihre Lippen ein. »Natürlich, ich hole sofort den Apothekerkasten.« Sie war völlig verstört. »Soll ich einen Arzt anrufen? Natürlich, Sie brauchen einen Arzt. Ich fahre Sie ins Krankenhaus.«

Mit dem unverletzten Arm winkte er müde ab.

»Bitte nicht! Die machen bloß eine große Geschichte daraus. Das mag ich nicht – bitte, Blanche, holen Sie Jod und Verbandszeug.«

»Ich bin furchtbar unaufmerksam«, sagte Blanche, wurde puterrot und lief wieder ins Haus.

Während sie den Bauch des Fernsehmannes mit Jod bepinselte und bepflasterte, lauschte sie seiner Geschichte.

Jeremias Groll war mit seinem Team, Kameramann und Toningenieur, in ein entlegenes Dorf, drei Stunden außerhalb Djakartas, gefahren, in dem vor wenigen Tagen ein kleiner Trupp kommunistischer – »vermutlich kommunistischer« – Guerilleros aufgetaucht war. Sie hatten alle Fahrräder beschlagnahmt, kurz die Schule besetzt und dort einen Vortrag über »Volksdemokratie und Antiimperialismus« gehalten. Dann waren sie wieder im Wald ver-

schwunden, wie Wasser, das im Sand verrinnt. Eine große Suchaktion der Armee führte zu nichts.
Groll filmte die Schule, sprach mit Schülern und Lehrern, interviewte die Bevölkerung. Viel kam dabei nicht heraus. Die Leute waren verängstigt und wollten nicht reden. Es war sehr heiß, sein Anzug und Hemd waren bald so durchgeschwitzt, daß er sie hätte auswringen können. Schimpfend, alle Welt verwünschend, höchst ungewöhnlich für den stets Wohlgelaunten, war er gerade dabei, das ganze Unternehmen abzublasen, als von einer Sekunde zur anderen die Desa von einer flirrenden Erregung gepackt wurde. Im Nu leerte sich die Straße. Plötzlich, auf unhörbaren Sohlen, standen sechs schwerbewaffnete Männer vor seinem Auto.
»Wollen Sie filmen?« sagte der eine in recht gutem Englisch. »Kommen Sie mit uns. Wir werden Ihnen etwas zeigen, etwas fürs Fernsehen bei Ihnen zu Hause.« Er lachte, die Fältchen an den Augenwinkeln seines dunkel verbrannten Gesichtes verzogen sich.
Die drei Deutschen – ohne den Dolmetscher – wurden in die Mitte genommen und marschierten zwischen ihren wilden unrasierten Begleitern zur Schule. Der Unterricht war gerade zu Ende.
Eine der Gestalten rief irgend etwas, das Groll mit seinen wenigen Worten Indonesisch nicht verstand, und hetzte in weiten Schritten hinter das Schulgebäude. Bald darauf kam er zurück. Vor ihm stolperte ein junger Mann, weiches, kindliches Gesicht, abstehende Ohren, die Augen vor Furcht weit aufgerissen, dem er den Gewehrlauf hart zwischen die Schulterblätter stieß.
»Der Oberlehrer«, sagte der eine, der Englisch sprach und offenbar der Anführer war. »Er wollte weglaufen. Die Polisi holen. Ein Spitzel der Militärfaschisten. Stimmt's, mein Freund?« Er holte einen kleinen Dolch aus seinem Gürtel und strich mit der flachen Klinge über des Lehrers Gesicht. Der schnappte nach Luft, wie ein Fisch auf dem Trockenen. »Kann kein Englisch, Tuan Lehrer«, sagte der Anführer zu Groll und grinste freundlich.
»Wer sind Sie?« wollte Groll wissen.
»Warten Sie ein wenig, Mister. Sie werden es bald erfahren. Wir sind auch so eine Art Lehrer. Nur – wir klären das Volk auf, wir sagen ihm, was es wirklich braucht, damit es freie Menschen werden, Mister. Eine Art Lehrer.« Er fand die Bezeichnung furchtbar komisch, denn er wiederholte offenbar auf indonesisch für seine Begleiter, was er gerade gesagt. Die lachten.

»Der da ist ein Werkzeug der Militärdiktatur und der fremden Imperialisten. Der da ist mitschuldig, wenn unser Volk verdummt wird.« Dabei ritzte er mit der Messerspitze einen hauchfeinen Strich über des Lehrers Stirn, nicht stärker als eine kleine Schnittwunde beim Rasieren. Aus den Fenstern der Schule glotzten, mit leerem Ausdruck, Knaben und Mädchen.

»Sind Sie Deutsche?« fragte der Anführer.

»Ja, woher wissen ...?«

»Ostdeutsche oder Westdeutsche?«

»Westdeutsche.«

»Ich habe die Deutschen gern«, sagte der Anführer.

Alle Schüler wurden in einem Klassenzimmer versammelt. Außer dem Lehrer, der hatte flüchten wollen, gab es noch einen anderen.

Groll, der Kameramann und der Toningenieur mußten sich unter die schwarze Tafel setzen, mit dem Rücken an die Wand. »Das ist der beste Platz für Sie zum Filmen«, sagte der Anführer und grinste. Groll versuchte ihn in ein Gespräch zu verwickeln, aber der Anführer schien Englisch nur zu verstehen, wenn er wollte.

Vor ihnen, den verstummten Schülern zugewandt, saßen die sechs Guerilleros, zwischen ihnen die beiden Lehrer.

Groll vermutete, daß noch mehr Männer aus dem Wald ins Dorf gekommen waren und nun draußen Wache hielten, gegen Armee und Polizei.

Der Anführer erhob sich und begann einen Vortrag. Die drei Deutschen verstanden nur gelegentlich ein Wort: »... Presiden ... ›Kupu‹ ... korupsi ... *Express* ... rakjat indonesia ... djendral ... Makmur ... orang amerika ... imperialism ... Kresna ... marxism ... revolusi ... Allah ...«

Einer der Männer drehte sich um und sagte, wobei sein Finger drohend auf Groll wies: »Du film ...!« Die Kamera fing zu surren an.

Nach dem Anführer sprachen noch zwei Guerilleros. Den Deutschen rannen dicke Schweißbäche über die Haut. Im Schulhof gackerten ein paar Hühner.

Die Vorträge schienen beendet, die sechs Männer standen auf, die Lehrer mußten sitzen bleiben. Auch Groll erhob sich. Mit unzweideutiger Gebärde machte ihm ein Guerillero klar, daß er sich wieder setzen solle.

Der Oberlehrer, der hatte flüchten wollen, mußte niederknien. Seine Hände wurden hinter dem Rücken gefesselt.

Der Anführer sagte ein paar Worte zu den Schülern, wobei er auf den Oberlehrer zeigte. Groll hörte »... informan ... orang pengadu ... informan polisi ...« Dann sah er von hinten, wie der Kopf des Lehrers auf die Brust sackte, sein weißes Hemd war dunkel naß geschwitzt. Weichen Schrittes verließ der Anführer den Klassenraum, die übrigen fünf Männer blieben. »Du film«, wiederholte einer und drehte sich zu Groll um. Die Kamera surrte.

Der kräftigste der Guerilleros, dicke Muskelstränge an den nackten Armen, zückte ein kurzes Schwert, feuchtete den Finger an, fuhr prüfend über die Schneide. Seine linke Hand glitt um Gurgel und den mit feinem Haarflaum bedeckten Nacken des Oberlehrers, wie die Hand des Dukun durch die Wolle des Opferschafes. Sein Gesicht war nahezu freundlich, nur die Augen funkelten grausam.

Dann hob er mit beiden Armen das Schwert hoch. Eine Zeitlang hielt er es in der Luft. Die Burschen und Mädchen starrten offenen Mundes darauf. Die lähmende Stille im Klassenzimmer wurde nur von den kurzen, keuchenden Atemstößen des knienden Oberlehrers unterbrochen, abwechselnd mit hohen Schluchzern, die wie das Pfeifen einer Maus klangen. Von der Klinge sprangen Lichtreflexe an die weißgekalkte Wand.

Plötzlich stieß der Guerillero einen unmenschlichen, bellenden Laut aus. Das Schwert sauste herab und trennte mit einem Hieb den Kopf ab. Der Kopf rollte auf den Boden. In dickem Strahl schoß das Blut aus dem Rumpf, dessen nackte Füße noch zuckten. Einige Kinder fingen an zu schreien, andere vergruben ihre Gesichter in den Händen.

Jeremias Groll, der immer von sich behauptete, er sei ein Feigling, wollte, von einer tief im Unterbewußtsein schlummernden Kraft getrieben, dem Henker in den Arm fallen. Es rieß ihn förmlich vom Sessel hoch. Ein Gewehrkolben gegen den Kiefer schlug ihn zurück, ein Fausthieb krachte auf seinen Mund. Dann packten ihn drei Guerilleros, wobei ihm ein Arm ausgekugelt wurde – die Brille lag längst auf dem Boden –, hoben ihn hoch und zogen ihm unter höhnischem Gelächter die Hose aus.

Der eine, der während der ganzen grausamen Szene den Kameramann gezwungen hatte: »Du film«, schnitt Groll mit dem Messer ein handtellergroßes Kreuz auf den Bauch. »Christ«, sagte er und fletschte grinsend die Zähne.

Jeremias Groll kroch auf dem Boden herum und begann, völlig

sinnlos, seine Brille zu suchen, als sei sie jetzt das Wichtigste. Er spuckte Blut, spuckte ein paar Zähne aus, seine Backe fühlte sich an, als sei ein Ball hineingestopft worden, die Wunde auf dem Bauch brannte höllisch. Am meisten tat ihm die Schulter weh. Bei jeder Bewegung stöhnte er. Seine beiden Mitarbeiter standen auf und halfen ihm. Sie wurden daran nicht gehindert. Die Guerilleros waren jetzt mit anderem beschäftigt.

Einer spießte den Kopf des Oberlehrers auf einen Stock und hielt ihn hoch. Des Oberlehrers weiches, kindliches Gesicht war zu einer grausigen Fratze verzogen, die Augen so verdreht, daß fast nur noch das Weiße sichtbar war, die Lippen auseinandergepreßt bis zum rosa schimmernden Zahnfleisch. Der Oberlehrer mit seinen abstehenden Ohren schien zu grinsen — das verzerrte Grinsen eines Totenkopfes.

Kurz darauf kam der Anführer der kleinen Truppe wieder ins Klassenzimmer und entschuldigte sich bei Groll. »Einige unserer Soldaten sind noch nicht diszipliniert«, sagte er, »sie wissen noch nicht, wer unsere Freunde und wer unsere Feinde sind.«

Jeremias verspürte keine Lust, ihm zu erklären, daß er sich kaum als seinen Freund betrachte.

Jeremias Groll, der Kameramann und der Toningenieur gingen ans Fenster und erbrachen sich.

## XI

Das Gästehaus der Regierung in Prapat lag nahe einem Felsenkliff, das jäh am Ufer des Sees aufragte. Eine steile, in die Felsen geschlagene Treppe führte zum Wasser. Zwei Boote mit schweren Außenbordmotoren schaukelten in den Wellen. Über dem Tobasee wölbte sich makellos blauer Himmel, weit und breit kein Wölkchen. In der gläsern scharfen Gebirgsluft konnte man fast das Laubwerk der Bäume auf der Insel erkennen, die sich wie ein urzeitlicher Block hoch aus den Fluten hebt.

In einem der Motorboote hatte sich ein Mann ausgestreckt und schlief. Er trug eine weiße, nicht mehr ganz saubere Hose und ein Batikhemd. Über das Gesicht hatte er, zum Schutz gegen die Sonne, eine Schirmmütze gestülpt. Der Mann war General Tosani, Befehlshaber der Division Brawidjaja, Panglima von Ostjava. Zwischen Surabaya und dem Tobasee in Nordsumatra lagen rund 2000 Kilometer. Was hatte der Panglima hier verloren?

Der Tobasee hat viele Gesichter; augenblicklich hatte er ein freundliches, freilich kein liebliches, eher ein herbes. Auf der Insel drüben, auf Samosir, war Tosanis Chef, General Sidabutar, geboren. Seine Vorfahren hatten dort einst als Könige geherrscht — oder was sie hierzulande Könige nannten. Auch Tosani rühmte sich eines Sultans, eines Sultans von Madura, als Ahnen.

Nahe dem Ufer liegen ein paar Königsgräber, Steinsarkophage mit grob gemeißelten Porträts, unscheinbar und ungepflegt im kühlen Schatten der Bäume. Der höchste Gunstbeweis, den der amtierende Oberbefehlshaber der indonesischen Streitkräfte einem Offizier erteilen konnte, war, ihn persönlich zu den Gräbern seiner Ahnen zu geleiten. Nur wenigen wurde diese Ehre zuteil, kaum einer Handvoll Generale. Tosani und Kresna gehörten dazu, auch der Panglima von Nordsumatra mit Sitz in Medan, General Abdulrahman. Diese drei Männer waren seit Beginn ihrer Soldatenkarriere enge Freunde, ja früher schon, seit sie als Freischärler, halbwüchsige Knaben damals, im Unabhängigkeitskrieg gegen die Holländer gekämpft hatten.

Auf Kresna und Abdulrahman wartete Tosani jetzt; sie kamen von einer Wahlversammlung in Sibolga. Keiner der beiden Freunde wußte, daß er hier war. Der Grund war alles andere denn erfreulich.

Um das schaukelnde Motorboot schwammen neugierige Fische. Vom Rand des Felsenkliffs sah, nicht minder neugierig, ein Wache stehender Soldat auf den schlafenden General herab.

Tosani schnarchte, beim Ausatmen pfiff er jedesmal durch den Mund. Er kam, falls es nötig war, ungewöhnlich lange ohne Schlaf aus; andererseits konnte er überall und zu jeder Zeit schlafen, friedlich und tief wie ein Baby. Sorgen konnten ihn niemals dieser Fähigkeit berauben. Auch jetzt nicht.

Vier Tage waren es noch bis zum Abschluß des offiziellen Wahlkampfes, vier Tage bis zu Kresnas Rede auf dem Merdeka-Platz. Dann folgte die »stille Woche«, in der, theoretisch, Wahlreden und Wahlpropaganda verboten waren. Theoretisch, in der Tat: Außenminister Witular, beispielsweise, wollte während der »stillen Woche« Verwandte besuchen und mit ihnen über Golkar reden.

Witular besaß erstaunlicherweise Tausende von Verwandten. Makmur plante, guerillagefährdete Gebiete zu inspizieren und bei dieser Gelegenheit mit der Bevölkerung zu »plaudern«. Es sollten »Plaudereien« mit vieltausendköpfiger Beteiligung werden.
Eine Wespe stach General Tosani in die rechte Hand. Mit einem Fluch wachte er auf, rieb sich die rasch anschwellende Stelle, blinzelte in die Sonne, brauchte erst ein paar Sekunden, um zu begreifen, wo er war.
Und er brauchte ein paar Sekunden länger, bis ihm wieder einfiel, daß man ihn beurlaubt hatte. Über Nacht. Ein Anruf des Stabschefs, vorgestern abend, verlegen und bündig: »Jusuf, der Präsident hat dich für eine neue, wichtige und ehrenvolle Aufgabe vorgesehen. Er hat dich, in Erkenntnis der Schwierigkeit deines neuen Postens, mit Wirkung von morgen beurlaubt. Dein Stellvertreter wird interimistisch das Kommando Ostjava übernehmen.« – »Darf ich wissen, welches dieser neue Posten ist?« – »Botschafter in Dacca.« Noch ein paar höfliche Floskeln. Ende des Gesprächs.
Tosani hatte mit vielem gerechnet, nur nicht damit. Er konnte die plötzliche Abberufung, nur wenige Monate, nachdem er zum Panglima von Ostjava ernannt worden war, zunächst nicht fassen. Kresna – ja, für den bestand seit Prambanan sozusagen minütlich die Gefahr, als Botschafter abgeschoben zu werden. Aber er, der sich aus dem Wahlkampf streng heraushielt?
Dahinter mußte Umar Makmur stecken. Tosanis Abberufung erschütterte indirekt Kresnas Stellung, erschütterte sie schwer. Dem Geheimdienstchef war sicher nicht verborgen geblieben, daß Tosani nicht nur ein enger, langjähriger Freund Kresnas war, sondern neuerdings auch, wenngleich sehr vertraulich, unter hohen Armeeoffizieren dafür warb, ihm im nächsten Jahr zum Präsidentenamt zu verhelfen. Der Panglima – besser, der künftige Botschafter Indonesiens in Dacca – bezweifelte indessen, daß Makmur von der Existenz der »Pendawas« wußte, und wenn doch, so zumindest nicht von ihren Plänen, eine Präsidentschaft des Geheimdienstchefs oder Soetjiptos zu verhindern, sei es mit Gewalt.
Alle »Pendawas« – ursprünglich waren es fünf Generale, jetzt waren es neun – genossen Tosanis blindes Vertrauen. Keiner schwätzte, keiner war des Verrates fähig. Alle neun waren seit einem runden Vierteljahrhundert eng befreundet, alle teilten die

gleichen Ideen über die Aufgabe der Streitkräfte, militärisch wie politisch, über soldatische Moral, über den Aufbau einer gerechten, unbestechlichen Gesellschaft, über Indonesiens internationale Rolle.

In Makmurs Augen mochten sie Verschwörer sein, Offiziere, die einen *coup d'état* vorbereiteten. Jeder »Pendawa« hätte diese Anschuldigung entrüstet zurückgewiesen. Woran sie dachten, worüber sie diskutierten, bewegte sich durchaus im Rahmen der Verfassung und der »dwi fungsi«, der seit langem festgelegten zivilen und militärischen Doppelfunktion der Armee. Sie wollten den Präsidenten nicht stürzen, sie wollten ihn auch nicht entmachten, sie wollten lediglich, daß »der Mann, der das Vertrauen der Streitkräfte genießt, Kresna Dirdjosuparto«, im nächsten Jahr vom Volkskongreß zum neuen Präsidenten Indonesiens gewählt würde. Der Volkskongreß sollte aus freiem Willen wählen. Auf wen unter diesen Umständen die Wahl fallen würde, daran zweifelte Tosani keinen Augenblick.

Er setzte sich im Motorboot aufrecht und machte dem Soldaten oben Zeichen, er wolle Wasserski laufen. Er spürte vor allem das Bedürfnis, die hochsteigende Wut über Umar Makmur auszutoben.

Tosani war kein eleganter, aber ein ungemein kraftvoller und ausdauernder Wasserskiläufer. In wilden Kurven zischte er über den großen See. Erstaunt sahen die Fischer den hochschäumenden Wasserschleiern nach.

Er vergaß völlig die Zeit. Plötzlich bemerkte er ein anderes Motorboot, das versuchte, ihn einzuholen. Aus dem Boot winkten Kresna und Abdulrahman, der selbst steuerte.

Als er prustend auf den kleinen hölzernen Landungssteg des Gästehauses kletterte, blickten ihn die verwunderten Gesichter seiner beiden Freunde an.

»Der Leutnant hat uns schon erzählt, daß du hier bist«, sagte Kresna, »er meint, du wolltest ein paar Tage Urlaub machen, dich hier in der schönen Höhenluft ausruhen. Was machst du hier, Jusuf, um alles in der Welt?«

»Ich ruhe mich in der Bergluft aus. Der Leutnant hat recht. Nach der Hitze in Surabaya tut das gut.« Tosani frottierte seine Haut, als wolle er sie abreißen.

»Eine schöne Überraschung«, sagte Kresna, ohne zu lächeln.

»Du weißt?«
»Natürlich weiß ich. Wir dienen schließlich in der gleichen Armee.«
»Wir wissen, daß du abberufen wurdest und als Botschafter nach Bangla Desh gehen sollst«, sagte General Abdulrahman leise. »Gestern haben wir's gehört. Mehr wissen wir nicht. Erzähle uns, Mas.«
Der Panglima von Nordsumatra, Generalmajor Mustapha Abdulrahman, sprach leise, als müsse er für jedes Wort um Entschuldigung bitten. Er wirkte ebenso schüchtern, wie er klein war – und er war sehr klein, er reichte Tosani kaum bis zur Schulter. Ein größerer Gegensatz als der große, kräftige, schnurrbärtige Haudegen aus Madura und der scheue, grazile Abdulrahman mit seinen zierlichen Kinderhänden ließ sich kaum vorstellen. Der ehemalige deutsche Militärattaché hatte den General »Kantjil, der Zwerghirsch« genannt, und dieser Name blieb unter ausländischen Militärs an ihm hängen.
Wie doch der äußere Eindruck täuschen konnte! Mustapha Abdulrahman war einer der besten Anti-Guerillakrieger in ganz Südostasien, von nie erlahmender Gewissenhaftigkeit und einem völligen, aber auch wirklich völligen Mangel an Furcht.
Er war einer der »Pendawas«, er zählte sogar zur Gruppe der ursprünglichen Fünf.
»Bleiben wir auf dem Landungssteg«, sagte Tosani, »oder fahren wir mit dem Boot hinaus. Da reden wir ungestört. Im Gästehaus hat Freund Umar vielleicht Abhöranlagen eingebaut.«
»Nein«, sagte Abdulrahman leise und lächelte schüchtern, »dafür garantiere ich, im Gästehaus sind keine Abhörgeräte eingebaut.«
Warum er die Abberufung stillschweigend hingenommen habe, wollte Kresna wissen.
Das habe er keineswegs, sagte Tosani, er habe sofort versucht, Sidabutar zu erreichen. Vorgestern abend und den ganzen gestrigen Tag. Sidabutar ließ sich verleugnen, »genau wie vor ein paar Wochen – du erinnerst dich, Kresna –, als ich wegen Makmurs Einmischung in Ostjava bei ihm protestieren wollte.« Außerdem habe er um einen Empfang beim Präsidenten nachgesucht. Der werde ihm in der Tat gewährt – »am Tag vor der Parlamentswahl«. Tosani strich grimmig seinen Schnurrbart.
»Dann ist also nichts zu machen?« fragte Abdulrahman.

Tosani zuckte resigniert mit den Achseln: »Fällt dir etwas ein – außer glattem Ungehorsam? – Mir nicht.«
»Natürlich hast du keine Beweise, daß es eine Intrige von Makmur ist?« fragte Kresna.
»Nein.«
»Dein Haus in Surabaya, ich meine, die Amtsresidenz des Panglima, bewohnst du noch?« fragte Kresna.
»Das wäre noch schöner«, schnaubte Tosani. »Ich bin ja kein Verbrecher. Sie können mich nicht von heute auf morgen hinausschmeißen. Bis ein Nachfolger ernannt ist und nach Surabaya kommt, bleibe ich selbstverständlich dort wohnen. Ein paar Tage wird das sicher dauern.«
»Eben«, sagte Kresna, »ein paar Tage kannst du noch in Surabaya bleiben. Wenigstens bis zu den Wahlen. Irgendwo mußt du ja schließlich wohnen, bevor du nach Dacca übersiedelst.« Er klimperte mit den Fingern auf seinem Oberschenkel. »Ob sie so schnell einen neuen Panglima finden? Groß ist die Auswahl nicht. Der neue Mann muß auch nach Makmurs Geschmack sein.«
»Außerdem muß die Regierung von Bangla Desh das Agrément für dich als Botschafter erteilen«, wandte Abdulrahman ein.
»Das geht schnell«, sagte Kresna, »eine bloße Formalität. Aber ein Nachfolger, das wird nicht so einfach sein. Zunächst kam es Makmur wohl nur darauf an, dich aufs tote Gleis zu stellen.«
»Der nächste bist du«, sagte Tosani.
»Nein«, sagte Kresna, »der nächste ist Mustapha.«
»Wieso ich?« Abdulrahman nahm die Mitteilung offenbar nicht sehr ernst. Er lächelte still vor sich hin.
»Alle Pendawas werden in die Diplomatie übersiedeln«, sagte Kresna.
»Alle Pendawas werden ...« Tosani sperrte den Mund sperrangelweit auf und brachte den Satz nicht zu Ende.
»Warum denn nicht, Jusuf? Botschafter ist ein schöner Beruf. Sehr viel weniger Arbeit, viele Empfänge, schöne Frauen, ein Haus, dreimal so groß wie deines in Surabaya. Täglich Golf.« Kresna saß auf dem Landungssteg und sah den Fischen im Wasser zu.
»Sicher nicht in Dacca«, schnaubte Tosani.
»Vielleicht läßt der Präsident mit sich reden«, sagte Kresna, »vielleicht gibt er dir auch einen anderen Botschafterposten. Kabul etwa oder Katmandu.«

»Da haben wir gar keine Mission«, knurrte Tosani.
»Aha, ich sehe, du hast dich schon erkundigt.«
Tosani zwirbelte immer energischer an seinem Schnurrbart, ein Zeichen, daß er zornig wurde. »Was würdest du denn sagen«, fauchte er Kresna an, »wenn sie dich plötzlich aus der Uniform stoßen, wenn sie dich, ohne Grund, über Nacht von einem Kommandoposten entfernen, in den du alles hineingesteckt hast, dein Herzblut, deine Energie, vom Morgengrauen bis in die Nacht? Wenn sie dich von deinen Leuten trennen, für die du wie ein Vater gesorgt hast und die zu dir aufsehen wie deine Söhne? Würdest du bloß deine Hände reiben, dich verbeugen: terima kasih, Bapak, terima kasih, und brav und still auf deinen Botschafterposten gehen? Weil man da so schön Golf spielen kann, weil es da gute Weiber gibt? — O nein, du würdest dich wehren.«
»Ja«, sagte Kresna still, »ich würde mich wehren.«
Tosani schlug sich an den Kopf und lachte, als müsse er dem Zahnarzt sein ganzes prächtiges Gebiß zeigen: »Ich verstehe — ich verstehe. Der alte Jusuf ist wieder einmal auf dich hereingefallen. Mein Hirn ist eben kleiner als deines.« Dann ernst: »Aber wie kann ich mich wehren?«
»Fliege morgen früh nach Surabaya zurück. Laß die Leute in deinem Militärbezirk wissen, daß du noch da bist. Laß sie wissen, daß du gegen deinen Willen abberufen worden bist. Dein G 2 ist ein tüchtiger Mann, einer der besten Nachrichtenoffiziere, den wir haben. Der soll dafür sorgen, daß unter der Bevölkerung die Nachricht verbreitet wird, du seiest einer Intrige Umar Makmurs zum Opfer gefallen. Du bist in Ostjava sehr beliebt, das habe ich auf meiner Wahlreise festgestellt.«
Tosani lächelte geschmeichelt, wandte gleichwohl ein: »Nicht bei allen, nicht bei allen.«
»Du meinst Amak Latief und seine Ansor — und ein paar fanatische Kyais?«
Tosani nickte zustimmend.
»Ich habe mit Latief gesprochen«, sagte Kresna.
»Du hast — gesprochen — mit Latief?«
»Erstaunt dich das so sehr?« Kresna lächelte ihn an.
»Wann? Wo?« fragte Tosani. »Wieso weiß ich nichts davon? Über alle Bewegungen Latiefs werde ich — ich meine wurde ich — laufend informiert.« Er kratzte sich den Kopf. Dann schien ihm ein

Licht aufzugehen: »Am Tag nach Prambanan – natürlich – am Tag nach Prambanan muß es gewesen sein. An dem Tag ist uns Latief für ein paar Stunden aus den Augen entwischt.«

»Erraten. Damals traf ich ihn heimlich.« Kresna machte eine schuldbewußte Miene: »Ich durfte niemandem etwas sagen, nicht einmal euch. Er nahm mir einen heiligen Schwur ab. Auf den Koran.«

Tosani sagte nichts, doch sah man ihm an, daß ihm diese Heimlichkeit sehr mißfiel.

Nicht er habe dieses Treffen angestrebt, berichtete Kresna, sondern Amak Latief. Wahrscheinlich sogar ohne Wissen Mohamad Chaliqs. Der Name Chaliqs sei während des ganzen Gespräches nur dreimal gefallen. »Allahs General« habe ihm, natürlich nicht in direkten Worten, die Unterstützung von ANSOR zugesagt, falls Umar Makmur versuchen sollte, Kresna auszuschalten. Daß der Geheimdienstchef dies versuchen werde, das bezweifle er, Latief, nach der Prambanan-Rede keine Sekunde. Makmur sei Atheist. Sein heimliches Ziel sei, »Indonesien in einen gottlosen Staat zu verwandeln«. Makmur würde, falls zum Präsidenten gewählt, als eine der ersten Maßnahmen die Nahdatul Ulama verbieten und die leitenden Persönlichkeiten der Partei, darunter auch ihn, Latief, unter Hausarrest stellen oder einsperren.

General Makmur sei ein machtbewußter Mann, habe er, Kresna, zu Latief gesagt. Doch Atheist sei er gewiß nicht. Die Lüge war Absicht, um den ANSOR-Chef noch weiter herauszulocken. Amak sei schließlich ein hervorragender Organisator, der überall seine Spitzel sitzen habe, wahrscheinlich auch im Geheimdienst.

Darauf habe ihm der bullige, von eiskaltem Ehrgeiz besessene Muslim-Politiker erklärt, Umar Makmur sei von Japan fasziniert, dessen Volk statt Gott einen grenzenlosen Patriotismus im Herzen trage. Nach Makmurs Überzeugung würden die Japaner unaufhaltsam, so die Worte Latiefs, »die größte Wirtschaftsmacht der Erde, weil sie ihre Kräfte und ihr Denken nicht mit Religion vergeuden. Sie beschäftigen sich nur mit dem Diesseits und nicht mit dem Jenseits. Darum sind sie allen anderen Nationen überlegen.« Der Wunschtraum des Geheimdienstchefs sei, Indonesien gleichfalls in eine religionslose Nation umzuformen. Nur dann könne es ein reicher Staat werden, nur dann werde es weder zu einer chinesischen noch japanischen Kolonie herabsinken.

Makmur sehe, so behauptete Latief, darin seine große historische Aufgabe. Um sie zu erfüllen, werde er sich jedes Mittels bedienen.

»Wenn ich richtig verstanden habe, was du erzählst«, sagte Tosani und nagte nachdenklich an seinem Schnurrbart, »dann betrachtet Latief Makmur nicht deshalb als Feind, weil er maßlos korrupt und skrupellos ist, sondern weil er ihn für einen ungläubigen — na, ich weiß das passende Wort nicht.«

». . . ungläubigen Materialisten hält, meinst du das?« sagte Kresna.

Tosani runzelte seine Stirn: »Nur zum Teil — säkular, sagt man nicht säkular?«

»Du hast recht«, sagte Kresna. »Latief ist überzeugt, Umar Makmur wolle letzten Endes den wichtigsten Pfeiler der indonesischen Ideologie zerstören: den Glauben an Gott.«

»Interessant«, sagte Abdulrahman, »in diesem Licht habe ich Umar Makmur noch nie gesehen — und dich, Mas«, fügte er nach einer kurzen Pause, an Kresna gewandt, scheu hinzu, »dich hält er für einen guten Muslim?«

»Zumindest tat er so. Meine Rede in Prambanan habe ihm sehr gefallen, sagte er, besonders jene Stellen, an denen ich über die Gläubigkeit unseres Volkes gesprochen habe. Darum sei er so schnell wie möglich aus Surabaya nach Jogja geeilt. Um mir zu gratulieren. Um mir die Unterstützung von Ansor anzubieten. Um mir zu versichern: mir könne ein guter Muslim vertrauen. Ich würde Indonesien nicht verraten, ich würde, sollte mir Allah die Geschicke unsere Nation anvertrauen, die Schätze des Landes nicht an Fremde verkaufen.«

»Das hat er wirklich erklärt?« fragte Tosani.

»Wortwörtlich.«

»Du hast sein Angebot angenommen?«

»Er hat kein Angebot gemacht. Er hat nichts von mir verlangt. Er erklärte klipp und klar, ohne irgendeine Bedingung zu nennen: ›Wir werden Sie unterstützen, General‹.«

»Wen meint er mit ›wir‹? Ansor, seine Freunde und Bewunderer, die Gruppe von kämpferischen Kyais um ihn, die Nahdatul Ulama?« fragte Abdulrahman.

»Darüber wollte er sich nicht äußern. Die ganze Partei kann er nicht gemeint haben, für die darf er nicht sprechen. Als ich ihn fragte, ob er auch im Namen Mohamad Chaliqs spreche, blieb er äußerst vage.«

»Zwischen den beiden gibt es immer mehr und immer größere Meinungsverschiedenheiten«, sagte Tosani. »Bisher werden sie freilich noch vertuscht.«

»Du verstehst jetzt, warum ich dich bitte, sofort nach Surabaya zurückzufliegen und dort abzuwarten.«

»Ich verstehe«, sagte Tosani, freilich nicht allzu überzeugt. Der Madurese war Soldat und kein Politiker. Die Vorstellung, mit einem erklärten Feind, nämlich Latief, aus Gründen politischer Opportunität zusammenzuarbeiten, war ihm zuwider — um nicht zu sagen, unheimlich. Außerdem war er sein ganzes Leben lang gewohnt, einen festen Platz in einer streng geordneten Hierarchie einzunehmen, Befehle zu empfangen und Befehle zu geben. Auch hatte er nie einen Schreibtischposten bekleidet — er hegte für Offiziersbürokraten eine grenzenlose Verachtung —, sondern stets Truppen geführt. Nun sollte er, auf Rat seines Freundes Kresna, als »beurlaubter« General ohne Beschäftigung, als »Privatier« in Surabaya sitzen, Däumchen drehen, Intrigen spinnen, heimlich Nachrichten und Gerüchte verbreiten lassen, vielleicht mit Personen wie diesem Latief freundlich tun. Und warten.

Tosani kratzte seinen Kopf. »Worauf soll ich warten? Wie lange, Mas?«

Kresna lächelte: »Fahren wir ein paar Runden mit dem Motorboot.« Er wartete nicht ab, bis die anderen zustimmten, sondern sprang sogleich in ein Boot und ließ die Maschine an. In der Mitte des Sees hielten sie das Boot an, stellten den Motor ab, schaukelten auf den Wellen.

Kresna legte seinen Plan dar. Jusuf Tosani, der Ungestüme, und Mustapha Abdulrahman, der Bedächtige, waren gleicherweise von dem Plan beeindruckt.

Sidabutar wurde in die Rechnung nicht mehr einbezogen; auf seine Hilfe mußte man — leider — verzichten. Der Fall Tosani zeigte Sidabutars Schwäche. Kresna hatte seinen Plan wie einen Feldzug vorbereitet. Was seinen beiden Freunden am meisten imponierte, war die ungeheure Ruhe und Zuversicht, die er ausströmte. Ein Fehlschlag kam ihm offenbar überhaupt nicht in den Sinn.

Er müsse nun zurück, sagte Kresna, in Medan eine Wahlrede halten.

»Wieso Medan?« fragte Tosani. »Da hast du doch gestern schon eine Rede gehalten.«
»Nein«, sagte Kresna, »die mußten wir absagen. Die Lautsprecheranlage auf dem Alun Alun streikte plötzlich.«
»Die Lautsprecheranlage streikte? Wie ist denn so etwas möglich?«
»Ein Werk unseres Geheimdienstes«, sagte Kresna und grinste.
»Meine Schuld«, sagte Abdulrahman unendlich verlegen. »Wir hätten besser aufpassen und darauf vorbereitet sein müssen. Wer denkt auch daran!«
Tosani und Abdulrahman wären fast aus dem Boot geflogen. Mit Vollgas war Kresna losgefahren, als gebe er einem wilden Mustang die Sporen.
In der weiten, offenen Pfeilerhalle des Gästehauses saßen Rai Agung und Herry Pardede und tranken Fruchtsaft. Rai Agung trug einen golddurchwirkten Kain aus der Toba-Gegend und nach Art der Sumatraner eine bis zu den Waden reichende, türkisfarbene, dünn gewebte Jacke, eine Badju Pandjang. Auf Sumatra hatte sie damit großen Erfolg.
»Jusuf«, sagte sie, »wie schön, daß Sie uns besuchen.«
»Wunderst du dich denn gar nicht, daß er hier ist?« fragte Kresna und drückte ihr einen Kuß auf beide Wangen. »Du tust, als sei das ganz selbstverständlich.«
»Wir haben vorhin die Nachrichten im Rundfunk gehört«, sagte Rai. »Da wurde gemeldet, daß Sie gestern Ihren Abschied genommen haben, Jusuf.«
»Beurlaubung«, verbesserte Tosani und lächelte grimmig.
»In der Meldung hieß es Abschied«, sagte Rai. »Schließlich bin ich eine alte Soldatenfrau und kenne den Unterschied. Oder habe ich mich verhört, Herry?«
»Nein«, sagte Herry, »Abschied.«
Tosanis sonnenverbranntes Gesicht wurde noch dunkler, die Adern an seinen Schläfen schwollen an, seine Kiefer malmten. Er sah aus, als werde er im nächsten Augenblick explodieren.
»Komm jetzt mit uns nach Medan«, sagte Kresna leise und wandte beschämt den Kopf ab. »Wir haben doch sicher noch Platz in deinem Helikopter, Mustapha?«

# XII

»Das war Makmurs erster Streich, und der zweite folgt sogleich«, sagte Pete van der Groot und fuhr mit allen zehn Fingern durch seine spärlichen wirren Strohhaare. Dann schenkte er sich eine neue Büchse Heineken-Bier ein und beobachtete gedankenverloren, wie der Schaum über den Glasrand auf den Tisch rann.

»Und welches ist der nächste Streich?« fragte Jeremias Groll, winkte den Kellner herbei und bestellte eine weitere Runde. Jeremias sah jetzt wie ein alter Krieger aus, mit dem gemütlichen, wohlgepolsterten, nach Lavendel duftenden Bonner Fernsehstar von einst hatte er nichts mehr gemein. Die Rißwunde an der Wange war von einem Arzt in Djakarta eher schlecht als recht genäht worden, seine Zahnlücken entblößte er mit einem gewissen trotzigen Stolz, der rechte Arm hing in einer schwarzen Schlinge. Nach dem ersten Schock hatte sich in den zwei Tagen seit der grausigen Köpfung sein unerschütterliches Temperament wieder durchgesetzt. Allerdings drehte sich ihm bei dem Gedanken an den blutigen, zuckenden Rumpf des Lehrers noch immer der Magen um. Aber er bemühte sich, das schauderhafte Bild zu verdrängen.

Anstatt im angenehm kühlen Hotel in Djakarta seine Wunden zu lecken und bei Werners ein »paar Drinks hinter die Binde zu kippen«, war er ohne Zögern auf Petes Vorschlag eingegangen, mit ihm nach Sumatra zu fahren und Kresnas letzte Wahlreden mitzuhören. Er fuhr allein. Kameramann und Toningenieur drehten währenddessen ein paar Meter in Java. Der Kameramann konnte seit der Hinrichtung nicht mehr essen.

Pete und Jeremias saßen im Medan-Club, einer Gruppe offener, luftiger Holzhallen, von Japanern im Krieg als Shinto-Schrein erbaut, und warteten auf die abendliche Wahlversammlung mit Kresna. Im Rundfunk hatten sie gerade die Nachricht gehört, daß der Panglima von Ostjava, General Tosani, Urlaub genommen habe, um sich neuen, wichtigen diplomatischen Aufgaben zu widmen. Der Rundfunk entschuldigte sich für eine vorherige Falschmeldung, der zufolge Tosani den Abschied eingereicht habe. Der für die Falschmeldung verantwortliche Redakteur sei sofort fristlos entlassen worden. Van der Groot war überzeugt, der Geheimdienstchef habe die Fehlmeldung veranlaßt – zur Irreführung, vielleicht auch als Versuchsballon.

»Makmurs nächster Streich«, meinte Pete, »wird Kresna betreffen.«
»Ernennung zum Militärattaché in Tokio etwa«, sagte Jeremias.
So simpel arbeite Makmur nicht, sagte Pete. Er klang sehr ominös.
»Das ist wenigstens noch ein richtiger Wahlkampf«, sagte der Deutsche mit krampfhafter Lustigkeit, »da geschieht etwas. Die denken sich immer was Neues aus. Am besten gefällt mir, daß dieser Makmur bei der Schlußversammlung in Djakarta seinen Busenfreund Kresna mit einer kleinen Rede einführen wird. Das ist ungefähr so, wie wenn bei uns früher Konrad Adenauer eine Wahlversammlung von Kurt Schumacher mit ein paar freundlichen Worten eingeleitet hätte. Womit ich, um Gottes willen, keinen Vergleich zwischen den Leuten hier und unseren großen historischen Staatsmännern ziehen will.«
»Kresna sitzt jetzt ganz schön in der Klemme«, sagte Pete. »Letzte Woche hat er die Leute wild gemacht, indem er androhte, er werde ›Namen nennen‹. Was glaubst du, von dieser Rede in Prambanan haben sie am nächsten Tag in ganz Indonesien gewußt . . .«
»Buschtrommeln.«
»Rundfunk und Buschtrommeln. Mundpropaganda, falls du das meinst, ist hierzulande schneller als ihr Fernsehleute. Vor allem die Opposition, Jeremias, die Opposition hämmert's den Leuten landauf, landab in die Köpfe. Bei den Wahlversammlungen, in den Universitäten, auf dem Basar, in den Warungs, die Imams predigen von den bösen Dämonen, die verschwinden müssen, in den Moscheen. Jetzt erwartet die ganze Bevölkerung täglich, daß er die Namen nennt und die Köpfe der beiden Generale rollen – entschuldige, Jeremias . . .«
Groll hatte bei den Worten »Köpfe rollen« sein Bierglas, das er gerade an die Lippen setzte, hingestellt, daß es überschwappte, und schluckte ein paarmal.
»Viel Zeit bleibt ihm nicht mehr, in vier Tagen ist Schluß mit den Wahlreden. Bis dahin muß er Makmurs und Soetjiptos Rücktritt öffentlich fordern, sonst nehmen ihn die Leute nicht mehr ernst.«
»Bei uns in Europa wär's genauso. Wenn du den Wählern Blut versprichst, dann wollen sie es auch fließen sehen. Wir sind alle gleich. Der Mensch ist des Menschen Wolf. Welcher alte Römer hat das noch gesagt, Pete?«

»Weiß ich nicht. Und dich interessiert offenbar nicht, was ich sagen will.«
»Du bist heute so gereizt, Pete. Was ist mit dir los? Darf man denn neuerdings nicht mehr den Mund aufmachen, wenn du . . .«
»Ich bin nicht gereizt. Mich macht nur diese unerträgliche schwüle Hitze nervös«, Pete wischte mit dem Finger über die noch von der Kälte beschlagene Bierbüchse. »Ich bin nicht ganz gesund – Leber – Herz . . .«
»Kopf hoch, Junge. Wird schon nicht so schlimm sein.« Jeremias grinste, wobei er seine Zahnlücken entblößte, und klopfte ihm auf die Schulter. »Bei deinem Lebenswandel geht's nicht ohne Tod ab.«
»Danke«, sagte Pete, ohne zu lächeln, »solche Freunde habe ich mir immer gewünscht.«
»Nun erzähl schon zu Ende, warum Kresna in der Klemme sitzt.«
»Wenn dein Hirn etwas trainierter wäre, anstatt im Alkohol zu ersaufen, könntest du dir den Rest selbst . . .«
»Entweder kneift der Junge, dann ist es aus mit dem Traum vom Ratu Adil, weil ihn die Leutchen hier auslachen. Oder er fordert innerhalb der nächsten vier Tage den Rücktritt der Genossen Makmur und Soetjipto. Dann wird er abgeknallt.«
»Hast du abgeknallt gesagt?«
»Ich meine natürlich nicht wörtlich.«
»Vielleicht solltest du's wörtlich nehmen, Jeremias.«
Groll nahm seine Brille ab und massierte seine Nasenwurzel: »Du glaubst – du hältst das für möglich? . . . Nein, das kann ich mir nicht vorstellen . . . Ich trau' dem Makmur viel zu – aber das . . .?« Er schüttelte verneinend den Kopf.
»Wer redet von Makmur?«
»Soetjipto? Der erst recht nicht.«
»Es gibt noch andere.«
Groll setzte seine Brille wieder auf und sah Pete van der Groot mit grenzenloser Skepsis an. »Der Präsident etwa?« sagte er.
»Wir wissen bis heute nicht, wer hinter dem Attentat auf Kresna stand.«
»Vielleicht ein irrer Einzelgänger. Wie die politischen Mörder in den Vereinigten Staaten.«
»Vielleicht. Aber ich glaube es nicht.«
»Was glaubst du, Pete?«

»Ich habe nicht die blasseste Ahnung. Nur glaube ich nicht an die ›irren Einzelgänger‹, die politische Morde begehen. Weder in Amerika noch in Europa, noch hier in Asien. Ich habe da meine eigene Theorie.«

»Nämlich?« Groll war plötzlich ungemein interessiert.

»Dir brauche ich nicht zu erzählen, daß es hier jetzt manchmal ziemlich ungemütlich werden kann. Du hast es am eigenen Leib erlebt.«

»Das habe ich«, sagte Jeremias und rieb sein Schultergelenk.

»Politische Morde werden vielleicht von Einzelgängern ausgeführt, vielleicht sogar, in bestimmten Fällen, geplant. Aber sie gedeihen – ein etwas unpassendes Wort, ich spreche nicht so gut deutsch –, sie gedeihen in einem häßlichen politischen Klima. So wie die Menschen manchmal für bestimmte Krankheiten oder Viren oder Bakterien anfällig werden, wenn die Luft schlecht ist oder Föhn weht oder das Wasser faulig wird.«

»Und du meinst, das politische Klima in Indonesien habe sich in den letzten Wochen derart verschlechtert, vergiftet, wie immer du es nennen willst?«

»Ja«, sagte Pete sehr bestimmt, »das meine ich. Lies doch nur, was hier drin steht.« Er klopfte auf das Paket Zeitungen, das neben ihm auf dem Tisch lag. »Dabei steht das meiste, was geschieht, hier gar nicht drin. Dafür sorgt schon die Zensur.«

»Du warst 1965 hier, Pete, als die Kommunisten den Putsch versucht haben und dann das große Massaker kam. Eine Million Menschen wurde damals abgeschlachtet – oder eine halbe Million. Was zählen schon ein paar hunderttausend Tote mehr oder weniger in Asien? Erinnert dich das politische Klima in diesen letzten Wochen an die Monate vor der großen Explosion im Jahre 1965?«

Van der Groot betrachtete eingehend seine nackten Zehen: »Schwer zu sagen. Geschichte wiederholt sich nicht. Du mußt bedenken, die Stabilität in Indonesien steht auf wackeligen Beinen. In den vergangenen Jahren hat es wirtschaftlichen Fortschritt gegeben, langsam zwar, aber immerhin Fortschritt. Die Armee hielt alles schön unter Kontrolle, die Bevölkerung, die Opposition, die Studenten. Wenn sich irgendwo die Kommunisten rührten, wurde gleich kräftig zugeschlagen. Die Sowjets ließen Indonesien in Ruhe, die Chinesen auch. Sie haben sich ja auch 1965 ganz schön die Finger verbrannt. Ein paar Jährchen Schonzeit.«

»Sowjets und Chinesen hatten mit Vietnam genug zu tun«, wandte Groll ein.
»Eben«, sagte van der Groot. »Doch jetzt haben sie wieder ziemlich freie Hand. Ihr Appetit, sich in Indonesien einzumischen, ist damit merklich kräftiger geworden. Ein unstabiles Indonesien macht es ihnen noch leichter, sich hier an die Tafel zu setzen. Außerdem sind die Amerikaner nervös geworden. Das mit der Nixon-Doktrin hat nicht so ganz geklappt, jetzt kommen Washington *second thoughts.* Indonesien soll zwar neutral bleiben, sagen die Amerikaner, aber sie meinen damit bloß, daß sie dulden wollen, wenn ein paar chinesische oder russische Fischkutter . . .«
». . . die mit den raffiniertesten elektronischen Spionageanlagen ausgestattet sind«, flocht Groll ein.
»Darauf kommt es nicht an. Was ich sagen will: daß sie es dulden, wenn kommunistische Fischkutter neben ihren Flugzeugträgern ankern. Mit anderen Worten, neutral: ja — aber nur, wenn es proamerikanische Neutralität ist.«
»Das Interesse der Großmächte an Indonesien ist gewachsen, darin stimme ich dir zu. Aber das hängt doch auch mit dem Wahlkampf zusammen. Einmischung in den Wahlkampf ist das legitime Recht der Großmächte.«
»In diesem Wahlkampf wird das Interesse nur besonders deutlich. Es ist seinetwegen nicht gewachsen, es war auch schon vorher da. Die Chinesen haben ein paar Jahre Ruhe gegeben; damit ist es nun vorbei. Nächstes Jahr wird ein neuer Präsident gewählt. Denke an den Kurswechsel Indonesiens nach dem Sturz Soekarnos: von Peking nach Washington. Glaubst du etwa, die Amerikaner — und übrigens auch die Japaner — haben damals ihre Finger nicht im Spiel gehabt? Wer immer nächstes Jahr Präsident wird, er kann Indonesiens außenpolitischen Kurs wieder wechseln. In Moskau und Washington, in Peking und Tokio säßen ja komplette Idioten, wenn sie nicht versuchten, dem Mann hier an die Macht zu verhelfen, der ihnen sympathisch ist. Kurzum, Indonesien droht ein neuer Tummelplatz der Großmächte zu werden. Und bedenke, es ist sehr viel größer als Vietnam, potentiell unendlich reicher, und seine strategische Lage ist sehr viel wichtiger. Außerdem hat sich Japan als vierte Macht hinzugesellt.«
Groll trank sein Bier aus, wischte den Schaum von den Lippen, bestellte eine neue Runde. Mit der unverletzten Hand öffnete er

alle Knöpfe seines Hemdes. Die leise, kühlende Brise, die von der Straße her in den offenen Saal des Medan-Clubs strich, erstarb. Schwer und feucht drückte die heiße Luft, die Kleidung klebte am Leib.

»Mit der Wirtschaft ist es neuerdings auch nicht mehr so schön. Steigende Preise, steigende Arbeitslosigkeit, Hunger, eine zunehmende Zahl unbeschäftigter und unbefriedigter Intellektueller, Studenten, die keinen besseren Job finden als Betjakfahrer oder Hausboy. Ein Präsident, dem der Atem ausgeht, eine Staatsführung, die erstaunlich schnell an Prestige und Autorität verliert. Kleine Guerillatrupps, nicht viele — immerhin, noch letztes Jahr hätte die Armee mit ihnen kurzen Prozeß gemacht. Radikalisierung der orthodoxen Muslim, Verschärfung der religiösen Gegensätze. Zeichen aufkeimenden Fremdenhasses. Denke nur an den Aufruhr in Surabaya vor ein paar Tagen. Der ärgste, aber nicht der einzige. Hätte Tosani nicht sofort und energisch die tobenden Demonstranten unterdrückt, wären es nicht siebenundvierzig, sondern einige hundert Tote gewesen. Nicht nur ein paar verbrannte Häuser, sondern ganze Straßenblocks.«

»Ist Kresna nicht mit daran schuld? Die Leute in Surabaya haben für ihn demonstriert«, sagte Groll.

»Nachdem man versucht hat, ihn umzubringen. Wenn du das Schuld nennst.«

»In Prambanan hat er die Leute ganz schön aufgeputscht. Bei anderen Reden war ich nicht dabei, aber was ich so höre . . .«

»Wenn die Luft schwül ist, braucht es ein Gewitter. Ohne Gewitter wird die Luft nicht wieder frisch.«

»Hat dir Kresna das ins Stammbuch geschrieben, Pete?«

Der Holländer schien verärgert: »Was ziehst du vor? Ein reinigendes Gewitter oder dumpfe, stickige Luft, in der politischer Extremismus gedeiht, die Großmächte im Dschungel gegeneinander kämpfen — Dschungel meine ich jetzt bildlich — und die Bevölkerung leidet? Was ziehst du vor? Ich, für meine Person, das Gewitter.«

»Im Augenblick«, sagte Groll und trocknete sein verschwitztes Gesicht, »sehne ich mich in der Tat nach einem schönen Gewitter. Pfuh, ist das heiß, es wird immer unerträglicher.« Er winkte dem Kellner und zahlte. »Nehmen wir uns eine von diesen motorisierten Betjaks. Ich habe keine Lust, zu Fuß zum Alun Alun zu gehen. Sag einmal, etwas ganz anderes: hast du eine Ahnung, wer die sagenhafte ›weiße Geliebte‹ Kresnas ist, von der die Leute plötzlich reden?«

»Ja«, sagte van der Groot gedehnt, »du kennst sie.«

»Ich kenne sie? Ist nicht möglich. Ich kenne kein weißes Mädchen in Djakarta, das als Kresnas Freundin in Frage käme.«

»Nein?« sagte Pete ironisch und wandte sich dem dürrsten der Betjakfahrer zu, die sich um sie geschart hatten, sobald sie auf der Straße standen: »Hundert Rupien, du bist wahnsinnig. Zwanzig – und das ist schon zuviel.«

»Dreißig, Tuan«, bettelte der dürre Mann und rieb mit der nackten linken Ferse seine insektenzerbissene rechte Wade, aus der fingerdicke Krampfadern hervorstanden.

»Zwanzig«, wiederholte Pete und stieg in das überdachte Dreirad.

»Spann mich nicht auf die Folter und nenne Namen«, sagte Jeremias.

»Umar Makmur und Soetjipto«, sagte der Holländer.

»Kresnas Freundin meine ich, du Kaffer.«

»Blanche Werner.«

»Das kann nicht wahr sein.«

»Ich hätte es dir nicht gesagt, wenn ich damit eine Indiskretion beginge. Doch Freund Makmur hat diese Indiskretion inzwischen faustdick begangen. Im Interesse des Vaterlandes.«

»Blanche Werner«, der Deutsche brauchte eine Weile, um die Nachricht zu verdauen, und wiederholte mehrmals ihren Namen. »Seit wann?« fragte er völlig sinnlos. »Was sagt Christian dazu?«

»Ich habe mich noch nicht mit ihm darüber unterhalten. Ich weiß nicht, ob er das Thema sehr schätzt.«

»Das wird einen fürchterlichen Skandal geben«, sagte Groll, noch immer fassungslos. »Die arme Blanche.«

»Der arme Christian«, sagte der Holländer. »Ich kann mir lustigere Dinge vorstellen, als daß mich meine Frau betrügt und der zweitmächtigste Mann im Staat versucht, daraus einen politischen Skandal zu machen.«

# Viertes Buch

# I

»Ist es jetzt sehr heiß in Djakarta?«
»Das Wetter?«
»Ja, natürlich.«
»Verdammt heiß. Nicht nur das Wetter.«
»Wieso . . .?«
In dem Augenblick sackte das Flugzeug in ein Luftloch ab. Teller fielen zu Boden, Gläser klirrten, über Calvin Raushers blütenweißen Leinenanzug ergoß sich eine Tasse Kaffee. »Goddammit.«
Aus den schwarzen Wolken zuckte ein Blitz.
Die beiden Männer hinter Calvin Rausher nahmen ihr unterbrochenes Gespräch wieder auf. Neugierig lauschte der Amerikaner.
»Ganz schönes Gewitter. Dabei ist die Regenzeit längst vorbei.«
»Stimmt. Wir sind mitten in der Trockenzeit. Aber in diesen Tagen weiß man nie, was passiert. Ein verrücktes Jahr. Dieser Regen! – Ist auch sonst ein verrücktes Jahr.«
»Sie haben schon vorhin so eine zweideutige Bemerkung gemacht – heiß sei nicht nur das Wetter.«
»Sie werden's ja bald mit eigenen Augen sehen.«
»Sie meinen die Politik?«
»Ja. Die liebe Politik.«
»Ich habe gerade in der Zeitung von der Schießerei bei einer Wahlversammlung des Generals Kresna in Sumatra gelesen. Ziemlich scheußlich, einfach blind in die Menge knallen. Dem Bericht nach waren es kommunistische Guerilleros, die sich unter die Zuhörer geschlichen haben.«
»Das ist immer die einfachste Erklärung: Kommunisten. Wer wird das dementieren?«
»Ah, interessant. Sie glauben also, die Terroristen gehören einer anderen politischen Richtung an? Welcher denn?«

»Das habe ich nicht gesagt. Ich habe bloß gesagt, den Kommunisten einen Terrorakt in die Schuhe zu schieben, ist immer das einfachste.«
»Denken Sie vielleicht an die Muslim-Jugend? Die haben ja in den letzten Wochen auch einiges auf dem Gewissen.«
»Ich denke an gar nichts. Ich bin nur skeptisch. Warten Sie die halbe Stunde, bis wir in Djakarta landen.«
»Ist es denn so arg?«
»Die Leute haben Angst und sind nervös. Wenn man sie fragt, wovor, dann lachen sie nur, und man kriegt keine vernünftige Antwort. Das war schon immer so mit den Indonesiern.«
»Was fürchten denn die Leute – nach Ihrer Meinung?«
»Ich glaube, vieles: daß es zwischen radikalen Muslim und deren Gegnern zum offenen Krieg kommt, oder daß die Kommunisten ein Comeback versuchen und dabei von Chinesen und Russen unterstützt werden, oder daß innerhalb des Regimes ein Machtkampf ausbricht. Vielleicht auch alles zusammen.«
»Ein Bürgerkrieg?«
»Die Leute haben einfach Angst vor dem Kampf der Mächtigen, weil immer sie es sind, die die Zeche bezahlen müssen. Ich will Ihnen eine kleine Geschichte erzählen, die dafür typisch ist. Wenn es Sie interessiert?«
»Ja, sehr.«
»Oben auf dem Vulkan Lawu liegt ein Dorf, das nach einer Legende von dem Halbgott Gatutkacha gegründet wurde. Die Bewohner behaupten steif und fest, jedesmal, bevor es Unheil gibt, werden sie von Gatutkacha gewarnt. Dann brüllt in der Nacht ein Tiger aus dem großen Waringin, der auf dem Dorfplatz steht. Wenn ein Mensch sterben wird, brüllt der Tiger zweimal, wenn die Göttin der Südsee eine Seuche senden wird, brüllt er dreimal, wenn der König stürzen und das Volk leiden wird, dann brüllt der Tiger viermal.«
»König bedeutet wohl Präsident?«
»Ja. 1965, ein paar Wochen vor dem Kommunistenputsch und dem Anfang vom Ende Soekarnos, hat der Tiger viermal gebrüllt. Ich fahre manchmal auf den Lawu und gehe dort jagen. Meist übernachte ich in dem Dorf. Neulich war ich wieder oben. Komme gegen Abend hin. Sehe, daß alle Türen und Fenster mit Brettern verriegelt sind. Was denn los sei, frage ich, Einbrecher, Diebstahl? Der

Dukun, ein alter Mann, nimmt mich auf die Seite, führt mich in sein Haus, setzt sich dicht neben mich und flüstert mir ins Ohr: ›Tuan, der Tiger hat wieder gebrüllt.‹ – ›Wie oft?‹ fragte ich – ›Viermal‹, flüstert er. ›Weißt du, was das bedeutet, Tuan? Ein Mächtiger wird stürzen, und das Volk wird viel leiden.‹ Ich fand niemanden im Dorf, der bereit war, mit mir in den Urwald auf Jagd zu gehen. Sonst melden sich immer Dutzende. Ob Sie's mir glauben oder nicht, in der Nacht gab es so merkwürdige Geräusche: schrilles Gebrüll, heiseres Krächzen, Wispern, Todesschreie – wahrscheinlich aus dem Wald –, daß schließlich selbst mir unheimlich war.«

Calvin Rausher hörte den beiden Männern nicht mehr zu. Seine Blitzreise nach Washington war anstrengend, aber befriedigend gewesen. Der Präsident hatte seinen Vorschlag gebilligt, die Kontakte mit General Kresna, wahrscheinlich dem kommenden starken Mann Indonesiens, enger zu gestalten. Allerdings müsse Rausher so tun, als seien seine Beziehungen zum General rein privater und persönlicher Natur. Auch die Unterstützung Washingtons, die er ihm in Aussicht stellen solle, dürfte bloß als Raushers persönlicher Wunsch erscheinen und in keiner Weise die amerikanische Regierung festlegen.

Der Präsident gab der Hoffnung Ausdruck, daß es Calvin gelingen werde, selbstverständlich sehr diskret, Kresnas »noch unausgegorenes« politisches Denken zu beeinflussen und ihm vor allem klarzumachen, wie vorteilhaft es für Indonesien sei, Amerikas Investitionen und Sicherheitsinteressen weiterhin zu schützen. Die Ölkonzerne, sagte der Präsident, zeigten sich sehr besorgt über den Aufstieg des Generals und hätten deshalb gerade bei ihm vorgesprochen. Die Ölkonzerne fürchteten, der »bedenkenlose Demagoge und supernationale Linksgeneral« würde, falls er an die Macht käme, die günstigen Schürfrecht- und Förderverträge mit den Indonesiern kündigen. Rausher müsse mit größter Diskretion und Vorsicht operieren. Es wäre wohl besser, das State Department und Botschafter Cradle vorläufig nicht einzuweihen.

Besonders dringend legte der Präsident Calvin ans Herz, zu erkunden, was der chinesische Botschafter Chia, der Sowjetemissär Malinowsky und der Japaner Matsudaira mit Kresna gesprochen hätten. Es wäre peinlich, sollten sich alle vier Regierungen gleichzeitig und gleicherweise um den jungen General bemühen.

Als Calvin Rausher in Djakarta Kemajoran landete, wartete Richard Hershing Cradle schon am Fuß der Flugzeugtreppe. Die Straßen, die sonst vor Leben brodelten, wirkten wie ausgestorben. An jeder Kreuzung standen ein paar Soldaten mit Maschinenpistolen. Soldaten bewachten den Eisenbahnübergang, Soldaten patrouillierten vor der großen Moschee, vor der Istana Merdeka, und auf den Straßen, die den Medan Merdeka umsäumten und durchquerten.
»Sieht ja aus wie beim Belagerungszustand«, sagte Rausher. »Hat es denn hier auch Zwischenfälle und Schießereien gegeben?«
»Vorläufig nicht. Übrigens sind die Meldungen über Kresnas Wahlversammlung in Medan stark übertrieben. Es waren nur vier Tote und rund fünfzig Verletzte. Auffallend ist, daß hinter den ersten Berichten, die von mehr als zwanzig Toten und hundert Verletzten sprachen, der Geheimdienst zu stecken scheint.« Cradle machte eine Pause und sah durch das gefärbte Sonnenschutzglas der Limousine auf eine Klasse von Schulmädchen in Trikots, die im Gleichschritt von der Sportwiese auf dem Merdeka abmarschierten. »Ich wäre nicht einmal verwundert, wenn Makmur hinter der Schießerei in Medan stecken sollte.«
»General Makmur wird also morgen hier die Einführungsrede für Kresna halten?« fragte Rausher.
»Ja. Ich weiß von keiner Änderung im Programm.«
»Dann kann Kresna doch auf keinen Fall bei der gleichen Versammlung den Rücktritt von Makmur und Soetjipto verlangen.«
»Vielleicht haben wir ihn überschätzt, Calvin. Vielleicht hat er den Mund in Prambanan zu voll genommen.« Der Botschafter begann seine Pfeife zu stopfen, sein Gesicht versank fast im Tabaksbeutel: »Sie wollen also unbedingt bei Werners wohnen, Calvin?«
»Ja. Warum nicht? Blanche ist meine Cousine.«
»Ich fürchte, die Atmosphäre im Haus wird nicht sehr gemütlich sein. Nach dem Skandal. Überlegen Sie sich's ...«
»Welchem Skandal, Dick?«
»Ja, wissen Sie denn nichts?«
»Nein. Keine Ahnung, wovon Sie reden.«
»Kresna und Blanche haben eine Affäre miteinander.«
»Blanche und Kresna ...?« sagte Rausher gedehnt. »Eine Affäre ...?« Daß dieses Mädchen doch immer mit dem Feuer spielen muß. Stimmt es denn überhaupt, Dick? In der Diplomatenkolonie wird fürchterlich viel getratscht.«

»Es stimmt. Wurde übrigens von höchster Stelle serviert: von Umar Makmur.«
»Machen Sie keine Witze, Dick.«
»Ich wollte, es wären Witze. Ich habe die beiden gern – oder sollte ich sagen: die drei.« Er grinste betrübt. »Makmur bekam von der Sache Wind. Ist auch kaum verwunderlich. Und versucht, sie politisch auszuschlachten, indem er im Volk das Gerücht verbreiten läßt, Kresna wolle sich eine weiße Frau nehmen, weil ihm eine Indonesierin nicht mehr gut genug sei. So ein Gerücht kann hierzulande ebenso tödlich sein wie eine Kugel.«
Ausnahmsweise fielen Calvin Rausher keine Worte ein.
»Kresna hat allerdings sehr schnell reagiert«, sagte der Botschafter. »Er reist jetzt nur noch mit Rai Agung, und die beiden spielen ausgezeichnet ›das glücklichste Ehepaar des Jahres‹. Ist eine Mordsperson, die Prinzessin – eine Haltung!« Er schnalzte anerkennend mit der Zunge.
»Vielleicht ist Rai Agung die politische Karriere ihres Mannes wichtiger als seine eheliche Treue«, sagte Calvin sarkastisch.

## II

Generalleutnant Adiwono Soetjipto eröffnete, wie üblich, die Sitzung der mystischen Sekte mit einer kleinen Ansprache. Soetjipto war Vorsitzender des Kapitels Djakarta und Westjava; er war Guru im zweiten Rang, deren es nur drei in ganz Indonesien gab. Der Präsident, Mitglied der gleichen Sekte, seit beide Männer im selben Regiment gedient hatten, war auch Guru, einen Rang niedriger.
Die Sitzung fiel in die Nacht vor der großen Schlußversammlung auf dem Merdeka-Platz. Das Datum richtete sich nach dem magischen Kalender. Ursprünglich sollte die Sitzung in der Istana Merdeka abgehalten werden. Der Präsident war als Gastgeber an der Reihe. Leider mußte er absagen: er lag mit schweren Gallenkoliken im Bett.
Soetjiptos Haus, in dem sich ein knappes Dutzend Männer versammelt hatte, war den Innenhöfen der Kratons mitteljavanischer

Fürsten nachgebaut. Ein hufeisenförmiges, ebenerdiges Gebäude umschloß einen Garten mit Springbrunnen. Die offene Seite wurde von einem Pendopo abgeschlossen, einer Pfeilerhalle aus Holz mit einem Dach aus verkupferten Teakziegeln, ohne Wände, statt dessen mit einer Reihe etwa bis zur Brust reichender Klapptüren, über denen die Luft in den Raum strich.

In der Mitte des Pendopo standen die Instrumente eines Gamelan. Mehrere Kästen waren mit Wayang-kulit angefüllt, allen Figuren der beiden großen Hindu-Epen Mahabharata und Ramayana. Jede der flachen Lederpuppen war erlesene Arbeit, vor hundert und mehr Jahren an den Höfen von Jogjakarta und Solo für Prinzen und Prinzessinnen verfertigt.

Soetjipto gab niemals Frühstücke, Cocktails, Diners oder was sonst an gesellschaftlichen Veranstaltungen geübt wird. Er lehnte auch jede Einladung ab. Er war in einem Maße menschenscheu, daß jene, die ihm übelwollten, es pathologisch nannten. Wohl besaß der General einen Freundeskreis, mit dem er verkehrte. Aber das waren in der Tat Freunde, Menschen, mit denen er auf gleicher Wellenlänge sprach — sprach oder schwieg. Denn er schwieg viel; ein großer Redner war er nicht. Zu diesem Freundeskreis, kaum eine Handvoll Personen, zählte der Präsident, zählten vor allem, bis vor wenigen Wochen, Kresna und Rai Agung.

Unter der jähen, unvermittelten Abwendung seines Freundes Kresna litt er sehr. Sie war ihm unverständlich. Weshalb war Kresna nach der Rückkehr von seiner Weltreise nicht zu ihm gekommen und hatte ihn, unter vier Augen, gefragt: »Adiwono, die Chinesen haben mir Unterlagen gezeigt, wonach du von den Russen 1,4 Millionen Dollar erhalten hast, um ihre Interessen in Indonesien zu vertreten. Warum hast du das getan, gibt es eine Rechtfertigung?« Doch Kresna hatte ihn nie gefragt, hatte es abgelehnt, mit ihm zu reden, unter vier Augen, von Freund zu Freund. Kresna mied ihn seit der Rückkehr, als sei er ein Aussätziger. Galt ihm alte und tiefe Freundschaft so wenig? Wie gering mußte Kresnas Vertrauen zu ihm gewesen sein, wenn es unter den Anschuldigungen und Verdächtigungen Dritter so schnell zusammenbrach! Wenigen Menschen in seinem ganzen Leben hatte Soetjipto je sein Herz geöffnet; keinem — außer vielleicht dem Präsidenten — so rückhaltlos wie Kresna.

Kresnas Freundschaft wog für ihn unschätzbar viel. Sie so zer-

brechen zu sehen, fügte ihm eine Wunde zu, die niemals heilen würde.
Zu diesem Schlag kam die Verwunderung darüber, daß Kresna, der sich aus der Politik bisher sorgfältig herausgehalten hatte, plötzlich den Ehrgeiz entwickelte, Indonesiens nächster Präsident zu werden. Ja, nicht nur der Präsident, sondern der Erlöser, der Befreier von Armut, der Ratu Adil, auf den das Volk mit Sehnsucht seit Urgedenken wartete.
Er glaubte seinen Freund, seinen ehemaligen Freund – der ihn nicht allein jählings verlassen hatte, sondern mit Leidenschaft, wenn nicht Haß bekämpfte –, er glaubte diesen Mann gerecht zu beurteilen. Sein reines Gemüt, seine naive Begeisterungsfähigkeit, seinen bezaubernden Charme. Indes, die Qualitäten eines politischen Führers gingen ihm ab. Daß Kresna sich einredete, diese Qualitäten zu besitzen, widersprach dem heiligsten Gebot, das Soetjipto kannte: nur die Rolle zu spielen, die einem Gott in dieser Welt zugedacht hat. Wer seine Rolle nicht nach besten Kräften ausfüllt oder eine falsche sucht, stört die harmonische Ordnung der Menschen und Dinge.
Ist doch das Leben im Grunde nichts anderes als ein endloses Spiel, in dem der Große Dalang die Puppen bewegt – nach unfaßbaren Spielregeln, an die selbst Er sich halten muß. Kresnas Rolle war nicht die eines Lenkers des indonesischen Volkes, eines Königs, sie war die des furchtlosen, tugendhaften Ritters. Nun hielt sich Soetjipto keineswegs für fähiger oder für moralischer als Kresna. Aber Gott hatte zu ihm gesprochen und ihm aufgetragen, im nächsten Jahr das Steuer Indonesiens von seinem Freund, dem jetzigen Präsidenten, zu übernehmen. Und die Rolle, die der Große Dalang dem Menschen aufträgt, mußte dieser nach besten Kräften spielen und ausfüllen.
Adiwono Soetjipto war sich wahrscheinlich nicht bewußt, daß er auf zwei verschiedenen Ebenen agierte: jener der mystischen Wayang-Moral und jener von Geld und Macht, Werten, die nun einmal in der Politik unentbehrlich sind. Er sah da keinen Riß; für ihn war das eine mit dem anderen durchaus vereinbar. Wäre er ein Abendländer, ein Mann des christlichen Kulturkreises gewesen, so hätte man ihn rechtens einen Heuchler nennen dürfen. Aber Soetjipto war Asiate, kein Rationalist, dachte nicht in westlich-logischen Begriffen. Die christliche Moral von Strafe und Sün-

de, von Gut und Böse, von Schwarz und Weiß war ihm fremd. Welcher Religion gehörte er überhaupt an? War er Muslim, Hindu, Buddhist? Er war Javaner, in dem alle drei Religionen, von uralter, zeitloser Gläubigkeit aufgesaugt, zu einem verschmolzen; er entstammte einer üppigen, überquellenden tropischen Welt, einem Volk scheuer und leiser, doch glühender Herzen. Glauben trinken die Javaner mit der gleichen Gier wie der vulkanische Boden ihrer fruchtbaren Insel den strömenden Regen.

Der »kleine Mystiker« war ein ausgebildeter Dalang, ein Puppenspieler. An manchen Abenden holte er die Wayang-kulit aus den Kästen, pflanzte sie in den Bananenstrunk, ließ im Pendopo die Leinwand aufspannen, die Lampe mit Kokosöl anzünden, seine Diener vor den Gamelaninstrumenten Platz nehmen.

Manchmal spielte er nur für sich, manchmal für einige seiner Freunde, etwa den Präsidenten, etwa Kresna und Rai Agung oder die Mitglieder seiner mystischen Sekte. Er mochte nur ein, zwei kurze Szenen spielen oder von Sonnenuntergang bis Sonnenaufgang, wie es die Dalang in den Dörfern taten.

Seine Lieblingsfigur war Kresna, die Inkarnation des Gottes Vishnu, der weitaus begabteste der Pendawas in der großen Schlacht Bratajuda. Für Soetjipto war dieser Held und Gott das Vorbild des politischen Führers schlechthin: skrupellos, zynisch, witzig, ein bedenkenloser Lügner, wenn's nottat, von unendlicher Beweglichkeit. Diesem Kresna war jedes Mittel recht, solange es seinem höchsten Ziel und seiner heiligen Pflicht diente: den Willen der Götter zu erfüllen.

Paradox war, daß er sich diesem Prabu Kresna sehr viel verwandter fühlte, als der junge General es war, der des Gottes Namen trug. Für ihn glich der General dem Ardjuna, jenem Pendawa, den Kresna im schönsten Gesang der Menschheit, der Bhagavad Gita, dazu überredet, seine ihm von den Göttern auferlegte ritterliche Pflicht zu tun, auch wenn er damit Brudermord beging.

In den letzten Tagen hatte sich aber bei Soetjipto, fast unmerklich, eine Wandlung seiner Ansicht über General Kresna Dirdjosuparto, seinen ehemaligen Freund, vollzogen.

Soetjipto war kein Mann, der Ereignisse einfach registrierte und als nackte Fakten abhakte, vielmehr suchte er hinter ihrer vordergründigen Physis stets eine innere Bedeutung, einen geistigen Gehalt. Für ihn gab es das Wort Zufall nicht.

Über alle Bewegungen Kresnas ließ er sich ausführlich berichten, wobei ihn ganz andere Dinge interessierten als Umar Makmur. Der furchtbare Tropenguß, der schlagartig einsetzte, als Kresnas letztes Wort in Prambanan gesprochen war. Des Generals Erscheinen vor dem Kraton in Jogjakarta, rechtzeitig, um böses Blutvergießen zwischen Soldaten und Studenten, zu spät, um die Verletzung der Studentin Miriam zu verhindern. Ihm war sofort klar, daß der Studentin Befinden auf Kresnas psychologischen Zustand von Einfluß sein werde; er war keineswegs verwundert, als er hörte, sie sei zur gleichen Stunde gestorben, in der das Attentat auf den General mißlang.
In Umar Makmur sah Soetjipto nicht so sehr den fuchsschlauen, ganz und gar gewissenlosen, wenngleich hochintelligenten Intriganten, als einen Mann, der Indonesien auf eine falsche, gefährliche Bahn führen wollte. Denn Makmur würde, sollte er in die Istana Merdeka einziehen, bemüht sein, die wahre Quelle des indonesischen Volkes zuzuschütten: seine Spiritualität, seine Gläubigkeit. Hier teilte Soetjipto, ohne es zu wissen, die Meinung Amak Latiefs, der javanische Mystiker die des revolutionären Muslim-Führers.
Während er Kresnas Schritte mit fast perverser, wenngleich bitterer Sympathie und eigentümlicher Passivität verfolgte, wachte er mit scharfer Aufmerksamkeit über alle Bewegungen Makmurs. Ihm stand kein Apparat zur Verfügung wie Makmur der Geheimdienst, aber er besaß dennoch zwei starke Waffen: seinen Einfluß auf den Präsidenten über den Mystizismus und das Geld des Ölmonopols, der größten Einnahmequelle des Staates. Beides scheute er sich nie einzusetzen, um Makmurs Manöver zu parieren. Das wurde freilich immer schwieriger. Unermüdlich drängte der Geheimdienstchef den Präsidenten, den Notstand zu erklären oder wenigstens einen Teil der Freiheitsrechte aufzuheben.
Ein gesunder Präsident, voll bei Kräften, vom *Express*-Skandal nicht psychologisch verwundet, hätte wahrscheinlich Makmur eiskalt abblitzen lassen: er hätte seine hinterhältigen Intrigen durchschaut. Doch der Präsident war krank, schwerer, als man zugeben wollte, und er hatte seine innere Sicherheit eingebüßt. Er zögerte jetzt nicht mehr aus klugem Abwägen oder feiner Taktik, sondern weil seine Entschlußkraft ausgehöhlt war. Makmur zermürbte ihn mit seinem steten Drängen.

Soetjipto traute sich nicht, den Präsidenten auch nur einen Tag allein den Händen seines Rivalen zu überlassen. Unablässig mußte er seine ganze geistige und vor allem moralische Überzeugungskraft beim Hausherrn der Istana Merdeka aufbringen, um Makmurs Manöver zu durchkreuzen. Der Notstand, argumentierte er, werde lediglich die Opposition in den Untergrund treiben, der Unzufriedenheit unter der Bevölkerung kein Ventil im Wahlkampf lassen, vielmehr den Druck gefährlich anstauen. Umar Makmur, argumentierte er weiter, versuche absichtlich das Klima zu verschlechtern, um als Geheimdienstchef mit Sondervollmachten betraut zu werden. Aber der Präsident glaubte Soetjipto nur zum Teil. Außerdem sorgte Soetjipto dafür, daß kein Geld mehr aus der Kasse des Ölmonopols an den Geheimdienst und an Golkar floß.

Als er von Tosanis Abberufung hörte, den er sehr schätzte, eilte er sofort ans Bett des Präsidenten und war dadurch imstande, wenigstens die Abberufung zweier weiterer Befehlshaber, des Panglima von Makassar und des Generals Abdulrahman in Medan, zu vereiteln.

Adiwono Soetjipto fühlte, daß die morgige Wahlversammlung auf dem Merdeka die Entscheidung im Machtkampf bringen werde. Er selbst wollte, öffentliche Veranstaltungen grundsätzlich scheuend, bei der Versammlung nicht dabei sein. Das ganze Land wartete darauf, daß Kresna morgen die Forderung nach Säuberung der Regierung wiederholen und diesmal Makmur und Soetjipto mit Namen nennen werde.

Doch morgen, in wenig mehr als zwölf Stunden, würde Umar Makmur neben Kresna auf der Ehrentribüne sitzen, ihm den Arm um die Schulter legen, eine alte, unverbrüchliche Kameradschaft der Waffenbrüder hervorkehren, ihn mit freundschaftlichen Worten einführen. Und dann? Dann konnte Kresna nicht Makmur als korrupten Übeltäter brandmarken, der zerknirscht zurücktreten müsse. Kresnas kurze, aber strahlende Rolle als unerbittlicher, unverwundbarer Vorkämpfer der Sauberkeit war damit ausgespielt.

In dem »kleinen Mystiker« stritten viele Gefühle: die Erleichterung, daß wahrscheinlich auch sein Name von Kresna nicht in den Schmutz gezogen werde – denn ihn allein zu nennen, wäre feige gewesen –, das Bedauern, daß Makmur letzten Endes diese Auseinandersetzung gewonnen hatte und fortan, schwerer denn je zuvor,

auf dem Weg in die Istana Merdeka aufzuhalten war; bittere Wehmut über Kresna, der, einem Meteor gleich, ebenso rasch aufgeleuchtet wie verlöscht war.
Aber noch hatte Soetjipto nicht alle Mittel gegen Makmur erschöpft.
Als alle Mitglieder der mystischen Sekte in seinem Pendopo versammelt waren, stand er auf und hielt eine kurze Ansprache, leise, als rede er zu sich selbst. Indonesien zucke vor Unruhe, sagte er, weil die Männer an der Macht zunächst an sich und dann erst an das Wohl des Volkes dächten. Er müsse sich leider selbst darin einschließen. Desto wichtiger sei es, das Auge nach innen zu kehren.
Nach der Erklärung Soetjiptos berichtete ein anderes Mitglied über die wichtigsten innen- und außenpolitischen Ereignisse seit der letzten Sitzung der Sekte.
Dann kreuzten sie die Beine im Lotussitz und versanken in ein halbstündiges Meditieren, eine Art Vorübung für das lange Versenken später in der Nacht. Es war still im Pendopo wie in einer leeren Kirche. Im Gebälk knarrte ein Toke.
Anschließend diskutierten sie Fragen der Mystik und Religion. Jeder, der sprach, richtete seine Augen an die Decke und schien von seinen Nachbarn keinerlei Notiz zu nehmen.
Auf dem Kies des Gartens knirschten die Reifen eines Autos. Der brusthohe Türverschlag wurde aufgestoßen, und ein Diener trat ein, ließ sich sogleich auf die Knie nieder und rutschte, den Kopf tief gesenkt, zum Hausherrn:
»Pak Presiden«, flüsterte der Diener, »Sudah datang, er ist eben gekommen.«

Zum erstenmal seit vielen Wochen war Umar Makmur mit der Welt und sich zufrieden. Er hatte die Uniform mit Sarong und schwarzem Hemd vertauscht, die Schuhe ausgezogen und ein Glas bernsteinfarbenen Whisky vor sich. In Gedanken verloren kritzelte er auf einem Bogen Papier. Er zeichnete ein Haus, klassizistisch, großer Säulenportikus – mit ein wenig Phantasie und Nachsicht konnte man darin die Istana Merdeka erkennen. Umar Makmur war allein. Er saß im Arbeitsstudio seiner Villa, das mit dem gleichen Kitsch vollgestopft war wie sein Büro: balinesische

Frauenbüsten, schlechte Elfenbeinschnitzereien, Bilder mit Sonnenuntergängen und Sonnenaufgängen, Zepter und Schiffchen aus Kautschuk. Der Schreibtisch war aus schwerem, schwarzem Ebenholz, groß, aber nicht ganz so groß wie der in seinem Amtssitz. Darauf stand eingerahmt der Spruch: »Wissen über Menschen ist Macht über Menschen.«

Beide Seiten des Schreibtisches waren innen mit besonders legiertem Stahl ausgeschlagen und enthielten Makmurs legendäres und gefürchtetes Geheimarchiv — jene von Umar schon als Leutnant begonnene Sammlung von Aufzeichnungen über Personen, ihre Charakterzüge, persönliche Verbindungen und Freundschaften, Einnahmequellen, Hobbys, politische und sonstige Ansichten, sexuelles Verhalten, sexuelle Vorlieben und Neigungen. Bei vielen, Männern und Frauen, stand sogar, wie oft in einer Nacht »zu kommen« sie imstande waren. Auch Ärztebesuche, Aufenthalte im Krankenhaus, sei's in Indonesien, sei's im Ausland.

Umar Makmur hatte vor ein paar Monaten dem Chef des CIA zum Spaß ein paar seiner »Psychogramme«, wie er es nannte, gezeigt, darunter auch das eines ehemaligen, hochgestellten CIA-Mannes, der für einige Zeit an der amerikanischen Botschaft in Djakarta Sonderaufgaben durchgeführt hatte, inzwischen allerdings auf Calvin Raushers Verlangen abberufen worden war. Der hohe Besucher aus Washington setzte sich, wie er es selbst später beschrieb, »platt auf den Arsch« vor Erstaunen und neidischer Bewunderung. Dieses Archiv, sagte der Amerikaner, sei der Traum eines guten Geheimdienstchefs. Besonders gefiel ihm, daß kein Untergebener es benutzen konnte.

Natürlich zeigte Makmur seinem Kollegen aus Washington nicht eine der dicksten Biographien, die des Präsidenten. In diesen letzten Wochen hatte er, höchst widerstrebend, den Präsidenten auf sehr feine, sehr diskrete Art wissen lassen, daß in dem Geheimschrank ein reichhaltiges Dossier über ihn liege, das sein Leben, seine Worte und Taten, seine persönlichen und materiellen Verbindungen so gut wie lückenlos nachzeichne, beginnend mit den Jahren des Freiheitskrieges gegen die Holländer.

Umar hatte die Klimaanlage abgestellt und die vergitterten Fenster geöffnet. Es war heiß, aber die Hitze machte ihm nichts aus. Sein gegerbtes Fischergesicht nahm wieder jenen Ausdruck sanfter Einfalt an, der ihm eigen war, wenn er konzentriert nachdachte.

Morgen früh, um neun Uhr, begann die Schlußversammlung auf dem Merdeka-Platz. Er hatte diese Versammlung schon Ende letzten Jahres geplant und als überwältigenden Abschluß des Wahlkampfes von Golkar vorgesehen. Ursprünglich mit Außenminister Witular als Hauptredner, oratorisch bis dato ihrem besten Mann, dessen Rede, von Makmur bereits seit langem entworfen, nun unbenützt in seinem Schreibtisch liegen bleiben sollte.
Vor einem Vierteljahr kam ihm der glänzende Gedanke, nicht Witular, sondern den völlig unpolitischen Kresna Dirdjosuparto zur Attraktion, zum Star des Golkar-Wahlkampfes zu machen. Kresna galt auch bei seinen ärgsten Gegnern als völlig integer, was man dem Außenminister kaum nachsagen durfte, und war überdies seit der Zeit des Kommunistenputsches beim Volke sehr beliebt. In Makmurs kundiger, selbstverständlich unsichtbarer Hand würde er das ideale Zugpferd für Golkar sein, im Gegensatz zu Witular, der zwar machtlos war wie ein General ohne Soldaten, jedoch zuviel eigene politische Ideen hatte.
Nach dem überwältigenden Wahlsieg von Golkar, zum Teil dank des vorgeschobenen Volkslieblings Kresna, würde der General wieder dorthin zurückgeschickt, wohin er gehörte: zum strategischen Einsatzkommando, dem KOSTRAD. Makmur wollte freilich dafür sorgen, daß Kresna einer der nicht vom Volk gewählten, sondern vom Präsidenten ernannten Abgeordneten im neuen Parlament würde. Eine nette Geste, für die ihm Dirdjosuparto sicher dankbar wäre. Vielleicht wollte er ihm auch einen Sitz im »Hohen Gremium der Berater« von Golkar zuschanzen, einen Ehrenposten, ohne Macht, aber mit großem Prestige.
Außerdem wollte er mit Kresnas Beweisstücken über Soetjiptos finanzielle Transaktionen mit Moskau dem »kleinen Mystiker« Soetjipto den Garaus machen.
So hatte der politische Regisseur Umar Makmur den Ablauf des Wahlkampfes geplant. Morgen, am Schlußtag: Apotheose. Danach war für ihn der Weg in die Istana Merdeka frei, eine bloße Formalität, eine Frage von Monaten bis zur Wahl durch den Volkskongreß im nächsten Jahr. Golkar gehörte fortan ihm, und Golkar würde, dank gewaltiger Mehrheit, Parlament und Volkskongreß in einen schlichten Stempelverein verwandeln.
Umar Makmurs Regiebuch schien perfekt. Von der ersten Woche des Wahlkampfes, von Kresnas Versammlungen in Kalimantan an,

lief indessen alles anders. Kresna wuchs sich zu einem Erfolg aus, der alle Erwartungen übertraf. Gut, das wäre angegangen. Doch der junge General wurde, zu Makmurs grenzenloser Verwunderung, zunehmend selbständig, ja mehr als selbständig, er forderte das Triumvirat und besonders ihn offen heraus. Nur den letzten Schritt hatte er noch nicht gewagt: seinen und Soetjiptos Rücktritt unter Nennung des Namens zu fordern. Makmur wußte nicht, was der Präsident und Kresna zwei Tage nach Prambanan gesprochen hatten. Der Präsident schwieg gegenüber jedermann. Dennoch vermutete Makmur, Kresna habe einen Warnschuß vor den Bug erhalten. Anders konnte er sich die Zurückhaltung des rebellischen Generals nicht erklären. Denn ein Rebell, das war Dirdjosuparto geworden.

Der Plan des Geheimdienstchefs, im Wege des Notstandes mit Sondervollmachten betraut zu werden, war mißlungen. Auch die Gerüchte über Kresna, die er im Volk hatte verbreiten lassen, und die von Provokateuren ausgelösten Zwischenfälle bei Kresnas Wahlversammlungen zeigten keine große Wirkung. Immerhin war es Makmur gelungen, um in der Sprache der Boxer zu reden — ein Sport, den er noch immer gelegentlich und für sein Alter erstaunlich flink und mit gutem Punch ausübte — nach Prambanan weitere Schläge Kresnas zu »blocken«.

Morgen, auf dem Merdeka, hätte trotzdem alles schiefgehen können. Offenbar wollte Kresna morgen die »Namen nennen«, wollte die halbe Million Zuhörer oder mehr, die auf dem riesigen Platz erwartet wurden, zunächst in einen Zustand des Rausches versetzen — und daß er diese Gabe besaß, das hatte er nun hinreichend bewiesen — und dann dem Volk die »bösen Dämonen« Makmur und Soetjipto zum Fraß vorwerfen. Von Jubel und Begeisterung einer hypnotisierten Masse emporgetragen, stünde dann der General Kresna als »Säuberer des Staates« da, ja als Ratu Adil, wahrhaft würdig des göttlichen Namens, den er trug.

Natürlich konnte Dirdjosuparto seinen vernichtenden Schlag, morgen vormittag, nur ausführen, wenn weder Makmur noch Soetjipto auf der Tribüne neben ihm saßen. Das tat man einfach nicht in Java, das tat man selbst seinem verhaßtesten Feinde nicht an. Es wäre vom Volk, so sehr es Blut lecken mochte, auch schlecht aufgefaßt worden, hätte das Feingefühl des noblen Javaners, jenes Rasa — wie Kresna es zu besitzen vorgab — aufs gröbste verletzt.

Soetjipto würde nicht kommen, das tat er nie. Allein, es wäre vom Volk als Feigheit betrachtet worden, lediglich den Abwesenden vors Tribunal zu fordern. Sollte Kresna Soetjipto dennoch erwähnen, würde er, Makmur, sich nur ins Fäustchen lachen. Ihm sollte das mehr als recht sein. Dann war der Rivale endgültig aus dem Weg geräumt.

Vorgestern abend hatte Kresna die Istana Merdeka besucht, heimlich, wie ein Mann ins Bett der Frau seines Freundes schleicht. Er hatte dem Präsidenten dringend ans Herz gelegt, nicht das erste Mal seit Prambanan, Außenminister Witular an Stelle Umar Makmurs zum Eröffnungsredner zu bestimmen. Der Präsident gab dem Wunsch nicht statt.

Umar Makmur griff wieder nach dem Block, skizzierte weiter das Präsidentenpalais, schenkte sich ein neues Glas Whisky ein, nahm eine teure holländische Zigarre aus der Schreibtischschublade und sah zur Decke.

Als theaterbegabter Mensch sah er die Szene auf dem Merdeka morgen deutlich vor sich. Ein Meer von Menschen. In der Mitte auf der pilzartigen Plattform des Nationaldenkmals das Rednerpodium, zu seinen Füßen die Tribüne mit den Ehrengästen. Aus dem Präsidentenpalais an der Nordseite des Platzes sieht der kranke Hausherr zu. Jubel, Jubel. Kresna und Makmur besteigen, nebeneinander, die Plattform. Makmur legt spontan, in einer Geste alter Waffenbrüderschaft, einen Arm um die Schultern des Jüngeren. Nach dem üblichen Tamtam besteigt er das Rednerpodium. Hält eine kurze Rede. Er redet nicht gern, er ist ein schlechter Redner, er weiß es. Den Text, nur ein Blatt Papier füllend, hat er auswendig gelernt.

Ein paar Worte, des Sinnes, wählen sei die oberste Pflicht eines guten Staatsbürgers; jeder soll dabei ausschließlich der Stimme seines Gewissens folgen und jedem Druck widerstehen, von welcher Seite auch immer. Nach diesen Worten, die den amerikanischen Journalisten ins Ohr fließen wie Honig, nach diesen schönen Worten, betont Umar Makmur, freilich müsse jeder Wähler bedenken, daß allein Golkar die Kontinuität des Aufbaus und Fortschrittes sichere. »Und Aufbau und Fortschritt wollen wir alle.«

Jetzt hebt Makmur seine Stimme, die weich und gefühlvoll wird. Er führt seinen Freund, General Kresna Dirdjosuparto, ein, »diesen unerschrockenen Soldaten, diesen stolzen und gewissenhaften Bürger«. Noch ein paar Sätze in diesem Sinne, süß wie Sirup, triefend vor freundschaftlicher Liebe. Jetzt tritt Kresna ans Pult. Makmur, in einer Welle aufwallenden Gefühls, umarmt ihn, küßt ihn auf beide Wangen.

Was Kresna dann in seiner Rede sagen wird, ist verhältnismäßig uninteressant. Er ist wieder auf natürliche Größe geschrumpft, er nennt keine Namen, er stellt keine rebellischen und das Volk aufputschenden Forderungen. Hunderttausende erleben diese Szene mit ihren eigenen Augen. Millionen werden es, in ganz Indonesien, im Rundfunk mit ihren eigenen Ohren hören.

Jeder weiß – denn das Volk begreift schnell, es hebt seine Lieblinge schnell in die Lüfte, es läßt sie ebenso schnell wieder fallen –, jeder weiß, wer der Chef in diesem Lande ist, der wahre Chef, der große Dalang, der das Spiel führt. Jeder weiß es: er sitzt hinter dem Rednerpodium, er heißt Umar Makmur.

Umar Makmur nahm einen Schluck aus dem Whiskyglas und ließ ihn im Mund aufblühen. Er rieb seine Hände.

Allerdings hatte er gelernt, von Kresna das Unberechenbarste zu erwarten. Die Lektionen saßen. Morgen wollte er nicht wieder überrascht werden, morgen wollte er nichts dem Zufall überlassen.

Darum war er heute, am frühen Abend, in der Istana Merdeka gewesen. Der Präsident, in Schlafanzug und seidenem Schlafrock, hatte ihm folgendes gesagt: »Ich behalte mir alle Schritte gegen Kresna vor. Ich warte ab, was er morgen in seiner Rede vorbringen wird.« Dann hatte er Umar Makmur quasi zu seinem Bevollmächtigten und Stellvertreter für die Merdeka-Versammlung ernannt. Ihm *plein pouvoir* gegeben, nach eigenem Ermessen dafür zu sorgen, daß die Schlußversammlung »ohne Zwischenfall« abliefe.

»Sie garantieren mir für Ruhe und Ordnung, Umar. Vielleicht sind Entschlüsse erforderlich, die auf der Stelle, in Sekunden getroffen werden müssen. Eine Rücksprache mit mir im Palais würde zuviel Zeit in Anspruch nehmen. Sprechfunkverbindung kommt in diesem Fall nicht in Frage. Ich weiß, daß ich mich in solchen Dingen auf Sie verlassen kann. Tun Sie, was Sie für notwendig halten. Nehmen Sie auf niemanden Rücksicht, auch nicht auf die Redner.«

Mit anderen Worten, der Geheimdienstchef war bevollmächtigt, Kresnas Rede nach eigenem Ermessen zu unterbrechen. Jederzeit.

Der Präsident sah Makmur, als er ihm diesen Auftrag gab, un-

freundlich und schlecht gelaunt an, wie man ihn sonst nicht kannte, gewiß nicht in der Öffentlichkeit.
Aber auf eine freundliche Miene des Präsidenten kam es ja auch nicht an, sondern auf die Fakten, die er geschaffen hatte. Umar Makmur wird morgen vormittag, sei es auch nur für ein paar Stunden, in der Tat Vollzieher des Notstandes sein.
Hinter der geschlossenen Tür, im Vorraum, erklang eine aufgeregte, fast hysterische Stimme. Umar Makmur achtete zunächst nicht darauf. Vielleicht die Frau eines Gefangenen, der ohne Haftbefehl plötzlich aus der Wohnung verschwunden war. Seine Diener, allesamt dem Geheimdienst angehörend, waren darin geübt, solche hysterischen, weinenden Damen wieder aus dem Haus zu schaffen. Doch die Stimme der Frau drängte beharrlich. Die Diener wisperten, immer lauter, immer weniger höflich. Dann erscholl ein schriller Ausruf, Schritte näherten sich, die Tür des Studios wurde aufgestoßen.
Im Türrahmen stand die Frau Lee Cheongs. Ihre strähnigen Haare hingen übers Gesicht, unter der halbgeöffneten Jacke konnte er ihren fetten Hängebusen sehen. Ihre Augen flackerten wie irr. Vor Schrecken.

»Pak Presiden«, sagte Soetjipto und sprang auf. Geräuschlos öffnete sich die Halbtür. Im Türrahmen stand der Präsident. Er lächelte, als bitte er um Vergebung: »Entschuldigt, meine Brüder, daß ich euch nicht bei mir empfangen habe und jetzt die Sitzung störe. Ihr diskutiert gerade. Darf ich mich zu euch gesellen, Brüder?«
Sie machten ihm ehrerbietig Platz.
Es gehe ihm plötzlich besser, sagte der Präsident zu Soetjipto. Gegen die heftigen Proteste seiner Frau, dabei lachte er, sei er aufgestanden, um mit seinen Brüdern zu meditieren. Gerade in diesen Tagen schiene es ihm notwendig, sein Herz durch mystische Übungen zu stärken.
Der Präsident entschuldigte sich bei den anderen Mitgliedern der Sekte, er müsse leider dem Guru eine kurze, vertrauliche Mitteilung machen. Er ging mit Soetjipto ein paar Schritte beiseite und berichtete ihm von den Vollmachten, die er gerade dem Geheimdienstchef für die morgige Versammlung erteilt habe. An der Versamm-

lung teilzunehmen, in der glühenden Hitze zu sitzen, dazu fühle er sich zu schwach. Mit Soetjipto habe er sich darüber nicht mehr beraten können, denn als Makmur ihn besuchte, habe die mystische Sitzung gerade angefangen.
Soetjipto lächelte leise und scheu, sagte kein Wort.
Dann kehrten die beiden Männer zu den anderen Brüdern zurück, setzten sich und versanken in vollständiges Schweigen. Die Lichter wurden ausgelöscht, jeder der Männer wandte sich mit dem Gesicht in Richtung Osten, so daß »du Verbindung aufnehmen kannst, mit Gott, dem Herrn«.

»Was ist denn los, Njonja?« fragte Umar Makmur ungehalten über die Störung am späten Abend.
»Mein Mann – mein Mann – mein Mann«, wiederholte ununterbrochen die von Lee Cheong ungern vorgezeigte und von ihm despotisch unterdrückte Frau. Ihr feistes Gesicht schien völlig zerronnen.
»Was ist mit Lee?« fragte Makmur und stand hinter seinem schwarzen Schreibtisch auf. Vielleicht vergaß er, der Frau einen Platz anzubieten, vielleicht wollte er es nicht. Er hatte ein schlechtes Gefühl: irgend etwas stimmte nicht. »Was ist denn los, Njonja?« sagte er erneut und bemühte sich um einen warmen und freundlichen Ton.
»Mein Mann ist verschwunden«, brachte sie endlich heraus. Damit schienen ihre Kräfte völlig erschöpft, und sie sank zu Makmurs Befremden, ohne ihn zu fragen, in einen Sessel.
»Er kann doch nicht verschwunden sein.« Wahrscheinlich ist er bei irgendeiner seiner Freundinnen, versuchte Makmur sich einzureden.
»Doch. Er ist fort, wie vom Erdboden verschluckt.«
Makmur ließ ihr einen Cognac bringen, den sie in einem Zug leerte. Dann begann sie, unterbrochen von Pausen mühsam unterdrückten Schluchzens, zu erzählen.
Lee Cheong war mit seinem Hund spazierengegangen, einem schwarzweißen Cockerspaniel mit ungewöhnlich langen Ohren, denen er den ersten Preis bei einer Hundeausstellung verdankte. Einen Preis, über den Lee voll Stolz jedermann berichtete. Seinen

Cockerspaniel behandelte Lee weit aufmerksamer als seine Frau. Wann immer er abends zu Hause blieb – und das geschah selten genug –, führte er abends den Hund ein paarmal um den Villenblock in Kebajoran Baru, wo er wohnte. Meist dauerte das genau fünfzehn Minuten. Aber weil Lee am Vorabend der Merdeka-Versammlung noch viel zu tun hatte, von Makmur mit Arbeit reichlich eingedeckt, galt es doch morgen Hunderttausende Menschen ständig im Auge zu behalten und zu kontrollieren, weil er also viel zu tun hatte, sagte er zu seiner Frau, während er den Spaniel an die Leine nahm: »Heute nur eine Runde. In fünf Minuten bin ich zurück.«
Als er nach fünf Minuten noch nicht zurück war, dachte sich seine Frau: er spaziert doch länger. Für seinen Hund hat er immer Zeit.
Es vergingen fünfzehn, zwanzig, dreißig Minuten. Allmählich wurde sie nervös. Nach einer Stunde fing sie an, sich aufzuregen. Trotz des Donnerwetters, das ihre Aktion bei ihrem Mann erregen mußte, sandte sie einen Boy aus, Lee Cheong zu suchen. Der Boy ging alle Blocks ab, an denen Lee zu promenieren pflegte. Er fand niemanden. Die Frau im Gerobak hatte Lee zwar gesehen, desgleichen ein paar Nachtwächter im Villenviertel, »vor fünf Minuten, vielleicht auch vor einer halben Stunde«; so genau war ihr Zeitsinn nicht.
Als der Boy mit diesen Nachrichten zurückkam, mochten etwa eineinhalb Stunden vergangen sein, seit Lee das Haus verlassen hatte. Sie überlegte gerade, was sie tun solle: den Geheimdienst anrufen, zur nächsten Polizeistation gehen, als jaulend der Spaniel ins Zimmer fegte. Im Maul hielt er Lee Cheongs italienischen Hut, den Makmurs Assistent bei seinem letzten Besuch in Rom für viel Geld im teuersten Geschäft gekauft hatte. Es war nicht ungewöhnlich, daß der Spaniel den Hut trug, das durfte er, wenn Lee besonders gut gelaunt war. Ungewöhnlich indessen war, daß der Hut zwei kleine Löcher aufwies, eines vorn, eines hinten, jedes am Rand zerfasert.
Aus einem Papiersack, den sie die ganze Zeit an ihre Brust gepreßt hielt, nahm Lee Cheongs Frau den Hut und reichte ihn Umar Makmur. Der drehte den Hut herum, prüfte ihn sorgfältig, holte eine Lupe aus der Schreibtischschublade, betrachtete die Innenseite des Hutes.
»Schußloch«, sagte der Geheimdienstchef, »Stahlmantelgeschoß von einer Pistole. Keine Blutspuren. Hätte er den Hut aufgehabt, müßte

man Blutspuren beim Ausschuß sehen. Merkwürdig. Sehr merkwürdig.« Er ging zum Telefon und wählte die Nummer seines Sekretärs, eines ebenso tüchtigen wie brutalen Majors des Geheimdienstes.

Während die Suchaktion nach Lee Cheong anlief, saßen der Präsident, Soetjipto und die anderen Mitglieder der mystischen Sekte im verdunkelten Pendopo und meditierten. Sie richteten sich, um die »Reise zu vollführen«, genau nach den Lehren und Vorschriften des Gründers der Sekte.

Beide Hände lagen auf der Brust, über dem Herzen, die Finger ineinander verschränkt, die Daumen einander berührend. Die Beine wurden ausgestreckt, so daß Knie, große Zehen und Fersen Haut an Haut lagen, derart, daß die Genitalien in einer geraden Linie mit den großen Zehen waren, ohne gepreßt zu werden. Alle »neun Löcher« des Körpers wurden geschlossen.

Die Augen fixierten die Nasenspitze, in gerader Linie mit Brust, Mitte der Genitalien und großen Zehen. Sie inhalierten den Atem in einer rotierenden Bewegung, von links nach rechts, anschließend in entgegengesetzter Richtung. Dann sammelten sie den Atem langsam in der Gegend des Nabels und stießen ihn sehr langsam wieder aus.

Nun schlossen sie allmählich Augen und Lippen, bogen die Zunge gegen den Gaumen und legten die Zähne aufeinander.

Jetzt waren sie zum Semedi bereit. Während sie an nichts mehr dachten und der Leib von allen Begierden und Wünschen frei wurde, »kehrte der Geist reumütig zu seinem ursprünglichen Selbst zurück«. Soetjipto, auch den Präsidenten, auch die anderen Brüder überkam ein wunderbares, einzigartiges, unvergleichliches Gefühl.

In solchem Zustand der Versenkung verharrten die zwölf Männer lange, ungemessene Zeit.

Die Suche nach Lee Cheong wurde von Umar Makmur persönlich geleitet. Von Stunde zu Stunde wurden mehr reguläre und geheime Polizisten eingesetzt. Über ganz Djakarta, den Hafen

Tanjung Priok, den Flugplatz. Immer weiter wurde das Netz gezogen.
Es gab keine Spur. Nicht das winzigste Zeichen einer Spur. Hund und Hut wurden von kriminologischen Experten untersucht. Ohne Ergebnis. Nur die Schußwaffe wurde erkundet: eine italienische Parabellum-Pistole. Lee Cheong besaß zwar eine Pistole, die jedoch unberührt in seinem Schreibtisch lag. Die Experten waren sich einig: die Kugel, von der die Löcher im Hut stammten, konnte Lees Schädel nicht durchdrungen haben.
Das Haus wurde durchwühlt. Die Untersuchung brachte nichts an den Tag, gar nichts.
Falls Umar Makmur nervös war – sein engster Vertrauter war spurlos verschwunden, sein engster Vertrauter und Berater seit fünf Jahren –, so ließ er es sich nicht anmerken. Im Gegenteil, er tröstete sogar ab und zu die völlig aufgelöste und verzweifelte Frau Lee Cheongs. Aus seinen Worten strömte Ruhe, Ruhe und ungewohnt menschliche Wärme.

Kurz nach Mitternacht beendeten der Präsident, Soetjipto und die anderen Brüder der mystischen Sekte ihr Semedi.
Soetjipto erhob sich und ging zu den Kästen mit den Wayangkulit, suchte sorgfältig unter den Hunderten von Puppen aus, steckte schließlich einige in den Bananenstrunk. Rechts streckte er die fünf Pendawas, die guten Charaktere, links einige der Kurawas, die bösen. Rechts steckte er auch Prabu Kresna. Dessen Haut war schwarz, Körper und Nase überlang, Augen mandelförmig, Krone und Kleidung ein farbiges Gespinst.
Für Soetjipto wie für die meisten echten Wayang-Kenner stellte die Bratajuda, die große Entscheidungsschlacht zwischen den beiden Heeren, nicht so sehr ein physisches, mythologisches Ereignis, sondern den Konflikt in jedem einzelnen Menschen dar – zwischen dem, was er tun möchte (den Kurawas), und dem, was er tun sollte (den Pendawas), zwischen Leidenschaft und Gier auf der einen und der Fähigkeit, sich zu beherrschen, zu zähmen, zu disziplinieren, auf der anderen Seite, zwischen den niedrigen Trieben und den verfeinerten Impulsen. Als derart urmenschlicher Konflikt war er ewig, hörte nie auf, fing stets von neuem an, ein end-

loser Strom. Die Besiegten erhoben sich vom Schlachtfeld und stritten von neuem. Weder Sieger gab es noch Besiegte, weder engelhaft Gute noch teuflisch Böse. Alles war relativ. Denn so hatten die Javaner vor Urzeiten die großen indischen Hindu-Epen umgewandelt.

Soetjipto zündete die kupferne, von einem holzgeschnitzten Garuda gekrönte Kokosöllampe, die Blenchong, an, die über seinem Haupt hing, und setzte sich mit gekreuzten Beinen vor den Bananenstrunk. Die Lampe warf ein flackerndes goldenes Licht, das einzige Licht im verdunkelten Pendopo.

Mit eigenartig hoher, wie aus dem Kehlkopf gequetschter unnatürlicher Stimme fing Soetjipto zu sprechen an. Er sprach altjavanisch, das er in normalem Zustand nicht beherrschte, jene Sprache, die man am Hof des größten javanischen Reiches, Madjapahit, vor mehr als sechshundert Jahren gesprochen hat. Der Präsident verstand es nicht, nur ein einziger Bruder war des Altjavanischen mächtig. Er glitt neben den Staatschef und flüsterte ihm die Übersetzung ins Ohr.

Es war nicht mehr Soetjipto, der unter der flackernden Öllampe sprach. Seine Stimme war unerkennbar fremd, er inkantierte mehr als er redete, in einem monotonen Singsang.

Es war in der Tat nicht mehr Soetjipto, es waren die Stimmen der Wayang-kulit, jede in einer anderen Färbung. Aus dem Bananenstrunk zog er an ihrer Schildpattstange, wann immer sie gleichsam auf der Bühne erschien, eine Lederpuppe, bewegte ihre Arme, ließ ihr Reden entströmen, gab ihr Leben.

Nun hielt Soetjipto zwei Figuren in der Hand, die Kresnas und die Sangkunis, seines gefährlichsten Feindes, des schlauen, skrupellosen Beraters der Kurawas.

Dem Präsidenten standen kleine Schweißperlen auf der Stirn. Vielleicht wegen der Schmerzen, die er litt, vielleicht aus seelischer Pein. Ihm war, als spräche aus Kresna und Sangkuni, denen Soetjipto nur das Zungenwerkzeug war, ein Soetjipto, der die Augen geschlossen hatte – ihm war, als spräche aus Kresna der junge General gleichen Namens, dem er morgen die »Flügel beschneiden ließ«, und aus Sangkuni die Stimme seines Geheimdienstchefs Umar Makmur.

Umar Makmur war von geradezu unheimlicher Ruhe, obschon er pausenlos Weisungen gab, Berichte empfing, telefonierte. Er überdachte alle Möglichkeiten, Entführung, Mord, Verrat; einmal hielt er dieses, einmal jenes für das wahrscheinlichste. Auch einen Anfall von Amnesie oder einen plötzlichen seelischen Zusammenbruch schloß er nicht gänzlich aus. Lee Cheong hatte in den letzten Wochen bis an die Grenze seiner körperlichen Leistungsfähigkeit gearbeitet, er wirkte übermüdet und schien ungewohnt leicht reizbar. Er verlor auffallend viel Gewicht. Da Lee ein eitler Mann war und seine Fettleibigkeit ihm im Verkehr mit seinen rasch wechselnden Freundinnen Abbruch tun mochte, hatte ihm Makmur die Erklärung, er wolle abnehmen, geglaubt. Wenngleich mit einem Körnchen Zweifel.

Umar Makmur machte sich große Vorwürfe, daß er Lee Cheong wegen der angeblichen Diät und der Sorgen, die ihn zu bedrücken schienen, nicht, wie beabsichtigt, ins Kreuzverhör genommen hatte. Jetzt erwies sich diese grobe Fahrlässigkeit als kapitaler Fehler. In Makmurs Büro hing eingerahmt der Spruch von Napoleons Polizeiminister Fouché: »Das ist ärger als ein Verbrechen, das ist ein Fehler.«

Selbstverständlich ließ der Geheimdienstchef sofort untersuchen, ob vertrauliche Dokumente abhanden gekommen waren. Es fehlten keine. Das schloß natürlich nicht aus, daß Lee Cheong Fotokopien angefertigt hatte.

Als Umar gemeldet wurde, daß keine Geheimdokumente fehlten und es keine Hinweise und Verdachtsmomente gebe, daß Lee Cheong Fotokopien angefertigt habe, fühlte er sich nicht im geringsten erleichtert. Lee Cheongs Kopf mit seinem phänomenalen Gedächtnis – er las gelegentlich aus Spaß eine ganze Zeitungsseite aufmerksam und konzentriert durch und rezitierte sie dann auswendig, ohne ein Wort auszulassen –, Lees Kopf glich einem wandelnden Geheimarchiv. Es gab nur noch einen Mann, der über die vertraulichsten Interna Indonesiens besser Bescheid wußte, und das war der Geheimdienstchef selbst.

Umar Makmur mußte wohl den Satz Fouchés halblaut wiederholt haben, denn einer seiner Offiziere fragte:

»Glauben Sie, es ist ein Verbrechen, Pak Djendral?«

Für die Männer, die in dem nur von der flackernden Kokosölflamme beluchteten Pendopo saßen und der geisterhaft hohen, singenden Stimme Soetjiptos lauschten, verwischte sich die Grenze zwischen Wirklichkeit und traumhaftem Spiel.
In einer der Wayang-kulit, die sich in der Hand des Dalang bewegte, meinte der Präsident sich selbst zu erkennen: in der Gestalt des Königs Sujudana. Der König regierte über ein mächtiges und glänzendes Java, ein großer Herrscher und ritterlicher Krieger. Doch war er im Grunde seines Herzens eitel und gar zu sehr an Macht und Reichtum interessiert. Trotz starken Willens ließ sich Sujudana von seinen Ratgebern leicht beeinflussen. Der eine Ratgeber war der intrigante, ruchlose, hinterhältige Sangkuni, der als eine Art Ministerpräsident amtierte und der Umar Makmur immer mehr glich. Eine vierte Wayang-kulit trat jetzt auf, des Königs spiritueller und, wie es schien, auch wirtschaftlicher Ratgeber, der weise, mit magischer Macht begabte Lehrer Drona.
Für die Zuschauer war die Mauer zwischen Gegenwart und Vergangenheit versunken, zwischen dem Dalang Soetjipto, den Wayang-Figuren und ihnen selbst. Unter dem flackernden Lichtschein agierten und sprachen, das Einst und Jetzt verschmelzend, König Sujudana-Presiden, der Prabu Kresna-General Kresna, der intrigante Premier Sangkuni-Umar Makmur, der magische Ratgeber und Lehrer Drona-Adiwono Soetjipto.
Keinem der Zuschauer, vom Präsidenten angefangen, wäre selbst in staubtrocken nüchternem Zustand der Verdacht gekommen, Soetjipto spiele hier bewußt und absichtlich eine mythologische Parabel vor. Denn Adiwono Soetjipto war längst in Trance.
Unaufhaltsam trieb es im Staate Sujudanas zum Konflikt, geschürt und gefördert von Sangkuni-Makmur, der, von Ehrgeiz und Machtgier besessen, dämonische Leidenschaft fürs Intrigieren entwickelte, ohne Rücksicht auf die Interessen seines Königs und seines Staates. Drona-Soetjipto versuchte seinen Herrn im Sinne moralischer Vernunft zu beeinflussen. Aber mehr und mehr lieh der König statt seiner dem intriganten Premier Sangkuni sein Ohr.
Nun trat Prabu Kresna auf, er kam mit einem Friedensangebot der Gegenpartei an den Hof des Königs. Sangkuni-Makmur flüsterte dem König-Presiden ein, er müsse Kresna in eine Falle locken und töten lassen, nur auf diese Weise könne er seine Macht sichern und seinen eigenen Untergang verhüten.

Der König-Presiden schwankte und zögerte, stimmte aber schließlich, wenngleich widerwillig, dem Plan des Sangkuni-Makmur zu. Drona-Soetjipto stand abseits und schwieg.

Ärger als ein Verbrechen, nämlich ein Fehler, war es nicht nur gewesen, dachte Makmur, sich nicht rechtzeitig um die Hintergründe der Sorgen Lee Cheongs zu kümmern und ihnen nachzuforschen, sondern auch einem einzigen Menschen so viel Vertrauen zu schenken.

Je länger Umar Makmur im Laufe der Nacht, während der von ihm mit eiskalter Umsicht geleiteten Suche, über Lee Cheongs Verschwinden nachdachte, desto fester war er überzeugt, daß es sich weder um Mord oder Selbstmord noch um Entführung handle. Aber um was? War Lee ein Verräter, war er vielleicht schon seit langer Zeit Doppelagent? Für wen? Etwa für die Chinesen, deren Blut in seinen Adern rann? Etwa für die Sowjets oder die Amerikaner? War er vielleicht in letzter Zeit von einem Gegner »umgedreht« worden? Einem Gegner von außen oder einem Gegner im Inneren? Von Kresna oder von Soetjipto? Makmur hatte sich seit Beginn des Wahlkampfes darüber gewundert, daß sich »der kleine Mystiker« so still verhielt, obschon er unzweifelhaft nach dem Präsidentenamt strebte und obschon er vom *Express*-Skandal in gleicher Weise getroffen war wie Makmur und der Präsident. Adiwono Soetjipto hatte seit jeher die Gewohnheit, im Dunklen zu arbeiten, so daß seine Schläge urplötzlich wie von Geisterhand trafen. Kresna war noch zu unerfahren im politischen Kampf, als daß ihm der Geheimdienstchef zutraute, Lee Cheong heimlich, ohne daß sein Meister Verdacht geschöpft hätte, auf seine Seite zu ziehen. Nur eine einzige Person in Indonesien hielt er dessen für fähig: Adiwono Soetjipto. Der »kleine Mystiker« war imstande, Lee Cheong ermorden, entführen, ja auch hypnotisieren zu lassen.

Am liebsten wäre Umar Makmur sogleich zu seinem Erzfeind Soetjipto gefahren. Doch war inzwischen die dritte Morgenstunde verflossen, und ein Besuch um diese Zeit beim schlafenden oder vielleicht mit seinen Mystikern meditierenden General – bei dem Gedanken grinste Makmur verächtlich – wäre schlechte Taktik gewesen.

Umar Makmur sah immer öfter nach der Uhr, und seine disziplinierte Ruhe begann allmählich abzubröckeln. Er fing an, seinen Untergebenen Unfähigkeit vorzuwerfen, weil sie nach mehreren Stunden Suchens nach wie vor nicht die winzigste Spur von Lee Cheong gefunden hatten.

Dalang Soetjipto war bislang in seinem Wayang den Grundlinien des klassischen Mythos treu gefolgt. Nun wich er ab. Das fiel, in diesen frühen Morgenstunden, keinem der Zuhörer auf und war dem in heiliger Ekstase sprechenden Soetjipto ebensowenig bewußt. Alle zwölf Mann in dem dunklen, bloß von der Blenchong sparsam erhellten Pendopo waren außer sich geraten, hatten ihr Selbst abgestreift.

Der weise Drona trat aus seiner unbeteiligten Stille hervor. Sangkunis Plan, Kresna in eine Falle zu locken und zu töten, sei es auch im Interesse des Königs, erschien ihm nicht nur sündhaft, sondern den Willen der Götter verletzend und damit dem Reiche von Übel. Er ratschlagte mit sich selbst, wie er Sangkunis Plan vereiteln könne. Endlich versank er in tiefe Meditation.

Währenddessen schlich Sangkunis Neffe und engster Vertrauter, der in der Zunge Lee Cheongs sprach, vorsichtig zum Palast, wo Kresna schlief, um ihn umzubringen.

Drona übte ›Tapa‹. Seine magische Kraft wuchs so stark, daß er Dämonen und Göttern seinen Willen aufzwingen konnte.

Soetjiptos Stimme klang, als komme sie aus dem Gebälk und nicht aus seinem Leib. Arme und Hände, die die Wayang-kulit führten, schienen ohne Gelenke, wie die der Puppen.

Sangkunis Neffe stand vor dem Zimmer, in dem Kresna schlief, das Schwert zum Mord gezückt. Plötzlich zuckte er, wurde hin und her geschüttelt. Ein Dämon senkte sich herab, packte ihn, entführte ihn durch die Lüfte.

Draußen fing es zu grauen an, noch lag die Sonne hinterm Horizont. Umar Makmur begann zu zweifeln, daß Lee Cheong noch gefunden würde, tot oder lebendig.

Lee Cheong wußte viel, sehr viel, zuviel – zuviel, als daß sein Wissen einem anderen bekannt werden durfte. Weder einem ausländischen Feind noch der Opposition, noch einem seiner Rivalen, noch auch dem Präsidenten.
Mit Lee Cheong hatte er noch in den letzten Wochen seine Pläne zur Schaffung des Notstandes, die Flucht der drei kommunistischen Führungskader aus Buru und eine Reihe anderer Dinge, nicht nur besprochen, sondern ausgearbeitet. Wem immer diese Informationen bekannt wurden, der besaß eine tödliche Waffe gegen den Geheimdienstchef.
Umar Makmur erlebte die schwärzesten Stunden seines Lebens.

Soetjipto hatte den Pendopo so anlegen lassen, daß die ersten Sonnenstrahlen auf den Balken über der Kokosöllampe fielen. Im Augenblick kroch das erste Licht des Morgengrauens in den Pendopo.
Des weisen Drona magische Kraft hatte den bösen Plan Sangkunis scheitern lassen. Kresnas Leben war gerettet, die Ehre König Sujudanas und seines Reiches nicht befleckt.
Doch vermochten sich die feindlichen Parteien trotzdem nicht friedlich zu einigen. Bratajuda, die Entscheidungsschlacht, mußte geschlagen werden.
Soetjipto schilderte nicht die Bratajuda, er schilderte nur des Drona Tod auf dem Felde. Drona wurde nicht im fairen Kampfe besiegt. Drona starb an einem Trug Kresnas.
Golden fielen die Strahlen der aufgehenden Sonne auf den Balken über Adiwono Soetjiptos Haupt.
Er verstummte.

Umar Makmur stand im Garten und starrte auf den erröteten Himmel, er nahm sein ledernes Heftchen aus der Hemdtasche und schrieb ein paar Notizen. Dann ging er langsamen Schrittes in sein Haus zurück, das mit den vielen eilfertigen und erregten Soldaten und Offizieren des Geheimdienstes einem Heerlager glich. Umar Makmur schien niemanden zu sehen. Er stieg die Treppe empor, ging in sein Schlafzimmer, fuhr seinen Adjutanten, der fragte, ob er folgen solle, unwirsch an: »Nein.«

Er zog mit automatischen Bewegungen Sarong, schwarzes Hemd und Unterwäsche aus. Im Bad, nach holländischer Art gebaut, schüttete er sich eimerweise Wasser über den Körper, rasierte sich mit großer Sorgfalt, bestellte beim Boy eine Tasse doppelt starken Kaffees, den er brühend heiß, ohne Zucker, in gierigen Zügen trank. Daß er dabei seine Zunge verbrannte, spürte er nicht.

Als er wenig später zum roten Telefon ging, das ihn direkt mit den Privatgemächern des Präsidenten verband, sah er aufs Zifferblatt: 6.53 Uhr.

Der Präsident sei gerade zurückgekommen, meldete der Adjutant, er möge bitte ein paar Minuten warten. Zurückgekommen von wo, fragte sich Umar Makmur. Der Präsident lag doch noch gestern abend, als ich ihn besuchte, schwerkrank zu Bett.

Das Gespräch mit dem Präsidenten war kurz und kühl, auf beiden Seiten. Umar Makmur berichtete in wenigen Sätzen von Lee Cheongs rätselhaftem Verschwinden, von der bislang vergeblichen Suche, die sich inzwischen über ganz Java erstreckte.

Der Präsident stellte keine Fragen, er schien nicht einmal überrascht, als sei ihm die Nachricht keineswegs neu.

Der Präsident werde sicher verstehen, fuhr Makmur fort, daß er persönlich die Suche weiterleiten wolle, in Anbetracht dessen, was der Gebrauch von Lee Cheongs Wissen »in falschen Händen« nicht nur für ihn, Umar Makmur, sondern das gesamte Regime – er sagte ausdrücklich nicht: den Präsidenten – und den indonesischen Staat zur Folge haben könne. Er bitte daher, von der Verantwortung für die heutige Wahlversammlung auf dem Merdeka entbunden zu werden. Er schlage vor, Außenminister Witular an seiner Stelle mit den gleichen Aufgaben zu betrauen.

Der Präsident willigte ein, ohne Kommentar.

Die Fahndung nach Lee Cheong, sagte Makmur weiter, werde ihn zwingen, in der nächsten Stunde Djakarta zu verlassen. Er vermute, das künde ihm sein Naluri, sein Instinkt, daß Lee außerhalb der Hauptstadt zu finden sei. Wo, das wisse er allerdings nicht. Mit reinen Spekulationen wolle er den Präsidenten nicht behelligen. Im Interesse der delikaten Situation und der Staatsgeheimnisse, die auf dem Spiele stünden, schlage er vor, daß der Rundfunk um 9 Uhr melden werde, der Chef des Geheimdienstes, Umar Makmur,

habe einen Herzinfarkt erlitten. Er liege im Krankenhaus und bedürfe absoluter Ruhe.
Der Präsident willigte ein. Ohne Kommentar. Er sagte bloß: »Selamat djalan, gute Reise, Djendral.«

## III

Als Blanche und Christian Werner durch die Sitzreihen für geladene Gäste zu ihren Plätzen in der Nähe der Rednertribüne gingen, folgte ihnen Gewisper von allen Seiten. Es erinnerte Blanche unwillkürlich an das leise Klingeln der Korallenkiesel, wenn die Wellen vom Strand zurücklaufen.
»Ein Tag zum Heldenzeugen«, sagte Botschafter Lerchenau, der Blanche fürsorglich am Arm durch die Menge geleitete. Alle ritterlichen Instinkte Lerchenaus waren erwacht, als er vernahm, in welch »peinliche Sache« seine Freunde, die Werners, geraten waren. Eine schöne, zarte Frau wie Blanche mußte man beschützen, schließlich war sie blutjung, und man durfte es ihrer Unerfahrenheit und ihrer Flirtsucht – wer von den Männern liebte das nicht? – zugute halten, wenn sie einmal ihren Kopf verlor. Daß sie von einem Mann wie General Kresna verzaubert war, mein Gott, das war, wenngleich nicht zu billigen, so doch zu vergeben. Welche Frau konnte einem Heros widerstehen?
Gestern hatte der Botschafter seinem Freund Christian väterlich ins Gewissen geredet. Diskret selbstverständlich, ohne die Dinge nackt beim Namen zu nennen. Werner zeigte sich schließlich seinem Rate zugänglich. Nach langem Zureden willigte er ein, entgegen seiner ursprünglichen Weigerung mit Blanche und dem Botschafterehepaar zur Schlußversammlung auf den Merdeka, den Platz der Freiheit, zu gehen.
»Guten Morgen, Herr Botschafter. Das reinste Kaiserwetter, wie man bei uns sagen würde.«
»Guten Morgen, Herr Groll. Was macht denn Ihr Arm? Tut er noch sehr weh? In der Tat: Kaiserwetter. Kein Wölkchen am Himmel. In diesem verrückten Jahr, wo es auch in der Trockenzeit täglich regnet, das reinste Wunder. Aber wird verdammt heiß

werden. Hoffentlich redet unser Freund nicht stundenlang wie weiland Soekarno oder Fidel Castro.«

»Ich halte das nicht aus«, sagte Frau Lerchenau vorwurfsvoll, »mich trifft der Hitzschlag, wenn ich in der Mittagshitze sitzen muß. Diese Hüte, die Golkar uns gestiftet hat, und mein Schirm helfen wenig. Die Leute hätten wenigstens ein Zeltdach über die Ehrentribüne spannen können.«

Ursprünglich sollten Rednerpodium und Ehrentribüne an der Nordseite des Merdeka vor den Stufen des Präsidentenpalais errichtet werden. Wie einst zu Zeiten Soekarnos, der, ein Meister der Masseninszenierung, seine großen Reden unter einem altarähnlichen Baldachin zu halten pflegte. Da jedoch der Präsident an der Schlußversammlung der Regierungspartei nicht teilnehmen konnte, hatte man die Regie geändert und das über hundert Meter hohe, von einer künstlichen Goldflamme gekrönte obeliskenartige Nationaldenkmal in der Mitte des Merdeka zur Bühne bestimmt. Etwa in zwanzig oder dreißig Meter Höhe verbreiterte sich das Monumen Nasional, das MONAS, pilzförmig zu einer Plattform, auf der die Ehrentribüne für die Staatsführung und das Rednerpodium errichtet waren. Zu Füßen des Turmes, in einem umzäunten Rasengeviert, saßen die geladenen Gäste, Diplomaten und Journalisten.

»Wieviel Leutchen schätzen Sie, Herr Lerchenau, sind hier auf dem Platz, um den Jungen zu hören? Ich habe fast zwei Stunden gebraucht, um durchzukommen. Dabei bin ich um sechs Uhr früh aus dem Hotel weggefahren.«

»Eine Million, Groll. Wenn nicht mehr.«

»Ich schätze sechs- bis siebenhunderttausend«, sagte Christian Werner.

»Die ganzen Straßen sind voller Autobusse«, sagte Groll. »Autobusse und Lastwagen stehen kilometerweit, hat mir van der Groot erzählt. Er behauptet, sie seien sogar mit Schiffen von Celebes, Borneo und Sumatra gekommen. Was ich mir allerdings nicht vorstellen kann.«

»Es stimmt«, sagte der Botschafter, »mein zweiter Mann hat's mir erzählt. Und der prüft alles dreimal nach, bevor er es hinnimmt. Ich glaube – Zigarre, Groll? Wo ist übrigens van der Groot, ah, da drüben, flüstert mit Witular –, ich glaube, dieser gewaltige Zustrom von Leuten, vielleicht sogar mehr als jemals unter Soekarno, hat zwei Gründe.« Er zupfte sich am Ohr. »Kresnas ungeheure Popularität und die Neugier der Indonesier, besser, ihre Liebe fürs Drama.« Er nahm den Strohhut ab und wischte den Schweiß von der Stirn. »Fängt schon an, die Hitze, obwohl es noch nicht einmal neun Uhr ist. – Ehrlich gesagt, ich bin selbst gespannt, wie bei einem Kriminalfilm, ob Kresna sich traut, heute den Rücktritt der beiden neben dem Präsidenten mächtigsten Männer im Staat zu verlangen.«

»Ausgeschlossen. Er kann's einfach nicht tun«, mischte sich der bisher schweigsame Christian ins Gespräch, der einen geistesabwesenden und apathischen Eindruck machte, bei dem so taten- und lebenslustigen Mann durchaus ungewohnt. »Kresna wird kneifen. Was bleibt ihm anderes übrig, wenn Umar Makmur neben ihm sitzt und ihn einführen wird.«

»Pete van der Groot, der ja immer das Gras wachsen hört«, sagte Groll, »erzählt von Gerüchten, daß der Geheimdienstchef nicht kommen wird.«

»Der gute Pete«, sagte Lerchenau, »mag zwar viel wissen. Aber in letzter Zeit erzählt er viel Mist. Verläßlich und seriös war der Mann ohnehin nie.«

»Warum haben Sie eigentlich so ein Vorurteil gegen meinen Freund van der Groot?« fragte Christian und lächelte matt.

»Ich habe keine Vorurteile gegen ihn, ich schätze ihn sogar sehr. Aber ich halte mich nun einmal lieber an das, was ich vom Außenministerium höre und schwarz auf weiß lese.« Lerchenau klopfte auf das Programm, das gerade von jungen Mädchen herumgereicht wurde.

In dem Programm, dessen Druckerschwärze noch abfärbte, stand folgender Ablauf der großen Golkar-Abschlußveranstaltung des Wahlkampfes: Djam 9.00: Eröffnung durch das Mitglied des Vorstandes von Golkar, Kyai Hadji Habib al Fitri (laut Amak Latief ein Miet-Kyai), Djam 9.15: Generalleutnant Umar Makmur, Erster Ratgeber von Golkar (ein neuer, gestern verliehener Titel), Djam 9.30: Generalmajor Kresna Dirdjosuparto, Vertreter der Streitkräfte bei Golkar (ebenfalls eine backofenfrische Bezeichnung).

»Was schwarz auf weiß steht, stimmt immer«, sagte Jeremias Groll mit feierlicher Stimme. »Entschuldigen Sie, Herr Botschafter, ich muß zu den Presseplätzen gehen. Es fängt gleich an. Wir sehen uns vielleicht nach der Versammlung, spätestens bei Ihrem Empfang. Darf ich mich empfehlen, gnädige Frau. Bis nachher, Blanche.«

Doch Blanche hörte ihn nicht. Blanche Werner schwebte in einer Wolke, keiner rosa Wolke, eher einer schwarzen. An jenem Tag, als sie, nach ihrer Rückkehr aus Solo, den toten Beo und ihr Haus von den drei Boys verlassen vorfand, an jenem Tag, als der Anblick des arg beschädigten Groll und seiner schauderhaften Erzählung ihrem ohnehin vibrierenden, Unheil ahnenden Gemüt den letzten Schlag versetzt hatte, ausgerechnet an jenem Tag mußte ihr Christian zu allem Überfluß eine fürchterliche Eifersuchtsszene machen. Der erste wirklich ernste Streit in ihrer Ehe. Seither sprachen sie nur noch das Notwendigste miteinander, im Telegrammstil. Hätte sich nicht Lerchenau mit seiner ganzen gewichtigen Statur für sie ins Zeug geworfen und ihrem Mann die Leviten gelesen (wenigstens war das ihr Eindruck), so hätte sie heute nicht einmal zu der Merdeka-Versammlung gehen können.

Dieser Versammlung hatte sie, seit Tagen vor Aufregung fiebernd, mit der gleichen Spannung entgegengesehen wie als kleines Mädchen ihrem ersten Opernbesuch. Kresnas »Himmelfahrt und Apotheose«, wie es Groll spöttisch nannte. Seit den letzten Liebesstunden mit Kresna vor zehn Tagen war alles, alles, alles bei ihr schiefgegangen. Am liebsten hätte sie ununterbrochen geheult, hätte sie sich nicht vor sich selbst geschämt. Sie war ein zähes Mädchen, sie biß die Zähne zusammen. Nur manchmal, wenn niemand sie sah, ließ sie sich gehen und weinte sich aus.

Von Kresna vernahm sie kein Lebenszeichen mehr, trotz seines heiligen Versprechens. In der Zeitung las sie, Rai Agung begleite den General während der letzten Tage des Wahlkampfes.

Christians Eifersuchtsszene bestätigte, wovor Sumini sie auf dem Vulkan Lawu gewarnt hatte: ihr Verhältnis mit Kresna war nicht nur bekanntgeworden, es wurde von Makmur, diesem widerlichen Ekel, noch ausgenützt, um Kresna zu schaden. Daß auch sie, daß auch ihre Ehe mit Christian daran kaputtgehen konnte, war dem Geheimdienstchef völlig gleichgültig. Hoffentlich wird Kresna diesen dreckigen Kerl vernichten.

Aber wie konnte er das, wenn er von diesem Ekel in ein paar Minuten mit einer Rede eingeführt wurde. Sie hatte auf ein Wunder gehofft. Als Jeremias eben berichtete, was Pete van der Groot erzählte, jubelte sie schon innerlich. Lerchenau und das frisch gedruckte Programm wirkten wie eine kalte Dusche und stürzten sie wieder in schwarze Trübsal.

Plötzlich fing sie an, um Kresnas Leben zu zittern. Sie saß auf ihrem Platz und betete – sie, der sonst religiöse Gefühle fremd waren – still vor sich hin: »Bitte, lieber Gott, beschütze ihn, bitte, laß ihm nichts passieren.« Im Augenblick waren alle anderen Sorgen von der würgenden Angst fortgeschwemmt, irgendwo in der riesigen Menge warte ein Mann – oder eine Gruppe von Männern – auf die günstige Gelegenheit, Kresna zu ermorden. Plastisch sah sie das grausige Bild vor sich: Kresna stoppt mitten in der Rede, greift sich an den Hals, Blut quillt ihm aus dem Mund. Er stürzt nieder. Die Millionenmasse bricht in Panik aus. Damit verglichen würde die Panik in Prambanan während des Tropengusses ein Kinderspiel gewesen sein. Sie deckte ihre Augen zu, um das blutige Bild zu verscheuchen.

»Ist dir übel? Kriegst du einen Sonnenstich?« fragte Christian.

Sie schüttelte verneinend den Kopf, noch immer die Hände über den Augen.

Von fern, vom Eingang des Merdeka-Platzes her, brauste eine Welle der Begeisterung heran, zunächst wie rollende Brandung, dann deutlich artikuliert: »Hidup Kresna, es lebe Kresna, hidup Kresna, hidup – Kresna – hidup . . .«

Viele geladene Gäste stellten sich auf die Stühle. Auch Blanche. Christian blieb sitzen und machte ein mürrisches Gesicht. Die riesenhafte Weite des Platzes, etwa einen Kilometer lang und einen halben breit, hatte sich in ein Meer von Köpfen verwandelt, dicht gedrängt bis zu den villenartigen Häusern jenseits der umsäumenden Straßen. Die Köpfe waren alle der Djalan Thamrin zugewendet. Von dort pflügte sich eine Wagenkolonne, voran berittene Polizisten, die ihr den Weg freizukämpfen suchten, langsam durch die Leibermasse. Kresna stand auf einem Holzgerüst, das auf das Dach eines Autos gebaut war. Er hielt die Arme in der Luft und winkte nach allen Seiten. Neben ihm standen der Generalsekretär von Golkar, ein farbloser General und Herry Pardede.

Wegen dieser gänzlich überbordenden, gefährlich an Massenhysterie grenzenden Begeisterung, die Soldaten und Polizei kaum noch kontrollieren konnten, begann die große Schlußversammlung des Wahlkampfes trotz Umar Makmurs und Lee Cheongs minutiöser Planung mit nahezu einer halben Stunde Verspätung.

Alle Augen sahen auf den Triumphzug Kresnas. Nur wenige warfen gelegentlich einen Blick zur Ehrentribüne auf dem Monas.

Dort oben saßen die höchsten Würdenträger des Staates, der Streitkräfte und von Golkar, eine kleine, erlesene Gruppe. Oberbefehlshaber General Sidabutar, Außenminister Witular, der nominelle Chef des Geheimdienstes – wie war noch sein Name? –, andere Generale und Minister, hatten bereits Platz genommen. Auch Rai Agung saß dort oben.

»Komisch, ich sehe weder Umar Makmur noch Soetjipto«, sagte Calvin Rausher.

»Soetjipto war noch nie in seinem Leben bei einer öffentlichen Veranstaltung«, sagte Botschafter Cradle.

»Vielleicht steuert Makmur Kresnas Wagen«, sagte Wigham, der seine Abreise bis morgen eigens verschoben hatte. Den *wonder-boy* müsse er schließlich doch noch erleben, meinte er.

»Irgend etwas stimmt nicht«, sagte der sowjetische Botschafter Orloff und zog den Hörknopf seines Transistorradios aus dem Ohr. »Die Neunuhrnachrichten wurden ohne jede weitere Erklärung durch ein Musikprogramm ersetzt.«

»Ja, irgend etwas stimmt nicht«, sagte auch Calvin Rausher und deutete auf die Ehrentribüne, wo jetzt die Gäste aufstanden und der Reihe nach von Kresna begrüßt wurden. Rai erhielt den obligaten Kuß auf beide Wangen.

Ansonst hätte diese kleine Geste eines glücklichen Ehepaares – das alle bösen Gerüchte Lügen strafte – die Masse sehr erfreut. Doch mit einem sechsten Sinn schienen die Menschen zu spüren, daß oben, auf der Ehrentribüne, nicht alles in Ordnung war. Diese Erregung pflanzte sich blitzschnell über den riesenhaften Platz fort, gleich dem Wellenkreis, wenn ein Stein ins Wasser geworfen wird.

Wo war er, war Indonesiens gefürchtetster Mann, wo war Umar Makmur? In der Menge begann es zu summen, wie ein riesiger Bienenschwarm.

Als schließlich Kyai Hadji Fitri, eine ehrwürdige, weißbärtige Gestalt, gemessenen Schrittes aufs Rednerpodium stieg, hörte ihm niemand zu. Auch nicht die Leute auf der Ehrentribüne, die allesamt ihre Köpfe zusammensteckten und offenbar wichtige Dinge besprachen. Sogar höflicher Beifall wurde vergessen, als der Kyai seine kleine Rede beendet hatte. Wenn es viel waren, klatschten zehn Personen auf dem Merdeka; eine davon war Rai Agung, strahlender und schöner denn je. Sie glich einer Lotusblume, die gerade ihre Blüte geöffnet hatte.

Plötzlich begann Außenminister Witular zu sprechen. Niemand hatte in der erregten Spannung beachtet, wie er mit hurtigen Schritten aufs Podium gespurtet war. Seine Stimme war ernst, ungewöhnlich ernst. Pete van der Groot, der ihn kannte, als er noch ein kleiner Gewerkschaftsfunktionär gewesen war, vermochte sich nicht zu erinnern, ihn je so tödlich ernst gesehen zu haben.
General Umar Makmur, sagte der Minister, habe heute morgen einen schweren Herzanfall erlitten. Unmittelbar bevor er auf den Merdeka fahren wollte, um seinen alten Freund Kresna einzuführen. Witular fiel es nicht schwer, das Wort »alten Freund« über die Lippen zu bringen. Mochtar Witular war schließlich ein Routinier. Sie alle, die hier versammelt seien, fuhr der Außenminister fort, könnten gewiß ermessen, wie schwer ihm ums Herz sei, an Stelle des Generals die Einführungsrede zu halten. Falls ihm überhaupt etwas diese schmerzhafte Aufgabe erleichtern könne, dann sei es, daß er nun seinen lieben Freund Kresna Dirdjosuparto einführen dürfe. Der Rest von Witulars Rede ertrank im Beifallssturm.
Zunächst hatten ihm die Zuhörer gebannt gelauscht. Nun klatschten sie frenetisch, klatschten, bis ihre Hände weh taten, brüllten, schrien, riefen, lachten, schluchzten vor Freude. Das galt dem jungen General und das galt der Freudenbotschaft. Beides war nicht voneinander zu trennen.
Über Blanches Gesicht rannen Tränen.
»Weinst du wegen Umar Makmur?« fragte Christian.
»Nein«, sagte Blanche und lächelte wie im Märchen, »das verstehst du nicht.«
Christian verstand sehr wohl. Er biß sich auf die Lippen.
»Also hat der Kerl es doch geschafft«, sagte Wigham und schüttelte erstaunt den Kopf.
»Ich hätte es ihm nicht zugetraut«, sagte Rausher und fügte in Gedanken stolz hinzu: »Habe wieder einmal eine gute Nase bewiesen und dem Präsidenten den richtigen Tip gegeben — jetzt ist es klar, Kresna ist der kommende Mann in Indonesien.«
»Die Leute, die das mit dem Herzanfall glauben«, sagte Pete van der Groot zu Jeremias Groll, »kannst du auf diesem Platz an den zehn Fingern abzählen. Jetzt gibt es eine Million Gerüchte, was mit Makmur los ist.«
Außenminister Witular stand noch immer auf dem Podium und

schien zu sprechen. Er wirkte wie im Stummfilm, zu hören war nichts. Hunderttausende auf dem weiten Merdeka mußten sich vom Herzen reden, was sie dachten, fühlten, vermuteten. War der Geheimdienstchef wirklich nur schwer krank, war er vielleicht tot, war er eingesperrt, war er ins Ausland geflüchtet, versteckte er sich irgendwo im Land, konnte er jemals wiederkommen?
Jedoch mit einem Schlag erlosch das Rauschen und Raunen, als Kresna Dirdjosuparto, mit ein paar Schritten, nein, Sprüngen, auf dem Podium stand.
Sein samtweicher, dunkler Bariton füllte, aus Hunderten von Lautsprechern verstärkt, den ganzen riesenhaften Platz:
»Saudara, Saudara, vor mir sehe ich eine Million Menschen, jedem möchte ich gern in die Augen blicken. Vor mir fühle ich hundertzwanzig Millionen Menschen, das ganze indonesische Volk, ich fühle es mit meinem Herzen.«
»Der Junge geht ja gleich scharf ins Zeug«, sagte Groll. »Gibt sich schon als Präsident. Na, man kann es ihm kaum übelnehmen, nach der Bombe eben.«
Kresna schien auffällig gespannt und verkrampft, die gewohnte lockere, lächelnde Souveränität fehlte ihm. Jeremias, der ihn inzwischen in Prambanan und vor vier Tagen in Medan hatte reden hören, glaubte sich an den Anfang des Wahlkampfes zurückversetzt. Er erinnerte sich des Fluges nach Pontianak, bei dem der General so nervös wirkte und, als er sich neben ihn gesetzt, auf den Bauch deutend, sagte: »Ich fühle mich hier flau, Groll.«
Es dauerte eine Weile, bis sich Kresna von seiner Erregung freisprach, seine Sätze nicht mehr holperten, sondern weich dahinglitten. Seine Hände, die anfangs das Mikrofon hielten, als sei es ein Rettungsring, lösten sich.
»Als ich mit klopfendem Herzen diese Rede schrieb«, sang er jetzt fast, »meinte ich, meine Liebe für euch, meine Liebe für Indonesien werde meine Brust sprengen, werde übers Land fliegen, über die smaragdenen Reisfelder, die feuerspeienden Berge, die Ströme und Seen, die grünen Wälder, die azurenen Meere; zu euch, meine Freunde, zu euch — in jedes Haus, in jedes Heim.« Kleine Pause. »Ich schäme mich nicht, euch zu gestehen, daß ich immer wieder und wieder das Papier wechseln mußte, weil die Tinte darauf zerronnen war, zerronnen von meinen Tränen, Tränen der Freude, Tränen der Liebe.« Er stockte wieder. Hunderttausende Gesichter

starrten ihm entgegen, saugten seine Sätze auf wie Sonnenstrahlen.
»Ich bin ein Soldat, und Soldaten, so heißt es, sollen hart sein und nicht weinen. Aber – meine Schwestern und Brüder – kann ich mich ändern? Nein. Ich habe eine romantische Seele, ich bin ein Idealist.« Die letzten Worte ließ er verhallen wie die Töne des Gamelangongs: »Denn ich bin Indonesier.«
Blanches Mund entschlüpfte ein kleiner Schluchzer, und sie bildete sich ein, unzählige Menschen täten es ihr gleich. Von Christian traf sie ein Blick, der zynisch sein sollte, doch eher eifersüchtig wirkte.
»Alhamdulillah Allah – Er sei gelobt, kein Gott ist außer Ihm – hat mich geschützt, als neulich ein paar verleitete Menschen mich erschießen wollten.« Er wiederholte: »Alhamdulillah« und neigte, verstummend, den Kopf. Die Menge murmelte ihm nach. »Vergebt den Tätern«, sagte Kresna, »denn sie wußten nicht, was sie tun.«
»Jetzt wird er gleich die Köpfe von Makmur und Soetjipto fordern«, sagte Groll zu Pete. Der Holländer indessen meinte, die Opfertiere werde er sich bis zum Schluß aufsparen.
Kresna fiel jetzt, nach dem Pathos der Ouvertüre, in seinen lockeren Plauderton, als rede er zu einer kleinen Tischrunde guter, alter Freunde. Damit löste sich auch allmählich die geballte Erregung der Menge. Er erzählte, auf seinen Wahlreisen hätten ihm die Menschen oft ihr Herz ausgeschüttet, die Regierung sei weit weg und unerreichbar hoch. Die Beamten und Ortskommandeure seien vielfach unnahbare Halbgötter. Nur von denen mit kräftiger Stimme, von den Reichen und Starken nehme die Regierung Notiz. Die anderen blieben vergessen und vernachlässigt. Er habe zu viele Menschen gesehen, die kein eigenes Dach besäßen, sondern im Freien unter Bäumen vegetierten. Viele fristeten mit zehn Rupien (acht Pfennigen) am Tag ihr Leben.
»Er heizt die Stimmung erst mal an«, sagte Pete, »die Köpfe rollen später.«
»Ich wäre dir dankbar, wenn du die Wendung ›Köpfe rollen‹ endlich ließest«, sagte Jeremias Groll.
Indonesien gleiche einer Lotusblume, sprach Kresna. Über dem Wasser, im Anblick der Sonne, thronten die Blüten, das seien die Reichen, ein paar tausend Familien. Der Rest stecke im Schlamm, das seien die Armen, das seien hundertzwanzig Millionen Indonesier abzüglich ein paar tausend Familien. Die Armen,

die Elenden, die hungernden Massen, die unbefriedigte rebellierende Jugend jedoch hätten Feuer gefangen.
»Ihre Geduld ist am Ende.« Von seinen Wahlreisen durch ganz Indonesien bringe er diese Botschaft nach Djakarta mit. »Die Armen, die Elenden, die Hungernden, die Rebellierenden haben mir die Botschaft ins Herz geritzt: laßt uns nicht noch einmal fünfundzwanzig Jahre Hunger und Armut dulden, laßt uns nicht untätig zusehen, wie die Reichen immer reicher werden und die Armen arm bleiben. Laßt uns nicht noch einmal fünfundzwanzig Jahre warten.«
»Er hat noch etwas vor«, sagte Calvin Rausher, »er hebt die Stimme kaum, er stellt keine rhetorischen Fragen und bleibt bisher erstaunlich sachlich und kühl, er will sich offenbar den Begeisterungssturm für später aufsparen.«
In der Tat, Kresna erstickte sofort die aufwallende begeisterte Zustimmung.
»Wir wollen die Revolution, wir brauchen die Revolution«, erklärte er, »aber wir wollen keine blutige Revolution.« Indonesien müsse seine Energien in die richtigen Bahnen lenken, nicht in blindwütige Zerstörung, nicht in ein neues Blutbad. Schließlich seien sie Menschen und nicht Vulkane, die ausbrächen.
Doch müsse er alle warnen, die Verantwortung trügen, alle, die reich geworden seien, daß es sinnlos sei, sich gegen diese durchgreifende, radikale Änderung der Gesellschaft zu stemmen. Sonst werde die fürchterliche, die blutige Revolution unvermeidlich ausbrechen. Plötzlich war sein Ton hart und hämmernd.
Er holte ein Taschentuch hervor und trocknete sein Gesicht. »Wir müssen eine neue Zukunft schaffen«, rief er und machte eine Pause, um die Worte einsickern zu lassen. Dann wiederholte er: »Wir müssen eine neue Zukunft schaffen.«
Seine Stimme schwoll an, dunkel, glockenhaft: »Ich hatte einen Traum, einen Traum von der gerechten Gesellschaft ...«
»Der Bursche stiehlt wie eine Elster«, sagte Wigham, »diesmal von Martin Luther King.«
Der russische Botschafter Orloff hörte den Kommentar, drehte den Kopf zurück und grinste breit: »Besser gut gestohlen als schlecht erfunden. Woher er die riesige Stimme nimmt? Klingt, als hätte er einen gewaltigen Brustkasten.«
»Psst, psst«, zischte Malinowsky mißbilligend.

»... einen Traum von der gerechten Gesellschaft. Eine Gesellschaft, in der keiner verhungert und keiner überfressen ist, keiner arm und keiner reich, keiner darbt und keiner praßt, eine Gesellschaft ohne Luxus und ohne Elend, ohne Herrscher und Beherrschte, in der keiner faul sein darf, weil der andere fleißig ist. Eine Gesellschaft ohne Vorrechte, für keine Person, keine Gruppe, keine Organisation. Eine Gesellschaft, in der jeder die gleichen Erziehungsmöglichkeiten hat, ohne Unterschied. Eine Gesellschaft, in der die Stimme der Verbraucher ebenso stark ist wie die Stimme jener, die die Güter erzeugen und verteilen. Eine Gesellschaft, die nicht kontrolliert wird von den Herren der Industrie. Eine Gesellschaft ohne Rangordnung und ohne Rangabzeichen.«

Während Kresna mit der Beschreibung seiner »gerechten Gesellschaft« fortfuhr, fing unter den geladenen Gästen eine wenngleich leise, so doch zunehmend erregte Diskussion an.

Der General benützte vielleicht andere Worte, sagte Wigham, aber was er da an indonesischem Zukunftsbild schildere, ähnele verteufelt einer sozialistischen Volksrepublik, und zwar nicht einmal nach sowjetischem, sondern nach maoistischem Vorbild.

Malinowsky, in der Sitzreihe vor ihm, tuschelte Orloff etwas ins Ohr, und dieser nickte eifrig.

Daneben saß Botschafter Chia, wie durch eine Glaswand von den Russen getrennt. Bisher hatte er noch kein Wort mit ihnen gewechselt, außer einer korrekten Begrüßung. Sein Gesicht war steinern.

Kresna sprach von der Mitbestimmung der Arbeiter in den Fabriken, von der Mitbestimmung der Jugend bei der Erziehung, der Wahl der Arbeitsplätze, vor allem der Planung der Zukunft – »Jugend, ich bin mit euch. Mit euch bin ich heute und stets, Jugend.« Donnernder Beifall. Er sprach von der »sozialen Kontrolle der Wirtschaft«, die notwendig sei, um Egoismus und Kurzsichtigkeit der Unternehmer kräftig zu zügeln.

»Was hat denn das noch mit Golkar zu tun oder dem Programm der Regierung oder dem Fünfjahresplan?« fragte Groll.

»Kein Jota«, sagte Pete, »aber auch kein Jota.« Er wiederholte das mehrmals und fuhr mit den Fingern durch seine spärlichen Haare.

»Damit kommt er nicht durch«, sagte Groll. »Nach der Versammlung wird er verhaftet.«

»Vielleicht schon vorher«, sagte Jeremias' Kameramann. »Wenn er so weiterdonnert, stellen sie einfach die Lautsprecher ab und verhaften ihn noch auf dem Rednerpodium.«
»Ihr Idioten«, lachte Pete höhnisch, »dann wäre hier die Hölle los.«
»Er spricht frei, und es macht den Eindruck, als rede er völlig spontan«, sagte Rausher zu Cradle, »als müsse er sich das vom Herzen reden, weil sein Herz überquillt – raffiniert. Dabei bin ich überzeugt, daß er seit Tagen an der Rede geschrieben hat und jedes Wort auswendig weiß.«
»Was will er denn, wie weit will er denn noch übers Ziel hinausschießen?« sagte Lerchenau und zupfte verzweifelt sein Ohr. »Das wird sich der Präsident nicht gefallen lassen. Das kann er sich nicht gefallen lassen.«
Kresna, um alle Zweifel zu beseitigen, was ihm an gesellschaftlicher Ordnung vorschwebte, flocht nun ein neues Fanal in seine Rede, das er der Masse wieder und wieder einhämmerte: »Vollenden wir die Revolution von 1945, vollenden wir die abgebrochene Revolution, vollenden wir die vergessene Revolution, vollenden wir die verkaufte Revolution. Vollenden wir unsere große Revolution in dem Geiste, in dem unsere Nation geboren wurde. Kehren wir zurück zu den frischen und reinen Gedanken von 1945. Kehren wir zurück zum Geist der Reinheit. Habe ich gesagt Rückkehr, Saudara, Saudara?« – erstaunlich, wie still eine Million Menschen sein konnte –, »verzeiht mir, das ist ein falsches Wort. Wem das Herz überquillt wie mir, dem schlüpfen bisweilen die falschen Worte von den Lippen. Rückkehr ist konservativ. Rückkehr ist gegen den Fortschritt. Natürlich meine ich nicht Rückkehr, ich meine: beleben wir den Geist der Geburt unserer Nation, beleben wir ihn wieder, lassen wir ihn wachsen, lassen wir ihn reifen, lassen wir ihn gedeihen, pflegen wir ihn als unser heiligstes Gut. Die Klarheit unserer revolutionären Vision, die revolutionäre Frische und Reinheit ist die größte Quelle unserer Kraft.«
Er holte Atem, er schien, wie bei einem Trompetensolo, die Lunge vollgepumpt und nun die letzten Sätze in einem Atemzuge ausgestoßen zu haben. Die Menge begann aufzubrausen. Er wollte den Lärm abdämpfen, indem er mit den Armen das Pianozeichen des Dirigenten machte. Aber nur die nächststehenden Tausende oder Zehntausende konnten das deutlich sehen. Daher sagte er ins Mikrofon: »Psst« – gar nicht laut: »Psst – psst.«

Sie verstummten sofort.
»Fabelhaft«, sagte Philippe du Favre und schüttelte bewundernd den Kopf, »er hat die Masse völlig in der Hand.«
Ganz leise fing Kresna wieder an, als sitze er abends am Bett seiner kleinen Tochter und erzähle ihr etwas: »Jener herrliche, schöne, revolutionäre Geist, der uns bei der Geburt der indonesischen Nation beseelte, dieser Geist scheint tot. Oder ist er nur in einen langen Schlaf gefallen? Ich will euch, meine Freunde, ein Märchen erzählen, ein deutsches Märchen. Da gab es ein wunderschönes Mädchen, das hieß Schneewittchen.« Er sprach das Wort deutsch aus. Lerchenau preßte unwillkürlich seinen breiten Brustkasten heraus. »Dieses Schneewittchen hatte eine böse Stiefmutter, die es umbringen wollte. Was tat das böse Weib? Es vergiftete Schneewittchen. Im Walde lebten sieben Zwerge, die legten das wunderhübsche Mädchen in einen gläsernen Sarg. Und sie trauerten und weinten. Da kam ein schöner Prinz vorbei. Er sah Schneewittchen, er verliebte sich in die Tote, er neigte sich über sie, Tränen fielen aus seinen Augen auf ihr Gesicht, und er küßte sie. Und siehe da, Saudara, Saudara, Schneewittchen wachte auf, richtete sich empor, lächelte. Denn Schneewittchen war nicht wirklich tot gewesen, es war nur scheintot.« Kleine Pause. Im gleichen erzählenden Märchenton, sehr leise und zart, fuhr er fort: »Der Geist unserer Revolution ist wie Schneewittchen. Es wartet auf den Prinzen, der es aufweckt. Der Prinz . . .«
Jetzt nützte alles nichts, jetzt brach ein Orkan los. Hunderttausende von Kehlen brüllten, brüllten immer wieder, brüllten sich heiser: »Du bist der Prinz, du bist der Ratu Adil . . . Kresna . . . Kresna . . . Ratu Adil Kresna . . . Ratu Kresna . . . Prinz Kresna . . . Ratu Kresna . . .«
Das mußte wohl Minuten dauern. Kresna gestikulierte auf dem Podium, rief irgend etwas Unverständliches ins Mikrofon. Nutzlos. Vergeblich. Das war wie ein Tropenguß, elementar, ursprünglich, beängstigend.
Hilflos staunend sahen die Fremden dem Begeisterungssturm zu, die Botschafter, die Sonderbotschafter, die Auslandskorrespondenten. Es wäre auch gänzlich sinnlos gewesen, miteinander zu reden, der Lärm erstickte jedes Wort.
Calvin Rausher beobachtete Kresna durch ein Fernglas, das ihm Blanche dauernd aus der Hand reißen wollte. Kresnas Gesicht

strahlte nicht, lächelte nicht, war weder verlegen noch erstaunt, noch hilflos, es war sogar bar jeden Ausdrucks des Triumphes. Kresna erinnerte den Amerikaner vielmehr in seiner völligen, verinnerlichten Ruhe an den Morgen, als er ihn vor dem Abflug von Jogja im Haus im Walde besucht hatte.

Endlich ließ der Sturm nach. Kresna konnte wieder sprechen. Er sagte leise: »Wir leben nicht mehr im Märchenland, Saudara, Saudara. Ihr dürft mich nicht mißverstehen, bitte, ihr dürft mich nicht mißverstehen. Ich bin kein Ratu, ich bin kein Prinz. Es gibt keine Prinzen mehr in Indonesien, es wird sie nie mehr geben. Der Prinz, meine geliebten Freunde, der Prinz ist in uns allen, hier drin«, er klopfte auf seine Brust, »hier in unserem Herzen. In unserem Herzen lebt der Prinz, in deinem, Bruder, in deinem, Schwester«, seine Hand zeigte in die Menge, hierhin, dorthin, »in deinem, in deinem«, vollführte einen weiten, weiten Kreis über den Platz, »der Prinz lebt in euch allen.«

Kresna hatte seine Rede wie ein Musikstück angelegt: den aufrüttelnden, dramatischen Fortestellen folgten lange Passagen in normaler Tonlage. In sachlichem, nahezu trockenem Ton setzte er seine Vorstellungen von der »neuen Zukunft, die wir schaffen müssen«, weiter auseinander, von der »neuen Gesellschaft«, von der »Vollendung der Revolution«. Immer wieder flocht er die drängende, zwingende, schicksalshafte Notwendigkeit dieser »gewaltlosen Revolution« Indonesiens ein, denn sonst werde eines Tages – »wer weiß, vielleicht morgen« – die blutige, die grausame Revolution ausbrechen. Indonesien habe in seiner Geschichte genug gelitten, sagte er, habe genug Blut vergossen. Blutige, gewalttätige Revolutionen seien nicht gut, sie seien immer von ihren eigenen Schöpfern verraten worden. Das beweise die Geschichte, das beweise zumal die Geschichte der beiden letzten Generationen.

Indonesien, das eben erst aus seinem Schlaf erwache, das eine so junge Nation sei, habe die einzigartige Gelegenheit, von den bösen Erfahrungen anderer Völker mit blutiger Revolution zu lernen. Er nannte selbstverständlich kein Volk beim Namen, er blieb sehr unbestimmt. Mit ein wenig Phantasie konnte sich jeder, zumindest der geladenen Diplomaten, vorstellen, welche er meinte. Offenbar schloß Kresna weder China noch Kuba aus – und schon gar nicht die Sowjetunion.

Die im Blut geborene Revolution, sagte er, gliche dem Skorpion, um den man Feuer lege und der sich mit seinem eigenen Stachel vergifte. »Laßt euch nicht von jenen verführen, die sich an Gewalt und Zerstörung wie an Arak berauschen und das edle Wort Revolution beschmutzen.«

»Mir sind alle Revolutionen der Welt scheißegal«, sagte Groll und fächelte sich ächzend Luft zu – die Sonne stand schon ziemlich steil. Hemd und Hose klebten, sein ganzer Körper fühlte sich klebrig an, sein Gaumen war vertrocknet. »Ich träume von einem Bier, einem schönen, kalten Bier mit dickem Schaum, und das Glas vor Kälte beschlagen.« Sein Kopf wurde von der Hitze dumpf und schwer.

Er hörte kaum zu, als Kresna von der »aufgeweckten Gesellschaft« sprach, in der jedes Menschen Fähigkeiten entwickelt und mobilisiert werden. Indonesien müsse, in dem es die »neue Zukunft« schaffe, den furchtbaren Fehler der Industriestaaten vermeiden, in denen die Menschen Sklaven der Technik, Sklaven der Maschinen geworden seien.

In New York habe er einen halbtägigen Stromausfall erlebt. Schwitzend, verhungernd, durstend hätten die reichen Amerikaner hoch oben in ihren Wolkenkratzern gesessen, verzweifelte, bösgelaunte Gefangene ihrer Maschinen.

Die reichen Menschen in den Industrieländern erinnerten ihn an einen Mann ohne Beine. Der könne sich ohne Prothesen oder andere Hilfsmittel kaum fortbewegen. Ebensowenig könnten die Bewohner der reichen Länder ohne den Luxus ihrer Technik leben. Ihre Herzen seien ausgebrannt und leer. Diese reichen Menschen seien zu einem bemitleidenswerten seelischen Proletariat verkommen. Industrie und der Materialismus hätten sie aller seelischen Werte beraubt.

»Seelisches Proletariat ist schön. Muß ich mir merken«, stöhnte Groll und träumte weiter von seinem eiskalten Bier, tupfte sich den Schweiß ab, zupfte sich das durchweichte Hemd vom Rücken ab.

»Was ist die Antwort?« fragte Kresna. Indonesien brauche Technik, brauche Industrie, brauche Maschinen. Die Antwort liege in einer Ordnung, die auf das wilde Wettrennen der Industrieländer verzichte, an dem alle mit heraushängender Zunge und keuchendem Atem teilnehmen dürften, in dem jedoch nur ein einziger siegen könne. Die anderen würden sofort vergessen, um sie kümmere sich niemand. Für alle Menschen gelte der gleiche Leistungsmaßstab, für die Großen und Kleinen, die Dicken und Dünnen, die Starken und die Schwachen.

»Ist das eine gerechte Gesellschaft, Saudara, Saudara? Nein. Das ist eine kranke Gesellschaft. Wir wollen eine Ordnung bauen, in der die Schildkröte ebenso siegt wie der Hund. Wir wollen eine Gesellschaft bauen, in der es keine ausgebrannten, leeren Herzen gibt, sondern Herzen, reich an Glauben und reich an Liebe.«

Jeremias Groll, halb betäubt, sackte auf ein winziges Klappstühlchen, das er vorsorglich mitgebracht hatte. Dort saß er, eingezwängt von dunstenden, schwitzenden Körpern, wie in einer winzigen Dampfbadkammer. Murmelte vor sich hin: »Ich sehe wenigstens nur Ärsche und nicht die verdammte Sonne.« Über ihm rauschten die Worte des Redners.

»Wir wollen keinen Klassenkampf der Völker«, rief Kresna.

Die von der ständig zunehmenden, unbarmherzigen Hitze erschöpften und halb betäubten Diplomaten wurden plötzlich wieder wach. Vor allem jene, die am Projekt Borneo interessiert waren. Und selbstverständlich Chia Tsi-an, dessen haarloser massiger Schädel vor Schweiß wie eingeölt glänzte. Chias Strohhut war verlorengegangen, der Hut, den ihm sein neben ihm sitzender, schattenhafter Sekretär und Übersetzer leihen wollte, war ihm zu klein. Endlich stülpte der chinesische Botschafter ein an den Ecken geknüpftes Taschentuch über seine mächtige Glatze.

»Wir wollen keinen Klassenkampf der Völker«, wiederholte Kresna, »aber dieser Klassenkampf, dieser furchtbare Krieg, furchtbarer als alle, die die Menschheit je erlebt hat, dieser Kampf, dieser Krieg wird kommen, unabänderlich, wie die Sonne jeden Morgen aufgeht, wenn die Industrienationen – gleichgültig, welcher Ideologie – nicht endlich umdenken lernen, nicht endlich lernen, Güter zu produzieren, die echte, notwendige Bedürfnisse der armen Völker befriedigen, statt sich vom Profit und von politischen Hintergedanken leiten zu lassen, statt uns zum Verbrauch von Gütern zu verführen, die wir vielleicht in fünfzig Jahren, aber nicht heute brauchen. Der Klassenkampf der Völker wird ausbrechen, wenn die Industrienationen nicht endlich aufhören, unsere billigen Arbeitskräfte auszubeuten, unsere Rohstoffe zu plündern, indem sie

sie viel zu billig einkaufen, um sie uns später überteuert als Fertigprodukt wieder zu verkaufen. Wer mästet sich an der sogenannten Entwicklungshilfe, die sie uns geben? Ihre eigenen Industrien, die Reichen und die Eingeweihten, die daran beteiligt sind. Die sogenannte Entwicklungshilfe, Saudara, Saudara, gleicht einem Krug Wasser, der in einer langen Menschenkette von Hand zu Hand gereicht wird. Jeder schöpft daraus, der erste mit einer Schale, der zweite mit einer Tasse, der dritte mit einem Löffel, der vierte mit der hohlen Hand. Wenn der Wasserkrug bei den letzten angelangt ist, ist fast nichts mehr darin. Die letzten, meine Freunde, die seid ihr.«

Jeremias Groll leckte seine ausgedörrten Lippen und schluckte.

Kresna erzählte inzwischen von einem 200-Millionen-Dollar-Kredit, der Indonesien vor einiger Zeit von einer großen Industrienation gewährt worden war und von dem zehn Prozent für den Bruder des Ministerpräsidenten abgezweigt wurden. Das Projekt Borneo, forderte er mit harter Stimme, dafür müsse das gesamte Volk sorgen, dürfe niemals derart mißbraucht, es dürfe niemals zum sich leerenden Wasserkrug werden.

»Ich möchte gehen«, stöhnte Frau Lerchenau, »mir ist von der Hitze ganz übel.«

»Unmöglich«, brummte der Botschafter, der sogar, was man bei ihm noch nie gesehen hatte, begann, die Rede mitzuschreiben.

»Nie in meinem Leben mehr eine Wahlversammlung in Java«, stöhnte Jeremias Groll auf seinem winzigen Klappstuhl, »das schwöre ich beim Barte des Propheten.« Sein Gaumen fühlte sich an, als sei er aus Sandpapier. Doch plötzlich riß es ihn förmlich hoch.

Die Menge zuckte wie von einem elektrischen Schlag getroffen, und durch die Reihen ging ein geradezu animalisches Stöhnen. Jeremias sprang auf den Klappstuhl. Die Million Zuhörer hatte bisher fast regungslos gelauscht, nicht einfach gelauscht, sondern die Worte regelrecht aufgesaugt, gleichgültig, worüber Kresna sprach. Die Hitze schien dieser Million Menschen kaum etwas auszumachen, ihre Köpfe schützten sie auf die vielfältigste Weise gegen die Sonne.

»Wenn die Führer egoistisch und gierig sind«, sagte Kresna, »dann ist auch die Gesellschaft egoistisch und gierig. Damit wir unsere gerechte soziale Gesellschaft bauen, müssen zuerst wir an der

Spitze gerecht und sozial sein. Das dürft ihr von uns verlangen, Brüder und Schwestern – das sollt ihr von uns verlangen.«

»Paßt auf, jetzt ist es soweit«, wisperte van der Groot, »gleich rollen die Köpfe.«

»Ihr sollt verlangen, daß wir Männer an der Spitze, wir, denen ihr euer Schicksal und unser Land anvertraut habt, daß wir, eure Führer, uns selbst reinigen, von Egoismus, von Gier, von stinkender Korruption, von schmutzigen Milliardengeschäften.« Er schlug mit der Faust auf seine Brust, wieder und wieder, der personifizierte Büßer. Er sah in den Himmel, als suche er dort einen Souffleur: »In Prambanan sprach ich von schamlosen Männern in hohen, in höchsten Positionen, die unser geliebtes Indonesien schänden, durch ihre Gier, durch ihre Selbstsucht. Leider sind auch meine Freunde darunter, sagte ich. Ich bat euch, meine Indonesier, Geduld mit diesen Leuten zu haben, ihnen Gelegenheit zu geben, leise aus ihren Ämtern zu scheiden und das gestohlene Vermögen zurückzugeben. Das war vor zwölf Tagen. Ihr habt die Geduld bewiesen, Saudara, Saudara, ihr habt sie bewiesen. Ich danke euch.«

Kurze Pause.

»Was ist seither geschehen? Haben sie ihre Ämter niedergelegt, jene schändlichen Männer, hat einer von ihnen sein Amt niedergelegt? Ich versprach, ich werde ihre Namen nennen, falls sie sich nicht eurem Willen beugen.«

Er brach ab – plötzlich. Es war nicht klar, ob er so erschöpft war, daß er wieder Kräfte sammeln mußte, oder ob ihn jetzt, im Augenblick der Wahrheit, der Mut verließ. Die Pause dehnte sich. Hin und her schwankte die Masse, wie ein Reisfeld vom Wind aufgewühlt. Der ganze riesige Merdeka-Platz war totenstill.

Kresna schwieg weiter. Langsam wurde es unerträglich. Blanche bildete sich ein, er werde immer kleiner, er schrumpfe zusammen.

Wurde dem jungen General jetzt klar, daß er ein zu hohes Spiel gewagt hatte? Den Präsidenten vor einer Million Menschen herauszufordern, vor einer Million Menschen verlangen, er solle sich von seinen beiden engsten Ratgebern trennen – war ihm das endlich klargeworden? Kresna zog ein Taschentuch aus der Hosentasche und trocknete sein Gesicht ab, mit langsamen, automatischen Bewegungen.

Blanches Herz klopfte bis zum Hals, sie griff sich an die Kehle.

Keiner der geladenen Gäste vor dem Rednerpodium sprach ein Wort. Alle sahen auf den einsamen Mann vor dem Mikrofon. Lerchenau mußte husten. Das war das einzige Geräusch.
Endlich ergriff Kresna das Mikrofon mit beiden Händen, hielt es während der nächsten Sätze verkrampft fest, als fiele es sonst um: »Saudara, Saudara. Ihr kennt die Namen jener schändlichen Männer aus den *Express*-Broschüren. Der Feind hat sie verteilen lassen, so daß jeder Indonesier, jeder Indonesier von Sabang bis Merauke«, er schleppte seine heisere, gar nicht mehr samtweiche, dunkle Stimme von Wort zu Wort, wie ein müder Wanderer seine Beine, »diese Namen kennt. Generale sind es, meine früheren Waffenbrüder sind es. Ihre Schuld ist es, daß der Name des Präsidenten beschmutzt und besudelt wurde. Sie sind schuld daran!« Plötzlich redete er immer schneller, die Worte überstürzten sich, als müsse er sie hinter sich bringen: »Der eine meiner beiden ehemaligen Kameraden, ehemalig, sage ich, denn Kameraden sind sie nicht mehr, nein, sie sind es nicht mehr – der eine meiner beiden ehemaligen Kameraden – wie soll ich sagen – ist freiwillig zurückgetreten ... Ihr habt es mit euern eigenen Ohren, heute morgen, hier auf dem Merdeka vernommen ...«
»Von Rücktritt war nicht die Rede«, sagte Groll spöttisch, »nur von einem schweren Herzanfall. Ist schon ein starkes Stück, was sich der Junge da leistet.«
»... der andere, der mein Freund war, mein guter Freund, mein bester Freund, ich habe ihm vertraut, ich habe ihm geglaubt, der andere – erspart mir, seinen Namen zu nennen, er, mein früherer Freund, er war bis heute für Indonesiens Wirtschaft verantwortlich, für sein Öl, für den Fünfjahresplan, für die Entwicklung unserer Industrie – ihn wollen wir jetzt bitten, alle seine Ämter abzugeben, heute, in den nächsten Stunden, alle seine Ämter in die Hände unseres Präsidenten zu legen.« Er hob kraftlos den rechten Arm und zeigte in unbestimmte Richtung. »Wir wollen ihn bitten, denn ich glaube – wir müssen ihn nicht zwingen.« Er verstummte, ausgeronnen.
»Jetzt hat das Volk seine Opfer«, brummte Pete van der Groot. »Aber es scheint sich nicht recht daran zu freuen. Genau so wenig wie Kresna. Der hat sich's wohl anders vorgestellt, nobel, heroisch. Wie sagt Christian Werner gern von ihm: der Gralsritter.«
In der Tat, kein Begeisterungssturm wie anfangs, bei der Mittei-

lung von Umar Makmurs Herzanfall, kein Begeisterungssturm fegte über den Merdeka. Es war eigentümlich leise. Wenn eine Million Menschen zugleich beschämt sein können, so war es jetzt der Fall.

Kresna, mit seinem Instinkt für die Stimmung der Masse, schien die Wirkung zu spüren. Er riß sich zusammen, richtete sich kerzengerade auf und rief, in seinem plötzlich wiedergefundenen dunklen Bariton: »Doch wenn ihr meint, ich tue Unrecht, ich stifte Unfrieden mit dem, was ich gefordert, mit dem, was ich in dieser Minute gesagt habe – wenn ihr meint, ich stifte Unfrieden, dann zeigt auf mich«, seine Stimme schwoll zu voller Kraft, donnerte: »verflucht mich.« Er riß sein Hemd auf, zeigte die nackte Brust, bot sie gleichsam zum Stoße dar, wiederholte: »Verflucht mich, stoßt mich fort. Die Geschichte wird das Urteil sprechen.«

Nun schäumte die Begeisterung hoch, raste gleich einer Flut über den Merdeka, elementar, die Trommelfelle sprengend, wilde, hysterische Zustimmung.

»Film die Leute, Mensch«, brüllte Jeremias seinem Kameramann ins Ohr. »Film die Leute. Was machst du denn?«

Der Kameramann, ein abgebrühter, erfahrener Journalist, hatte seine Kamera sinken lassen und sah aus, als habe ihn jemand hypnotisiert.

Nach dem »Menschenopfer«, wie Pete es fortan zu bezeichnen pflegte, der Minute peinlicher, verlegener Betretenheit, schien die ungeheure Menschenmenge auf dem Merdeka von einem Rausch ergriffen.

Der junge General wartete mit dem Bemühen, die Masse zu beruhigen, diesmal sehr viel länger als nach dem »Ratu-Kresna«-Ausbruch. Vielleicht weil er diesen Beifallsorkan auskostete, ihn genoß, sich bestätigt fühlte? Vielleicht. Doch mindestens ebensosehr, um seine Kräfte zu sammeln.

Merkwürdige Gedanken schossen ihm durch den Kopf. Er hatte den Mann denunziert, der sein bester Freund gewesen. Er hatte Adiwono Soetjipto der Menge zum Fraße vorgeworfen, ohne ihn jemals in den vergangenen Wochen nach einer Rechtfertigung zu fragen. Tief innen, in der innersten Kammer seines Herzens, fraß sich, wie ein Wurm, der rasch fetter wird, die Frage durch: Hast du ihn verraten, weil du damit an die Macht kommen willst? Hast du ihn verraten, weil du ein Menschenopfer brauchtest?

Kresna drehte sich, während der Jubel über ihm zusammenschlug, nach Rai Agung um und suchte ihren Blick. Die meisten Personen auf der Ehrentribüne lächelten. Viele reichlich verzerrt. Rai lächelte nicht. Sie sah an ihm vorbei.

Außer Rai Agung, außer Blanche bemerkte vielleicht niemand Kresnas kurze Krise, diese wenigen Augenblicke des Zweifels. Denn schon sprach er wieder, mit neugefundener Kraft und Zuversicht. Bis zum Ende seiner Rede nahm der frenetische Taumel der Masse nicht mehr ab. Groll brüllte van der Groot zu, ihn erinnere die Begeisterung an das Endspiel der Fußballweltmeisterschaft, bei dem plötzlich ein Spieler über sich hinauswachse, Tor um Tor schieße, angefeuert von einer gänzlich ins Delirium geratenen Menge.

»Wollen wir gemeinsam die neue Zukunft schaffen?« fragte Kresna.

»Ja«, donnerte die Antwort, »ja, ja.«

»Wollen wir gemeinsam die gerechte Gesellschaft bauen?« Jedes Wort klang wie ein Hammerschlag.

»Ja . . .«

»Wollen wir gemeinsam die Revolution vollenden?«

»Ja . . .«

Kresnas Bariton tönte jetzt weich und dunkel, keine Spur von Heiserkeit, keine Spur von Müdigkeit. Er predigte Versöhnung und Toleranz, Versöhnung mit den Kommunisten – »es ist an der Zeit, daß wir längst vernarbte Wunden vergessen« –, Toleranz zwischen Muslim, Hindu-Javanern und Christen.

Er sprach von der magischen Kraft, die aus der Einheit des Volkes erwachse – niemand könne ihr widerstehen, eine Kraft sei es wie die Natur, wie der Lavastrom der Vulkane, wie das Wasser, das in die See fließe, »in die große See, in die herrliche See, in die unendliche See.«

Seine Stimme schwang nun wie eine mächtige, bronzene Glocke über den riesenhaften Platz, schwang über eine Million Köpfe hinweg: »Hand in Hand wollen wir den Marsch in die neue Zukunft antreten. Öffnen wir unsere Arme und rufen dem Gegner von gestern zu: komm Bruder, komm Schwester, laßt uns vergessen, was uns gestern trennte, laßt uns beseelen, was uns morgen eint!«

Wie in Prambanan schloß er mit dem Satz:

»Und nun, Saudara, Saudara, sei Gottes Segen mit uns, denn unser Weg ist gut.«

Obwohl seine Frau fast ohnmächtig war, bestand Botschafter Lerchenau darauf, sich nicht von den Sitzen zu rühren. Sogleich aufzubrechen, sei purer Wahnsinn, sei Selbstmord. Über den Merdeka, schien ein Taifun zu brausen. Wer sich unterhalten wollte, mußte den Mund ans Ohr des anderen legen.
»Ich habe einmal die Niagarafälle bei Hochwasser erlebt«, schrie Jeremias seinem Freund Pete zu, »das war das reinste Grillenzirpen verglichen mit dem hier.«
Eine gute Stunde nach dem Ende von Kresnas Rede bahnte sich Lerchenaus Mercedes im Schrittempo einen Weg durch die Menge. Der breite Boulevard der Djalan Thamrin, der vom Merdeka zur Botschaft führte, war von Menschen überschwemmt. Menschen, die völlig außer sich schienen, die Augen funkelnd, die Gesichter glänzend, Menschen im Rausch. Von allen Seiten hallte der Name »... Kresna ... Kresna ... Kresna«, als schöpften sie aus den sechs Buchstaben in der Tat eine magische Kraft, die ihnen das Glück zutragen werde.
Jeremias gab am späten Nachmittag einen Kommentar nach Deutschland durch. Im Rundfunkgebäude herrschte große Nervosität. Vor dem Eingang standen junge Fallschirmjäger mit Maschinenpistolen in den Händen. Es war eine merkwürdige, unwirkliche Stimmung, teils aus allen Fugen platzende Freude und Zuversicht, teils unbestimmte Furcht.
Die gleiche elektrisierte Stimmung fand Jeremias auch auf den Straßen, auf dem Weg in die deutsche Botschaft. Taxen gab es nicht, nicht einmal Betjaks. Jedermann schien zu feiern. So mußte Groll, fluchend und schwitzend, zu Fuß gehen. Die sonst so zurückhaltenden Indonesier waren gänzlich außer Rand und Band geraten, sie sprachen ihn an, riefen ihm unverständliche Worte zu, lachten übers ganze Gesicht, daß ihre weißen Zähne blitzten. Djakarta glich, da es der Dämmerung entgegenging, einem riesigen Jahrmarkt. Doch unter dem Jubel, unter der enthusiastischen Freude spürte Jeremias, als alter Hase, vage Angst. Angst wovor?
Auf dem Empfang Lerchenaus summte es wie tausend wilde Bie-

nenschwärme. Blanche war völlig beschwipst und kicherte die ganze Zeit. So hatte Jeremias sie noch nie gesehen. Über den summenden Köpfen schwebte wie ein ununterbrochenes Leitmotiv ein Wort: »Kresna«.
Calvin Rausher, aus dem keine Meinung über die Merdeka-Rede herauszuholen war, sagte lediglich, der General sei am Nachmittag zum Präsidenten gerufen worden und, soviel er wisse, noch immer im Palais.
»Vielleicht haben sie ihn dort ins Klosett gesperrt«, sagte Groll, kippte ein Glas Whisky in einem Zug hinunter und stürzte zum nächsten Telefon.

# IV

Es war eine kleine Insel auf einem Korallensockel. Das Flugzeug Singapore–Djakarta flog gelegentlich in der Nähe vorbei. Aus der Luft sah sie aus wie ein breites Schiff, dunkelgrün, mit einem schmalen, weißgelben Saum. Drum herum, wie heller Chrysopras, das Wasser des Korallenriffs, an der breitesten Stelle zweihundert oder sagen wir: zweihundertfünfzig Meter; wer mißt schon Korallenriffe so genau? Mit ihrem chrysoprasenen Sockel schwamm die Insel in der Java-See, die manchmal blau war wie die Augen einer verliebten Schwedin, manchmal türkis wie die Federn eines Papageis, manchmal tintig, schmutziggrau, ein düsteres Gemisch, wenn der Sturm die Wogen peitschte.
Kam man von Djakarta mit dem Motorboot – drei bis vier Stunden Fahrt, je nach PS-Zahl und Seegang –, so tauchte sie aus dem Meer wie das Lachen der Aphrodite; nichts Festes, Hartes, nichts zum Angreifen und Anlehnen. Ein dünner Streifen Sand, aus dem sich Palmen in den Himmel reckten. Durch die Säulen ihrer Stämme und die gefiederten Schöpfe ihrer Wipfel konnte man beim Näherkommen das Blau des Himmels sehen – Scherenschnitte, gegen das Licht gehalten.
»Paradiesinsel« hatte Blanche das kleine Eiland getauft. Es gab dort zwei komfortable Bungalows und eine Bambushütte, alle drei mit Dächern aus dem Stroh der Lontarblätter. Niemand wohnte stän-

dig auf der Insel, die einer javanischen Freundin der Werners gehörte.
Schon vor eineinhalb Monaten, als Kresna gerade seine ersten Gehversuche als Politiker im Wahlkampf machte, hatten die Ehepaare Kresna und Werner beschlossen, das letzte Wochenende vor den Wahlen gemeinsam mit guten Freunden auf der Paradiesinsel zu verbringen. Nach den Strapazen des Wahlkampfes würde dem General und einigen anderen »Wahlkämpfern« ein wenig Ruhe sicherlich guttun.
Christian zerbrach sich den Kopf, wie er aus diesem Inselfest ohne Gesichtsverlust wieder aussteigen könnte. Ihm fiel kein Vorwand ein. Dummerweise hatte er ausposaunt, da er nun einmal gesellschaftlich ambitiös war, der große Star der Regierungspartei werde mit Blanche und ihm einen kurzen Inselurlaub verbringen.
Christian hoffte, Kresna werde so viel Taktgefühl zeigen – schließlich war er Javaner, und Javaner waren die feinfühligsten Menschen, denen er je begegnet war –, von sich aus abzusagen. Aber Kresna dachte nicht daran.
Am Nachmittag nach der Merdeka-Versammlung, als der General gerade zum Präsidenten befohlen wurde, rief Herry Pardede bei Werners an und sagte fröhlich: »Wir kommen morgen auf die Insel. Ich weiß nur noch nicht genau, wann.«
»Wer ist wir?« fragte Christian mißtrauisch.
»Rai und Kresna natürlich, und meine Frau. Wir haben doch genug Betten in den Bungalows?«
»Ja – ja, genug Betten.«
»Das klingt so zögernd – stimmt irgend etwas nicht?«
»Doch – doch. Alles in Ordnung.«
»Wäre auch zu schade«, sagte Herry lachend. »Wir vier freuen uns schon wie die Kinder auf die Paradiesinsel. Haben zwei Tage Ruhe bei Gott nötig – puh . . .«
»Zwei Tage – gut – schön.«
Am nächsten Morgen, es war noch dunkel, fuhren Werners zum Tanjung Priok, wo sie Calvin Rausher, Sumini und Jeremias Groll trafen.
»Für Sie, Jeremias, haben wir ein wunderschönes Mädchen eingeladen«, sagte Blanche.
»Wo?« grunzte Groll, den um diese frühe Stunde nichts verlocken konnte.

»Nicht so eilig«, lachte Blanche, die seit dem gestrigen Tag von einer unnatürlichen, fast fieberhaften Munterkeit befallen war. »Darmi kommt erst mittags nach, mit Außenminister Witular. Sie kennen sie von unserer Party neulich. Angeblich heiratet sie Witulars Sohn.«

»Kommt der auch?« grunzte Groll, der sich verpflichtet fühlte, Konversation zu machen, obwohl er sich eigentlich nur danach sehnte, ins Motorboot zu steigen, sich hinzulegen und weiterzuschlafen.

Als Groll aufwachte, konnte man am Horizont schon ein paar winzige, dunkle Punkte erkennen: die Inselgruppe, zu der die Paradiesinsel gehörte. Er dehnte und streckte sich, gähnte, pumpte die salzige frische Meerluft in die Lungen und fühlte sich wie neugeboren.

»Hat jemand die Morgennachrichten gehört?« fragte er und verzichtete darauf, die Hand vor den aufgerissenen Mund zu halten.

»Yes, Sir«, sagte Calvin Rausher und grinste hinterhältig, »soweit man bei Ihrem Schnarchen etwas hören konnte.«

»Was Neues, Professor?«

»Nichts, was Sie nicht schon seit gestern nacht wüßten.« Calvin sprach mit der gewohnten arroganten Lässigkeit. »General Soetjipto hat den Präsidenten um Beurlaubung auf unbestimmte Zeit gebeten. Umar Makmur hat, vom Krankenbett – hmhm – den Staatschef ersucht, ihn von seinen Funktionen als stellvertretender Leiter des Geheimdienstes und Wachhund von Golkar – Wachhund hat er natürlich nicht gesagt – ab sofort zu entbinden. Der Präsident gab beiden Gesuchen, mit dem Ausdruck tiefsten Bedauerns, statt. Punkt. Amen.«

»Was?« Jeremias Groll fuhr hoch, die Nachrichten waren ihm in der Tat völlig neu. Sein Berufsstolz verbot ihm, das zuzugeben.

Rausher wußte das, er ärgerte den Fernsehmann absichtlich. Journalisten verachtete er noch tiefer als Diplomaten.

Das Ende des Triumvirats, das Indonesien unumstritten und unkontrolliert beherrscht hatte, war in den gestrigen Abendstunden besiegelt worden. Es sollte jedoch erst im Laufe des heutigen Vormittags bekanntgegeben werden. Rausher hatte davon durch einen nächtlichen Anruf erfahren: von indonesischer Seite.

Werners saßen mit Sumini am Bug des Bootes, sie hörten nicht, was die beiden Männer sprachen.

Nachdem Groll die Nachricht verdaut hatte, fragte er möglichst unbeteiligt: »Was wird denn wohl aus Kresna, was meinen Sie, Professor?«
»Der General wurde vom Präsidenten zum ›Sonderberater für die Entwicklung des Geistes von Fünfundvierzig‹ ernannt.«
»Ein typisch javanischer Titel. Sagt überhaupt nichts.«
»Nichts und alles, Herr Groll. Erinnern Sie sich an den flammenden Aufruf in Kresnas Rede: ›vollenden wir die Revolution von 1945!‹ Übrigens heißt es ausdrücklich in dem Kommuniqué — das Sie, wie mir scheint, doch nicht kennen . . .« — Rausher konnte sich diesen kleinen Hieb nicht verkneifen, er machte eine Pause und wiederholte: ». . . heißt es in dem Kommuniqué, der Präsident habe Soetjipto und Makmur gebeten, ihm weiterhin ihren Rat und ihre große Erfahrung zur Verfügung zu stellen. Man ist eben hier nicht so brutal und direkt wie im Westen.«
»Ein radikaler Bursche, der Kresna«, sagte Groll. »Seine revolutionären Ideen werden nicht gerade nach dem Geschmack von Washington sein.«
»Ach, wissen Sie, Groll«, sagte Rausher, »Politiker sind wie Männer, die eine Frau zum erstenmal beschlafen wollen. Sie versprechen das Blaue vom Himmel, solange sie um die Schöne werben. Haben sie sie erst im Heu, wird vieles vergessen, was sie vorher versprochen haben. Politiker im Orient unterscheiden sich da wenig von Politikern bei uns.«
Er legte sich hin, deckte das Gesicht mit dem Hut zu und wünschte, nicht mehr gestört zu werden.
Jeremias Groll überlegte unterdessen, ob er es mit seinem journalistischen Gewissen vereinbaren könne, sich auf die faule Haut zu legen, anstatt sofort nach Djakarta zurückzukehren und seinen Hörern und Zuschauern daheim die letzte Entwicklung in Indonesien ins Haus zu bringen. Ach was, sagte er sich, die interessieren sich heute und morgen nur für die Sportnachrichten. Ob da in Indonesien plötzlich ein neuer General an die Macht kommt, ist ihnen ganz egal.
Wenn Kresna der neue starke Mann in Indonesien sein sollte, und im Augenblick sah es sehr danach aus — was immer dieser unsinnige Titel »Bewahrer des Fünfundvierziger Geistes« oder wie es hieß, bedeutete —, wenn er der neue starke Mann hier ist, dachte Jeremias, und wenn er seinen Reden und vor allem der Rede

gestern treu bleibt, dann würde Indonesien tatsächlich einen völlig unabhängigen außenpolitischen Kurs steuern; nicht mehr prowestlich wie bisher. Kresna besaß das Charisma, den Ehrgeiz und die Energie, die Führung der Entwicklungsländer und vor allem der farbigen Welt an sich zu reißen. Vielleicht nicht allein, aber im Bund mit den Indern – wie einst Soekarno mit Nehru.

Groll döste ein, von Sonne und dem gleichmäßigen Motorengeräusch eingeschläfert. Er träumte von Generalen, die sich plötzlich in Zauberer verwandelten, von Dolchen, die durch die Luft segelten, von Kresna, der in der Istana Merdeka Staatsgästen aus aller Welt einen riesigen Globus zeigte, auf dem Indonesien so groß eingezeichnet war wie die Vereinigten Staaten.

»Aufstehen, ihr Faulenzer«, rief Blanche vom Bug her, »wir landen gleich.« Ihr Haar flatterte im Wind.

»Mein Gott, ist das schön«, entfuhr es dem Amerikaner. »Du hast recht, Blanche, das hier ist das Paradies.«

»Tut's dir jetzt noch leid, daß du mitgekommen bist, Calvin?« Blanche strahlte. Je näher sie der Insel kamen, desto mehr blühte sie auf. Blanche war ein Stehaufmännchen mit der glücklichen Gabe, große und kleine Probleme und kurze Anfälle von Trübsal abzuschütteln. Wenn sie sich vornahm, alles zu vergessen, was sie bedrückte oder quälte, dann tat sie es auch meist. Freilich brauchte sie dazu manchmal Tapetenwechsel. Blanche litt zwar jetzt unter Liebeskummer, aber sie pflegte ihn wie eine seltene Blüte, weil sie im Grunde für Liebeskummer nicht geschaffen war.

Was sie im Augenblick für Kresna fühlte, wußte sie nicht und wollte es auch nicht wissen. Sie freute sich auf die Insel, die Meeresluft an der nackten Haut, das kristallene Wasser, den gesunden Hunger und Durst, den sie nach langem Schwimmen und Tauchen bekam, den unvermeidlichen Sonnenbrand, die Gespräche mit Freunden, die verzaubernde Nacht, einen kleinen Flirt – mit wem, vielleicht mit Jeremias? –, kurzum, sie freute sich einfach, sie genoß das Leben. Ihre aufblühende gute Laune steckte die anderen an; sogar Christian fing an, sich aus seiner mürrischen Schale zu lösen.

Selbst Calvin Rausher spielte plötzlich nicht mehr den großen Mann, der alles besser wußte und seine weisen Worte wie die Brosamen von des Herren Tische unters gemeine Volk verstreute. Sumini freilich blieb sehr still – still, schön, ein wenig rätselhaft.

Aber vielleicht nur, dachte Blanche, weil sie die einzige Indonesierin unter uns fünfen ist.
Blanche hängte sich bei ihr ein: »Kommen Sie, Sumini, ich zeige Ihnen die Insel.«
»Darf ich mit?« fragte Jeremias Groll.
»Nur, wenn Sie kein Wort über Politik reden«, sagte Blanche.
»Ich schwöre«, er hob feierlich den unverletzten Arm.
»Was haben Sie sich denn gemacht?« fragte Sumini.
»Kleinigkeit«, grinste er, »beim Frühsport den Arm ausgekugelt.«
»Er lügt wie gedruckt«, sagte Blanche zu Sumini. »Ich kann mir den Frühsport schon vorstellen – im Bett – und nicht allein.«
Groll lächelte geschmeichelt.
»Je länger ich in Indonesien bin, desto mehr liebe ich die Palmen«, sagte Groll.
»Nur die Palmen?«
»Sie denken auch immer an etwas anderes, Blanche.«
»Sie nicht, Jeremias?«
»Also die Palmen ...« Er begann von neuem und stimmte eine wahre Hymne an, er wurde geradezu poetisch. Die Palme, die Kokospalme vor allem, sei eigentlich gar kein Baum, so völlig anders sei ihr Anblick: mit dem schlanken, ebenmäßigen Stamm, glatt und hoch, der gefiederten Wipfelkrone, die aussehe wie Brüsseler Spitzen. Ein Palmenhain, sagte er, erinnere ihn in seiner Durchsichtigkeit, seiner Luftigkeit, dem dünnen Gestänge der Stämme, auf denen weit oben die locker gefächerten Schöpfe der Wedel leise im Winde tanzten, ein Palmenhain wie hier auf der Insel, erinnere ihn an ein Wayang-Spiel, bei dem die dünngliedrigen Schatten der Lederpuppen an ihren langen Stangen über die Leinwand tanzten.
»Sie haben recht – so, wie Sie es beschreiben, sehe ich's auch.« Blanche klatschte vor Freude in die Hände und schmatzte dem rundlichen Journalisten einen Kuß auf die Wange.
Laut wurden von der anderen Inselseite die ersten Takte des River-Kwai-Marsches gepfiffen.
»Was ist das?« fragte Sumini.
»Unser Spezialruf«, sagte Blanche. »Christian will irgendwas.« Sie zuckte mit den Schultern. »Gehen wir quer durch die Insel, dann sind wir schneller zurück.«
»Gibt's hier keine Giftschlangen?« fragte Groll.

»Erstens gibt es auf der Insel keine Schlangen«, erklärte Blanche, »und zweitens nur ab und zu diese kleinen grünen« ... Sie zeigte mit den Händen, wie lang die wurden.« Die lassen sich von den Bäumen herunterfallen und beißen Sie in den Nacken. Ich glaube, nach fünf Minuten ist man tot. Stimmt's, Sumini?« Sie servierte diese Information wie eine appetitliche Köstlichkeit.

»Typische Frauenlogik«, brummte Groll und hielt unwillkürlich die Hand über seinen Nacken, »erstens, zweitens ...«

»Haben Sie keine Angst.« Zum erstenmal lachte Sumini. »Die grünen Schlangen sind zwar tödlich, doch hier gibt sie's nur in Blanches Kopf.«

»Wie wollen Sie das wissen, Sie waren ja noch nie hier«, protestierte Blanche in gespielter Gekränktheit. Sie fing zu singen an und sprang in Tanzschritten den schmalen Pfad entlang, der durch den dichten Unterwuchs der Insel geschlagen worden war. Alle paar Tage mußte er frisch geschlagen werden, sonst wuchs er sofort undurchdringlich zu. Hier und dort leuchteten große, fleischige Orchideen, violette, purpurrote, zitronengelbe, wie Tigerfell gesprenkelte. Manche schienen wie die offenen Mäuler schöner Raubtiere nach Beute Ausschau zu halten.

Christian empfing Blanche mit strafendem Blick: »Du hast offenbar vergessen, daß bald Gäste kommen. Oder sollen wir heute mittag alle verhungern?«

»Ein wenig hungern täte dir zwar ganz gut, mein Schatz, wenn ich mir das hier betrachte.« Christian hatte bereits die Badehose angezogen, und Blanche strich ihm über den ohnehin schlanken Bauch. Dabei lehnte sie sich fast an ihn und blickte ihn aufreizend an. Der Duft ihres Körpers strömte in seine Nüstern. Sie trug Shorts, die nur einen Teil der Gesäßbacken bedeckten, eine kleine Bluse, die sie locker über die Brüste geknüpft hatte – und nichts darunter.

Christian hatte seit nahezu zwei Wochen nicht mit ihr geschlafen, erstens, weil er es nicht wollte, zweitens, weil sie ihm, soweit sie überhaupt in Djakarta zu weilen geruhte, sobald sie im Bett lag, wie ein trotziges Kind den Rücken zudrehte. Christian hatte auch mit keiner anderen Frau geschlafen. Zwar hatte ihn Lee Cheong an jenem Abend im »Eldorado« – eine Ewigkeit schien das her – mit einer bildhübschen Buginesin aus Celebes verkuppelt. Mit der war er auch in ihr Kamponghaus gegangen, doch zum Beischlaf hatte es nicht gereicht, sei es, weil er zu betrunken gewesen war, sei es, weil er ununterbrochen an Blanche denken mußte. Kurzum, Christians psychischer Zorn auf seine Frau war noch groß, mit seinem sexuellen war indessen nicht mehr viel los. Blanche spürte, daß die Widerstandskraft ihres Mannes am schwächsten Punkt zu schmelzen begann. Sie löste sich von ihm, sah ihn unter langen Wimpern an und ließ ihre Oberzähne über ihre Unterlippe gleiten. Sie wußte, das reizte seine Sinnlichkeit. Mehr wollte sie vorerst nicht, als dafür sorgen, daß ihm in Erwartung der heutigen Nacht schon jetzt sozusagen das Wasser im Munde zusammenrann. Er sollte nur nicht glauben, sie werde als reuiges Kind in seine Arme sinken oder besser: als reife Frucht in seine Arme fallen.

»Kresna und Witular sind genau so gut Gastgeber wie wir«, sagte sie.

»Nur mit dem Unterschied, daß beide noch nicht hier sind ... Also bitte, wenn du die Güte hast, dich um die Küche zu kümmern.«

Sie schnitt ihm eine Grimasse, lachte und schritt davon in ihrem »javanischen Gang«, wie sie das nannte, mit weich schwingenden Hüften und kerzengeradem Oberkörper.

»Ich komme mit«, rief ihr Sumini nach. »Aber ich bin keine gute Köchin.«

»Danke«, sagte Blanche. »Unsere Köchin haben wir mitgenommen. Boys sind auch genug da. Ich weiß eigentlich gar nicht, was der Lange will.« Sie zeigte auf Christian und machte ihn so gut nach, daß alle lachen mußten, auch Christian.

»Du Äffchen«, sagte er, doch es klang schon besänftigter, und mit leisem Stolz fügte er hinzu: »Blanche ist das zweitgrößte schauspielerische Talent in Indonesien.«

»Wer ist denn noch besser als ich?«

»Umar Makmur.«

Als der Helikopter mit Kresna, Rai Agung und dem Ehepaar Pardede landete, wurde er von fünf tücherschwingenden, fast nackten, ausgelassenen Menschen empfangen. Sogar Sumini strahlte.

Christian, der in ein paar stillen Minuten im Bungalow von Blanche einen Vorgeschmack dessen erhalten hatte, was seine mit unerschöpflicher Phantasie begabte Frau für die Nacht versprach, hielt eine kleine Begrüßungsansprache. Dabei versuchte er Witular zu imitieren, was ihm allerdings nicht gelang.

»Die neuen Inselherrscher«, wie Christian die vier Indonesier ansprach, ließen sich von der guten Laune der »Ureinwohner« sogleich anstecken.

Mit einer Ausnahme: Kresna Dirdjosuparto. Er lächelte zwar, als er ausstieg, doch nur ganz kurz, als strenge es ihn an. Das paßte so gar nicht zu ihm. Auch in den nächsten Stunden fiel die Nachdenklichkeit nicht von ihm ab. Sooft er lächelte, hatte man den Eindruck, er zwinge sich dazu.

Blanche hatte mit gut überspielter Beklemmung dem Treffen entgegengesehen: dem ersten mit Kresna seit dem Liebesnachmittag in Mitteljava, dem ersten mit Rai, seit ihre Affäre mit dem General bekannt geworden war. Kresna behandelte sie wie eine Bekannte unter vielen – als sei nie etwas zwischen ihnen gewesen. Sie war darüber einerseits froh, andererseits gekränkt, ja verletzt. Rai Agung hinwiederum schien bereit, die letzten Wochen gleichsam als ungeschehen zu betrachten und ihre Freundschaft dort fortzusetzen, wo sie bis zu Kresnas Rückkehr von seiner Weltreise vor über zwei Monaten gewesen war. Das Nette an der Balinesin, fand Blanche, war die Natürlichkeit, mit der sie ihr gegenüber auftrat und mit ihr sprach: weder die Pose der Siegerin, noch die der böse gekränkten und gütig verzeihenden Frau.

Über Politik wurde, nach stiller Vereinbarung, während des ganzen Tages kein Wort gesprochen. Auch nicht von Groll, auch nicht von Rausher. Sie streiften ihre Berufe ab, ihre Ränge, ihre Arbeit, ihre Sorgen, sie vergaßen, je länger die Schatten der Kokospalmen wurden, daß es außer ihnen noch andere Menschen gab, böse und gute, starke und schwache, daß es Fabriken gab und Behörden und Regierungen und Arbeit, daß es Streiks gab und Revolutionen und Hungersnöte und Kriege, daß es Autos gab und Elektrizität und Wasserstoffbomben und andere Wunder der Technik. Sie vergaßen das alles. Sie schwammen im tiefblauen Wasser und fühlten sich gänzlich schwerelos, sie tauchten inmitten farbenglühender Korallen und bunter Fische, sie ließen sich treiben und sahen den Spiegelungen der Sonne auf den Wellen zu. Sie hörten das Zwitschern der Vögel und das leise Klappern der Palmen im Wind. Sie erlagen dem Zauber der Insel, und als die Sonne immer tiefer sank, fühlten sie sich wie im Paradies.

Auch Kresna lachte öfter und länger, und es schien ihm keine Anstrengung mehr zu bereiten. Vielleicht merkten die anderen es nicht;

nur Blanche spürte, daß über seinem Gemüt Wehmut lag, wie der Dunst über Javas Vulkanen. Warum ist er von seinem Sieg, von seinem Triumph nicht berauscht? Sie wunderte sich.

Kresna schwamm nicht lange mit ihnen; er sagte bald, er sei müde und wolle sich kurz ausruhen. Rai begleitete ihn. Die anderen schwammen, tauchten oder saßen im Boot; Herry Pardede erwies sich neben Calvin Rausher als der beste und ausdauerndste Taucher. Auch in Kresnas Abwesenheit blieb Politik, der Merdeka-Tag, der Wechsel an der Staatsspitze ausgeklammert.

Irgendwann einmal fragte Christian: »Gehen eigentlich im Weißen Haus die Türen nach innen oder außen auf?«

»Welches Weiße Haus?« sagte Rausher, und es klang wirklich, als wisse er im Moment nicht, was Christian meinte.

Gerade noch rechtzeitig zum Sonnenuntergang traf das Schnellboot mit Außenminister Witular, der atemberaubend aussehenden Darmi, Pete van der Groot und – unangesagt, überraschend, doch herzlich willkommen – dem sowjetischen Botschafter Orloff ein. Sie hätten Tennis gespielt, erzählte Witular, und er habe seinen russischen Freund, den er seit zwanzig Jahren kenne, spontan aufgefordert, mitzukommen.

Langsam schlenderten sie in Gruppen zu den Bungalows.

»Wo ist Kresna«, fragte Pete Blanche.

»Er schläft den Schlaf des Gerechten«, sagte Blanche.

»Ich würde eher sagen«, und Petes Lächeln bei diesen Worten gefiel ihr gar nicht, »er schläft den Schlaf des Ungerechten.« Petes Lächeln bestand gleichsam aus mehreren Schichten, an der Oberfläche war es ironisch, darunter kam eine dünne Lage Hohn, der Kern indessen war Bitterkeit, vielleicht auch Enttäuschung.

Blanche blieb stehen und zischte den Holländer empört an: »Ihr Männer seid alle eifersüchtig auf ihn, neidisch und eifersüchtig. Weil Kresna jetzt groß ist, zehn Köpfe größer als ihr alle zusammen.« Sie packte Petes blondbehaarten Arm und drückte ihre Finger hinein. »Kresna ist ein Heiliger – ich meine, wenn ein Heiliger auch ein richtiger Mann sein kann, mit Frauen und so weiter.«

»Ein Heiliger ...? Blanche – ein Heiliger – hahaha«, sagte Pete, jetzt ohne den leisesten Hauch von Hohn, »wenn Kresna ein Heiliger ist, dann bin ich auch einer.« Er brach ab und packte Blanche so kräftig an den Schultern, daß sie einen kleinen Schmerzensschrei ausstieß. Sein Gesicht kam ganz nahe, und sie spürte seinen Atem:

»Ich habe nämlich auch einen Freund verraten, ich habe auch einen Freund den Wölfen vorgeworfen. Nur mit dem Unterschied: er war nicht mein bester Freund – und mich hätten die Wölfe aufgefressen.« Er sprach sehr hastig, auf seiner Stirn bildeten sich viele kleine Schweißperlen. Dann drehte er sich jäh um, als bereue er diesen Gefühlsausbruch, und ging den anderen nach, die Schultern eingesunken.
Blanche lief hinter ihm her. Leise, fast ängstlich, fragte sie: »Ich verstehe nicht – Pete ...« Er schien sie nicht zu hören, sie kniff ihn in den Arm. »Pete – bitte, Pete, erkläre mir doch ... Bitte, bitte, erkläre mir.«
»Ach, nichts«, sagte er. »Vergiß, was ich gesagt habe.« Das klang so endgültig, daß Blanche trotz ihrer erregten Nerven nicht weiter in ihn drang. Kurz vor dem Bungalow gab sich Pete einen Ruck, streckte seinen Rücken, blieb stehen und küßte Blanche leicht auf die Wange: »Laß dir nicht die Laune verderben. Vergiß, was ich gesagt habe – pardon.«
Aus den verwaschen blauen Augen rannen ein paar Tränen über seine Wangen. Blanche hätte es nie für möglich gehalten, Pete jemals weinen zu sehen.

Der Freund, den Pete van der Groot »den Wölfen vorgeworfen« hatte, war Rustam, jener Redakteur von *Rakjat Pekerdja,* der im *Express*-Skandal eine Schlüsselrolle gespielt hatte. Weil Pete seine eigene Haut retten wollte, hatte er seine Freundschaft mit Rustam genützt, um Umar Makmur bei der Aufklärung der *Express*-Affäre zu helfen. Rustam war sofort vom Geheimdienst festgenommen, erbarmungslos verhört und gefoltert worden. Er saß noch immer im Gefängnis. Soweit Pete die Verhältnisse der indonesischen Justiz kannte, würde Rustam wahrscheinlich weiterhin im Gefängnis sitzen, monatelang, vielleicht jahrelang; daran würden auch die Entmachtung Umar Makmurs und der Aufstieg Kresnas zum neuen Herrscher Indonesiens nichts ändern. Gefangene und insbesondere politische Gefangene wurden häufig schlicht und einfach vergessen. Aber woher wollte Pete wissen, daß Kresna seinen »besten Freund verraten« habe? Gewiß, er mochte über Soetjiptos Rolle bei der Vereitelung von Umar Makmurs Intrigen in den Tagen zwischen

Prambanan und der Merdeka-Versammlung dies oder jenes erfahren und sich einiges zusätzlich ausgemalt haben. Hinzu kam, daß Pete die Art und Weise sehr häßlich fand, wie Kresna den »kleinen Mystiker« einfach fallenließ, getrieben von Ehrgeiz, sich als Indonesiens Gerechter Prinz zu etablieren. Immerhin, soviel wußte van der Groot: bis zu seiner Weltreise sprach Kresna über Soetjipto immer mit Liebe und an Bewunderung grenzender Achtung, nannte ihn stets seinen »besten Freund«, machte nie ein Hehl daraus, daß er ihm das Amt des Befehlshabers des Strategischen Einsatzkommandos, des KOSTRAD, verdankte – gegen den Willen und die Machenschaften des Geheimdienstchefs. Genügte dann jene zugegebenermaßen große Bestechungssumme, die Soetjipto angeblich von Moskau erhalten hatte, um nicht nur eine fast lebenslange Freundschaft über Nacht zu liquidieren, sondern sogar den Exfreund dem Volk zum Fraß vorzuwerfen?

Hätte Pete van der Groot in Kresnas Seele sehen können, hätte er dort die gleiche Frage gefunden. Bis gestern früh, bis zur Merdeka-Rede, hatte Kresna sein gelegentlich stark zuckendes Gewissen mit der Begründung beruhigt, persönliche Gefühle müßten der höheren, der nationalen Sache geopfert werden. Er tue recht, es bleibe ihm gar nichts anderes übrig, als auch Adiwono Soetjipto an den Pranger zu stellen, wenn er die Säuberung, die Reinigung der Staatsführung verlangte. Es gehe nicht an, ja er werde unglaubwürdig, so argumentierte er mit sich selbst, wenn er Soetjipto schonte, nur weil er sein bester Freund gewesen war. Dieses Argument überwog im Laufe der Wochen nach seiner Rückkehr von der Weltreise immer mehr jenes der persönlichen Enttäuschung über einen Mann, den er für die Personifizierung der Tugendhaftigkeit, der zivilen Moral und der javanischen Noblesse gehalten hatte.

In der Bhagavad Gita liebte er besonders die Botschaft vom »pflichtgemäßen wunschlosen Handeln«, ohne Rücksicht auf persönliche Gefühle, auf Freundschaften, auf Verwandtschaften. Kresna sah sich in der Rolle des Pendawa-Prinzen Ardjuna, der sich zunächst weigert, seine eigenen Verwandten, die Kurawas, zu töten: »Von Brudermordes Schuld bedrückt – hätt' nimmer unser Glück Bestand«, und einige Strophen später: »daß wir aus Gier nach Thron und Glück – mit Blutsverwandten haben Streit!« Er sah sich aber auch zugleich – oder genauer: immer mehr – als Prabu Kresna, als Ardjunas göttlichen Wagenlenker, der den Ritter davon überzeugt, man

müsse alles dem göttlichen Willen und der höheren Pflicht unterordnen.
Noch am Morgen der Merdeka-Rede, nach einem langen, festen Schlaf, war er in tiefster Seele davon überzeugt, recht und gerecht zu handeln. Im Interesse der Nation, im Interesse des Rakjat Indonesia. Doch als er vor einer Million atemloser Zuhörer die Worte tatsächlich in den Mund nahm, die Adiwono Soetjipto als Politiker und als Menschen vernichten sollten, überfielen ihn, unvermittelt und plötzlich, quälende, nagende Zweifel. Jedes Wort hatte er aus sich herauspressen müssen, als bereite es Schmerzen.
Am Nachmittag war er zum Präsidenten befohlen worden. Der Präsident empfing ihn im Bett, er war nicht imstande aufzustehen. Er mußte zwischen jedem zweiten oder dritten Satz lange Pausen einlegen, in denen sein Atem heftig keuchte. Die Ärzte hatten, höchst widerwillig, dreißig Minuten für das Gespräch erlaubt. Es dauerte weit über vier Stunden. Als Kresna den Präsidenten unter den vorwurfsvollen Blicken der Leibärzte verließ, sah dieser aus, als könne er allenfalls noch ein paar Tage leben. Seine Lippen waren wachsbleich, seine Haut pergamenten, fast durchsichtig. Als Kresna den Präsidenten verließ, war er zum starken Mann Indonesiens geworden, mit umfassenden Vollmachten, nur dem Namen nach noch nicht der erste Mann im Staat.
Von der Istana Merdeka fuhr Kresna nicht nach Hause, wo er mit Rai Agung und Herry Pardede hatte feiern wollen, sondern zu Adiwono Soetjipto. Zum erstenmal seit der Weltreise des jungen Generals trafen sich die beiden ehemaligen Freunde wieder.
Im Gespräch mit dem Präsidenten war Kresna klargeworden, daß er ohne Soetjipto niemals die Position erlangt hätte, die er nun besaß, daß er ohne Soetjipto wahrscheinlich gar nicht als der von Begeisterungsstürmen umjubelte Volksliebling auf dem Merdeka gestanden hätte – oder wenn, dann allenfalls als Marionette, deren Fäden der Geheimdienstchef Makmur zog.
Der Merdeka-Tag war ein gewaltiger, ein hinreißender Triumph für Kresna geworden. Doch der Triumph fühlte sich schal an, sehr schal. Den Mann, dessen geheimnisvollem Wirken im Hintergrund der junge General seinen Siegeszug zum Gutteil verdankte, diesen Mann hatte er verraten.
Kresna kam sehr still nach Hause. Er sprach mit Rai Agung, nur kurz und vage über seine Gespräche mit dem Präsidenten und Soet-

jipto. Rai Agung schien kaum verwundert, daß er bei Soetjipto gewesen war. Sie fragte ihn nicht weiter aus.
In der Nacht nach Merdeka, in der die Indonesier ihren neuen Liebling feierten und die Regierungen der Großmächte überlegten, wie sie sich zu ihm und der jäh veränderten Lage im Inselreich verhalten sollten, tat Kresna etwas, was er schon lange nicht mehr getan: er ließ sich, auf den Fersen hockend, vor seinem Bett nieder und verbrachte so die Nacht bis zum Morgengrauen. Erst dann ging er ins Bett. Er übte nicht Semedi, er übte schon gar nicht Tapa, er brütete nur vor sich hin.

Als Kresna nach seiner Siesta im Kreise der Freunde auftauchte, herrschte allen guten Vorsätzen zum Trotz für eine Weile eine gewisse Verlegenheit, verhüllt durch künstliche Munterkeit. Es war, als sei ihnen, Blanche, Christian und Pete, Orloff, Sumini und Witular, jetzt erst klargeworden, daß Kresna Indonesiens »neuer König« war – wie Pete ihn im stillen bei sich nannte –, ein schon gewählter, aber noch nicht inthronisierter König. So etwa, wie wir uns fühlten, wenn einer unserer Freunde zum Präsidenten gewählt würde. Da steht er nun, spricht, lächelt, die gleiche Person, das gleiche Gesicht, die gleiche Stimme. Doch irgendwie hat sich zwischen uns und ihm eine unsichtbare Wand aufgebaut, die sich auch mit bestem Willen nicht beiseitestoßen läßt. Freilich war es nicht nur diese unsichtbare Wand, auch Kresna selbst wirkte verändert. Nicht daß er sich plötzlich hochmütig und distanziert gab, im Gegenteil, er tat alles, um zu zeigen, daß zwischen ihnen alles beim alten geblieben sei. Aber Kresna strömte nicht nur jenen Respekt aus, den Macht gebietet und dem sich nur wenige Menschen zu entziehen vermögen, sondern auch eine eigentümliche, geistige Strahlung, als sei er gesegnet worden, gesegnet mit einem in sich ruhenden, felsenfesten Glauben.
Die Nacht war eingefallen, warm und milde die Luft. Die Palmen rasselten leise in der Brise, eine Kokosnuß fiel krachend zu Boden, ein Toke knarrte. Im sternenübersäten Himmel funkelte die Venus so stark, daß sich ihr Schein im Meer spiegelte. Gleichmäßig klatschten die vom Korallenriff gezähmten Wellen an den Strand.

Es war eine jener Tropennächte, in denen man nicht laut spricht.
»Eine Nacht, weich wie Frauenschenkel«, sagte Pete van der Groot, vorsichtshalber auf deutsch.
»Eine Nacht wie was?« fragte Kresna. Pete hatte vergessen, daß er recht gut deutsch sprach.
»Eine von Petes Ferkeleien«, sagte Blanche.
»Keine Ferkelei, sondern Poesie«, grunzte Pete. »Stimmt's nicht, Jeremias? Verteidige mich.«
»Wie bitte? Ich habe nicht zugehört.« Groll hatte sich völlig vom Zauber der Nacht einfangen lassen. Vom Zauber der Nacht und von Darmi, die neben ihm saß, Arme und Schultern wie aus poliertem Kupfer. Jeremias hatte noch nie in seinem Leben einen so aufregend duftenden Frauenleib neben sich gespürt. Mit was sich die junge Javanerin eingerieben hatte, war ihm schleierhaft. Parfum konnte es nicht sein, Parfum besaß einen charakteristischen Geruch, an dem man sich rasch gewöhnte. Der Duft, der von Darmi ausging, schien indessen ständig zu wechseln, als seien unsichtbare Elfen um sie bemüht, die sie immer wieder mit neuen Essenzen und ätherischen Ölen salbten — Jasmin und das Salz des Meeres, blütenhaft und animalisch, Honig und süße Früchte. Bei jeder Bewegung Darmis erreichten neue Duftwolken seine Nase.
Sie sprach sehr wenig Englisch, und die Konversation war etwas mühsam. Manchmal, wenn sie vergeblich nach einem Wort suchte, legte sie ihre schlanken Finger auf Jeremias' Arm und strich leise über seine Haut. Aber sie tat es ohne jede Koketterie, genauso wie sie ihm in die Augen blickte, pfeilgerade wie ein neugieriges, völlig ungeniertes Kind.
Jeremias Groll war nicht gerade ein *homme à femmes* wie etwa Calvin Rausher, aber in dieser tropischen, ganz und gar unwirklichen Nacht mobilisierte er all seinen Charme. Er meinte noch nie so viele schöne Frauen auf einem Fleck gesehen zu haben, nur Herry Pardedes unscheinbares Weibchen bildete die Ausnahme.
Sie saßen in einem großen Kreis. Pechfackeln, die an den Stämmen der Palmen angebracht waren, schütteten ihr warmes, flackerndes Licht über Gesichter und Körper.
Sumini hatte ihren nackten Arm um Rausher geschlungen, locker, wie der Flügel eines großen Vogels. Geste der Besitzergreifung, aber nicht in der Art: »dieser Mann gehört mir — wehe, wenn ihn mir eine andere wegnehmen will«, sondern wie man sich mit ein wenig

Phantasie vorstellen mag, daß Tigerin und Tiger miteinander verkehren.
Kresna war nach seiner Siesta wie ausgewechselt, oder, besser, er war wieder der alte Kresna, seine ansteckende Fröhlichkeit, sein aufblühendes Lächeln, das sich über den ganzen Körper auszubreiten schien, die Augen voll Überzeugungskraft. Sogar die Naivität war noch manchmal darin. Wahrscheinlich würde er sie nie im Leben ganz verlieren, dachte Groll.
Ausgerechnet Wladimir Orloff brachte die Unterhaltung auf das Thema der Religion.
Kresna, der bis dahin wenig geredet hatte, war von dem Gespräch fasziniert. Für die Christen sei Glaube eine Reihe von Lehrsätzen, zu denen man sich bekennen müsse, sagte er. Etwas Abstraktes, das die meisten nicht fühlten, sondern lediglich dächten. Außer christlichen Mystikern.
Im Orient hingegen, fuhr er fort, sei Religion vor allem Erfahrung, etwas, das man mit allen Fibern des Leibes und der Seele erlebe. Die Christen glaubten wohl theoretisch an eine übersinnliche Welt, aber sie hätten jede Berührung mit ihr verloren. Viele leugneten sogar ihre Existenz. In jedem Fall machten sie sich gern lustig über übersinnliche Erscheinungen und Begebenheiten, »die wir Indonesier wirklich erleben«.
»Stimmt«, sagte Pete, »ich habe oft mit einem blitzgescheiten Jesuitenpater darüber gesprochen, der seit Jahrzehnten in Java amtiert. Unsere Instinkte und Sinne, behauptet er, seien so abgestumpft, daß uns viele Phänomene einfach verborgen blieben, die ein Indonesier regelrecht spüre und fühle.«
»Sie haben gestern in Ihrer Rede, General, vom seelischen Proletariat . . .«, fing Jeremias Groll an.
»Den Barracudas zum Fraß vorwerfen, er spricht von Politik«, rief Blanche sogleich. »Wohlgenährte deutsche Journalisten haben die Raubfische besonders gern.«
»Meinen Sie damit unsere Unfähigkeit«, fragte Groll ungerührt weiter, »die übersinnliche Welt noch zu fühlen?«
»Das meinte ich auch«, sagte Kresna.
»Halten Sie den Mystizismus für einen Ausweg für uns seelische Proletarier?«
»Sind Sie denn einer?« fragte Kresna lächelnd, ohne jedoch Grolls Frage zu beantworten.

»Man muß damit sehr vorsichtig sein«, sagte Herry Pardede. »Mystizismus ist kein Sport und kein Spiel, das man aus Laune aufnimmt. Mein Vater gehörte einer mystischen Sekte an und forderte alle seine Söhne auf, dieser Sekte gleichfalls beizutreten. Ich war der einzige, der ihm nicht folgte. Und ich bin heilfroh. Mein älterer Bruder wurde ein zitternder, furchtsamer Schwächling, und mein jüngerer Bruder wurde sehr krank. Er mußte sein Studium aufgeben und kann nicht mehr arbeiten. Die Ärzte erklären ihn für geisteskrank. Natürlich sind beide längst nicht mehr Mitglieder der Sekte. Ebensowenig wie mein Vater, der sich schließlich auch nicht stark genug fühlte. Er gab sogar seinen Kris fort.«
»Ich habe dermaßen viel von Kris gehört«, sagte Jeremias, »ich möchte gern so ein Wunder mit eigenen Augen sehen.«
»Vielleicht kann ich Ihnen helfen«, sagte Witular. »Einer unserer Botschafter ist ein so großer Kris-Kenner, daß andere Sammler zu ihm kommen. Neulich besuchte ihn ein befreundeter Professor und klagte, Frau und Kinder seien plötzlich erkrankt, die Ärzte könnten die Ursache nicht herausfinden. Er habe den Verdacht, daß ein Kris daran schuld sei, den er gerade gekauft habe. Den Kris hatte er gleich mitgebracht. Der Botschafter legte den Dolch, ein herrliches Stück übrigens, zwischen seine Beine. Der Kris bog sich – und zerbrach. Ich war selbst dabei.«
Calvin Rausher beobachtete heimlich Kresna bei der Schilderung des Außenministers. Er erinnerte sich an den goldenen Kris im Haus im Walde. In Kresnas Mundwinkel spielte ganz kurz ein stolzes, fast triumphierendes Lächeln.
Hinter den langfingrigen Kronen der Kokospalmen war die Mondsichel aufgestiegen. Ab und zu blitzte ein Glühwürmchen in der Dunkelheit auf. Die Zikaden sägten immer lauter. Eine erschreckte Eidechse huschte zwischen den Beinen der Gesellschaft durch.
»Wurden Frau und Kinder des Botschafters wieder gesund?« fragte Groll.
»Von einer Stunde zur nächsten«, sagte Witular.
»Ich habe einmal vor Jahren mitten im Urwald in Nordsumatra, wo ich Tiger jagte, fürchterliche Zahnschmerzen bekommen«, erzählte Christian. »So arg, daß ich es nicht mehr aushielt und beschloß, die Jagd abzubrechen und nach Medan zu fahren. Als ich zum Aufbruch bereit bin, kommt einer der Jäger und sagt, er könne mir vielleicht helfen. Mit dem Messer ritzte er eine Art Kreuz in meinen

Daumennagel, schmierte ein gelbes stinkendes Zeug darauf und wickelte es ein. Nach fünf Minuten waren die Zahnschmerzen wie fortgeblasen. Neulich lasse ich hier beim Zahnarzt meine Backenzähne röntgen, und der Arzt sagt: ›Ein Zahn ist völlig verfault. Sie müssen ja monatelang grauenhafte Schmerzen ausgestanden haben. Wie konnten Sie das überhaupt ertragen?‹«

Rai Agung erzählte von einer Freundin in Bali, die plötzlich erblindet sei, nachdem sie den Heiratsantrag eines jungen Prinzen verschmäht habe. Das Mädchen konnte erst wieder sehen, nachdem die Eltern zu einem Mann gegangen waren, der größere Zauberkraft besaß als jener, den der abgewiesene Freier bezahlt hatte.

Jeder wußte Geschichten von Magie und Geistern; sogar Wladimir Orloff kannte einen Lurah auf dem Merapi, der ihm den letzten Vulkanausbruch, Monate früher, auf Tag und Stunde genau vorausgesagt hatte. Der Lurah erhalte seine Tips, wenn man das so nennen dürfe, vom Großvater. Als Knabe sei der Bürgermeister mit dem alten Herrn durch den Urwald des Merapi emporgestiegen, als es bei völlig blauem Himmel zu schütten begann. Als der Guß aufhörte, war der Großvater, der neben dem Knaben stand, vom Erdboden verschwunden. Genau an diesem Ort erscheint nun der Großvater dem betenden Lurah gelegentlich. Manchmal, in Perioden arger Trockenheit, lasse er sogar Regen herabströmen.

Der nächste Morgen begrüßte sie mit strahlend blauem Himmel. Gegen Mittag kam Wind auf, der sich allmählich verstärkte. Die Boote, in denen sie zum Korallenriff gefahren waren, schaukelten immer heftiger. In ihrer fröhlichen, verspielten Ausgelassenheit störte sie das nicht. Einige tauchten mit dem Speer; Kresna schoß den größten Fisch und ließ sich schon als Champion feiern, als Darmi mit einem Riesenexemplar auftauchte. Die Männer trugen sie auf ihren Schultern vom Boot ans Land; Jeremias Groll, sonst physischen Anstrengungen wenig zugeneigt, balgte sich darum, einer der Träger zu sein.

Kresna war von einer Intensität, die Blanche unruhig stimmte. Es war, als müsse er die Zeit komprimieren und jeden Augenblick mit Leben und Bedeutung vollstopfen, als jage ihn etwas, als dürfe er nichts versäumen, als sei jeder Moment kostbar und dürfe nicht mit Belanglosem und Gleichgültigem vergeudet werden. Einerseits war sie von dieser Intensität fasziniert, andererseits spürte sie, wie in ihrem Nacken die Furcht hochkroch.

Es ist, sagte sie sich, als gebe es für ihn nur das Hier und Jetzt, als könne die Welt im nächsten Augenblick zusammenstürzen.
Am frühen Nachmittag verdunkelte sich der Himmel tintig schwarz und hing immer tiefer herab. Das Meer färbte sich lehmbraun. Von weißen Schaumkämmen gekrönt donnerte Reihe um Reihe mannshoher Wogen über die See. Der Sturm peitschte die Palmen, daß ihre zerzausten Kronen aussahen wie die Mähnen stürmender Wildpferde.
Ohne auf den Sturm zu achten, beschloß Kresna, mit dem Helikopter nach Djakarta zurückzufliegen. Er hatte am Abend noch eine wichtige Konferenz. Herry flog mit. Ihre beiden Frauen blieben auf der Insel und wollten mit der übrigen Gesellschaft am nächsten Morgen folgen.
Im Gegensatz zu der ruhigen Rai Agung bedrängte Blanche, trotz aller Vorsätze, ihre Leidenschaft nicht zu zeigen, Kresna mit der Bitte, den Flug zu verschieben, bis der Sturm vorbei sei. »Du bist wahnsinnig«, sagte sie. »Nichts ist so wichtig, daß du deswegen dein Leben riskieren mußt. Nichts ist so wichtig. Warte doch, bis der Sturm vorbei ist.«
Sie standen auf einer kleinen Wiese, wo der Helikopter gelandet war.
»Danke schön«, sagte Kresna und lächelte sie an. In seinen Augen lag so viel stille Ruhe, daß sie ein paar Augenblicke lang ihre Furcht vergaß.
»Danke schön«, rief er allen zu, »für diese herrlichen Tage. Das war ein Geschenk Gottes.« Er grinste, und seine Zähne blitzten: »Und ein Geschenk von euch.«
Er hatte schon einen Fuß auf der Leiter, da überlegte er sich's, stieg noch mal herab, küßte Rai Agung, küßte Blanche und flüsterte ihr dabei ins Ohr: »Mir kann nichts passieren. Hab keine Angst.«

## V

Vier Tage vor den Wahlen wurde auf Generalmajor Kresna Dirdjosuparto, Sonderberater des Präsidenten zur Entwicklung des Fünfundvierziger Geistes, erneut ein Attentat verübt. Die Menge fiel über den Attentäter her und zerriß ihn buchstäblich in Stücke. Die Militärpolizisten, die den General begleiteten, mußten Verstärkung herbeirufen, um die tobenden Menschen zu beruhigen. Natürlich war es, bis dies gelang, zu spät, um Hinweise zu finden, wer der Attentäter gewesen war, ob er allein gehandelt hatte – »ein irrsinniger Einzelgänger« – oder ob inländische oder ausländische Kräfte, die Kresnas Tod wünschten, dahintersteckten.

Kresna fiel in dem Landrover, in dem er saß, nach vorn. Er wurde sofort ins Krankenhaus gebracht.

Das erste Kommuniqué der Ärzte sprach von einem Kopfschuß über dem linken Ohr, einem Durchschuß der linken Hand und einem Schuß in die Schulter. Der Zustand des Generals sei ernst.

In ganz Indonesien brachen schwere Unruhen aus, spontan, kaum daß die Nachricht über den Rundfunk bekannt wurde. Vielerorts waren Unruhen, Demonstrationen und Protestkundgebungen, von Massenhysterie gekennzeichnet.

Über die Urheber des Attentates schwirrten die wildesten Gerüchte. Von Umar Makmur bis zu Amerikanern, Russen oder Japanern wurde jedermann verdächtigt.

Am Abend rief der Präsident gemäß Artikel 12 und 22 der Verfassung den Notstand aus. In ganz Indonesien wurde außerdem von 6 Uhr abends bis 6 Uhr morgens Ausgangssperre verhängt. Auf unbestimmte Zeit.

Nur mit Mühe konnten die Streitkräfte die Unruhen am zweiten und dritten Tag nach dem Attentat eindämmen. Dennoch gärte es weiter, und es war höchst ungewiß, wohin die aufgewühlte Nation treiben werde. Viel hing davon ab, ob Kresna überlebte oder starb. Das konnte sich in Stunden, in Tagen, aber auch erst in Wochen entscheiden.

Der Präsident entwickelte vom Krankenbett aus eine bewundernswerte Energie. Aber er war seiner beiden engsten, jahrelangen Vertrauten und Mitarbeiter – Makmur und Soetjipto – beraubt. Sie ausgerechnet jetzt zurückzurufen, wäre nackter Wahnsinn gewesen.

Der Mann indessen, der das alte Triumvirat zerstört hatte und an ihre Stelle treten sollte, lag im Spital. Die Kommuniqués der Ärzte wiederholten alle paar Stunden monoton: »Der Zustand General Kresnas ist weiterhin ernst.«

Calvin Rausher sandte ein Telegramm nach Washington: »1: frag-

lich, wie lange kranker präsident arbeitstempo durchhalten kann. 2: neben präsidenten augenblicklich keine andere person mit genügend autorität, die imstande, lage zu kontrollieren. 3: mit ausbruch neuer unruhen jederzeit zu rechnen. 4: falls kresna verletzungen erliegt, chaos zu befürchten. 5: präsident erwägt, wahlen abzusagen oder auf unbestimmte zeit zu verschieben.«
Ähnliche Telegramme gingen in anderen Hauptstädten der Welt ein.
In einem von ihnen hieß es: »volk unter schwerem schock. regierungsautorität sehr geschwächt. falls schwerkranker präsident zusammenbricht, stellt sich frage: wie lange kann tief aufgewühltes volk von 120 millionen, seines steuers beraubt, ohne einmischung der großmächte existieren?«

# VI

Blanche hatte gerade die George-Harrison-Platte »Sweet Lord, my Lord« aufgelegt, um den Refrain des Chores »Hare Krishna, Hare Krishna« zu hören, als der Anruf von Pete kam.
»Blanche«, sagte er, »weißt du schon, was geschehen ist?«
»Nein«, sagte sie. Etwas war im Ton seiner Stimme, daß es ihr kalt über den Rücken rieselte. »Nein, Pete, was?«
»Sie haben auf Kresna geschossen«, sagte er und fügte rasch hinzu: »Er ist nicht tot.«
Sie legte den Telefonhörer hin. »Blanche«, scholl es aus dem Hörer, »Blanche – Blanche – verstehst du mich . . .?«
Schließlich nahm sie den Hörer wieder auf. »Ja«, sagte sie tonlos. Ihre Knie wackelten, sie stützte sich auf irgend etwas, um nicht zu fallen. »Schwer verletzt? Wird er's überleben?« würgte sie heraus.
»Wenn er Glück hat, ja, und Kresna« – er bemühte sich, munter zu klingen –, »Kresna hat immer Glück.« Er schilderte die Verletzungen. Die Kugel sei nicht ins Gehirn eingedrungen, es sei ein Streifschuß – »Gott sei Dank«, seufzte Blanche –, der Sprachstörungen verursacht habe – »wieso Sprachstörungen?« fragte Blanche – weil das Sprachzentrum über dem linken Ohr liege.
»Wird er wieder – wird er wieder . . .?« stotterte Blanche.

»Du meinst, normal sein«, sagte Pete. Die Kugel sei vom Knochen abgeprallt; außerdem sei seine rechte Hand leicht gelähmt...
»Wieso die Rechte?« – »Ich bin kein Mediziner, Blanche – aber er könne genesen, meinten seine Arztfreunde. Der jetzige Zustand könne allerdings lange andauern, und er könne – ja, er könne plötzlich sterben, falls es zu Nachblutungen käme.«
»Pete«, sagte sie, »fährst du mit mir ins Krankenhaus? Bitte!«
»Ausgeschlossen. Niemand wird zugelassen.«

Drei Tage später war Kresna schon so weit, daß Blanche ihn besuchen durfte. Christian war auf Geschäftsreise in Amerika und Europa. Pete begleitete sie.
Das Militärspital, reserviert für Offiziere, Regierungsmitglieder und andere Prominenz, war, hauptsächlich mit dem Geld des Ölmonopols, gerade neu erbaut worden. Es lag außerhalb Djakartas auf einem kleinen Hügel, den Kokospalmen, Bambushaine und Reisfelder umgaben.
Sie fuhren am frühen Nachmittag. Die Sonne war verschleiert und warf ein gespenstisches bleisilbriges Licht über das Land. Sie sprachen sehr wenig.
Pete hatte alles arrangiert; sie durften ohne Kontrollen und Kreuzverhöre in Kresnas Krankenzimmer. Vor der Tür hockte sein alter Diener auf den Fersen und regte keinen Muskel.
Kresna trug einen weißen Verband um den Kopf und war bei Bewußtsein. Rai Agung saß neben dem Bett und hielt seine rechte Hand zwischen ihren Händen.
Pete schleppte einen großen Korb voll Orchideen, den Blanche morgens auf dem Blumenmarkt gekauft hatte, und einen kleinen, den er selbst erstanden.
»Oh, die schönen Wayang-kulit«, sagte Kresna, »danke dir, Sumini.«
Blanche schluckte, und Rai machte ihr ein Zeichen, den Mund zu halten.
»War's noch schön auf dem Krakatau? Wann seid ihr zurückgekommen?« fragte Kresna. Er sprach zwar leise, aber schneller als üblich.
»Hat dir Rai nicht erzählt? Sie ist mit uns nach Djakarta zurück.«

Blanche schlug sich auf die Lippen. Sie hätte sicher nicht so fragen dürfen.
»Rai war nicht mit mir. Ihr wäre in dem Helikopter übel geworden. Rai fliegt nicht gern. Hat die Maschine schön geschüttelt im Sturm. Aber abgestürzt? Nein.« Er lächelte: »Hab' dir ja gesagt, Blanche, mir passiert nichts.«
»Nein«, sagte Blanche, »dir passiert nichts.« Sie wandte rasch den Kopf ab, damit er ihre hochsteigenden Tränen nicht sah.
»Betest du?« fragte Kresna. »Du glaubst doch nicht an Gott.«
»Ja, ich bete«, sagte Blanche, den Kopf noch immer abgewandt.
Kresna verstummte und schloß die Augen.
»Sollen wir gehen?« flüsterte Blanche.
Rai Agung schüttelte verneinend den Kopf.
Blanche wurde von einem Gefühl unbeschreiblicher Zärtlichkeit überwältigt. Sie sah Kresna nicht an, aus Furcht, man könne in ihrem Gesicht lesen wie in einem offenen Buch. Ihre Augen schweiften durchs Zimmer, und sie glaubte, dabei eine Maske warmen Mitleids und platonischer Freundschaft zu zeigen.
Beim Eintreten war ihr der Kris, der auf Kresnas Nachttisch lag, nicht aufgefallen. Jetzt hätte sie vor Bewunderung fast einen kleinen Schrei ausgestoßen. Es war ein Dolch aus massivem Gold, mit fein gesponnenen Reliefs überzogen, in denen Smaragde und Rubine funkelten.
Eine Weile saßen die drei Besucher und schwiegen.
Plötzlich bewegte Kresna ganz leicht die Lippen, und was er sagte, war Blanche rätselhaft: »Wo ist der Mensch, der einen Becher Wein trinkt und trunken wird für alle Ewigkeit, in der Vergangenheit und in der künftigen Zeit? – Dies weiß ich, daß es einen Menschen gibt, der Meere der Ewigkeit in einem einzigen Tag und einer einzigen Nacht trinkt und ruft: Ist noch mehr da?« Von Wort zu Wort war seine Stimme klarer geworden.
Blanche durchzuckte ein furchtbarer Schrecken: er ist wahnsinnig geworden.
»Ruhm mir!« murmelte Kresna. »Wie groß ist mein Ruhm!« Die nächsten Worte waren unverständlich, aber Blanche bildete sich ein, gehört zu haben: »Ich bin Gott.« Sein Gesicht war unendlich friedlich. »Ich bin Kresna – Prabu Kresna.«
Im Gegensatz zu Blanche, auf deren Zügen sich Mitleid, Trauer, Schrecken und grenzenlose Verlegenheit mischten, betrachtete Pete

den Patienten mit hingegebener Faszination. Pete war Muslim, ein Hadji sogar, und er glaubte sich ähnlicher Worte, wie Kresna sie sprach, zu erinnern. Arabische Mystiker hatten sie in Verzückungen geprägt. Rai Agung war nicht anzumerken, was sie dachte, sie wirkte erstaunlich ruhig.

Kresna öffnete wieder die Augen und blickte zum Fenster, er wollte die rechte Hand bewegen, vielleicht nach draußen deuten, aber sie blieb liegen wie ein totes Huhn.

»Er fällt vom Himmel – der Sohn Mohammeds – fällt vom Himmel – Vishnu kommt auf die Erde«, er wollte sich aufrichten, »Prabu Kresna – der Ratu Adil – bringt dem Volk Wohlstand – Gerechtigkeit.« Er brach ab und sah Blanche plötzlich an: »Die Maske ... Wo hast du die Maske?«

Blanche, die inzwischen begriffen hatte, daß er sich offenbar nicht nur in einem Zustand hochgradiger Erregung befand, sondern wegen der Störung des Sprachzentrums auch gelegentlich Worte verwechselte und durcheinanderbrachte, griff nach dem Orchideenkorb. Wahrscheinlich wollte er »Blumen« sagen und nicht »Maske«.

Aber Kresna wiederholte ungeduldig: »Die Maske ... Wo hast du die Maske versteckt?«

Blanche sah Rai hilfesuchend an.

»Die Maske ist fort«, sagte Rai Agung beruhigend zu dem Patienten, »gleich nach deinem Unfall.«

»Meinst Attentat«, sagte Kresna und lächelte sie an.

»Was für eine Maske?« entfuhr es Blanche. Sie hatte eine dunkle, unheimliche Ahnung.

»Die Maske von Sunan Brawidjaja«, sagte Kresna.

»Wer hat dir die Maske gebracht?« Blanche vergaß alle Rücksicht und Vorsicht. Sie wollte die Frage unterdrücken, aber sie sprach wie unter einem Zwang. Dabei hatte sie das Gefühl, ihre Kehle werde zugedrückt. Sie sah die Szene vor sich, oben auf dem Lawu, als spiele sie sich nochmals ab. Sie sah das zappelnde Schaf, sah den Dukun, der mit dem Finger über die Messerschneide fuhr, sah den dicken Blutstrahl, der aus dem halbabgetrennten Hals des Tieres quoll, hörte sein Röcheln und Gurgeln, sah zwei Männer auf den Dukun zutreten, eine Maske aus den Tüchern wickeln, sah den Dukun beten, sah ihn die Maske Brawidjajas im Schafblut tränken, hörte den Dukun, als stehe er hinter Kresnas Bett: »... wenn der Erwählte diese Maske hält, wird kein Feind ihm Schaden zufügen

können – wenn ein Betrüger sie hält, wird er sterben.«
»Wer hat dir die Maske gebracht?« flüsterte Blanche.
»Zwei Männer«, sagte Kresna, »zwei Männer kamen vom Gunung Lawu – gesegnete Maske.«
Blanche hatte ein Gefühl, als versinke der Boden unter ihr. Sie hielt sich ganz fest an ihrem Stuhl, schloß die Augen und preßte die Lippen zusammen. Sie schwankte, als sei sie schwer betrunken.
»Blanche – Blanche, was ist dir?« vernahm sie aus weiter Ferne die Stimme Rais.
Sie erhob sich wie eine Nachtwandlerin, ging auf den Korridor und sank auf die nächste Bank. Pete holte eine Krankenschwester, die ihr Tropfen einflößte, dann verschwand er mit einem Arzt in einem anderen Raum.
Mit geschlossenen Augen schwor sich Blanche den heiligsten Schwur ihres Lebens, nie mit einem Menschen ein einziges Wort über ihr Geheimnis zu reden, das Geheimnis der Maske vom Vulkan Lawu. »Der Erwählte wird von ihr beschützt«, wiederholte sie bei sich, »der Betrüger, der sie hält, wird sterben.« Die Zweifel, die sie überfielen, waren so grauenhaft, so furchtbar, daß sie einfach nicht daran denken wollte, denken konnte – »unmöglich, nie, nie.«
»Was sagst du da, Blanche?«
Aus Versehen hatte sie laut gesprochen. Vor ihr stand Pete.
»Mir ist wieder besser«, sagte sie und richtete sich langsam auf. »Glaubst du, wir können in sein Zimmer zurückgehen?«
»Natürlich. Wir müssen sogar. Sie sind sehr besorgt um dich.«
»Sie – du sprichst in der Mehrzahl.«
»Natürlich – Rai und Kresna.«
»Kresna . . .?«
»Ja«, lachte Pete, »warum nicht? Was er sagt, klingt manchmal etwas verwirrt. Aber ich sagte dir ja, sein Sprachzentrum ist beschädigt. Sonst bin ich überrascht, wie gut er schon beieinander ist.«
»Du meinst, er wird nicht sterben?« fragte Blanche müde.
»Ich habe eben mit einem der Ärzte gesprochen. Er war nicht pessimistisch, wenn auch sehr vorsichtig. Wenn Kresna weiter solche Fortschritte macht, sagte der Arzt, wird er vielleicht wieder gesund.«
»Er wird nicht sterben«, sagte Blanche, während sie durch den

Korridor zurückgingen, »er wird nicht sterben – er wird nicht sterben.« Mit einem Schlag war die Welt wieder schön und voller guter Menschen.

Pete wollte ihren übertriebenen Optimismus dämpfen: »Man darf natürlich einen plötzlichen lebensgefährlichen Rückschlag nicht ausschließen, warnen die Ärzte. Die Gefahr von Nachblutungen im Gehirn besteht weiterhin.«

Aber Blanche hörte ihn nicht. Nie konnte sie Pete, nie konnte sie Christian, nie konnte sie irgendeinem Menschen auf der Welt erklären, daß von dieser Stunde an Kresnas Tod oder Leben für sie mehr bedeutete als Tod oder Leben eines geliebten Mannes. Niemand wußte von der Magie der Maske – niemand, außer Sumini. Wieso hatte er sie beim Eintreten als Sumini angesprochen? Warum hatte er sie mit Sumini verwechselt?

Vor der Tür hockte der alte Diener wie eine Statue.

»Geht's dir wieder gut, Sumini?« fragte Kresna besorgt, als sie wieder ins Zimmer kam.

Diesmal korrigierte ihn Rai sanft: »Blanche, nicht Sumini.«

»Habe ich Sumini gesagt?«

»Ja«, murmelte Blanche.

»Verzeih mir bitte.« Er lächelte sie an.

Kresna wirkte viel frischer als vorher. »Du hast eine neue Uhr, Pete«, sagte er.

»Stimmt«, staunte Pete, »du merkst aber auch jede Kleinigkeit.« Seit der Paradiesinsel duzten sie sich.

»Jeder Indonesier soll eine Uhr haben, erklärten die Japaner«, sagte Kresna. »Sie wollen hier Riesengeschäfte machen. Alle wollen Riesengeschäfte machen mit unserem Volk. Unsere Leute brauchen wichtigeres als Uhren.« Er machte eine lange Pause, und man sah, wie seine Gedanken arbeiteten.

Seine Lider fielen zu, dann begann er wieder zu sprechen: »In meiner Brust, nein, in meinem Rücken prickelt es so angenehm und hier ... Wie sagst du, Rai?« – er deutete auf seine Magengrube – »welch Wohlgefühl, herrlich warm.«

Völlig überraschend verdüsterte sich sein Gesicht: »Sie werden sich um uns beißen wie zwei Hunde um den Knochen. Der Knochen heißt Indonesien.«

»Er meint die Japaner und die Chinesen«, flüsterte Rai den Besuchern zu, »er redet die ganze Zeit davon.«

»Wir werden's nicht schaffen ... Wir sind zu schlaff, zu weich, zu träge – wir bleiben der Knochen.«
Blanche sah Rai fragend an.
»Indonesiens Schicksal wird sich in den nächsten zwanzig oder dreißig Jahren entscheiden, meint er«, flüsterte Rai. »Er fürchtet, die Indonesier müßten ihre Mentalität völlig ändern. Wenn wir nicht lernten, wie ein modernes Industrievolk zu denken und zu handeln, würden wir eine Wirtschaftskolonie der Japaner oder Chinesen. Ihn quält die Vorstellung sehr, er sagt, die Psyche der Indonesier umzuformen, das ginge über die Kraft eines einzelnen Mannes, eines Staatsführers. Aber er möchte damit anfangen, er möchte auch der spirituelle Lenker sein.«
»Weiß er denn um seinen Zustand und seine Überlebenschancen?« fragte Pete leise.
Rai kam nicht dazu, zu antworten. Kresna öffnete die Augen, doch sahen sie ins Unbestimmte. »Ich habe es erlebt. Es gibt kein Gefühl wie dieses. Ich sah nichts, schmeckte nichts, hörte nichts, fühlte nichts, roch nichts. Nur die Gedanken waren da ... Der ganze Körper ist von einem Gefühl der Glückseligkeit erfüllt, schöner und herrlicher als bei der Vereinigung mit der geliebten Frau – unbeschreiblich –, wie ein Rausch erfüllt es mich – und ich sehe die Wunder Gottes ... Ich ertrinke in reiner Einsamkeit ...«
Er schwieg erschöpft.
Nach einer Pause fing Kresna wieder an, und keiner wagte, ihn zu unterbrechen. »... das gab mir Stärke. Ich weiß nun, wohin unser Weg führen muß, wir Menschen müssen alle frei werden, wir sind nicht frei, wir sind Sklaven der Maschinen geworden, weil wir Sklaven unserer Begierden sind – was gibt uns die Kraft, den Begierden zu widerstehen? Nur die Enthaltsamkeit, wer lehrt uns die Enthaltsamkeit ...? Allein der Glaube in unseren Herzen, Glaube und Liebe – aus Indonesien wird der neue Glaube kommen, Indonesien wird Schmelztopf der Menschheitsreligion, wir müssen die neue Zukunft schaffen ... Indonesien wird das neue Mekka und das neue Jerusalem und das neue Benares ...«
Er wollte die rechte Hand ausstrecken, sie gehorchte ihm nicht.
»Nein, o nein ... Indonesien wird zerfallen, in tausend Stücke, ein fürchterliches Blutbad wird es geben, es breitet sich aus über die Meere, über die Erde, kein Krieg, nein, Brudermord, die Menschheit läuft Amok, die azurenen Meere werden dampfen« – er hob

den Kopf, die Augen weit offen –, »seht ihr, wie die Sonne hinter dem Krakatau untergeht? Schön und lieblich liegt sie dort, die kleine Insel, wie auf geschmolzenem Silber ... Jetzt färbt sie sich rot – blutrot –, ist es die Sonne? Seid ihr furchtsam, meine Schwestern und Brüder, habt ihr Angst? Es ist nicht die Sonne, die den Krakatau rot färbt, es ist Blut, das Meer fängt zu kochen an, hört ihr es donnern, Saudara, Saudara, wie Artilleriefeuer, fürchterliche Detonationen« – er hielt mit der linken Hand das eine Ohr zu –, »beißt euch Schwefeldampf in den Nasen ...? Der Krakatau platzt, die Menschheit platzt, könnt ihr noch atmen ...? Die Luft ist voller Asche, es regnet Schlamm und Steine, wir ersticken« – er schnappte nach Luft, Rai beugte sich angstvoll über ihn und legte die Hand auf seine Stirn –, »eine schwarze Wolke steigt hoch, in den Himmel, hoch, immer höher, es wird stockdunkel, ich sehe nichts mehr« – er riß seine großen, tiefbraunen Augen noch weiter auf –, »ich sehe nichts, macht Licht ... Jetzt, jetzt ist es hell, riesige Feuerschlangen zucken über den Himmel, weiße Feuerbälle wälzen sich durch die schwarzen Wolken – aus, aus ... Macht endlich Licht – gebt mir eure Hände, Brüder und Schwestern« – plötzlich konnte er die gelähmte rechte Hand ausstrecken –, »fassen wir uns an den Händen wie Blinde, suchen wir das Reich des Glaubens und das Reich der Liebe, hütet euch bei jedem Schritt, sonst stürzt ihr in den Abgrund, der Abgrund ist neben uns, nah, ganz nah, tastet mit den Füßen, bei jedem Schritt – vorwärts, es ist ein langer Weg ... Habt keine Angst, meine Schwestern und Brüder, faßt meine Hände, haltet sie fest, ganz fest, meine Hän ...« Mitten im Wort verstummte Kresna, sein Kopf fiel ins Kissen.

Blanche krallte ihre Finger in Petes Arm und starrte ihn flehend an.

*Tjarita, Westjava, im Sommer 1972*

# Erklärung einiger indonesischer Ausdrücke

| | |
|---|---|
| Anak buah | wörtlich: Fruchtkind. Schützling, Gefolgsmann |
| ayoh | vorwärts, Ausruf der Ermutigung |
| Alun Alun | Hauptplatz in Dorf oder Stadt |
| Arak | Palmwein |
| | |
| Baba | verächtliche Bezeichnung für einheimische Chinesen |
| Bale | offene Pfeilerhalle in Bali, mit erhöhtem Fußboden |
| Bapak | »Väterchen« — Anrede für älteren oder ranghöheren Mann |
| baru | neu |
| Batik | Indonesischer Stoff, in besonderem Verfahren bedruckt |
| Betel | Priem aus Betelnuß und anderen Zutaten |
| Beo | elsterartiger schwarzer Vogel mit gelbem Schnabel |
| Betjak | Dreirad mit (überdachter) Bank für Passagiere |
| Bina Graha | Amtssitz des Präsidenten in Djakarta |
| Bratajuda | Entscheidungsschlacht der Mahabharata, zwischen den Pendawas und den Kurawas |
| Brawidjaja | Javanischer König im Mittelalter und nach ihm benannter Militärbezirk in Ostjava |
| Brum | Reismost |
| bukan | nein, nicht |
| Bung | von Soekarno eingeführte Anrede: Bruder |
| Bupati | hoher Beamter, entspricht etwa dem deutschen Regierungspräsidenten |
| | |
| Dalang | Puppenspieler im Wayang |
| Desa | Dorf, Gemeinde |
| Djalan | Straße |
| Djihad | Heiliger Krieg |
| Djokorde | balinesischer Prinzentitel |
| Dukun | Sammelbezeichnung für weise Männer, die auch religiöse Riten ausführen, vielfach mit besonderer magischer Kraft, Heilkraft, Seher |
| | |
| Frangipani | Tempelbaum |

| | |
|---|---|
| Gamelan | Indonesische Musik, Orchester, meist Schlaginstrumente |
| Garuda | Mythologischer Adler, Wappentier Indonesiens |
| Gerubak | Eßladen auf Rädern oder kleine Hütte |
| Gunung | Berg |
| Guru | Lehrer |
| hidup | es lebe, Leben |
| Ibu | »Mütterchen« — Anrede für höher gestellte oder ältere Frau |
| Imam | mohammedanischer Geistlicher |
| Informan | Informant |
| Intimidasi | Einschüchterung, psychisch und physisch |
| Istana Merdeka | Präsidentenpalais in Djakarta |
| Kain | um die Hüften geschlungener Rock der Frauen aus Batik |
| Kali | Fluß, Kanal |
| Kamben | balinesischer Kain |
| Kampong | dorfartiges Viertel der indonesischen Städte |
| Kantjil | Zwerghirsch der Volksfabel |
| Kebaya | langärmelige, bis zu den Hüften reichende Jacke |
| Kelapa | Kokosnuß |
| Kerbau | Wasserbüffel |
| Kerupuk | gebackene Mehlfladen, meist mit gemahlenen Krabben |
| Kota | Stadt: meist das Zentrum, im Gegensatz zu den Kampongs |
| Kraton | Palast des Sultans von Jogjakarta |
| Kretek | Zigaretten mit Gewürznelken in den Tabak gemischt |
| Kris | indonesischer Dolch |
| Kyai | gelehrter Muslim: entspricht »Hochwürden« als Anrede |
| Langgar | mohammedanische Gebetshalle |
| Lurah | Dorfvorstand |
| Mas | Anrede für gleichaltrigen oder gleichrangigen Mann |
| Mahabharata | das große Hindu-Epos über den Kampf zwischen den »guten« Pendawas und den »bösen« Kurawas |
| Menteri | Minister |
| Merdeka | Freiheit |
| Naluri | Instinkt, »Herz«, Gefühl |
| Nama | Name |
| Nasi | Reis, nasi goreng: gebratener Reis |

| | |
|---|---|
| Njonja | Frau |
| Nona | Fräulein |
| | |
| Orang | Mensch |
| | |
| Pak | Abkürzung für Bapak |
| Panglima | Befehlshaber eines Wehrdistrikts |
| Pasar | Markt |
| Pendopo | offener Vorraum auf Pfeilern |
| Perkutut | Singtaube |
| Pesantren | Musliminternatsschule |
| Polisi | Polizei |
| Prabu | König |
| Prahu | (Segel)boot |
| Puri | Residenz der balinesischen Prinzen |
| Pusaka | Objekt mit magischer Kraft |
| | |
| Rakjat | Volk |
| Ratu | Prinz |
| Ratu Adil | der »Gerechte Prinz« der Legende |
| | |
| Sarong | um die Hüften geschlungener Rock der Männer aus Batik |
| Sate | gebratene Fleischspieße |
| Saudara | Bruder, Schwester |
| Sawah | bewässertes Reisfeld |
| Selamat | Glück, Heil, Segen, Wohlergehen |
| Selamat pagi | Guten Morgen |
| Selamat siang | Guten Tag (bis 15 Uhr) |
| Selamat sore | Guten Abend |
| Selamat malam | Gute Nacht |
| Selamat djalan | Gute Reise |
| Selamat tinggal | Gutes Bleiben |
| Selamat datang | Willkommen |
| Selatan | Süden |
| Semedi | Meditation |
| Slametan | religiöses Fest |
| sudah | schon, bereits, bildet die Vergangenheitsform |
| Sunan | König |
| | |
| Tani | Bauer |
| terima kasih | danke schön |
| tidak | nein, nicht |
| Tjabe | scharfe Pfefferschoten |
| Tjitjak | kleine Eidechse |
| Toke | Gecko |
| Toko | Laden |

| | |
|---|---|
| Tuan | Herr |
| Tukang | Handwerker, Fachmann, ambulanter Händler |
| Ulama | mohammedanischer Lehrer und Rechtsgelehrter |
| Waringin | Banyanbaum |
| Warung | Eß- und Trinkstätte, oft mit Laden |
| Wayang | Schattenspiel, meist mit flachen Lederfiguren |
| Wayang-kulit | Schattenpuppen |

# Inhalt

KOTARADJA
IDI
STRASSE VON MALACCA
PINANG
MALAYA
MEDAN
TOBA-MEER
INSEL SAMOSIR
TANDJUNG-BALEI
KUALA LUMPUR
ANAMBAS-INSELN
SIMALUR
BALIGE
MALACCA
SIBOLGA
SINGAPORE
NIAS
SIAK
PAKANBARU
RIAU-ARCHIPEL
MERAPI
BATU-INSELN
BUKITTINGI
RINGAT
LINGGA-ARCHIPEL
PADANG
SIBERUT
MENTAWEI-INSELN
DJAMBI
PALEMBANG
BENKULEN
SUMATRA
TELUK BETUNG
INDISCHER
OZEAN
0
100
200
300
400
500
km